Gary Shteyngart wurde 1972 als Sohn jüdischer Eltern in Leningrad, dem heutigen St. Petersburg, geboren und kam im Alter von sieben Jahren in die USA. Sein Debüt *Handbuch für den russischen Debütanten* wurde u. a. mit dem National Jewish Book Award for Fiction geehrt. *Willkommen in Lake Success* wurde mehrfach zu einem der besten Bücher des Jahres 2018 gekürt und wird von HBO als Serie mit Jake Gyllenhaal in der Hauptrolle verfilmt.

Willkommen in Lake Success in der Presse:

»Es macht großen Spaß, die Absurditäten zu lesen, die Shteyngart sich für dieses Buch ausgedacht hat.« *FAZ*

»Ein sensationelles Feuerwerk an Sprache, Einfällen und Einsichten.« *NDR*

»Einer der originellsten und anregendsten Autoren seiner Generation.« *The New York Times*

GARY SHTEYNGART

WILLKOMMEN IN LAKE SUCCESS

Roman

Aus dem Englischen von Ingo Herzke

PENGUIN VERLAG

Die englische Originalausgabe erschien 2018
unter dem Titel *Lake Success* bei Random House,
einem Imprint von Penguin Random House LLC, New York.

FSC
www.fsc.org
MIX
Papier aus verantwortungsvollen Quellen
FSC® C014496

Verlagsgruppe Random House FSC® N001967

PENGUIN VERLAG

1. Auflage 2020

Dieses Buch wurde vermittelt durch: Random House,
a division of Penguin Random House LLC
Umschlag: Bürosüd nach einem Entwurf von
Designbüro Lübbeke Naumann Thoben
Umschlagmotiv: © plainpicture/AWL/Alan Copson photography (oben),
plainpicture/Sarah Eick (unten), oxysGraphic – istockimages
Satz: Leingärtner, Nabburg
Druck und Bindung: GGP Media GmbH, Pößneck
Printed in Germany
ISBN 978-3-328-10585-5
www.penguin-verlag.de

Dieses Buch ist auch als E-Book erhältlich.

1 ZIEL AMERIKA

Barry Cohen, ein Mann, der Anlagen im Wert von 2,4 Milliarden Dollar verwaltete, taumelte in den Busbahnhof der Port Authority an der Südspitze Manhattans. Er war sichtlich betrunken und blutete. Über seiner linken Augenbraue klaffte ein sauberer Schnitt, der vom Fingernagel des Kindermädchens stammte, und von seiner Frau hatte er einen tränenförmigen Kratzer unterm Auge. Es war drei Uhr zwanzig in der Früh.

Zum letzten Mal war er an diesem Busbahnhof vor vierundzwanzig Jahren gewesen. Er war als Student mit dem Bus nach Richmond, Virginia, gefahren, um seine damalige Freundin zu besuchen. Diese jugendliche Busreise lief immer dann in seinem Kopf wie ein Spielfilm ab, wenn der S&P-Index ihn fertigmachte oder er neue schreckliche Fakten über den Gesundheitszustand seines Sohnes erfuhr. Wenn Barry die Augen schloss, sah er den weiten Schwung des Highways vor sich und hörte sein Land von beiden Seiten der Straße nach ihm rufen. Er sah sich schon in irgendeinem Imbissschuppen am Straßenrand auf einer harten Holzbank sitzen. Eine kräftig gebaute Frau, die wie eine Krabbe ging und viele Geschichten zu erzählen hatte, würde ihm einen Teller mit essigsauren Bohnen und Grillfleisch bringen. Sie würden auf Augenhöhe darüber reden, was in ihrem Leben schiefgelaufen war, und sie würde kein Geld für das Essen nehmen wollen, aber er würde dennoch bezahlen. Und dann würde sie *Vielen Dank, Barry* sagen, denn trotz der ungeheuren Unterschiede in den Finanzen, die sie zu verwalten hatten, würden sie sich schon mit Vornamen anreden.

Er stolperte zu den Polizistinnen und Polizisten, die nachts die Sperren bewachten, durch die Reisende von der Straße zu den Bussteigen geleitet wurden. »Wo sind die Busse?«, fragte er. »Ich will weg hier.«

Für die Polizei sah er wie der typische New Yorker aus. Ein blutender Mann, zerzaustes, vom Nachtschweiß strähniges Haar, eine Weste von Patagonia über dem Hemd von Vineyard Vines, auf der nur das Wort CITI stand. Er war groß und hatte die Figur eines Schwimmers – breite Schultern verjüngten sich bis hin zu zwei weiblich anmutenden Handgelenken, was zu jeder Zeit eine Bürde war, aber noch nie so sehr wie im Jahr 2016, am Anfang des ersten Trump-Sommers. Er atmete schwer, nachdem er einen Rollkoffer von seiner Wohnung am Madison Square Park bis hierher geschleift hatte, zwanzig Blocks weit. Die Nacht war warm und windig, eine perfekte Ich-will-nicht-sterben-Nacht in Manhattan, und mit jeder überquerten Straßenkreuzung war er sicherer geworden, dass er in Bezug auf seine Ehe das Richtige tat.

»Unten«, sagte einer der Polizisten.

Barry folgte seinem Hinweis, und der kleine Rollkoffer schlingerte hinter ihm her. Hier war die Luft anders. Mit Sicherheit konnte er sich nicht erinnern, in letzter Zeit oder überhaupt irgendwann Luft dieser Qualität eingeatmet zu haben. Am ehesten ließ sie sich so beschreiben: Sie roch wie ein Fuß. Aber wessen Fuß? Er roch nicht häufig an Füßen, außer vielleicht in der Umkleidekabine des Fitnessclubs, wo seine eigenen Füße Chlor ausdünsteten, weil er geschwommen war. Die Füße seiner Frau dufteten mit Sicherheit nach Geißblatt, wie alles an ihr, aber an sie wollte er jetzt nicht denken.

Es gab einen Greyhound-Schalter, doch der war zu, der Rollladen heruntergelassen, und es hing keine Mitteilung daran, wann er wieder öffnen würde. »Sozialismus«, sagte Barry laut, obwohl er wusste, dass Greyhound Lines eine in Dallas ansässige Tochtergesellschaft des schottischen Unternehmens FirstGroup war und kein öffentlicher Dienstleister. Er hatte an diesem Abend Karuizawa Whisky im Wert von zwanzigtausend Dollar getrunken. Da durfte er Fehler machen.

Daneben war ein *Hudson-News*-Reisekiosk, und Barry steuerte auf den alten, indisch aussehenden Mann hinter der Theke zu. »Wo sind die Busse?«, fragte er.

»Unten«, sagte der Alte.

»Ich *bin* unten.«

Der alte Inder zuckte die Achseln. Er betrachtete Barry und sein blutendes Gesicht mit verschleiertem Blick, so als wollte er zu seinem Untergang beitragen. Barry hasste ihn. Er konnte ihn hassen, weil seine Frau Inderin war.

»Haben Sie die Zeitschrift *WatchTime?*«

»Nein.«

»Watch Journal?«

»Nein.«

»Irgendwas über Armbanduhren?«

»Nein.«

Hier war keine Kommunikation mehr zu erwarten. Er schaute sich um. Der sozialistische Greyhound-Schalter war noch immer geschlossen. Un-*fass*-bar. Ein Schild wies den Weg ZU DEN BUSSTEIGEN 1–78. Vielleicht waren dort die Busse. Die Rolltreppe, die nach unten führte, war kaputt, und ein weiterer Inder mit einer Weste von *Hudson News* saß auf der obersten Stufe, den Kopf in die Hände gelegt. Er schien zu weinen. Einer von Barrys besten Tradern hieß Akash Singh, aber der war ein Killer auf dem Börsenparkett.

Barry zerrte seinen Koffer die kaputte Rolltreppe hinunter und sorgte sich um die Armbanduhren darin. Die automatischen waren sicher in ihren Uhrenbewegern von SwissKubiK, doch die mit Handaufzug sollten solchen Erschütterungen eigentlich nicht ausgesetzt werden, vor allem die Universal Genève Tri-Compax nicht, die 1940 hergestellt und schon etwas anfällig war. Barry konnte normalerweise zu keiner Reise aufbrechen, ohne nicht mindestens drei Uhren als Begleitung einzupacken, denn jede einzelne war ein alter und seltener Freund, aber um diese Reise zu Ende zu bringen, brauchte er mindestens ein halbes Dutzend davon. Er nahm den Koffer in die Hand, doch vom Hochheben wurde ihm übel. Er setzte sich auf eine Stufe und betrachtete den weinenden Inder über ihm. Er würde es durchstehen. Nach dem, was er in diesem Jahr hatte ertragen müssen, konnte er alles durchstehen. Seine Frau liebte ihn nicht. Begehrte ihn nicht. Und obwohl er sie wollte, war er sich nicht sicher, ob er sie liebte. Er dachte an die Fahrt nach Richmond, Virginia, vor langer Zeit, als er Layla besuchte, seine Freundin vom College, und an den Wind in seinen Haaren, als der Bus in den Lincoln Tunnel und dann nach New Jersey sauste. Hatte er wirklich Wind in den Haaren gespürt? Konnte man Busfenster damals noch öffnen? Ja, so musste es gewesen sein. Würden sie heute noch aufgehen? Wahrscheinlich nicht. Aber er konnte sich den Wind in den Haaren vorstellen, in den wenigen, die ihm noch blieben, denn entgegen der Behauptung seiner Frau *hatte er Fantasie.* Er stand auf, drückte sich den Rollkoffer mit den Uhren an die Brust und ging die übrigen Stufen hinunter.

Es war nicht gut hier. Gar nicht gut. Es roch, als hätte jemand ein Fischbrötchen gegessen. Menschen saßen auf Bänken, auf ihrem Gepäck, auf dem braunen Linoleumboden. Es gab Türen mit Nummern und Fahrtzielangaben, wie am Flughafen, und draußen vor diesen Türen warteten die ganzen Busse in Gestank und Düsternis. Das war es doch. In unserem Land konnte man überall hinfahren. Die freie Straße! Barry hatte mal nach einer Wette mit Joey Goldblatt von Icarus Capital Management den Acela Express nach Boston genommen, und der Zug war schneller und angenehmer, aber dies war die freie Straße, und wenn du erst einmal auf der freien Straße warst, dann eilte das ganze Land herbei, um dich zu begrüßen und deinen Eistee nachzufüllen. Dann wurdest du zum Reisenden, und niemand konnte dir mehr nachsagen, dass du keine Fantasie und keine Seele habest, oder was seine Frau da gesagt hatte, um ihn vor dem guatemaltekischen Schriftsteller und dessen Frau, der Ärztin aus Hongkong, zu beleidigen, deren Wohnung er vor wenigen Stunden erst in der Whiskyhitze der Nacht unehrenhaft verlassen hatte. Vor anderen erniedrigt, in Gegenwart von *Niedrigerstehenden* heruntergemacht zu werden – das hatte er schon bei den Frauen seiner Hedgefonds-Freunde erlebt, und es war immer der erste Schritt zur Scheidung gewesen. In seinem Beruf war Stolz nicht verhandelbar.

Barry sah sich die Fahrtziele an. Washington Express. Cleveland Express. Casino Express. Es gab nur Expressbusse. Dann fand er, wonach er gesucht hatte. An einem Bussteig stand RICHMOND, VA. Der einzige Bus, der kein Express war. Schön. Er würde nach Richmond fahren. In den letzten zwei Monaten, seit der Diagnose seines Sohnes, hatte er auf Facebook herumgeklickt und herausgefunden, dass Layla ausgerechnet in El Paso in Texas lebte. Aber Richmond war zumindest ein Anfang. Bei Richmond ging es um Erinnerungen. Vielleicht wohnten ihre Eltern noch dort. Wäre das nicht eine Nummer, wenn er einfach so bei ihnen auftauchte? Und nicht mit dem Geschäftsflieger, sondern mit einem Greyhound?

An eines konnte er sich von der Busfahrt zu Layla vor langer Zeit noch erinnern: wie der abfahrende Greyhound eine Schleife nach der anderen durch die mysteriösen finsteren Eingeweide der Port Authority gedreht hatte, dann aber auf so eine goldene Überführung auffuhr, unter der die Stadt in all ihrer metallenen Art-déco-Pracht verführerisch lockend glänzte. An diesen Abschied, an diese Ausfahrt Richtung Himmel hatte Barry in den vergangenen drei Jahren immer häufiger gedacht, immer wenn die seelenzerfetzenden roten Zahlen auf seinen

Bloomberg-Bildschirm krochen, neben dem er ein großes gerahmtes Foto seines Sohnes Shiva in seiner dunkeläugigen Schönheit stehen hatte; Shiva, der mürrisch eine Babypuppe namens Maurice in der Hand hielt, sie aber keines Blickes würdigte. Oben unterm Rahmen hatte Barry die Worte ICH LIEBE DICH, HÄSCHEN in kitschig goldenen Lettern einfügen lassen, um sich daran zu erinnern, dass er ihn wirklich mehr als alles andere liebte.

Ein junger Schwarzer mit grüner Weste stand vor dem Bussteig nach Richmond. Schwer zu sagen, was er dort tat, aber er hatte eine grüne Weste an. »Ich möchte eine Fahrkarte kaufen«, sagte Barry zu ihm.

»Verdammt«, sagte der Mann. »Was ist denn mit Ihrem Gesicht passiert?«

Zum ersten Mal überhaupt heute Nacht bemerkte jemand seine Schmerzen. »Meine Frau hat mich geschlagen«, sagte Barry. »Und das Kindermädchen meines Sohnes.«

»A-*ha.*« Eine Reihe Pickel überzog das Gesicht des Mannes.

»Ich möchte nach Richmond.«

»A-*ha*«, sagte der Mann mit der grünen Weste wieder.

»Ich habe noch keine Fahrkarte.«

»Da gehen Sie nach *oben* zum Schalter.«

»Der ist zu.«

»Klar, aber irgendwann wird er wieder aufmachen.«

»Wo ist denn die Toilette?«

»Die ist kaputt.«

»Kaputt?«

»Es gibt noch eine im dritten Stock, aber der Fahrstuhl fährt nur mit meinem Schlüssel.«

»Da hole ich mir wohl besser zuerst meine Fahrkarte.«

»Der Bus fährt noch nirgendwo hin. Ich kann Sie auch erst mit dem Schlüssel nach oben lassen. Mit so einem zerschlagenen Gesicht.«

Es wurde Zeit, den Handel abzuschließen – so als wäre der Mann ein potenzieller Investor. »Ich bin Barry Cohen. Echt nett, Sie kennenzulernen.«

»Ich bin Wayne. Wollen Sie nicht vielleicht doch zur Toilette?«

»Zuerst besorge ich mir eine Fahrkarte, Wayne. Sie sind wirklich ein verantwortungsvoller Mann. Ich wäre froh, wenn ich einen wie Sie in meinem Team hätte.«

»Arbeiten Sie für die Citibank?« Wayne hatte seine Citi-Weste bemerkt.

»Nein.«

»Dann muss ich doch Zweifel an Ihrer Kleiderwahl anmelden«, sagte Wayne. Er lächelte, und Barry erwiderte sein Lächeln. Sein erstes Lächeln heute Nacht.

Barry stieg mit seinem Handgepäck wieder die Rolltreppe hinauf. Der Mann mit der Weste von *Hudson News* hatte aufgehört zu weinen und starrte jetzt ausdruckslos mit geschwollenen Lidern die stillstehenden Stufen hinunter. Der Bus nach Richmond fuhr in zwanzig Minuten ab, aber der Rollladen vor dem Schalter war noch immer heruntergelassen. Eine Frau mit Hasenohren aus lila Netzstoff und einem Unterhemd, auf dem mit Strasssteinen PARIS stand, hielt sich an den Gitterstäben des Rollladens fest und sah die leeren Fahrkartenschalter so an, wie die Frau eines Marinesoldaten womöglich einem ablegenden Schiff nachschauen würde.

»Ich muss hier weg«, sagte Barry zu ihr.

Die Frau musterte sein Gesicht. Sie war dreißig oder fünfzig, schwer zu sagen, und Barry stellte sich vor, dass jede Sekunde ihres Lebens schmerzhaft gewesen war. »Ach, echt?«, sagte sie.

»Warum machen die den Schalter nicht auf?«

»Oben ist auch noch einer, aber der Typ hat gesagt, der ist wegen Technikerproblemen geschlossen.«

»Wegen *Technikerproblemen*?«

»Das hat er gesagt.«

»Da stimmt doch was nicht. Mein Bus fährt in zwanzig Minuten.«

»Wem sagen Sie das.«

»Da stimmt doch was nicht«, wiederholte Barry.

»Was kann *ich* denn dafür?«, fragte die Frau. Eines ihrer Netzhasenohren hing ihr ins Gesicht. Ihre unteren Schneidezähne schienen da zu sein, wo die oberen sein sollten, sie hatte gar keine unteren. Sie war weiß. Nach nur einer Stunde unterwegs fing Barry schon an, das Phänomen Trump zu begreifen. Idiotischerweise hatte er Marco Rubio 1,7 Millionen, beinahe zwei Mille, hinterhergeworfen. Aber was hatte er für eine Wahl gehabt? Er hatte ein Fünf-Stunden-Dinner mit Ted Cruz in einem Nebenzimmer der Gramercy Tavern durchgestanden, wonach Joey Goldblatt ihm zugeflüstert hatte: »Der Mann ist ein Psychopath.« Also hatten sie alle ihre Millionen auf Rubio gesetzt. Sie hätten zuerst diese Frau treffen sollen. Für sie konnte Rubio überhaupt nichts tun.

Ohne Fahrkarte konnte er nicht in den Bus steigen. Aber der Fahrkartenschalter war nicht offen. Er wischte auf seinem Handy herum.

Nein.

Stopp.

Sinn und Zweck dieser Reise war doch, dass er seine Probleme draußen in der Welt ganz allein lösen wollte, so wie die Frau mit den Hasenohren, so wie er selbst als neunzehnjähriger Student in Princeton. Wann war ihm dieser Neunzehnjährige abhandengekommen? Der so bereit gewesen war für Liebe und Herzschmerz, aber nicht für die Art von Herzschmerz, den sein Sohn Shiva ihm bereitete, sondern für einen, der wieder heilt.

Die Frau mit den Netzohren redete jetzt mit einer Transfrau, die gierig Kartoffelchips aus einer Tüte aß. Barry stand keinen halben Meter neben ihnen, wurde aber komplett ignoriert.

Er rief Sandy unter ihrer Notfallnummer an. Es ging auf vier Uhr zu, aber natürlich würde sie rangehen, und es würde keine zwei Sekunden dauern, bis sie den Schlaf aus ihrer Stimme verbannt hätte. Sandy hatte den gleichen Job für Pataki gemacht, als der Gouverneur war, so gut war sie. Er stellte sie sich vor, wie sie Hintern an Hintern neben ihrer grobknochigen dominikanischen Partnerin lag. Barry war Republikaner, aber schon lange für die gleichgeschlechtliche Ehe. Ständig redete er darüber. Er hatte sogar Sandy mal einen langen Vortrag darüber gehalten, dass sie und Wie-hieß-sie-noch? heiraten sollten, weil das Problem dieses Landes doch war …

»Was ist das Problem?«, fragte Sandy.

»Sie müssen mir ein Greyhound-Ticket nach Richmond, Virginia, buchen. Sofort.«

»Anmerkung«, sagte Sandy. »Sie klingen nicht besonders gut.« Dann sagte sie in rascher Folge noch eine Menge anderer Sachen. Sie wollte wissen, ob aus rechtlicher Sicht irgendwas *los* sei, worüber sie am Telefon besser nicht reden sollten, aber keine Sorge, sie sei mit Uber gleich da, er solle einfach auf sie warten. Was auch immer es sei, der Morgen würde sicher »eine Lösung« bringen. Sie erwähnte auch »die Optik«. Ob er wisse, wie es in einem Greyhound zugehe? Wenn er unbedingt nach Richmond müsse, gebe es einen NetJets-Flug ab Teterboro. Er könne in zwei Stunden »abheben«. Es gebe Direktflüge mit JetBlue, Delta und United. Außerdem den Acela Express mit Anschluss an einen Regionalzug. Wieso also unbedingt mit dem Bus? Ihre Kompetenz war bewundernswert. Sandy war die einzige Frau in seinem Unternehmen, abgesehen von den Schönheiten in der Abteilung Investor Relations. Sie hatten mal eine scharfzüngige Ex-Biologin aus Oxford eingestellt, die das Risikomanagement leitete, auch eine Lesbe, die ihm ins Gesicht gesagt hatte, er sei »zurückgeblieben«, aber nach drei Jahren voller Katastrophen, als ihre Vermögenswerte um mehr als die Hälfte geschrumpft waren, und dazu noch *diese andere Sache*, war sie zu einem Start-up im Silicon Valley gewechselt.

Während Sandys Kompetenz immer umfangreicher und eindringlicher durchs Telefon drang, betrachtete Barry die Frau mit den Netzhasenohren und die Transfrau mit den Chips von Lay's, die ihn weiterhin ignorierten. Die Wut, die ihn vielleicht gerade seine Familie gekostet hatte, floss ihm noch durch die Adern. Männer und Frauen, Frauen und Männer. Seine Wut war nicht zu stoppen. »Als Sie mich als Büroleiterin eingestellt haben, habe ich Ihnen gesagt, ich müsse meinem Chef vertrauen können«, sagte Sandy. »Und darum muss ich jetzt wissen: Kann ich Ihnen vertrauen?«

»Machen Sie einfach Ihren Scheißjob!«, schrie er.

Die Transfrau neben ihm hörte auf, ihre Chips zu essen. Sie und ihre Gesprächspartnerin musterten sein kaputtes Gesicht. Unwillkürlich schauten sie sich nach Sicherheitskräften um, aber trotz des Namens »Port Authority« gab es so weit unterhalb der geordneten Bezirke der herrschaftlichen Stadt keine Autoritäten. Das war also aus ihm geworden – ein Mann, der Frauen anschrie. Der behinderte Kinder drangsalierte. Er sah Seemas und Shivas verängstigte Gesichter vor sich. Er hatte wegrennen müssen, ehe er noch mehr Schaden anrichtete. »Okay, okay«, sagte Sandy. »Bleiben Sie einfach, wo Sie sind.« Inzwischen hatte sich ihre Partnerin wahrscheinlich hellwach und mit glänzenden Lippen umgedreht, aufgeschreckt von der Unruhe, die durch ihren Achtzig-Quadratmeter-Glaskasten für 1,3 Millionen mitten in Brooklyn drang, und dachte, was alle New Yorker immer dachten, wenn Ärger drohte: Werde ich diese Wohnung aufgeben müssen?

Nachdem er seine Frau und das philippinische Kindermädchen fertiggemacht hatte, verdarb er jetzt auch noch zwei anderen Frauen die Nacht.

Die geschlechtsgewandelte Frau mit den Chips und Hasenohr standen nun auf der anderen Seite des Gangs und behielten ihn abwechselnd im Blick. Sie murmelten irgendwas, wahrscheinlich, dass er verrückt war, dass sie Typen wie ihn kannten, dass sie sich mit Typen wie ihm trafen, wenn auch nicht mit so einer bescheuerten Citibank-Weste von Patagonia. Er musste ruhiger werden. Die Gewalt war immer noch da und pulsierte brennend rot in seinen Fingerspitzen. Immer wenn er so einen Kontrollverlust spürte, wenn die Welt um ihn herum ins Wanken geriet und sein Körper sich wie eine Fälschung anfühlte, erinnerte er sich an die Worte seines Therapeuten: »Schauen Sie auf Ihre Uhr.«

Er schaute auf seine Uhr. Es war eine Nomos Minimatik mit champagnerfarbenem Zifferblatt. Nomos war sein neues Faible. Die Uhren waren nicht teuer, Höchstpreis zwanzigtausend, sie wurden in dem winzigen deutschen Städtchen Glashütte hergestellt, weit weg von der ganzen Schweizer Blenderei, und folgten einer strengen, aber doch spielerischen Bauhaus-Ästhetik. Die Uhr tat ihre Wirkung. Sie beruhigte ihn. Das champagnerfarbene Zifferblatt, die freien Flächen zwischen den arabischen Ziffern und vor allem der schmale orangefarbene Sekundenzeiger – eigentlich wie eine Kinderhand –, der elegant in seinem kleinen Hilfszifferblatt kreiste, als wäre das Leben leicht und strahlend. Die Uhr saugte das unmenschliche Leuchten des umliegenden Raums in sich auf und ersetzte es durch Schönheit und Hoffnung. Er erinnerte sich, wie der drei Wochen alte Shiva in seinen Armen schlief, dieses süße braune Häschen, und selbst da hatte er trotz seiner albernen Fassade eines vom Judentum abgefallenen Agnostikers noch geflüstert: »Bitte, lieber Gott, tu ihm nichts, okay? Meine Sünden gehören allein mir.«

Er atmete. Und lächelte. Das war das Verrückte. Eine gute Uhr brachte ihn zum Lächeln, so wie sein Sohn ihn zum Lächeln gebracht hatte, als er noch ein hilf- und makelloses kleines

Etwas war. So wie Seema ihn zum Lächeln gebracht hatte, bevor sie geheiratet hatten, wenn sie allem widersprochen hatte, was er über Leben und Politik und ästhetische Fragen zu sagen hatte. Er fand es für Menschen seiner Stellung cool, jemanden zu heiraten, der in jeder Hinsicht anderer Meinung war. Loyale Opposition. »Sie ist die *schönste* und *klügste* Frau, der ich je begegnet bin«, sagte er gern zu seinen Freunden, nachdem sie aufgehört hatten, einander zu lieben.

Den Augenblick konnte er genau festmachen. Sie waren auf einer Geburtstagsparty im Eleven Madison Park gewesen, zehn Paare aus der Finanzbranche, und sie unterhielt sich mit Joey Goldblatt und seiner aktuellen kaum der Pubertät entwachsenen Gattin. Seit der Diagnose hatte Seema praktisch jede Minute damit verbracht, Betreuung und Hilfe für Shiva zu suchen, und Barry kaum noch wahrgenommen. Er fühlte sich allein. Aber jetzt hörte er zum ersten Mal seit Wochen ihre Stimme, sie klang besonders laut und betrunken, als sie zu Joeys neuer Ehefrau sagte: »Unser einziger *wirklicher* Luxus ist die eigene Köchin.« Dieses typische bescheidene Prahlen unter Hedgies. Es klang so falsch. So gar nicht nach Seema. Wie ein offenes Geständnis all seinen Freunden gegenüber: Das Einzige, was uns noch verbindet, ist unser Geld.

Aber *welche* Freunde? Ihm waren so wenige geblieben. Sie war doch seine beste Freundin gewesen. Sie hatte ihm beim Frühstück Paul Krugmans Kommentare aus der *New York Times* vorgelesen und er ihr im Bett die Nick-Adams-Geschichten von Hemingway, wobei er sich die ganze Zeit sehr männlich fühlte. Sie war seine beste Freundin gewesen, und vor zwei Stunden hatte sie verkündet, er habe keine Fantasie (oder war es keine Seele?). Vor einer Stunde hatte sie ihm ins Gesicht gegriffen, ihre Finger tief in die Haut unter seinem linken Auge gekrallt und ihn von ihrem schreienden Sohn weggestoßen. Wie kann man so etwas wieder hinbekommen?

»Sind Sie Barry Cohen?« Ein Latino mittleren Alters kam auf ihn zu. Er trug eine dicke malvenfarbene Weste mit einer Art Anstecker, der womöglich einen hohen Rang in der Priesterschaft der Greyhound-Linie anzeigte. Selbst im nuklearen Nachglühen der orangeroten Kachelwände hier in der Port Authority war seine Tolle perfekt frisiert.

Der Mann öffnete den Rollladen vor dem Fahrkartenschalter, gab Barry Zeichen, er solle ihm folgen, und ließ die Sperre wieder herunter.

»Moment mal!«, rief Hasenohr, als der Rollladen vor ihr und der Chipsfrau herunterkrachte. »Wir brauchen auch Tickets! Das is' nich' fair!« Der Mann ging zu einer Art Monitor mit angeschlossenem Drucker. Das Ding erinnerte Barry an den Commodore 64, den er in seiner Jugend so gern programmiert hatte.

»Kennen Sie Wayne von unten?«, fragte Barry den Latino. »Den mit der grünen Weste.«

Eine Fahrkarte nach Richmond kam aus dem Drucker. Barry schaute auf seine Uhr. Sandy hatte drei Minuten gebraucht, um die Welt für ihn neu zu ordnen. Hasenohr und Chips rüttelten an dem Rollladengitter, forderten Respekt, doch der Ticketmann in der Malvenweste hatte keinen Respekt für sie.

Noch einmal schleifte Barry seinen Koffer die kaputte Rolltreppe hinunter zu den Bussteigen. Der Inder auf der Treppe war mit dem Kopf auf den Schenkeln eingeschlafen, hatte den Kummer des Tages hinter sich gelassen. Barry ging zu Wayne in der grünen Weste am Ausgang nach Richmond. »Ich habe mein Ticket!«, sagte Barry.

»Ich wusste doch, das würde klappen«, sagte Wayne.

»Kann ich auf die Toilette?«

»Ja, aber die ist kaputt. Darum …«

»Ich weiß, Sie müssen erst mit dem Schlüssel den Fahrstuhl freigeben.«

»Sie lernen ja schnell, Barry«, sagte Wayne.

Als Barry im dritten Stock ankam, in einer weiteren Landschaft aus orangefarbenen Wänden und gelben Sperren, hatte seine Wut sich in Traurigkeit verwandelt. *Er hätte Sandy nicht anrufen sollen!* Er durfte sich doch für diese Reise nicht auf Sandy verlassen. Er musste selbst die volle Verantwortung übernehmen. Keine Sandy, keine Seema, keine philippinischen Kindermädchen, keine estnischen Köche, keine Fahrer aus Bangladesch. Niemand außer Barry Cohen, der sein Schicksal selbst in die Hand nahm. Er zog sein Telefon aus der Tasche und schaltete es aus. Er sah sich um. Der Waschraum war leer. Er klappte den Mülleimer auf, warf das Telefon hinein und stopfte einen Haufen Papierhandtücher obendrauf.

Er erwog, auch seine Brieftasche wegzuwerfen, aber wie sollte er dann bezahlen? Stattdessen ging er zu einer kaputten Toilettenschüssel und übergab sich.

Barrys Bus blieb mit pneumatischem Zischen am Bussteig stehen, ein erfreuliches Geräusch, an das er sich von seinem Studententrip noch erinnerte. In der Nähe der Tür hing ein Schwarz-Weiß-Foto aus den besseren Tagen des Unternehmens Greyhound, darauf das zeremonielle Durchschneiden eines Eröffnungsbands, von einer echten Windhündin überwacht, die eine Schärpe mit den Worten LADY GREYHOUND trug. Das Reiseziel auf dem Bus lautete AMERIKA.

Viele Fahrgäste schliefen noch mit offenen Mündern auf den schmutzigen Bänken, die Skimützen über die Augen gezogen, um sich vor dem grellen Licht der Port Authority zu schützen. Warum trugen sie im Sommer Wollmützen? Lag das an den Drogen? Froren Sie wegen der Drogen? Schlafende Menschen hatten etwas Zartes. Die alte Frau vor ihm, schwer atmend und mit rosaroten, ungesunden Augen, hatte CLARKSDALE, MS., auf ihrem Gepäckanhänger stehen. Die Fahrt musste Tage dauern. Barry sah sich um und stellte sich den Greyhound als eine Art Transportmittel für Afroamerikaner vor, das Familien quer durch ein ungastliches Land zusammenhielt. Er sah außerdem ein paar Latinos, ehemalige Soldaten in Uniform, und Menschen jeder Hautfarbe mit Armbändern, die auf eine Entlassung oder Flucht aus einer Anstalt hindeuteten. Vorn waren ihre Hemden feucht von Ausdünstungen. Er konnte noch immer umkehren. Er konnte noch immer die Wärme des granitglatten Rückens seiner Frau an seiner Brust spüren. Aber das konnte er Shiva nicht antun, dessen vor nackter Angst zuckendes Gesicht das Letzte war, was er sah, als die Frauen ihn wegzerrten. Instinktiv griff er in die Tasche, aber sein Telefon war weg.

Er war frei.

Wayne half der Frau, die nach Clarksdale in Missouri wollte, mit ihrem beträchtlichen Gepäck. Vor Princeton hatte Barry das Gefühl gehabt, mehr von dem verstehen zu können, was auf der Straße geredet wurde, aber jetzt brauchte er Untertitel. Vielleicht hatte Seema recht. Nach über zwanzig Jahren in der Finanzbranche war seine Fantasie hinüber. Er musste neu lernen, wie die Menschen in seinem Land sprachen. Wayne trug die Taschen der alten Frau durch die Wartehalle zum Bus. Und wenn der Rest des Landes genauso freundlich war wie Wayne? »Ich möchte Ihnen danken für alles, was Sie für mich getan haben«, sagte Barry im Vorbeigehen zu ihm und streckte ihm die Hand hin, um die seine zu schütteln.

»Was hab' ich denn gemacht?«

»Mich einfach wahrgenommen.«

»Seien Sie gut zu sich, Barry«, sagte Wayne.

Barry stellte sich eine schummrige Großstadtbar vor, wo Wayne und er sich amtlich besaufen könnten und er ihm vor einer Neonpalme und einer üppigen Barfrau im Coors-T-Shirt von Shiva erzählen würde. Ich hatte mal so einen Cousin, könnte Wayne sagen und über das feine Netzgewebe seiner grünen Weste streichen. Hat kein Wort gesprochen. Sich immer bloß im Kreis gedreht. Jetzt arbeitet er für die Veteranenbehörde. Hat drei Kinder. Glauben Sie nicht, was die Ihnen erzählen. Da hat keiner einen Schimmer. Diese Ärzte.

Draußen vor der Tür mussten sie dem Busfahrer, einem kleinen Schwarzen mit Sonnenbrille und einer Lederjacke, auf der MARINES stand, die Fahrkarten geben. Barry zeigte ihm seinen Ausdruck und rechnete damit, dass er ihn scannen würde, aber der Fahrer wollte das Papier an sich nehmen. »Sir!«, sagte er. »Ich muss diese Fahrkarte an Greyhound weitergeben.«

»Ich dachte, ich könnte den Ausdruck für meine Unterlagen behalten«, sagte Barry. »Als Erinnerungsstück.«

»*Sir!* Sie müssen mir das Ticket aushändigen, sonst dürfen Sie nicht in den Bus steigen.«

Barry zögerte. Seine Trunkenheit ließ nach, doch die Wut war noch da. Wo zum Teufel waren die höflichen Menschen wie Wayne geblieben? »Hören Sie mal, ich möchte mich nicht um ein Stück Papier streiten …«

»*Sir!* Wollen Sie weiter hier herumstehen und die Zeit der anderen Fahrgäste verschwenden, oder händigen Sie mir die Fahrkarte aus? Entscheiden Sie sich.«

Barry schaute auf den Busfahrer herab. Das konnte er, weil er mindestens zwei Handbreit größer war als er. Aber er hatte kein Telefon und keine Sandy mehr, also konnte er nichts tun. Er musste sich diesem kleinen knorrigen Vietnamveteranen mit einer Busfahrerlizenz des Staates New York unterordnen. Er musste ihm seine Fahrkarte geben, den einzigen Beweis dafür, dass man ihn in diesen Bus gelassen hatte und er seine Fahrt bis Richmond fortsetzen durfte. Er musste seinem Gegenüber vertrauen, dem Busfahrer, dass der ihn nicht irgendwo aus dem Bus werfen würde, so wie seine Jungs Barry nach einem fetten

Jahr in der Bonuszeit vertrauen mussten. Nicht dass er noch fette Jahre hatte.

Er gab ihm das Ticket. »*Vielen* Dank!«, sagte der Fahrer und verdrehte auch durch die Sonnenbrille sichtbar die Augen, womit er die anderen Fahrgäste in der Schlange wohl daran erinnern wollte, dass sie sich benehmen sollten, wenn sie nicht gedemütigt werden wollten. Er hatte nicht einmal bemerkt, dass Barry verletzt war, dass er blutete.

Im Bus leuchtete schummriges Neonlicht wie in einem geheimen Nachtclub. Außerdem stank es nach Urin. Nach Urin und Desinfektionsmittel, welches auf seine klebrig-süßliche Art den Uringeruch noch verschlimmerte. Barry wollte nicht fragen, ob das ganz normal oder irgendwas schiefgelaufen sei, doch ihm fiel auf, dass kaum Fahrgäste hinten bei der Toilette Platz nahmen. Er lernte eine weitere Greyhound-Regel: Immer vorne sitzen.

Außerdem erkannte er, dass sein Rollkoffer mit den sechs wertvollen Uhren niemals in die Gepäckfächer über den Sitzen passen würde. Er konnte den Koffer in den Frachtraum des Busses geben, wie es seine Mitreisenden taten, aber der Gedanke an die Uhren da unten, wo sie vom ungehobelten Gepäck der anderen herumgeschubst würden, war ihm unerträglich. Er konnte sich unterwerfen, unterordnen, seine Nasenlöcher dem Reich der Greyhound-Düfte öffnen, aber seine Armbanduhren würde er niemals zu Schaden kommen lassen. Er quetschte sein Gepäck auf den Sitz neben sich.

Der Fahrer war jetzt auch eingestiegen. »Mein Name ist [etwas Unverständliches], und ich werde bis Richmond Ihr Fahrtleiter sein. Funktionieren die Steckdosen? Einfaches Ja oder Nein.«

Ein paar schläfrige Jas waren zu hören, als die Leute ihre elektronischen Geräte eingestöpselt hatten. Der Fahrer wandte sich an die Frau in der ersten Reihe.

»*Ma'am*, dieser Sitz ist für Behinderte reserviert.«

Ein sanftes Latinokrächzen: »Ich behindert.«

»Sie sind behindert? Was fehlt Ihnen denn?«

»Ich *iiimmer* sitzen vorn.«

»*Ma'am*, wenn Sie mir Widerworte geben, fahren Sie nicht mit diesem Bus. Das steht fest. Ich habe eine Frage gestellt, und die werden Sie mir beantworten. Inwiefern sind Sie behindert? Was fehlt Ihnen?«

»Mein Knie, tut weh.«

»Mein Knie tut auch weh. Und was fehlt Ihnen *wirklich*? Wie sind Sie behindert? Ma'am. Und jetzt keine Widerworte! *Ma'am!* Beantworten Sie die Frage: Inwiefern sind Sie behindert?«

Barry verfolgte das Gespräch bis zu seinem logischen Schlusspunkt, an dem die Frau mit den schwachen Knien nach hinten in den urinschwangeren Teil des Busses schlurfte und noch immer etwas von ihren Knien murmelte. Ein erstaunlicher Vorgang. In Barrys Welt konnte man weder über seine Frau noch über seine Kinder, ja, nicht einmal über seine Angestellten ohne negative Konsequenzen volle Kontrolle ausüben. Es gab eingebaute Absicherungen. Rechtsanwälte. Sozialarbeiter. Die Medien. Aber die Autorität des Busfahrers war vollkommen. Barry beschlich eine Ahnung über unser Land. Dass wir im Innersten alle total reglementiert und militaristisch waren. Trotz unserer Cowboy-Werte standen wir eigentlich alle unter Befehl, und was immer wir aus Protest sagten oder taten, ließ sich als »Widerworte« auslegen, wir alle konnten jederzeit aus dem Bus geworfen werden. Der Greyhound war wie eine Abteilung unserer Streitkräfte. Und Barry war ein einfacher Soldat.

Der Motor erwachte dumpf knirschend zum Leben. Barry schaute auf seine Nomos, deren champagnerfarbenes Zifferblatt zwar im Dunkel versank, doch die zarte feminine Form der Anstöße war unverkennbar. Eines wusste er. Im Gegensatz zu den vielen Boulevardscheidungen seines Freundes Joey Goldblatt würde er seine Ehe ungewöhnlich anständig beenden. Selbst im Scheitern wäre er noch beispielhaft, und eines Tages, in vielen Jahren, würde Seema zu ihm sagen: »Ich bin froh, dass du den Mut hattest, den Schlussstrich zu ziehen. Ich bin froh, dass du wusstest, wann der richtige Augenblick zum Weglaufen gekommen war.«

Und jetzt war der große Moment da, endlich würde das Wunderbare geschehen, wovon er all die Jahre geträumt hatte, wenn er am späten Nachmittag aus seinem Bürofenster am Astor Place auf die aufgeweckten Mädchen von der New York University geschaut hatte, die in ihren lilafarbenen Sweatshirts vor den Falafelläden am St. Mark's Place herumliefen. Der Bus würde um ein paar dunkle gefährliche Kurven biegen und dann volle Kraft voraus ins glitzernde Licht einer Hochstraße über Manhattan hinausschießen, die Stadt würde unter ihm verblassen und verschwinden.

Nur dass es so nicht geschah. Sie fuhren an der Kabine eines Fahrdienstleiters vorbei, an der ein Plakat SICHERHEIT ZUERST forderte, und unvermittelt waren sie draußen auf der leblosen 41st Street, passierten ein YOTEL, was auch immer das war, und ein Schild mit der Aufschrift SUNSPIRE. SUCHTHILFE, DER SIE VERTRAUEN KÖNNEN. Gleich darauf rasten sie durch die leere neonhelle Röhre des Lincoln Tunnel.

Auf der anderen Seite des Hudson war Manhattan um vier Uhr morgens hauptsächlich dunkel, wie eine alte Version seiner selbst, vor der Ankunft der Niederländer. Ausnahmsweise wirkte es einmal kraftlos. Als erwartete es ein ungewisses Schicksal. Er warf einen Blick über die Schulter und versuchte erfolglos, das durchscheinend dunkle Glas des Wolkenkratzers zu entdecken, in dem er wohnte, oder Shiva, der sicher die ganze Nacht durchgeschrien, sein gequältes Keuchen abgespult hatte, während Seema und das Kindermädchen geduldig an seiner Seite saßen und den kleinen Körper seines Sohnes abwechselnd drückten, um seine Sinne so zu stimulieren, dass er wusste, er war immer noch da, immer noch auf dieser Welt.

Das Abendessen war die Idee seiner Frau gewesen. Seiner Frau und dieser Ärztin aus Hongkong. Die Fahrstühle im Gebäude führten alle mit einem persönlichen Schlüssel in die jeweiligen Stockwerke der Bewohner, weshalb man seinen Nachbarn selten begegnete, aber Seema und die Ärztin aus Hongkong hatten sich im Foyer getroffen und angefangen zu plaudern, wie Frauen das eben tun. Das war von Barry nicht unbedingt als Seitenhieb auf Frauen gemeint. Plaudern war eigentlich *seine* Hauptbeschäftigung. Im Büro wimmelte es von Quant-Tradern und verschiedenen anderen Mathegenies, die Hälfte des Personals kam anscheinend inzwischen vom MIT oder anderen, schlechter ausgestatteten Mathematikfakultäten rund um den Globus, während es breitschultrigen, charmanten Princeton-Absolventen wie Barry überlassen war, das große Ganze im Griff zu haben und Typen namens Ahmed von der Qatar Investment Authority jedes Jahr zwei Prozent der Vermögenswerte abzuschwatzen, die Barry verwaltete. Dafür sprach er mit ihnen wie ein ehemaliger Sportprofi, so ausladend und schulterklopfend wie nur möglich. Die vielen Stunden vor dem Spiegel, als er noch zur Louis Pasteur Middle School ging und seine »Freundschaftssätze« einstudierte, hatten sich endlich ausgezahlt. »Der freundlichste Typ der Wall Street« hatte ihn ein junger Kerl mal genannt. Niemand sonst konnte drei Jahre in Folge Miese machen und trotzdem noch von den Ahmeds der Welt aufgesucht werden. Er war sehr stolz darauf.

Das Abendessen. Es war Seemas Versuch, Shivas Diagnose eine Weile zu vergessen und mal wieder das zu tun, was Hedgefonds-Gattinnen am besten können: ein sorgfältig geplantes Leben für die Familie kuratieren. Es stellte sich heraus, dass die

Ärztin aus Hongkong mit einem Schriftsteller verheiratet war, den Seema gelesen hatte und bewunderte. Ein *Schriftsteller*? In *ihrem* Gebäude? Wo selbst die Zwei-Zimmer-Wohnungen mit Blick auf die Rückseite eines mexikanischen Imbisses mindestens drei Millionen kosteten? Irgendwie gefiel das Barry nicht, aber er sagte nichts dazu.

Seema las viel, eine ihrer kulturbeflissenen Gewohnheiten, die ihn von Anfang an angezogen hatten. Sie las die Art Bücher, die von den meisten Menschen bei klarem Verstand längst links liegen gelassen wurden. Der Schriftsteller, einer ihrer Lieblinge, kam aus Guatemala und schrieb fantastisch verbrämt über die politische Lage dort, die nicht gut war. Barry hatte seinen Verkaufsrang auf Amazon überprüft – Nr. 1 123 340, und nachdem er eine Seite seines Romans gelesen hatte, wusste er auch, wieso. Die Sprache war undurchdringlich. Es fanden sich Dutzende Akronyme für die Parteien und Verbrecherbanden des Landes, außerdem jede Menge spanischer Ausdrücke und Wörter, die nicht übersetzt worden waren – allein aus dem Grund, Barrys weißes Privileg herauszufordern. Dabei war Barry gar kein Philister. Er hatte im Nebenfach Kreatives Schreiben belegt, und das Lehrprogramm in Princeton war hervorragend. Sein Hedgefonds This Side of Capital war nach Fitzgeralds erstem Roman benannt, der in den gotischen Kreuzgängen und Innenhöfen seiner Alma Mater spielt. Er hatte ein Büro in einem neuen monolithischen Hochhaus am Astor Place gemietet, aus dem man auf den anekdotenträchtigen früheren Boheme-Hotspot St. Mark's Place schaute – im Gedenken an seinen eigenen kurzlebigen kreativen Schub. Sogar seine Träume von einer Reise quer durchs Land waren von der Möglichkeit unterfüttert, seine Erinnerungen eines Tages zu Papier zu bringen. So eine Art *Unterwegs*, nur in nachdenklicher, gereifter Sprache.

»Du hast doch gesagt, das wird ganz informell«, sagte er, als Seema ein Kleid anzog, mit dem sie, wie er wusste, Eindruck schinden wollte. Einer der vielen Punkte auf seiner Ehe-Checkliste war, eine Frau zu heiraten, die zu ehrgeizig war, um je dick zu werden. Seema, die er ein Jahr nach ihrem Jurastudium in Yale kennengelernt und die sich mit Angestelltenjobs zur Spitze der Anwaltschaft hochgearbeitet hatte – oder dem, was davon noch übrig war –, erfüllte diese Voraussetzung auf jeden Fall. Dieses Kleid aber betonte jeden Quadratzentimeter ihres Körpers und schmiegte sich besonders großartig an ihren prachtvollen Hintern. Das beunruhigte Barry noch mehr. Wieso machte sie sich für diesen Schreiber und seine Frau so schick?

Durch den Vorraum ihres Schlafzimmers, durch den Flur mit seinem glänzenden Fischgrätenparkett, durch die drei ineinanderübergehenden Wohnbereiche, mit den zweiseitigen Kaminen als Raumteiler, durch das behagliche Schlafzimmer des Kindermädchens bohrten sich Shivas schrille Schreie und durchbrachen die zeitlose Kulisse zweier gebildeter Menschen, der eine mächtig, die andere schön, die sich auf einen geistreich kultivierten Abend vorbereiteten.

»Kannst du nicht was Besseres anziehen?«, sagte Seema. »Vineyard Vines ist angemessen für eine Pool-Party in Westbrook. Sieht aus, als würdest du noch bei Morgan Anlagen verkaufen.«

Seit der Diagnose hatte Seema des Öfteren solche Sachen gesagt. Sie schien immer einen kleinen Füller parat zu haben, dessen Feder in Gemeinheit getaucht war. Er wusste, sie war erschöpft. Erschöpft, weil er nichts zu Shivas Betreuung beitrug, und obwohl sie ihr Kindermädchen sehr mochte, bedeutete ein Kind mit dieser Diagnose doch, ein eigenes kleines Unternehmen zu managen. Sie hat ja auch keinen richtigen Job, dachte er – seine Form der Gemeinheit. Das war nicht allein ihre Schuld. Eine fähige und gut ausgebildete Frau zu heiraten und vom Arbeitsmarkt zu nehmen, galt in Barrys Kreisen als ein Zeichen für Erfolg.

»Scheiß auf Morgan«, sagte Barry. »Wie findest du *das?*« Er trat aus seinem Wandschrank und trug eine Citibank-Weste, die er bei irgendeinem Golfturnier geschenkt bekommen hatte.

Seema saß an ihrem Schminktisch, die Lippen rot, der Blick scharf. Anders als weiße Frauen konnte sie reichlich Gold um den Hals tragen, denn ihre wundersame Hautfarbe nahm seinen Glanz auf. Sie war, dachte Barry bisweilen ungläubig, eine neunundzwanzigjährige Schönheit, in die sich nur ein Mensch im ganzen Universum *nicht* unheilbar verliebt hatte, nämlich er selbst. Liebte Shiva sie? Würde er jemals zur Liebe fähig sein? Die Auszüge, die Seema per Kurier in sein Büro hatte bringen lassen, schienen das anzudeuten: Seine Diagnose bedeute bloß eine andere Art des Daseins. »Das ist keine Tragödie«, hatte sie in ihrer voluminösen Handschrift auf einen Notizzettel geschrieben und auf den jüngsten Forschungsbericht geklebt, den zu lesen Barry nicht über sich brachte.

»Heute Abend willst du dich also zum Gespött machen?«, fragte Seema. Ihre zornige Stimme bewegte sich in einer ganz eigenen, tiefen Whiskylage. »Ständig beschwerst du dich darüber, dass wir unsere Nachbarn nicht kennen. Jetzt ist mal die Gelegenheit, richtig interessante Leute zu treffen. Ich jedenfalls möchte einen guten Eindruck machen.«

Er zuckte die Achseln, zog die Citi-Weste aus und warf sie aufs Bett. »Ich suche mir eine Uhr aus.« Er trat an seinen Safe, wo die Objekte seiner wahren Begierde sich gleichmäßig in ihren Uhrenbewegern drehten.

Luis und Julianna Goodman wohnten in einem viel kleineren Apartment im zweiten Stock. Wie ein Langstreckenjet war auch ihr Gebäude in Economy, Business und First Class aufgeteilt. Die unteren elf Stockwerke bestanden jeweils aus mehreren Wohnungen, von denen keine mehr als drei Schlafzimmer hatte und die mittlere Millionäre beherbergten, die in der Finanzbranche im Verkauf tätig waren – Geschäftsführer bei Goldman und dergleichen, deren Frauen ein oder zwei Kinder bekommen hatten. Die nächsten elf Stockwerke umfassten jeweils eine ganze Wohneinheit und gehörten den Vorständen von Hedgefonds oder Private-Equity-Unternehmen sowie einem argentinischen Model mit Fußballerfreund, die nicht mehr als eine Woche pro Jahr in New York verbrachten. Die oberen drei Stockwerke gehörten Rupert Murdoch.

Der Fahrstuhl sauste vom zwanzigsten zum zweiten Stock hinunter, Seema in ihrem Prachtkleid starrte vor sich hin, Barry sah auf seine Nomos Minimatik, eine kluge Wahl, da doch die Werksbeschreibung andeutete, es sei genau die richtige Uhr für kreative Köpfe wie Architekten und Autoren. Die Uhr schmiegte sich um sein Handgelenk wie ein Artefakt aus einem goldenen, technisch ausgereiften Universum, und sie tat kund, was für ein Mann Barry eigentlich war.

Beide Goodmans begrüßten sie an der Wohnungstür. Luis war groß und so gut aussehend, wie sein Buchumschlag vermuten ließ. Er sprach verdächtig gut Englisch mit internationalem Akzent – irgendwas zwischen britisch und amerikanisch –, im Grunde makellos. Er trug eine IWC-Fliegeruhr, kein Vintage-Modell, aber auf alt gemacht, was Barry niemals über sich brächte. Er hatte ein weißes Hemd von Brooks Brothers an, den obersten Knopf geöffnet. Seine Frau war beinahe genauso hinreißend, groß und kompakt. Sie hatte eine alte Jaeger-Le-Coultre Reverso am Handgelenk, eine Uhr, die britische Kolonialisten beim Polo trugen. Die Frauen umarmten sich freudig. Als Barry sie dabei sah, wurde ihm klar, wie eingesperrt Seema in ihrem Dreihundertfünfzig-Quadratmeter-Apartment war – mit Shivas Diagnose und ihrem gefühlsleeren Ehemann. Vielleicht aus Trotz war Seemas Handgelenk nackt, ohne einen der vielen Zeitmesser, die er ihr geschenkt hatte, darunter auch eine Cartier Crash für siebzigtausend, die absichtlich so aussah, als wäre sie bei einem Autounfall verbogen worden. Ihm fiel auf, dass die Ärztin aus Hongkong Jeans und eine dezente Sommerbluse trug, wahrscheinlich von A.P.C. oder so (da kaufte Seema immer seine Sneaker), doch ihr zwangloser Look ließ Seemas eng anliegendes Kleid und ihren kurvenreichen, parfümierten Körper wie einen Witz wirken.

Die Wohnung war minimalistisch eingerichtet und strategisch unterbeleuchtet, doch die Basics waren da – all die Geräte von Liebherr und KitchenAid, die eine gewisse Stabilität im obersten Einkommensprozent andeuteten. Auf einem kleinen Esstisch aus auf alt getrimmtem Holz standen panasiatische und panlateinamerikanische Gerichte, zu denen Seema das oft gelobte Sambar ihrer Mutter stellte, einen südindischen Linseneintopf mit viel Tamarinde, dem nicht einmal ein anerkannter Fleischfresser wie Barry widerstehen konnte. Das war einfühlsam von ihr, denn eine Flasche Wein für zweitausend Dollar hätte nur den Unterschied zwischen dem zwanzigsten und zweiten Stock betont. »Oh Gott«, sagte die Ärztin aus Hongkong (in den fünf Stunden, die sie miteinander verbringen sollten, würde sich Barry ihren Namen nicht merken; er konnte sich nie an Frauennamen erinnern). »Ich habe ein Hakka-Gericht zubereitet, in Salz gebackenes Huhn. Seema, Sie sind doch nicht etwa Vegetarierin?«

»Beim Fleisch halte ich es mit den Brahmanen, aber den Vogel esse ich«, sagte Seema. Die Frauen und Luis lachten verständnisinnig, und Barry kam sich wie der einzige Weiße im Zimmer vor. Er bemerkte, dass Luis Goodman, der angebliche Guatemalteke, viel heller war als er und angesichts seines Nachnamens wahrscheinlich genauso jüdisch.

»Also, ich habe Ihr Buch angefangen«, sagte Barry. »Äußerst interessant.«

»Ich müsste eigentlich fragen, welches, aber im Grunde sind sie alle gleich«, sagte Luis. »Amerikanischer Kolonialismus, Verbrechen an der indigenen Bevölkerung, blablabla.«

»Barry liest *Der mitfühlende Metzger*«, warf Seema ein. »Eines meiner Lieblingsbücher.«

Sie saßen gedrängt um den kleinen Tisch, füllten ihre Teller mit einer Mischung aus Sambar und Reis, häuften Maniok und aromatische Stücke des in Salz gebackenen Huhns darauf, welches der Star des Abends sein würde, das wusste Barry sofort. Julianna arbeitete Vollzeit als Ärztin, hatte aber noch genug Zeit, die Küchentraditionen ihres Herkunftslandes zu zelebrieren. Traurig schaute Barry das nackte Handgelenk seiner Frau an. Die Ärztin war mindestens ein Jahrzehnt älter, hatte sich aber gut gehalten. Wenn sie von dem Schriftsteller genug hatte, könnte sie wahrscheinlich einen kleinen gedrungenen Mann aus den mittleren Rängen der Investmentbranche heiraten.

Sie aßen fröhlich und redeten ein wenig über Trump, wobei die Männer das Gespräch unter sich führten und dann den Frauen einen kleineren Redeanteil zugestanden, die dann ihre ganz eigenen Sorgen über die Zukunft der Nation hinzufügten, welche sich um ihre Kinder drehten und die Welt, die man ihnen hinterließe. Auch die Goodmans hatten einen Sohn, der genauso alt war wie Shiva. »Schläft der Kleine?«, fragte Seema. (So nannte Barry seinen Sohn auch manchmal, »der Kleine«.)

Barry warf ihr einen wachsamen Blick zu. »Jedenfalls nicht nötig, ihn zu wecken.«

Wie aufs Stichwort führte die Filipina der Goodmans, eine viel ältere und eindeutig schlechter bezahlte Version ihrer eigenen, ein reizendes eurasisches Kind herein, das die Gäste eine Sekunde lang aus seinen schlauen blassgrünen Augen ansah und sich dann hinter seinem Kindermädchen versteckte. Es linste an ihr vorbei, lächelte mit sämtlichen Megawatt an

Kleinkindcharme, die ihm zu Gebote standen, und streckte ihnen dann die Zunge heraus. »Arturo ist ein echter Komiker«, sagte Julianna. »Heute hat er eine Taube auf einer Stromleitung sitzen sehen und zu ihr gesagt: ›Taube! Fall nicht runter!‹«

»Das hört sich an, als sollte er in meinem Hedgefonds das Risikomanagement leiten«, sagte Barry. Alle lachten, aber Barry wusste, die Anwesenheit dieses normalen, dieses *sprechenden* Jungen schmerzte Seema schrecklich. Arturo rannte zur Heizung, hievte seinen sehnigen Körper auf die Abdeckung, zeigte auf den Mond draußen und sang: »Guter Mond, ich liebe dich!« Sein Kindermädchen ging zu ihm, hob ihn herunter und entschuldigte sich, dabei wussten alle, dass keine Entschuldigung nötig war und alles nach Drehbuch gelaufen war, wie immer bei den perfekten Kindern von Manhattan.

»Auch Shiva liebt den Mond«, sagte Barry. Und das stimmte, Shiva kletterte bei Vollmond auf den Heizkörper und starrte ihn mit offenem Mund an, und seine Augen zwinkerten rhythmisch, als wäre er ein Außerirdischer aus *Unheimliche Begegnung der dritten Art*, der Kontakt mit einer unterlegenen Zivilisation sucht. Doch er verkündete seine Liebe zum Mond nicht so wie der dreijährige Arturo. Er hatte sein ganzes Leben noch kein Wort gesprochen.

Der Albtraum ging weiter. Das Kindermädchen zog eine Hummelmütze aus der Tasche und setzte sie dem Jungen auf, dessen Haare so hell waren wie die seines Vaters, des angeblichen Latinos. Er kam zum Esstisch gelaufen und nahm mit jedem Einzelnen Blickkontakt auf. Nachdem klar war, dass ihre Aufmerksamkeit ganz ihm gehörte, holte er tief Luft – die Art von Vorbereitung, die ihm durch die Collegiate School und Yale und die Harvard Business School helfen und ihm den Aufstieg in einem Fonds wie dem von Barry erleichtern würde, bis er genug Kleingeld angehäuft hätte, um einen eigenen Fonds zu gründen und die achtzehn Stockwerke höher zu ziehen, in

Barrys Wohnung gleich unter Rupert Murdochs prächtigem Palast im Himmel.

»Okay, Arturo, vielleicht lassen wir das mit dem Lied heute Abend«, sagte Julianna. »Wir essen noch, Stachelschweinchen.«

Doch Arturo hatte gelernt, dass jeder tiefe Atemzug wertvoll war und in ein Lied münden musste.

»Iiiiiiiiiiiiiiiiich bringe meine kleine Hummel heim –
Wird meine Mama nicht stolz auf mich sein?
Ich bringe meine kleine Hummel heim.
AUTSCH! Der Stachel ging tief rein!«

»Jetzt ist es gut, Arturo, vielen Dank!«, sagte die Ärztin, als ihr atemloser Junge gerade zur zweiten Strophe anheben wollte. Vielleicht spürte sie, dass es bei ihren Gästen nicht so gut ankam.

»Nein, nein, lassen Sie ihn singen«, sagte Seema, deren ganzer Körper verkrampft war. »Lassen Sie ihn singen. Er macht das toll.«

Arturos Lächeln, ohne Kinn, aber mit tiefen Grübchen, strahlte wieder, ein verirrter, kindlich zarter Speicheltropfen drängte durch die Lücke zwischen seinen Schneidezähnen, und er stürzte sich in die zweite Strophe. Barry sah seine Frau an. Ihre stählerne Rechtsanwältinnenhaltung. Das ungegessene Hakka-Huhn unter ihren braunen Brahmanenfingern. Ich möchte dich lieben, dachte er.

»Wird meine Mama nicht stolz auf mich sein?«, jaulte Arturo. Warum schmerzte diese Textzeile Barry am meisten? Sie beide wollten auch stolz auf Shiva sein, so stolz, wie ihre eigenen Eltern nie auf sie waren. So wie die Ärztin aus Hongkong und der falsche mittelamerikanische Schriftsteller gnadenlos stolz auf jede alberne Nummer waren, die Arturo abziehen würde. Shiva musste gar nicht so viel leisten wie Arturo. Er war der Sohn eines reichen Mannes. Er könnte aufs Skidmore College

gehen oder Hanfmode entwerfen, aber seine Eltern brauchten ein Zeichen, dass er zumindest wusste, er gehörte zu ihrer engsten, glanzvollen Familie. Das ließ sich durch Umarmungen, Küsse, Worte deutlich machen, doch der Mond schien ihm mehr zu bedeuten als seine Mutter, die auf einer nahen Umlaufbahn um ihn kreiste, oder Barry, die Sternschnuppe, die gelegentlich auf dem Weg nach Teterboro seinen Nachthimmel kreuzte und von dort »abhob«, um einen Kunden in Baton Rouge anzuflehen, sein Geld nicht vorzeitig aus This Side of Capital abzuziehen.

»Das wird uns enger zusammenrücken lassen«, hatte Seema gesagt, als sie die Diagnose bekamen. Sie hatten sich im vollen Fahrstuhl des Weill Cornell Hospital eng aneinandergeschmiegt, und er hatte halb im Scherz entgegnet: »Wir gegen den Rest der Welt!« Doch das Internet hatte das Gegenteil gesagt, dass sie wie die meisten Paare unter solchen Umständen auseinandergehen würden. *Scheiß aufs Internet.* Jetzt hatten sie noch etwas anderes neben seinem Geld und ihrem Aussehen und ihren Referenzen. Ein normaler Sohn wäre kein Projekt gewesen. Den würden Kindermädchen, Nachhilfelehrer und Schulen großziehen. Aber Shiva aus dem Spektrum herauszubekommen würde beweisen, wie außergewöhnlich ihre Ehe von Beginn an gewesen war. Das würde alle Zweifel ausräumen, ob Seema und Barry Cohen füreinander gemacht waren.

»Du bist so gut, Arturo«, sagte Seema, als der Junge noch einmal vorspielte, wie die Hummel auf der milchweißen Haut seines Arms landete, und mit eingeübter Hysterie aufschrie: *»AUTSCH! Der Stachel ging tief rein!«*

»Was sagen wir, wenn uns jemand lobt?«, fragte Luis.

»Daaaaaaanke schön.« Der Junge verdrehte die Augen wegen dieser Pflichtübung. Doch dann nahm er seine dämliche Hummelmütze ab und verbeugte sich brav, und die Filipina führte ihn in sein Zimmer, begleitet von allgemeinem »Schlaf gut, Arturo« und *»Buenas noches, pequeño abejorro«* von Luis.

»Eine schreckliche und typische Manhattan-Frage«, sagte die Ärztin und schenkte aus einer weiteren Flasche Priorat ein, einer vollmundigen Zweihundert-Dollar-Zumutung, die vom merkwürdigen Mittelklassegeschmack ihres Mannes zeugte. »Was ist Ihr Plan für die Vorschule?«

Seema und Barry wechselten einen Millisekundenblick, als würden sie gleichzeitig die Szene von vor einem Jahr herunterladen: Shiva stand reglos und kreischend im sogenannten Bewegungskurs der örtlichen Kinderkrippe, in einer der sieben verschiedenen, die ihn nicht aufnehmen wollten, als monströse Kinder mit leuchtenden Augen zur Freude ihrer Eltern um ihn herumtanzten.

»Ach, wir denken noch gar nicht an die Schule!« Barry drehte sein Handgelenk und sah den hellen Glanz seiner Nomos aufblitzen. »Wer braucht denn diesen irren Konkurrenzkampf? Man sollte Kinder doch Kinder sein lassen.«

»Shiva hat Entwicklungsverzögerungen«, sagte Seema und hob abwehrend die Hand, als Luis ihr Priorat nachschenken wollte, den sie noch kaum angerührt hatte.

»Ich bin Ärztin, und ich kann Ihnen sagen, wir haben *alle* unsere Verzögerungen«, sagte die Hongkongerin. Sie lachten in Stereo über ihre medizinische Meinung. »Und Arturo *hasst* die Montessori-Krippe im Flatiron District.«

Das war der erste Kindergarten, der Shiva abgelehnt hatte, und vielleicht der beste im ganzen Bezirk. Dort war er so heftig ausgerastet, dass Seema überrascht gewesen war, als niemand die Polizei rief.

»Ich möchte, dass er bis zur Grundschule in den Ethical Heritage Kindergarten geht«, sagte Seema. »Das ist so eine gemischte Gruppe.«

»Ach tatsächlich?«, fragte die Ärztin.

»Manche Väter sind nicht mal Hedgefonds-Manager. Bloß Ärzte oder Rechtsanwälte.«

Luis und seine Frau lächelten, und auch Barry gab ein künstliches Lachen von sich. Seema ließ nie zu, dass der Schmerz ihre Äußerungen färbte, ihre Unterdrückungsmechanismen funktionierten einwandfrei. Zum ersten Mal in den fünf Jahren, die sie sich nun kannten, empfand er so etwas wie Mitleid für seine Frau. »Ich finde«, sagte Seema, »ein wenig *ökonomische* Vielfalt ist einfach gut.« Sie tat so, als würde sie einen tiefen Schluck Priorat nehmen, doch er benetzte nur ihre Lippen. Aus heiterem Himmel kam Barry der Gedanke, dass sie die klügste Person am Tisch war und gleichzeitig die einzige, die nicht arbeitete.

»Luis schreibt einen Roman über Hedgefonds«, sagte die Ärztin.

»Warum?«, fragte Seema.

»Nun ja.« Luis schwenkte sein Weinglas – die gleichen übertrieben theatralischen Gesten wie sein kleiner Sohn. »Wenn Außerirdische unseren Planeten überfielen und die Macht übernähmen, würden Sie dann nicht wissen wollen, wer die neuen Herren sind?«

»Luis!«, ermahnte ihn seine Frau. »Das klingt aber nicht nett.«

»Ach, das war ganz harmlos gemeint«, sagte der Schriftsteller, während Barry lachte wie »der freundlichste Typ der Wall Street«, um zu zeigen, dass er gern bereit war, mit auf die Plutokraten einzudreschen.

»Die Hälfte meiner Bekannten arbeitet für Fonds«, sagte Luis. »Meine Güte, wir sind in Manhattan.«

»Meiner bescheidenen Meinung nach«, sagte Seema, »sollten Sie bei Ihren wunderbaren Porträts von Mittelamerika bleiben. Schreiben Sie über die Leute, die keine Stimme haben.«

»Aber um das zu tun«, erklärte der Autor, »muss man in der Metropole anfangen und sich dann zur Peripherie vorarbeiten.

Wo entsteht die Macht wirklich?« Er hob eine Hand, als wollte er andeuten, dass sie in den etagengroßen Wohnungen und dem dreistöckigen Riesenkomplex über ihm entstand, in Wohnungen wie der, die den Cohens gehörte.

»Also, ich jedenfalls finde, ein Hedgefonds-Manager wäre der perfekte Romanheld«, sagte Barry. »Und ich stelle mich freiwillig als Muse zur Verfügung!«

»Da bin ich anderer Meinung«, widersprach Seema. »Leute aus der Finanzbranche haben keine Fantasie. Sie haben keine Seele.«

Zum dritten Mal innerhalb von drei Minuten lächelte Barry dümmlich. Was hatte sie gesagt? Er musste die beiden Sätze tatsächlich rekonstruieren. Er griff nach der leeren Weinflasche, schüttelte sie, stellte sie wieder ab.

»Anwesende natürlich ausgenommen«, sagte die Ärztin und zeigte auf Barry. Plötzlich wurde ihm klar, dass sie auf eine internationale Schule gegangen war und Luis wahrscheinlich eine Eliteschule in den USA besucht hatte. Altes Geld. Das sich über Neureiche lustig machte.

»Stellt ihm einfach vier Bildschirme vor die Nase«, sagte Seema, »mehr interessiert ihn nicht. Keinerlei Loyalitäten, niemandem gegenüber.«

»Ich finde es toll, wie Sie beide einander hochnehmen«, sagte die Ärztin und senkte den Blick.

»Ja, wir beide sind viel, *viel* zu förmlich«, sagte Luis. Dann folgte eine der größten Grausamkeiten des Abends: Er beugte sich über den Tisch und küsste die hell strahlende Stirn seiner Frau, wofür er mit ihrem schüchternen Teenagerlächeln belohnt wurde.

»Das Sambar war hervorragend«, sagte Julianna. »Besser als alle, die ich in Indien gegessen habe.« Man konnte die Entschiedenheit dieses Kompliments als Versuch verstehen, den Abend zu beschließen, doch so konnte Barry nicht gehen, denn seine soziale Gewinn-und-Verlust-Rechnung tendierte eindeutig zu Letzterem. »Ich habe noch was von dem achtundvierzig Jahre alten Karuizawa Single Cask Whisky«, sagte er. »Dreiunddreißigtausend Dollar die Flasche, wenn man noch eine findet.«

»Ein bisschen peinlich, Barry, den Preis zu erwähnen«, sagte Seema. Sie hatte schließlich auch darauf bestanden, das selbst gemachte Sambar mitzubringen und keine Flasche Statuswein. Aber vielleicht hatte auch sie das Bedürfnis, etwas vom Abend zurückzugewinnen. Auf ihre Art war sie nicht weniger wettkampforientiert als er.

»Zu einem Karuizawa kann ich nicht Nein sagen.« Der Schriftsteller sprach den japanischen Namen fehlerlos aus, und das hieß, der Mistkerl wusste, wovon er sprach.

Die Solofahrt im Aufzug dauerte nur einen Augenblick, aber Barry schaffte es, auf dem Smartphone den Wert der Goodman'schen Wohnung herauszufinden. Die Immobilienseite Zillow lieferte folgende Daten: »VERKAUFT FÜR: $ 3,8 Mio./ Verkauft am 23.11.2015 / Schätzwert: $ 4,1 Mio.« Der Grundriss zeigte zwei Schlafzimmer, drei Badezimmer und die gleichen hangargroßen Wandschränke wie in ihrem Apartment. Das war zwar etwas weniger als ein Drittel des Preises seines Apartments, aber dennoch, wie konnten sie sich die Hütte leisten – bei ihrem Gehalt als Ärztin und seinem Verkaufsrang Nr. 1 123 340 bei Amazon? Das Geld musste von der Familie stammen. Es konnte gar nicht anders sein! Der Sache würde er auf den Grund gehen.

Barry stolperte ins abgedunkelte Foyer und steuerte direkt auf seine Whiskyhöhle hinter der Küche zu, als Kindermädchen Novie hinter irgendeinem Viking-Küchengerät auftauchte. »*Schhhh*«, zischte sie. »Bitte leise sein, Mr. Barry. Shiva gerade eingeschlafen. War heute sehr schwer hinzulegen.«

Barry und Novie waren zu Anfang gut miteinander ausgekommen, viel Lächeln ihrerseits, fast schon kokett, doch seit der Diagnose betrachtete sie ihn offenbar im schlimmsten Fall als irrelevant und im besten Fall als ein Hindernis. Sie war eine junge Frau, immer in Sweatshirts von GAP und engen T-Shirts und diesen Yogahosen von Lululemon, die Seema ihr immer in Großpackungen besorgte, und ihre Stimme war immer heiser. Wenn sie sich nicht um Shiva kümmerte, verbrachte sie ihre Zeit mit drei Tätigkeiten: auf ihrem Tablet Fernsehserien auf Tagalog anschauen, mit ihren Verwandten in Davao City skypen, die ihr das Geld aus der Tasche zogen, um Spielschulden zu bezahlen, und, was Barry am meisten ärgerte, beten. Sie behauptete, mit Shiva sei alles in bester Ordnung, die Diagnose sei Unsinn. Es gehe nur darum, Jesus dazu zu bringen, auf ihn aufzupassen. Aber sie begriff auch, dass Seema *sie* jetzt viel mehr brauchte als ihren Ehemann und dass dieses Heim eigentlich Shiva gehörte, dem ausdruckslosen Kinderkönig.

Barry nahm die trügerisch bescheiden wirkende Flasche Karuizawa aus ihrem Nest in der Whiskyhöhle und stieß sie versehentlich gegen die Kochinsel in der Mitte, als er ins Foyer zurückstampfte. Dabei wäre sie fast zu Bruch gegangen. Was zum Teufel trieb er da? Karuizawa war eine sogenannte stumme, mit anderen Worten geschlossene Brennerei, was bedeutete, dass es weltweit nur noch eine Handvoll solcher Flaschen gab, von denen viele als Wertanlage gekauft wurden. Barry hatte diese Flasche für einen besonderen Anlass vorgesehen, zum Beispiel für Shivas nächsten Test im Cornell, wenn die Ärzte ihm sagen würden, dass die Diagnose nicht mehr zutreffe.

Er ist herausgewachsen.

So was haben wir noch nie erlebt.

Vielleicht zehn Prozent aller Kinder werden das wieder los, und er ist einer davon.

Stattdessen würde er den Karuizawa jetzt mit einem Mann trinken, den er verabscheute.

Shiva stand mitten im abgesenkten vorletzten Wohnbereich, sein langer dünner Körper summte leise, ob vor Angst oder Aufregung war wie immer schwer zu sagen. »Sehen Sie«, Novie seufzte, »er hat Sie gehört und ist ganz aufregend, dass Daddy ist zu Hause.«

»Daddy muss wieder weg«, sagte Barry, was er fast immer sagte, wenn er Shiva sah. Aus den Augen des Jungen schienen Traurigkeit und Intelligenz zu strömen, was alle verzauberte, die ihm begegneten. Shiva griff mit feuchtkalter Hand nach der Uhr an Barrys Handgelenk. Armbanduhren begeisterten ihn ganz eindeutig.

»Was ist das?«, fragte Barry in einem Tonfall, den er sonst an einen Hund richten würde – der einzige Umgang mit Kindern, den er kannte. »Uhr. Sag es, Häschen! Uh-uh-uh-uh. R-r-r-r. Uhr. Daddys Uhr.« Aber Shiva zog bloß weiter am Armband. Barry zerzauste sein feuchtes Haar, roch Johnson's Babyshampoo und den zu süßen Kleinkinderschweiß. Bei dieser Kombination fragte er sich immer, wie mit einem so magisch duftenden Kind irgendwas nicht stimmen konnte. »Sag es, Shiva, dann darfst du die Uhr in die Hand nehmen.«

»Mr. Barry, er muss jetzt schlafen gehen«, sagte Novie.

»Uh-uh-uh-uh«, sprach Barry seinem Sohn weiter vor. »Uhr. Daddys Uhr. So eine schöne Uhr. Meine Uhr.«

Das Kindermädchen zog ihn sanft vom Zeitmesser seines Vaters weg, worauf das Kind schrille Schreie ausstieß, die nach Barrys Meinung nicht aus einer menschlichen Kehle kommen sollten. Es klang wie ein dörfliches Schlachtfest, das vor mehreren Jahrhunderten Teil seiner genetischen Geschichte gewesen war. Etwas war ungerecht daran. Er hatte so hart für seine Familie gearbeitet. Hatte so gewissenhaft auf die richtige Frau gewartet, auf die richtige *junge* Frau mit perfekten *jungen*

Eizellen. Sie würden drei Kinder haben. Manche Banker hatten vier Kinder von jeder Frau, aber er würde nur drei von einer Frau haben. In den Badezimmern hier in der Wohnung sowie in ihrem Landhaus waren bereits drei Waschbecken eingebaut, sodass die Kinder immer gleichzeitig die Zähne putzen und sich dabei gelegentlich fröhlich mit Wasser bespritzen konnten. Barry war Einzelkind gewesen, und seine Mutter war bei einem Autounfall ums Leben gekommen, als er fünf war. Eigentlich hatte er nie Kinder haben wollen, aber dieses Bild der drei zusammen im wunderbaren Badezimmer mit den drei Duravit-Becken nebeneinander, das hatte ihn zum Weinen gebracht, als der Arzt ihm nach wer weiß wie vielen Fehlschlägen verkündete, dass die künstliche Befruchtung endlich geklappt habe und Seema schwanger sei. Drei Kinder, eines umarmte den warmen Körper eines anderen, während Wasser aus den drei Hähnen floss, der Duft von ihren jungen Haaren und frisch gemähtem Gras an ihren Schienbeinen, drei perfekte Leben.

Begriffen hatten sie es in Venedig im vergangenen September. Shivas »Verzögerungen« lagen ihnen schwer auf der Seele, aber noch mussten sie nicht handeln, also beschlossen sie, ihn beim Kindermädchen zu lassen und vier Tage an der Lagune zu verbringen, die Art von romantischem Kurztrip, der vor ihrer Hochzeit fast selbstverständlich gewesen war. Die Stadt war ekelhaft voll mit Touristen, junge Britinnen mit VODKA & DÖNER-T-Shirts, Rentner im Rollstuhl, die aus dem letzten Loch pfiffen, alle drängten sich auf die Vaporetti, als wollten sie massenhaft den *Tod in Venedig* nachspielen. Sie hatten eine Suite im Gritti Palace, die auf die silbrige byzantinische Kuppel der Santa Maria della Salute hinausging. Seema wäre lieber im viel teureren Hotel Aman abgestiegen, wo George Clooney irgendwen geheiratet hatte, aber Barry mochte das Gritti, weil er draußen auf der Terrasse sitzen konnte, wo Hemingway einst gesessen hatte, um einen Aperol Spritz zu trinken, genau wie der Mann, dessen Prosa er in Princeton zu imitieren versucht hatte. Außerdem hatten sie im Salon jede Menge schwergewichtige Bücher über Armbanduhren, darunter einen fünfzig Pfund schweren Wälzer über frühe Klassiker von Omega.

Er mietete ein privates Wassertaxi, mit dem sie durch die Kanäle brausten, und innerhalb eines Tages sahen sie angemessen benommen und sonnenstichig aus. Seit ewigen Zeiten hatten sie mal wieder Sex, wobei sie einander meist nicht ins Gesicht schauten und ihre Orgasmen als getrennte »Arbeitsergebnisse« betrachteten. Sie fickten drei jetlag-wache Stunden lang mitten in der Nacht, und als Barry einen heimlichen Blick ins Bad warf, wo Seema sich auf der Toilette abwischte, während so viel von ihm noch in ihr war, hatte er zum ersten Mal seit langer Zeit das Gefühl, alles könnte gut werden.

Weil er sich beim Hotel durchgesetzt hatte, durfte Seema alle Museen besuchen, die sie wollte. Ehe ihre Eltern sie zum Jurastudium zwangen, hatte sie an der University of Michigan Kunstgeschichte studiert. Er drängte sie, Kunst zu sammeln, aber außer einem Miró und der üblichen Calder-Skulptur, die ungeliebt in einer Ecke der Bibliothek herumstand, besaßen sie nicht viele Werte dieser Kategorie. Venedig sollte ihre Leidenschaft neu entfachen, darum gingen sie nach einem Morgenfick auf die große venezianische Tintoretto-Tour mit einem kurzen Abstecher in die Peggy Guggenheim Collection.

Am meisten fürchtete Barry den Besuch der Galleria dell' Accademia, denn das war keine Kirche, wo man wenigstens die Pracht und Kühle von Marmor und Stein genießen konnte. Ein Freund von ihm, der in Miami einen Makro-Fonds managte, war nach der Scheidung darauf verfallen, für ungefähr eine Milliarde Dollar Impressionisten zu kaufen, um damit eine zukünftige junge Ehefrau zu beeindrucken, aber nach dem ganzen Sex der letzten Nacht fühlte Barry sich seiner Ehe völlig sicher. Er eilte Seema immer zwei oder drei Säle voraus und kam dann zurück, um ihre strahlende Gestalt im engen T-Shirt und noch engeren Jeans zu bewundern (irgendwie hatte das Kinderkriegen ihre Figur noch verbessert, hatte alle guten Stellen noch runder werden lassen). Sie stand mit der notwendigen sexy wirkenden Nachdenklichkeit vor einer Madonna mit Kind. Doch als er auf sie zuging, sah er Tränen über ihre Wangen laufen. Fast wäre er zurückgewichen – vielleicht war das ein eher privater Augenblick? Einer der wenigen, die einem in der Ehe zugestanden wurden, selbst wenn man im Eigenheim mehrere Hundert Quadratmeter Abstand voneinander hatte? Nein, dies war etwas anderes.

»Seema?« Er griff nach ihrem Ellbogen.

»Schau«, sagte sie. Es war die Jungfrau mit dem Kind, eine von Tizian.

Er verstand nicht recht, was geschah. Er sah hin. Er sah genauer hin. »Was?«, fragte er, und dann erkannte er es. Die Jungfrau schaute ihrem Sohn in die Augen, mit diesem obszön schwermütigen Blick, den die venezianischen Frauen auf der Straße – zwischen leidenschaftlichen Handygesprächen – noch immer hatten. Aber das war nicht das Problem. Das Problem war das Kind, das zu seiner Mutter aufsah. Seine Augen. Sein Blick traf den der Mutter. Darum ging es, wenn man Kind war. Den Blick der Mutter suchen und erwidern. Lernen, Verbindung aufzunehmen, jetzt und für den Rest des Lebens.

Barry spürte ein Schluchzen tief aus seinem Inneren aufsteigen, einem diffusen, unmännlichen Ort. Zuerst galt seine Trauer ihm selbst und der Mutter, die er nie richtig gekannt hatte, den Augen, an die er sich nicht erinnern konnte. Die Polaroids aus der Zeit konnte er nicht mit Daumen und Zeigefinger vergrößern wie ein iPhone-Bild, er konnte ihr Gesicht nicht aus der Nähe betrachten und daraus erfühlen, was für ein Mensch sie gewesen war. Aber eigentlich war es Shiva, über den er mit seiner Frau weinen wollte. Shiva, der im Alter von zwei Jahren keinem von ihnen beiden jemals in die Augen geschaut hatte. Shiva, der nicht nur verzögert, sondern auf schreckliche Weise kaputt war.

In der Nacht schrie sie ihn an. Sie schrie wegen des Scheißhotels, denn das Einzige, das *Einzige*, worum sie ihn gebeten hatte, war das Aman mit seinem unauffälligen Hintereingang gewesen, mit seinen Frühstücksräumen, in denen ontologische Gemälde mit Motiven aus der Mythologie hingen, mit seiner verdammten *Privatsphäre*. Verdiente sie nicht ab und zu auch einmal etwas Besonderes? Etwa nicht?

Barry zuckte zurück. Genau so stellte er sich die Ehen seiner Bankerkumpel vor, undankbare Frauen, die ihre sprachlosen Männer wegen nichts und wieder nichts anschrien. Als er noch bei Goldman die Karriereleiter hinaufächzte, war er einmal zu einer Party in einer Villa in Greenwich gegangen, und der Architekt, der das Haus entworfen hatte, stand stinkbesoffen auf der Veranda. Barry hatte ihn nach dem Geheimnis seines Erfolgs gefragt, und der Architekt hatte hinunter auf den Rasen voller glitzernder Paare gedeutet und gesagt: »Ich habe den leichtesten Beruf der Welt. Banker. Immer die gleichen vier Häuser, die gleichen vier Autos, die gleichen vier Frauen.« Er warf noch einen trunkenen Blick auf Barry mit seinen Slippern und dem Moncler-Pullover und fügte hinzu: »Hier ist meine Karte.« In diesem Augenblick beschloss Barry: keine Upper East Side, kein Greenwich, keinen Mercedes S500, keine weiße Fünfzig-Kilo-Frau mit knochigen Schultern und Stupsnase. Und jetzt stand er im falschen Hotel in Venedig, und das braune Gesicht seiner Frau war in reinem Schmerz verzerrt wie das eines armen Soldaten aus Lucca oder Pisa oder Florenz, dem auf einem dieser endlosen Schlachtengemälde der Renaissance der Bauch durchstoßen wird.

Zwei Tage dieses Albtraums blieben ihnen noch, und am nächsten Morgen – ohne Sex, aber zivilisiert – führte sie ihn durch die verregneten Straßen und Kanäle zum Geschäft von Audemars Piguet am Markusplatz und kaufte ihm für achtundzwanzigtausend Euro eine roségoldene Royal Oak, für die er absolut keine Verwendung hatte. Ihre Version einer Entschuldigung. Die hinreißende junge Frau, deren Aufgabe darin bestand, die Brieftasche der Sorte Mann in Wallung zu bringen, der unbedingt eine Uhr in Form eines Bullauges haben wollte, war geradezu begeistert von dem mühelosen Verkauf, konnte aber nicht begreifen, wieso der Mann und die Frau ihren Neuerwerb nicht feierten. Die Verkäuferin hatte ihren Schirm, den das Hotelwappen zierte, in einem geschmackvollen Schirmständer beheimatet, ihnen Espresso angeboten, den sie pflichtgemäß tranken, und Pralinen, an denen sie knabberten, und als Seemas schwarze Amex den Betrag freigab, hatte sie »Herzlichen Glückwunsch!« gerufen.

Sie reisten einen Tag früher als geplant aus Venedig ab und saßen dank der guten Arbeit seiner Büroleiterin nicht einmal eine Woche später wieder im Weill Cornell. Das Datum hatte er noch im Kopf: der 23. September. Seema war wie für die Kanzlei gekleidet, Blazer und Perlenkette, und schrieb mit übereinandergeschlagenen Beinen alles auf, was sie sah und bemerkte, als wäre sie selbst Ärztin und keine ehemalige Anwältin. Sie hatte ihre täglichen Aufzeichnungen zu Shivas Entwicklung mitgebracht, zu seiner Nahrungsaufnahme, seiner Darmtätigkeit, alles seit dem Tag seiner Geburt; Diagramme zu Gewicht, Größe und Kopfumfang von der Kinderärztin; ein Blatt mit der Überschrift »Fragen«, auf einem zweiten stand mit eher zittriger Schrift »Optionen«. Zwei Ärzte und eine Sprachtherapeutin waren anwesend, und sobald sie Shiva erblickten, war die Sache gelaufen. Natürlich sprach er nicht. Aber er scheiterte auch an allen anderen Aufgaben. Man gab ihm eine Babypuppe, doch anstatt sie im Arm zu halten oder mit bunter Knete zu füttern, klappte er bloß ihre unheimlich blauen Augen auf und zu, auf und zu, auf und zu. »Genau das hätte ich auch gemacht«, sagte Barry, »die Augen sind das einzig Interessante daran«, aber Seema warf ihm einen kajaldunklen Blick zu, und er schwieg für den Rest der Sitzung. Man gab Shiva ein Spielzeugauto, doch anstatt es »funktional« zu benutzen, drehte er unablässig an den Rädern und setzte ein verschlagenes Lächeln auf. Dann ließ er das Auto kurzerhand fallen, ging zum Lichtschalter, entdeckte direkt darunter eine Schraube, die er berührte und dabei tief ein- und ausatmete. Den Rest der Untersuchung liebkoste er die faszinierende Schraube.

Wäre er ein Romancier wie der Neo-Guatemalteke und müsste ein Kapitel darüber schreiben, wie es war, die Diagnose zu bekommen, dann würde er sagen, es war wie wieder jung zu sein und zum ersten Mal zu erfahren, dass jemand, den man liebt, diese Liebe nicht erwidert. Er dachte dabei gar nicht an irgendjemand Bestimmtes, in der Mittelschule gab es so viele Mädchen, die nicht auf den Sohn des Poolreinigers, wie er damals genannt wurde, und seine unbeholfenen Avancen reagierten. Erst als er eine der Stützen des Schwimmteams war, als seine Schultern breiter wurden und er endlich seine Freundschaftssätze perfektioniert hatte, fand er die eine oder andere Zunge, die sich um seine schlingen wollte. So war es jedenfalls, die Diagnose zu hören. Dieses Gefühl, dass die Zukunft, die du dir mit jemandem zurechtfantasiert hattest, in Wirklichkeit niemals eintreten würde.

Sie verwendeten das A-Wort nicht mehr. Es hieß jetzt bloß noch »Spektrum« hier und »Spektrum« da. Und »Kinder mit Shivas Profil«. Ja, es wurde viel über »Kinder mit Shivas Profil« geredet, über die vielen Therapien, die solchen Kindern helfen könnten, fast fünfzig Stunden Verhaltenstherapie, Sprachtherapie und Ergotherapie (was immer das auch sein mochte) in der Woche. Seema und Barry waren zu betäubt, um zu weinen, einige Wochen lang waren sie zu betäubt, bis ein ausgedruckter

Bericht mit der Post kam, der ihnen in klaren Worten deutlich machte, dass Shiva nicht bloß »im Spektrum« lag, sondern am »schwerwiegenden« Ende.

Später zu Hause hielt Barry Seema eine kleine Ewigkeit lang im Arm, während Shiva in einer Zimmerecke vollkommen ruhig an ihnen vorbei aus dem Fenster schaute, auf das riesige Zifferblatt des MetLife Tower, und das Uhrwerk seines Geistes sich entweder rasend schnell drehte oder gar nicht.

»Ich liebe meine Arbeit«, sagte Barry jetzt. »Ich betrachte sie als intellektuelle Übung.« Sie hatten Whisky im Wert von etwa dreiundzwanzigtausend Dollar getrunken, der Luis' Ansicht nach »ein bisschen sehr nach Rum« schmeckte, den er aber dennoch gierig trank. Oft kratzte er sich nach einem tiefen Schluck Karuizawa genießerisch an der Nase.

»Auf Ihre ganz eigene Weise schaffen Sie also Mehrwert«, sagte Luis.

»Genau.«

»Genug, um Ihre Vergütung zu rechtfertigen.«

»Ich finde, die Leute versteifen sich viel zu sehr auf die Vergütung«, sagte Barry. »Okay, *im Vergleich* verdienen wir viel Geld, aber das ist ja nur so eine Art Bewertung. Wir bekommen keine Buchpreise, keine Pulitzer oder dergleichen, und wir haben auch keine *Verkaufszahlen«* – er legte eine bedeutungsschwere Pause ein, als wollte er den Schriftsteller an seinen Amazon-Rang erinnern –, »also verrät uns das Geld, wer gewinnt.«

»Aber könnte dieser Reichtum nicht besser verteilt werden? Wie wäre es, wenn man Ihnen nach den ersten dreißig Millionen eine Medaille umhängt und sagt: ›Sie haben gewonnen!‹ Und der Rest wird an die Armen verteilt?«

»Ich würde behaupten, dass die meisten Armen gar nicht wissen, was sie mit so beträchtlichen Geldsummen anfangen sollen«, sagte Barry viel zu laut, weil der Alkohol ihn anregte.

»Sie sind einfach nicht informiert genug, und Reichtum kann verwirrend sein. In gewisser Weise muss man für den Wohlstand trainieren.« Seema warf ihm vom anderen Ende des Sofas, wo sie sich mit der Ärztin über Kindererziehung unterhielt, einen unfreundlichen Blick zu. Er wusste, Seema würde niemals Shivas tatsächliche Diagnose ausplaudern, sie hatte sie weder ihren Eltern anvertraut noch ihren Freundinnen aus Studienzeiten, die zumeist noch im Online-Handel arbeiteten und mit irgendwelchen Losern aus Brooklyn liiert waren, und er wünschte, sie könnte sich noch jemand anderem als Novie anvertrauen. Seemas Eltern fiel es ganz leicht, so zu tun, als sei alles in Ordnung. Auch Einstein habe erst mit drei zu sprechen angefangen, und Shiva würde Einstein mit Sicherheit überflügeln. »Indische Gene plus jüdische Gene, was soll diesen Jungen aufhalten?«, hatte ihr Vater mehr als einmal angemerkt.

»Beruhige dich doch ein bisschen, Barry«, sagte Seema.

»Meine Frau, die liberale Demokratin«, sagte Barry. »Aber sie ist natürlich auch viel intelligenter als ich. Sie ist die klügste und schönste Frau, die ich je gesehen habe.« Er ließ den Blick durch den Raum schweifen und erwartete Beifall für seine großherzige Erklärung. Die Frauen unterhielten sich flüsternd weiter.

»Sie sagten gerade«, erinnerte Luis ihn, »dass die Armen mit zusätzlichen Geldmitteln gar nichts anzufangen wüssten.«

»Das war sehr geschmacklos ausgedrückt, und ich nehme es zurück.«

»Aber wissen *Sie* denn was mit Ihrem Geld anzufangen? Wir trinken heute Abend Whisky im Wert von zwei Hyundais Sonata. Dieser Whisky ist doch nur deshalb so teuer, weil Männer wie Sie ihn sich leisten können.«

»Und wem schadet das?«, fragte Barry. »Wer zieht denn aus dieser Situation keinen Gewinn? Die japanische Brennerei? Der Whiskyhändler? *Sie?*«

»Ich befürchte nur, dass die neuen Feudalherren für uns andere die Maßstäbe verzerren. Sie erschaffen eine Welt, in der alles mit Ausnahme von höchstem Reichtum als moralisches Versagen betrachtet wird.«

»Aber ist es das nicht?«, fragte Barry so leise, dass Seema ihn nicht hören konnte. »Moralisches Versagen? Vielleicht nicht in Ihrem Guatemala, wo es, wie ich in Ihrem Buch gelesen habe, absolut keine Hoffnung für irgendwen gibt, aber hier in Amerika. Die Hälfte der Portfolio-Manager meines Fonds – die Hälfte! – sind entweder selbst Einwanderer oder Kinder von Einwanderern. Meine Frau ist Immigrantin. Ihre Frau auch. Meine Güte, auch *Sie* sind Einwanderer. Gewissermaßen.«

»Aber wir sind andere Einwanderer. Nicht die traditionelle Art, die mit drei Koffern vom Überseedampfer gestiegen oder hastig durch den Rio Grande gewatet ist. Unsere Eltern sind mit akademischen Abschlüssen hier angekommen.«

Aha! Jetzt würde es gleich eine Erklärung für den Wohnungspreis geben. »Also waren Ihre Eltern wohlhabend.«

»Ganz und gar nicht. Sie waren Lehrer.«

»Beide?« Luis nickte. Barry sah die Ärztin aus Hongkong an. »Und ...« Er hatte sich ihren Namen immer noch nicht gemerkt.

»Ihr Vater war Buchhalter beim Fulton Fish Market, ihre Mutter Krankenschwester.«

»Und dennoch können Sie sich das hier leisten«, sagte Barry mit ausladender Geste durchs Wohnzimmer, das halb so groß wie seines war und nicht auf die majestätische Uhr des MetLife Tower hinausging, hinter dem die gesamte Skyline von Midtown glitzerte, sondern auf irgendwas schummrig Beleuchtetes namens Schnippers, von dem er immer noch nicht wusste, was es war, obwohl er täglich daran vorbeiging. Vielleicht irgendein Feinkostladen oder so. Trotzdem ... »VERKAUFT FÜR: $ 3,8 Mio. / Verkauft am 23.11.2015 / Schätzwert: $ 4,1 Mio.« »Ihre Bücher müssen sich aber sehr gut verkaufen«, sagte Barry.

Luis und die Ärztin lachten. »Ich glaube, Seema ist die Einzige, die ich kenne, die Luis einfach so gelesen hat«, sagte die Ärztin. »Ich konnte es fast nicht glauben!«

»Das stimmt«, sagte Luis. »Ich bin eher so ein Autor-Autor. Den andere Autoren lesen.« Er nahm einen großen Schluck vom rumartigen Karuizawa. »Mein letzter Vorschuss war etwa doppelt so hoch wie der Preis dieser Flasche«, sagte er nachdenklich.

Barry war verwirrt. »Aber wie, ähm, machen Sie denn Ihre Kunst zu Geld?«

»Also, das ist so«, sagte Luis. »Ich habe viele Bewunderer an den Universitäten, in den Fakultäten für hispanische Kultur, Judaistik, interkulturelle Studien. Mein Profil passt in mehrere Schubladen. Darum fragt man mich oft an, vor Studierenden oder universitärer Öffentlichkeit zu lesen.«

»Und dafür werden Sie bezahlt«, sagte Barry.

»Ja, ziemlich großzügig.«

»Wie großzügig?«

»Barry!«, ließ sich Seema hören. »Jetzt hör endlich mal auf mit dem Geld. Wir sind hier doch nicht auf deinem Börsenparkett.«

»Obszön großzügig«, sagte Luis, und seine grünen Augen funkelten in den verblassenden Lichtern der Stadt. »Bis zu zwanzigtausend Dollar für eine zwanzigminütige Lesung.«

»Verstehe«, sagte Barry. »Verstehe.« Jetzt hatte der Whisky einen sauren und sinnlosen Nachgeschmack. »Bei dem Honorar müssen Sie ja ungeheuer populär sein. Da kommen doch sicher zwanzigtausend Leute zu Ihren Lesungen.«

»Ha! Zwanzig Leute wären schon eine gute Zahl. Vergangenen Monat habe ich an der Ohio State gelesen, und da ist *niemand* gekommen außer den Lehrenden der Fakultät für Judaistik und einem Hausmeister aus Guatemala.«

»Aber dann ist das doch Sozialismus!«, sagte Barry.

Die Ärztin und der Autor lachten. Seema starrte Barry in Grund und Boden. »Das kann man so sagen«, bestätigte Luis.

»Dabei sind Sie nicht mal Latino!«

»Oh Gott, ich glaube, wir sollten besser gehen«, sagte Seema. »Tut mir wirklich sehr leid. Wenn Barry Stress im Büro hat, trinkt er zu viel.«

»Nein, nein«, sagte Luis. »Es ist sein gutes Recht, Fragen zur Identität nachzugehen. Was genau ist ein Latino? Wer darf sich so nennen? Das sind genau die Fragen, die auch bei meinen Universitätslesungen gestellt werden.«

»Zu denen niemand kommt«, sagte Barry, »und die schlanke Zwanzigtausend bringen.«

»Genau.« Luis schaute Barry mit boshaftem Frohsinn an. »Und wenn ich davon fünfzig im Jahr mache, na gut, eine Million ist heutzutage in New York noch nicht viel, aber immerhin wird man damit in die *Ameisenhügel* vor den Gipfeln des einen Prozents vorgelassen.« Damit wandte er sich an seine Frau, und sie lächelten einander an.

Da merkte Barry, was passiert war. Er war reingelegt worden. Das Ganze war ein abgekartetes Spiel der Ärztin und des Autors gewesen. Er brauchte Material für seinen Roman über die Finanzwelt. Sie begegnete im Foyer Seema, erfuhr, mit wem sie verheiratet war, und arrangierte daraufhin dieses Abendessen. Er brauchte einen Hedgefonds-Typen, und jetzt hatte er einen, der sich über Arme und Sozialismus ereiferte, das Einkommen und das Familienvermögen seines Gastgebers erfahren wollte und dabei mit einer Flasche Whisky für dreiunddreißigtausend Dollar herumwedelte. Der Schriftsteller hatte sich die ganze Zeit im Kopf Notizen gemacht.

Seema umfasste Barrys Ellbogen und zog ihn beinahe hoch, wobei sie sich noch immer für sein Benehmen entschuldigte, worüber der Tolstoi Guatemalas sein attraktives Große-Jungs-Lachen hören ließ und »Nein, nein, nein« sagte, er finde Barry bezaubernd, einfach bezaubernd, und laut der Ärztin sollten sie das alle zusammen nächste Woche wiederholen. Zum ersten

Mal nahm Barry die Kunst im Wohnzimmer wahr, die praktisch nicht vorhanden war, bis auf ein altes spanisches James-Bond-Plakat. *»James Bond, el espía 007, el más extraordinario espía de la ficción«*. Das war weder so einzigartig noch so wertvoll wie Seemas Miró oder der nicht beachtete Calder in ihrer Bibliothek, aber es war ein Fundstück, das zeigte, der Schriftsteller hatte eine Identität. Spielte keine Rolle, ob sie erfunden war. Er hatte sie erfunden. Er war der verdammte Autor! Erfinden war sein Ding.

Ach ja, und diese Bratpfanne von IWC-Uhr, mit der er so lässig Geschmack und Männlichkeit demonstrierte.

Und dieses Kind, das sicher und unversehrt neben seiner Hummelmütze im Bett lag und schlief, den hochgelobten Geist voll fein abgestimmter Wörter, Gedanken und Träume.

Seema führte ihn immer noch am Ellbogen durch die Küche hinaus. Die Schränke und Gerätekonsolen sahen aus, als seien sie aus einem einzigen Felsblock gehauen und mit LED-Inlays versehen worden. Es war übrigens ein genaues Duplikat ihrer eigenen Küche. Waren alle Küchen im Gebäude gleich? Er war betrunken. Er war so ganz und gar betrunken. Hatte der Schriftsteller heute Abend überhaupt etwas getrunken, oder war er so wie die Stripperinnen in den Clubs, in die er in seinen ganz frühen Jahren bei Morgan mit den Kollegen gegangen war? Die sich überteuerte Drinks bestellen ließen und nur so taten, als würden sie sie trinken, oder sie von einem Komplizen hinter der Bar verdünnen ließen. Und wenn man dann kaum noch stehen konnte, sie aber noch völlig nüchtern waren, stürzten sie sich auf deine schwarze Kreditkarte und wehrten deinen impotenten Whiskyschwanz ab.

Barry spürte, dass ihm der Schweiß auf die Schläfen trat, der Pleiteschweiß, den er am Morgen nach so einem Abend erwarten würde. Verzweifelt schaute er auf die femininen Anstöße seiner Uhr. Inzwischen standen sie vor der Wohnungstür, in einer Art grauem Flur. Der war so gesichtslos, dass er gut zur Wohnung der Goodmans gehören konnte. Die Goodmans waren so gesichtslos, dass sie gut zum Flur gehören konnten.

Da spürte er das erste Aufflackern. Bloß weg hier. Flucht vor Seema. Flucht vor Shiva. Flucht vor der Börsenaufsicht. Richmond. El Paso. Layla. Der Greyhound. Die freie Straße.

Seema entschuldigte sich immer noch für ihn, wann würde sie endlich mit dem Entschuldigen aufhören? Er hatte doch bloß die aufgesetzte Guatemala-Latino-Nummer infrage gestellt. In seinem Büro wäre das ein Witz, den man gleich morgens machen konnte, ehe die Wirtschafts- und Beschäftigungszahlen reinkamen, und kein Mensch würde daran Anstoß nehmen. Sie aber bat noch immer um Verzeihung, wie ein Landei, wie eine Geisteswissenschaftlerin von der Michigan State, wie eine Anwältin, wie eine von denen, die immer bei ihren Besprechungen dabei waren und im äußeren Kreis saßen, hinter den echten Playern.

Der Schriftsteller fuchtelte immer noch mit seiner Uhr vor ihm herum, und die Frauen redeten, redeten, redeten. Nur einen Augenblick schaltete er auf Empfang, denn trotz seiner Trunkenheit bemerkte er, dass in den Augen seiner Frau eine besondere Traurigkeit schimmerte, eine voreingestellte Senderfrequenz auf seiner Skala. »Wissen Sie, was wir machen sollten«, sagte die Ärztin aus Hongkong, und jetzt erst bemerkte er ihren fremden Akzent, den sie gut verborgen hatte bis halb zwei Uhr morgens, oder wie spät war es jetzt auf seiner Nomos Minimatik – die Ls und Rs waren zwar nicht vertauscht, aber sie flirteten doch mit der Möglichkeit. »Wir sollten uns mal verabreden, damit Shiva und Arturo zusammen spielen können.«

»Fick dich«, sagte Barry ihr direkt ins Asiatengesicht. »Fick dich einfach.«

Und diesmal lachte niemand.

Sie wussten nicht, wie man streitet. Das war der Ertrag aus zwanzig Eheberatungssitzungen zu Füßen einer dicken, älteren Jüdin, die aussah wie die Hälfte von Barrys Verwandtschaft aus der Bronx, dem Stammsitz der Cohens, ehe sein Vater sich nach Long Island aufgemacht hatte, wo eine wachsende Anzahl von Schwimmbecken der Reinigung harrte.

Sie hielten hinterm Berg. Sie waren nie ehrlich zueinander. Sie brachten sich nie wirklich ein. Na. Heute Abend jedenfalls ließen sie alles raus. Heute Abend waren sie ehrlich. Heute Abend setzten sie alles auf eine Karte.

»Er ist ein Schwindler!«, schrie Barry.

»Du bist ein Schwindler«, antwortete Seema. Sie schrie nicht. Sie war etwas Besseres. Von ihrer Mutter hatte sie eine tiefe, heisere Streitstimme geerbt, der Barry mit seiner vom Vater stammenden, fiepsigen jüdischen Hysterie im Traum nichts entgegenzusetzen hatte.

»Er kriegt zwanzigtausend für Lesungen, die kein Mensch braucht! Bloß weil er ein Schild rausgehängt hat, auf dem steht, dass er ein Intellektueller ist! Genau darum hasst unser Land die Eliten!«

»Er kriegt zwanzigtausend für eine Lesung. Du verlierst pro Jahr sechs Prozent vom Geld deiner Kunden und nimmst dir selbst zwei Prozent. Und womit? *Valupro?* Sogar ich hätte dir sagen können, dass das ein Blindgänger ist. In drei Jahren hast du achthundert Millionen verloren. Deine lebenslange Gewinn- und Verlustbilanz ist negativ. Wer von euch ist also der größere Schwindler? Und ich will gar nicht erwähnen – du weißt schon. Diese andere Sache.«

Barry stand wie angewurzelt da. Er schaute die Uhrenbeweger im Wandschrank an, wie Brutkästen voller Frühchen in der Station des Lenox Hill Hospitals, in dem Shiva seine ersten Lebenswochen verbracht hatte. Die Zeitungen und CNBC ritten ständig auf seinen Verlusten mit Valupro herum und dass

Barry als Letzter immer noch an diesen doch offensichtlichen Betrug geglaubt hatte, aber woher zum Teufel kannte sie seine lebenslange Gewinn-und-Verlust-Rechnung? Und wie zum Teufel konnte sie von *dieser anderen Sache* wissen? Über Geschäftliches sprach er mit ihr nur ganz oberflächlich und optimistisch, genau wie mit seinen katarischen Investoren wie Ahmed, von den Pensionsfonds ganz zu schweigen. Aber offenbar hatte sie ihn die ganze Zeit überwacht. Bewertet. Waren die Scheidungsanwälte schon am Start? Er hatte die Liebesrauschnummer abgezogen und nie nach einem Ehevertrag gefragt. Er hatte gedacht, er habe seine beste Freundin geheiratet.

Ihr Bett erhob sich wie ein Thron über dem abgesenkten Raum ihres riesigen Schlafzimmers. Das schien ihm nicht der richtige Schauplatz für so eine Diskussion zu sein. Aber wo sollte man sie sonst führen? In einem Hotelzimmer in Venedig? Im Gritti Palace? Am besten stritten sie sich in tuberkulösen Lagunenstädten. Dort gehörte diese Auseinandersetzung hin, und nicht hierher, sechs Zimmer von Shiva entfernt.

Er musste ihr etwas sagen.

»Ich möchte, dass du abtreibst.«

»Ah«, sagte sie. Er hatte halb erwartet, dass sie die Hand schützend auf ihren sich kaum erhebenden Bauch legte, doch das tat sie nicht. »Weil du noch einen unvollkommenen Sohn nicht ertragen kannst.«

»Du weißt, dass es ein Junge wird«, sagte Barry. »Du weißt, wie hoch die Wahrscheinlichkeit ist, dass dieser Junge …« Auch er konnte es nicht aussprechen, nicht einmal in der alkoholischen Hitze der Nacht. »… die Diagnose hat.«

Seema kam ihm so nahe, dass er jede verrottende Faser des gesalzenen Hakka-Huhns in ihrem Atem riechen konnte, und es widerte ihn an. »Du hast Shiva nie geliebt«, zischte sie mit diesem beschissenen sarkastischen Lächeln der Mittelschichtimmigranten, das ihre Großeltern aus Tamil Nadu mitgebracht hatten. »Auch nicht vor der Scheißdiagnose. Vor alledem. Für dich war er bloß eine weitere Luxusanschaffung. Ein Kind, das du vor eines deiner drei Möchtegern-Geschwister-Waschbecken stellen kannst. Hab' ich, super, abgehakt, abgehakt, abgehakt. Und jetzt, wer hätte das gedacht, zeugt das Sperma eines alten Mannes ein Kind mit Problemen.«

»Deine Eizellen!«, sagte er. »Deine neunundzwanzigjährigen Eizellen können sich mit meinen Scheißspermien nicht einmal vereinigen! Wie viel Geld haben wir für die künstliche Befruchtung ausgegeben? Zwei Millionen? Und ja, das war das Geld meiner Kunden, das du für so betrügerisch hältst. Und ich wollte deinetwegen auch noch für Hillary spenden. Diese verräterische Schlampe. Ich wollte Geld spenden, damit du einen Job bei der Bundesanwaltschaft kriegst, wenn sie gewinnt. Damit du noch einen anderen Lebensinhalt hast als Shiva. Betrügerisch? Dein Inneres ist betrügerisch. Deine Gene.«

Sie weinte nicht. Sie weinte nie. Nur einmal, als sie den Brief mit der schriftlichen Diagnose bekamen. Verdammt noch mal, welche Frau weinte denn nie? Barry weinte alle paar Wochen, um seinen Sohn, sein scheiterndes Unternehmen, seine toten Eltern, die Tatsache, dass er eigentlich nicht wusste, wer er war. Wenn er die Tränen aufsteigen spürte, legte er eine alte Omega Speedy an, die mit dem patinierten alten Zifferblatt und den schattierten arabischen Zahlen auf den Unterzifferblättern. Sie aber stand bloß da und war bereit für alles, was er ihr mitzuteilen hatte, offenbar nicht viel.

»Ich sehe diese perfekten Kinder aus dem Montessori-Flatiron-Campus herauskommen«, sagte Seema leise. »Ich sehe Jungen wie Arturo, die dieses Hummellied singen. Ich möchte gar nicht, dass Shiva so ist wie sie. Und ich würde ihn niemals für einen von ihnen eintauschen. Meine Liebe zu ihm ist so klar und fraglos. Und der Weg, der vor ihm liegt, so hart. Ach, Barry. Es ist so hart. Und das Härteste ist, dass er keinen guten Vater hat. Das ist das Härteste, nicht wahr? Vergiss dein Sperma, vergiss meine Eizellen. Er hat keinen guten Vater. Sein Vater ist kein guter Mensch. Sein Vater ist überhaupt nicht gut.«

Barry blieb weinend sitzen, die Tränen tropften ihm vom Kinn. Aber das würde nicht lange anhalten. Die Wut kam. Er spürte sie schon. Manchmal explodierte sie im Büro, wenn die verfickten Wichser von Portfolio-Manager wieder alles in die Scheiße geritten hatten, manchmal im Fitnessclub, wo er so heftig durchs Wasser pflügte, wie er nur konnte, er und ein paar andere Investmenttypen auf den Bahnen daneben, die aufs Wasser eindroschen, als wäre es das Gesicht ihres Vaters. Was hatte Seema zu dem Kerl aus Guatemala gesagt? *Er habe keine Fantasie. Er habe keine Seele.* Er sprang auf. Zum ersten Mal, seit sie zusammen waren, wich Seema vor ihm zurück, als ob er – wie der echte Proletarier, für den sie ihn sicher immer gehalten hatte, der Sohn des Poolreinigers – sie schlagen würde.

Schon war er aus dem Zimmer. Aus dem Zimmer in den Flur, dann in einen anderen Flur, in noch einen, sein ausladendes Apartment erstreckte sich wie ein unbekannter osmanischer Basar um ihn herum. Doch er wusste, wohin er ging. Novies Gesicht wurde von irgendeinem Actionfilm auf Tagalog erleuchtet, ihr ganz eigenes Schlafmittel in der kalten, glatten Stadt ihrer Knechtschaft. Barry war schon an ihr vorbei, als sie sich zu regen begann, und ins Allerheiligste vorgedrungen, in Shivas Zimmer, wo sorgfältig aufgestapelte Kleidung von Loro Piana in den Schränken lag, denn »wie bei vielen Kindern mit seinem Profil« vertrug Shivas Haut nur die weichsten Fasern. Barry stürmte an allen Stoffgiraffen und riesigen Plüschhunden von FAO Schwarz vorbei, die Shiva nichts bedeuteten und für ihn bloß ein Hindernis auf dem Weg zu seinem geliebten Lichtschalter waren, den er einen ganzen Tag lang an- und ausschalten konnte.

Ehe ihm klar wurde, was er tat, lag der Junge schon in seinen Armen, Barry zerdrückte ihn, hielt ihn ganz fest. »Rede doch«, sagte Barry. »Rede doch, mein süßes, süßes Häschen. Ich liebe dich so sehr. Bitte rede. Ich weiß, dass es in dir steckt. Das weiß ich. Ich bin dein Vater. Siehst du das nicht? Siehst du nicht, dass ich dein Vater bin? Daddy ist da.«

Der Schrei des Kindes bildete einen ganz eigenen Trichter, der sich nach oben zur Decke streckte und sich in Rupert Murdochs dreistöckigen Palast bohrte. Das Zimmer bestand nur noch aus seinem Schrei und dem Flattern seiner wahnsinnig aufgeregten Taubenarme. Und dann stürzten sie sich auf ihn. Seine Frau und Novie, diese beiden braunen Frauen mit den langen Fingernägeln, die sein Gesicht zerkratzten, ihn mit Fäusten und flachen Händen schlugen.

Er floh zurück zu seinem Uhrensafe und ließ sechs seiner Schönheiten in einen Rollkoffer fallen, dazu eine Handvoll Unterwäsche und eine Flasche Uhrenspray von Veraet. Ohne seine Armbanduhren konnte er nicht los. Ohne ihr beharrliches Ticken konnte er nicht leben, ohne das vorhersehbare Kreisen ihrer Unruh, ohne das goldene Surren und Schwirren und Leuchten im Inneren einer Uhr, das den Eindruck vermittelte, sie hätte eine Seele. Jeder Zeitmesser erzählte eine Geschichte von Physik und Handwerkskunst, von zahllosen Stunden genauester Arbeit eines Menschen. Die Uhren würden Barry helfen, die Kontrolle zu bewahren. Selbst wenn er vor allen Menschen floh, die er kannte, würde er die Kontrolle bewahren. Er schnappte sich den Pass, den er sich zusammen mit Joey Goldblatt von Icarus Capital auf den Namen Bernard Conte hatte ausstellen lassen – so stellte Barry sich eine aristokratischere Version seines Namens vor. Er versuchte, den winzigen Safe zu öffnen, der hinter den Uhrenbewegern versteckt war – sein Safe im Safe –, wo er bündelweise Bargeld und Staatsanleihen aufbewahrte, doch er war zu betrunken, um sich an die Zahlenkombination zu erinnern. Er zog die verhasste Citi-Weste über.

Shiva schrie weiter, unterlegt vom Weinen zumindest einer Frau, aber nicht der richtigen, nicht der, die er weinen sehen wollte, seiner besten Freundin, der klügsten und schönsten Frau der Welt.

»Alles okay, Sir?« Anscheinend schrie ihn jemand an. Er schlug die Augen auf und sah eine Plakatwand vorbeirasen: HEY, NEW JERSEY, LLAMA A LATIN AMERICA POR 5 CENT A MINUTOS, SPRINT. Alle Autos um sie herum hupten in der bläulich-schwarzen Dunkelheit.

»Alles okay, Sir?« Das Geschrei und Gehupe ging weiter. Gleich neben ihm spürte er etwas Warmes und sauber Riechendes. Die schreiende Frau schrie gar nicht ihn an. Sondern den Busfahrer mit der Marines-Jacke, der unberechenbar von einer Fahrspur auf die andere schlingerte. »Sir, bitte, wachen Sie auf!«

»Aufwachen! Aufwachen, Sir!« Andere Fahrgäste nahmen den Schrei in ihrem Kaleidoskop von Akzenten auf.

Der Fahrer musste aufgewacht sein, denn der Bus steuerte wieder geradeaus, fand eine passende Fahrspur und pflügte weiter von einem Dunkel ins nächste.

Ein Mann hatte den Kopf an Barrys Schulter gelegt und die Beine um seinen Rollkoffer gewunden, ein kleiner Mexikaner. Barry stieß ihn freundlich an. Der Mann regte sich. »'tschuldigung, hinten ist Scheißegestank«, sagte er. »Ich glaube, Toilette explodiert. Sehen Sie, alle vorne.« Er deutete auf die vollen vorderen Sitzbänke, um seine Anwesenheit neben Barry zu rechtfertigen.

»Alles gut«, sagte Barry, jetzt ganz wach. »Hey, wie verstellt man den Sitz?«

Der Mann griff an ihm vorbei und drückte auf einen kleinen Hebel. Die Sitzlehne neigte sich vielleicht fünf Grad nach hinten. Barry war einsam und wollte weiterplaudern, ein paar Gemeinsamkeiten entdecken, aber der Mann schnarchte im

Handumdrehen wieder, und sein Arm lag warm an Barrys. Seine dunklen Haare rochen nach Haargel und wehrten so den stinkenden Ansturm von Urin und Putzmittel ab, der Barrys Augen reizte. Allmählich wurde ihm klar, dass man bei einer Fahrt im Greyhound zum Teil des Lebens anderer Menschen wurde. Wäre dies hier *Unterwegs* und er selbst Neal Cassady oder Allen Ginsberg oder sonst wer, würden er und der kleine Mexikaner am Ende wahrscheinlich Sex haben. Das würde jetzt nicht passieren, doch allein die Tatsache, dass er mit diesem Mexikaner in diesem stinkenden Bus fuhr, war reizvoll und erweiterte den Horizont. Dazu brauchte man *Fantasie*. Dazu brauchte man *eine Seele*.

Um zehn vor fünf war das erste Licht zu sehen. Die Leute schnarchten, als hätten sie ganze Planeten in der Nase. Das Licht wurde stärker. Sie waren irgendwo in der Gegend von Trenton. In seinen vier Jahren in Princeton hatte Barry niemals die nahe gewalttätige Hauptstadt von New Jersey besucht. Um dreizehn Minuten nach fünf war es heller Tag. Wie schnell die Welt sich mit Licht füllte! In seinem neuen Leben, schwor er sich, würde er nie wieder den Tagesanbruch versäumen. Die Lautsprecheranlage des Busses funktionierte nicht, gab aber ein geisterhaftes Stakkatogeräusch von sich, das immer lauter wurde, je weiter sie nach Süden fuhren. Vielleicht stammte es von den Seelen früherer Fahrgäste, die noch im Bus gefangen waren. Es war ein grauenhaftes Geräusch, doch niemand beschwerte sich, und die meisten Passagiere schliefen weiter, bis der Bus wieder ins Schlingern geriet und sie den Fahrer anflehen mussten (»Sir! Sir! Alles in Ordnung? Wachen Sie auf, Sir!«), nicht von der Straße abzukommen.

Gegen sechs Uhr bogen sie vom New Jersey Turnpike ab und fuhren an der Bucht mit dem flackernden Industriegebiet vorbei nach Delaware hinein. Allmählich verstand er, wie die Bundesstaaten sich zusammenfügten. Tanker glitten, angelockt von den Rauchfahnen der Raffinerien, in die Delaware Bay. Der Bus fuhr weiter, bis Baltimore sie plötzlich verschluckte. Es schien gar keine Vororte zu haben, sondern tauchte auf aus dem Nichts wie eine ummauerte toskanische Stadt, bewacht nur von Mobilfunkmasten. Eine Weile wirkte es wie eine reizende, grüne Großstadt, deren Plakatwände ein Loblied auf ihre Krabbenfrikadellen und ihr Baseballteam, die Orioles, sangen. Dann fuhr der Bus von der Stadtautobahn ab in eine Straße, wo alle Häuser mit Brettern vernagelt waren. Hier sah es genauso aus wie in der Fernsehserie von HBO, die Seema gern sah, die mit den Drogengangstern und dem saufenden irischen Bullen. Er angelte in der Tasche seiner Jeans nach dem Handy und stellte fröstelnd fest, dass er keines hatte. Er konnte Seema nicht anrufen. Konnte ihr kein Foto vom vernagelten Baltimore schicken.

Er musste aussteigen. Er würde hier eine Verschnaufpause einlegen, bevor er nach Richmond weiterfuhr. Er war noch nie in Baltimore gewesen. Der Pensionsfonds von Maryland investierte bei ihm, aber dessen Mitarbeiter bestanden immer darauf, nach New York zu kommen, Barry in seinem Büro anzubrüllen und sich dann zum Essen und einem Baseballspiel ausführen zu lassen.

Als er aus dem Bus stieg, traf ihn die sommerliche Schwüle direkt unter den Achseln. Er sah seinem mexikanischen Gefährten zu, der sein Gepäck aus dem Frachtraum zog, und bemerkte, dass dem Kerl ein Auge fehlte, dass dort nur eine Höhle mit einem kleinen Hautlappen darüber war.

Davonzulaufen war ein kluger Schachzug gewesen. Er wusste nicht, wer seine Frau und sein Sohn waren. Die eine hasste ihn, der andere schien nicht zu Gefühlen fähig. Was nicht seine Schuld war, das arme Häschen. Es war die Diagnose. Sein *Profil.* Doch was hatte Barry ihnen zu bieten? Wie konnte er den Hass seiner Frau mildern und seinem Sohn ein Vorbild sein? Und wenn sie nun die Schwangerschaft durchzog und einen zweiten Sohn mit den gleichen Problemen bekam? Sollte er nicht einfach ganz neu anfangen? Neu anfangen, das halbe Land sehnte sich offenbar irrsinnig danach. Eine mächtige Langeweile durchströmte Barry und, so vermutete er, auch seine Landsleute, arme wie reiche, dabei musste man bloß einen Bus nehmen und aus der Stadt verschwinden. Nicht Amerika musste wieder groß gemacht werden, sondern seine lustlosen Bürger.

Die ganze Idee der Ehe erschien ihm jetzt wie der reine Wahnsinn. Bei seinem Fonds gab es eine Bindungsdauer, während der Investoren ihr Geld nicht zurückrufen konnten, egal, wie hoch die Verluste waren, die Barry machte. Aber diese Bindung ging man nur für zwei Jahre ein. Eine Ehe sollte ein Leben lang anhalten. Irgendwann einmal hatte Barry gedacht, damit komme er zurecht, aber was, wenn er es nicht konnte?

Der Himmel über Barry war endlos. Alles war von intensiver Klarheit, als wäre er von heiliger Wahrheit umgeben.

Unweit des Busbahnhofs dehnte sich ein großes Gebäude, das die Bibliothek einer staatlichen Universität hätte sein können, aber mit dem Schriftzug HORSESHOE CASINO geschmückt war, und unmittelbar daneben war ein Holiday Inn Express. Dort könnte Barry sein müdes Haupt betten und den restlichen Kater ausschlafen, der sicher noch kommen würde.

Vor dem Busbahnhof standen erschöpft wirkende Schwarze an einer städtischen Bushaltestelle, Taschen über die Schulter gehängt, die Baseballcaps nach hinten gedreht. Mindestens drei von ihnen saßen in motorbetriebenen Rollstühlen und fuhren ruckartig auf dem kochend heißen Asphalt hin und her. Barry zog seinen Rollkoffer an ihnen vorbei, bis er zwischen kränklichen Büschen den Eingang zum Holiday Inn fand.

Die beiden Schwarzen am Empfang trugen Orioles-T-Shirts.
»Ich will einchecken«, sagte Barry.

»Können Sie das wiederholen?«, sagte einer der beiden.

Barry wiederholte den Satz.

»Im dritten Stock gibt es eine Auseinandersetzung, Zimmer dreihundertfünfzehn«, sagte der andere Mann zutiefst gleichgültig.

Ein kleiner Schwarzer mit gelblicher Haut kam ins Foyer gerannt. Sein Nasenbein war gebrochen, Blutspritzer überzogen sein Sommersprossengesicht. Ein größerer Schwarzer folgte ihm mit schläfrigem Schritt. »Mich behandelst du nicht respektlos!«, schrie der Kleine über die Schulter, während das Blut aus seinem Gesicht sich über sein Ravens-T-Shirt und die engen blauen Shorts ergoss. »Mich nicht! Rufen Sie die Polizei!«

Die Männer mit den Orioles-T-Shirts an der Rezeption schienen sich mit dem Gedanken nicht anfreunden zu können. Einer von ihnen zuckte halb mit den Schultern.

»Er hat mich beleidigt!«, schrie der vordere Mann.

Sein Freund nannte ihn Sean. »Beruhige dich, Sean«, sagte er. »Sean, beruhige dich.«

Barry legte seine schwere schwarze Amex-Karte ohne Ausgabelimit auf den Tresen, doch er ahnte, dass die Hotelangestellten in Baltimore durch nichts zu beeindrucken waren. Eine weiße Frau mittleren Alters buchte neben ihm ein Zimmer und hatte nichts als einen Föhn in der Hand. Sean, der kleine blutende Mann, lief zum Foyer hinaus und schrie noch immer etwas von Respektlosigkeit, sein größerer Freund folgte ihm nach draußen und bat ihn sehr gefasst, ruhig zu bleiben.

Barrys Zimmer im dritten Stock gewährte einen unverstellten Blick auf die monolithische Unermesslichkeit des Horseshoe Casinos und auf einen schmalen Streifen der Wolkenkratzer der Innenstadt. Im Schatten des Casinos jagte Sean seinen Angreifer. Dann blieben sie eine Weile schwer keuchend stehen, und nun jagte sein Angreifer ihn.

Barry lachte. Es war alles so scheißlächerlich. Sein erstes Lachen allein, solange er sich erinnern konnte. Niemanden interessierte seine schwarze Amex, niemanden interessierte Seans blutendes Gesicht, niemanden interessierte, dass sein Sohn schwer autistisch, dass seine Ehe gescheitert war, niemanden interessierte das Valupro-Fiasko oder was der Frau zustoßen würde, die mit nichts als einem Föhn ein Hotelzimmer bezogen hatte, als der Morgen zum Tag wurde. Die schiere Ausdehnung des Landes war viel zu groß für solche Sorgen.

Barry hatte sich der unfreundlichen Fesseln seines Lebens entledigt.

Amerika hatte ihm Zuflucht gewährt.

2 EINE ENTSCHLOSSENE FRAU

Als sie Shiva endlich so weit beruhigt hatten, dass er einschlief, war es fünf Uhr in der Früh, und seine erste Therapeutin – die Ergotherapeutin, die ihm half, »seinen Körper im Raum zu lokalisieren« – kam um acht, wie viel Zeit blieb ihr also? Drei Stunden? Ohne einen anständigen Tafil-Tavor-Smoothie bekäme sie mit Sicherheit keinen Schlaf. Doch da sie jetzt einen zweiten Jungen im Bauch trug, war es vorbei mit den Benzos.

Es war sechs Uhr morgens. Ihr Gebäude hatte ein anständiges Marmorfoyer, aber sie hätte es nicht ertragen, Julianna oder Luis dort zu treffen, nicht nach den Ereignissen der vergangenen Nacht. Sie ging durch den Lieferanteneingang hinaus und schnellen Schrittes zu einem Café in der Third Avenue, dessen Namen sie vergessen hatte. Sie vergaß Ortsnamen, so wie Barry Frauennamen vergaß. Es war der belangloseste Laden der ganzen Stadt, schlechte Omeletts, schlechter Kaffee, aber er erinnerte sie an den Vorstadt-Diner ihrer Kindheit in Cleveland Heights, wo ihre Eltern sich in den Siebzigern niedergelassen hatten, fast ein Jahrzehnt nachdem Amerika angefangen hatte, Flugzeugladungen asiatischer Einwanderer willkommen zu heißen.

Sie aß schweigend eine Schüssel abscheulichen Haferbrei, und ihr Schädel pochte an ihrer ungewaschenen Handfläche. Sie wollte auch eine Zigarette. Und Benzos, oh Gott, Benzos. Sie bekam eine Nachricht von ihrer Köchin Mariana, die nachfragte, um welche Uhrzeit sie ihr Eiweiß gebraten haben wolle. Kein Wort von Barry. Wenn er glaubte, dass *sie ihm* eine Nachricht schicken würde, na, damit sollte er besser nicht rechnen.

Drei Frauen um die vierzig in Sportkleidung kamen herein,

setzten sich mit dem Rücken zu Seema, um vor ihrem Training ihren Becher beschissener brauner Brühe zu trinken, denn alle anständigen Lokale mit Intelligenzija-Kaffee waren noch zu. Seema versuchte, ihrem Gespräch zu folgen, aber ihre Stimmen verschmolzen zu einem drängenden, koffeinschwangeren Getöse. »Ein Jahr Modern Dance bei Morris, aber das war Mist … Jedes Mal, wenn die Mädchen reinkommen, bringen sie jede Menge Freunde mit … Stephen hat gern gejagt … SoulCycle … Jackson Hole … Mit Barbara sollten wir noch mal was Lustiges unternehmen … Das Kind sieht genauso aus wie er, bloß kleiner und dicker … Stephen hat jede Menge Stress … Wir hatten Karten für den *Nussknacker* … Barbara hat Obstsalat gemacht, Sahne geschlagen … Stephen wollte das nicht … Vom *Nussknacker* sind wir direkt zum Flughafen gefahren … Er hat gedacht, er hätte seinen Rucksack im Taxi liegen gelassen, aber er war in der Schule … *Vollkommen* erledigt … Und weil Stephen so herumgebrüllt hat … Das war wie in einem sozialistischen Land, alle steigen gleichzeitig ins Flugzeug … Was für ein Riesenchaos … Arme Barbara, eines ihrer Kinder ist autistisch, und das andere studiert an der Boston University.«

Seema lachte laut auf, und zu ihrer eigenen Überraschung war sie wirklich belustigt. Die Frauen bemerkten es nicht einmal. Sie redeten einfach weiter. Das war eben New York. Sie hätte stundenlang sitzen bleiben können und ihrem Lied aus Wut und Staunen lauschen, dessen Untertitel »Wir haben keine Ahnung, wen wir geheiratet haben« lauten mochte. Und ungeachtet dessen, was sie in den rastlosen vergangenen vier Jahren geglaubt haben mochte, war dies nun auch ihr Lied.

Sie ging wieder durch den Lieferanteneingang hinein. Morgennebel hing im Madison Park, der wie ein unerfreuliches Spiegelbild ihrer Gedanken wirkte. Nur Shivas geliebter MetLife Tower ragte mit seiner Uhr aus der Suppe heraus.

»Er konnte vergangene Nacht nicht gut schlafen«, sagte sie zu Bianca, der Ergotherapeutin, einer hübschen jungen Frau aus der Bronx, die sich fast so sehr um Shiva sorgte wie sie selbst. Novie verdrehte die Augen, aber Seema schüttelte den Kopf, um das Kindermädchen zum Schweigen zu bringen. »Albträume«, sagte sie und hoffte, Shiva damit das Gefühlsleben zu verleihen, das die Forschung ihm inzwischen einmütig zugestand.

»Armes Häschen«, sagte Bianca und strich sanft über das Dunkel unter Shivas Augen. Sie setzte ihn auf einen Ball mit kleinen Querrippen und Einbuchtungen, die seinen Tastsinn stimulieren sollten, und ließ ihn in stetig steigendem Tempo auf und ab wippen. Shiva lächelte und schlug mit den Armen. Bianca erwiderte sein Lächeln. Novie lächelte. Und Seema lächelte auch. Ein Junge von dreizehn Kilo, umgeben von drei reizenden, lächelnden Frauen, der in die Luft hüpfte.

Mit diesem Bild als Antrieb ging Seema in ihr Arbeitszimmer am Ende des Ganges und überlegte die nächsten Schritte. Jeder Morgen war eine Reihe nächster Schritte. An der NYU gab es ein spezielles Schwimmbad für Kinder »mit seinem Profil« und an einer Schule in der Nähe einen Sinnesspielraum. Barry hatte eine persönliche Assistentin für sie eingestellt, so eine Zwölfjährige, die gerade aus dem Wesleyan College kam, aber Seema hatte sich selbst um Shiva kümmern wollen, also war die Assistentin wieder entlassen worden. Sie sah den Stapel von Berichten der vergangenen Woche durch. Die anhaltende Sprachlosigkeit wurde hervorgehoben. Auf jedem einzelnen Blatt stand das Wort »Verweigerung«. Shiva tat nicht, was man ihm sagte. Er konnte den einfachsten Anweisungen nicht Folge leisten, sie womöglich gar nicht verstehen. Verweigerung. *Wie der Vater, so der Sohn.* Sie brauchte wirklich eine Zigarette.

Wie würde sich Luis' Gesicht zwischen ihren weichen Händen anfühlen, die kratzige Wärme, das breite Kinn? Sie wusste, Barry hatte keinen der vielen Seitenblicke bemerkt, die Seema

Luis zugeworfen hatte, ebenso wenig das stumme Lächeln während der siebenundvierzig herrlichen Herzschläge, die Julianna gebraucht hatte, um Barry das Bad zu zeigen. Barry wurde nur eifersüchtig, wenn ein reicherer Mann den Raum betrat und Seema in eindeutig libidinöser Weise musterte, wie sein Milliardärsfreund aus Miami mit der Impressionistensammlung – als würde sie dieses wandelnde Geschwür auch nur mit der Zange anfassen.

Novie klopfte an. »Entschuldigen Sie Störung«, sagte sie. »Aber ich meine, ich muss sagen.«

Seema seufzte. Sie deutete auf die Papiere, um klarzumachen, dass sie in Arbeit ertrank.

»Mr. Barry, er ist nicht richtig«, sagte Novie. »Ich glaube, vielleicht Sie sollten jemand anrufen.«

Der Bug des Flatiron Buildings schwebte mehr als hundert Meter unter Seemas Arbeitszimmer im Nebel. Wie sie diese Aussicht immer geliebt hatte, womöglich die beste in New York, der eigentliche Grund, mit dem sie Barry hatte überzeugen können, hierherzuziehen und nicht in irgendeinen Loft in Tribeca.

»Darum kann ich mich selbst kümmern«, sagte Seema.

Novie schüttelte den Kopf. »Ich weiß nicht«, sagte sie. »Mir geht es nur um Shiva.«

»Und mir etwa *nicht?*« Das kam ein bisschen zu laut heraus. Andererseits bekam sie hier Ratschläge von einer Frau, die zwei Mal erklärt hatte, man könne sich an einer Banane mit HIV anstecken.

»Manchmal sieht die Ehefrau nicht, weil sie noch zu sehr liebt.«

Und das von einer Person, die den alkoholkranken Portier für den perfekten Lebenspartner hielt.

»Das wollen wir mal auf Eis legen, ja?« Seema überließ es ihrem Kindermädchen, diesen Ausdruck auf ihrem Tablet nachzuschlagen. Sie ging in eines der kleineren Bäder, spritzte sich Wasser unter die Achseln, ging wieder ins Arbeitszimmer, steckte Shivas Unterlagen in die Mappe mit dem Monogramm, das ihre Mutter ihr für das Jurastudium in Yale gekauft hatte, wechselte das T-Shirt – sie wählte eines aus der Geschenktasche von der Robin Hood Foundation Gala –, nahm den Fahrstuhl nach unten und trat durch den Lieferanteneingang hinaus auf die 23rd Street.

Wegen des Hamburgergeruchs vom Shake Shack war die Südostspitze des Madison Parks für Seemas brahmanische Nase eine Zumutung. In letzter Zeit hatte sie auf rotes Fleisch größtenteils verzichtet, sogar auf Huhn. Neuerdings sah sie häufig aus Indien stammende Paare, und obwohl die Vorstellung, jemanden aus ihrem eigenen Kulturkreis zu heiraten, sie immer abgestoßen hatte, war es in schwierigen Zeiten doch tatsächlich überaus sinnvoll. Barrys Judentum war ein Nichts. Mit heftigen, unartikulierten Ausbrüchen unterstützte er Israel, so wie manche ihrer Verwandten immer noch die Fackel für die verlorene Sache der Tamilen auf Sri Lanka hochhielten. Sie hatte von ihren vorherigen jüdischen Freunden – ja, es hatte einige gegeben – mehr über seine Religion gelernt als er in seinen vielen Jahren des Judentums. Sie erinnerte sich an seine echte Überraschung, als er von ihr das Konzept des *Tikun Olam* oder »Reparatur der Welt« erklärt bekam. »Super«, hatte er dazu gesagt, wobei sie, als ihr erster Freund an der University of Michigan es ihr bei einer Suppenküche der jüdischen Studentenorganisation Hillel auseinandergesetzt hatte, so bewegt gewesen war, dass sie gar nicht mehr wusste, ob sie in ihn verliebt war oder in die Unerschütterlichkeit seiner Herkunft und Geschichte. Es musste eine hinduistische Entsprechung zu *Tikun Olam* geben, aber sie war zu sehr mit ihrem Notenschnitt, ihrer Wohltätigkeitsarbeit und den

Bewerbungen an Jurafakultäten beschäftigt gewesen, um das herauszufinden.

Sie mied den Teil des Parks, wo sich die philippinischen Kindermädchen trafen, die sich auf Tagalog unterhielten, *»Loco loco!«* riefen und in dem endlosen Wettstreit standen, wer das dickste Kind großzog. Novie hatte ihr einmal stolz berichtet, dass alle Kindermädchen im Internet das Vermögen ihrer Arbeitgeberhaushalte verglichen und dass sie und Barry mindestens einen Monat an der Spitze gestanden hatten. Das Zweitschlimmste daran war, wie stolz sie auf Barry gewesen war. Und das Schlimmste? Wie stolz sie auf sich selbst gewesen war.

Sie setzte sich zu einer Gruppe karibischer Kindermädchen. Die Unterlagen waren so beruhigend. Die Mappe ihrer Mutter auf den bloßen Knien beruhigte sie. Als sie ihrer Mutter von Barry erzählt hatte, da hatte die ihre Verlobung so behandelt, als stünde sie ihr zu. Als wäre sie eine von zwei akzeptablen Wahlmöglichkeiten – wobei die andere die Partnerschaft in einer altehrwürdigen Anwaltskanzlei gewesen wäre. Als sie jetzt die Ledermappe in der Hand hielt, wahrscheinlich in der traurigen Dillard's-Filiale in Clevelands überkandideltem Tower City Center gekauft, kam es ihr fast so vor, als wäre all dies nicht passiert. Sie hatte Barry nie getroffen, war nach der Zeit am Bezirksgericht zu Cravath, Swaine & Moore gegangen, lebte mit ihren Freunden in Fort Greene, wo sie die erste Hälfte der Nacht mit Netflix-Serien verbrachte, die zweite heftig durchschnarchte und sich den Tag über dumm und dämlich arbeitete. Seema konnte es nicht fassen, dass Barry ernsthaft erwog, Hillary eine bedeutende Wahlkampfspende zukommen zu lassen, um ihr einen Job im Justizministerium zu verschaffen. »Dann hättest du neben Shiva noch etwas anderes, wofür du leben kannst«, hatte er gesagt. Lebten alle Männer durch ein unsichtbares Band der Ahnungslosigkeit so getrennt von ihren Frauen und Kindern?

Seema ging die Checkliste für Shiva durch. Alles an ihm wurde eingestuft, von der Aufmerksamkeit über die Beweglichkeit und Sprachfähigkeit und Feinmotorik bis hin zum verdammten Atmen und überhaupt Lebendigsein. Neben jedes Kästchen hatten die Physio-, Ergo- und Sprachtherapeuten sein Entwicklungsalter geschrieben. Er war drei Jahre und einen Monat oder siebenunddreißig Monate alt, doch bei den meisten Messungen erzielte er die Ergebnisse eines vierzehn, zehn oder manchmal sieben Monate alten Kindes, im Grunde befand er sich auf der Stufe eines halbjährigen Babys. Nur seine Grobmotorik war angemessen entwickelt. Shiva rannte schneller durch die Wohnung als Novie. Man konnte die Augen schließen und hören, wie er mit einem einzigen gequälten Schrei durch die halbe Wohnung sauste.

Seema blickte von der Checkliste auf. Und wenn Barry nun recht hatte? Wenn die ungeheure Größe der Aufgabe ihr gerade gefiel? Wenn sie genauso war wie er, nur dass sie statt der vier Monitore, die ihm den Hang-Seng-Index oder den Baltic-Dry-Index um die Ohren hauten, diese Herausforderung brauchte, um das Gefühl zu haben, sie sei wichtig?

Die klassischen, beinahe venezianischen Proportionen des Parks wurden von ihrem eigenen Wohnturm und einer ähnlichen Glasschachtel, die sich daneben erhob, in den Schatten gestellt – aber sie war hier in New York, nicht in Paris. Das war die Vitalität ihrer Gesellschaftsschicht, und irgendwie liebte sie das. Herrgott. So viele Gedanken. Wie konnte man sie nur anhalten? Würde eine einzige Zigarette, irgendeine nuttige Marke mit Menthol, ihren zweiten kleinen Jungen wirklich umbringen?

Und dann sah sie ihn. Einfach so. Er saß auf einer Bank ihr gegenüber, nur durch den steten Strom runder Bugaboo- und minderwertiger Maclaren-Kinderwagen von ihr getrennt. Er tat so, als würde er ein Buch lesen, auf dessen Umschlag zahlreiche

Dollarzeichen prangten und ein Kurvendiagramm sich abwärts neigte, der Titel eine Schmähung, irgendwas über die Wall Street. Er lächelte sie an. Er trug eine kurze Hose, die seine Barry-ähnlich behaarten Beine sehen ließ, und ein T-Shirt mit einem kleinen M über einem Traktor. Mina Kim, immer noch irgendwie ihre beste Freundin in Williamsburg, würde wahrscheinlich wissen, was das bedeutete. Seema sollte das Lächeln wohl erwidern, auf ihre Armbanduhr deuten – eine Timex für fünf Dollar, die sie ganz unten in ihrem Schminktisch aufbewahrte und hervorholte, wenn sie Barry so richtig ärgern wollte – und dann zu Shiva und seinen Therapeutinnen zurückeilen, in ihre berechenbare, eine weitläufige Etage umfassende, schicke Wohnung mit dem Flatiron Building weit unter ihr, wo es hingehörte.

In Sekundenschnelle saß er neben ihr. Seine grobmotorischen Fähigkeiten waren offensichtlich ebenso gut wie Shivas. Und *ihre* feinmotorischen? Sie schauderte und schlug tatsächlich ein nacktes Bein über das andere. Atme!

»Hey, was läuft?«, fragte Luis. Klar, so was sagte er. Wieso konnte er nicht im fernsten Brooklyn leben, bei seiner Gesellschaftsschicht, weit weg von ihr und ihrer zerstörten Familie? Er roch undeutlich nach Zigaretten.

»Hey«, sagte Seema.

»Verdammt, ist das heiß«, sagte er.

Sie versteckte rasch die Unterlagen, die Shivas Diagnose betrafen, und fächelte sich demonstrativ mit einem leeren Blatt Luft zu.

»Hey, danke, dass ihr gestern Abend zum Essen gekommen seid. Ich weiß, ihr seid eigentlich total beschäftigt.«

»Soll das ein Witz sein?«, fragte Seema. »Ich kann gar nicht fassen, dass Sie immer noch mit mir reden, nach allem, was passiert ist.«

»Meinen Sie das ›Fick dich‹?«, fragte er.

»Unter anderem. Arme Julianna. Ich wollte ihr schon einen Entschuldigungsbrief schreiben.«

»Ach, das kann sie vertragen«, sagte Luis. »Sie hat ihre Assistenzzeit in St. Louis gemacht. Sie hat schon alles gesehen.«

»Aber es war richtig mies, Ihre Identität infrage zu stellen«, sagte Seema.

»Das können Sie Barry nicht vorwerfen«, sagte er. »Man begreift es, oder man begreift es nicht. Er ist eben kein Einwanderer wie wir.«

»Ich bin in Ohio geboren«, sagte Seema. Anzunehmen, dass sie im Ausland geboren war, bloß weil sie einen indischen Namen hatte, war ein schwerer Fauxpas, den Barrys weiße Kollegen gewohnheitsmäßig begingen.

Aber Luis zuckte bloß die Achseln. »Was dagegen, wenn ich rauche?«, fragte er und zog eine Zigarette hervor, die wie eine Nat Sherman mit Honig-Nelken-Aroma aussah – wurden die noch hergestellt? – und die er sich mit filmreifer Geste ansteckte, so als wäre er der spanische James Bond auf dem Poster über seinem Wohnzimmersofa.

»Ich muss nach Hause«, sagte Seema. »Das ist mir wirklich peinlich, aber ich muss duschen.«

Luis lehnte sich an sie. Sein Atem roch nach Honig und Nelken – und außerdem nach dem widerwärtigen, lebensbedrohlichen Tabak. In Bombay gab es einen Onkel Nag, den sie und ihre Schwester liebten; er hatte kurz mit einer Filmkarriere geliebäugelt und tatsächlich einmal eine kleine Rolle in einem Werbespot für Hautaufheller gespielt. Nag war attraktiv, aber seine wahre Stärke lag darin, dass er so aussah, als könne er alles tun oder – noch wichtiger – alles sagen. So auch Luis. Er beherrschte seine Worte.

»Für mich riechst du toll«, sagte er. Sein Blick ruhte auf ihr, und ihrer war auf der Flucht. »Lass uns mittagessen gehen«, sagte er.

»Ich muss wirklich los«, sagte sie.

»Ich habe auch nicht geduscht«, sagte er ganz stolz. »Na komm, zwei geknechtete, übel riechende Einwanderer, die sich danach sehnen …«

»Ich bin keine Einwanderin!«

»Klar.« Seine große Hand lag auf ihrem Ellbogen, und sie standen gemeinsam auf. Seine Handgelenke waren kräftig und geädert und sie wusste, was eine IWC-Fliegeruhr war und wie sehr Barry sich wünschte, er hätte den Armumfang, um eine tragen zu können.

»Bitten wir doch Julianna dazu«, sagte Seema. Diese Strategie wandte sie normalerweise bei ekelhafteren Männern an.

»Machst du Witze?«, fragte Luis. »Bei ihren Arbeitszeiten? Ich sehe sie ungefähr einmal im Monat. Im Grunde bin ich der vernachlässigte Hausmann. Hast du *Mad Men* gesehen? Ich bin Betty Draper.«

Als sie den Park hinter sich ließen, plauderten sie über Trump. Es gefiel Seema, dass Luis sich mindestens zwei Handbreit herunterbeugen musste, um mit ihr zu reden. Er war nicht nur groß, seine Größe machte ihn ein wenig unbeholfen, und das war süß. Sie redeten auf Autopilot weiter über Trump, wie es in diesem Sommer alle Leute taten. Auf einmal wollte Seema etwas Wahrhaftiges sagen. »Wenn bei uns in der Familie etwas schlecht läuft«, sagte sie, »dann schaue ich mir gern Trump an, weil er mich einfach ablenkt. Ganz egal, was auf persönlicher Ebene geschieht, gleichzeitig ereignet sich doch diese noch viel größere Katastrophe.«

»Sehr gut ausgedrückt«, sagte Luis. »Ich muss selbst ziemlich oft zwischen öffentlich und privat hin- und herschalten. Wie gehst du mit Scham um?«

»Wie bitte?«

»Gibt es eine Hindu-Technik, Scham zu verarbeiten, oder wird sie einfach verinnerlicht wie in Juliannas Konfuzianismus?«

Darüber musste Seema nachdenken. Und außerdem darüber, ob Luis da nicht schlecht über seine Frau redete. Auf dem Broadway begegneten sie vereinzelten Mittagessern, und die Straße stand voller Cadillac-SUVs ohne Insassen. Mit Luis unterwegs zu sein erinnerte sie an eine frühere Version ihrer selbst, als Singlefrau im vollen Bewusstsein ihrer körperlichen und anderen Gaben, die mit einem Jungen durch die Stadt schlenderte, ihn einzuschätzen versuchte und über Dinge sprach, die sie mit Barry nie bereden würde. Sie versuchte sich vorzustellen, wie ihrem Mann das Wort »Konfuzianismus« über die Lippen kam.

»Ich glaube«, sagte sie und schaute in Luis' unfassbar grüne Augen, »ich schäme mich immer.«

»Merk dir, was du sagen wolltest«, sagte er. »Kambodschanisches Schweinebraten-Sandwich oder den besten Hot Dog von New York?«

Den *besten* Hot Dog von New York abzulehnen würde sie dumm dastehen lassen. Sie gingen in ein Lokal namens Old Town Bar an der 18th Street, und Luis erklärte mit seiner Stimme, die ihm zwanzigtausend Dollar pro Lesung einbrachte, dass es sich um eine der prachtvollsten alten Bars von New York handelte, mit Zinnplatten an der Decke, einer siebzehn Meter langen Theke aus Mahagoni und Marmor und dem ältesten, *dem* ältesten Speiseaufzug in ganz New York, und obwohl der Laden vor allem für seinen Hamburger berühmt war, den die *Times* einst zum besten in Manhattan erklärt hatte, wurde er doch von Liebhabern vor allem für seine kross gegrillten Hot-Dog-Würstchen geschätzt und und und …

Als er beim Reden mit den Händen auf eine Art fuchtelte, die ihre Mutter jüdisch nennen würde, was vielleicht nicht in Ordnung war, kam Seema ein Gedanke: Ich bin neunundzwanzig Jahre alt.

Sie war als Neunundzwanzigjährige mit einem nicht viel älteren Mann um die Mittagszeit in einer Bar. Als sie sich im Spiegel erblickte, die Arme vor den Brüsten verschränkt, in der Pose einer schüchternen Frau Mitte zwanzig (wann hatte sie sich zum letzten Mal den Luxus erlauben können, gegenüber Barrys Raubtierfreunden und ihren Frauen schüchtern zu sein?), hinter der das Sonnenlicht durch die hohen Buntglasfenster strömte, dachte sie: Und wenn ich nun so bin?

Sie hatte ein so schlechtes Gewissen wegen ihres Glücksgefühls, dass sie rasch auf ihr Handy schaute und erleichtert feststellte, dass Barry nicht angerufen hatte, was bedeutete, dass neun Stunden vergangen waren, seit er mit seinen Uhren Gott weiß wohin abgehauen war. Ihr Handy. Seit die Sache in Sardinien passiert war, *diese andere Sache*, wie sie Barry einmal seiner Büroleiterin gegenüber genannt hatte, war ihr Handy ein angstbesetzter Gegenstand. Darauf war das Video, das Barrys Leben zunichtemachen konnte. Das ihre gesamte Familie zerstören konnte. Vielleicht war es schon zu spät.

Luis bestellte einen Bushmills, und Seema erinnerte sich aus ihrer recht kurzen Singlephase, dass Männer mit seinem Profil so etwas bestellten. Sie bestellte ein Mineralwasser, doch da Luis mit spöttischer Ungehobeltheit widersprach, das gehe nicht an, fragte sie die zur Einrichtung passende alte Barfrau, was es vom Fass gebe, und nahm ein leichtes Sommerbier. Klar, es war ja Sommer. Auch das hatte sie vergessen: dass der Sommer ihre liebste Jahreszeit war, dass sie die Stadt und ihre Menschen zuerst wegen der Schwüle des New Yorker Sommers gemocht hatte – *ihre* Menschen, denn Manhattan gehörte nicht bloß den Gewinnern, sondern den *Gewinnern* der Gewinner.

Lange Zeit redete er über sich selbst. Sie schnappte Fetzen davon auf, ein geliebter toter Vater, ein Aufenthalt als Teenager (kurz, aber lehrreich) im falschen Teil von Cambridge,

Massachusetts, ungehemmte Verzweiflung darüber, nie irgendeinen Preis zu gewinnen, und jede Menge passive Aggressivität gegenüber seiner perfekten Ehefrau. Sie lächelte, doch er war einfühlsam genug, um zu merken, dass sie ihm entglitt.

Und dann sagte er: »Du bist eine entschlossene Frau.«

»Ich weiß nicht, was das bedeuten soll.« Er sagte, er habe sie am Abend zuvor aufmerksam beobachtet und wisse, dass ihr Leben nicht so sei, wie es scheine, dass sie leide, dass sie aber etwas antreibe, dass sie entschlossen ein Ziel verfolge, von dem niemand etwas wisse.

»Das ist anmaßend«, sagte sie, aber nicht unfreundlich. Sie würde nicht mehr als ein oder zwei Schluck von ihrem Bier trinken, aber selbst diese geringe Menge spürte sie bereits. Das Würstchen, so knusprig gebraten, so herrlich mager und rauchig, war das Beste, was sie seit Langem gegessen hatte, brahmanische Herkunft hin oder her. Sie fühlte sich so im Hier und Jetzt. Aber worüber redete er da? Eine entschlossene Frau? Mit einem Ziel? Hatte er sie mit Shiva gesehen? Wusste er von der Diagnose? Oder war das bloß eine Anspielung auf ihre unglückliche Ehe? *Ihr* Elend als Teil *seiner* Verführung?

»Mich mit dem Leid anderer zu verbinden«, sagte Luis, »das ist mein Job.«

»Aber nur, wenn es um die indigenen Mayas in Guatemala geht«, entgegnete sie. »Nicht um die Frau eines reichen Mannes.«

»Scheiße, was ist denn letztendlich der Unterschied?«, fragte er. Der Bushmills war ihm eindeutig zu Kopf gestiegen und in den warmen roten Hals über seinem T-Shirt mit dem kleinen M über einem mysteriösen Traktor. Sie saßen an einer Bar, vor sich zwei Teller mit Würstchen und Pommes, und ihr war ganz klar, dass sie begehrt wurde.

Was sie tatsächlich traurig machte, denn sie wusste, sobald das Würstchen gegessen war, würde sie ihm sagen müssen: Es tut mir leid, aber ich muss nach Hause. Und dann würde sie in ihrem gläsernen Wolkenkratzer verschwinden, achtzehn Stockwerke über seinem, und müsste für eine weitere Zufallsbegegnung beten, aber vor allem müsste sie wieder Shivas Mutter sein.

Und als sie den letzten Bissen gegessen hatte und es ihm tatsächlich sagte, legte er ihr die Hand auf den Arm und fragte: »Können wir uns nur für zwei Minuten die Hand halten?«

Ja, er war so sehr wie ihr Onkel Nag in Bombay. Er konnte sagen, was immer ihm in den Sinn kam. Und erreichte so alles, was er sich wünschte. Und wie alles andere an diesem Tag war auch seine Berührung perfekt. Eine Haut wie trockenes Pergament, aber voll der Hitze, die, wie sie wusste, auch seinen ganzen Körper erfüllte. Die drei Schluck Bier kreisten durch ihren müden, im zweiten Monat schwangeren Körper, sie bemerkte, dass sie seine Fingerknöchel entgegen dem Uhrzeigersinn rieb, und dabei hing er immer lässiger auf seinem winzigen Barhocker, ein breites, dämliches Grinsen im Gesicht. Was sie am meisten an den Rendezvous mit Männern vermisste, war diese kurze, verstörende Zeitspanne, in der man glaubte, man könne sie womöglich ändern.

Auch sie hatte eine verführerische Stimme, aber die war durch mangelnden Gebrauch verflacht. Sie verfügte auch über einen Klugscheißertonfall, den sie bei einer indischen Fernsehkomödiantin abgekupfert hatte, und sie dachte, den könne sie mal ausprobieren. »Das ist also deine Masche? Mit verheirateten Frauen in billigen Bars Händchen halten?«

Statt es abzustreiten, antwortete er: »Ja. Und es ist mein einziges Vergnügen.«

»Nicht dein Sohn?«, hakte sie nach. »Nicht deine Frau?«

»Ich werde dich jetzt nach deiner Telefonnummer fragen«, sagte er. »Du kannst Nein sagen, und ich würde es verstehen. Aber wenn du Ja sagst, wäre ich an jedem Tag, den wir hier oder woanders verbringen und uns einfach nur an den Händen halten könnten, der glücklichste Mensch, der je gelebt hat.«

Später schlich sie in Shivas Zimmer voller Stofftiere, obwohl das gegen die Regeln verstieß. Wenn ein Kind »mit seinem Profil« endlich mal einschlief, verdammt, dann reihte man alle Götter auf dem Regal auf und betete abwechselnd zu jedem einzelnen. Doch jetzt stand sie über sein Bettchen gebeugt, während er sich zuckend und mit den geballten Händen durch einen, so nahm sie an, mitteltraurigen Traum bewegte. In solchen Momenten hatte er genau das knochige, neugierige Gesicht ihres Vaters. Ihre Eltern. Sie waren 1973 in die Staaten gekommen, um im Alter von achtzehn und neunzehn zu studieren. Einwanderer im Teenageralter. Sie hatten sich angepasst, ihren Akzent zu dreiundachtzig Prozent verloren und ihr Blut in die rissige Scholle des Mittelwestens vergossen. Shiva jedoch würde ein permanenter Immigrant bleiben. Seine Begegnungen mit der Welt würden immer ein Element des Unerwarteten beinhalten. Selbst die Liebe seiner jungen Mutter würde Untertitel brauchen.

Ihr Handy piepte, eine Nachricht. Eine unbekannte Nummer. Seine Nummer. »Test« stand da.

3 OMAR KOMMT

Ein Tag erst war vergangen, seit Barry auf das Land losgelassen worden war, und schon fühlte er sich jung und verwegen und zu allem bereit. Endlich holte er das Auslandsjahr nach, für das sein Vater zu Schulzeiten nicht hatte zahlen wollen. Er reiste als Rucksacktourist durch seine eigene Version von Europa. Die mythische, kräftig gebaute Frau, die wie eine Krabbe ging und viele Geschichten zu erzählen hatte und ihm einen Teller essigsaurer Bohnen und Grillfleisch bringen würde, war nicht weit. Jeden Moment konnte er ihr begegnen, und sie würde sagen: Ruhig, Kind. Sei nicht so streng mit dir. Jeder darf neu anfangen. Das is' Amerika, Schätzchen. Wenn ein Traum stirbt, kriegste 'nen neuen.

Er hatte das Holiday Inn Express gleich nach dem Aufwachen verlassen, war am riesigen Horseshoe Casino entlanggelaufen, aus dessen Außenlautsprechern sogar so früh am Morgen schon Billy Joels *You're Only Human* dröhnte, und dann durch eine flache Sozialsiedlung, wo im Gegensatz zu Seemas Lieblingsserie über Baltimore niemand mit Drogen dealte. Was für eine Freude, so durch die Welt zu schweben, ohne dass dich das Telefon ständig mit Pieptönen auf die neuesten kratertiefen Abstürze des Valupro-Aktienkurses hinwies. Wie herrlich, einen jungen Mann im besten Drogendealeralter um sieben Uhr morgens auf einer Eingangstreppe sitzen zu sehen, nur eine Flasche Gatorade neben sich, die Ravens-Cap verkehrt herum auf dem Kopf. »Morgen«, hatte Barry zu ihm gesagt und war mit einem knappen Nicken belohnt worden.

Er näherte sich der Innenstadt. Nachdem er den öffentlichen Wohnungsbau hinter sich gelassen hatte, befand er sich nun in einem ganz normalen Randgruppenviertel. An einer blauen Ladenfront stand THE BOOK ESCAPE. Ein Buchladen? Das könnte doch richtig Spaß machen. Wann war er zuletzt in einem Buchladen gewesen? Da musste er nachdenken. Vor zehn Jahren?

The Book Escape war voller Bücher. Das hätte Barry nicht überraschen sollen, doch die schiere Menge raubte ihm den Atem. Was hatte er Bücher in der Highschool und an der Uni geliebt! Sie waren seine Fahrkarte raus aus dem Osten von Queens gewesen. Schon in der neunten Klasse, als sein Körper ein reines Chaos aus natürlichen Chemikalien und Begierden war, packte sich der Sohn des Poolreinigers den Rucksack mit Büchern voll und begab sich an die Bahnstrecke der Long Island Rail Road von Little Neck, dem Arbeiterviertel, wo er mit seinem Vater lebte, zum schicken Great Neck, von dem er damals noch nicht wusste, dass es das »West Egg« aus *Der große Gatsby* war. Bevor er in Princeton ganz verrückt nach Fitzgerald wurde, war Hemingway sein Mann. Barry hatte sich oft neben den Gleisen unter einen Hartriegelstrauch gesetzt und so getan, als sei es ein exotisches Gewächs in Pamplona – genau auf der Grenze zwischen New York und seinen reicheren Vororten (wo der Himmel endlos und prächtig schien). Dort hatte er die Sätze von Jake Barnes still vor sich hin gesprochen, auch die von Lady Brett Ashley und Robert Cohn, der einen ganz ähnlichen Nachnamen wie Barry hatte und, wie er selbst fand, ähnlich verachtenswert war, während die Sonne sich über Queens und dem Rest des Landes im Westen senkte. In Hemingways knapper Prosa spürte er eine hemmungslose Romantik, eine Möglichkeit für Männer, auf kluge Weise ihre Liebe der Welt kundzutun. Bei Seema und Shiva hatte er das gegenteilige Problem. Er wusste nicht, wie er aus dem Kummer Liebe ernten sollte.

Die Bücher im Book Escape waren nach Kategorien geordnet, doch wirkten sie auch irgendwie frei und ungebunden, als wären sie aus eigenem Antrieb umherspaziert und hätten sich selbst neue Heime und Familien gesucht. In der Buchhandlung Strand in New York konnte man reduzierte Bücher meterweise kaufen, und Barry hatte vor, dieses Angebot für sein Sommerhaus in der Nähe von Rhinebeck zu nutzen, das fast fertig war. Er baute sich dort eine Bibliothek, die er Hudson River View Library nennen wollte; von seinem Anwesen schaute man auch auf Bahngleise, die ihn an das silbrige Rauschen der Long-Island-Züge in seiner Jugend erinnerten. So konnte sein erfolgreiches heutiges Ich über die Zeiten hinweg seinem jugendlichen Ich zuwinken. Doch der Book Escape bot ein persönlicheres Einkaufserlebnis. Er suchte bei den Romanen herum. Es gab jede Menge neuer Autoren, von denen er noch nie gehört hatte, und daneben staubige Ausgaben seiner Lieblinge Fitzgerald und Hemingway.

Einzelne verschlissene Sofas und Polsterhocker sorgten für Atmosphäre und Behaglichkeit, und die Bücher rochen alt. Chop Suey fiel ihm wieder ein, der Buchladen in Richmond, Virginia, in den Layla und er gegangen waren, um sich in einem der Hinterzimmer zu küssen. Sie hatte mit ihm in Princeton einige Kurse für Kreatives Schreiben belegt, und obwohl ihr Hauptfach Soziologie war, las sie wie wahnsinnig Literatur. Beim Gedanken an diese Küsse blieb Barry stehen und betrachtete die Uhr, die er heute trug, eine Patek Philippe Calatrava 570. Er hatte sie heute Morgen gewählt, weil ihr Weißgold sich gerade schwer genug für ein neues Abenteuer anfühlte und weil sie in der städtischen Sommersonne gleißend aufblitzen würde. In einem Uhren-Blog war dieses Modell einmal als »purer Sex am Handgelenk« beschrieben worden, was er passend fand. Die Uhr war ein Geschenk von den Fonds-Kollegen, von Akash Singh und seinem Team. Als das Valupro-Fiasko in vollem

Gange war, versteckte Barry sich oft in der Bürotoilette, drehte die Uhr um und las die tröstende Gravur auf ihrer Unterseite: »Für Barry Cohen – ein echter Anführer.«

Barry fühlte noch, wie seine Hand unter Laylas Bluse ihren Rücken streichelte, den ersten echten Frauenrücken, den er berührt hatte, heiß, duftend, straff, und was für Angst sie wie jede gute Südstaatlerin hatte, dass irgendjemand sie beim Knutschen im Hinterzimmer des Chop Suey erwischen würde, Freunde ihrer Familie vielleicht, obwohl ihre Familie so fortschrittlich war, wie man damals in Richmond nur sein konnte. In ihrer ersten gemeinsamen Nacht, als ihre Eltern zu einem Spendendinner für Clinton und Gore gegangen waren, hatte er sich so angestrengt, sie zu befriedigen – aber irgendwann hatte Layla ihn am Kopf gepackt, der zwischen ihren Schenkeln klemmte, und gesagt: »Baby, ich hab' gar keinen Saft mehr.« Das war so ein kleiner Insider-Witz zwischen ihnen beiden geworden, bis nach dem Examen, als sie für die Organisation Teach for America an unterprivilegierten Schulen unterrichtet und er zuerst bei Morgan, dann bei Goldman Karriere gemacht hatte. »Ich hab' gar keinen Saft mehr«, hatte sie in ihren langen Sommerbriefen geschrieben, die von South Dakota, wo sie zum Unterrichten eingesetzt war, nach Queens gingen, als sie beide das letzte süße Zucken ihrer Liebe am Leben zu halten versuchten.

»Hi«, sagte Barry zum Besitzer und einzigen Verkäufer, Typ schüchterner, hochgewachsener Geisteswissenschaftler, zu dessen Füßen ein uralter, ergrauter Corgi schlief. »Ich überlege gerade, haben Sie wohl Bücher des Autors Luis Goodman vorrätig?«

Der Mann verschwand im behaglichen Staub seines Ladens, um nach dem quasi-guatemaltekischen Trottel zu suchen. Als er Seema als potenzielle Ehefrau vor fünf Jahren auf Facebook mit gebührender Sorgfalt überprüft hatte, war er auf zahlreiche

»Freunde« wie diesen schlaksigen Buchhändler gestoßen, und einige der Profile führten zu Fotos mit Seema, die man als romantisch missverstehen konnte – jede Menge verschlungener Arme, Taco-Stände im Sommerlicht, eine Fahrt nach Tanglewood. Vor ihm hatte sie drei ernsthafte Beziehungen gehabt, was für eine Vierundzwanzigjährige ziemlich viel schien.

Er hatte Seema bei einer Bloomberg-Party für irgendwas Kulturelles kennengelernt, als der Kleine noch Bürgermeister von New York war. Barry war in Bloombergs Gegenwart immer schüchtern gewesen, und das nicht bloß auf die Art, wie er sich in Gegenwart von Milliardären fühlte, da sein eigenes Vermögen lediglich irgendwo zwischen sechzig und hundertfünfunddreißig Millionen lag, je nach Berechnungsweise. Bloomberg *schuf* tatsächlich Mehrwert, er hatte eine maßgeschneiderte Technologie entwickelt, für jene Bildschirme, die Barrys Welt am Laufen hielten, die vom Wert des thailändischen Baht über den aktuellen argentinischen Zahlungsrückstand bis hin zu Frachtschiffen voll verängstigter Filipinos auf dem Weg um das piratenverseuchte Horn von Afrika alles verfolgten.

Der Dachgarten teilte sich grob in zwei demografische Lager: auf der einen Seite das Finanzkapital, auf der anderen das kulturelle Kapital. Es war geschlechtermäßig nicht ganz so klar geschieden wie bei einer chassidischen Hochzeit, aber doch beinahe, und Barry nahm allen Mut zusammen, um seinen Wall-Street-Bros den Rücken zu kehren und sich in die gefährlichen Gewässer der weiblichen Kulturprofis zu begeben. Seema trug einen Hosenanzug, fast schon clintonesk, der eindeutig bewies, dass sie direkt von der Arbeit gekommen war. Sie arbeitete also! Und wahrscheinlich auf ernsthafterem Gebiet als auf dem der Kultur. Das allein war schon erregend. Außerdem lachte sie häufig, sah dabei aber superintelligent und qualifiziert aus. Nur selten hatte Barry Frauen gesehen, die Humor und Erfolg in sich vereinten. Und Seemas cremefarbener Hosenanzug umschloss einen üppigen jungen Körper, in dem für immer zu versinken er sich bildlich vorstellen konnte. Ja, drei Sekunden nachdem er sie gesehen hatte, verwendete er in Gedanken schon den Ausdruck *für immer*.

»Ahhhhhhh«, sagte Seema, als er ihren Bauch mit den Augen vernaschte, während eine andere scharfe Braut ein Tablett mit Thunfisch-Tataki als Vorspeise herumreichte. Das erste Wort, das sie zu ihm gesagt hatte, war gar kein Wort gewesen. »Hallo?«

»Entschuldigung«, sagte Barry. »Manchmal klinke ich mich einfach total aus.«

»Und starren dabei auf meinen Bauchnabel.«

»Ich kann Ihren Bauchnabel gar nicht sehen. Weil Sie angezogen sind.«

»Alles klar, Psycho«, sagte Seema.

Psycho? Wie jung sie klang! Der Hosenanzug ließ sie älter wirken als vierundzwanzig. Sie dehnte ihre Worte wie eine Schauspielerin.

Als er herausfand, dass sie am Bezirksgericht arbeitete, sah er bereits die drei hellbraunen Babys vor sich, die sie miteinander bekommen würden, gleich nach der kleinen bittersüßen Abschiedsfeier im Richterbüro. Als sie herausfand, dass er gerade einen Hedgefonds aufgelegt hatte, ging sie gleich auf ihn los – ziemlich niedlich, wie er fand –, weil Hedgefonds zu risikobehaftet seien und die Wirtschaft zugrunde richteten. Barry konnte gar nicht genug kriegen von ihrer gelehrten Empörung. Die Finanzkrise unseres Landes lag schon drei Jahre zurück, und die Leute regten sich noch immer darüber auf. Sie war eine klügere Version dieser indischen Komikerin, die er so gern im Fernsehen sah.

»Das hat jedenfalls Paul Krugman geschrieben«, sagte sie.

»Wer ist das denn?«, fragte er, beugte sich zu ihr hinunter und reckte die breiten Schwimmerschultern.

»Im Ernst?«, fragte sie zurück. »Der Nobelpreisträger? Kolumnist der *New York Times*?«

»Ich bin eher der Typ fürs *Wall Street Journal.*«

»Sie lesen nicht die *Times*?«

»Deren Haltung zu Israel ertrage ich nicht.«

»Na, das müssen wir ändern«, sagte sie. Hatte sie das wirklich gesagt? Er glaubte es jedenfalls. Das entscheidende Wort: wir.

Ein paar Minuten später standen sie auf einmal neben Bürgermeister Bloomberg und, wenn Barrys Erinnerung nicht trog, neben irgendeiner alten Frau, die irgendwas Komisches anhatte. Er konnte sich nicht an ihren Namen erinnern, aber Seema erzählte ihm später, sie sei die Chefredakteurin der *Vogue*. Sie redeten über This Side of Capital. »Ist das ein neuer Laden?«, fragte Bloomie und sah mit seinem wissbegierigen kleinen Gesicht zu ihm auf.

»Letztes Jahr aufgelegt. AUM fast eine Milliarde. Aber noch viel Raum für Wachstum. Ich würde mir zu gern irgendwann mal ein paar Tipps von Ihnen holen.«

Bloomberg lächelte freundlich, als wollte er sagen: Tipps werden nicht gegeben, mein Freund. Dann ließ er seinen goldenen Blick zu Seema wandern. Barry kam es vor, als sei ihre Verbindung bereits vom achtreichsten Mann Amerikas abgesegnet worden.

»Wow«, sagte sie, nachdem sie die Höhen der Dachterrasse verlassen hatten und tief in den Midtown-Gestank nach Halal-Kebab eingetaucht waren. »Sie gehen einfach so auf Leute zu und sprechen sie an. Ich wünschte, das könnte ich auch.« Ihre ernste Miene ließ Barry glauben, dass sie sich tatsächlich nicht nur nach seinem Geld sehnte. Sie würden einander ergänzen. Die Kinder hätten ihre Intelligenz und sein Draufgängertum. Princeton plus Yale gleich Harvard? Zwei Gläser Moët im Four Seasons später erklärte sie sich bereit, ihm ihre Telefonnummer zu geben, aber nicht, mit zu ihm zu gehen. Also ging er allein in sein Loft in Tribeca und war zu aufgeregt, um in Gedanken an sie auch nur zu onanieren. Er leerte eine Flasche dreißig Jahre alten Balvenie, weinte ein paar Stunden über ein unbestimmtes Frauenbild, das nicht dem seiner toten Mutter entsprach, nein, *nein*, tat es nicht, und verschlief das anbrechende Wochenende und zwei Konferenzgespräche mit der Abteilung Investor Relations. Als er aufwachte, wusste er, was er zu tun hatte.

»Entschuldigen Sie«, sagte der zurückgekehrte Buchhändler. »Haben Sie Luis Goodman gesagt? L-u-i-s?«

»Ja, genau.«

»Von dem haben wir gar nichts. Um ehrlich zu sein, habe ich auch noch nie von ihm gehört.«

»Verdammt noch eins«, sang Barry vor sich hin, als er den Buchladen verließ. »Gottverdammt!« Beinahe hüpfte er über den heißen Asphalt zur Innenstadt. Kein einziger von Luis Goodmans Romanen war in genau der Sorte stinkender Alternativbuchhandlung zu finden, die ihn eigentlich vorrätig haben müsste! Nicht mal *Der mitfühlende Metzger*, dieses unverdauliche Stück Scheiße. Wenn er noch ein Zeichen gebraucht hätte, dass seine Reise besonders war – hier war es.

Barry beschloss, die Dinge um sich herum wahrzunehmen, wie es ein richtiger Schriftsteller tun würde. Baltimore hatte doch so was wie einen Hafen. Er zählte mehrere Dutzend Jachten, keine davon sonderlich beeindruckend. Die Skyline wurde beherrscht von Transamerica, der Bank of America, PNC und den üblichen Schwindlern SunTrust und BB&T. Selbst diese kleine bedrängte Stadt war komplett von der Finanzbranche übernommen. Barry wollte weg von den üblichen beigefarben gekleideten Gestalten, von all den niedrigen Chargen aus dem Innendienst, die mit Eiskaffee von

Starbucks durch die heißen Straßen liefen, den Mund voller Bluetooth.

Er bog scharf nach links ab und ging in westliche Richtung. Verblüffend, wie plötzlich das Geschäftsviertel endete und in echte Armut überging. Ein junger Weißer mit schmutzigblonden Dreads bettelte gleich um die Ecke vom Martin Luther King Jr. Boulevard um Kleingeld. Er hatte ein Pappschild vor sich stehen, auf dem nur OBDACHLOS stand. Keine große Geschichte zu erzählen. Als Barry einen Zwanzig-Dollar-Schein fallen ließ, murmelte er »Danke«, schaute aber nicht hoch zu seinem Wohltäter. Vielleicht hatte er auch die Diagnose, dieser erblondete, magere Zwanzigjährige. Barry hatte Trump erst zu hassen gelernt, nachdem er sich auf einer Pressekonferenz über einen behinderten Reporter lustig gemacht und mit den Armen geschlenkert hatte, um seine Zuckungen nachzuahmen. Shiva tat das Gleiche – »Flattertremor« hieß das –, wenn er einer großen, unausgesprochenen Freude Ausdruck verleihen wollte. Wer über eine der wenigen geheimen Freuden seines Sohnes Witze machte, der verdiente es nicht zu leben.

Die Gegend wurde mit jedem Schritt unansehnlicher. An der Straße, die er entlangging, standen zahlreiche Einfamilienhäuser im Federal Style, manche waren noch gut in Schuss, von vielen anderen blätterte die Farbe ab, einige gar mit verrammelten Fenstern und mit Pappschildern, auf denen Unverständliches in Baltimoresisch stand. Als Barry klein war, hatte sein Vater ihm einen Plan von Queens gegeben, auf dem große Flächen mit rotem Leuchtstift ausgestrichen waren – die No-go-Zonen, wo »diese Leute« lebten. Das ausgedehnte Viertel Jamaica zum Beispiel war unbedingt zu meiden, die benachbarten Jamaica Estates hingegen, wo Trump einmal residiert hatte, waren es nicht. Jetzt war Barry endlich auf dem Weg ins richtige Jamaica. Er stand an der Schwelle zu etwas Großem.

Vor Reihenhäusern, die wie in Park Slope in Brooklyn aussahen und Eisengitter vor allen Fenstern hatten, entdeckte er am Bordstein eine attraktive Mittvierzigerin, die ein Mikrounternehmen betrieb: Zahlreiche Flaschen, die einmal das Hand-Desinfektionsmittel Purell enthalten hatten, waren neu befüllt worden, und ein handgeschriebenes Schild pries den Inhalt als PIMP JUICE an. Barry war fasziniert. Die Frau trug viele bunte Zöpfe, hatte ein neckisches, wenn auch müdes Lächeln aufgesetzt, und Flecken rosaroter Schuppenflechte leuchteten an ihren Unterarmen und Ellbogen. Ihre hohen Brüste waren rund. »Sind Sie von der Gruppe?«, fragte sie ihn.

»Von der Gruppe?«, fragte er zurück.

»Schon gut.« Sie lächelte ihn strahlend an und beugte sich über ihre Ware.

»Was verkaufen Sie denn da?« Er spürte ein anschwellendes Bedürfnis zwischen den Beinen.

»Pimp Juice«, sagte die Frau.

»Und was ist da drin?«

»Größtenteils Kokosgeschmack, würde ich sagen.«

Das Wort »größtenteils« sprach sie mit äußerstem Bedacht aus.

»Dann nehme ich einen großen.«

Eine eiskalte grünliche Flüssigkeit wurde in einen Pappbecher geschenkt. Sogar ihre Schuppenflechte war schön, gehörte zu ihr, unvollkommen und echt. »Gute Geschäfte heute?«, fragte Barry und genoss, dass sein Aufzug die Frau überhaupt nicht interessierte, ebenso wenig die Tatsache, dass er immer noch zwei große Kratzer im Gesicht hatte.

»Bisschen zäh«, sagte die Frau. »Alle drinnen, wegen der Hitze. Sechs Dollar.«

Der Pimp Juice war köstlich. Eiswürfel von perfekter Größe hinterließen ein Kokosaroma auf seiner Zunge. Er griff in die Hosentasche nach dem Handy, um Seema anzurufen und sie mit seinen neuesten Nachrichten zu schockieren, aber sein Telefon war natürlich nicht da. Er musste diesen alten Drang unterdrücken, sich stets bei seiner besten Freundin zu melden. Er musste sich auf Layla vorbereiten. Auch sie war seine beste Freundin gewesen, mehr als drei Jahre lang. Seine beste Freundin und seine leidenschaftlichste Geliebte. Sicher, sie waren auch jünger gewesen, aber sie hatten zwei Mal am Tag Sex gehabt.

Er ging noch ein paar verfallene Häuserblocks weiter. Ein glatzköpfiger junger Mann saß auf einer Eingangstreppe, sein Blick folgte ihm. Er trug eine womöglich echte Audemars Piguet, eine größere, goldenere Version der Uhr, die Seema ihm in Venedig gekauft hatte. »Tag«, sagte Barry.

Wenige Augenblicke später hörte er Schritte hinter sich knirschen. Jemand folgte ihm. Barry ging schneller. Und wenn der junge Mann nun gern *zwei* Uhren hätte? Nervös schaute er auf seine Patek 570, die über dem innenstädtischen Asphalt hin und her schwang. Sie war so dezent, dass sie den wenigsten auffiel. Ihr Wert lag in ihrer Seltenheit – der Veblen-Effekt. Man musste schon über ein bestimmtes Vermögen verfügen, um sie überhaupt als wertvoll zu erkennen.

Der Mann war inzwischen direkt hinter ihm. »He, Alter!«, sagte er. »Was' los?«

Alter? Barrys Haupt wies nur ganz wenige graue Strähnen auf. Er beschloss, sich umzudrehen und herauszufinden, ob sie nicht Freunde werden könnten. Er stellte sich die Abfolge schon bildlich vor. Blickkontakt. Händeschütteln. Unerwartete Verbindung über triviale Fakten. »Hey, Mann!«, sagte Barry. »Was geht denn bei *dir*?«

»Was willst du?«

»Ich genieße bloß meinen Pimp Juice«, sagte Barry, hob seinen Pappbecher und hielt ihn etwas unbeholfen vor sich. »Kann ich nur wärmstens empfehlen.«

»Gehörst du zur Gruppe?«

»Nein. Bin allein unterwegs. Was ist das denn für eine Gruppe?«

»Willst du?«

»Will ich was?«

»Kaufen?«

»Oh nein, vielen Dank.«

»Was willst du dann von mir, Mann?«

»Wie bitte?«

»Entweder du kaufst Rocks oder verpisst dich von mei'm Block.«

So hörte es sich jedenfalls für Barry an. Aber Rocks? Also Crack? In dieser HBO-Serie vertickten sie alle Heroin.

»Ich sag's dir ja nur ungern«, sagte Barry, »aber dies ist ein freies Land.«

Der junge Mann trat mit drei schnellen Schritten sehr dicht an ihn heran. Nur noch Zentimeter lagen zwischen ihren Gesichtern, und Barry roch die Hitze, die der andere ausstrahlte, mit einem Hauch Babypuder darunter. Der Mann atmete ihn aggressiv an. Die abstehenden Ohren saßen recht weit hinten an seinem kahlen Kopf, und auf seiner Stirn stand deutlich eine Ader hervor. Seine flache Nase sah von vorne aus wie ein Anker, eine schmale Lücke hatte sich zwischen seine oberen Schneidezähne geschoben. »Du glaubst, du hast die besseren Karten«, sagte der Mann. »Hast du aber nich'.«

»Ich kann nicht folgen.«

»Ich sag' nur, verzieh dich lieber, Schwuchtel.«

»Okay«, sagte Barry, und seine Stimme versuchte sich unfreiwillig in einer anderen Tonlage. »Ich gehe einfach weiter. Nichts passiert, kein Problem.«

»Nee«, sagte der Mann und hakte die Daumen vorne in den Gürtel. »Is' mein Block hier. Du läufst nich' durch meinen Block. Du drehst um und gehst dahin, wo du hergekommen bist.«

»Moment mal«, wollte Barry sagen, aber der Junge holte aus und schlug ihm den Pimp Juice aus der Hand. Das klang wie das Abfeuern einer Waffe. Über den kaputten Straßenbelag breiteten sich grüne Flüssigkeit und Eis aus.

Und jetzt waren sie ganz woanders. Jetzt machte der Junge Barry klar, dass er über ihm stand. Erniedrigte ihn. Barry spürte es in sich aufsteigen, die Wut, die 2,4 Milliarden, die er verwaltete, all die Anstrengungen, um Barry Cohen zu werden, wie er sich einmal seinem mäßig gewalttätigen Vater entgegengestellt und ihm auf die Lippe geboxt hatte, vielleicht eine Woche nach seiner Bar-Mizwa. Was würde Hemingway tun? Er würde mit echten Narben aus dieser Sache hervorgehen, nicht bloß mit so winzigen verblassenden Narben vom Filipina-Kindermädchen. Aber wenn Barry nun verlor? Wenn der junge Mann bewaffnet war? Eine Pistole hinten im Gürtel stecken hatte? Gingen Menschen immer noch mit Messern aufeinander los? Er nahm seinen Atem wahr, den süßen Geruch, einen Anflug von Kirsche wie in diesen backsteingroßen Bazooka-Kaugummis, die sein Vater ihm immer gekauft hatte, wenn er »brav« gewesen war.

Barry schaute auf seine Füße, die ihn rasch von dem jungen Mann wegtrugen, in die Richtung, aus der er gekommen war.

»Ja, jetzt mal ein bisschen *hopp*!«, rief der Junge hinter ihm her.

Das Pflaster knirschte unter Barrys Sohlen. Das war also Amerika. Ein grausamer Ort, wo ein Mann wegen seiner Hautfarbe oder seines Uhrenmodells von der Straße gejagt werden konnte. Es war eine Schande. Damit wollte er nichts zu tun haben. Vielleicht war es noch nicht zu spät umzukehren. Er sah alles vor sich. Sein Büro, Seemas herrlichen Körper, einen endlosen Strom von Macchiati und Uni Sushi. Ein Manhattan-Leben für einen Manhattan-Mann. Er könnte in den Kreis der Gewinner zurückkehren.

Er dachte an die Augen des jungen Mannes. Sie hatten die gleiche Farbe wie Shivas. Er wusste nicht, was das bedeutete, aber irgendwie hatte er vor dem Drogendealer genauso viel Angst wie vor Shivas Ausbrüchen. Beide verhießen Gewalt. Beide bedeuteten eine Welt, die Amok lief, die gesetzlos war, chaotisch, nicht geeignet für jemanden von Barrys Format und seiner hart erarbeiteten Haltung.

Ein großer Van, an dem ein Schild mit der Aufschrift THE WIRE / DER ANFANG klebte, hatte vor dem Stand der Frau mit dem Pimp Juice gehalten. Sie war umringt von großen, zumeist blonden Touristen mit Weitwinkelkameras, die alle schwarze T-Shirts trugen, auf denen »YOU COME AT THE KING, YOU BEST NOT MISS« – OMAR LITTLE stand.

Das war also »die Gruppe«, von der alle redeten. Einige Männer betrachteten Barrys bleiche Miene mit unverhohlenem Ärger, so als wollte er ihre Problemviertel-Safari stören. Ein älterer Schwarzer mit Sonnenbrille lehnte am Wagen, stocherte nachdenklich mit einem Zahnstocher zwischen seinen Zähnen herum und hörte auf einem uralten Taschenradio die Live-Übertragung eines Spiels. Sein T-Shirt zeichnete ihn als GROUP LEADER aus.

Die Saftfrau bereitete ihr Getränk zu und spielte zugleich ihre Rolle. »Pimp Juice! Pimp Juice! Holt ihn euch! Jede Wette, den Scheiß trinkt Omar, wenn er nich' grad Dealer ausraubt.«

Schließlich gingen die Deutschen mit ihren grünen Drinks die Straße entlang, machten gut komponierte Fotos vom innerstädtischen Verfall, von ausgebleichten Grasbüscheln bis zu zerknüllten Zigarettenschachteln, die auf der Straße lagen. Die Saftfrau fuhr ihre Nummer zurück.

»Hey«, sagte Barry zu ihr. »Ich hatte gerade eine kleine Auseinandersetzung mit so einem Typen. Er hat zu mir gesagt, entweder ich kaufe Rocks oder ich solle mich aus seinem Block verpissen.«

Die Frau lachte. »Ach, das ist bloß Javon«, sagte sie und sortierte ihre Geldscheine der Größe nach. Dass sie lachte, verdarb Barry die Laune noch mehr. War der Junge überhaupt nicht gefährlich?

»Javon?«

»Ja, der wohnt da in der Straße. Er vertickt Rocks, dabei wollen alle Eins und Eins.«

»Was ist denn Eins und Eins?«

»Heroin und Koks. Er vertickt Rocks, als wären wir noch in den Neunzigern. Kein Mensch weiß, wo der Junge seine Ware herkriegt. Darum ist er auch so wütend.«

»Liegt also an ihm, nicht an mir.«

»Mm-hm. Beachten Sie ihn gar nicht. Ist doch bloß ein Junge. Hey, den Pimp Juice haben Sie aber echt schnell getrunken! Wollen Sie noch einen?«

Barry ging unwillkürlich wieder in Javons Richtung, so in Gedanken versunken, dass er beinahe eine Deutsche umrannte, die ein Schlagloch fotografierte. Er musste die Sache klären. Wenn er den Arsch versohlt kriegte oder Schlimmeres, war das okay. Sollte er auf den Straßen von West Baltimore umgebracht werden, würde sein Nachruf im *Wall Street Journal* immerhin nicht mit Valupro oder GastroLux oder der Scheißbörsenaufsicht enden. Er war Barry Cohen, ein echter Anführer.

Als Kind war Barry superschlau gewesen. Er konnte seinen Commodore 64 so programmieren, dass eine Grafik der USS Enterprise von einem Bildschirmrand zum anderen glitt. Aber er wusste auch, wenn er aus Little Neck, aus dem tropischen Keller seines Vaters rauswollte, musste er Freunde finden. Also hatte er jeden Tag vor dem Spiegel gestanden und zehn Eröffnungssätze geübt, die er zu den anderen Jungs in der ersten Stunde sagen könnte, den Jungs, die alle gar nicht wussten, dass er existierte, oder sich über den Chlorgeruch lustig machten, der offenbar am Sohn des Poolreinigers hängen blieb.

Mann, heute ist es aber regnerisch!

Seid ihr am Wochenende in der Lake Success Mall gewesen?

Ich habe am Wochenende mit meinem Vater am Kings Point geangelt, aber wir haben nichts gefangen.

Und dann dachte Barry sich mindestens zehn Antworten aus, die ihm die Jungs geben könnten. Und dann zehn weitere Entgegnungen auf jede ihrer Antworten. Es war ein bisschen so, wie seinen Commodore zu programmieren. Er konnte ungefähr zehntausend Kombinationen im Kopf speichern.

Javon saß wieder auf seiner Treppe. Er trug ein Poloshirt von Ralph Lauren, bis obenhin zugeknöpft, so wie der Schriftsteller aus Guatemala seines von den Brooks Brothers vorgestern Abend, was ihn formell, beinahe klerikal wirken ließ. Er trug das ganz unironisch in der brütenden Nachmittagshitze. In Barrys Kopf summten Einstiegssätze. Er streckte die Hand mit einem Zwanzig-Dollar-Schein aus.

»Oh *nein*, verdammt«, sagte Javon.

»Ich möchte Rocks kaufen«, sagte Barry. »Aber ich möchte, dass du die Kosten für den Pimp Juice abziehst, den du verschüttet hast. Wenn du mir also Rocks für sechsundzwanzig Dollar gibst, sind wir quitt.«

Javon lachte. Sein Lachen klang unerwartet hell. Kindlich. Er ist doch bloß ein Junge, dachte Barry. Diese Erkenntnis tat ihm im Innersten weh. Die Straße war leer, leblos, Gitterstangen, von denen die Farbe blätterte, und dieser Junge, der nichts zu tun hatte, keine Kunden, keine Freunde, nicht mal einen Heimcomputer.

»Deine Uhr gefällt mir«, sagte Barry. »Kann ich sie mal ansehen?«

»Nein, kannst du *nich'*, du Schwuchtel«, sagte Javon. Doch seine Augen lächelten noch. Auf einmal schüchtern, wandte er den Blick ab und schaute die Straße entlang.

Die Atmosphäre um sie herum kühlte sich ab. Barry steckte seinen Zwanziger wieder ein. »Bloß, weil ich eine Menge über Armbanduhren weiß«, sagte er. »Leute wie mich nennt man Uhrenidioten.«

Javon seufzte. »Idiot, das trifft's«, sagte er. Er schnaubte und sah Barry dann direkt in die Augen. Barry lächelte und zuckte die Achseln. Er hielt dem Blick des Jungen stand, bis es wehtat.

Der Junge nahm die Uhr ab und gab sie Barry, dem das Metall heiß auf der Hand brannte. »Mein Cousin wurde abgeräumt. Ist seine Uhr.«

»Abgeräumt?«, fragte Barry.

»So'n Typ aus den Perkins-Häusern hat ihm ins Gesicht geballert. Irgend so'n East-Side-Scheiß.«

Barry betrachtete prüfend die Uhr. Sie war nicht golden, nur *vergoldet*, und an den Anstößen blätterte das Doublé schon ab. Die Hälfte des blauen Tapisserie-Zifferblatts hatte sich in ein radioaktives Orange verfärbt. Das zweite U in »Audemars Piguet« fehlte, sodass der Uhrenhersteller jetzt »Piget« hieß.

»Scheint mir echt zu sein«, sagte Barry.

»Ernsthaft?« Aus den Augen des jungen Mannes strahlten Hoffnung und Kummer.

»Kostet vierzig Riesen«, sagte Barry. »Gratuliere.«

»Bist du 'n Bulle?«

»Ich bin ein Hedgefonds.«

»Was?«

»Ich schließe Wetten ab.«

»Wirfst du Knochen oben an der Fayette?«

»Hä?«

»Würfeln.«

»So in der Art«, sagte Barry. Er konnte nie richtig erklären, was ein Hedgefonds eigentlich war, abgesehen von der Sache mit den Wetten. »Tut mir leid mit deinem Cousin. Wenn ich fragen darf: War es drogenbedingt?«

»Drogenbedingt?« Javon lachte. »Ja. Kann gut sein.«

An dieser Stelle schrieben Barrys Freundschaftssätze vor, eine kleine Pause einzulegen, ein paar Takte Schweigen herrschen zu lassen. Männer mussten voneinander wissen, dass sie zu reden aufhören konnten, ohne dass es gleich unbehaglich wurde. Barry legte die Hand an die Stirn, um seine Augen vor der Sonne zu schützen, und schaute nach Osten, er versuchte zu ermessen, wie weit er von der Innenstadt und dem Hafen voller Jachten entfernt war. Er schätzte, nicht allzu weit.

»Hey«, sagte er, »wo wir gerade von drogenbedingt reden, ich habe gehört, die Leute interessieren sich eher für Eins und Eins als für Rocks. Ich bin Geschäftsmann. Ich könnte dir bei deiner Strategie helfen. Mein Business fährt eine Mehrfachstrategie. Mein Rat: Du bist noch jung, du kannst dir mehr Risiko erlauben, du kannst geschäftlich aufs Ganze gehen. Biete Rocks *und* ein bisschen Eins und Eins an. So bringst du die Wettbewerber aus dem Gleichgewicht.«

»Nimm's mir nich' übel, aber du siehst nich' aus, als ob du dich mit 'm Dealen auskennst.«

»Du würdest dich wundern«, sagte Barry. »Die Regierung sucht ständig nach Wegen, mich aus dem Verkehr zu ziehen.«

»Du hast die Bullen am Arsch?«

»Könnte man wohl so sagen.«

»Wo hast du gesessen?«

Barry dachte nach. Er stellte sich vor, mit Javon im Gefängnis zu sitzen. Sie müssten mit Leuten ihrer eigenen Hautfarbe abhängen, wie in dieser Knastserie, die Seema so gern sah, aber sie könnten heimlich befreundet sein. Barry würde ihm Zeichen über den Gefängnishof zukommen lassen. »Noch nirgends«, antwortete er.

»Dann halt die Fresse.« Der Junge gluckste, und Barry gluckste mit. Eine Wolke zog weg, und jetzt knallte die Sonne heftig auf sie herab, die abgeblätterten Fassaden der Häuser leuchteten. Barry hatte das Gefühl, in einem Gemälde zu stehen. »Warum nerven die Bullen dich?«, fragte Javon.

»In meinem Geschäft bewege ich mich immer an der Grenze, genau wie du. Nach dem Motto: Was weiß ich, was die anderen nicht wissen.« Barry seufzte. »Und manchmal muss man dicht ans Feuer.«

»Is' klar.«

»Und darum will ich dir helfen.«

»Meinst du, dass wir uns gegenseitig Deckung geben?«

»So was, ja.«

»Ich brauch' kein' Partner.«

»Du arbeitest allein?«

»Ja«, sagte Javon. »Ich brauch' keinen, der den ganzen Tag in meinem Kram rumschnüffelt. ›Wie sind die Zahlen? Wie sind die Zahlen? Wie sind die Zahlen?‹ Ich hab' keine Crew. Keine Schmiere. Grad läuft's zäh, aber eines Tages bin ich auf der Straße 'ne ganz große Nummer.«

»Du bist also selbstständiger Unternehmer.«

»Mm-hm. Alles, was ich einstreiche, geht in meine Tasche. *Fühlst du's?*«

»Fühle ich«, sagte Barry. Er ließ den Ausdruck durch seinen Körper wandern. *Fühlen.* In diesem Sprachgebrauch hieß es »verstehen«, und trotz der Sprachbarriere zwischen ihnen verstand er Javon. Anders als der undurchdringliche Shiva war Javon eine unterbewertete Aktie. Im Augenblick ging es für ihn nur nach oben, er war ein energischer junger Mann, der ins Geschäft einsteigen wollte. Und im Gegensatz zu Barry scherten Investoren ihn einen Dreck. Er führte einen Familienbetrieb. »Was dagegen, wenn ich mich zu dir setze?«, fragte Barry.

Javon sagte nichts. Fast konnte Barry hören, wie die Gedanken des Jungen mahlten und er nach einem Grund suchte, ihn zu akzeptieren, diesen Weißen von Nirgendwo, diesen

Uhrenidioten. In Barrys Kopf liefen andere Kalkulationen ab. Was könnte er sagen, damit Javon ihn verstand? Was könnte er sagen, damit Javon sich verstanden fühlte? So viele Jahre seiner Kindheit hatte er vor dem Spiegel seine Freundschaftssätze geübt, und jetzt stand er vor seinem allergrößten Schritt.

Barry setzte sich neben Javon, die Schwelle fühlte sich heiß und körnig an. Ein Sommerwind kam auf. Eine lose Feuerleiter stieß klappernd gegen eine Hauswand. Barry stellte sich vor, dass ein Foto von ihnen beiden in einer ausländischen Zeitschrift erschien, vielleicht im *Spiegel.* »Zwei Amerikaner« würde die Überschrift lauten. Weiter nichts. Nichts über ihre Hautfarbe, nichts über ihre soziale Stellung. Gefühle überwältigten ihn. Sein Vater war Rassist gewesen, und Barry war das Gegenteil seines Vaters.

»Als ich 'n Kind war«, Barry versuchte sich im lokalen Dialekt, »hatt' ich keine Mama. Is' beim Autounfall gestorben.«

Auf der anderen Straßenseite ging mit einem Knall ein Fenster auf. Eine ältere Frau, Lockenwickler im Haar, streckte den Kopf zwischen zwei Topfpflanzen heraus. »Javon!«, rief sie. »Mit wem redest du da?«

»Mit niemand.«

Die Frau verschränkte die Arme. »Sieht nich' aus wie niemand.«

»Der is' in Ordnung.«

Über das Kompliment musste Barry lächeln. Er wohnte in einem Wolkenkratzer, in dem die meisten Menschen nicht mal das Stockwerk teilten. Hier konnte deine eigene Mutter einfach ein Fenster öffnen und zu dir herunterrufen.

»Hallo, Mrs. Javon!«, rief er.

Die Frau verdrehte die Augen. »Setz deinen Hintern in Bewegung!«, brüllte sie Javon zu. »Die Deutschen kommen! Ich hör' ihre Kameras bis hier oben!«

»Ich glaube, du verziehst dich besser«, sagte Javon zu Barry.

»Was?«

»Die Deutschen kommen«, sagte Javon. »Die zahlen zwanzig, wenn man sich fotografieren lässt. Muss arbeiten.«

»Wenn ich morgen früh wiederkomme, können wir dann weiterreden?«, fragte Barry.

»Glaub' nich'.«

»Na gut. Also. Ich hab' 'ne ganze Menge Uhren, die ich dir zeigen könnte.«

»Wo ist denn deine Base?«

»Holiday Inn Express. Beim Busbahnhof.«

»Ich meld' mich, wenn ich da bin.«

Kurz blitzte Haut über Barrys Hosentasche auf, ein Tütchen wurde hineingestopft. »Bis später, Uhrenidiot«, sagte Javon.

Er stand auf und ging auf die Touristen zu, die ihm entgegenkamen und ihre langen Objektive auf ihn richteten. »Yo, was geht?«, rief Javon ihnen zu und tat so, als würde er eine Schrotflinte durchladen und auf sie zielen. »Omar kommt!« Und dann auf Deutsch: »Ich bin ein Drogendealer! Wuu-huuh!«

Zwei Kreuzungen weiter zog Barry sein Geschenk aus der Tasche, einen gar nicht so kleinen, in Frischhaltefolie gehüllten Rock, glatt poliert wie Carrara-Marmor, kraftvoll gelb wie frischer Parmesan. Während seine Hedgefonds-Kollegen Hunderttausende Dollar ausgaben, damit sie in Usbekistan um vier Uhr morgens Ortszeit aufstehen und mit dem besten Bäcker von Samarkand Sesambrote backen oder auf den Galapagos-Inseln einer Meerechse Auge in Auge gegenüberstehen konnten, war Barry nur fünfhundert Kilometer südlich von Central Park West ein echtes Stück Amerika geschenkt worden. Und dafür hatte er nur freundlich sein müssen.

Er ging in seinem kleinen Hotelzimmer auf und ab. Sollte er noch eine Nacht in Baltimore bleiben? Seine Gedanken feuerten aus allen Rohren, wie schon damals an der Louis Pasteur

Middle School, wenn er das Gefühl hatte, jemand könnte sein Freund werden. So hatte es angefangen: zuerst Joey Paramico mit dem Nietenlederarmband und mindestens einer Dose Haarspray auf dem Kopf, dann Joeys Cousin Ronnie, dann die irischen Zwillinge eine Straße weiter. Und jetzt konnte er einen jungen schwarzen Freund gewinnen. Im Grunde mehr als einen Freund. Fast einen Schüler. Nein, einen Sohn.

Er wollte aus Javon eine ernst zu nehmende Größe machen. Er wollte, dass er »auf der Straße eine große Nummer« würde. Wäre Barry von seinem Vater unterstützt worden, könnte er jetzt schon Milliardär sein. Er stellte sich vor, dass sie beide zusammen an einer Art Start-up arbeiteten. Und wenn sie eine Stiftung gründeten? Die innerstädtischen Jugendlichen helfen würde, ihre erste mechanische Armbanduhr zu kaufen, und ihnen beibrächte, sie richtig zu pflegen? Ein Gerät, das die Zeit maß und – noch wichtiger – deren wertvolle Seltenheit man erkannte, würde ihrem Leben Ordnung und Disziplin verleihen, so wie es auch in seinem Leben geschehen war. Das war doch das Problem, oder? Diese Jugendlichen kannten keine Disziplin. Sie saßen auf ihren Eingangsstufen an einer leeren Straße, versuchten Drogen zu verkaufen, die schon vor Jahrzehnten aus der Mode gekommen waren, niemand überwachte sie oder machte ihnen nachprüfbare Zielvorgaben. Sie wollten gar keine grundsätzlich unzuverlässigen Menschen sein, aber das waren sie.

So viele seiner Hedgefonds-Kollegen waren ganz besessen von den schulischen Leistungen schwarzer Kinder, versuchten, ihre öffentlichen Schulen zu schließen und in private Vertragsschulen umzuwandeln. Aber Barrys Stiftung, der Urban Watch Fund, wäre ein viel besserer Weg, das System zu untergraben. Sie würde aus Kindern Anspruchsberechtigte machen. Was auch immer das hieß. Es würde teuer werden, Hunderte Kinder mit echten Rolex Oyster Perpetuals auszustatten, dem günstigsten Modell, aber wie hatte so ein Typ auf einem Werbeplakat in Baltimore gesagt? »Ohne Kampf keinen Fortschritt.« Die Jugendlichen würden die Lebensgeschichte von Hans Wilsdorf und Alfred Davis lernen müssen, den beiden eleganten Herren, die in London das Unternehmen Rolex gegründet hatten. Es würde Reisen zur Baselworld geben, der großen Messe der Uhrenindustrie, und Besuche im Patek-Philippe-Museum in Genf. Ein Wappen würde entworfen werden – ein Uhrwerk, umrahmt von den Worten DISZIPLIN und VERANTWORTUNG oder wie das auf Latein hieß: DISCIPLINUS. RESPONSIBILITUS. Und wenn Barrys Uhrenstiftung dann richtig groß wäre, würde er Javon im Salon International de la Haute Horlogerie präsentieren und sagen: »Ich habe diesen jungen Mann aufgelesen, als er auf den Straßen von West Baltimore Crack verkaufte, und jetzt verkauft er Breitling-Uhren im Tourneau an der Madison Avenue.« Und dann würde Seema den ganzen Mist zurücknehmen müssen, dass er keine Seele und keine Fantasie habe.

Barry ließ sich schwer aufs Bett fallen. Er musste durchatmen. Manchmal verlor er die Orientierung, wenn er sich aufregte. Sollte er gleich am nächsten Morgen mit seinen Uhren wieder zu Javon gehen? Nein, zuerst müsste er zu Layla. Er würde sie in El Paso finden und ihr die Geschichte von Javon als Visitenkarte unterbreiten, um ihr zu beweisen, dass er sich verändert hatte. Oder noch besser, dass Morgan und Goldman und This Side of Capital ihn *nicht* verändert hatten. Aber dieses Kapitel war noch nicht vorbei. Er würde zu Javon zurückkehren. Jetzt fiel ihm ein, dass er sich nicht notiert hatte, auf welcher Straße Javon und die Saftfrau ihre Geschäfte machten. Kein Problem. Er hatte noch andere Möglichkeiten. Er würde sie schon aufspüren.

Mit dem Crack in der Hosentasche und den sicher im Rollkoffer verstauten Uhren, neben dem auf den Namen Bernard

Conte ausgestellten Pass, nahm Barry den Fahrstuhl nach unten, um an der Rezeption auszuchecken. Der Mann im Orioles-T-Shirt sprach mit einer bekannt aussehenden Frau mit einem Fransenschnitt wie Pat Benatar und einer eleganten kleinen Bluse, vielleicht aus einem der Läden in Downtown, die Seema so mochte. Diese Frau war eindeutig nicht hier aus der Gegend. Vielleicht wäre sie zur Abwechslung mal von seiner schwarzen Amex beeindruckt. Als Barry näher kam, scrollte der Orioles-Fan gerade den Computerbildschirm durch. »Cohen«, sagte er zu der Frau. »Zimmer drei zwölf.«

Die Erwähnung seines Namens überraschte Barry, so als wäre er gerade berühmt geworden. Er schaute sich die Haarsträhnen der Frau genauer an. Das beharrliche Stochern mit dem Zeigefinger in Richtung des Orioles-Manns. Die hochmütige Haltung, die irgendwie das Gegenteil von Baltimore ausdrückte. Das Erkennen war verbunden mit einer Spur Begehren, das sich sofort in Panik wandelte. Er machte kehrt und rannte, gerade als sie »Warte! Barry! Nein!« rief.

Es war Sandy, seine Büroleiterin.

Aber er war schon draußen und rannte so schnell, wie sein Alter es ihm erlaubte, der Rollkoffer schaukelte bis in seinen Arm hinein, ein pulsierender Schmerz das Rückgrat hinunter. Aber sein Atem war gleichmäßig und kraftvoll. Das würde er überleben: Er war 1989 Stadtteilmeister von Queens im Schwimmen gewesen, und er würde die reichen Schlaffis aus Douglaston Manor immer und immer und immer wieder schlagen und es nach Princeton schaffen.

Er überquerte den Highway, der das Holiday Inn von einer Tankstelle und einem kleinen Supermarkt namens Royal Farms trennte. Als er drin war, spähte Barry durch die automatischen Türen nach draußen, aber Sandy war nirgends zu sehen.

Sandy. Scheiße, woher wusste sie, wo er abgestiegen war? Na ja, das war leicht. Alle seine Kreditkarten liefen über This Side of Capital. Jedes Mal, wenn er mit dem Greyhound fuhr oder in einem Hotel eincheckte, würde sie wissen, wo er war. Er musste die Karten loswerden. *Mein Gott!* Er musste seine schwarze Amex wegwerfen. Er brauchte Bargeld. Das hätte sich alles vermeiden lassen, wenn er ausschließlich Bargeld eingesteckt hätte. Er hatte drei Karten, die Amex und irgendwelchen Visa- oder MasterCard-Scheiß, der zu Treueprogrammen von Fluglinien gehörte, die er eigentlich überhaupt nicht mehr in Anspruch nahm. Er steckte die Karten eine nach der anderen in einen Geldautomaten, doch jedes Mal bekam er die Nachricht über ein Auszahlungslimit von vierhundert Dollar. *Scheiße.* Er hob die ihm zustehenden zwölfhundert Dollar ab, und die Scheine schoben sich wie ein kapitalistischer Zauber in seine wartende Hand. Dann steckte er das Geld zu seinem Crack-Rock in die Hosentasche und warf die Karten in die Mülltonne, wobei die schwarze Amex gegen den metallischen Rand schepperte.

Er kaufte eine Fahrkarte für zwanzig Dollar, bezahlte bar, wollte aber seine Uhren nicht im Frachtraum des Busses verstauen lassen. Er versteckte sich in einer Toilettenkabine, wo er sich die Zeit damit vertrieb, die Gehäuse und Gläser mit Veraet-Uhrenspray und einem extra weichen Tuch zu reinigen, das er mitgebracht hatte. Besonders aufmerksam widmete er sich der Universal Tri-Compax, einem Modell aus den Vierzigern, das nie richtig in Gang gekommen war, seit er es bei einem Händler in Boston abgeholt hatte – die beiden NetJets-Flüge hatten zehn Mal so viel gekostet, wie die Uhr wert war. Irgendwann auf dieser Reise würde er eine gute Uhrenwerkstatt für diesen morschen Burschen finden müssen. Er schaute auf das komplizierte Zifferblatt – die Mondphase zeigte für diese Nacht Vollmond über Baltimore an. Shiva, der Mondliebhaber, würde heute sicher nicht schlafen. »Tut mir leid, dass du das hier durchmachen musst«, sagte er zu der Uhr.

Die umliegenden Kabinen waren nun von Männern auf dem Höhepunkt ihrer Geschäfte besetzt, sodass Barry die Augen tränten. Er packte die Uhren wieder ein und ging in den großen Saal. Der Bus nach Richmond stand zum Einsteigen bereit.

Barry schlich sich an den Bus heran und schaute sich in alle Richtungen nach Sandy um. Ein Greyhound-Angestellter in grüner Weste bestand darauf, dass er seine Uhren in den Laderaum packte, und jetzt war keine Zeit mehr für Diskussionen. Ein riesiger Aufkleber mit seinem Namen und seinem Fahrtziel wurde um den Griff seines Rollkoffers gewickelt. Barry hastete an Bord. Er ließ den Blick über die Sitze schweifen und stellte fest, dass der Bus voll war. »Sir«, sagte er zu dem betagten Fahrer. »Es gibt keine freien Plätze mehr.«

»Mache den Job jetzt seit dreißig Jahren«, sagte der Fahrer und starrte ins Nichts. »Wird echt nicht leichter. Nein, Sir.« Dann seufzte er und warf ein paar chinesische Staatsbürger aus dem Bus, die immer noch ihre besternten roten Pässe in Händen hielten.

Just in diesem Augenblick entdeckte Barry Sandy durchs Fenster. Sie hatte ihre überlegene New Yorker Haltung verloren und rannte zwischen den Bussen hin und her, wobei ein anderer Greyhound-Angestellter ihr mit einem Klemmbrett und großem Unwillen folgte. *Mist.* Selbst unter diesen besonderen Umständen fühlte er sich noch schmählich von ihrer schmalen, glatten Figur angezogen und dachte an die vielen Gelegenheiten, als sie nach Feierabend zusammen etwas getrunken hatten und er die Härchen an ihren Unterarmen beinah spüren konnte, während er sich immer angetrunkener über die Ungerechtigkeiten seines früheren Lebens als Sohn des Poolreinigers ausließ. Sie hatte genickt und ihre kalte Hand auf seine gelegt, und theoretisch war es rein dienstlich und Seema gegenüber akzeptabel, weil Sandy nicht auf Männer stand.

Barry stolperte durch den Gang zur Toilette und schloss sich darin ein. Und wenn so der Rest seines Lebens aussähe? Sich vor Sandy auf Toiletten verstecken? Der Busmotor sprang an, fing im Leerlauf an zu brummen. Die Toilette stank nach Putzmittel, aber auch nach Freiheit. Es gab nicht mal ein Waschbecken, bloß einen riesigen Behälter Hand-Desinfektionsmittel. Daran hielt Barry sich fest, als der Bus aus dem Bahnhof schwankte. Er atmete durch den Mund, doch die Reinigerdämpfe brannten in seinem Rachen. Also schloss er den Mund und atmete durch die Nase. Er atmete wie ein Mann im Bus, der um sein Leben rennt.

4 NUR STREICHELN

Sie hielten Händchen. Es gab so viele Orte in New York, an denen man Händchen halten konnte. In Paris steckt man dem anderen eher die Zunge in den Mund, aber New York ist die Stadt für gutes altes protestantisches Händchenhalten. Wollte sie mehr? Ja und nein. Respektierte er die vier Karat an ihrem Ringfinger? Wenn ja, gut. Liebte er seine Frau noch? Wenn ja, schlecht.

Sie hielten Händchen im Hot-Dog-Lokal. Sie hielten Händchen in seiner Lieblingsbar an der Canal Street. Sie hieß Clandestino (wie passend), und der Barkeeper war ein westentragendes Genie mit Filmstargesicht, der Manhattans aus alchemistischem Gold mischte. Luis hatte früher direkt über der Bar gewohnt und nur hundert Meter entfernt vom besten malaysischen Dörrfleisch der ganzen Stadt, doch seine Ehe hatte ihn »gezwungen«, in den Flatiron District zu ziehen. Wieder ein Seitenhieb auf seine Frau? Ja, bitte, lieber Gott. Sie hielten Händchen im Kino bei den Sommer-Blockbustern, die er vorgab zu verabscheuen. Dort im Dunkel, das nur von übertriebenen thermonuklearen Explosionen gestört wurde, lag seine Hand schwer und warm auf der Innenseite ihres Schenkels. Sie neigte den Kopf in seine Richtung, sodass er den Duft ihres Haares riechen konnte. Er atmete schwer und drückte ihre Hand. Ach, wie herrlich lächerlich sie sich benahmen!

Am Tag nach Barrys Verschwinden kam ein Anruf von dem Bauunternehmer, der ihr Haus auf dem Land baute. Sie hoben dort gerade das wettkampftaugliche Schwimmbecken aus, doch die Ausmaße sprengten offenbar alle ortsüblichen Vorschriften, und die Nachbarn konnten die Pergola in altjapanischem Stil nicht ausstehen, die Barry hatte errichten lassen, weil sie ihnen die Aussicht verstellte. »Reden Sie mit Barry«, empfahl Seema. Der Unternehmer sagte, er habe versucht, Barry zu erreichen, aber bei dem springe sofort die Mailbox an. »Dann vergessen Sie das Scheißbecken«, sagte Seema. »Lassen Sie es vergammeln.« Sie legte auf. Barry würde also auch ihre Anrufe ignorieren. Oder sein Handy war weg. Geklaut? Mit vorgehaltener Waffe geraubt? Er ging nicht mal ran, wenn der Bauunternehmer anrief. Das gab Anlass zur Sorge. Als Sohn des Poolreinigers hatte Barry lange davon geträumt, das größte private Schwimmbecken im mittleren Hudson Valley bauen zu lassen. Und wenn er sich nun … nein, so etwas Drastisches konnte und würde Barry nicht tun. Wut war eher seine Sache. Und Selbstmitleid. Aber nicht Depression.

Nach ein paar Tagen Händchenhalten schauten sie über den Hudson auf New Jersey und lehnten sich dabei über das Metallgeländer der Promenade. Es war nicht annähernd Hochwasser, doch es kam ihnen gefährlich nah vor. Neurotypische Kinder kreischten hinreißend unter einer Fontäne in der Nähe. Drüben, in Jersey City, prangte an einem Hotel der riesige Buchstabe W. Als sie den schmollenden Shiva vor einem Jahr im Kinderwagen am Ufer entlanggeschoben hatte, hatte ihr Sohn ein harmonisches Geräusch von sich gegeben, so artikuliert wie nie zuvor in seinem Leben, und mit großem Nachdruck auf das W am anderen Flussufer gedeutet. Wenn ein Kind mit seinem Profil auf einen Gegenstand zeigte, wurde das als Meilenstein betrachtet.

Shiva mochte anscheinend Buchstaben. Er war Riesenfan des Krümelmonsterliedes *K wie Keks*. Das war auf der Alphabet-CD von der *Sesamstraße*, die seine Sprachtherapeutin ihm immer vorspielte, doch wenn sie danach den nächsten Song laufen ließ, in dem Elmo seine Liebe zum Buchstaben L besang, kreischte Shiva auf und rammte den Kopf gegen die nächste Wand. Sie mussten also neben dem CD-Player sitzen bleiben und immer und immer wieder auf das Kekslied zurückspringen. Dann lächelte Shiva mit geöffnetem Mund, als hätte er gerade das Universum entdeckt. Aber als Seema das W-Lied spielte, hielt er sich die Ohren zu, fiel zu Boden und fing an zu zittern, als bebte die Erde unter ihm. Okay, dachte sie, so viel zum blöden Buchstaben W. Den können wir von der Liste streichen. Das H allerdings schien ihm zu gefallen, und sie war froh, dass sie es nicht aus seinem Namen gestrichen und ihn Siva genannt hatte, wie es die Tamilen taten. Barry hatte gesagt, eine Seema und einen Siva im Haus zu haben, würde ihn durcheinanderbringen. Südinder gaben ihren Kindern gern lange Variationen des Namens Shiva wie Sivaraman, Sivamurthy oder Sivarajan, aber sie wollte Barrys Toleranz nicht überstrapazieren. »Ich reite bestimmt nicht auf einem bescheuerten Elefanten«, hatte er vor ihrer Hochzeit in Cleveland gesagt.

Sie erzählten sich, wie sie ihre Ehepartner kennengelernt hatten. Julianna und Luis waren sich bei einer Signierstunde beim PEN-Festival World Voices begegnet. »Beim PEN-Festival!«, sagte Seema. »Das ist doch eine große Sache.«

Luis schüttelte heftig den Kopf, um deutlich zu machen, dass es tatsächlich eine große Sache war. »Ich habe auf dem Podium wohl Eindruck auf sie gemacht«, sagte er, »und dann habe ich sie mit meinem Intellekt verführt.« Er gähnte ausladend, um zu zeigen, dass er sich selbst nicht ernst nahm.

»Trug sie ein wunderschönes Kleid?«, fragte Seema zu ihrer eigenen Überraschung. Sie fand Julianna sehr stylish, erst recht für das Einkommen einer Ärztin.

»Kann ich mich nicht erinnern«, sagte Luis. »Ich weiß nur noch, dass wir uns am selben Abend geküsst haben. Im Russian Samovar. Ich habe sie für eine richtige Zecherin gehalten, weil sie so viel Wodka getrunken hat, aber sie war bloß nervös.«

»Okaaaaaay.« Der Tonfall der indischen Komödiantin, diese alberne Stimme einer Zwölfjährigen. Er küsste Frauen also doch.

»Und wie hast du Barry kennengelernt?«

»Ach.« Es war bei einer Riesensause zum hundertzwanzigsten Geburtstag der *Vogue* gewesen. Ihre Freundin Mina Kim hatte sie eingeladen und dann selbst vergessen zu kommen. Seema kannte keinen Menschen dort, war ganz auf sich gestellt und musste dann diesen Widerling von der Wall Street zurechtweisen, der ihr auf die Brüste starrte. »Lass mich raten, wer das war«, sagte Luis, drückte ihre Hand noch fester und musterte bei dem Wort »Brüste« ihren Körper.

Doch Seema hatte trotzdem mit Barry geredet, war automatisch in ihren charmant-abweisenden Flirtmodus gefallen. Vielleicht hatte sie doch etwas von der Höflichkeit des Mittelwestens abbekommen. Vielleicht – und das gestand sie sich nur ungern ein – fand sie es auch irgendwie sexy, dass ihr ein reicher älterer Mann nachstellte. Als sie auf der Dachterrasse den Blick zum Himmel hob, erwartete sie, über sich das Flugzeug mit dem riesigen Banner zu sehen, auf dem KOSMOPOLITISCHE ELITE stand. War sie nicht genau auf dieses Ziel hin erzogen worden? Sie erinnerte sich, dass ihre Mutter, immer noch eine Schönheit mit glänzendem Haar, wenn auch schon mit einem halben der vielen Bäuche, die sie sich in Amerika zulegen sollte, zu jeder Tages- und Nachtzeit an ihrem Bett stand (viel Glück dabei, das Wort »Privatsphäre« ins Tamilische zu übersetzen) und ihr zahllose lach- und schmerzhafte Lektionen fürs Leben einbläute. In Seemas erstem Jahr an der Highschool hatte ihre Mutter ihr ein Diagramm aufgezeichnet, das die soziale Akzeptanz ihrer Freunde darstellte. An der Spitze standen Juden und WASPs, weiße angelsächsische Protestanten, denn die einen hatten »Geld (zunehmend)«, die anderen »gesellschaftliche Macht (abnehmend)«. Die Asiaten waren in mehrere Stufen unterteilt, wobei die Japaner – die erst im letzten Jahrzehnt große Teile unseres Landes aufgekauft hatten – das Feld anführten. Tamilen hielten sich mit mehreren leeren Feldern Abstand über den Latinos, die wiederum auf den Schultern der Schwarzen standen. Den Eintrag »Juden« hatte ihre Mutter mehrfach umkringelt und »liberal«, »gefühlsbetont«, »zugänglich« und »nüchtern« danebengeschrieben. Seema hatte ihrer Mutter ins Gesicht gesagt, sie sei verrückt, wofür sie sich eine seltene Ohrfeige einfing, doch keine Lektion der Kindheit verschwindet einfach so, erst recht nicht, wenn die belehrenden Eltern einen Ozean überquert haben.

Dieses kleine Detail enthielt sie Luis vor, wie auch die Tatsache, dass sie Barry und seine Vermögenswerte am Abend nach dem *Vogue*-Fest gegoogelt und sehr beruhigend gefunden hatte. Ein so reicher Mann konnte nicht dumm sein. Oder war das, dachte Seema jetzt, *der* große Trugschluss im Amerika des einundzwanzigsten Jahrhunderts? Jedenfalls schwor sie sich, Barry nie vergessen zu lassen, dass gewissermaßen die *Vogue* und Anna Wintour der Anlass ihrer Begegnung waren. Er vergaß es trotzdem. »Wir haben uns auf einer Privatparty von Michael Bloomberg kennengelernt«, pflegte er zu sagen. »Bloomberg stand *total* auf Seema. Wir hatten es beide auf sie abgesehen.«

Sie schauten sich die Dauerausstellung im neuen Whitney Museum an der High Line an. Über Edward Hopper hatte Luis eine Menge zu sagen, und nicht alles war positiv. Wie sich herausstellte, war jede Art von Realismus reaktionär. Ausnahmslos. Sie hatte ihm nichts von ihrem Kunstgeschichtsstudium an der Michigan erzählt und beschloss, auch jetzt zu schweigen. Als sie Luis googelte, empfand sie so etwas wie Stolz, weil er einen Twitter-Account hatte, wenn auch nur wenige Follower, weil seine Beiträge für dieses Medium nicht sentenzenhaft genug waren.

Luis klang oft eher wie ein Professor, nicht wie ein Schriftsteller. Er hatte Lehraufträge an der Columbia, aber eine richtige Stelle hatte man ihm nie angeboten, und er verfügte über keine Strategie, eine zu ergattern. »Ich wüsste nicht mal, in welche Ärsche ich dort kriechen müsste«, sagte er und zeigte in Richtung Morningside Heights. »Sind alles politische Entscheidungen.« Aber Meinungen hatte er zu allem. Zu Palästina zum Beispiel. Oder zu Monsanto. Und zu *Orange Is the New Black*. (Wer hätte geahnt, dass die Serie stillschweigend den Neoliberalismus unterstützte?) Der einzige kreative Gedanke, der in den vergangenen vier Jahren Barrys Hirn entsprungen war – abgesehen von den täglichen Arien über Uhren –, war der Plan, Milliardärssammelkarten für arme Kinder herauszubringen, auf deren Rückseite alle finanziellen Daten über die Superreichen stehen sollten, also Gesamtvermögen, Platz auf der *Forbes*-Liste, liquide Mittel, Anlagewerte und dergleichen (»und Anklagen der Bundesanwälte, die durch Deals auf lächerliche Bußgelder reduziert wurden«, hatte Seema hinzugefügt), damit »schwarze Jugendliche angespornt würden, sich in der Schule mehr anzustrengen«. Oprah, so wurde er nicht müde zu betonen, »bekäme natürlich auch eine eigene Karte«. Sein Milliardärsfreund in Miami war anscheinend zur Finanzierung bereit – niemand liebte arme schwarze Kinder so sehr wie weiße Milliardäre. Luis jedenfalls gab sich nicht der Illusion hin, er könne die Welt verändern. Er wollte bloß in seinen schlecht verkäuflichen Büchern über sie schreiben und sie für seine neunhundert Twitter-Follower in der Luft zerreißen.

Sie nahm sich drei Stunden Zeit, in denen Shiva eigentlich komatös sein sollte (viel Glück, Novie), und traf sich mit ihrer besten Freundin Mina Kim in deren Wohnung, vier Haltestellen mit der Linie L nach Brooklyn hinein. Sie war schon so lange nicht mehr aus Manhattan herausgekommen, dass sie sich ganz erbärmlich fühlte. Sie war schließlich noch keine dreißig. Sie musste mal wieder an die alten Zeiten vor Shiva anknüpfen. Mal wieder lachen.

Mina wohnte in einem der typischen fünfstöckigen Altbauten ohne Fahrstuhl, in so einem, wie Seema ihn für Barry aufgegeben hatte, allerdings hatte ihre Wohnung im viel ärmeren Crown Heights gelegen. Der Gestank im Windfang warf sie fast um. Was war das? Bloß Müll, Spuren eines verdreckten Menschen, New York eben. Verdammt noch mal, wie hatte bloß so eine schäbige Reiche aus ihr werden können?

»Wie geht's, du Ehefrauchen?«, sagte Mina, kniff sie in die Wangen und klatschte ihr auf den Hintern. Wenn Seema mit Mina zusammen war, ihrer ersten Mitbewohnerin, hatte sie immer weniger Probleme damit, ein Einwandererkind zu sein. Diese Frau hatte keinerlei Pläne, weder vor noch während oder nach dem Studium. Sie arbeitete als Webdesignerin, heutzutage bloß noch ein Oberbegriff für alles, was nichts mit der Finanzbranche oder mit Prostitution zu tun hatte. Allerdings waren ihre Eltern so reich, dass sie nicht mal asiatisch erzogen worden war.

Mina knallte ein Sechserpack Lagunitas auf den Teppich von West Elm, der ihr als Wohnzimmercouch diente. Sie ließen sich beide im Schneidersitz nieder. »So, dann zeig mal ein paar Bilder von deinem kleinen Stinker. Ich kriege ihn ja nie zu sehen, verdammt!«

Seema hatte eine ganze Galerie von Bildern, auf denen Shiva nicht mit dem Kopf gegen irgendwelche Dinge schlug und die sie an Familie und Freunde verschickte. Auf mindestens der Hälfte dieser Bilder schlief er. »Aaach, ich sag's ja ungern, aber er sieht Barry echt ähnlich«, meinte Mina. »Aber egal. Er hat deine Augenbrauen. Süß.« Seema konnte ihre Augenbrauen nicht ausstehen. Ein Drittel ihres Lebens hatte sie damit zugebracht, sie im Zaum zu halten. Immerhin war das Thema Kinder damit erledigt. Vier Bier lang unterhielten sie sich über Minas Sexleben. Es war intensiv. Der große Trend im Augenblick war, dass Frauen beim ersten Date oral befriedigt wurden. »Die Typen haben alle so eine Schmalspurtechnik«, sagte Mina. »Hast du mir nicht erzählt, dass Barry früher praktisch in deiner Muschi gelebt hat?«

Sie konnte gar nicht fassen, wie viel sie Mina erzählt hatte. Und wenn ihre Mütter sie so reden hörten? Mina scherte sich einen Dreck um ihre koreanische Herkunft, weshalb Seema ein weniger schlechtes Gewissen wegen ihrer Ahnungslosigkeit über tamilische Kultur hatte. Einmal hatte sie Barry nach Bombay geschleift, wo die meisten ihrer Verwandten lebten, darunter auch der attraktive Onkel Nag. Sie aßen hauptsächlich fades Touristenessen im Taj Mahal Palace, wo sie abgestiegen waren, aber Barry schaffte es, selbst davon Durchfall zu bekommen. Und wie er vor den kleinen Händen zurückschreckte, die sich in den Fond ihres Ambassador-Taxis streckten und um Rupien bettelten, vor Händen, die so aussahen wie vielleicht eines Tages die ihrer Kinder ... sie hatte sich für sie beide geschämt. »Ist irgendwie so, wie ich mir ein richtig einkommensschwaches Drittweltland vorgestellt habe«, hatte er vor dem Heimflug in der Wartelounge von Air India gesagt. »Schwellenland«, hatte sie ihn verbessert.

»Hör mal«, sagte sie jetzt zu Mina. »Mit Barry läuft es gerade nicht so toll.«

»Yes!«, sagte Mina. »Juhuu!« Mina hatte Barry natürlich immer für einen Trottel gehalten, auch wenn sie sich gern mal hier und da fünfhundert Dollar von Seema geliehen hatte, um die Miete zu zahlen, wenn ihre Familie sie gerade wieder vorübergehend verstoßen hatte – womit sie sich faktisch Geld von Barry lieh.

»Es gibt da einen Mann«, sagte Seema.

»Super, endlich!« Mina zog die Beine unter sich und kreischte erfreut auf. So wäre es also mit neunundzwanzig und ohne behindertes Kind.

»Er würde dir sicher gefallen«, sagte Seema. »Er ist Schriftsteller. Sehr formell. Hält bloß Händchen mit mir. Mehr nicht.«

»Hat man ihn aus dem neunzehnten Jahrhundert hierher entführt?«, fragte Mina. »Steampunk ist irgendwie total out, meine Liebe.«

Seema fiel eine Kurzgeschichte über Ehebruch ein, die sie in einem Seminar über russische Literatur an der Michigan gelesen hatte. Sie konnte sich nicht an den Titel erinnern. Natürlich endete sie nicht glücklich.

Das Bier übernahm das Reden. Es sagte: »Ich weiß nicht, Mina. Ich weiß nicht. Ich fühle etwas Starkes, etwas Echtes. Nein, das Wort Liebe würde ich nicht verwenden. Nein. Aber ich bin so durcheinander. Es gibt so vieles, das ich niemandem erzählen kann.«

»*Mir* kannst du alles erzählen«, sagte Mina beleidigt.

»Aber ich *erzähle* es dir ja. Hörst du überhaupt zu?« Seema fing an zu weinen.

Minas streichholzdünne Arme schlangen sich um sie. »Du bist so schön, wenn du weinst«, sagte Mina.

»Vielleicht sollte ich um Luis weinen«, sagte Seema. »Vielleicht würde er mich dann küssen.«

Das klang langsam nach Grundschule. »Scheiß drauf, Mädchen«, sagte Mina. »Du bist echt schon viel zu lange mit dem Vollidioten verheiratet. Er *dich* küssen? Du musst *ihn* küssen.« Und die folgenden drei Stunden besprachen sie auf dem miesen Wohnzimmerteppich Strategien, wie sich das herbeiführen ließe. Seema weinte noch ein bisschen, war aber zugleich unbeschreiblich glücklich. Immerhin, eines ihrer Geheimnisse war gelüftet. Immerhin hörte ihr jemand zu und hielt sie im Arm.

Es geschah an einem Tag, als über ganz New York Blitze zuckten, gefolgt von ungeheuer lauten Donnerschlägen, die Shiva und Novie zu Tode erschreckten. Novie glaubte, Jesus' Vater habe nun endlich genug von dieser sündigen Stadt. Sie saßen in einem Taxi auf dem Weg zum Broadway-Hit *Hamilton*, für den Luis irgendwie Zweitausend-Dollar-Karten in der ersten Reihe ergattert hatte. Er bereitete sich darauf vor, dass er das Musical sehr hassen würde. Er hatte ein Interview mit dem Autor gesehen und war nun voller Zorn. Seema stimmte ihm zu, obwohl sie sich auch ein bisschen, nein, sehr emotional anrühren lassen wollte, um ihre Angst vor Trump durch die Liebe zu ihrem Land zu ersetzen, die *Hamilton* so vorbehaltlos versprach.

Sie steckten im Stau auf der Überführung, die wie eine Klammer um die Grand Central Station und den MetLife Tower lag, als ihr Handy klingelte – eine unbekannte New Yorker Nummer.

»Miss Cohen, tut mir wirklich leid, dass ich Sie belästigen muss.« Die Stimme klang schmeichelnd und säuerlich zugleich: Barrys Büroleiterin Sandy. Barry war eindeutig scharf auf die durchgedrehte junge Frau, aber die war eine überzeugte Lesbe, was Seema stets beruhigte. Sie hörte Fetzen von Sandys Suada, während ihre Hand die von Luis fand. »Habe ihn nicht mehr gesehen … wichtige Sitzung … Qatar Investment … Baltimore … Greyhound … Rückkäufe drohen … Richmond, Virginia …«

Seema unterbrach sie. »Was ist in Richmond?«

»Ich weiß es nicht, Miss Cohen. Aber er hat mich gebeten, ihm ein Busticket dorthin zu kaufen.«

»Nennen Sie mich verdammt noch mal nicht Miss Cohen.« Schweigen. Die Büroleiterin stellte sich neu ein – wie ein Computer, der nach einem Absturz neu startet. »Entschuldigung«, sagte Seema. »Barrys erste Freundin an der Uni stammte aus Richmond. Layla.« Der Nachname fiel ihr nicht gleich ein, aber

Barry und sie hatten einmal darüber gelacht, wie angelsächsisch und elitär er klang. »Hayes. Layla Hayes. Sie wohnen in einem üblen Stadtteil.« Luis zog eine Augenbraue hoch. »Allerdings trifft das wohl auf den größten Teil von Richmond zu.« Das war nicht sie, die das sagte. Nein, so war sie nicht.

»Damit kann ich schon was anfangen«, sagte Sandy. »Ich rufe Sie an, sobald ich etwas herausfinde.«

»Brauchen Sie nicht«, sagte Seema und legte auf. Sie schaute aus dem Fenster. Der Regen war heftig, das Licht schwach, ein Art-déco-Wolkenkratzer weinte an der Schulter seines Nachbarn. Also. Vielleicht war Barry nicht einfach bloß bei Nacht und Nebel verschwunden. Vielleicht wollte er – was? Auf der Suche nach Layla Hayes quer durchs Land ziehen? In einem Greyhound? Reizend. War bestimmt inzwischen eine fette Südstaatenhausfrau mit drei buttermilchweißen Kindern. Auf *keinen* Fall würde sie auf Facebook nach Layla suchen. Das würde voraussetzen, dass sie Barry noch liebte. Dabei saß sie hier mit einem anderen Mann im Taxi.

Sie ließ Luis' Hand los. Er sah sie überrascht an. Versuchte, ihren Blick zu deuten. Scheiterte. Sie legte ihre Hände an seine Wangen und beugte sich vor. Wie herrlich seine Lippen schmeckten, wie überraschend seine trockene Zunge, wie traurig sein unmittelbarer Gesichtsausdruck war und wie glücklich eine Sekunde später, als er begriff, was passiert war. Er fing ganz süß an zu stottern. Julianna sei zu einer kurzen Medizinerkonferenz nach São Paolo geflogen, Arturo sei über Nacht mit seinem Kindermädchen bei Freunden in den Hamptons. Sie ließen das Taxi sofort umdrehen.

Sein Schlafzimmer. Okay, ihr Schlafzimmer. Zum Glück keine gemeinsamen Fotos von Julianna und Luis, nur jede Menge gerahmte Bilder von Arturo, wie er eben war, als Pirat verkleidet oder als Abraham Lincoln. Welcher verdammte Kindergarten ließ Dreijährige am Präsidententag historische

Stücke aufführen? Von den vielen Stoppelküssen schmerzte ihr das Gesicht. Sein Hemd war nass vom Regen. »Seema«, sagte er. »Bitte.«

»Bitte was?«, flüsterte sie.

Mina hatte recht gehabt. Er wollte sie lecken. Bettelte darum. »Lass mich erst duschen, Süßer«, flüsterte sie. Dieses »Süßer« überraschte sie beide. Doch er beharrte eisern darauf, sich sofort ihrer Muschi zu widmen, und allein das Gefühl, als ihre Jeans und ihr Höschen an ihren Beinen herabglitten, ließ alles am Rand ihre Blickfelds aufleuchten, und sie bildete sich ein, in einen Spiegel an der Decke zu schauen, der zwei wunderschöne Menschen zeigte, die sich liebten.

Es dauerte fünf Minuten oder eine Stunde. Es ging weiter und immer weiter, ihre Beine umrahmten seinen Kopf und machten dann eigenartige gymnastische Bewegungen, die sie noch nie gemacht hatte, sie zog sie an und streckte sie, trat in imaginäre Pedale. Draußen tobte das Gewitter. Wieder krachte ein Donner am Himmel. Sie wusste, achtzehn Stockwerke höher hatte ihr Sohn Angst. Doch sie konnte sich nicht rühren.

»Nur streicheln«, sagte er, als sie aufgehört hatte, seinen Namen zu flüstern. »Ich will gar nicht, dass du mir einen bläst. Es geht ja hier nicht um Gegenleistungen.« Sie seufzte. Männer wussten auch nicht mehr, was sie wollten. Traurig für sie. Zehn Minuten später blies sie ihm einen. Sie zuckte zusammen, als sie die Säure im Rachen spürte, es schmeckte nicht gut (wann schmeckte es schon gut?), doch sie behielt ihn im Mund, bis die letzten Zuckungen verebbten. Als sie ins Bad rannte, um alles auszuspucken, sah sie sich im Spiegel, die Lippen feucht, an der Kehle ein Dreieck des Begehrens. Sie lächelte ihrem Spiegelbild zu. Sie war vollkommen. So vollkommen würde sie nie wieder sein. Sie schloss die Badezimmertür ab, setzte sich auf die Toilette und legte die Hand zwischen die Beine. Sie ignorierte seine Bitten um sofortige Rückkehr.

Als sie endlich wieder ins Bett kam, zog sie BH und Höschen an. Er kroch zu ihr und legte die Hände um ihren prallen Hintern. »Süßer«, sagte sie, »das können wir nicht noch mal tun.« Das wollte sie bloß sagen. Sie wollte bloß die schmerzhafteste Bemerkung überhaupt machen und sehen, ob sie ihm das Herz brechen würde. Er ließ ihren Hintern los, fiel zurück auf die Laken und hielt sich die Hände vor die Augen. Weinte er? Nein. Er hatte immer noch eine Erektion.

»Mein Sohn«, sagte Seema. Sie wollte noch mehr sagen, ließ es aber. »Halt mich fest«, sagte sie stattdessen. Er tat, was sie verlangte. »Moment«, sagte sie. »Zieh deine Unterhose an.«

Sie gingen ins Wohnzimmer, sie in BH und Höschen, er in Unterhose, und setzten sich auf die Couch, betrachteten den Regenvorhang vor dem Madison Square Park. Nach einer Weile schaltete er MSNBC ein. Trump jammerte, alle würden ihn mies behandeln. Er sah verletzt und zugleich erfreut aus. Sie vergrub den Kopf im sicheren Nest von Luis' leicht ergrautem Brusthaar.

Die Welt war herrlich.

5 DER BANKER UND DIE SCHÄFERIN

Barry saß auf den Eingangsstufen zu Laylas Elternhaus. Es war eine lange Fahrt gewesen. Sie waren am Sitz der National Security Agency in Maryland vorbeigefahren, waren stockend durch Washingtons entsetzlich sozialistischen Verkehr gezockelt, der sich schließlich ins richtige Virginia hinein öffnete, wo eine Reihe flacher konföderierter Felder den Highway säumten. Sie kamen an einem besonders kräftig duftenden Südstaatenstinktier vorbei und fuhren hinein in die Stadt seiner ersten Liebe.

Blitze erhellten den Himmel. Ob es auch droben in New York goss und gewitterte? Shiva würde sich fürchten. Seema sollte ihm eine seiner Armbanduhren geben, an der er sich zur Beruhigung festhalten könnte. Allerdings keine der schrecklich teuren. Vielleicht die Max Bill im zugänglichen Bauhaus-Design.

Zum letzten Mal hatte er Laylas Eltern direkt nach dem letzten Studienjahr gesehen. Laylas Schwester Celia, gerade mal zwanzig, hatte irgendeinen Burschen aus der Gegend von Davidson geheiratet. Er stammte aus einer reichen Familie, sie ließ ein Teilstipendium am College of William & Mary in Williamsburg sausen. Beides hatte die Hayes in den Wahnsinn getrieben. Sie hätten es lieber gesehen, wenn Barry und Layla geheiratet hätten. Doch trotz ihrer Vorbehalte gegen den reichen Sprössling und Celias Verzicht auf das Studium war die Hochzeit ihrer jüngeren Tochter prachtvoll. Die Hayes waren damals noch so jung gewesen, er mit seinem extravaganten Pferdeschwanz, sie mit ihrem Pferdelachen, und beide rockten die Tanzfläche zu *You Can Call Me Al.* Der Empfang fand im Jefferson Hotel statt, wo es am Wochenende zuging wie bei einer ewig währenden Südstaaten-Highschool-Prom. Die Familie des Bräutigams war spießig und gottesfürchtig, und wohin man schaute, sah man Gäste der Hayes: Universitätsprofessoren, die sich beim neunten Glas Bourbon wegen Chaucer oder Bill Clinton oder der Homosexuellenpolitik der Armee anbrüllten, und eine Frau mit einem Snoopy-Tattoo auf der Unterseite ihres Arms, die mit einem vollbärtigen Rockmusiker quatschte. Und richtige Schwarze.

Barry betrank sich und stritt dann völlig grundlos den ganzen Abend mit Layla, bis ihr Vater ihn in das marmorweiße Grabmal der Toiletten zog und ihm riet: »Mein Sohn, du solltest dich ein bisschen beruhigen. Heute ist nicht der Abend für so was.« An den ersten Satz erinnerte Barry sich höchst beschämt: »Mein Sohn« und »du solltest«, das war beides so untypisch für Mr. Hayes. Und wie der Pferdeschwanz an den dunkelblauen Anzug seines Beinahe-Schwiegervaters schlug, während die Männer hinter ihm die Urinale mit Bourbondämpfen füllten. Wie dumm war er gewesen, sie zu verlieren. Sie, Layla, und sie, die Hayes.

Im ansonsten leeren Haus bellte ein Hund. Barry fiel die von den Vorfahren übernommene Familienvorliebe für Dackel ein, und er wusste, was für ein Hund es sein musste, dieses absurd lange *Wuuuuff*, die Stimme einer Wurst, die sich in der Welt Gehör zu verschaffen suchte. Der Dackel, der in seiner Studienzeit dem Haushalt vorstand, hatte Jeff Dave geheißen, weil er ebenso gnadenlos war wie Jefferson Davis. Doch mit Barry freundete Jeff Dave sich sofort an, denn der hatte von Kindesbeinen an Hunde geliebt. Barrys Vater, von der Bronx an den vorstädtischen Rand von Queens versetzt, hatte sich immer einen großen Hund gewünscht, der den Garten ihrer Doppelhaushälfte am Little Neck Parkway mit Leben erfüllen könnte.

Ein paar Jahre lang hatte er eine halb blinde Schäferhündin gehalten, bis sie an der traurigen Tatsache zugrunde ging, Haustier einer jüdischen Arbeiterfamilie zu sein. Jeff Dave behandelte Barry wie das Herrchen, das er nie gehabt hatte, neigte unterwürfig den Kopf unter seinen Fingern, schielte vor Wonne, als er gestreichelt wurde. »Siehst du, Dad, im Grunde seines Herzens ist Barry ein Landjunge«, sagte Layla mit dem breiten, näselnden Südstaatenakzent, den sie in Princeton unterdrückte.

Ihre Eltern lehrten beide Soziologie an der Virginia Commonwealth University. Als liberale Professoren, die ihr Abendessen nicht selbst jagten, waren sie höchstens halbe Südstaatler, aber Barrys proletarische Herkunft war in jedem Fall willkommen. »Sie kommt aus Virginia, und dein Vater verdient sein Geld mit seiner Hände Arbeit«, pflegte Laylas Mutter zu sagen, »im Gegensatz zu den meisten verwöhnten Gören in Princeton. Ihr müsst also da oben aufeinander aufpassen.« Worauf Layla beim Akzent noch einen drauflegte: »Müssn auf uns aufpassn da oohm im Yankee-Land.« Darüber lachte die ganze Familie. Manchmal hatte Barry das Gefühl, das kulturelle Umfeld von Princeton war für Layla noch schwieriger als für ihn.

Im Abschlussjahr besuchten sie dasselbe Seminar für Kreatives Schreiben, das ein ziemlich berühmter Schriftsteller, schwul und Mitte fünfzig, gab. Seine messerscharfe Offenheit machte ihn bei allen angehenden Schreibenden in Princeton beliebt und gefürchtet zugleich. Die letzte Erzählung, die Barry eingereicht hatte, war seiner Ansicht nach die beste, die er je geschrieben hatte. Er musste sich sogar unter der Decke verstecken, als er sie schrieb, damit Layla ihn nicht weinen sah, so sehr rührte ihn seine eigene Geschichte. Er las sie in der letzten Seminarsitzung vor, sie handelte von einem Partner bei Goldman Sachs um die vierzig, der in seiner 500er S-Klasse durch Vermont fährt. Er ist so ein Banker, der von allen komplett missverstanden wird, denn nur er allein sieht es nicht als Widerspruch, dass er sowohl einen Beruf als auch eine Berufung braucht. Der Beruf ist seine Tätigkeit in der Finanzbranche, was zwar abstrakt klingt, ihm aber viel Fantasie abfordert. Die Berufung ist das Schreiben, wodurch er den Kontakt zu seinem jüngeren Ich herstellt. Der Bankberuf hält ihn am Leben, doch das Schreiben erinnert ihn daran zu lieben. Und das ist auch das einzige Problem im Leben des Bankers: Seit dem Studium hat er niemanden mehr geliebt – seit er sich von seiner Freundin Sheila (ausgesprochen wie »Layla«) getrennt hat.

Das ändert sich während seiner Fahrt durch Vermont, als der Motor des Mercedes heiß läuft, der Banker aussteigt und durch eine Art »Paradies vor dem Fall« wandert. Auf einem Hügel drängen sich Schafe, auf dem dahinter auch und auf noch einem, eine ganze »Stadt aus Schafen«. Der Banker krabbelt unter dem Zaun hindurch und läuft wie in Trance durch die Herde, die sich freundlich vor ihm teilt. Er trotzt einem Schäferhund namens Luna (so hatte Barrys toter Haushund geheißen), der ihm fast ein Bein abkaut, sich aber schließlich den Hundeflüsterer-Qualitäten unseres sanften Bankmenschen ergibt. Und dann erblickt er eine Frau an einem Fluss. Sie sieht aus wie eine in die Landschaft gemalte flämische Bäuerin, doch als Luna und der Banker auf sie zugehen, stellt sie sich als Sheila heraus, seine Ex von der Uni. Doch wiewohl er sofort weiß, wen er vor sich hat, kann sie sich beim besten Willen nicht seines Gesichts oder Namens entsinnen. »Aber wer bist du?«, fragt sie immer wieder. »Warum bist du hierhergekommen?« Ihr Leben ist so schlicht und schön, dass allein das Eindringen dieses Mannes mit Beruf *und* Berufung, dessen heiß gelaufener Mercedes am Straßenrand steht, sie in völlige Verwirrung stürzt. Schließlich bittet sie ihn inständig, sich zu setzen und still zu sein. Sie zieht ihm das Carracci-Sakko von Kiton aus Kaschmir und Vikunja-Wolle aus und wäscht ihm Hände und Füße (Barry hatte gerade sein erstes Religionsseminar belegt). »Ich wünschte, nichts von meinem bisherigen Leben wäre geschehen«, sagt der Banker. »Doch es ist zu spät.«

»Ja«, sagt die flämische Schäferin. »Es ist zu spät.«

Man durfte den Texten anderer nicht applaudieren, aber Barry hatte sich natürlich insgeheim gewünscht, dass die Regel dieses eine Mal gebrochen würde, dass die Studierenden, vier davon Männer und daher seine Rivalen, die anderen drei Frauen, darunter Layla, ihn heftig bejubeln würden. Du hast mich berührt, würde Layla hinterher sagen. Mach' ich doch immer, würde er scherzend entgegnen. Diesmal ist es anders. Das ist ein ganz anderes Niveau. Du kennst dich selbst so gut. Und du kennst mich so gut. Ich wünschte nur, du hättest sie nicht gleich allen präsentiert. Sondern zuerst mir gezeigt. Selbst der Dozent würde sein eigenes Keuschheitsgelübde ignorieren und ihn nach der Stunde herzhaft umarmen. Kommen Sie, trinken wir noch einen Portwein bei mir zu Hause, würde er sagen. Wir müssen ein Wiedersehen mit Brideshead feiern.

Doch niemand klatschte. Die anderen drei Männer im Kurs lasen nun ihre Geschichten vor. Es war Männerabend, wie so oft hinter den Toren von Princeton. Die jungen Männer, von denen einer mit ihm im Tiger Inn zu Abend aß und ebenfalls ein belesener Schwimmer war, trugen als Abschlussarbeit mehr oder weniger die gleiche Erzählung vor. Ihre Helden waren alle komplizierte Bankerseelen am Beginn der Midlife-Crisis, die zufällig eine lang verlorene Ex-Freundin wiedertrafen, ihr Leben überdachten und sich wünschten, sie wären bei ihrer Studienliebe geblieben. Natürlich gab es auch Unterschiede. Mindestens einer der drei hatte sich einen Klassiker geleistet, einen alten Porsche 356B anstelle von Barrys S-Klasse, und derselbe Schreiber hatte sich auch die volle Ladung Fitzgerald einverleibt und seine Geschichte auf einem Bootssteg enden lassen. (Die Handlung spielte in Japan, sein Banker arbeitete für Nomura Securities. Seine Schäferin war eine Austerntaucherin.)

»Also«, sagte der Dozent, nachdem die letzte sensible Silbe in die elitäre akademische Luft gehaucht worden war. Er trug eine Lederweste, und sein Gesicht war voll verwegener Bartstoppeln. »Was halten wir von diesen Geschichten?« Er wandte sich an die Studentinnen, darunter auch Layla. Die Frauen schwiegen. Der Dozent war launisch – das Pendel konnte in beide Richtungen ausschlagen. Doch Laylas normalerweise interessiertes Gesicht wirkte leer, ihr Blick ging über Barrys Kopf hinweg. »Also«, wiederholte der Dozent, »die Erzähler dieser Geschichten, die wir heute gehört haben, wollen uns glauben machen, dass es in ihrem Leben nie um Geld ging. Dass ihr großer Fehler war, ihr sensibles jüngeres Ich missachtet zu haben. Das kurze Feuer irgendeiner Gegenkultur ignoriert zu haben, das sie zwischen den nachlässig rasierten Schenkeln ihrer Geliebten erlebt hatten. Doch die Wahrheit sieht anders aus: Geld definiert ihr Leben. Einen anderen Maßstab haben sie nicht, um sich mit anderen Gutverdienern zu vergleichen. Und die Melancholie, die sie empfinden, ist ein wertvolles Gut, das sie sich ebenso leisten können wie ihre Fahrzeuge und ihre Kiton-Anzüge, ihre Schäferinnen aus Vermont und Austerntaucherinnen aus Nippon. Selbst ihre Gefühlsschwankungen sind ein Finanzwert geworden, mit dem sie nach Belieben handeln können.«

Eine der Frauen, die alles notierte, was der Dozent von sich gab, musste es genau wissen: »Heißt das, die Geschichten sind *gut*?« Ihr Stift schwebte über dem Blatt, um die Antwort niederzuschreiben.

»Gewissermaßen«, sagte der Dozent. »Die beste Literatur ist die Literatur der Selbsttäuschung. Sie setzt der Banalität unserer selbst gemachten Fiktionen die Hoffnungslosigkeit der Welt entgegen, wie sie wirklich ist. Das Schlimmste, was wir

Ihnen hier in Princeton beibringen könnten, wäre zu sagen, dass Sie alles haben können.« Er ließ den Blick über die kleine Gruppe schweifen und strich über die Lederknöpfe, die seine Weste eng um den massigen Körper geschlossen hielten. »Denn«, fuhr er fort, »das können Sie nicht.«

Barry konnte nicht an sich halten. »Aber welche Geschichte war die beste?«

Der Dozent zuckte die Achseln. »Ich weiß nicht, Barry«, sagte er. »Sagen wir: Ihre.« Dann sprang er auf, recht sportlich für einen Mann seines Umfangs, und verließ den Raum. Das Semester war zu Ende. Barry lächelte Layla an, doch sie erwiderte sein Lächeln nicht.

Den Rest des Tages und den größten Teil der Nacht stritten sie sich. Im Grunde stritten sie die ganzen folgenden sechsundzwanzig Wochen nach dem Studium. »Du willst bloß nicht, dass ich IB mache«, hatte er gesagt. *»IB* – du kannst nicht mal das Wort aussprechen«, antwortete sie. *»In-vest-ment Banking.«* »Und was soll ich stattdessen machen?«, fragte er. »Das machen alle, die ich kenne. Sollen wir gemeinsam verhungern? Ich komme aus keiner reichen Familie.« »Aber ich, oder wie?« »Wir können uns nicht trennen. Ich habe dir Sachen erzählt, die ich noch nie jemandem gesagt habe.«

Sie war der erste Mensch, dem er vom Tod seiner Mutter erzählt hatte. Der fünfjährige Barry hatte auf dem Rücksitz des Toyota Corolla gesessen, auf dem Heimweg vom Einkaufszentrum Douglaston Mall, wo seine Mutter ihm ein seltenes Spielzeug bei Toys'R'Us gekauft hatte, eine Actionfigur von Han Solo mit einer kleinen grauen abnehmbaren Pistole (in dem Jahr war *Star Wars* herausgekommen), als sie in voller Fahrt frontal mit einem BMW zusammenstießen, der auf dem Weg in die Stadt betrunken über den Mittelstreifen geschlenkert war. Manchmal sah er noch die Stirn seiner Mutter vor sich, die blutverschmierte Einkerbung am Lenkrad, das schwarze Blut, das ihr übers Gesicht rann. Wer hätte gedacht, dass Blut so schwarz sein konnte. Manchmal glaubte er sich zu erinnern, dass er selbst um ihre Hilfe schrie, dass er aus seinem Kindersitz zu krabbeln versuchte, als das Auto zerquetscht neben der Straße lag, der billige Motor noch immer lief, die Scheinwerfer über die Grenze zwischen Queens und Nassau leuchteten. Seine ganze Kindheit über hatte sein Vater den Unfall nie erwähnt, und wenn es jemand anderes tat, hob er die chlorgebleichte Hand und sagte im harten Ton der Bronx: »Genug.«

Hilf mir, Mommy.

Hilf mir, Mommy.

Dabei war sie es, die seine Hilfe brauchte.

In derselben Nacht, als er Layla vom Tod seiner Mutter erzählte, fragte er sie, ob sie Analsex versuchen könnten. Sie wollte nicht. Das war noch vor dem Internet. Aber sie hatten beide zur Vorbereitung auf den Schreibkurs die Bücher des Dozenten gelesen, und die bereitwillige Kombination von Schmerz und Intimität sprach Barry an. Als er den ersten Roman des Dozenten über sein sexuelles Erwachen las, konnte er seine Erektion nicht im Zaum halten, vor allem bei den Stellen über die berüchtigten Badehäuser, wo gesichtslose Männer einfach zuließen, dass man sich in sie versenkte. Das wollte er auch mit Layla tun. Nachdem er ihr vom Tod seiner Mutter erzählt hatte, wollte er ihr nahe sein und ihr wehtun. »Es tut mir so leid«, sagte er hinterher, als sie neben ihm lag und sich im Schmerz verkrampfte und wieder entkrampfte. »Im Buch …« »Schhh«, sagte sie. »Das haben wir beide getan.« Er ging sich abwaschen, und als er zurückkam, starrte sie immer noch an die Decke, eine Hand an die Seite gedrückt.

Ein Volvo fuhr vor. Waren sie das? Er hatte über die gelbliche Kirche auf der anderen Straßenseite meditiert, gegenüber der Häuserreihe der Hayes, die 1899 im italienischen Stil, lachsrosa und ocker, erbaut worden war und deren Veranden einheitliche Säulen und Schmiedeeisen zierten. Vor der Kirche parkte ein großer alter Bus. SHARON BAPTIST CHURCH, REV. PAUL A. COLES, PASTOR, stand auf einer Seite. Der Bezirk Jackson Ward wurde einmal die Schwarze Wall Street genannt. Die Hayes waren in den Achtzigern hergezogen und zu der Zeit wahrscheinlich die einzigen Weißen in der Gegend. Barry schüttelte den Kopf, um aus den Tagträumen zu erwachen. Als die Hayes die Türen ihres zwanzig Jahre alten Kombis öffneten, ließ er seinen Ehering vom Finger gleiten und zur sicheren Aufbewahrung in die Tüte mit Javons Crack-Rock fallen.

Die Hayes betrachteten den Mann um die vierzig, der auf ihrer Schwelle saß, müde und zusammengesackt in seiner Citi-Weste. Ein Bankangestellter kurz nach Feierabend? »Können wir Ihnen irgendwie helfen?«, fragte Mrs. Hayes. Dieses »irgendwie«. Und das »wir«. Immer gemeinsam. Die Hayes lächelten den Eindringling an.

Er stand auf und strich sich das verschwitzte Hemd von Vineyard Vines glatt. »Mr. Hayes, Mrs. Hayes«, sagte er. Er hatte sie nie mit Vornamen angeredet. Er hatte ihre Vornamen vergessen.

Der Mann erkannte ihn als Erster. Sie traten zögerlich auf ihn zu, vielleicht verwirrt darüber, dass sie jetzt alle erwachsen waren.

»Barry«, sagte die Frau, eine traurige Tatsachenfeststellung, als hätten sie die ganze Zeit mit seinem Auftauchen gerechnet. Sie umarmte ihn, stellte sich dann auf die Zehenspitzen und küsste ihn auf die Wange, wie bei ihnen üblich. Sie trugen beide Jeans und T-Shirt. Auf sein T-Shirt war das Cover von B. B. Kings Album *Live in Cook County Jail* gedruckt – schon zu Barrys Zeiten eine Lieblingsmusik. Auf ihrem stand THE NOTORIOUS R. B. G. Barry wusste nicht, was das bedeuten sollte, doch darunter sah man das Gesicht einer alten Lady mit dicker Brille, das ihm bekannt vorkam. Ach ja, Ruth Bader Ginsburg, die Bundesrichterin. Er schüttelte die Hand des Mannes, der früher einmal als sein Schwiegervater vorgesehen war. Im Gegensatz zu ihrer einen Meter achtundsiebzig großen Tochter waren die Eltern Hayes eher klein, aber ebenso wie ihren verschiedenen Dackeln war ihnen das nicht bewusst. Ach, wie ähnlich die Mutter Layla sah. Das Grübchen am Kinn, die Stupsnase, die Lachfältchen. »Hi«, quäkte Barry, als die Gegenwart vor dem Ansturm der Vergangenheit in sich zusammenfiel.

Sie warnten ihn vor Randy, so hieß der neue Dackel, doch kaum hatten sie das Haus betreten, packte Barry den haarigen Hot Dog und warf ihn sich über die Schulter. »Du musst doch damals Jeff Dave gekannt haben«, sagte Mrs. Hayes. »Randy ist viel freundlicher, weil er langhaarig ist. Er hat ein bisschen Spaniel drin.« Randy grub seine Schokoladenschnauze in Barrys Wange und schaute ihm in die Augen, als hätte er Angst, er könnte ebenso schnell wieder verschwinden, wie er gekommen war. Barry fand eine Lieblingsstelle im grauweißen Haarbüschel unter seinem Halsband und massierte sie. Dem Dackel fehlten zwar menschliche Züge, trotzdem lächelte er.

»Na«, sagte Mr. Hayes, »für Dackel hast du ja immer noch ein Händchen.«

Das Haus war hervorragend proportioniert. Ein bescheidener, aber breiter Salon ging über in ein fast ebenso großes Wohnzimmer, daran anschließend eine altmodische Küche, die nicht mal über eine Kochinsel verfügte. Jedes Zimmer hatte einen aus Granit gemauerten Kamin, wirkte jedoch weniger prätentiös als ein Neubau. In den Bücherregalen fanden sich Joan Didion und Flannery O'Connor, eine kleine, unerwartete Sammlung von Musikalien, Essaysammlungen über Leonard Cohen und Neil Young. Ein gerahmtes Plakat warb für eine Ausstellung romantischer Landschaftsgemälde in Dresden. Intellektuelle hatte ihren ganz eigenen Stil, so viel stand fest. Wenn Barrys Haus in Rhinebeck doch so mühelos lässig aussehen könnte, vor allem seine Bibliothek mit Blick auf den Hudson. Das schlichte, massige Gesicht von Laylas Großmutter sah von seinem Platz über dem Kaminsims auf sie alle herab. Als sie in die erste Klasse des Internats in der Nähe von Roanoke gekommen war, hatte sie ihr Geburtsdatum, den 12. Februar, verleugnen müssen, weil es auch der Geburtstag des verhassten Abraham Lincoln war.

»Ich bin mit dem Greyhound hergekommen!«, verkündete Barry. »Ich hatte das Gefühl, ich müsste das Land so sehen, wie es wirklich ist.«

»Solange es noch da ist«, sagte Mr. Hayes. Barry nahm an, das bezog sich auf die Wahl. Außerdem waren gerade zwei schwarze Autofahrer in Minnesota und Louisiana von Polizisten erschossen und in Dallas fünf Polizisten getötet worden. Barry hasste Waffengewalt, hatte aber das Gefühl, sie gehörte zum Leben in den USA. Wenn du in unserem Land lebst, besteht die Chance – eine kleine, aber nicht unbedeutende Chance, ein »Drei-Sigma-Ereignis«, wie die Analysten im Büro es nennen würden –, dass jemand dich oder deine Familie erschießt. In Japan gab es Erdbeben, in Australien Buschfeuer. Amerika hatte Schusswaffen und Menschen, die willens waren, sie aufeinander abzufeuern.

Randy grub sich inzwischen in Barrys Halsbeuge. »Na, wenn du mit dem Bus gefahren bist, dann willst du bestimmt unbedingt duschen, du Armer«, sagte Mrs. Hayes. »Hättest du was dagegen, wenn wir dich in Laylas altem Zimmer unterbringen?«

Er hatte absolut nichts dagegen. Er war wieder neunzehn, geliebt von der Sorte Eltern, wie er sie seit seinem fünften Lebensjahr nicht mehr gehabt hatte. Eine vollständige Familie. Ohne Ungeheuer. Selbst in der Wahl ihrer Dackel waren sie mit den Jahren besser geworden. Es fehlte nur ihre reizende Tochter.

Sie hatten Laylas Zimmer genau so gelassen, wie es war, fast wie zum Gedenken, als hätte sie das Studium nicht überlebt. Die Poster von Gruppen, die sie damals gehört hatten – Aphex Twin, Lead Belly, Sonic Youth, Pavement. Die CDs, die sie von ihrem mit Ferienjobs verdienten Geld bei Plan 9 Records in Carytown gekauft hatten, stapelten sich noch auf dem Nachttisch. Plakate vom Bluegrass-Festival in Boone, North Carolina, das sie besucht hatten, von Amnesty International, gegen Rassismus, für Mandela. Sie hatte ihre Regina-Regenbogen-Bettwäsche auch als Studentin behalten, weil sie ihre neuen Bettbezüge schonen wollte, und jetzt konnte Barry nicht anders, als sich darüberzubeugen und daran zu schnuppern, doch riechen konnte er nichts von ihr, bloß die Muffigkeit eines unbenutzten Betts in einem alten Haus. Er warf einen Blick in das Zimmer ihrer jüngeren Schwester Celia. Es war in ein Arbeitszimmer verwandelt worden, voll mit Soziologiebüchern, überall Kaffeebecher mit dem Universitätslogo, dazu ein paar Zeichnungen aus Laylas Schulzeit. Layla war die über alles geliebte Tochter, Celia wurde bloß geliebt. Wenn ihre Eltern einen eindeutigen Makel besaßen, dann diese Bevorzugung.

Er duschte in einem Bad, das ebenfalls wie aus dem Jahr 1992 wirkte und in dem eine lange nicht benutzte Seife am Waschbecken festklebte. Ganze Bäche Greyhound flossen von seinem Körper herab. Er musste sich einen Rasierer besorgen, aber mit Bartstoppeln fühlte er sich auch ganz gut. Für Laylas Eltern wollte er anständig aussehen, doch etwas Besseres als die verhasste Citi-Weste hatte er nicht zu bieten.

»Ich hoffe, dieses Ding beleidigt Ihre Augen nicht«, sagte Barry und zeigte auf das Logo der Citibank, als er die Treppe herunterpolterte.

»Arbeitest du jetzt für die Citibank?«, fragte Mrs. Hayes. »Ich meine, Layla hätte erzählt, du habest eine Stelle bei J.P. Morgan angenommen.« Ihr Gedächtnis war tadellos.

»Ich mache Kundenbetreuung«, sagte Barry. Es schmerzte ihn, dass sie den Witz nicht verstanden.

Sie gingen durch die feuchte Luft zum Restaurant, die Hayes vorneweg und Barry hinterher wie ein Kind, das doppelt so groß war wie sie. Mr. Hayes hatte für den Restaurantbesuch ein preiswertes Sakko übergezogen, und Mrs. Hayes' T-Shirt zierte nun eine Kette winziger Perlen aus dem Kaufhaus. Das war alles schrecklich neu für Barry. Die radikalen Intellektuellen waren ein bisschen gesetzter geworden. Sie machten sich fürs Abendessen fein.

Jackson Ward war auch ein bisschen schicker geworden, so wie einige der früheren »sozialen Brennpunkte« Brooklyns, von denen er gehört, die er aber nie besucht hatte. Viele der früher verrammelten Gebäude waren renoviert. Es gab koreanische Grillrestaurants und französische Cafés, und ältere schwarze Paare, gekleidet wie zum Kirchgang (was war heute eigentlich für ein Tag?), schlenderten Arm in Arm durch die Straßen. Eine Kirche wurde zu Wohnungen umgebaut und bekam den Namen DIE ZUFLUCHT, eine andere versprach ihren Gemeindegliedern »DAS JAHR DER ORDNUNG« JESAJA 38, 1. Damals war es ein rebellischer Akt gewesen, nach Jackson Ward zu ziehen, doch jetzt hatte es sich als kluge Investitionsentscheidung entpuppt. Die Leute hatten eigenartige Banner über ihre schmiedeeisernen Eingangsdächer drapiert, auf denen eine Ananas abgebildet war und das Wort WILLKOMMEN stand. So war der Süden, festlich und unbegreiflich zugleich. Es hätten allerdings ein paar mehr Menschen auf den Straßen sein können, und er spürte eine stille Trostlosigkeit, die von der Sozialsiedlung Gilpin Court nördlich des Highways ausging, ein unterschwelliges Gefühl, dass die neuen Attraktionen des Viertels nur auf die gewalttätige Vergangenheit aufgepfropft waren.

Barry erinnerte sich, wie furchtsam er in den Neunzigern mit Layla diese Straße entlanggegangen war, als koreanische Grillrestaurants und Kaffeespezialitäten noch Jahre entfernt waren. Stundenlang tranken sie Whiskey Sour im Babes, der Lesben-Bar in Carytown, was damals in Richmond noch eine große Sache war. Wenn sie zurückkamen, parkten sie in einer Gasse hinter dem Haus der Hayes und krochen nahezu ins Haus: Barry erkundete, ob die Luft rein war, die Alarmanlage blinkte ihr Sicherheitsversprechen, und die beiden schlichen auf Zehenspitzen die Treppe hinauf, um ein letztes Mal zu knutschen und zu fummeln, ohne ihre Eltern zu wecken, bis Barry sich ins Exil von Celias Zimmer zurückzog. Celia galt allgemein als die hübschere Schwester, doch Barry war stolz auf sich, dass er sie nicht attraktiv fand. »Ich liebe deinen Intellekt«, pflegte er zu Layla zu sagen, worauf sie ihn üblicherweise kühl und abschätzig fixierte. Die breiten Dielen knarrten, wie sie es in einem hundert Jahre alten Haus sollten, was jede Bewegung noch verbotener machte. Die Hayes wussten, dass ihre Tochter nicht keusch lebte, doch trotz ihrer liberalen Haltung gab es ungeschriebene Gesetze in diesem Teil des Landes … Einige davon waren hässlich, andere allerdings weckten in Barrys Brust eine Art Nostalgie nach einer wärmeren Umgebung, als er sie im östlichen Queens erlebt hatte. Wenn er an sein väterliches Erbe dachte, hörte er im Geist nur das unaufhörliche Grummeln aus dem Haus des Vaters, hier eine aktuelle Beschwerde, dort eine mit Jiddisch gewürzte Beleidigung, vermischt mit der eigenbrötlerischen Trauer um seine tote Frau, und dazu die Forderung, dass Barry sofort nach dem Examen eine Stelle in einer »Anwaltskanzel« antreten solle.

Das laute Restaurant, das die Hayes gewählt hatten, sah aus wie mit dem Tieflader aus dem Teil Brooklyns hergeschafft, wo

Seemas komische fernöstliche Freundin (Tina?) wohnte. Vergoldete viktorianische Spiegel hingen an der Wand, Zeichnungen von Pferden, eine riesige, sinnlose Karte von Südamerika. Vollbärtige Barkeeper mixten Südseecocktails, und die jungen Gäste achteten alle sehr auf ihr Aussehen. Sie waren – und das war nach acht Stunden im Greyhound kaum zu übersehen – weiß. Jeder und jede einzelne. Auch die Preise waren weiß. Ein Stück Maisbrot mit einem Klecks Gänsestopfleberbutter kostete fünf Dollar, ein Steak vom Nierenzapfen siebenundzwanzig, ein Gin Fizz zwölf.

»Kundenbetreuung für die Citibank ist bestimmt interessant«, sagte Mrs. Hayes. »Da begegnest du sicher allen möglichen Leuten.« Sie hatten eine Flasche Chardonnay und drei Steaks bestellt, allerdings glaubte Barry, sich zum Einstieg zwei Martinis gönnen zu dürfen. Er stürzte beide in kürzester Zeit hinunter, wodurch seine Stimme lauter und freundlicher wurde.

»Das war doch nur Spaß!«, sagte er. »Ich leite einen Hedgefonds. Anlagevermögen 2,4 Milliarden. Waren mal 3,9, aber immerhin.«

»Das klingt ja sehr beeindruckend, Barry«, sagte Mrs. Hayes. Ihr Akzent war so elegant. Barry hätte Geld dafür bezahlt, ihre Aussprache zu hören, oder irgendwelche regionalen Redensarten aus ihrem Mund. »Sieht aus, als ob der Teufel seine Frau mit der Pfanne verdrischt.« Das hieß, dass es regnete und zugleich die Sonne schien. Oder: »Es wird nicht regnen, solange der blaue Himmel für einen Matrosenanzug reicht.«

»Sehr beeindruckend«, echote ihr Mann. »Du bist also Milliardär.«

»Schön wär's!«, sagte Barry. »Das heißt nur, dass ich 2,4 Milliarden fremdes Vermögen verwalte.«

»Na, das ist doch *immer* noch ganz schön«, sagte Mrs. Hayes. »Wenn ich mich recht entsinne, warst du fest entschlossen, in die Wirtschaft zu gehen.«

»In die Finanzbranche«, verbesserte sie ihr Mann. Dass sein Berufswunsch mehr oder weniger zur Trennung von ihrer Tochter geführt hatte, wurde nicht erwähnt.

»Ich habe gehört, Layla ist in El Paso«, sagte Barry.

»Ach, ich wusste gar nicht, dass ihr noch Kontakt habt«, sagte Mrs. Hayes. Barry versuchte, einen Hauch Hoffnung herauszuhören.

Er konnte schlecht zugeben, dass er ihr auf Facebook nachgeschnüffelt hatte. »Haben mir gemeinsame Freunde erzählt«, sagte er. »Wie geht es ihr denn? Ich hatte eigentlich vor, selbst noch in El Paso vorbeizugucken.«

Die Hayes schauten einander an. »Es geht ihr gut«, sagte Mr. Hayes. »Sie liebt ihre Arbeit. Und unser Enkel ist wunderbar. Ich wünschte, sie würde uns öfter mal mit ihm besuchen.«

Barry stellte das Atmen ein. Sein Kopf zog sich zwischen die Schultern zurück. Sie hatte ein Kind. Die ganze Reise. Alles, was er durchgemacht hatte. Der Greyhound-Bus. Sie hatte einen Mann. So einen Blödmann aus der Mittelschicht. Ein texanisches Leben. Das Steak wurde vor ihn hingestellt, doch er konnte es keines Blickes würdigen. Er schenkte sich reichlich Wein ein und sah ihn über den Rand des Glases fließen. Das Universum wollte, dass er allein blieb. »Mal langsam, mein Sohn«, sagte Mr. Hayes. »Mein Sohn.« So hatte er ihn auch am Abend von Celias Hochzeit angeredet. Je mehr die Hayes tranken, desto anständiger benahmen sie sich und desto unkontrollierter schien Barry im Vergleich zu werden. Was war aus dem Mr. Hayes geworden, mit dem er tatsächlich im letzten Studienjahr einmal gekifft hatte? Sie beide allein im Keller, während die Damen des Hauses irgendwelche Einkäufe machten, und Mr. Hayes spielte dabei in voller Lautstärke seine Lieblingsstücke aus den Dreißigern, Zydeco und Cowboy-Songs aus öffentlich finanzierten Musikprojekten des New Deal.

»Ich bin so froh, dass sie glücklich ist«, sagte Barry.

»Na ja, die Scheidung war kein Spaß«, sagte Mrs. Hayes.

Barry fing wieder an zu atmen. Scheidung. Das herrliche Wort. Sie war jetzt also eine alleinerziehende Mutter. Konnte er damit was anfangen? Wahrscheinlich schon. Er würde lernen, ihr Kind zu lieben, und sie aus einem Leben weiblicher Traurigkeit retten. Aber warum zeigten ihre spärlichen Facebook-Posts nicht ihr Kind, wie es Lamas umarmte oder bei folkloristischen Festen auf irgendwelchen geschmückten Wagen umhertollte? War das nicht Sinn und Zweck von Facebook, seinen Schulfreunden zu beweisen, dass man mehr als gut zurechtkam in der Welt?

»Und wie sieht es bei dir aus, Barry?«, fragte Mr. Hayes und nahm einen winzigen Schluck Wein. »Hast du Familie?«

»Ich lasse mich gerade scheiden«, sagte Barry. So. Er hatte es ausgesprochen. Wenn auch angetrunken. Vielleicht stimmte es also. Es war vorbei. Konnte man die Worte »Ich verstoße dich« großspuriger ausdrücken als durch eine Greyhound-Fahrt nach El Paso? »Keine Kinder«, fügte er hinzu.

Laylas Facebook-Fotos hatten etwas Bemerkenswertes gezeigt: eine Frau von dreiundvierzig Jahren, die kaum wie dreißig aussah und in Ethno-Bluse und Jeans in den Sonnenuntergang schaute, um den jugendlichen Hals nur einen Hauch von Türkis. Auch Mrs. Hayes wirkte Jahrzehnte jünger, als sie tatsächlich war. Die ganze Familie war absolut anlagewürdig.

Die Hayes brummten aufmunternd zu der Nachricht von Barrys Scheidung und Kinderlosigkeit, die Hand ihrer Mutter streichelte seine, der Geruch ihrer Seife mischte sich mit dem Aroma der drei zu scharf gebratenen Fleischstücke auf dem Tisch. »Noch eine Flasche«, sagte Barry zu einem vorbeikommenden heimischen Hipster. Mrs. Hayes legte reflexartig die Hand auf ihr Glas, Mr. Hayes deutete »nur ein ganz bisschen« an. »Darf ich Ihnen etwas anvertrauen?«, sagte Barry. »Damals an der Uni haben Layla und ich tatsächlich überlegt zu heiraten!« Die Hayes schauten auf die Tischplatte. Redete er zu laut? »Genau das, was Sie wollten!«

»Das ist sehr lange her«, sagte Mrs. Hayes. »Vielleicht ist es am besten …«

»Ich erinnere mich, Mr. Hayes, dass Sie mir mal etwas erzählt haben. Sie haben eine wichtige akademische Konferenz geschwänzt, um einen Tag mit Layla zu verbringen. Sie war gerade sieben. Und Sie haben sie gefragt, was sie denn den ganzen Tag machen wolle. Und sie hat gesagt: ›Ich möchte mit Daddy lesen!‹ Wissen Sie das noch? Und dann haben Sie den ganzen Tag gemeinsam gelesen. So einen Vater hatte ich nie!« Barry unterbrach sich, um einen großen Schluck Wein zu nehmen.

»Das ist furchtbar nett von dir, dass du das sagst, Barry«, antwortete Mr. Hayes. »Wirklich nett, dass du dich daran erinnerst.«

»Layla meinte, ich müsse bei Ihnen um ihre Hand anhalten«, sagte Barry zu ihm. »Sie meinte, so sei es Brauch. Sie nannte es rückständig oder reaktionär oder so was, aber sie wollte trotzdem, dass ich es tue. Und da habe ich vorgeschlagen, dass ich mit Ihnen beiden spreche. Das fand sie *toll*. Irgendwie Tradition plus Feminismus. Sie war so froh darüber, dass ich Sie beide fragen wollte.«

Die Hayes sagten nichts. Der Lärm im Restaurant wurde ohrenbetäubend, aber Barry sprach einfach noch lauter. Der Hipster-Kellner kam mit klimpernder Schlüsselkette an ihren Tisch und erkundigte sich, ob sie Nachtisch bestellen wollten. »Für mich nicht, vielen herzlichen Dank«, sagte Mrs. Hayes und sah ihren Mann flehend an. Auch er lehnte dankend ab.

»Ich nehme das Soufflé«, sagte Barry. »Wie lange dauert das? Fünfundzwanzig bis dreißig Minuten? Super!« Er drückte sich tiefer in seinen unbequemen Stuhl. »Das Tolle an Layla …«

»Erzähl uns doch mal, wie du auf die Idee mit dieser Busreise gekommen bist«, sagte Mrs. Hayes. »Bist du einfach in den Bus gestiegen?«

»Ich bin einfach in den Bus gestiegen!«

»Ich muss sagen, das ist ziemlich mutig«, sagte Mr. Hayes. Jeder Rest von Jazz war aus seinem Tonfall geschwunden. Ein dünner Schweißfilm glänzte auf seiner Stirn. Sie wurden alle alt.

»Mrs. Hayes, haben Sie nicht mal eine Langzeitstudie über die Fahrgäste bei Busfernreisen gemacht?«

»Erschienen in der *University of South Carolina Press*«, sagte Mrs. Hayes. Sie schaute auf eine Nachricht, die auf ihrem Handy eintraf. War sie von Layla?

Barry leerte ein weiteres Glas Wein und schenkte sich noch eines ein. So viele gute Dinge passierten in seinem Inneren. Die Ehe mit Seema, der Schmerz mit Shiva, all das war der erste Akt, und was Fitzgerald über zweite Akte gesagt hatte, traf auf ihn nicht zu. Natürlich würde er Shiva nicht ganz verlassen. Sie wären immer noch ... wie sagte man? »Verbunden.« »Tja, ich mache so etwas Ähnliches, wenn auch vielleicht anekdotischer«, erklärte Barry. »Durchschnittsamerikaner sind so entgegenkommend! Ein Mexikaner mit nur einem Auge ist an meiner Schulter eingeschlafen. In Baltimore habe ich Pimp Juice getrunken und einen jungen Drogendealer mit viel Potenzial getroffen. Ich habe ihn wahrscheinlich so gesehen, wie Sie Jackson Ward gesehen haben, als es noch ein Drecksloch war. Ach ja, und er hat mir das hier gegeben!«

Er zog den Crack-Rock aus der Tasche und legte ihn auf den Tisch. Er wollte gerade eine Erklärung liefern, aber die Hayes wussten genau, was sie vor sich hatten. »Barry!«, sagte Mrs. Hayes. »Steck das *sofort* weg!«

»Das gehört sich nicht, mein Sohn«, sagte Mr. Hayes. Schon wieder dieser »Sohn«. Was wollte Mr. Hayes ihm sagen?

»Du weißt doch, was das in diesem Viertel angerichtet hat«,

sagte Mrs. Hayes. »Du warst selbst in den Neunzigern hier. Du hast es mit eigenen Augen gesehen.«

Barry wurde von den Menschen getadelt, die er liebte. Das Soufflé war vielleicht noch zwanzig Minuten entfernt. Er schnappte sich den Klumpen und stopfte ihn zurück in die Hosentasche, neben seinen Ehering. »Lasst uns einfach bezahlen«, sagte Mrs. Hayes. »Barry muss sich ausruhen.«

»Es tut mir leid«, sagte Barry. »Ich bin bloß ... es ist so überwältigend, Sie wiederzusehen.«

»Ist schon okay, Barry«, sagte Mr. Hayes.

»Auf dieser ganzen Reise versuche ich mich zu dem Mann vorzutasten, der ich damals mit Layla war. Bitte erzählen Sie ihr nicht, dass ich das gesagt habe. Oder – ich weiß auch nicht.«

»Das ist so lange her, Barry«, sagte Mrs. Hayes. »Wir sind heute alle ganz andere Menschen.«

»Sie sind noch genauso wie früher! Abgesehen von der Perlenkette vielleicht. Wissen Sie, wenn Sie innerlich gute Menschen sind, müssen Sie gar nicht versuchen, sich zu ändern. Sie gehen einfach weiter durchs Leben. Layla ist auch so.«

»Layla hat harte Jahre hinter sich«, sagte Mrs. Hayes. Ihre Augen glitzerten. Barry griff nach ihrer Hand, warf dabei aber ein Wasserglas um. Mr. Hayes erwies sich mit seiner Serviette als edler Retter.

»Ist ihr Sohn normal?«, nuschelte Barry. Wieder sahen die Hayes sich an. Sie liebten sich noch immer so sehr. Wie machte man das? Die Rechnung kam, und Barry griff danach.

»Barry, du bist unser Gast«, sagte Mr. Hayes. Aber Barry wehrte ihn ab. Er wollte mit seiner schwarzen Amex angeben, aber die hauste jetzt in einer Mülltonne in Baltimore, trieb vielleicht auch schon auf einem Lastkahn in einen viel ärmeren Staat als Maryland. Er schaute noch einmal auf die Rechnung. Sie belief sich auf über dreihundert Dollar. Im Ernst? In New

York wäre das mit seiner schwarzen Amex kein Thema, aber so viel Geld für ein Essen im tiefsten Virginia? Was zum Teufel passierte mit diesem Land?

Und dann fing Barry an zu rechnen. Er hätte dann nicht mal mehr tausend Dollar. Er bewegte sich auf die Insolvenz zu. Plötzlich wurde jeder Dollar wichtig. Er legte sechzehn Zwanziger auf den Tisch, ungeachtet der Proteste seiner Nicht-Schwiegereltern, und trank den vanillig-sauren Chardonnay aus. Sie traten aus dem weißen Restaurant in die schwarze Umgebung. Auf dem Heimweg fiel er über einen kleineren Ast und brauchte die Hilfe der Hayes.

Barry wachte mitten in der dunklen Nacht auf und wusste, er war nicht allein. Eine schlanke Gestalt im Nachthemd, die Haare ein Heiligenschein aus Mondlicht, beugte sich über sein Gepäck. »Layla«, flüsterte Barry.

»Schhht«, sagte die Gestalt. »Mach die Augen zu.« Er tat, wie ihm geheißen. Eine Bettdecke wurde über ihn gelegt. Er rekelte sich unter ihrer Last. Eine Tür wurde geschlossen. Die Stille einer Kleinstadt senkte sich nieder.

Erneut erwachte Barry. Er hatte ein Wort im Kopf, und das Wort lautete »Posaune«. Randy schnarchte am Fuß des Bettes. Eine Frau hatte sich mitten in der Nacht über seinen Koffer gebeugt. Er tappte zu seinem Gepäck und fand ein Bündel Scheine, das zwischen zwei Unterhosen gestopft war, neben den Pass auf den Namen Bernard Conte. Barry zählte nach. Dreihundertzwanzig Dollar. Wie kam es zu dieser Summe? Er spulte den Abend rückwärts ab, stieß aber auf große Lücken in der Dramaturgie. Schließlich erinnerte er sich an die Rechnung des Abendessens, die er von seinem Geld bar bezahlt hatte. Dreihundertzwanzig Dollar. Mrs. Hayes hatte ihm das Geld zurückgegeben! Glaubten sie, er habe über seinen Hedgefonds gelogen? Hielten sie ihn für pleite? Ein bankrotter, kaputter

Trinker, der im Bus durchs Land reiste und nach ihrer Tochter suchte?

Barry fiel zurück aufs Bett, als die Sonne über Jackson Ward aufging. Menschen sorgten sich so sehr um ihn, dass sie ihm sein Geld zurückgaben, obwohl er doch 2,4 Milliarden verwaltete. Wie freundlich und beleidigend von ihnen. Das Regina-Regenbogen-Bettzeug duftete nicht mehr animalisch nach Layla, dabei hatten sie sich doch damals in Princeton darauf geliebt. Er hatte nie begriffen, wer Regina Regenbogen war, außer dass sie auf einem höhnischen Pferd ritt, das wiederum über eine Reihe von Regenbögen trabte. Layla hatte ihm das alles einmal erklärt, als sie beide high waren, und es war alles total irre und unglaublich. Barry atmete flach, und er spürte, wie seine rechte Hand seinen Schenkel hinaufwanderte. Kaum dass er fertig war, schlief er wieder ein, und der gleichmäßige Atem des Dackels am Fuß des Betts erinnerte ihn daran, welch ein Glück er hatte, hier zu sein.

Niemand redete über den vorigen Abend, doch man verabreichte ihm ein kräftiges grünes Gebräu aus dem Mixer. Die Hayes korrigierten zu Hause Seminararbeiten. Er lieh sich ihren Volvo und nahm den Highway 195 hinaus nach Carytown, den einigermaßen hippen Bezirk, wo er und Layla sich früher herumgetrieben hatten. Er hielt vor einem Ramschladen namens Mongrel, der immer ordentlich Kundschaft hatte. In einem Regal in der Nähe der Kasse entdeckte er ein Spielzeug namens Peter Rabbit Springteufel. Es war tatsächlich eine Springteufelkiste, doch statt eines Gruselclowns sprang aus dieser ein kuschelig-graues Häschen mit einer leuchtend orangefarbenen Möhre in der Pfote. Und statt *Pop Goes the Weasel* spielte diese die Melodie *Here Comes Peter Cottontail*, wenn man die Kurbel drehte. Watteschwanz. Häschen. Shiva. Das perfekte Spielzeug. Es kostete zweiunddreißig Dollar, viel mehr, als er sich neuerdings leisten konnte, aber er konnte nicht anders. Das herausspringende Häschen würde Shiva wahrscheinlich immer noch erschrecken, aber wenn er ganz sanft damit spielte, es mit einer Hand festhielte, sodass es ganz langsam mit seiner Möhre auftauchte, würde Shiva vielleicht keinen Zusammenbruch erleiden. Genau das meinte er, als er gedacht hatte, er würde weiter mit Shiva verbunden sein. Er würde nicht mit ihm zusammenleben, aber ihn alle Vierteljahre besuchen und ihm ständig perfekte Geschenke schicken. Daddy ist da!, könnte das Filipina-Kindermädchen bei einem seiner Besuche sagen. Und sieh, was für Geschenk er bringt!

Barry stieg wieder in den Volvo. Er fuhr ins teure West End und kreiste gefühlt meilenweit um neugotische Villen wie in Princeton. Hier war Layla als Schülerin auf Partys gegangen. Als Studentin wollte sie gar keine Schriftstellerin werden wie Barry, aber sie hatte eine autobiografische Ader, erinnerte sich an jede Straße ihrer Kindheit und präsentierte Barry genüsslich ihre persönliche Mythologie. Er hatte es ihr nie gesagt, aber auch auf Seemas direkten Draht zu ihrer Herkunft war er neidisch gewesen, als sie Bombay besucht hatten. Sie war zwar nur drei Mal in den Sommerferien als Teenager dort gewesen, doch jede Straßenecke weckte eine Erinnerung. »Hier wurden die allerbesten Chaat verkauft!« »Mein Onkel Nag hat hinter der Shroff-Augenklinik gewohnt.« »Oh mein Gott, hier bin ich immer zum Lernen hingegangen, wenn es bei meiner Tante zu laut wurde.« So wurde man Schriftsteller – indem man eine Vergangenheit hatte.

Barry stand auf dem höchsten Punkt des Libby Hill, hinter sich geschichtsträchtige alte Häuser, zu seinen Füßen heruntergekommene Industrieanlagen und der James River. Aus diesem Blickwinkel waren so große Teile der Stadt von Grün bedeckt, dass es wie in einem der apokalyptischen Filme aus den Siebzigern aussah, in denen die Erde in ihren ursprünglichen Zustand zurückversetzt und von haarigen Menschen und Menschenaffen bevölkert wurde. Er schaute auf seine Armbanduhr. Heute trug er seine Omega Railmaster, ein ansprechendes, robustes Stück Uhrenhandwerk, auf dessen Rückseite die Abkürzung PAF für »Pakistani Air Force« eingraviert war. Sie hatte fast so viel gekostet wie ein Jahr Princeton – damals, als Layla und er dort studierten.

Auf dem Libby Hill hatten sie sich zum letzten Mal gestritten, bei seinem letzten Besuch in Richmond. Unter ihren Turnschuhsohlen knirschten Crack-Röhrchen, ihre Blicke gingen alle paar Sekunden zurück zur Sicherheit des elterlichen Wagens. Sie sprachen über ihren Schreibkurs. »Du glaubst, diese Geschichte hätte mich heldenhaft dargestellt?«, fragte sie. »Ich habe wie eine Idiotin ausgesehen. Als hätte ich meine gesamte Ausbildung weggeschmissen.« »Was ist denn so schlimm daran, Schäferin zu sein?«, fragte er zurück. »So siehst du mich? Als edle Wilde? Sag mal, hatte ich überhaupt etwas an in dieser Geschichte? Zumindest einen Lendenschurz? Und einen BH-Schurz? Bloß weil ich nicht in der Upper East Side aufgewachsen bin wie Myra Brennan.« Das war eine Studentin, die in Barry verschossen gewesen war. Barry hingegen hatte eher auf eine sportliche Schwarze aus seinem Seminar Angewandte Spieltheorie gestanden, die auch im Hauptfach Wirtschaft studierte, aber damals glaubte er noch nicht, die Rassenschranken überwinden zu können. Jedes Mal, wenn er Schwarze sah, stellte er sich die No-go-Zonen vor, die sein Vater ihm auf dem Plan von Queens angestrichen hatte. »Nein«, entgegnete Barry, »ich wollte nur sagen, dass der Banker all die Jahre seine erste Liebe nicht vergessen hatte.« »Okay, aber Schluss gemacht hat er trotzdem mit ihr.« »Aber *du* machst doch Schluss mit *mir*.« »Geh einfach weg. Geh nach New York. Mach, was du willst, Barry. Du hast doch sowieso schon alles geplant.« »Und ist das so falsch, Pläne zu haben? Mein Vater hatte nie irgendwelche Pläne. Da haben wir mal einen bestens aufgestellten Menschen.«

»Nichts ist langweiliger, als bloß eine Reaktion auf die eigenen Eltern zu sein, Barry.« Er schaute sie an und versuchte, verletzt zu sein. »Ich weiß, Barry«, sagte sie. »Vater, nicht Eltern. Schon klar. Ich merke den Tod deiner Mutter jeden Tag, manchmal sogar mehr als du, das schwöre ich dir. Und wo wollen wir jetzt hin miteinander? Wer soll ich für dich sein? Mutter? Schäferin? Wilde Geliebte?«

Er fand es schrecklich, wie gut sie mit ihm stritt. Zuerst war er begeistert, so eine hochintelligente Sparringspartnerin zu haben, doch inzwischen hasste er ihre geistige Beweglichkeit. Danach mussten sie nach Hause gefahren sein, doch das Letzte, was er von Layla Hayes in Erinnerung hatte, war ihr schräger Blick auf dem Libby Hill, eine Mischung aus Triumph und Abscheu. Sie hatte die sanften Reize der fiktiven Schäferin als Brennstoff für ihre Bosheit genutzt. Und jetzt war es zu spät, etwas mit der sportlichen Schwarzen aus der Spieltheorie anzufangen. Das Studium war endgültig vorbei.

Er parkte den Wagen vor dem Haus ihrer Eltern. Was würde er jetzt tun? Er würde den Greyhound nach El Paso nehmen. Er würde leidenschaftlich an sie appellieren, wieder nach Richmond zu ziehen. Er würde Layla von seiner Begegnung mit Javon erzählen, um sie endgültig zu überzeugen *(der Junge hat mir die Uhr seines ermordeten Cousins in die Hand gedrückt).* Er zog seine Brieftasche hervor. Nach den heutigen Ausgaben blieben ihm noch rund achthundert Dollar. Er überlegte, was für Leute er zwischen Richmond und El Paso kannte. Einer seiner Protegés hatte Aufsehen erregt, weil er die Wall Street gegen Atlanta eingetauscht hatte, um seinen Eltern näher zu sein. Jeff Park, asiatischer Herkunft. Er war bei This Side of Capital gefeuert worden, nachdem ein Handel spektakulär in die Binsen gegangen war. Barry erinnerte sich nicht mehr, ob er ihn persönlich rausgeschmissen hatte. Es musste wohl Akash Singh gewesen sein, der Söldner. Er müsste Jeff Park um einen kleinen Überbrückungskredit bitten, »kein Ding«, wie Leute in Jeffs Alter zu sagen pflegten. Das Ganze wäre sicher witzig. Und dann weiter zu Layla.

Barry stellte den Motor des Volvo ab. Er schaute auf das Paket von Mongrel neben sich, die Hipster-Socken und Shivas Springhase. Alles, worauf das Wort »Häschen« stand, brachte ihn zum Lächeln. Das war eine der angenehmen Seiten am Kinderhaben, selbst wenn es ein nicht richtig funktionierendes Kind war wie Shiva: dass man ständig von Kuscheltieren und der eigenen verlorenen Unschuld umgeben war. Er träumte oft davon, dass diese Unschuld auf Shiva abfärben könnte. Dass Shiva seinen Vater fragen könnte: Daddy, warum nennst du mich Häschen? Und Barry würde antworten: Weil du so süß und kuschelig bist und im Zimmer herumhüpfst, wenn du glücklich bist. Barry wusste natürlich, dass nichts davon stimmte.

Als er bei den Hayes klingelte, hörte er sofort Randy, der seinen Wurstleib gegen die Tür warf, weil er unbedingt von seinem neuen Freund den Bauch gekrault haben wollte. Mr. Hayes kam in Jeanshemd und Universitätssakko an die Tür, ganz der Gastgeber. »Wir haben Besuch«, verkündete er. »Eine Bekannte von dir.«

Die Hayes hatten sie höflicherweise allein gelassen. Barry saß mit Randy auf dem Schoß in einem Sessel, ihm gegenüber auf der Couch saß seine Büroleiterin in voller Kampfmontur. Im Wohnzimmer roch es nach New York, nach frischem Asphalt unter ihren Fransensandalen, nach der Yankee-Hitze an ihrem Reißverschlusskleid mit V-Ausschnitt. Es war sehr seltsam, Sandy ohne Bloomberg-Monitore hinter ihr zu sehen, mit einer Flasche kalt gefiltertem Kaffee von La Colombe in der Hand.

Was machte sie hier zwischen Neil Young und Joan Didion und den romantischen Landschaftsbildern aus Dresden?

»Sie haben mit Seema gesprochen«, sagte Barry. »Wie könnten Sie sonst wissen, dass ich hier bin?«

»Tut mir leid«, sagte Sandy.

»Wer gibt Ihnen das Recht, hierherzukommen und mir nachzustellen?«

»Niemand. Ich möchte nur eine Anmerkung loswerden.« Sandy und ihre Anmerkungen. »Kein Mensch gibt Ihnen die Schuld an Valupro.«

»Warum nicht? Was sind wir für ein Fonds, wenn niemand mir die Schuld am Verlust von einer Milliarde Dollar gibt?«

Die Zahnräder in ihrem Hirn drehten sich so schnell, dass er sie surren zu hören glaubte. »Wenn man das große Ganze betrachtet: Was ist schon eine Milliarde?«, sagte sie. »Sie haben uns zu dem gemacht, was wir sind. Sie haben großen Einfluss. Ich bin Ihretwegen aus der Politik ausgestiegen.«

»Das war Ihre Entscheidung«, sagte Barry.

»Ist die Klimaanlage an?«, fragte Sandy. »Es ist so heiß hier.« Sie griff nach einer herumliegenden lokalen Zeitschrift über Richmonds beste Highschools und fächelte sich Luft zu. »Möchten Sie was über Geldabflüsse hören?«

»Ist mir egal«, sagte Barry, was nicht ganz stimmte. Es gab einen Investor, von dem der Fonds abhängig war. »Sie sind wegen Ahmed hier.«

»Er fliegt am Donnerstag aus Doha ein«, sagte Sandy. »Er hat Ihretwegen seinen jährlichen Besuch vorgezogen. Wir können die Katarer nicht mehr lange bei der Stange halten. Denken Sie doch mal an all die Menschen, die sich auf Sie verlassen. Denken Sie an Ihre Familie.«

»Was wissen Sie denn über Familie?«, fragte Barry. »Sie sind ja nicht mal *verheiratet.*« Er wollte unbedingt anbringen, wie begeistert er von der Ehe für alle war. Damit wollte er ihr wehtun.

Nachdem er so viel Geld für die Durchsetzung des entsprechenden New Yorker Gesetzes gespendet hatte.

»Wenn ich Sie und Seema sehe, dann ermuntert mich das tatsächlich«, entgegnete seine Büroleiterin. »Maria und ich haben darüber gesprochen. Sie beide sind ein echtes Vorbild für uns.« Barry lachte. Sandy hatte Seema einmal bei einer Robin-Hood-Gala zum Wohl von Obdachlosen getroffen und sie in ihrer Nervosität gefragt: »Und, arbeiten Sie?« Das ließ Seema wochenlang keine Ruhe. Sie hatte sogar gedroht, in Teilzeit für die Familienberatung zu arbeiten.

»Was hat Akash über mich gesagt? Als ich ihn das letzte Mal gesehen habe, meinte er, ich zitiere: ›Sie sind nicht besonders klug, Sie verletzen die Sorgfaltspflicht, und Sie mögen *jeden*.‹«

»Das war absolut daneben. Sie sind sein Mentor. Für ihn fast so etwas wie ein Vater.«

»Aber wenn er nun recht hat? Wer braucht noch solche Typen wie mich? Es geht doch nicht mehr um Beziehungen. Es geht um die Analysten und ihre Blackboxes. Und wie soll jemand wie ich überhaupt Fonds verkaufen, die so computergesteuert sind, dass ich *selbst* nicht mehr weiß, was zum Teufel ich da anpreise? Alles, wofür ich gearbeitet habe, ist sinnlos. Ich hätte bei meinem Commodore bleiben sollen. Mich an der CalTech bewerben, was mit Informatik machen. Was habe ich für einen *Sinn?*«

»Akash macht sich Sorgen«, sagte Sandy. »Machen wir uns alle. Ihre Jungs vermissen Sie, wirklich. Armen Kassabian hat auf einer Auktion bei Christie's eine Patek mit Minutenrepetition ersteigert. Sie überlegen, ob sie ein Flugzeug chartern und nächstes Jahr zur Baselworld fliegen sollen. Icarus Capital will sie abwerben. Ich weiß, das wollen Sie nicht. Sie sind ein Team. Ich habe einen NetJets-Flieger am Flughafen Richmond stehen. Wir können in zwanzig Minuten da sein, in weiteren zwanzig Minuten in der Luft.«

»Tut mir leid«, sagte Barry. »Kein Interesse.«

»Und dann ist da noch …«

»Was?«

»Sie wissen schon.«

»Weiß ich nicht«, log er.

»Die andere Sache.«

Barry winkte ab. Doch sie hörte nicht auf zu reden. »Herb Rabkin glaubt, dass bald was kommt. Eine Zwangsvorladung. Wie sieht das aus, wenn man Sie vorlädt und Sie auf der Flucht sind oder wo auch immer?«

Randy beschloss, dies sei der idealer Zeitpunkt, sich auf die Hinterbeine zu stellen und lange und zutraulich an Barrys Nase zu lecken. Barry und der Dackel schauten einander an. Im Gegensatz zu Shiva konnte dieser Hund von Blickkontakt nicht genug kriegen. Vor der Diagnose pflegte Barry sich neben seinen Sohn zu legen, wenn der Angst vor Gewitter bekam, und zu sagen: »Alles in Ordnung, Shiva. Denn der Donner ist *draußen*. Und hier *drinnen* bei Mommy und Daddy bist du in Sicherheit. Merkst du den Unterschied? Drinnen und draußen.« Als Shiva geboren wurde, glaubte Barry, er könne einfach in seiner Frau und seinem Sohn verschwinden. Viele Typen in der Finanzbranche sagten Sätze wie »Ich arbeite hart, um mir Zeit mit meinen Kindern zu erkaufen«. Barry aber dachte, er könnte es tatsächlich schaffen, seine Familie zum Zentrum seines Lebens zu machen. Bis zu jener schicksalsschweren Besprechung im letzten September im Weill Cornell Hospital schien eine Familie der einzige vernünftige Ersatz für sein Scheitern als Finanztitan.

Eine Zwangsvorladung.

Barry setzte den Dackel auf den Boden. Wie viel Samen hatte er in Gedanken an Sandy und ihre breithüftige Latina-Freundin vergossen in den Monaten, nachdem er sie eingestellt hatte. So viel Sex hatte Seema kaum von ihm bekommen, jedenfalls nicht seit der Diagnose, jedenfalls nicht von hinten. Er ging zu seiner Büroleiterin, kniete sich vor sie hin, legte eine Hand an ihre Wange und küsste sie auf den Mund, wobei er seine Zunge kurz zwischen ihre Lippen schob, um den Kaffee und die Atemfrische-Kaubonbons zu schmecken. Dann lehnte er sich zurück, um sein Werk zu begutachten. Ihre blassen irischen Augen schauten über seinen Kopf, und ihr Mund blieb offen. Sie holte verzweifelt Luft wie ein Fisch auf dem Bootssteg. »Sehen Sie«, sagte er. »Jetzt müssen Sie sich keine Gedanken mehr machen. Jetzt können Sie mich einfach verklagen. Und dann haben Sie genug Geld.«

Als er aufstand, schlang sie die Arme um ihn, zog ihn an sich und streichelte ihm stürmisch den Rücken. Er schob sie weg. »Verdammte Scheiße«, sagte er. »Geld! Geld! Geld! Geld! Es nimmt einfach kein Ende, oder?«

Er rannte die Treppe hinauf. Sandy rief seinen Namen, und Randy hatte wütend zu bellen angefangen.

Mr. Hayes war oben in seinem Arbeitszimmer und las mit der Lupe im *Oxford English Dictionary*. »Ziemlicher Aufruhr da unten«, sagte er.

»Sie müssen mich bitte zur Greyhound-Station fahren«, sagte Barry. »Können wir uns durch die Hintertür rausschleichen?«

»Was ist passiert? Ist es diese Frau aus New York? Wir können die Polizei rufen.«

Barry entschuldigte sich für die Mühe, die er machte, und fragte, ob er rasch etwas im Computer nachschauen dürfe. Jeff Park wohnte an der Peachtree Street, wie fast alle in Atlanta. Barry kritzelte seine Adresse auf einen Zettel, ging in Laylas altes Zimmer und warf seine Uhren in den Rollkoffer. Die dreihundertzwanzig Dollar, die Mrs. Hayes ihm zurückgegeben hatte, legte er unter ein Regenbogenkissen. Er stellte sich Sandy und Seema vor, wie sie gemeinsam um sein Geld kreisten und von seinen Talenten, seiner Freundlichkeit, seinem Charme lebten. Wie ähnlich sie sich waren. Wie geldgierig. Vielleicht war es früher besser gewesen, als man einfach seine Sekretärin heiratete und die Sache damit erledigt war. Er nahm seinen Ehering aus dem Tütchen mit dem Crack und warf ihn in den Papierkorb unter Laylas Schreibtisch. Er fühlte nichts.

Das Auto stand mit laufendem Motor vor dem brutalistischen Teil des Busbahnhofs. Mr. Hayes und Barry sahen still vor sich hin, während überall um sie herum Buspassagiere abgesetzt wurden. »Na, das war ja ein erstaunlicher Besuch«, sagte Mr. Hayes.

Barry schaute seinen nackten Ringfinger an. »Ich werde wiederkommen«, sagte er. »Und ich werde Layla mitbringen. Das können Sie ihr sagen. Und dass sie anfangen soll, sich im West End nach Häusern umzusehen.«

Mr. Hayes legte Barry die Hand auf die Schulter. »Ich mag dich, mein Sohn«, sagte er. »Hab' dich immer gemocht. Du bist klug. Grundsätzlich anständig. Freundlich, wenn du willst. Aber das reicht nicht für ein Leben. Das ist gerade mal ein Anfang.«

»Ich werde sie mitbringen«, wiederholte Barry. »Und dann können Sie den ganzen Tag mit Ihrem Enkel zusammen sein.« Er hatte so eine Vorstellung, dass Laylas Kind praktisch von den Hayes aufgezogen würde, sodass Layla und er sich ihrer Liebe widmen könnten.

»Ich habe einen Job, wie du weißt«, sagte Mr. Hayes. »Und wir sind auch nicht ganz allein. Celia wohnt gleich drüben in Lexington.« Dabei lag die ganze Zeit seine Hand auf Barrys Schulter. Wenn dieser Augenblick doch nur länger verweilen könnte.

»Sie werden schon sehen«, sagte Barry. »Sie werden sehen, was ich kann.«

Das Busticket nach Atlanta kostete fünfzig Dollar, mit Umsteigen in Raleigh, North Carolina. Ihm blieben noch etwa siebenhundertfünfzig Dollar. Mit diesem Geld musste er sehr vorsichtig umgehen. Vielleicht müsste er Jeff Park noch zu teuren Abendessen einladen, bis er das Thema Überbrückungskredit anschneiden könnte. In der Greyhound-Gaststätte, die wie ein alter Western-Saloon eingerichtet war, schlürften eine Mutter mit karibischem Akzent und ihr dicker Sohn Pepsi, während Barry an einer wässrigen Tasse Gold-Peak-Kaffee nippte, die knapp über einen Dollar gekostet hatte. Hier hingen keine Monitore, aber CNN dröhnte aus den Lautsprechern unter der Decke. Es wurde vom Nominierungsparteitag der Republikaner berichtet, und anscheinend hatte Trumps slawische Frau Melania Michelle Obamas Rede geklaut. Trump beschwerte sich über die Mainstream-Medien. Ohne Bild hörte er sich an wie ein wirklich trauriger älterer Mann aus einem Außenbezirk von New York. Er klang wie Barrys Vater, der vom ersten Augenblick an mit dem Trump-Fieber infiziert gewesen war. »Musstest du ausgerechnet die dunkelhäutigste Inderin der Welt heiraten«, hatte sein Vater nach der kurzen Feier im Gericht zu ihm gesagt. »Ich spreche ihr ja nicht das Existenzrecht ab«, sagte er, nachdem Barry unerwartet angefangen hatte zu weinen. Die Last, vier Jahrzehnte lang seines Vaters Sohn gewesen zu sein, erdrückte ihn auf einmal. Barry war ein gemäßigter Republikaner, und sein Vater war ein gemäßigter Nazi. Sie waren eine gemäßigte Familie. So lief es eben. Und jetzt saß einer von ihnen in einem Busbahnhof in Virginia, und der andere lag in einem Grab an der Pazifikküste.

Sie überquerten den James River, und Barry entdeckte den alten Schornstein von Lucky Strike oben auf dem Libby Hill. Richmond war weder besonders attraktiv noch besonders hässlich, und darum wirkte es realer als solche Seifenblasen wie Charleston oder Savannah oder hippe Neuerfindungen wie

Detroit. Hier in Richmond gäbe es keinen endlosen Aufmarsch von Hedgefonds-Frauen, die sich von ihren brillanten Karrieren hatten weglocken lassen. Hier hätte er nichts dagegen, wenn sie arbeiten ginge. Sie wäre Professorin Hayes-Cohen, und er würde seine Uhrenstiftung für schwarze Kinder aus einer umgebauten Fabrikhalle leiten. Auf Facebook hieß es, sie habe irgendeinen Universitätsjob unten in El Paso. Dann könnte sie zusammen mit ihren Eltern an der VCU lehren.

Der Greyhound fuhr an malerischen Flüsschen vorbei, in denen von Moos überwucherte Steine lagen. Schilder versprachen STRASSENARBEITEN, die aber nie Wirklichkeit wurden. Sie verließen den berühmten Interstate Highway 95 und bogen auf eine schäbige Straße mit der Nummer 85 ab. In der Stadt South Hill entdeckte er einen Walmart und fragte sich, ob das wohl der erste war, den er im Leben gesehen hatte. Es wäre sicher lustig, hineinzugehen und vielleicht billige Unterwäsche zu kaufen, aber der Bus rollte einfach vorbei und hielt vor einem Gemischtwarenladen, der stolz Hermie's Famous Fried Chicken anbot. Die Fahrgäste quollen stumm aus dem Bus, und die Kinder rannten begeistert voraus. Barry betrachtete den Laden, die Trucker's Lounge, ein echtes Artefakt, in der weiße Männer mit Tattoos an den Fußgelenken Fox News anschauten. Die Auswahl an Kartoffelchips in dem Laden war außergewöhnlich. Zusätzlich zu der XXL-Tüte Lay's Chips mit Dillgurkengeschmack konnte er Hermies berühmtes Hühnerbein bekommen, also die Kombination aus Ober- und Unterschenkel, dazu ihren berühmten Bananenpudding und den berühmten Eistee, alles für zwölf Dollar. Aber nein, konnte er nicht. Sein Geld musste lange reichen. Er musste der Knickrigkeit seines Vaters und der Vorfahren seines Vaters nacheifern, die ganzen Cents und Kopeken, die sich von der Bronx bis nach Weißrussland stapelten.

Der Greyhound hallte vom ekstatischen Knirschen frittierten

Hühnchens wider. Er stellte sich vor, so roch eine Südstaatenkirche am Sonntag, vielleicht sogar die, in der Layla und er heiraten würden. Er wünschte, sein Vater könnte seine Hochzeit mit einer Weißen noch erleben, aber andererseits war er auch froh, dass er nicht mehr am Leben war. Ach, wie gern hätte er das knusprige Hühnchen und den cremigen Bananenpudding gehabt, den eine alleinstehende Mutter und ihre drei Jungs auf der anderen Seite des Gangs verschlangen. Er hatte noch nie richtigen Hunger verspürt. Es fühlte sich an wie das erschöpfende letzte Stadium einer Panikattacke, direkt bevor man das Bewusstsein verliert.

Sie überquerten die Grenze nach North Carolina, laut dem Begrüßungsschild DER MILITÄRFREUNDLICHSTE BUNDESSTAAT DES LANDES. Barry schaute auf die Omega Railmaster an seinem Handgelenk, um sich vom Hunger abzulenken. Diese Uhr hatte er vergangenes Jahr beim Besuch der Cardozo Highschool getragen, seiner alten Schule, wohin ihn der Club der jungen Investoren eingeladen hatte, um einen Vortrag über die Arbeit bei einem Hedgefonds zu halten.

Der Club der Investoren hatte eine Nische in einer Pizzeria am Springfield Boulevard besetzt, an die Barry sich aus Schulzeiten nicht erinnern konnte, in der aber eine vertraut klebrige Außenbezirksatmosphäre herrschte. Die Pizzastücke trieften vor Soße und waren mit reichlich Oregano gesprenkelt, auf dem Tresen drängten sich Plastikbehälter mit einem mysteriösen, uralten roten Getränk (Hi-C? Hawaiian Punch?). Barrys alte Highschool wurde inzwischen überwiegend von Asiaten, Schwarzen und Latinos besucht, doch im Club der jungen Investoren waren die letztgenannten beiden Gruppen nicht vertreten. Er bestand aus acht Jungen, von denen einer Inder war und ein anderer wahrscheinlich halb jüdisch, halb chinesisch, und beide waren ein bisschen unbeholfen, aber auch aufgeschlossen, wahrscheinlich die beiden Jahrgangsbesten, zwei

Ringer auf Proteindrinks, die irgendwo ein Armeestudium absolvieren und dann gleich nach dem Examen als Händler an der Börse landen würden, und ein paar kultiviertere Typen, die bestimmt an der Colgate oder Duke University Lacrosse spielen und montagmorgens in fröhlicher Kumpellaune ins Büro stolzieren würden, um von zu Schrott gefahrenen Lamborghinis und gekenterten Sportbooten zu erzählen. Selbst hier, am äußeren Rand von Queens, waren diese Schüler schon ein Spiegelbild der Hierarchie von This Side of Capital.

Die Jungs inhalierten ihre Softdrinks und aßen Pizza, die Barry freundlicherweise bezahlte, und in ihnen brannten die stille Cleverness der Arbeiterklasse und testosterongetriebener Ehrgeiz. Vor allem wollten sie wissen, wie viel sie verdienen würden. Einer der beiden unbeholfenen Jungs fragte, wieso sein Fonds in den ersten drei Jahren sechs, neun und dann sogar zwölf Prozent Rendite abgeworfen habe, im aktuellen Geschäftsjahr aber plötzlich um zwanzig Prozent eingebrochen sei, während ungefähr ein Drittel der Anleger schon die Flucht ergreife. Und ob Valupro wirklich eine kluge Investition gewesen sei?

»Ich glaube, in der Finanzbranche ist das der falsche Ansatz, um das Geschehen zu bewerten«, sagte Barry und fingerte an den Resten eines dicken Pizzarandes herum. »Soll ich dir die erste Regel zum Managen eines Hedgefonds mit mehr als einer Milliarde Vermögen verraten? Kein Stress mit der Statistik. Die Zahlen sind nicht so wichtig. Weißt du, was wir eigentlich sind? Eine Geschichte. Hedgefonds sind *Geschichten* darüber, wie wir Geld verdienen werden. Es geht darum, klug zu sein, Zugang zu bekommen, sich mit einem bedeutenden Mann zu verbinden. Mit dir. Du bist so klug, dass andere sich in deiner Gegenwart klug fühlen können. Du bietest deinen Investoren etwas viel weniger Greifbares als Daten. Du bietest ihnen die Geschichte darüber, wie großartig ihr zusammen sein werdet.«

Zwei der zukünftigen Lacrosse-Bros nickten, doch die zukünftigen Analysten sahen verwirrt aus. »Schaut euch zum Beispiel diese Uhr an«, sagte Barry. »Das ist eine Omega Railmaster. So eine findet ihr auf eBay für zwei Riesen. Aber die hier an meinem Arm? Zwanzigtausend. Warum?« Er nahm sie ab und hielt sie dem jungen Halbchinesen vor die Nase. »Weil sie zu der limitierten Anzahl von Uhren gehört, die für die pakistanische Air Force gefertigt wurden. Seht ihr das hinten? PAF. Und die Bezeichnung ›Railmaster‹ wurde ersetzt durch ›Seamaster‹, denn auf dem indischen Subkontinent ist ein Railmaster so was wie ein Schaffner, der die Fahrkarten kontrolliert, und die Züge wurden sowieso von den Briten betrieben, darum klang ›Seamaster‹ viel besser für Piloten der Air Force. Meine Frau kommt aus Indien. Seht ihr, jetzt habe ich euch schon drei Geschichten erzählt, die alle mit dieser Armbanduhr zusammenhängen. Und ihr Preis ist um zweitausend Prozent gestiegen, obwohl ihr Nutzwert sich um keinen Cent erhöht hat. Wenn ihr Hedgefonds-Manager werden wollt, müsst ihr zuallererst Geschichtenerzähler sein. Darum heißt mein Fonds auch This Side of Capital. Nach dem Roman von F. Scott Fitzgerald. Und darum habe ich auch im Nebenfach Kreatives Schreiben studiert, an der« – kurze Pause – »Princeton University.«

»Aber was ist mit der jüngsten Welle von Geldabflüssen?«, fragte der Junge. »Die Pensionsfonds ziehen sich raus.«

»Was habe ich gerade über Zahlen gesagt?«, fragte Barry.

»Okay, und die Gerüchte, dass die Börsenaufsicht Ihrem Fonds im Nacken sitzt, weil Sie beim GastroLux-Geschäft Insider-Informationen genutzt haben sollen? Und dass Ihnen sehr bald eine Wells-Benachrichtigung ins Haus flattert?«

Barry ließ den Pizzarand fallen. Insider-Informationen. Die Welt flimmerte am Rand seines Blickfeldes wie bei einem schlechten LSD-Trip als Student. Scheiße, wer war dieser

Bengel? Dieser Blick. Ein Nerd, aber kein Außenseiter. Woher zum Teufel wusste er was von Wells-Benachrichtigungen? Arbeiteten seine Eltern in der Finanzbranche? Wieso wohnten sie dann nicht in Manhattan oder Brooklyn? Meinten sie, ihr Nachwuchs habe bessere Chancen an den Elite-Unis, wenn er sich von einer stinknormalen öffentlichen Highschool dorthin bewarb?

»Du weißt wirklich ziemlich gut Bescheid«, sagte Barry. Breites Lächeln.

»Mein Onkel arbeitet für die Bundesanwaltschaft«, sagte der Junge. Wahrscheinlich war er auf die Ethical Heritage School oder sonst eine Schule für reiche Liberale gegangen, ehe seine Eltern ihn nach Queens geschickt hatten, damit er bessere Chancen am Dartmouth College hatte.

»Na, dann weißt du ja, dass Gerüchte eben bloß Gerüchte sind. Unsere Compliance-Strukturen sind äußerst stabil.«

»Ich habe gehört, der Leiter Ihrer Compliance-Abteilung kommt nicht mal aus dem Finanzwesen. Er hat am Middlebury College Komparatistik studiert.«

»Eine hervorragende Hochschule. Du solltest dich glücklich schätzen, wenn du dort studieren dürftest.«

»Machen Sie sich Sorgen?«

»Sehe ich aus, als würde ich mir Sorgen machen?« Doch die beiden Jungen waren noch immer nicht zufrieden und wollten wissen, mit welchen Maßnahmen er das Ruder herumreißen wolle. Barry gab vor, ein wichtiges Meeting mit Vertretern eines erfundenen Pensionsfonds in Manhattan zu haben, und verpisste sich, so schnell er konnte.

Er hatte nichts getan. Selbst wenn die Sache über die Börsenaufsicht hinausginge, selbst wenn das Justizministerium und das FBI hinter ihm her sein sollten, so hatten sie doch keine Beweise. Er würde nicht ins Gefängnis gehen.

In Raleigh musste Barry umsteigen. Wieder einmal war er der einzige Weiße, der auf den Bus wartete. Über ihm zeigte CNN den Parteitag der Republikaner in Cleveland. In der Busschlange redeten ein paar Typen in Tarnshorts und Hoodies und eine Frau mit kompliziertem rotem Kopfschmuck über Trump.

»Der Mann wird nicht gewinnen. Er hat bloß Spaß am Kandidieren.«

»Aber wenn er gewinnt, dann brennen wir hier alles nieder.«

»Seine Frau hat Michelle Obamas Rede geklaut. Hat sie wahrscheinlich mit Buntstift abgeschrieben.«

»Beim zweiten Mal hab' ich Barack nicht mehr gewählt. Er hat meine Gefühle verletzt. Hat nichts für uns getan.«

»Klar, war bloß ein Showpräsident.«

Da wollte Barry einsteigen. »Er hinterlässt in der Tat ein komplexes Erbe«, sagte er. Die Frau mit dem roten Tuch um den Kopf starrte ihn an, aber nicht lange.

Diesmal war es wieder so ein Urin-Bus, aber das machte Barry nichts aus. Jemand öffnete einen Pappbehälter mit Maisgrütze und scharfer Soße, und der köstliche Duft erfüllte den Bus. Der Hunger überwältigte Barry. Ihm wurde schwindelig. Seine Zähne vibrierten, sein Magen verkrampfte, seine Füße wurden kribbelig taub. Und wenn er den Menschen mit der Grütze um einen Happen bat? Nein, er war zu stolz, bei einem Armen zu betteln.

Sie fuhren durch Charlotte, dessen Skyline aus lauter neuen Winkeln und Kanten und aus Wohntürmen mit vorhersehbaren Namen bestand. The Vue. Barry sah eine asiatische Frau, die mit ihrem Enkel ihren morgendlichen Spaziergang durch die Wohnanlage machte. In Atlanta würde er Jeff Parks Freund werden. Und er würde nicht ins Gefängnis gehen. Von der Busfahrt juckte es ihn am ganzen Körper. Wenn er Armut mit einem Wort beschreiben müsste, wäre es Juckreiz. Insider-Information.

Was sollte das überhaupt heißen? Er hatte nichts getan. Ja, sein Fonds hatte GastroLux leerverkauft, ein Pharmawert mit einem neuen Medikament gegen Sodbrennen, das sich in der zweiten Testphase der Arzneimittelstudie befand. Es sollte die ösophagealen Probleme gestresster Yuppies lindern, denen beim Aufstoßen der Bahnkaffee und die Frühlingsrollen hochkamen. Und ja, er hielt einen bedeutenden Aktienanteil an Valupro, die GastroLux beinahe gekauft hätten und deren Management wusste, dass das Medikament ein Flop werden würde. Und ja, sie hatten zweihundert Mille Profit bei dem Handel gemacht, ihrem letzten richtig erfolgreichen. Ihr AUM war da gerade unter drei Milliarden gerutscht, da kamen die zweihundert Millionen gerade recht. Aber das war alles ein Riesenzufall gewesen. Alle anderen hatten sich auch auf den Handel gestürzt. Was gab es für einen Beweis, dass er seine Beziehungen zu Valupro genutzt hatte, um Gewinn mit dem Absturz von GastroLux zu machen? Es war ja fast, als wäre die gesamte Gesellschaft so organisiert, dass Barry garantiert mit *nichts* Gewinn machen konnte. Das war Sozialismus. Er wollte nicht, dass Trump gewann, aber er war froh, dass die Obama-Jahre ihrem Ende entgegentuckerten. Nicht mal die Schwarzen in diesem Bus konnten ihn leiden. Und ganz egal, was sie sagte, Hillary schien mit der Hochfinanz ausgezeichnet auszukommen. Ihre Tochter hatte einen Hedgefonds-Manager geheiratet. Barry kratzte sich ganz furchtbar und riss dabei eine Naht seines Hemdes auf.

Sie fuhren nach South Carolina hinein, vorbei an Feuerwerksläden und Pornovideotheken. Das Land war zugleich ländlich und industrialisiert, sonnenverbrannt und müde. Im Gegensatz zu den begrünten Flüssen North Carolinas waren die Gewässer hier braun und trüb, und die Büsche am Straßenrand wirkten, als wären sie von der Sonne betäubt. Als Barry die Augen schloss, träumte er von gebratenem Hühnchen und Bananenpudding. Er sah frisches Dasani-Wasser – Fiji oder

Evian gab es im Greyhound-Land offenbar nicht – in seinen Mund rinnen.

Sie kamen an Hinweisschildern für Fair Play, Seneca und Walhalla vorbei, durchquerten die Cherokee Foothills und fuhren nach Georgia hinein. Hektarweise neue BMW-Modelle, sowohl gleißend auf Parkplätzen als auch glitzernd auf den Straßen, verriet ihnen, dass sie sich Atlanta näherten. Sie überquerten den Jimmy Carter Boulevard. Was hatte Barrys Vater diesen Mann gehasst, wegen Israel oder dem Iran oder sonst irgendwas. Ein Werbeplakat annoncierte HAARTRANSPLANTATIONEN FÜR 2$ PRO VERPFLANZUNG, ein weiteres SCHAUSPIELER, MODELS UND TALENTE FÜR JESUS, daneben ein Foto zweier bekehrter Prachtexemplare, eines männlich, eines weiblich, die für den Herrn abrockten. Alle anderen Plakatwände waren für Delta.

Ein afrikanischer Taxifahrer sammelte ihn am Busbahnhof auf und fuhr ihn von Downtown nach Midtown und schließlich die Peachtree Street hinauf, das Rückgrat Atlantas. Nachdem er ihn bezahlt hatte, verfügte er noch über siebenhundertvierzig Dollar. Barry schaffte es kaum, aus dem Taxi auszusteigen. Er zitterte am ganzen Leib.

Die Empfangsdame in Jeffs Apartmentgebäude war eine Frau äthiopischer Herkunft, womöglich aber auch das attraktivste Wesen eines erstklassigen Planeten in der Galaxie Alpha Centauri. Jeder Teil ihres Körpers gehörte an einen besseren Ort. Sie schaute Barry besorgt an, und ihre Augen waren groß wie Monde über der Wüste. Er sah an sich herunter. In seinem Gesicht juckten die Bartstoppeln. Sein ganzer Körper juckte vom Bus. Sein Hemd von Vineyard Vines war so eingerissen, dass der Kragen an einer Seite herabhing. Im Greyhound konnte man so aussehen, wenn man ein weißer Meth-Junkie war, aber nicht hier, in einem Gebäude voller Luxuswohnungen namens The Vantage an der Peachtree Street.

Barry versuchte zu lächeln, doch es kam etwas anderes dabei heraus. Er versuchte, die Arme zu heben, und spürte das Schlabbern seines einstmals frisch gebügelten Hemds. Die äthiopische Göttin stellte ihm eine Reihe von Fragen, doch er konnte sie aus dem Stegreif nicht beantworten. Er wusste nicht, wen er besuchte. Er war nicht sicher, ob er ein Paket abliefern wollte. Und er kannte seinen eigenen Namen nicht.

Er beugte sich über den Empfangstresen und spürte, wie seine Schultermuskeln sich verknoteten. »Wasser«, sagte er. Sie konnte ihn nicht hören. Er versuchte es lauter, doch das war zu anstrengend. Irgendwer oder irgendwas hatte ihm auf den Hinterkopf geschlagen, und er schaute hinauf in das hohe, gut ausgeleuchtete Atrium wie in eine Riesenkirche im Himmel.

6 NICHT GENUG LIEBE

Shiva warf seinem Kindermädchen einen Hefter ins Gesicht. Für jemanden, dem seine eigene Bewegung durch den Raum so wenig bewusst war, hatte er tadellos gezielt. Novie musste mit sechs Stichen über der linken Augenbraue genäht werden, und wiewohl Shivas Betreuerin sehr stolz auf ihr Aussehen war, tröstete sie sich doch mit dem Wissen, dass ihr Weihnachtsgeld verdreifacht werden und Seema ihr einen einstündigen Vortrag darüber halten würde, dass sie das Geld am besten in preiswerte Indexfonds investieren und nicht nach Hause auf die Philippinen schicken solle.

»Bitte verlassen Sie uns nicht«, hatte Seema sie am nächsten Morgen angefleht. »Sie sind alles, was ich noch habe.« Die Worte sollten so melodramatisch klingen wie in einer Serie, die Novie auf ihrem Tablet schaute, doch selbst Seema hatte nicht mit so viel jammervollem Pathos gerechnet. Sie fing an zu schluchzen.

Das Kindermädchen war ratlos. Ihre Chefin weinte nie. »Wird schon wieder«, sagte sie. »Er wird zurückkommen.« Was genau das Gegenteil von Novies üblichem »Sie sollten jemanden anrufen« war, womit sie einen Anwalt meinte, aber wen interessierte das jetzt schon. Vielleicht würde es besser, wenn Barry nach Hause käme. Und was dann? Immer wenn das Telefon klingelte, war sie froh, wenn sie eine Zahlenreihe auf dem Display sah. Als der Ermittlungsbeamte das letzte Mal angerufen hatte, war die Nummer unterdrückt gewesen. Sie hatte sofort aufgelegt, als sie merkte, dass er vom FBI kam. Sie wusste schon, was er als Nächstes sagen würde. Das Video auf ihrem iPhone. Sardinien.

»Sag Novie, dass es dir leidtut«, wies Seema ihren Sohn an, ohne genau zu wissen, wie das funktionieren sollte, doch zum ersten Mal seit einiger Zeit lächelte der Junge sie beide strahlend an oder jedenfalls an ihnen vorbei. Wollte er sie verspotten? Sie konnte ihn nicht hassen. Nein, konnte sie nicht. Das war alles nicht seine Schuld. Nichts davon.

In den vergangenen Wochen hatten Shivas Therapeutinnen nach und nach ihrer Sorge Ausdruck verliehen, dass er immer »unregulierter« würde. Alle Fortschritte, die erzielt worden waren, entwickelten sich wieder zurück. So etwas wie im vergangenen Winter, als er einmal seinen Trinkbecher in die Hand genommen und von allein daraus getrunken hatte, gehörte inzwischen in die Kategorie »Wunder«. Selbst das Auf-etwas-Zeigen hatte aufgehört. Lag es daran, dass Seema sich mit Luis traf? Spürte Shiva das? Was wusste er? Die ständig wachsende Fachliteratur zu dem Thema – zum Teil von Erwachsenen geschrieben, die selbst im Spektrum lagen – verriet Seema, dass Shiva ziemlich viel mitkriegte und spürte.

Seema wusste, sie musste sich von der Vorstellung eines perfekten, »normalen« Kindes verabschieden. Sie musste Kraft finden. Und, wie ein Buch forderte, Staunen und Abenteuerlust entwickeln. Aber vielleicht war sie ja nicht qualifiziert, die Mutter eines autistischen Kindes zu sein? Wenn nun die Tatsache, dass ihr Kindermädchen beinahe ein Auge verloren hätte, nicht Staunen und Abenteuerlust weckte, sondern Wut, Hilflosigkeit und Scham? Wenn sie nun auf ganz schreckliche und selbstsüchtige Weise gar kein toller Mensch war? Wenn sie nach ihrer Tätigkeit am Gericht wie geplant zu Cravath, Swaine & Moore gegangen wäre und nicht Barry kennengelernt hätte, wäre sie eine tolle Anwältin geworden, aber nicht notwendigerweise der Buddha persönlich, Siddhartha am Ende seines Weges als fetter junger Mann.

Aber das war alles egozentrischer Quatsch. Die wirklich wichtige Nachricht lautete: Sie war im zweiten Monat schwanger und strengte sich ungeheuer an, Liebe für den kleinen Jungen in ihrem Inneren aufzubringen. Und wenn es nun nicht genug war? Außerdem veränderte sich ihr Körper. Nachdem Barry aufgehört hatte, sie zu lieben, und Shivas Probleme klar zutage traten, hatte sie tatsächlich noch mehr abgenommen, und eine ganze Reihe Edelboutiquen in Downtown Manhattan konnten plötzlich etwas mit ihrer schwarzen Kreditkarte anfangen. Doch jetzt sah ihr Bauch aus wie eine halb volle Gürteltasche.

Luis bemerkte es. Sie nahmen sich ein Zimmer im Gramercy Park Hotel, ein unspektakuläres, überteuertes Zimmer, in dem sie einander befriedigten und dann die Schlüssel zum privaten Gramercy Park benutzten, um am helllichten Tag hinter den Ligusterbüschen noch ein bisschen weiterzufummeln.

Das Gramercy war seine Idee gewesen, auch wenn sie die beträchtliche Rechnung übernahm. Es war ein geschichtsträchtiges, leicht muffiges kleines Luxushotel, und es machte einen alten, beinahe europäischen Eindruck.

Dass es nicht zu tatsächlichem Geschlechtsverkehr kam, war zugleich herrlich und schrecklich. Sie konnte sich mit ihren neunundzwanzig Jahren noch auf etwas freuen, und was den Oralsex anging, so ließ er keine Wünsche offen. Eines Tages brachte er das Gespräch auf Rimming, und das musste sie erst mal auf ihrem Handy nachlesen. »Was bist du denn für ein Millennial?«, fragte er und legte los. Es kitzelte, bereitete nicht sonderlich viel Vergnügen und war tatsächlich ein bisschen peinlich. Doch gleich danach, ohne auch nur die Mundspülung im alten Badezimmer des Gramercy zu benutzen, legte er den Arm um sie und die Hand auf ihren Bauch. »Du kriegst einen kleinen Quinoa-Bauch«, sagte er.

Sie stieß seine Hand zur Seite und wandte sich ab. Die Hitze stieg ihr in die Schläfen. »Was denn?«, fragte Luis. »Ist doch süß! Ehrlich, bei dir hätte ich am wenigsten damit gerechnet, dass du ein Problem mit deinem Körper hast.«

»Scheiße, was soll das denn heißen?«

Sie stritten sich ein bisschen, aber es verebbte auch schnell wieder. Er verriet ihr, dass der Mangel an Brust und Hintern bei seiner Frau ihn immer traurig mache, und ungeachtet aller weiblichen Solidarität, die Seema an der Michigan und in Yale gelernt hatte, ließ sie sich von diesen Worten die eigene Traurigkeit vertreiben.

»Ich möchte dein Bäuchlein feiern«, sagte Luis, beugte sich vor und küsste den kleinen Kegel, der Barrys zweites Kind enthielt. Das war einfach zu viel. Sie rannte ins Bad.

In den nächsten Tagen versuchte sie, ihm im Bett zu erzählen, wer sie war. Manchmal hörte er zu. Aber nur, wenn er offenbar eine Einzelheit für sein riesiges Karteifach »Frau, nordamerikanisch, Herkunft asiatisch/pazifisch, reich« brauchte. Perverserweise wurde er immer dann hellhörig, wenn sie von Barry redete, von ihrer Beziehung zu seinem Geld, von seiner Beziehung zu Geld, von ihrer gemeinsamen Beziehung zu Geld. Es kam ihr vor, als würde er sich eine riesige Geldmenge am Horizont vorstellen, und aus dieser Masse würden zwei undeutlich geformte Gestalten herausragen, die Barry und Seema hießen. Und wenn sie nun ohne Barry nicht interessant genug war, dass er etwas an ihr fand? Doch sie versuchte es weiter und hoffte, dass die Einwandererwurzeln ihrer Familie ihn mehr faszinieren könnten.

Sie erzählte ihm, das Tollste an ihrer Kindheit seien die indischen Großmütter gewesen, die bei Hochzeiten zu Jay Z' Remix von Panjabi MC abgerockt hätten, diese totale Bruchlandung einer Kultur auf der anderen. Und das Schlimmste sei Apu gewesen, diese Karikatur eines indischen Ladenbesitzers aus Gujarat bei den Simpsons (»Mach Apu!« Ihre Freundinnen baten sie immer, seinen Akzent zu imitieren), dessentwegen sie sich dreifach anstrengte, cool zu sein – sie flehte ihre Mutter an, ihr in der Great Northern Mall ein bauchfreies Top zu kaufen, sie ließ *No scrubs* von TLC aus dem Dodge ihres Vaters schallen, wenn er sie zur Schule brachte. Sie erzählte ihm, dass ihr Vater ständig *»Hut!«* sagte, so ein britischer Ausdruck, der zugleich liebevoll und tadelnd gemeint war. Ach ja, und »Äußerstes« – in der Bedeutung »Gib einfach dein Äußerstes«. Ihre Mutter liebte sie gerade ausreichend; ihren Vater liebte sie neunmal mehr. Sie sprach von den Tanzstunden im Tempel in Parma, wo sie Bharatanatyam lernte, und obwohl sie das überhaupt nicht konnte, war die Kameradschaft der vielen indischen Mädchen, die immer frische Blumen im unzähmbaren Haar hatten, weil einer der Väter einen Blumenladen oben bei der Great Northern Mall hatte, doch so schön. »Damals haben wir uns alle so angestrengt, uns anzupassen. Ich wünschte, Shiva hätte noch mehr tamilischen Hintergrund«, sagte sie, ehe sie sich zügeln konnte.

»Kannst du diesen Tanz noch? Jetzt?«, fragte Luis schwer atmend, die Stirn glänzend von den Anstrengungen des Nachmittags.

»Ähm, ich bin nackt«, sagte Seema. »Ich glaube, das wäre nicht recht. Es ist so eine Art Ritual. Etwas Spirituelles.« Er sah so enttäuscht aus, dass sie hinzufügte: »Vielleicht kann ich es versuchen, wenn ich mir etwas anziehe.« Daran zeigte er keinerlei Interesse.

Sie fragte ihn nach seinem eigenen Hintergrund, seinem »Erbe«, doch er antwortete, Cambridge in Massachusetts sei kein Erbe. Und was war mit Guatemala? »Das kannst du in meinen Büchern nachlesen.« Sie wandte sich von ihm ab. »Ich vermisse meinen Vater.« Das sagte er immer, wenn er wusste, dass er sich bescheuert benommen hatte, denn dann umarmte sie ihn und küsste ihn auf den Hals.

Sie beschloss, etwas Kühnes zu probieren, nämlich Mina und Luis zusammenzubringen. Gehörte das nicht dazu, wenn man jung war, den Freundinnen den heimlichen Verehrer vorzustellen? Nichts würde sowohl Mina als auch Luis deutlicher machen, wie sehr sie sich ein neues Leben wünschte.

Luis war nicht gerade empfänglich für den Vorschlag, schon gar nicht, wenn man dafür bis nach Brooklyn musste, wo es, wie er sagte, von Investmentbankern wimmelte (im Gegensatz zu Manhattan oder was?) und die Restaurants überbewertet waren. Na gut, dann durfte er den Treffpunkt aussuchen. Er schlug ein Restaurant gleich beim Tompkins Square Park vor: eine Bar, in der ausschließlich baskische Meeresfrüchte aus der Dose serviert wurden. »Okaaaay«, lautete Minas Reaktion auf Luis' Wahl.

Luis kam vierzig Minuten zu spät. *Vierzig Minuten.* Nicht dass er damit irgendwas ausdrücken wollte. Seema merkte, dass ihre Stirn wieder heiß war, dass jeder Gesichtsmuskel sich um Fassung bemühte, so als müsste sie erneut das juristische Staatsexamen ablegen. Sie schuldete Novie noch ein paar Abende, an denen sie Shiva selbst ins Bett zu bringen versuchte, und jetzt saß sie hier und wollte ihre beste Freundin mit ihrem Geliebten beeindrucken, oder vielleicht auch umgekehrt.

Natürlich entschuldigte er sich nicht für seine Verspätung. »Hey«, sagte er zu Seema und küsste sie keusch auf die Stirn.

»Wir hätten schon fast für dich bestellt, aber wir wussten nicht, was du willst«, sagte Seema mit staatsanwaltlichem Zorn. »Meeresfrüchte aus der Dose. Mmm. Sieht alles so gut aus.«

»Touché.« Luis zuckte die Achseln.

»Ich merke schon, ihr beide seid zusammen bestimmt zum Totlachen«, sagte Mina.

Luis bestellte Herzmuscheln, Scheidenmuscheln und Thunfisch aus der Dose. »Ich glaube, der ist aus Galizien und nicht aus dem Baskenland«, sagte er nach den ersten Bissen Fisch. Das schien ihn ernsthaft zu beunruhigen.

Das Gespräch war furchtbar. Sie sprachen über die Wahl, und Luis vertrat die Ansicht, dass ganz egal, wer sie gewinne, unser Land weiter als »das Roastbeef im globalen Dreckssandwich« würde herhalten müssen.

Minas Wangen waren nach nur einem baskischen Bier schon leuchtend rot. »Du kannst es dir leisten, wegen Trump nicht durchzudrehen, weil du ein weißer Mann bist«, sagte sie.

»Woher weißt du denn, was ich bin?«, fragte Luis.

»Ja, sicher, *Luis.* Ich durchschaue deine Nummer, du Weißbrot.«

Luis lachte. Sie saßen auf Barhockern ohne Rückenlehne. Seema bemerkte, dass sich zwei ernsthafte Kerben in die Kurven ihres Hinters gruben. Ständig schaute sie auf ihr Handy, ob Novie eine Nachricht geschickt hatte, aber entweder benahm Shiva sich bestens oder das Weihnachtsgeld würde ein hoher sechsstelliger Betrag. Mina und Luis spuckten sich weiter ihre Ansichten über die Identitätspolitik ins Gesicht und beschimpften sich gegenseitig als Rassisten, ihre Stimmen wurden lauter und leiser, leiser und lauter, und Seema fühlte sich ausgeschlossen, einsam gar. Doch als sie aus dem Restaurant traten, flüsterte Mina ihr zu: »Na, das ist doch mal was.«

»Was?«

»Ich finde ihn *mega*«, sagte Mina. Das bedeutete in Williamsburg wahrscheinlich »toll«.

»Willst du mich verarschen? Ich habe vorhin auf dem Klo schon eine Entschuldigung an dich geschrieben.«

»Er ist genial.«

Seema küsste ihre Freundin auf die scharlachrote Wange. Später schrieb sie Luis wegen Mina, und er antwortete »Sie ist okay«, was von seiner Seite das höchste Lob war.

In dieser Nacht lag Seema in dem Bett, das sie einmal mit

ihrem Ehemann geteilt hatte, ein Glas des japanischen Whiskys für dreiunddreißigtausend Dollar die Flasche in der Hand, den sie aus Barrys Whiskyhöhle befreit hatte. Das hatte sie verdient. Seit sie Luis kannte, hatte sie ihre Fantasien und Vorstellungen sehr im Zaum gehalten, aber heute gab es kein Halten mehr. Er würde seine Frau verlassen, das war offensichtlich. Er würde Shiva einfach als Teil der *condition humaine* betrachten, als »anders, nicht als geringer«, wie es die berühmteste Autistin der Welt, Temple Grandin, ausgedrückt hatte, und Arturo, der extrovertierte Dreijährige, würde sich Mühe geben, seinem fordernden neuen Geschwisterkind ein guter Bruder zu sein. Sie würde mit Luis noch ein Kind bekommen, sein relativ frisches Mittdreißigersperma würde sich problemlos mit ihren Eizellen verbinden. Dann hätten sie jeder ein Kind aus der vorigen Ehe und ein gemeinsames. Seema fuhr mit der Zunge über die Zähne. Sie musste zugeben, dass sogar die Herzmuscheln oder wie die Dinger hießen sehr lecker geschmeckt hatten, wie Sex in einem Hotel in San Sebastian. Vielleicht würde sie wieder anfangen zu arbeiten, aber auf jeden Fall brauchte sie den besten Scheidungsanwalt, der jemals an einer der vierzehn juristischen Spitzenfakultäten sein Examen abgelegt hatte. Egal, was Luis verdiente, es würde nicht reichen, und sie konnte sich schlicht nicht vorstellen, sich ein Leben lang mit Sorgen und Leid und größter Mühe an die obere Mittelschicht von New York zu klammern. Oh Gott, was war bloß los mit ihr? Ihre Hand fand den Weg zu dem Zellknäuel oberhalb ihres Schambeins. Ja, und da war es.

Seema hatte immer Mann und Kind haben wollen, die sie im Arm halten konnte. Familie war eine Sache von körperlicher Nähe. Als sie noch klein waren, hatte ihre jüngere Schwester Shilpa es herrlich gefunden, die Arme der Schwester um sich zu spüren. Seema hatte sich gern an den männlich-herb duftenden Hals ihres Vaters geklammert, wenn sie in ihrem kleinen Haus in University Heights huckepack spielten. Die Sommerferien der Highschool-Zeit hatte sie in Bombay verbracht, wo die Nähe aller anderen ihr wie unmittelbare Schwesternschaft vorkam. Barry hingegen bekam immer total klaustrophobische Anfälle, wenn sie ihn umarmen wollte. Die Paartherapeutin, zu der Seema ihn mal geschleift hatte, eine stämmige jüdische Frau in einer Kellerpraxis an der Central Park West, hatte die Vermutung geäußert, dies könne auf eine ähnliche Diagnose bei Barry hindeuten. Er führte tatsächlich Buch darüber, wie viele Sekunden jede Uhr seiner Sammlung täglich vor- oder nachging. Das *musste* doch auch im Spektrum liegen! Was Shiva anging, so durfte man ihn nur mit einer weichen Pferdehaarbürste berühren, mit der er morgens nach dem Aufwachen und abends vor dem Einschlafen reguliert wurde – und jedes Mal, wenn er ausrastete. Seema sehnte sich so sehr nach der einfachen Freude, den Jungen im Arm zu spüren. Wenn sie das könnte, würde sie da Luis überhaupt brauchen? Sie unterdrückte die Frage und trank den Whisky aus. Entschuldigung, flüsterte sie der unglücklichen Kreatur in ihrem Inneren zu.

Am nächsten Tag traf sie Julianna im Foyer. Arturo hopste mit einer handgemachten Truthahnpuppe um sie herum. »Hallo, Tante Seema!«, rief er. Wie konnte er nach einer einzigen Begegnung bloß ihren Namen behalten haben? Als das Kindermädchen der Goodmans nach unten kam, um Arturo abzuholen, schlang er tatsächlich wie im Film die Arme um die Frau. Er hielt den Blickkontakt so unbeirrt, dass es fast schon unheimlich wirkte.

»Wollen wir zusammen zu Mittag essen?«, fragte Julianna. Sie wirkte gestresst, vielleicht von der Arbeit, auf die ihr fades Outfit von Theory hindeutete. Sollte eine Ärztin nicht medizinischer gekleidet sein?

Gegen jeden gesunden Menschenverstand beschlossen sie, im Freien zu essen, in diesem libanesischen Wrap-Lokal an der Ecke Broadway und Fifth Avenue, direkt neben dem Trubel von Mario Batalis Eataly. Julianna zog die Jacke aus und warf sie über den billigen Metallstuhl. Ihr Körper war minimalistisch. Hatte Luis es lieber so? Im Bett hatte er das Gegenteil behauptet.

»Ich mache mir Sorgen wegen Arturo«, sagte Julianna.

»Soll das ein Witz sein? Er ist doch ein Traumkind. Er kennt den ganzen Text des Hummellieds.« Das war eine versteckte Aggression. Sie hatten Beiruter Kichererbsensalat und Wasser bestellt. Einen Meter neben ihnen blieben Touristen stehen und brachen sich fast das Genick, um am Flatiron Building hinaufzuschauen, das wie aus einer anderen besseren Zeit hierher versetzt zu sein schien. Gelbe Taxis und Doppeldeckerbusse hupten einander an, und ein sommerlicher Duft nach Grillfleisch hing in der Luft. »Er ist kontaktfreudig. Sicher, das ist wichtig. Aber kognitiv hinkt er hinterher. Na ja, nicht direkt hinterher, aber er ist gerade mal unter den oberen zehn Prozent.« Seema gab sich größte Mühe, sie nicht zu hassen, doch es war unmöglich. Die Beiruter Kichererbsen schmeckten nicht authentisch.

»Sie wissen ja, wie schwer es ist«, sagte Julianna. »Wenn er nicht gut abschneidet, kann man Hunter vergessen, Ethical Heritage auch, dann geht es *vielleicht* noch um Bright and Happy Schoolhouse. Und was ist deren HYPMS?«

»PMS was?«, fragte Seema unschuldig.

»HYPMS. Harvard, Yale, Princeton, MIT, Stanford. Die guten Schulen können einem sagen, wie viel Prozent ihrer Vorschulklasse es später an eine dieser fünf Universitäten schaffen. Brearley's hat siebenunddreißig Prozent. Das ist allerdings eine reine Mädchenschule. Also, ich will mich ja gar nicht wie eine dieser Manhattan-Mütter anhören. Ich will nur, dass er alle Möglichkeiten hat.«

Möglichkeiten. War es dieser Teil der Gesellschaft – die ziemlich Wohlhabenden, aber nicht Reichen –, aus dem sie sich durch die Heirat mit Barry verabschiedet hatte? Wenn ja: Halleluja! »Ich habe an der Michigan University studiert«, sagte Seema. »Und aus mir ist auch was Anständiges geworden.« Julianna starrte sie an und wusste offensichtlich nicht, was sie sagen sollte. *Michigan*, sagten die Augen fassungslos.

»Und von da bin ich nach Yale gegangen und habe Jura studiert. Sehen Sie, es findet sich alles.«

Julianna lächelte. »Ich weiß«, sagte sie. »Es gibt viele …«, sie suchte nach dem richtigen Wort, »… Pfade. Danke, dass Sie sich die Zeit nehmen, mit mir zu reden. Das beruhigt mich sehr. Wir Einwanderer …« Im Gegensatz zu Luis verbot sie sich, Seema zur Immigrantin zu erklären. »Wenn man einen bestimmten Hintergrund hat, na ja, dann hört es einfach nie auf, oder? Eltern.« Ein großer Getränkelaster von Poland Spring war mit abgewürgtem Motor auf der Kreuzung stehen geblieben, und Taxifahrer reckten sich aus ihren Fahrzeugen, um ihn anzuschreien.

»Wollen Sie und Luis noch mehr Kinder haben?«, fragte Seema, obwohl die falsche Antwort sie umbringen würde.

»Ha«, antwortete Julianna. »Als wäre in New York eins nicht schon eins zu viel.« Seema nickte zustimmend. Inzwischen begriff sie ein bisschen, was Luis an ihr mochte oder jedenfalls der leicht gestresste Luis, der sich einen Dreck um Kindererziehung scherte. Seema müsste mehr Freundinnen finden, aber vielleicht nicht gerade die Frau ihres Geliebten. Sie hatte das eigenartige Gefühl, Julianna Shivas Diagnose anvertrauen zu können, und vielleicht war das eine Möglichkeit, sie indirekt auch Luis zukommen zu lassen. Aber nein, das musste sie ihm persönlich sagen. Sie musste sein Gesicht dabei sehen. »Und außerdem«, fuhr Julianna fort, »arbeite ich gerade sehr viel im Bereich Epidemiologie in Brasilien, darum wäre jetzt vielleicht nicht der beste Zeitpunkt, schwanger zu werden.«

Seema kaute auf ihren letzten gebratenen levantinischen Kichererbsen herum. Ihre neue Freundin bekämpfte das Zika-Virus. Sie stand an vorderster Front einer globalen Krise, so wie Seemas kleine Schwester, die Ärztin ohne Grenzen, auch wenn Shilpa bloß als praktische Ärztin in Nepal unterwegs war. (»Na toll, Nepal, da bist du ja fast wieder da, von wo deine Großeltern mal aufgebrochen sind«, hatte Mom gesagt, als sie von Shilpas Einsatzort erfuhr.) Und Julianna hier machte sich Sorgen, weil die kognitiven Fähigkeiten ihres Sohnes nur zu neunzig Prozent perfekt waren, während sie zwanzig Stunden am Tag daran arbeitete, die Apokalypse in Schach zu halten.

Seema griff nach ihrem Telefon. »Ich will dich in mir, morgen«, schrieb sie Luis.

»Okay«, lautete die augenblickliche Antwort.

Und dann: »8 Uhr früh? Gramercy?«

»Also«, sagte Julianna und nahm ihr eigenes Handy. »Ehe wir um die Rechnung bitten, verabreden wir einen Termin für unsere Jungs zum Spielen.« Sie ging ihren Kalender durch. »In Arturos Gruppe sind nur Mädchen, was zwar ganz süß ist, aber er muss auch mal mit Jungs spielen. Wie heißt es noch? Ein bisschen *rangeln*?«

Julianna scrollte durch ihre Termine. Seema wusste nicht, was sie sagen sollte, aber irgendwas musste sie sagen.

»Klar«, antwortete sie.

Als Seema nach Hause kam, zog sie die Bluse aus und warf sie in den Eingangsflur, wo Jamilla oder das neue Mädchen sie aufsammeln konnte. Nur in BH und Jeans ging sie zur Küche und sah Shiva vor dem Geschirrspüler sitzen. Er drehte den Schalter für die verschiedenen Spülgänge, TROCKNEN, ÖKO-TROCKNEN, SCHNELLTROCKNEN, dann die Spülzeit in

Minuten, 30, 60, 90, 120. Jedes Piepen des Geräts, jede Veränderung des Displays faszinierten ihn. Der Blickkontakt zwischen ihm und der LCD-Anzeige blieb unbeirrt, die Verbindung zwischen ihm und dem Geschirrspüler war so vollkommen, dass der Rest der Welt gar nicht zu existieren brauchte.

Auch Novie war in ihrer eigenen Welt und wusch Shivas Trinkbecher mit der Hand ab, denn wenn es um das Geschirr ihres Schützlings ging, war sie mit der Spülmaschine nicht zufrieden. Dann füllte sie die Becher mit Milch und Wasser und sang dabei ein Kirchenlied, wie Seema glaubte, weil die Melodie ihr so vertraut und fremd zugleich war. Seema liebte Novie. Sie hätte leicht eine andere Stelle mit ähnlicher Bezahlung bei einer weniger verkorksten Familie finden können, und doch war sie geblieben.

Seema stand unschlüssig an der Küchentür, ohne dass Kind oder Kindermädchen ihre Anwesenheit bemerkten. Sie hielt mit beiden Händen ihren nackten Bauch, diese fremde Zellmasse, und stellte sich vor, wie sie wohl zu viert wären: sie, Novie, Shiva und vielleicht noch ein Junge im Spektrum, noch ein Shiva. Einen Moment lang war sie von dieser neuen Liebe erfüllt. Dann atmete sie die ganze melancholische Wärme aus und nahm ihr Tagwerk wieder auf.

7 DAS GLÜCK KOKURAS

Barry versuchte sich zu konzentrieren, aber worauf? Formen begannen sich zu materialisieren. Kreise. Dreiecke. Drei Bilder in unerhört grellen Farben. Das war dieser schnörkelige Aids-Maler aus den Achtzigern. Eine Zahl purzelte in seinen Kopf. Über die er mal mit Seema in einer Galerie gesprochen hatte. 1,8 Millionen. Okay. Er lag auf einem Bett. Er war hungrig, aber gleichzeitig über den Hunger hinaus. Er drehte den Kopf. Zeitschriften waren auf einem Nachttisch ausgelegt: ein Bentley-Magazin, ein Patek-Philippe-Magazin und ein *National Geographic.* Er ließ den Blick rasch durch den Raum schweifen. Der Rollkoffer mit seinen Uhren, Shivas Häschenspielzeug und sein Pass waren ordentlich am Fuß des Bettes aufgereiht. Daneben stand ein gläserner Couchtisch und darauf eine Flasche Fiji-Wasser, ein Schraubglas mit gesalzenen Mandeln und vertraut aussehende Tafeln Chocolat Madagascar mit siebzig Prozent Kakao. Barry kroch über das Bett zum Couchtisch und stopfte sich das Essen in den Mund. Die Mandeln und die Schokolade knirschten süß und salzig und bitter über seine Zunge, er goss das Wasser hinterher. Er rülpste heftig, und sein ganzes Wesen erwachte wieder zum Leben.

Die Lampen und die Jalousien waren alle von Lutron, in einem kleinen Wandschrank war das unvermeidliche Crestron-Equipment zur audiovisuellen Unterhaltung untergebracht, darum verstreut Schuhkartons für Sneaker von Lanvin. Er pinkelte sich die Seele aus dem Leib in eine Porcelanosa-Toilettenschüssel. Die Handseife war von Molton Brown. Er war eindeutig dem Greyhound entronnen und wieder in der Hedgefonds-Welt.

Dieses Gästezimmer, wenn es denn eines war, hatte jemand viel besser kuratiert, als es Seema zu Hause gelungen war. Jeff Park musste klug geheiratet haben.

Barry trug ein T-Shirt, auf dessen Brust GEORGIA AQUARIUM stand, darunter das Foto eines Walhais. Jemand hatte ihm das Vineyard-Vines-Hemd ausgezogen. Auch die Frau von Park? Barry drückte auf den Lutron-Knopf, um die Jalousien hochzufahren, und Atlanta erschien vor seinen Augen, der Wolkenkratzer von Wells Fargo und BB&T, aber auch ein paar alte Satellitenantennen wie von RKO und ein zutiefst nichtssagendes Bauwerk aus den Siebzigern, das sich als Geschäftszentrale von Coca-Cola erwies. Er sah, wie reich die Stadt immer noch an wenig bis gar nicht genutzten Flächen war, riesige Bauplätze, die nach Apartmenthäusern oder Hotels schrien. Barry schaute sich nach seinen Sneakern um, doch sie waren nicht da. Er war schon öfter in fernöstlichen Haushalten gewesen und kannte ihren Krieg gegen Schuhe.

Ein Flur aus kühlem Marmor öffnete sich zu einem riesigen Wohnraum, und dort überkam Barry der alte Neid aus Hedgefonds-Zeiten, von vor der Greyhound-Fahrt. Das Wohnzimmer war palastartig, wie das Foyer eines bescheidenen New Yorker Museums. Riesige goldene Lampen hingen von der Decke, die mindestens sechs Meter hoch war – er kannte die Firma, die sie produzierte, Seema gefielen die Objekte, aber ihre Decken in Manhattan waren nicht hoch genug. Ausgehend von den Maßen des Wohnzimmers schätzte er die Wohnung auf mindestens vierhundert Quadratmeter. Und das bei einem Typen, den Akash Singh bei This Side of Capital gefeuert hatte, der seinen Schreibtisch innerhalb einer Stunde hatte räumen müssen, während ein Wachmann in der Ecke stand und jede seiner Bewegungen beobachtete. Er versuchte, sich damit zu trösten, dass die Immobilien in Atlanta, selbst in seinen goldenen Boomzeiten, nie mehr als ein Drittel des New Yorker Preises kosteten. Also gut, sagen wir rund vierhundert Quadratmeter zu einem Quadratmeterpreis von fünftausendfünfhundert, wie viel wäre das, zwei Millionen zweihunderttausend? In New York galt alles unter fünf Millionen nicht mal als Luxus.

Vertieft in seine Immobiliengedanken hatte Barry die sportlichen Atemzüge des Besitzers gar nicht bemerkt, der in der Mitte des lichtdurchfluteten Raumes eine beeindruckende Reihe von Liegestützen absolvierte. Jeff Park hatte immer noch volles ostasiatisches Haar und trug schwarze Sportfunktionskleidung, in der man womöglich tiefseetauchen oder zum Mars reisen konnte. Irgendwann bemerkte Jeff Park, dass sein ehemaliger Arbeitgeber einen Schatten auf ihn warf. Er sprang mit der jugendlichen Kraft eines Dreißigjährigen vom Fußboden hoch. »Barry«, sagte er, »du lebst!«

Barry schüttelte eifrig die Hand seines Gastgebers. Volles Haar, kein bisschen zurückgehendes Zahnfleisch, Liegestütze mitten am Tag. Jeff Park hatte in Cornell studiert, wenn sich Barry recht erinnerte, aber nicht Lacrosse gespielt. Ein sportlicher Streber mit gutem Geschmack und lässigem Stil. Man sollte ihn wie einen potenziellen Investor behandeln. Barry war bereit, einen kleinen Princeton-Doppelschritt hinzulegen, eingeleitet mit einem perfekt darauf abgestimmten Freundschaftssatz.

»Jeff, zuallererst möchte ich mich bedanken«, sagte er. »Du hättest mich nicht in deinem Haus willkommen heißen müssen.«

»Ich bin bloß froh, dass wir keinen Krankenwagen brauchten«, sagte Jeff Park. »Allerdings habe ich meinen Hausarzt herbestellt.«

»Dem kannst du wieder absagen«, sagte Barry. »Ich fühle mich besser als je zuvor. War bloß ein niedriger Blutzuckerspiegel. Aber mal im Ernst. Du bist ein ganz feiner Kerl. Wo ist deine bessere Hälfte?«

»Ich suche leider immer noch nach der perfekten Frau.«

»Und du hast diese Wohnung ganz allein eingerichtet?«

»Bekenne mich schuldig. Komm, ich mache dir einen Leichenwecker.« Sie gingen zu einem Wohnbereich, wo ein Regal voller Cîroc-Flaschen auf Entspannung hinwies. Jeff Park schenkte ihm ein Glas sprudelndes deutsches Mineralwasser ein. »Du musst Flüssigkeit tanken«, befahl er. »Ich möchte, dass du dieses H_2O austrinkst, bevor du harte Sachen anrührst.«

Jeff Parks Leichenwecker war eine, wie der Name versprach, unfassbar starke Mischung aus Cognac, Calvados und Wermut, im Martiniglas serviert. »Herrgott«, sagte Barry, nachdem er den Drink geleert hatte. Vage Erinnerungen an Downtown-Bars stiegen in ihm auf: Jeff Park vertrug Alkohol wirklich gut.

»Also, was ist los, Barry?«, fragte Jeff Park. »Auf der Durchreise? Oder wolltest du mich besuchen kommen?« Er hatte eine Flasche zwanzig Jahre alten Yamazaki hervorgeholt und servierte ihn pur, ziemlich dekadent für dreizehn Uhr siebenundzwanzig. Womit zum Teufel verdiente Jeff Park sein Geld? Bei This Side of Capital war er mit null rausgegangen.

»Das hört sich jetzt ziemlich verrückt an«, sagte Barry.

»Mm-hm.«

»Ich mache eine Reise. Eine Reise mit dem Bus.« Barry wusste, irgendwann musste er seine Flucht von This Side of Capital auch Leuten seiner Klasse gestehen. Er wusste, die Nachricht von seiner »Pleite« schlüge in der inzestuösen, blutrünstigen Welt, aus der er kam, sofort hohe Wellen. Doch er bezweifelte, dass sie irgendwen wirklich überraschen konnte. Die Menschen in seiner Welt fielen gern mal aus dem Rahmen. Ein Fonds war im Grunde eine Sekte mit eigener Bibel, einem Ritus der Gedankenkontrolle und dem Lobpreis der Macht. Ein Typ, so ein Quant-Trader von einem anderen Fonds auf dem Weg zum Milliardär, spielte zum Beispiel Klavier in einer drittklassigen Bar und ließ dabei einen Hut rumgehen. Genau wie die erste Fußfessel oder die vierte Scheidung war der gelegentliche Bruch mit dem Alltäglichen ein wichtiger biografischer Baustein für jeden Fonds-Titanen.

»Was ich alles gesehen habe«, sagte Barry und erzählte Jeff einige seiner bisherigen Abenteuer.

Jeff Park schien interessiert. Er schenkte frische Drinks ein, bestand allerdings darauf, dass Barry seinen mit Wasser begleitete. »Klingt ein bisschen so, als würdest du eine Version von *Unterwegs* nachspielen«, sagte Park. »Dieser einäugige Mexikaner, der an deiner Schulter eingeschlafen ist.«

»Haargenau!«, rief Barry. »Genau das habe ich auch gedacht, als es passierte.« Kein Wunder, dass er Jeff Park als Gastgeber gewählt hatte – dessen literarisches Feingefühl ging weit über das seiner meisten Kollegen hinaus. An der Cornell bekam man wirklich eine gute Ausbildung.

»Früher bin ich immer mit dem Greyhound nach Savannah gefahren, um die Familie meines Onkels zu besuchen«, sagte Park. »Da haben uns alle angeschaut wie Außerirdische.«

»Mich starren *auch* alle an wie einen Außerirdischen!«

»Du bist irgendwie auch einer, Barry.«

Das betrachtete Barry als höchstes Kompliment. Er fand einen Draht zu seinem ehemaligen Angestellten. Sie würden Freunde werden. »Stammst du ursprünglich aus dieser Gegend?«

»Ja. Ich bin wieder hergezogen, um mich um meine Eltern zu kümmern.«

»Und deine Eltern sind, ich würde mal sagen, aus China?«

»Beinahe.«

»Meine Frau ist aus Indien.«

»Stark.«

»Du solltest auch heiraten!« Barry hatte vollkommen vergessen, dass bloß noch ein Team von sieben Anwälten zwischen ihm und dem Ende seiner eigenen kaputten Ehe stand, um mal das Lieblingswort seines Vaters zu verwenden. Vielleicht hatte dieser nette Jeff Park in New York keine Frau zum Heiraten finden können. Und so hatte er die Suche aufgegeben, nur um sich um seine Eltern zu kümmern. Diese Einwanderer! Barry wollte ihm erzählen, dass seine eigene Mutter gestorben war, als er fünf war, aber so weit waren sie noch nicht. Er betrachtete sein Glas Yamazaki, während Atlanta vor den getönten raumhohen Fenstern brutal gleißte. Er verspürte den überwältigenden Impuls, Jeff Park zu helfen. Seemas Freundin fiel ihm ein, die Ostasiatin aus Brooklyn. Tina? Lena? »Ich habe mein Handy weggeworfen«, sagte Barry.

»Das ist wirklich unglaublich«, sagte Jeff Park.

»Kann ich mal was auf deinem Computer nachschauen?«

Ein Laptop wurde ihm zur Verfügung gestellt. Von dort, wo er sich jetzt befand, kam ihm die Welt des Internets so weit entfernt vor. Trotzdem öffnete er Seemas Facebook-Seite. Seit Ewigkeiten keine neuen Posts mehr. Seema war nicht sonderlich aktiv in den sozialen Medien, was er besonders an ihr mochte. »Sind das deine Frau und dein Kind?«, fragte Jeff Park.

Das Profilbild in der Bildschirmecke zeigte Seema, die Arme fast um Shiva gelegt, hinter ihnen der Rohbau seines Fünfhundertfünfzig-Quadratmeter-Kolonialstilhauses in Rhinebeck. Shiva schaute zur Seite, aber auf sehr intelligente Art, sodass das Ganze wie ein Porträt der Normalität, vielleicht der Frühreife aussah, und Seemas schönstes Bollywood-Lächeln erhellte die Landschaft ohnehin besser als jeder Sonnenstrahl. Ihr Dekolleté war offen, bereit, golden.

»Was für eine herrliche Familie du hast«, sagte Jeff Park. »Als ich für dich gearbeitet habe, wolltest du gerade heiraten, glaube ich. Dieser Junge. Diese Augen.«

»Ja«, sagte Barry, und seine Hand erstarrte über der Tastatur. Ein Lied aus der *Sesamstraße* ertönte in seinem Kopf. *K wie*

Keks, das reicht mir schon. »Aber eigentlich wollte ich dir das hier zeigen«, sagte er. Er scrollte Seemas Freundesliste durch und suchte nach einer Asiatin. Eine hielt er schon für den Volltreffer, aber dann stellte sie sich als diese schreckliche Ärztin aus Hongkong heraus, Luis' Frau Julianna Yang-Goodman, im Bildhintergrund seltsamerweise die Christusstatue aus Rio de Janeiro. Er scrollte weiter und fand endlich die Richtige.

»Diese Frau hat *Feuer*«, sagte Barry. »Sie hat mir ins Gesicht gesagt, ich sei ein Trottel! Und ich glaube, sie ist ziemlich intellektuell, so wie du. Ach, und einmal hat sie in Brooklyn großartige chinesische Teigtaschen für uns gekocht. Ich wette, deine Familie fände sie toll.«

»Mina Kim«, las Jeff Park vom Bildschirm ab. »Nicht unbedingt mein Typ.«

Barry wollte das nicht glauben. »Aber sie ist Chinesin!«

Jeff Park starrte ihn an. »Ich stehe eher auf Südstaatenschönheiten«, sagte er.

»Oh.« Barry seufzte.

»Aber vielen Dank, dass du was für mich tun wolltest. Du bist wie diese Frau in *Anatevka*.«

Barry wusste ungefähr, was er meinte. *Jente, oh Jente, bring einen Mann.* Jeff Park war wirklich umfassend gebildet. »Ja, ich werde es mir zur Aufgabe machen, dich unter die Haube zu bringen«, sagte er. »So ein netter Typ wie du.«

»Ich habe ja gar nichts gegen die Damen«, sagte Jeff Park. »Ich habe diese Wohnung mit Blick auf sie gestaltet.«

»Wie das denn?«

Jeff Park führte ihn durch die Wohnung und fing bei einem riesigen Esstisch mit Glasplatte an. »Siehst du die Lampen?« Er zeigte auf ein Trio von Sputnik-artigen Kugeln, die über der spiegelnden Oberfläche hingen. »Die Frauen, mit denen ich mich verabrede, sind im Schnitt einen Meter achtundsechzig, zwei Zentimeter größer als das nationale Mittel. Ich habe eine

Tabelle erstellt mit allen Eigenschaften sämtlicher Frauen, mit denen ich je zusammen war. Superdetailliert. Wenn ich also Abendessen koche und die Frau hier steht, auf mich wartet, mit mir redet, vielleicht etwas trinkt, dann ist das Licht aus diesen Lampen genau auf ihrer Augenhöhe. Sie sieht besser, und ich kann ihren Glanz genießen.«

Parks Sorgfalt beeindruckte Barry. Eine Tabelle. Der Ruf der Männer aus der Finanzbranche war falsch. Sie waren eher *zu* aufmerksam und zugewandt. Er selbst ganz bestimmt. Aus einem speziellen Blickwinkel betrachtet hatte er seine Familie nur verlassen, weil ihm die emotionale Bandbreite fehlte, ihre besonderen Bedürfnisse zu befriedigen. Er musterte eine fregattengroße Couch. »Dieses Sofa hat die perfekte Höhe für eine Frau von eins achtundsechzig«, sagte Jeff. »Wenn sie sich setzt, ist die Sofakante direkt in ihrer Kniekehle.« Er forderte Barry auf, Platz zu nehmen. »Siehst du, bei dir ist eine Lücke von mindestens acht Zentimetern zwischen Kniekehle und Couch, du bist größer. Wärst du aber eine Frau von eins achtundsechzig, würde dein Bein perfekt anliegen.«

»Du triffst dich also nur mit Frauen dieser Größe?«

»Nun, es gibt schon eine gewisse Varianz«, sagte Jeff Park. »Vielleicht ein halbes Sigma. Der Schwanz soll ja nicht mit dem Hund wedeln. Aber größtenteils schon.«

»Du bist ein Romantiker«, sagte Barry. Jeff Park zuckte die Achseln und wurde rot. Er war nicht unattraktiv; seine Züge waren scharf geschnitten, seine Haut zu dunkler Vollkommenheit gebräunt. Die schwarze Sportkleidung ließ ihn wie eine glänzende Robbe in Menschenform wirken. Nur die Rolex Sky-Dweller an seinem Handgelenk war nicht nach Barrys Geschmack.

In der oberen Etage hatte Park ein luftiges Büro mit Blick auf den grässlichen Coca-Cola-Turm. Barry spürte einen Anflug von Leidenschaft, als er einen laufenden Bloomberg-Monitor sah. Bei Jeff Park war nur einer an, geradezu niedlich. Auf einer Glasplatte hatte er einige Trades aufgezeichnet, die Barry außerordentlich langfristig und vorsichtig erschienen, so eine Strategie um Alcoa und Dow. Nach einem raschen Blick auf die Zahlen schätzte Barry das verwaltete Vermögen auf fünfunddreißig Millionen, was im Bestfall wie viel einbrachte – ein paar Millionen im Jahr? Wahrscheinlich hatte er netto zehn bis fünfzehn Mille. Und davon konnte er leben. Und glücklich sein. Und Sofas kaufen, die sich eng an die Beine von Medium-Frauen schmiegten.

»Ich trade vielleicht zwei Stunden jeden Vormittag, und den Rest des Tages arbeite ich an mir«, sagte Jeff Park, als sie an seinem beeindruckenden wandfüllenden Bücherregal vorbeigingen, die meisten neu und eindeutig nicht meterweise gekauft. »Ich lese jedes Jahr mindestens hundert Bücher, und wenn ich im November bei, sagen wir, siebzig bin, dann nehme ich mir den Rest des Jahres frei, um aufzuholen. Den Frauen, mit denen ich zusammen bin, lese ich gern vor, Stücke von Beckett, Erzählungen von Tschechow, Sonette von Shakespeare. Glaub mir, in dieser Gegend können sie das gebrauchen.«

»Wunderbar, einfach wunderbar«, sagte Barry. »Genau das meine ich doch. Echte Weiterbildung. Ein Beruf und eine Berufung.«

»So viele Typen sagen: ›Ich möchte sterben, wenn mein Vermögen am größten ist‹, aber ich bestimmt nicht.«

»Eindeutig nicht.«

Jetzt führte Jeff ihn in ein Bad. Sie schauten auf den Doppelspiegel, der vor der Regendusche als Fernseher diente. Der Nominierungsparteitag der Republikaner in Cleveland war in vollem Gange. Ted Cruz sagte, er werde nicht Hillary wählen, aber auch nicht Trump unterstützen. »Ich bin früher immer im Trump Hotel am Columbus Circle abgestiegen, wenn ich in New York war«, sagte Jeff Park. »Nie wieder.«

»Ich bin gemäßigter Republikaner«, sagte Barry. »Gesellschaftlich liberal.«

Sie gingen nach unten, um sich neue Drinks zu holen. Jeff Park mixte sie jetzt aus rubinrotem Wodka und Seagram's Soda. Sie setzten sich an einen Tisch, der aus einer Scheibe eines riesigen Baumstamms gefertigt war. Auch dessen Höhe war so abgemessen, dass sich eine durchschnittliche Frau daran verführen ließ. Barry tastete die scharfkantige Borke am Rand ab. Er mochte diesen Landhausstil, der ein wenig nach Arts and Crafts aussah. So sollte auch sein Haus in Rhinebeck eingerichtet werden, wenn er es je fertig bekam. »Wer hat diesen Tisch gebaut?«, fragte Barry. Die Mischung aus Wodka und Soda schmeckte herrlich.

»Das ist japanischer Eukalyptus«, sagte Jeff Park. »Habe ich in Kokura gekauft. Er erinnert mich daran, wie viel Glück ich habe.«

»Kokura?«

»Hast du noch nie vom ›Glück von Kokura‹ gehört? 9. August 1945. Ein amerikanischer Bomber war auf dem Weg nach Kokura in Südjapan, um die Stadt zu bombardieren. Aber über der Stadt hingen an dem Tag zu viele Wolken. Darum wurde das Flugzeug umgeleitet. Nach Nagasaki.«

»Wow. Das war wirklich Glück.«

»Genau. Glück. Wäre ich in Bangladesch in eine Lumpensammlerfamilie hineingeboren worden, wäre dann irgendwas hiervon wahr geworden?« Er deutete mit ausladender Geste auf seine Vierhundert-Quadratmeter-Immobilie. »Meine Mutter hat als Hausangestellte in Buckhead gearbeitet, als sie herkamen. Ich erinnere mich noch an die Essensmarken mit den Zeichnungen alter weißer Männer beim Unterzeichnen der Unabhängigkeitserklärung. Die Worte darauf habe ich mir eingeprägt: ›U.S. Department of Agriculture Food Coupon‹. Wo sonst kann der Sohn einer Hausangestellten so weit kommen? Und darum werde ich mich auch immer um meine Familie kümmern. Darum werde ich immer in derselben Stadt leben wie sie. Ich muss für das Glück dankbar sein, das mir geschenkt wurde.«

Barry dachte an sein eigenes Verhältnis zu seinen Eltern. Natürlich hatte er keine Gelegenheit gehabt, sich um seine Mutter zu kümmern, aber zu seinem Vater glaubte er durchaus freundlich gewesen zu sein, ihm alles gegeben zu haben. Als er seine erste Milliarde verwaltete, hatte er Malibu Pools für vier Millionen Dollar aufgekauft, ungefähr für das Zehnfache des eigentlichen Werts, damit sein Vater endlich in Rente gehen konnte. Doch nach dieser Geste und nach dem offen rassistischen Verhalten seines Vaters Seema gegenüber bei ihrer Hochzeit war er dem Alten zumeist aus dem Weg gegangen. Einmal nur hatte er ihn in La Jolla in Kalifornien besucht, wo sein Vater mit seiner Freundin Neta wohnte, die er in einem zionistischen Online-Forum kennengelernt hatte.

Neta war mal Sozialarbeiterin gewesen und hatte zwei erwachsene Kinder in Los Angeles. Als sie Barry zum ersten Mal sah, drückte sie ihn sofort an ihren sommersprossigen Busen und zeigte ihm alle Einzelheiten ihres wunderschönen Gartens, wo sie und Barrys Vater den größten Teil ihrer Zeit damit verbrachten, Kaffee zu trinken und auf ihre Laptops zu starren. Ihr Haus, in den Vierzigern gebaut, war eine u-förmige Ranch, das Ideal einer kalifornischen Ranch, mit durchgehenden Kaminen, die immer zwei Räume heizten, wilden Bienenschwärmen in Pfefferbäumen, kleinen Gartenbeeten mit Perilla und Zwergrosen, zwei Dosenschildkröten und einem Kaninchen namens Sylvester, dessen bloße Anwesenheit Barry beinahe zu Tränen rührte, weil es ihn an sein schwieriges braunäugiges Häschen zu Hause erinnerte. Im Garten wuchsen Natalpflaumen, die Netas Kinder pflückten, auf die Straße warfen und zuschauten, wie sie von Autos überfahren wurden, und im Vorgarten Blutorangensträucher und Mandarinen und

Tangerinen und grüne Romantica-Rosen und rosa Pfefferkörner an den Bäumen und Magnolien und indische Heckenrosen, und inmitten dessen, was sogar die Bibel als den wahren Garten Eden hätte anerkennen müssen, saßen zwei ältere Menschen mit *Make-America-Great-Again*-Mützen und lasen stumm von den neusten Untaten gegen ihren gemeinsamen Genpool, die in den staubigen Hügeln und Tälern eines anderen Landes begangen wurden.

»Es tut mir so leid, dass dein Sohn Autismus gekriegt hat«, hatte Neta gesagt. »Hast du ihn impfen lassen? Das war bestimmt der Grund.« »Ich habe ihm gesagt, er soll ihn auf keinen Fall impfen lassen!«, brüllte sein Vater von seinem Sitz unter einem Pflaumenbaum. »Ich habe ihm den Link geschickt, dass somalische Moslems die Krankheit durch ihre Ärzte in Minnesota verbreiten lassen.« In weniger als sechsunddreißig Stunden war Barry wieder abgehauen. Fünf Monate später starb sein Vater an Bauchspeicheldrüsenkrebs.

Vielleicht war Jeff Park einfach ein besserer Sohn. Und vielleicht waren bessere Söhne auch bessere Menschen, und darum starben ihre Mütter nicht mit blutverkrustetem Gesicht bei Autounfällen.

»Aber das ist doch kein Glück«, kehrte Barry zum Thema ihres Gesprächs zurück. »Klar ist es hilfreich, nicht als Kind von Lumpensammlern geboren zu werden, aber dein Erfolg war doch in erster Linie das Resultat deiner harten Arbeit. Und der Entschlusskraft deiner Eltern, die sie hierhergebracht hat.«

»Betrachtest du dich denn nicht als Glückspilz?«

»Nicht eine Sekunde lang«, erwiderte Barry.

»Du hast einfach zufällig zur richtigen Zeit in der richtigen Branche gearbeitet. Keine Regulierung. So viel Fremdkapital von den Banken, wie man nur wollte. Und den Insider-Handel will ich gar nicht erst erwähnen, der einfach dazugehört, wenn man einmal in diesen Herrenclub aufgenommen ist.«

»Ich *glaube*, wir sind nicht Gegenstand einer Untersuchung«, sagte Barry, was nur heißen sollte, dass das FBI ihnen noch nicht die Tür eingetreten hatte. Jeff Park schaute ihn an. Wie viel konnte er wissen?

»Hey, ich will ja gar nicht schlechtmachen, was wir tun«, sagte Jeff. »Man braucht schon Grips. Aber Glück spielt so eine große Rolle. Du machst einen guten Trade, und die nächsten fünf Jahre lang nehmen dir die Leute alles ab.«

»Ich weiß nur, dass ich nie irgendwelche Privilegien hatte«, sagte Barry. »Ich hatte nicht mal das Glück, Einwanderereltern zu haben.«

Jeff Park lachte. »*Das* ist wirklich witzig.« Sie stießen an.

Barry lag ausgestreckt auf seinem Gästebett, und das Zimmer drehte sich um ihn. Er hatte jemanden gefunden, mit dem er reden konnte. Die Tage ohne Seemas Geplapper hatten ihm zugesetzt, doch jetzt hatte er wieder einen Freund, und noch dazu einen, der nicht ununterbrochen über Shivas Diagnose reden wollte. Er zog sein Walhai-T-Shirt vom Georgia Aquarium aus und überlegte, ob Jeff Park ihm wohl persönlich das Vineyard-Vines-Hemd ausgezogen hatte. Die Intimität wäre schon ein wenig schockierend, trotzdem gefiel es Barry. Er schämte sich nicht für seinen Körper.

Aber die ganze Sache mit dem Glück brachte ihn zum Nachdenken. Barry hatte sich immer als richtigen Selfmademan betrachtet. Sein Vater hatte zwar keine Essensmarken gesammelt wie die Familie Park, aber sich alle Handtücher billig über eine Quelle im Staatsgefängnis besorgt. Alle Handtücher, die Barry als Jugendlicher in die Hände bekam, waren zerfranst und mit der Aufschrift HUDSON CORRECTIONAL FACILITY versehen. Er brauchte drei davon, um nach dem Duschen trocken zu werden. Genügsamkeit war das Motto der beiden Cohens gewesen, mit ihrem depressiven Schäferhund in ihrer Backstein-Doppelhaushälfte am Little Neck Parkway, mit den Plastikstühlen auf der kleinen grünen Insel vor dem Haus und den dicken Sicherheitstüren gegen Einbrecher, die nie kamen. Die Dienstleistung seines Vaters für die Swimmingpools des Nassau County war saisonal beschränkt, und er schaffte nie genug für den Winter beiseite. Barrys erster Schwarm war mit Sicherheit die blonde Meerjungfrau auf den Thunfischdosen der Marke Chicken of the Sea gewesen, die sein Vater für einen Dollar bei Waldbaum's kaufte.

Auch Jeff Park hatte nicht immer nur Glück im Leben gehabt. Sechs Monate nach seiner Anstellung bei This Side of Capital, wahrscheinlich etwa ein Jahr vor seinem dreißigsten Geburtstag, hatte er in einer Excel-Tabelle ein Minuszeichen vergessen und negative Margen in positive umgewandelt, eine klare Verkaufsempfehlung in ein lautstarkes Kaufgebot. Bei dem Trade verloren sie dreißig Millionen pro Tag, und als er den Fehler bemerkte, waren sie schon hundertfünfzig Millionen in den Miesen. Ein simpler Fehler hatte den Fonds nahezu zehn Prozent seines verwalteten Vermögens gekostet. Im entscheidenden Augenblick war Barry nicht da gewesen, doch er hatte gehört, dass Jeff Park, als er merkte, was passiert war, das Bewusstsein verloren hatte und mit dem Kopf voraus in einen Starbucks-Becher auf seinem Schreibtisch gefallen war. Er musste mit leichten Verbrennungen und einer mittleren Gehirnerschütterung ins Krankenhaus eingeliefert werden. Der Schaden, den sein Ruf nahm, war allerdings noch schlimmer, und bald schon verbreitete sich das Gerücht, dass er unten in Florida Immobilien verkaufte. Über den realen finanziellen Verlust hinaus war das wirklich eine traurige Geschichte, obwohl manche Leute sich darüber totlachten. Aber nicht Akash Singh. Er sagte, von einem Asiaten hätte er derlei Nachlässigkeit niemals erwartet. Und jetzt lag Barry in Unterwäsche auf Jeff Parks Gästebett.

Es klopfte an der Tür. »Ja«, rief Barry. »Was gibt's?« Jeff Park wollte ihm mitteilen, dass es um sieben Uhr Abendessen gab. »Kann es kaum erwarten!«, rief Barry zurück, und das meinte er auch so.

Barry liebte Richmond, aber »Hotlanta«, wie die Einheimischen Atlanta gänzlich unironisch nannten, war auch ganz große Klasse. Sie fuhren in Jeff Parks Ferrari California spazieren, und einfache Arbeiter riefen ihnen an Straßenecken hinterher, wie geil sie das Auto fänden, oder pfiffen ihm nach, wie Bauarbeiter in Manhattan einer kurvenreichen Frau hinterherpfeifen würden. »A-haa!«, stöhnten sie und markierten Hüftstöße. Der Ferrari wirkte ein bisschen dick aufgetragen, so als hätte niemand Jeff Park das aktuelle Memo für das 0,1 Prozent der Superreichen geschickt: dass nämlich Erfahrungen jetzt der heiße Scheiß seien, anstelle von materiellen Dingen. Andererseits sammelte Barry Uhren, wem wollte er also was erzählen? Mit der Zeit hatten die Keramikbremsen von Jeff Parks Ferrari an Leistung eingebüßt, weil er zu wenig mit Höchstgeschwindigkeit gefahren wurde, und nach Angaben des Ferrari-Händlers war die einzige Lösung für das Problem, auf einer Ausfahrt vom Highway auf mindestens hundertdreißig Stundenkilometer zu beschleunigen und dann wie verrückt zu bremsen. Der Druck der Geschwindigkeit und das abrupte Ende erregten Barry. »Das ist wie Astronautentraining«, sagte er.

Sie fuhren durch Hipster-Viertel, vorbei an Hunderten von Craftsman-Häusern, manche auf kleinen Hügeln, andere direkt am Bürgersteig, und bei allen drückte sich farbkräftig der Geschmack des Besitzers aus, ein an der Veranda angebrachter Schmetterling oder ein prachtvolles Gefährt aus den Siebzigern, das im Zustand stilvoller Verwahrlosung am Bordstein stand. Jeff Park erklärte, dieses Viertel würde Old Fourth Ward genannt und der Hip-Hop, den sie hörten, sei von OutKast, einer lokalen afroamerikanischen Band oder Gruppe oder so.

In dem Restaurant, in dem sie zu Abend aßen, hingen eine Menge Jagdtrophäen an den Wänden, hauptsächlich Hirsche, aber auch eine Kuh und vielleicht eine Impala-Antilope. »Ich mag Hemingway«, sagte Barry. »Eins meiner Lebensziele ist, so jagen zu lernen wie er.« Außerdem standen Gläser mit Eingemachtem herum, vielleicht Okraschoten und grüne Bohnen. Er hatte noch nie so viele umwerfend aussehende Schwarze in einem Restaurant versammelt gesehen. In Richmond würde ein solcher Laden ausschließlich von Weißen frequentiert. Er stellte sich bereits vor, wie er dies mit Layla zusammen erlebte.

»Ich habe eine Tabelle mit den besten Restaurants in Atlanta angelegt, und dieses liegt an siebzehnter Stelle«, sagte Jeff Park. Für jemanden, dessen Karriere beinahe von einer Tabelle zerstört worden wäre, war Jeff Park immer noch ziemlich besessen davon. Vielleicht versuchte er so eine Art Excel-Amortisation. »Das Essen ist hervorragend, aber ich musste ihnen Punkte für den Service abziehen«, sagte er.

»Ich habe tagelang im Greyhound gesessen«, sagte Barry. »Ich habe von Schweineschwarten und Billigkaffee gelebt.«

»So als hättest du für uns alle gelitten«, sagte Jeff Park. Barry fragte sich, ob wohl viele Chinesen Christen waren.

Das Essen – mit Buttermilch, Schinkenspeck und Kartoffeln angemachter Salat, Welswurst an fermentierter Zitrone – funkelte ihm geradezu von den Tellern entgegen. Es schmeckte nach Südstaaten und zugleich auch progressiv, und genau so, stellte er sich vor, schmeckte Layla jetzt gerade. Er konnte kaum glücklicher sein. Sie hatten den teuersten Wein auf der Karte bestellt, einen Verschnitt aus Grenache und Syrah für hundertsechsunddreißig Dollar von Gott weiß woher, den beide akzeptabel, wenn auch ein wenig aggressiv fanden. Barry hätte gern noch eine zweite Flasche bestellt, wusste aber, dass er für das Essen bezahlen musste und nur noch etwa siebenhundert Dollar besaß. Er war froh, dass er im Bus so diszipliniert gehungert hatte. Jetzt kam es auf jeden Cent an. Er wünschte, er hätte noch Konten bei einer Bank wie Wells Fargo, die er jetzt anzapfen könnte wie ein normaler Mensch, doch sein ganzes Leben hing an der schwarzen Amex, der Rest lief über This Side of Capital und irgendeinen Rückversicherer auf den Caymaninseln. Die Rechnung belief sich auf dreihundert Dollar oder rund die Hälfte von Barrys aktuellem Vermögen.

»Der Laden steigt zwei Plätze in meiner Tabelle«, sagte Jeff. »Aber vielleicht liegt das auch nur an meiner Gesellschaft.« Er lächelte Barry an.

Barry spürte, wie er rot wurde. In arabischen Ländern durfte man die Hand eines männlichen Freundes halten. Das hatte er von Ahmed aus Katar gelernt, an einem sehr langen, verwirrenden und alkoholischen Abend im St. Regis. »Dreh doch noch mal OutKast auf«, sagte er, als sie wieder in den Ferrari stiegen. »Das ist echt clever.«

Sie fuhren zu einem Einkaufszentrum namens Ponce City Market in einem ehemaligen Fabrikgebäude, das genau wie der Chelsea Market in New York war, bloß in Atlanta. Sie stiegen zum Gleisbett der Hochbahn empor, jetzt ein Park namens BeltLine, der genau wie die High Line in New York war, bloß auch in Atlanta. Als sie den ehemaligen Gleisen folgten, baten zwei Frauen mit breitem Südstaatenakzent Jeff Park, sie mit ihrem Handy zu fotografieren. Er sagte, das wäre ihm »ein Va-*gnüüü*-gen«, und auch sein Akzent klang auf einmal wieder so, wie er sich früher angehört haben musste, bevor Cornell die Ecken und Kanten abgeschliffen hatte. Die Frauen hatten sehr wenig an und waren beinahe schön. Eine von ihnen, eine große Blonde, hatte einen Gipsverband am Bein, was er aus unerfindlichen Gründen attraktiv fand, die andere hingegen war jünger und lächelte ein wenig dümmlich.

»Die mit dem Gips ist ein gutes Beispiel für die klassische Südstaatenschönheit«, sagte Jeff Park, nachdem die Frauen weitergegangen waren.

»Das also ist dein Typ!«, sagte Barry. »Sollen wir umkehren und ihnen folgen? Du könntest sie auf eine Spritztour mit deinem Auto einladen. Das fänden sie bestimmt toll.«

Jeff Park zuckte die Achseln. »Weiß ich nicht«, sagte er. »Eher nicht.« Die Sonne ging unter, und die Luftfeuchtigkeit wurde unangenehm, aber Barry wollte einfach nur so weitergehen, bis tief in die Nacht hinein. Überall um sie herum wuchsen Gras und Bäume, gelegentlich war ein Stück Skyline zu sehen. Barry hatte schon drei verschiedene Skylines in Atlanta gezählt.

»Also«, sagte Jeff Park, »irgendwie muss ich das fragen. Auch wenn ich weiß, dass es vielleicht nicht dein Lieblingsthema ist.« Barry kam der Gedanke, dass Jeff Park womöglich irgendwie von Shiva und seiner Diagnose erfahren haben könnte. Er wollte seinen neuen Freund nicht anlügen müssen.

»Frag ruhig«, sagte Barry.

»Was zum Teufel ist mit Valupro passiert?«

»Oh«, sagte Barry. *»Das.«*

Valupro, möge es in Frieden ruhen, war ein Pharmaunternehmen gewesen, in das Barry sich vor vielen Jahren verliebt hatte, genauer gesagt direkt nach Jeff Parks Entlassung. Natürlich war er nicht der Einzige, die Hälfte der Hedgefonds-Manager, die er kannte, war ganz verrückt danach gewesen, aber Barrys Ständer war noch steifer als alle anderen, und irgendwann hatte er fast das halbe verwaltete Vermögen darin investiert. Valupro hatte Wert versprochen – das steckte ja schon im Namen: *Value* –, aber nicht den Kunden, deren Medikamentenrechnungen ins Uferlose stiegen, falls sie an einer exotischen, aber tödlichen Erkrankung des Steiß- oder Schambeins litten. Nein, ungeheure Geldwerte versprach das Unternehmen seinen Aktionären, und »Shareholder-Value« war Barrys Lieblingsausdruck.

»Wir sind eine Nation von Aktionären«, hatte er mehr als einmal zu Seema gesagt und seine Version des nüchternen, aber mitfühlenden Kapitalismus zu formulieren versucht. Als sie einmal, vor der Diagnose, neben Novie hergingen, die Shivas Kinderkarre über den Gehweg schob, hatte er sie beide angehalten und auf ein paar verschwitzte Gestalten gezeigt, die aus einer Filiale des Billig-Brokers Charles Schwab kamen. Dann hatte er den Satz Shiva vorgesprochen, der an einem Schnuller nuckelte und sich wenig dafür zu interessieren schien, ob wir eine Nation von Aktionären waren oder nicht. Auf seiner Greyhound-Fahrt war es Barry öfter mal durch den Kopf geschossen, dass er seine Mitreisenden zwar aus tiefstem Herzen liebte, ihnen aber in der Wahlkabine nicht trauen konnte, weil sie keine Aktionäre waren. Sie begriffen die Erregung, den Schmerz und die Verpflichtung nicht, die daraus erwuchsen, einen Teil ihres Landes zu besitzen.

Valupro jedenfalls wurde von einem charmanten, alkoholabhängigen Nebbich namens Sammy Yontif geleitet. »Moment mal, was ist ein *Nebbich*?«, fragte Jeff Park. Barry erklärte ihm, dass der jiddische Ausdruck einen furchtsamen, unterwürfigen Mann bezeichnete. Sein Vater hatte Nebbiche noch mehr gehasst als Schnucks und Schnorrer.

Yontif trug eine glasbausteindicke Brille und weniger Cargo-Shorts als vielmehr Cargo-Hosen und Cargo-Hemden, um seine Fettwülste besser zu verbergen. Er hatte ständig Zuckungen und wirkte wie der Chemielehrer mit Mundgeruch, den man damals an der Highschool einfach hatte mögen müssen, wenn man sein Teenagerherz nicht völlig verhärtet hatte. »Sie sind ein kluger Mann«, hatte Sammy Yontif Barry bei der ersten Begegnung angehaucht. »*Sie* wissen, was Werte sind.« Seit der Highschool hatte niemand Barry mehr klug genannt. Er war fasziniert und wollte wissen, wie das Geschäftsmodell von Valupro aussah. »Unser Geschäftsmodell geht so«, sagte Yontif. »Scheiß auf Forschung und Entwicklung. Scheiß drauf. Wir wollen keinen Krebs heilen, wir wollen nicht die Welt retten. Wir wollen für Investoren wie Sie Werte liefern.«

Werte liefern hieß, ausländische Pharmaunternehmen billig zu kaufen und sie dann zur Steuervermeidung zu nutzen. Das gefiel Barry außerordentlich. Sein Hass auf die Steuerpolitik seines Landes kannte keine Grenzen. Warum sollte man nicht stattdessen in Irland Steuern zahlen? Oder warum überhaupt Steuern zahlen? Barry fand es toll, wie wenig Yontif sich um Äußerlichkeiten scherte – dieser fette, hitzige Nebbich von Rutgers im Cargo-Hemd, den man in Princeton sicher gezwungen hätte, sich aufzuhängen. Seema und er und Yontif und seine üppige kroatische Freundin – von Seemas Güteklasse – verbrachten drei Tage auf einer Jacht vor Sardinien miteinander. Der Nebbich und die Kroatin tranken kistenweise Prosecco und übergaben sich dann gut gelaunt steuerbord. Seema, die mit Shiva schwanger war, fand das nicht witzig und verlangte irgendwann, per Helikopter aus dieser Hölle ausgeflogen zu werden. »In diesem Geschäft geht es um Beziehungen«, flüsterte Barry ihr immer wieder ins Ohr.

Valupros Wert ging den Rest des Sommers durch die Decke. Ahmed aus Katar machte den Eindruck, als würde er Barry jederzeit einen blasen. Und dann ging alles den Bach runter. Irgendwer plauderte. Die Gewinne waren größtenteils illusionär, die Täuschung entstand durch den Aufkauf anderer Unternehmen und alle nur erdenklichen Steuertricks. Ein Aufkaufmodell direkt aus dem Handbuch von Enron. Die Presse und die Politik stürzten sich auf die Tatsache, dass Valupro die Preise für irgendwelche lebensrettenden Diuretika in die Höhe getrieben hatte, und kaum hatte Barry begriffen, wie ihm geschah, saß sein hitziger Nebbich-Freund schon in einer

Entzugsklinik, nachdem er fünfzehn Millionen Abfindung kassiert hatte. Barrys Büroleiterin Sandy hatte das Unmögliche möglich gemacht und ihn tatsächlich in der Entzugsklinik ans Telefon bekommen, doch er konnte nur ein einziges Wort krächzen: »Werte.« Barry wollte zu seinem Freund stehen, zu diesem Kerl, der mit – gesellschaftlich gesehen – so wenig so viel erreicht hatte. Er hielt seine Aktien, und einen Monat später waren sie von fünfhundert auf fünfzig gefallen. Einen weiteren Monat später gab es keine Aktien mehr.

»Ich hätte nie mit Valupro gehandelt«, sagte Jeff Park. »Das Unternehmen war viel zu zwielichtig. Um ehrlich zu sein, habe ich die Aktien leerverkauft.«

»Ach«, sagte Barry. »Ich dachte, du machst nur langfristige Geschäfte.«

»Da konnte ich einfach nicht anders. Das war so ein leichtes Ziel. Genau das Gegenteil von Investitionen in Werte.«

»Halt mir bloß keine Warren-Buffett-Vorträge«, sagte Barry.

Die Männer gingen schweigend weiter. Sie waren an einem dicht bewaldeten Teil der BeltLine angekommen, wo man nur wenig vom Stadtleben sah oder hörte, und einen Augenblick lang hatte Barry das Gefühl, die Menschheit gänzlich hinter sich gelassen zu haben. »Darf ich dir einen Rat geben?«, sagte er. »Als Älterer?« Er wusste, die Chinesen verehrten ihre Altvorderen. War Jeff Park nicht genau deshalb in diese halb vorstädtische Stadt gezogen – um bei seinen Eltern zu sein? »Es gibt bessere Uhren als die Rolex Sky-Dweller. Sieht aus, als hinge dir ein russischer Oligarch am Handgelenk. So ein Bild von sich möchte ein kluger junger Mann wie du doch nicht vermitteln.«

Park lachte. »Autsch«, sagte er. »Da habe ich mit Valupro wohl einen Nerv getroffen. Tut mir leid, Mann.«

»Kennst du den Veblen-Effekt?«, fragte Barry.

»Klar.«

Das war schade, denn Barry hätte ihn zu gern erklärt. Wieso war es so schwierig, diesen schlanken jungen Mann zu betreuen und zu beraten? Die Welt war voll mit jungen Javons und Jeff Parks, die gegen die Weisheiten Älterer immun waren. »Ich will ja nur sagen, dass du deinen Geschmack anderen Menschen deines Formats anpassen solltest. Und nicht einer Südstaatenschönheit mit Gipsbein.«

»Was hast *du* denn am Handgelenk?«, fragte Jeff.

»Das ist eine F. P. Journe Octa Automatique. Journe stellt neunhundert Uhren im Jahr her. Rolex fast eine Million.«

Park hielt Barrys Handgelenk und betrachtete die Uhr. Seine Hand war warm und trocken, genau wie Seemas. »Mir gefällt, wie das Gelbgold der Stunden- und Minutenzeiger sich im negativen Raum ringsum verliert«, sagte er. »Das ist richtig cool.«

»Danke«, sagte Barry. Er lächelte. »Du hast ein gutes ästhetisches Empfinden.«

»Aber die Südstaatenschönheiten, die wir gerade getroffen haben, die wissen genau, was eine Rolex ist. Deine Uhr hingegen würden sie niemals erkennen. Womöglich würden sie denken, dass du sie am Flughafen gekauft hast. Eine Rolex von dieser Größe und diesem Gewicht zeigt nichts weiter als das Maß meines Ehrgeizes. So stelle ich meinen Wert aus.«

»Aber du musst doch auch eine Patek besitzen. Du bekommst ihre Zeitschrift.«

»Ich habe eine 1518 mit ewigem Kalender in Roségold.«

Wow. Barry seufzte. Diese seltene Uhr war womöglich so viel wert wie Jeffs Wohnung in Hotlanta. Er wollte sich für diesen jungen Mann freuen, der ihm gerade jetzt, wo er es nötig hatte, so sehr half. Doch stattdessen überkam ihn der Neid. Keine wütende Frau, kein autistisches Kind, keine drohende Vorladung, keine Wells-Benachrichtigung am Horizont, bloß zwei klasse Autos, eine Uhr mit siebenstelligem Wert und Zeit, so viele Bücher zu lesen, wie er wollte.

»Für mich ist das Entscheidende an der Valupro-Geschichte etwas anderes«, sagte Jeff. Sie kehrten allmählich zu dem ehemaligen Fabrikgebäude zurück, das jetzt eine Shopping Mall war. »Du hast versucht, mit jemandem Freundschaft zu schließen, der sich als schlechter Mensch entpuppt hat. Und als er dann abstürzte, hast du zu ihm gestanden.«

»Ja, aber diese Lektion hätte ich schon in der Schule lernen können«, entgegnete Barry.

»Glaub' mir, du bist nicht so moralisch verkümmert wie einige Menschen, denen ich im Lauf der Jahre begegnet bin.«

»Vielen Dank«, sagte Barry. »Das weiß ich zu schätzen.« Der Ferrari war in einer besonderen VIP-Zone geparkt worden, und jetzt rannte ein junger Mann los, um ihn wieder zu holen. »Würdest du die 1518 vielleicht morgen mal für mich anlegen?«, fragte Barry. »Ich würde sie gern *in mechanica* sehen.«

Mehrere glückliche Tage folgten. Mit großer Freude zeigte Barry Jeff Park seine Uhren, und dessen 1518 war wirklich prachtvoll. Tag und Monat wurden auf Französisch angezeigt, und die Mondphase glänzte so hell, dass sie wie die erste Zeichnung eines vollkommenen Kindes wirkte. Auch Jeff Park führte ein Uhren-Logbuch, natürlich in Form einer Excel-Tabelle, und Barry und er gingen einen Vormittag lang ihre Aufzeichnungen durch. Barrys Ergebnisse waren nicht gut. Die Omega Seamaster/Railmaster von der pakistanischen Luftwaffe ging statt der üblichen zwei Sekunden vier Sekunden vor. Die Patek 570 in Weißgold ging an einem Tag zwanzig Sekunden vor, fast doppelt so viel wie sonst. Doch wirklich traurig machte ihn die alte Tri-Compax. Nach nur einem Tag war sie drei Minuten hinterher. Vielleicht brauchte sie einen Ölwechsel, oder sie sank langsam ins Koma. Barry konnte auf dem Bloomberg-Terminal einen guten Uhrmacher in Atlanta suchen, aber er wusste nicht, wie lange er bleiben würde.

Am liebsten würde er bis ganz kurz vor ewig bleiben. Aber das war eine Frage des Geldes. Noch so eine Mahlzeit wie dieses Dreihundert-Dollar-Essen würde ihn ruinieren. Er überprüfte einige der Positionen von This Side of Capital auf dem Bloomberg-Terminal: Es war ein Massaker. Was für ein Loch würde dieser Mist in sein Privatvermögen reißen? Wer eine wirtschaftliche Bauchlandung hinlegte, überschrieb oft alles an seine Frau, aber das konnte er nicht, wenn er sich von ihr scheiden ließ.

Jeff Park hatte ihm sein anderes Auto geliehen, einen Bentley irgendwas, und ihm verraten, dass die üppige Lederausstattung des Innenraums sechs Kühe das Leben gekostet hatte. Das Ganze roch wie ein Mastbetrieb, doch das Schlimmste war der Benzinverbrauch von über fünfundzwanzig Liter auf hundert Kilometer, weshalb Barry vierzig Dollar an einer Sunoco-Tankstelle abdrücken musste. Er dankte Gott für die niedrigen Spritpreise. Andererseits kam überall in Atlanta, wo er den Wagen abstellte, sofort ein junger Schwarzer aus einem Geschäft gerannt und machte ihm Komplimente wegen des Wagens, bevor er ihn in der VIP-Zone direkt vor dem Laden parkte. Außerdem hörte er gern den Song von OutKast, bei dem der Leadsänger (Rapper?) sich bei Ms. Jackson entschuldigte, weil er *for real* war. Diese Art von Wissen konnte er im Greyhound sicher gebrauchen, um ein Gespräch anzufangen.

Er fragte sich, was wohl nötig war, um wieder Jeff Parks Mentor zu werden. Sandy hatte gesagt, Akash Singh betrachte ihn immer noch als Mentor, »beinahe als Vater«. Manchmal nahm er seine Patek 570 aus dem Behältnis und fuhr mit der Fingerspitze über die Gravur, »ein echter Anführer«. Vielleicht glaubten einige dieser Jungs immer noch an ihn – trotz des Valupro-Fiaskos. Er war mit ihnen bei Goldman erwachsen geworden, hatte sie dann abgeworben, um bei Joey Goldblatts Icarus Capital ein Team zu bilden, bevor er sich dann mit This

Side of Capital selbstständig gemacht hatte. Sie hatten zusammen gegessen, trainiert, Urlaub gemacht, und sie hatten auch zusammen fleischliche Freuden genossen.

Bei Icarus hatte Joey Goldblatt immer einen Plan von Manhattan, auf dem alle schmierigen Massagesalons deutlich markiert waren. Die Jungs machten viele Geschäfte gegenüber von FlashDancers, und gegen einen richtig schmutzigen Striptease hatte Barry gar nichts einzuwenden. Er war schließlich single. Aber diese Massagesalons verabscheute er. Vor allem an eine Nacht erinnerte er sich, als er mit seinem Team im Oriental Touch – oder war es das Seoul Cycle? –, gelandet war. Die Schäbigkeit des Ladens erschütterte ihn. Auf der Wand prangte irgendein asiatischer Vogel, ein Kranich, über einer Wasserfläche, den man einfach so hingekritzelt hatte, und ein Kalender von Korean Air. Besonders deprimierend war der Fluglinienkalender, weil der ihn glauben machte, dass diese Mädchen tatsächlich nach Hause zu ihren Familien wollten. Das Gesicht der ihm zugeteilten Frau würde er nicht in Erinnerung behalten, es bestand vor allem aus stark geschminkten Augen, doch er konnte keine körperliche Begegnung mit ihr ertragen. Stattdessen lagen sie in Unterwäsche nebeneinander auf einem Haufen Handtücher auf einer Matratze und schauten hinaus in einen Lichtschacht. Sie sprachen über Kunstgeschichte, was die Frau an einer eher unbedeutenden Universität Seouls studiert hatte. Sie machte ihm klar, wenn man in Korea nicht »in der ersten Mannschaft« spielte, dann landete man hier. Sie fragte ihn, in welchem Bereich der Finanzbranche er arbeitete. Sie hatte viele Typen von europäischen Banken als Kunden. Sie riet ihm, die Werke der japanischen Künstlerin Yayoi Kusama zu sammeln, auf die eigenartigerweise Joey Goldblatt ganz wild war. Er war bestimmt oft hier gewesen.

Die ihm zustehenden sechzig Minuten vergingen keusch. Es war schmerzhaft deutlich, wie sehr die Frau *nicht* mit ihm Sex haben wollte. So stellte er sich den freien Markt einfach nicht vor. Er versuchte nicht zu hören, wie seine Jungs nebenan zum Höhepunkt kamen, vor allem Akash Singh, der sehr, sehr laut war. Am nächsten Tag versammelte er sein Team und erklärte, er glaube nicht, dass es gut für sie sei, in solche Läden zu gehen. Sie wollten die Welt erobern! Eines Tages würde jeder von ihnen zehn Milliarden Dollar Vermögen verwalten. Da brauchten sie keine schmuddeligen Bordelle. Seine Jungs waren hauptsächlich entspannte Bros von der Duke und der Cornell, dazu ein paar freundliche Feudalherren in Ausbildung aus Princeton sowie zwei Inder von der CalTech. Er war höchstens fünf Jahre älter als sie, doch das machte eine Menge aus, wenn man so jung war wie sie. Die Jungs hörten auf ihn, und viele erkundeten daraufhin die Welt der kunsthandwerklichen Huren und das aufstrebende neue Bezahlmodell des »Sugardaddys«.

Im Lauf der Jahre nahm Barry seine Aufgabe als Moralapostel immer ernster und lenkte seine Jungs weg von bezahlten Freundinnen und in die Welt des Uhrensammelns und der moderaten republikanischen Politik. Er ermunterte sie, mit Damen von guten Frauenuniversitäten auszugehen, und spielte sogar Ehestifter, während sein eigenes Ehebett erkaltete. Als er This Side of Capital gründete, waren sie bis auf den unverbesserlichen Akash Singh alle verheiratet. Beim ersten Geburtstag seines Hedgefonds, eine Woche nach dem Einsteigen der Qatar Investment Authority, wodurch ihr verwaltetes Vermögen zwei Milliarden überstieg, kamen alle Jungs zusammen und überreichten ihm die Patek Philippe Calatrava mit der Gravur, die er jetzt vor sich sah. Bis zu Shivas Geburt war das der stolzeste Tag seines Lebens gewesen.

Barry hatte seit drei Monaten keinen Sex mehr mit Seema gehabt. Nachts träumte er oft von Layla. In einem Traum waren sie in einer Filiale der Wells-Fargo-Bank, und sie war völlig nackt. Die Bank hatte hinten ein Café, in dem Layla und er einfach in einer Tischnische saßen und Americanos tranken. Die Menschen, die mit ihren Einzahlungsquittungen vorbeigingen, nahmen kaum Notiz von Laylas langem, entblößtem Leib, der Mulde über ihrem Schambein, dem beharrlichen Haarbusch darunter, der schönen Tränenform ihrer kleinen Brüste. Ihre Nacktheit galt nur Barry. Sie schenkte sich ihm. Er küsste ihren trockenen Mund und legte die Hand um eine warme Brust, und die Menschen gingen auf dem Weg zu den Schaltern einfach an ihnen vorbei. Barry erwachte in einem Zustand der Geilheit, den er seit seinen ersten Nächten mit Seema nicht mehr erlebt hatte. Sein Mund schmeckte nach Lust, seine Hände zitterten.

An dem Abend, als Trump auf dem Parteitag sprechen sollte, überlegten Jeff Park und er, wo sie hingehen und sich die Übertragung anschauen könnten. »Es wäre lustig, einfach nach Buckhead zu fahren«, sagte Jeff. »Sich die reichen weißen Reaktionäre anzugucken. Ein bisschen mit der *Grand Old Party* abzufeiern.«

Sie fuhren im Ferrari California durch Buckhead und drehten *I'm sorry, Ms. Jackson* auf. Auf einer befahrenen Straße parkten sie vor der Beer Curve, an der ein Schild Kapuzen, weite Kleidung und Hosenbund unter der Taille untersagte. »Das sieht doch rassistisch genug aus«, sagte Jeff. Barry lachte, das Komplizengefühl machte ihn euphorisch. Hätte er sich vor wenigen Tagen vorstellen können, so etwas zu tun, als er in seinem Büro noch oberster Schreibtischhengst war?

Die Bar war eher eine Spelunke und infolge der Verbotsschilder draußen ausschließlich von Weißen frequentiert. Hier waren weiße Männer jeden Alters, manche in rosa Hemden wie Investmentbanker, andere mit Baseballcaps und ausgebeulten Jeans oder Arbeitshosen. Manche hatten ihre Frauen mitgebracht, die alle wie dieselbe Frau aussahen, aufgebrezelt und unscheinbar zugleich. »Auf kulturelle Vielfalt!«, und sie stießen mit ihren Miller Lites an. Barry schüttete seins in einem Zug herunter. *Ich trinke Miller Lite!*

Die Barfrau war Mitte zwanzig und hinreißend. Sie wirkte allerdings, als hätte man ihr noch nicht deutlich genug klargemacht, wie hinreißend sie war. Ihre Augen waren dunkler als die leckeren Bourbonpralinen von Maker's Mark, die Barry in Jeff Parks Kühlschrank entdeckt hatte, und ihre Haut hatte denselben Teint wie die von Barry. »Und wen wählen Sie?«, fragte Jeff sie, und seine Rolex Sky-Dweller in Roségold erhellte ein Fleckchen Bar um ihn herum.

Die Barfrau öffnete ihren hinreißenden Mund. Barry glaubte zu wissen, wie die Antwort lauten würde. Doch er lag falsch. »Ich *verabscheue* Hillary Clinton«, sagte sie. »Ich traue ihr einfach nicht.«

»Aber mal ehrlich!«, sagte Jeff Park. »Trump?!?«

»Gesellschaftlich bin ich eher liberal«, sagte sie. »Aber Trump wird die Wirtschaft wieder so auf Kurs bringen, wie sie sein soll. Hier in der Gegend wurden unter Obama nicht schnell genug Wohnungen gebaut.«

Diese Äußerung fand Barry eigenartig. Sie studierte ja nicht an der Emory University oder so. Sie stand in einer miesen Rassistenbar hinter der Theke. Barry war sicher der weltgrößte Verfechter des Trickle-down-Effekts, aber was hatte der Bau von teuren Wohnungen hier in Buckhead mit ihrer Lebenswirklichkeit zu tun?

Ein verdreckter alter Obdachloser kam in die Bar und sprach die Barfrau auf Spanisch an. Er reichte ihr eine Sonnenbrille, die er offenbar auf dem Parkplatz gefunden hatte. »Willst du Wasser oder Cola?«, fragte sie ihn.

»Cola«, krächzte er und mimte dann mit zwei Fingern Rauchen. Sie hielt ihm eine Handvoll Zigaretten hin. Er blieb gute fünf Minuten stehen und genoss seine Gratiscola, jeder Schluck gefolgt von einem Rülpsen, das seine Augäpfel erzittern ließ. Dann steckte er sich mit einem feuchten Streichholzheftchen eine Zigarette an, was noch einmal fünf Minuten dauerte, bis endlich eines anging.

»Das war aber sehr nett von Ihnen«, sagte Jeff Park zur Barfrau.

»Eduardo kommt ständig hier rein«, sagte sie. »Früher hat er seine Runde durch alle Bars in Buckhead gedreht, und die Leute haben sich um ihn gekümmert. Jetzt bin ich noch die Einzige.«

»Siehst du«, sagte Barry zu seinem Freund, »das ist das Tolle an Amerika. Man weiß nie, wer sich als guter Mensch erweisen wird.«

Die beiden wollten wissen, ob man in der Bar etwas zu essen bekommen könne, und die Barfrau gab ihnen die Bestellkarte von Domino's Pizza. »Ihr müsst die Philly-Cheese-Steak-Pizza probieren«, sagte sie. »Die könnte ich jeden Abend essen.« Jeff Park sagte so was wie, dass er sie gern jeden Abend mit ihr essen würde. Sie flirteten ganz nett miteinander.

Die meisten jungen Leute in der Bar redeten über Sport und ihre früheren athletischen Leistungen, aber dann kam ein Trio von rosa Hemden aus der Hitze draußen herein und drängte sich mit Barry und Jeff Park um den Fernsehschirm. »Ist das zu fassen, was bei dieser Wahl abgeht?«, fragte Jeff Park sie. Er hatte überhaupt keine Hemmungen, Leute anzusprechen. War das für ihn ganz natürlich, oder hatte er in seiner Jugend auch ganz eigene Freundschaftssätze geübt? Ein Chinese in den Südstaaten. War bestimmt nicht leicht.

»Trump wird einen Erdrutschsieg einfahren«, sagte der Anführer der Rosahemden. Er war der Typ Mann, mit dem Barry studiert hatte, bloß aus Georgia. »Jeder weiß, dass Hillary lügt. Die Leute oben in Ohio und Pennsylvania, die wissen es ganz sicher.«

»Ich bin ganz Ihrer Meinung«, sagte Barry. »Weniger Steuern, weniger Regulierung, das ist mein Motto. Ich habe, seit ich achtzehn bin, ausschließlich Republikaner gewählt. Obama war ein Albtraum für unser Land. Aber ich komme aus New York, und ganz ehrlich, Trump macht mir Angst.«

Kaum hatte Barry das gesagt, drehten sich die Rosahemden wie ein Mann um und verließen die Bar. Sie gingen einfach wortlos aus dem Laden. »Super gemacht«, sagte Jeff Park. »Gerade hast du die Trump-Jugend vertrieben.«

»Ist mir noch nie passiert, dass Leute mich einfach so stehen lassen«, sagte Barry. »Man hat mich immer den freundlichsten Typen der Wall Street genannt.«

»Vielleicht solltest du nicht in einem Satz verkünden, dass du aus New York bist und Angst vor Trump hast.« Jeff Park warf der Barfrau einen verführerischen Blick zu, als die ihnen zwei neue Miller Lite hinstellte. Die Philly-Cheese-Steak-Pizza von Domino's wurde von einem grauhaarigen schwarzen Herrn gebracht, der Atemwegsprobleme hatte. Barry schlug mit dem gleichen unstillbaren Hunger zu, mit dem er jetzt den Rest seines Lebens anging. In letzter Zeit hatte er vor allem Appetit auf Salziges.

Trump erschien auf dem Bildschirm. »Ich nehme die Wahl demütig an«, sagte er. Ein Trupp Hipster-Republikaner im Studentenalter hatte sich um Barry und Jeff geschart, um den Kandidaten zu bejubeln. Sie alle trugen dichte Vollbärte, doch ihr Haupthaar lichtete sich. Barry fürchtete sich, den Mund aufzumachen, weil sie sonst womöglich auch rausmarschierten. »Ich werde Hillary nicht wählen«, sagte einer von ihnen zu Jeff, der ihnen mit sanfter Provokation ihre Meinungen entlockte. »Das hat gar nichts damit zu tun, dass sie eine Frau ist, aber sie hat bewiesen, dass sie das Land nicht regieren kann.«

»Das klingt aber, als hätte es eine Menge damit zu tun, dass sie eine Frau ist«, sagte Jeff Park.

Als Trump seine Unterstützung für »den großartigen Staat Israel« verkündete, sagte der vollbärtigste der Trump-Jünger sarkastisch: »Na, das hat dir aber gerade Stimmen gebracht«, und der Rest seiner Truppe lachte. Wer waren diese Leute um ihn herum?, fragte Barry sich. Diese Barfrau, die umherstreifenden Mexikanern eine Cola ausgab, aber einen Mann wählen wollte, der sich über seinen behinderten indischen Sohn lustig machte?

Der Parteitag ging zu Ende, und die hippen Trump-Anhänger gingen, um es anderswo »noch ein bisschen krachen zu lassen«. Barry trank traurig. Die Bar füllte sich mit Männern in Cargo-Shorts, die ihre Biere seltsam schräg hielten, und Mädchen in sehr kurz abgeschnittenen Jeans. Eine riesige Kakerlake kroch vorüber. Dieser Teil von Buckhead war gleichzeitig reich und schäbig. Die Band sah aus wie die beiden haarigen weißen Männer von ZZ Top. Sie sangen eine rockige Version des Songs, den Barry gerade eben gehört hatte: *Ms. Jackson* von OutKast. »Zuerst klaut Melania Michelle Obamas Rede«, sagte Jeff Park, »und jetzt das.«

Wieder einmal spürte Barry eine allgemeine Langeweile um ihn herum, die Langeweile eines kriegerischen Landes, das keinen richtigen Krieg zur Hand hatte. War es nicht das, was Trump seinen Anhängern versprach? Einen weitreichenden Konflikt, den sie sich selbst aussuchen konnten?

»Ich bin deprimiert«, gab Barry zu.

»Fahren wir wieder zu mir und trinken ein bisschen was«, sagte Jeff.

Sic gingen hinaus in die Nacht, die nach schlechter Pizza und Benzin roch. Als sie zum Ferrari kamen, stolperte ein betrunkener Typ auf sie zu, die Baseballcap verkehrt herum auf dem Kopf. »Ich geb euch vierzig Dollar für eine Runde um den Block«, sagte er zu Jeff Park. Seine südstaatenschöne Freundin gurrte im Hintergrund wie eine Taube.

Der Mann zog tatsächlich zwei Zwanziger aus der Tasche. Jeff Park lächelte traurig und schüttelte den Kopf. »Kein Bedarf«, sagte er.

»Das sehe ich selbst«, sagte der Betrunkene und deutete auf den Ferrari. Sie trennten sich gütlich.

Barry und Jeff machten sich davon, zurück in die Innenstadt. Jeff Park schwieg. »Alles okay?«, fragte Barry.

»Der Typ hat einfach vor seiner Freundin mein Auto angeglotzt und mir dieses unverschämte Angebot gemacht. Als Asiat stelle ich für ihn keine Bedrohung dar.«

Barry brauchte eine Weile, um diesen Satz ganz zu begreifen.

»In dieser Stadt ist man entweder schwarz oder weiß«, sagte Jeff.

Barry sagte was Nettes über die natürliche Männlichkeit Jeffs und seines Autos. Eine Weile bekam er keine Antwort. »Früher ging das Dach von diesem Wagen mal in vierzehn Sekunden auf«, sagte Park schließlich, »aber jetzt braucht es achtzehn. Alles Schwindel.«

Barry stieß nach Pizza und Bier auf und legte Jeff Park dann die Hand auf die Schulter. Er wollte noch *Alles wird gut* hinzufügen, ließ die Geste aber für sich sprechen. Jeff Parks Schulter bewegte sich merklich unter seiner Hand, das Leinenhemd entglitt seinem Griff. Barry hätte es mit so einer freundlich-sportlichen Schultermassage versuchen sollen, wie es die Jungs im Büro immer getan hatten, zum Teil aus Spaß, zum Teil, weil es sich einfach gut anfühlte – aber jetzt war es zu spät. Den Rest der Strecke legten sie schweigend zurück.

In der Wohnung nahm Barry zwei Gläser und eine Flasche Whisky aus der Hausbar, damit sie sich »diesen Miller-Lite-Geschmack aus dem Mund spülen« konnten.

»Mach dir ruhig einen«, sagte Jeff Park. »Ich glaube, ich gehe ins Bett.«

»Bist du sicher?«

»Gentex hat vorbörslichen Handel angekündigt. Mein größtes Paket. Halte ich schon den ganzen Monat.«

Im Bett atmete Barry heftig und schnüffelte am süßen Alkohol des Yamazaki vor seiner Nase. Scheiße, Scheiße, *Scheiße*. Was hatte er getan? Vielleicht war es aber gar nicht die Hand auf der Schulter. Vielleicht war es der Typ mit der Cap gewesen, der für vierzig Dollar im Ferrari hatte fahren wollen. Barry versuchte immer wieder, die zeitliche Abfolge zu rekonstruieren. Ahmed hatte ihm so oft die Hand auf die Schulter gelegt. Der Mexikaner hatte ihm den einäugigen Kopf auf die Schulter gelegt, und er hatte nicht mal gezuckt. Es hatte nichts zu bedeuten. Wirklich nicht. Absolut nichts. Er wollte seinen Freunden bloß gern nah sein.

Es war früh am Morgen. Es regnete. Die Türme und Zinnen der innerstädtischen Hochhäuser wirkten im Grau düster und schaurig. Barry trug seinen Kummer vor sich her. »Ich denke, es wird Zeit, dass ich mich aus dem Staub mache«, sagte er.

Jeff Park aß zum Frühstück Nüsse und nippte an einem Macchiato. »Okay«, sagte er.

»Muss weiter ins gute alte El Paso. Jemanden besuchen. Eine Ex-Freundin.«

Jeff Park lächelte. »Glückwunsch zu deiner Reiselust.«

Barry setzte sich an die Küchentheke. »Das klingt jetzt sicher ein bisschen peinlich«, sagte er. Jeff Park schluckte hörbar eine Nuss hinunter. »Ich brauche einen winzigen Überbrückungskredit, damit ich nach El Paso komme und die ersten Tage dort bestreiten kann. Ich habe im Augenblick keinen Zugang zu meinem Vermögen. Vielleicht zweitausend.«

»Das geht nicht, Barry«, sagte Jeff Park.

Das verletzte Barry. »Warum nicht? Du hast mich jetzt so lange beherbergt. Es ist doch bloß ein Darlehen.«

»Du bist in meinem Haus willkommen. Immer. Aber ich kann dich nicht finanzieren.«

»Wer redet denn von finanzieren? Es geht um zweitausend Dollar. Das sind vier Prozent vom Preis deiner Rolex. Ich habe das Gefühl, widersprüchliche Botschaften von dir zu empfangen.«

Jeff Park schaute in seinen Schoß. »Du hast mich gefeuert, Barry.«

Ah, da war es also endlich.

»Das war ich nicht«, sagte Barry. »Das war Akash Singh. Dieses Arschloch Akash Singh hat alles losgetreten.«

»Du warst dabei. Du hast mich zum Frühstück in der Casa Lever eingeladen. Und als ich da ankam, saßen da bloß du und der Anwalt. Was hat der Anwalt gesagt? *›Ich fürchte, dass unsere Wege sich trennen müssen.‹*«

»Aber so wird es gemacht. Das ist eben – der legale Weg.«

»Du hast nicht ein einziges Wort gesagt.«

»Ich durfte kein Wort sagen.«

»Und dabei habe ich dich beinahe für so etwas wie meinen Mentor gehalten.«

Barry seufzte. »Es tut mir leid«, sagte er. »Das war nichts Persönliches. Ich wollte auch ein Mentor sein.«

»Ich weiß«, sagte Jeff. »Ich habe es verbockt. Ich träume manchmal immer noch von dieser Excel-Tabelle. Ich suche gar nicht nach Entschuldigungen. Und das hier ist jetzt auch nichts Persönliches. Ich mag dich, Barry.« Ihre Blicke trafen sich, bis Barry wegschauen musste.

»Ich habe echte Schmerzen«, sagte Barry. »So oft, so viel. Verdient das nicht irgendeine Anerkennung?«

»›Ihm gebührt Achtung‹«, sagte Jeff Park.

»Was?«

»Tod eines Handlungsreisenden.«

»Bitte nicht jetzt«, sagte Barry.

»Ich wünschte, du wärst ehrlich zu mir gewesen«, sagte Jeff Park.

»Was meinst du damit?«

»Du hast keine Kreditkarten. Du hast kein Handy. Du fährst mit einem Bus, für den du die Fahrkarten in bar bezahlen kannst. Ist es wegen dieses Trades mit GastroLux? Ich meine, bist du vorgeladen worden? Hast du schon eine Wells-Benachrichtigung?«

»Darum geht es nicht.« Barry wollte am liebsten weinen. »Ich habe nichts Falsches getan.« Kurz, wütend dachte er an die Jacht vor Sardinien. Der Nebbich. Der beschissene Nebbich. Was hatte er gesagt? Alle Spuren führten zu ihm. Aber selbst wenn der Nebbich was gesagt und Barry auf diese Insider-Information hin gehandelt hatte, wo war der Beweis? So viele Fonds hatten GastroLux in beträchtlichen Mengen leerverkauft. Keine Aktie war besser dafür geeignet.

»Im Grunde ist mir GastroLux egal«, sagte Jeff Park. »Auch wenn eure Compliance-Abteilung immer ein Witz war.«

»Das ist eine Hexenjagd«, sagte Barry. »Sie sind hinter jedem her, der Geld verdient. Hinter jedem, der Freunde hat.«

»Mein Vater hat Hydroandeton genommen. Ein Diuretikum. Offen gesagt, kann er ohne dieses Medikament nicht leben.«

»Ich kann dir nicht folgen.«

»Valupro.«

»Hä?«

»Der Preis für eine Monatsdosis stieg von dreißig auf siebenhundert Dollar, kaum dass Valupro das Unternehmen gekauft hatte, das dieses Medikament herstellt.« Jeff Park legte eine Pause ein, als wollte er diese Zahlen sacken lassen, aber das hatte Barry alles schon gehört. Preise stiegen. Aktionäre profitierten. Welchen Teil von »Kapitalismus« hatte Jeff Park nicht verstanden?

»Und ich habe ja Geld«, sagte Jeff. »Also konnte ich für meinen Vater bezahlen. Aber so sehe ich Leute wie dich immer. Ich habe immer die gleiche visuelle Vorstellung: Es fängt an mit einer Reihe ganz normaler Mittelschichtseigenheime, so wie das Haus, in dem mein Vater lebt. Und dann sehe ich dich. Du gehst von Haus zu Haus, von Familie zu Familie, und du nimmst ihnen Geld aus den Portemonnaies, aus den Handtaschen, unter den Sofakissen weg, und du stopfst es in deine Taschen, und wenn die Hosentaschen voll sind, stopfst du es in eine Reisetasche mit dem Logo deines Fonds darauf. Du schleichst dich nicht hinein. Du brichst nicht ein. Du gehst einfach unter diesen Menschen umher, als wärst du unsichtbar, und nimmst ihnen das Geld weg, das sie verdient haben. Und dann gehst du nach Hause und kaufst dir eine Armbanduhr oder was weiß ich.«

»Sagt der Besitzer einer Patek 1518.«

»Ich bin nicht schuldlos. Aber ich habe meine Grenzen. Und ich weiß, wer ich bin.«

»Siehst du«, sagte Barry, »und genau das versuche ich ja auf dieser Reise herauszufinden.«

»Klar«, sagte Jeff Park. »Und wenn es vorbei ist, kannst du den Leuten davon erzählen.«

»Wie bitte?«

»Du kannst ihnen die Anekdote erzählen, wie du einmal mit dem Bus quer durchs Land gefahren bist. Du kannst ihnen von deiner *Reise* berichten.«

Der Bentley fuhr in die aufregende Welt von Downtown Atlanta. Sie kamen an einem Kautionsbüro vorbei, Red Eye Bail Bonds, und an Atlantas Fahrschule für Menschen, die wegen Trunkenheit am Steuer verurteilt worden waren. Vor dem Busbahnhof hatte sich eine Gruppe von Männern versammelt, die einander mit größtmöglicher Bosheit in Grund und

Boden starrten. Mehrere von ihnen sahen in Barrys Augen aus wie der Rapper Snoop Doggy Dogg. »Sei vorsichtig«, sagte Jeff Park. »Dieser Busbahnhof hat nicht gerade den besten Ruf.«

Die Männer vor der Tür stießen begeisterte Rufe wegen des Wagens aus. »Bentley!«, riefen sie.

»Ich hoffe, du findest deine Südstaatenschönheit«, sagte Barry.

Jeff Park streckte die Hand aus, und Barry schüttelte sie. »Du wirst mal besser werden als ich«, sagte Barry. Dann schnappte er sich seinen Rollkoffer und stieg aus, ehe Jeff sich verabschieden konnte.

8 HÄSCHEN, HÜPF

Seema war im Kampfmodus. Das gesamte Team war mit ihr am Esstisch versammelt, die Fallakten aufgeschlagen, die Handys abgeschaltet, die nackten Füße auf dem Fischgrätenparkett. Zwei Ergotherapeutinnen, eine Physiotherapeutin und zwei Verhaltenstherapeutinnen sowie die Sozialarbeiterin, die ihre Arbeit überwachte. Das bezahlte alles die Stadt über ihr Frühförderungsprogramm, was sie Barry gegenüber mehrmals erwähnt hatte, damit er es als Sozialismus denunzieren konnte. »Scheiße, bei den Steuern, die ich zahle, ist das ja wohl das Mindeste, was uns zusteht«, sagte er dann immer, aber es war klar, was sie sagen wollte: Die öffentliche Hand – die städtischen Behörden, um genau zu sein – lieferte die beste Sorge und Pflege für ihren Sohn.

Die Hälfte von Shivas Betreuerinnen war selbst schwanger, obwohl alle erst Mitte zwanzig waren. Die meisten kamen aus dem Norden Manhattans, aus Inwood oder noch weiter nördlich. Sie waren durchweg reizend, die Ersten in ihren Familien, die studiert hatten, und sie arbeiteten sich den Arsch ab. Seema hatte sie heute versammelt, um eine einzige Frage zu beantworten: wie man eine Verabredung zwischen Shiva und einem Kind, das *nicht* im Spektrum lag, organisieren konnte. Sie warfen sich Ideen zu. Ein ruhiger Ort. Viele seiner liebsten Goldfisch-Cracker, die mit Cheddar. Reichlich Pausen. Das Lied *K wie Keks* in Dauerschleife.

Während sie umgeben von ihrem Team am Kopfende des Tisches saß, stellte Seema sich vor, was hätte sein können. Partnerin einer Kanzlei in Manhattan, rechts und links ihre

Anwaltskollegen, eine schwere Kaffeewolke über einem Konferenztisch voller Akten.

»Wäre es sinnvoll, der anderen Mutter zu erzählen, dass Shiva im Spektrum liegt? Um ein paar Grundregeln vereinbaren zu können?« Das kam von Bianca, der Ergotherapeutin, die Seema am liebsten mochte.

Seema nickte nur schweigend.

»Ist natürlich Ihre Entscheidung«, sagte Bianca. »Könnte nur einfacher für Shiva sein so. Und für Sie auch.« Die Neue packte die Schokoladen-Babka von einer Bäckerei am Union Square aus, Seemas wöchentliches heimliches Laster, und verteilte sie unter den Therapeutinnen. Biancas Schwangerschaftsbauch erhob sich bisher auch nur so leicht wie Seemas. Sie berührte Seema am Ellbogen. »Es wird schon gut gehen«, sagte sie. »Was auch passiert, Sie werden etwas daraus lernen.«

Seema spürte den barryesken Drang, ihr Geld als Gegenleistung für die Freundlichkeit zu geben. Nach ihrem ersten Besuch im Cornell Hospital hatte er sofort einen renommierten Forscher von der Yale University angerufen und einen Hausbesuch arrangiert, wofür er als Gegenleistung zweihunderttausend Dollar an dessen Stiftung spendete. Der Mann aus Yale beschäftigte sich zwanzig Minuten lang mit Shiva und erzählte ihnen im Prinzip genau das Gleiche wie die Frau von Cornell, Betonung auf *Frau*. Shiva war auf jeden Fall Autist. Damals hatte Seema das als beeindruckende und fürsorgliche Geste Barrys empfunden, doch nach und nach änderte sich diese Einschätzung. Wenn er nur seinen Sohn so sehr lieben könnte, wie er seinen eigenen Schmerz zu kontrollieren versuchte. Sie beugte sich vor und umarmte Bianca, die sich die von der Babka schokoladigen Finger ableckte. Beide mussten über ihren schwangeren Heißhunger lachen.

Die Verabredung war am Samstag. Luis hatte sich zum Glück abgesetzt. Shiva bekam seine allerliebsten Kaschmir-Sachen angezogen, die sein Sensorium nicht reizten. Er stand mitten in seinem lichtgetränkten Zimmer, während Novie und seine Mutter sich an ihm zu schaffen machten, und wirkte wie die Zwergausgabe eines reichen, schmollenden Schnösels aus einem Achtziger-Jahre-Film. »So schön«, sagte Novie. »So ein hübscher Junge. Sag *Danke, Mama, für so schöne Sachen heute.*« Das war ein eigenartiger Rückfall in die Sitten ihrer Heimat, wo man von Kindern womöglich wirklich erwartete, dass sie ihren Eltern für materielle Dinge dankbar waren.

Shiva zuckte zusammen und jaulte leise, als seine Mutter ihm sanft das Haar nach hinten bürstete und ihre Handfläche sacht seine harte, warme Stirn berührte. Natürlich trug sie in Gegenwart ihres Sohnes kein Parfüm. Die Atmosphäre im Raum war angespannt. Shiva schaute ausschließlich auf den großen Zeiger des MetLife Tower, der sehr bald den kleinen verdecken würde. Als es so weit war und aus zwei Zeigern einer wurde, atmete das Kind aus.

Julianna brachte ihr eigenes Kindermädchen mit, das neben der lebhaften Novie wie eine alte Frau wirkte, und Arturo, den Feuerkopf. Während die Frauen schüchtern über die Tageshitze sprachen und Shiva wie verhext die beiden Zeiger der Riesenuhr anstarrte, die sich jetzt wieder trennten, ließ Arturo seinen Blick rasch durch das Zimmer schweifen, als wollte er den Reichtum einschätzen, den es enthielt. »Schau mal, Mommy!«, rief er. »Sie haben *alle* Bücher von Elefant und Schweinchen.« Seine helle Stimme schallte in Richtung von Seemas stummem Sohn. Ein vollständiger Satz. Subjekt, Prädikat, alles.

»Greif dir nicht einfach Sachen, 'turo«, sagte Julianna. »Frag' Miss Cohen, ob du sie nehmen darfst.«

»Bitte nenn mich Seema. Und nimm dir ruhig alles, was du anschauen möchtest.«

»Sie haben auch *Soll ich mein Eis teilen?*«, schrie Arturo. Shiva zuckte zusammen, und aus seinem tiefsten Inneren stieg ein warnendes Grollen auf.

»Er hat heute Mittag gar nicht gut geschlafen«, sagte Seema zu Julianna. »Er ist ein bisschen neben der Spur. Stimmt's, Herr Griesgram?«

Die beiden philippinischen Kindermädchen standen an den Seiten des Zimmers, betrachteten das Geschehen und einander abschätzig.

»Warum liest du Shiva nicht Elefant und Schweinchen vor?«, fragte Julianna. Ihre Stimme war bestimmt, aber freundlich. War das ihr Arzttonfall, auch wenn sie wahrscheinlich eher so eine Ärztin ohne Patienten war? »Shiva ist dein neuer Freund«, sagte Julianna.

»Na ja«, sagte Seema. »In diesem Alter spielen sie doch eher nebeneinanderher.«

Arturo umkreiste Shiva, bis er schließlich ungefähr dreißig Zentimeter vor ihm zum Stehen kam. Er blickte Shiva auf eine Weise an, dass Seema das Wort »prüfend« einfiel. Es erinnerte sie daran, wie Luis sie ansah. Der Dreijährige hatte so viele der schlechtesten Eigenschaften seines Vaters geerbt. »Hi, Shiva«, sagte Arturo. Und dann mit süßlicher, niedlicher, etwas kratziger Stimme: »Möchtest du mit mir *Soll ich mein Eis teilen?* lesen?«

Shiva gab ein weiteres Geräusch von ganz tief drin ab. Novie trat alarmiert hinter ihren Schützling. »Ist das süß«, sagte Julianna, zog ihr Handy hervor und begann, einen Strom von Fotos ihres Sohnes zu schießen, der vor dem reglosen Shiva gestikulierte. Das Sesamstraßenlied *K wie Keks* hörte auf und fing gleich wieder von vorn an.

»Spielt das nächste Lied!«, rief Arturo. *»L ist so lecker!«*

»Schhh, sprich doch vielleicht ein bisschen leiser«, riet Seema dem freundlichen Kind, aber es war zu spät. Das Knarren aus

Shivas Innerem wurde lauter. Und dann sprang er schnell wie ein angeschossener Tiger auf Luis' Sohn los und drückte ihn auf den Rücken, während Novie gleichzeitig einen Satz machte, um ihn aufzuhalten. Shiva entwand sich ihrem Griff und rannte gegen eine Wand, die schon zahlreiche Dellen von seinem Schmerz davongetragen hatte. Seema spürte den Aufprall in sich. Ihr Sohn lag auf dem Boden, dann sprang er wieder auf und rannte noch einmal auf die Wand los.

Arturo weinte. Shiva schaute die Welt aus seinen dunklen Augen an und schien die Not des anderen Kindes gar nicht zu bemerken, als Novie einen Eisbeutel auf seine neue Beule legte. »Es tut mir so leid«, sagte Seema zu Julianna und Arturo. »Das hat er nicht so gemeint. Wirklich nicht.«

»Das stimmt, 'turo«, sagte Julianna. »Er ist ein netter Junge. Das war ein Missverständnis.« Zu Seema sagte sie: »Ist das eine Pferdehaarbürste im Regal? Ich habe einen Neffen in Hongkong, der auch so eine benutzt.«

Seema nickte. Jetzt war es raus. Julianna wusste, wozu eine Pferdehaarbürste gut war. Und Seemas erste Sorge war: Würde sie es Luis erzählen? Und die zweite: Hatte sie selbst sich das schon die ganze Zeit gewünscht? Dass jemand es *wusste?*

Julianna hatte die Bürste in die Hand genommen und kniete nun neben Shiva. Das Kind sah sie mit jämmerlicher Furcht oder völliger Verachtung an, schwer zu sagen, was es war. Sie fing an, die Innenseiten seiner Arme und dann die Rückseite seiner Beine mit langen, samtweichen Bewegungen zu bestreichen. Seema las Arturo mit fröhlichster Stimme vom Elefanten und dem Schweinchen vor, während die Kindermädchen verwirrt am Rand der Szene verharrten.

Julianna verhielt sich tadellos. Sie wusste, dass sie Shiva nicht festhalten durfte, ihn aber zugleich spüren lassen musste, dass sie da war. »Was hättest du gern?«, fragte sie ihn und folgte seinem Blick zur MetLife-Uhr. »Zwölf Uhr zwanzig«, sagte Julianna. Shiva bewegte den Kopf. Nickte er? Nickte er etwa, *verdammt*? War das eine Geste? Nein, das konnte nicht sein. So etwas bekam Seema nie aus ihm heraus. Das Bürsten ging noch minutenlang weiter, und sowohl Julianna als auch Shiva ließen irgendwann eine Art buddhistisches Summen hören, *Mmmmmmahmmmmmmah*. Seema las Arturo robotergleich ein Buch über Elefant und Schweinemädchen nach dem anderen vor. Der neurotische Elefant mit Brille kaufte sich ein Eis, doch es schmolz, ehe er es mit dem ungestümen Schweinchen teilen konnte. Elefant machte sich Sorgen, dass Schweinchen einen neuen besten Freund haben könnte und er nicht mehr das Licht seines Lebens sein würde. Schweinchen kaufte ein Spielzeug, Elefant dachte, er hätte es kaputt gemacht, und die beiden wurden wütend aufeinander, bis sie begriffen, dass ihre Freundschaft wichtiger ist als ein Spielzeug. Die beiden Tiere durchliefen viele verschiedene Gefühle, die Shiva nachahmen sollte und Arturo ganz natürlich, wenn nicht gar übertrieben, mitspielte. Er und Shiva befanden sich zwar in entgegengesetzten Ecken eines sehr großen Zimmers, doch immerhin kehrten sehr schnell Ruhe und Frieden ein.

»Ist das ein Ball zum Hüpfen?«, fragte Julianna Shiva. Sein *Mmmmah* wurde schneller. »Möchtest du ein bisschen wippen?« Novie wollte sich nützlich machen und brachte den Ball rasch herbei. Julianna griff dem Jungen unter die Arme und hob ihn hoch. Er ließ es zu! Mit der gleichen liebevollen Fügsamkeit, die er auch seiner Lieblingstherapeutin Bianca gegenüber an den Tag legte, ließ Shiva sich in die Höhe ziehen und dann auf dem magischen roten Ball absetzen. Ganz langsam fing Julianna an, ihn darauf wippen und dann hüpfen zu lassen. Dabei sang sie mit überraschend klangvoller, melodischer Stimme:

»Häschen in der Grube
saß und schlief,
saß und schlief.
Armes Häschen, bist du krank?
Dass du nicht mehr hüpfen kannst?
Häschen, hüpf! Häschen, hüpf! Häschen, hüpf!«

Als Arturo das Lied hörte, tat er gleich so, als wäre er auch ein Häschen, hielt sich sogar zwei Finger als falsche Hasenzähne vor den Mund. Er lief zu seiner Mutter und Shiva. »Ich will auch auf dem Ball hüpfen!«, rief er.

»Schht«, sagte Julianna. »Heute wollen wir leise reden. Nimm das kleine Häschen hier am Arm, dann können wir ihn zusammen hüpfen lassen.« Shiva zuckte nur ein klein wenig, als Arturos verschwitztes Händchen seinen Arm berührte, aber das Hüpfen war zu angenehm, um es deswegen zu unterbrechen. Seema wollte sie zwar nicht bedrängen, trat aber dennoch von hinten an ihren Sohn heran und berührte seine Schulter. *»Häschen, hüpf! Häschen, hüpf!«*, sangen sie alle, während sie den Jungen wippen ließen, und die Kindermädchen fielen im Stakkato ihres Akzents ein. Arturo lächelte so, wie er schon an der Tür gelächelt hatte. Er war so ein süßer Junge. Er verdiente Seemas Eifersucht nicht. »Häschen, hüpf!«, flüsterte er Shiva zu. *Häschen.* Barry hatte Shiva auch immer sein Häschen genannt. Sie wünschte, er könnte hier sein, um das zu sehen, und zum ersten Mal, seit er gegangen war, hasste sie ihn richtig für seine Abwesenheit.

»Ich möchte Shiva in den Arm nehmen!«, sagte Arturo ganz leise.

»Ich glaube, er hätte es lieber, wenn du nur seinen Arm und Fuß mit dieser Bürste streichelst«, sagte Julianna. Sie war – was – acht Jahre älter als Seema? Eine studierte, berufstätige Frau. Die das Zika-Fieber heilte. Was hatte sie für Fehler? Sie wollte zu viel für ihren Sohn. Machte sich zu viele Sorgen um ihn. Musste ihn unbedingt nach HYPMS bringen, Harvard, Yale, was auch immer.

Arturo kicherte und bürstete Shiva sanft. »Du bist aber ein kuschelweiches Häschen«, sagte er. Seema konnte gar nicht fassen, dass ihr Kind einem anderen Kind so nahe war. Sie zog ihr Handy aus der Tasche und machte ein paar Fotos für das Frühförderungsteam.

Als es Zeit wurde zu gehen, blieb Novie im Zimmer und ließ Shiva weiter hüpfen, damit er keinen Anfall bekam. »Ich möchte auch so einen Hüpfball«, sagte Arturo. »Und alle Bücher von Elefant und Schweinchen. Und diese Bürste!«

Dass er sich Shivas therapeutische Bürste wünschte, machte Seema traurig. Doch sie sagte nur: »Du darfst jederzeit wieder zu Besuch kommen und mit Shiva spielen.«

»Ihr habt so eine wundervolle Wohnung«, sagte Julianna. »Und so einen wundervollen Sohn.«

Darauf wusste Seema nicht zu reagieren. Sie zuckte die Achseln. »Können Sie mir einen Gefallen tun?«, fragte sie. »Könnten Sie es niemandem sonst erzählen? Nicht mal Luis.«

»Natürlich«, sagte Julianna, obwohl Seema ihr sofort misstraute. Wozu war man überhaupt verheiratet, wenn nicht, um vor dem Schlafengehen Klatsch auszutauschen? »Aber eins würde ich gern noch wissen«, fuhr Julianna fort. »Bekommen Sie alle Unterstützung, die Sie brauchen?«

»Er hat vierzig Stunden Therapie die Woche.«

»Das meine ich nicht. Ich meine von Familie und Freunden.« Seema wollte antworten, das gehe sie nichts an, aber das wäre kindisch. »Denn wenn Sie Hilfe brauchen«, sagte die Ärztin, »ich bin ja mit dem Fahrstuhl zu erreichen.«

Seema lag in ihrem Bett, alle Lichter aus, eine Hand über den Augen. Sie hätte glücklich sein sollen. Shiva hatte zwar nicht direkt einen »Freund« gefunden, nicht mal in der Welt von

Dreijährigen, aber ein Junge hatte seinen Arm gehalten und ihm beim Hüpfen geholfen und tatsächlich die traurigen Dinge mit ihm teilen wollen, die er besaß, diese Bürste und diesen Ball.

Vor drei Tagen war Luis in sie geglitten. Im Gramercy, am Tag nach ihrem Mittagessen mit Julianna in diesem libanesischen Imbiss. Sie konnte gar nicht glauben, wie stark er war, wahrscheinlich der stärkste Mann, mit dem sie je zusammengewesen war, und wie er ihre beiden Schultern aufs Bett gedrückt und immer wieder geflüstert hatte, dass er sie liebe. »Darf ich in dir kommen?«, hatte er geflüstert.

Die Antwort lautete Ja, aber sie flehte ihn an, noch ein bisschen weiterzumachen, ein oder zwei Minuten. Sie stand nicht etwa kurz vor dem Orgasmus, sie kam eigentlich nur, wenn sie allein war, aber dieser Druck auf ihren Schultern, auf ihren Armen, auf ihrem Bauch, so könnte es ewig weitergehen. Als er sich herauszog, rückte er nach unten, um seinen Samen aus ihr herausfließen zu sehen, was eigenartig war, aber Luis machte viele eigenartige Sachen. Er berührte sie leicht, besah zufrieden sein Handwerk. »Ich möchte ein Kind mit dir haben«, sagte er.

In dieser Bemerkung lag so viel unerwarteter Charme. Seema berührte zärtlich seinen kratzigen Kiefer. »Sieh doch«, sagte sie. »Ich bin schwanger.«

Das schien ihm nichts auszumachen. »Von Barry, nehme ich an.«

»Ach was.«

»Ist okay«, sagte Luis. »Ich warte auf meine nächste Chance in neun Monaten. Oder wann auch immer.«

Sie lachte. »Im Ernst?«

»Ich arbeite zügig. Lateinamerikanisch-jüdisches Sperma. Sofortige Schwangerschaft.«

Er schwang sich wieder zu ihr hoch, und sie küssten sich verzweifelt, schmerzhaft. »Aber die beiden vorigen Kinder wären in Ordnung?«, fragte sie.

»Ich habe nichts gegen Kinder«, sagte er. »Irgendwer kümmert sich immer um sie. Außerdem bist du ja eine wohlhabende Frau.«

»Ich dachte, du hättest mich ›eine entschlossene Frau‹ genannt.«

»Mein Gott, du vergisst auch gar nichts. Du bist wie eine Schriftstellerin.«

»Ich höre auf alles, was du sagst. Nämlich, weil … ich dich liebe.«

Seine Erholungsphase dauerte keine zwanzig Minuten.

Seema öffnete Barrys Uhrensafe. Gut ein Dutzend Uhrenbeweger, Würfel aus dunklem, tropischem Wengeholz, summten die Melodie einer fortschrittlichen Zivilisation und drehten die Uhren unablässig vorwärts und rückwärts, um sie dauerhaft aufgezogen zu halten. Barry hatte den Safe mal mit einer Pränatalstation verglichen. Sein wertvollstes Stück war die Patek mit ewigem Kalender aus Platin, die er nie trug, aber täglich anbetete. Sie sollte angeblich Tag und Uhrzeit bis zum Jahr 2166 genau anzeigen. Sie würde nur dann abweichen, wenn sie nicht regelmäßig aufgezogen, an einem sich bewegenden Handgelenk getragen oder im Uhrenbeweger aufbewahrt würde. Seema nahm die Uhr aus dem Würfel und legte sie mit dem Zifferblatt nach unten auf Barrys Nachttisch. Innerhalb von ungefähr siebzig Stunden würde die Uhr ihre Spannenergie verlieren, der wundersame Weg in Richtung 2166 würde ein Ende finden, und es würde keine Beinahe-Ewigkeit für Barry geben.

Seema atmete heftig ein und wieder aus, wie sie es von einer Meditations-App gelernt hatte, von der sie allerdings vor ein paar Monaten wieder abgelassen hatte, weil sie davon nur noch angespannter geworden war. Was also jetzt? Sie hatte eine neue Freundin gewonnen und schlief mit dem Ehemann dieser neuen

Freundin. Ihr behinderter Sohn hatte sich mit dem Sohn der Frau angefreundet, der auch der Sohn ihres Liebhabers war. Ihres Liebhabers, der ein Kind von ihr wollte. Verdammt noch mal. Wo sollte das alles enden? Und Scheiße, *wo war Barry?* Ihr ganzes Leben bisher hatte aus konkreten Plänen bestanden, und jetzt hing sie in der Luft. Sie hatte etwas Ungesundes getan und Layla Hayes auf Facebook aufgespürt. Für eine alte weiße Frau sah sie gut aus, aber El Paso? Und keine Kinder? Schwer zu glauben, dass diese alte Vogelscheuche Barrys Geistesverwandte sein sollte.

Sie nahm ihr Telefon und scrollte die Videos durch. Da war Barry, der Shiva in der sogenannten Beyoncé-Suite im Lenox Hill Hospital auf dem Arm hielt. *Ich fasse es nicht, dass das Leben so gut sein kann*, sagte sein Lächeln, das sie auch schon bei früheren jüdischen Freunden gesehen hatte, wenn ihnen etwas Unglaubliches widerfahren war, sie zum Beispiel beim Test für den Master-Studiengang geglänzt oder zum ersten Mal von Seema einen geblasen gekriegt hatten. Es gab noch weitere Videos von Barry mit Shiva auf dem Arm, auf denen seine Augen vor Liebe und Staunen glänzten, oder wie er ihn auf dem Stillkissen zum Aufstoßen gebracht hatte. Eine Mutter wusste auch beim ersten Kind *irgendwie*, was auf sie zukam, das spürte sie in den Genen, doch die Väter wirkten so erfreut und furchtsam wie der erste Mensch, der ein Nordlicht zu sehen bekam oder die Ewigkeit eines Ozeans. Je weiter sie in der Chronik des Handys zurückging, desto sicherer wusste sie, was kommen würde. Sardinien. Mindestens ein halbes Dutzend Videos von diesem elenden Jachturlaub, aber nur ein schicksalhaftes. Nun, daran ließ sich nichts mehr ändern. Es lag nicht mehr in ihrer Hand. Sie musste ihren Frieden mit dem machen, was es bedeuten konnte. Barrys Ende. Das Ende von allem. Wut und Angst zerrten an ihr, aber auch eine gewisse freudige Spannung. Sie wechselte zu den Kontakten und tippte auf die Nummer ihrer Mutter.

»Mommy!«, sagte sie.

»Ich fahre Auto, Seema.« Die Stimme ihrer Mutter kam schwankend von einem traurigen Mobilfunkmast in Ohio, der in einem künstlichen Wald am Rande eines fast leeren Highways stand.

»Mommy, Shiva ist sehr krank!«, sagte Seema.

»Ich halte am Straßenrand.« Sie hörte, wie der Akzent ihrer Mutter stärker wurde, als sie sich die Sorgen ihrer Tochter zu eigen machte.

»Ich bin von der Straße. Seema, was passiert mit Shiva?«

»Er war im Krankenhaus.« Die Lüge fühlte sich eigenartig an, aber da war sie nun. »Es war etwas in seiner Lunge.«

»Wir fliegen sofort rüber«, sagte ihre Mutter. »Gleich jetzt!«

»Ich vermisse Daddy, wie er *›Hut!‹* sagt.«

»Was? Wovon redest du da? Was ist in seiner Lunge?«, fragte ihre Mutter.

Seema zwang sich zu mehr Ruhe. Sie saß an der Bettkante und ließ ihren Körper zusammenschrumpeln, zu dem traurigen älteren Körper werden, den Layla Hayes sicher besaß. »Es war etwas Bakterielles«, sagte sie, »aber jetzt ist er schon wieder aus dem Krankenhaus raus.«

»Er ist im Krankenhaus, und jetzt ist er raus aus dem Krankenhaus? Was erzählst du mir denn da? Ich verstehe dich nicht. Was ist denn los mit dir?«

»Es geht ihm wieder gut. Sie werden ihn gesund machen. Ihr müsst nicht kommen. Er hat einen ersten Freund gefunden.« Vielleicht war es das, was sie ihrer Mutter eigentlich erzählen wollte. Sie würde ihren Eltern die ganzen Bilder von Shiva und Arturo beim Spielen schicken. Machte ja nichts, dass Shiva auf den meisten Fotos auf einem Ball wippte. Er war schließlich drei Jahre alt, verdammt. Vielleicht konnte sie die Pferdehaarbürste rausretuschieren.

Ihre Mutter schrie inzwischen so unverständlich, dass Seema kaum sagen konnte, ob sie zum Teil Tamilisch sprach. »Ich möchte näher bei dir und Daddy sein«, hörte Seema sich sagen.

»Aber natürlich willst du das«, schrie Seemas Mutter vom Fahrbahnrand. »Das ist doch unnatürlich, so weit weg zu wohnen. Wir haben bloß den einen Enkel. Und was deine Schwester angeht.« Diesen Gedankengang würde sie drei Minuten lang verfolgen, was Seema Gelegenheit gab, ihre Gedanken neu zu ordnen. »Und jetzt willst du, dass wir nach New York ziehen?«, fragte ihre Mutter. »Ich habe *hier* mein Leben.« Ihre Mutter war die offizielle Kaiserin aller Hindus im nordöstlichen Ohio. In den vergangenen vierzig Jahren hatte es keine Hochzeit oder Puja gegeben, der sie nicht beigewohnt hatte. Selbst die Bengalen und Gujaratis beugten sich ihrer Herrschaft. »Oder willst du nach Hause kommen? Ist es aus zwischen dir und Barry?«

»Was?«, fragte Seema. »Wo hast du das denn her?«

»Er ist einfach nicht so klug wie du. Du hast es mit der Ehe probiert, aber jetzt kannst du dich auch scheiden lassen. Du wirst jemand anderes finden. Darin bist du gut.«

»Mommy, bitte.«

»Du musst uns *alle* Krankenhausakten und Arztberichte zu Shivas Lungensache mailen. Und setz Shilpa gleich in Kopie. Allerdings hat sie im verfluchten Nepal gar kein Internet. Was für seltsame Töchter. Ständig nichts als Ärger. Aber Shiva geht es wieder gut, ja?«

»Ach, Mommy«, sagte Seema, »ich würde mich freuen, wenn du gerade jetzt mal was Nettes sagen könntest.«

»Versuch', eine bessere Tochter zu sein«, sagte ihre Mutter.

»Das ist nicht nett.«

»Nett ist nicht mein Spezialgebiet. Ruf deinen Vater an, wenn du was Nettes hören willst.«

»Kannst du mir nicht sagen, dass du mich liebst?«

»Das solltest du inzwischen wissen.«

»Und wenn ich es nun nicht weiß? Wenn ich irgendwas auf den Kopf gekriegt und mein Gedächtnis verloren habe? Wie in diesem tamilischen Film. Egal. Irgendwas.«

Seema hörte, dass ihre Mutter das Auto wieder anließ. »Ist dir das passiert, Seema-*konde*? Denn das würde so einiges erklären.«

»Das ist mir passiert.«

»Na gut, dann«, sagte ihre Mutter. »Dann liebe ich dich.«

9 DER GEILE MENTOR

Sie waren an einem Schild vorbeigekommen, auf dem in geschwungener Siebziger-Jahre-Schrift WILLKOMMEN IN SWEET HOME ALABAMA stand, und kurz darauf fuhren sie durch eine Innenstadt, die zwar einiges an Art déco, aber kein einziges menschliches Wesen zu bieten hatte. Das war Birmingham. Sie hielten eine halbe Stunde lang, und Barry kaufte sich ein Erdnuss-Schoko-Eis in der Doppelwaffel. Sein Vermögen schmolz zwar, aber er durfte nicht wieder vor Hunger bewusstlos werden.

Er war aufgewühlt. Seine Frau hatte gesagt, er habe keine Fantasie. Seine Regierung wollte ihn in Handschellen legen. Und Jeff Park, den er fälschlich für seinen Freund gehalten hatte, hatte ihm vorgeworfen, den Menschen Geld aus den Sofakissen zu klauen. Niemand wusste, wer er war. *Niemand.* Missverstanden, angeklagt, erniedrigt. Bevor er vierzig wurde, hatte er achtzehn Stunden am Tag, hundertsechsundzwanzig Stunden die Woche gearbeitet, um sein eigenes Unternehmen aufzubauen. Und jetzt saß er in einem Greyhound-Bus, trug eines anderen Mannes Walhai-T-Shirt und hatte zweihundert Dollar in der Tasche. Egal. Er würde das durchstehen. Sein zweiter Akt hatte begonnen.

Neue Fahrgäste bestiegen den Bus. Eine Frau war anders als die anderen. Sollte Greyhound einmal Werbung für seine Dienste brauchen, könnten sie einfach ein Fünfzehn-Sekunden-Video von dieser jungen Frau verwenden, wie sie die Stufen nahm und ihre Puma-Reisetasche oben im Gepäckfach verstaute. Sie war schwarz, doch ihre Haare blond. Sie trug

Jeans und ein dunkles Tanktop, nichts Besonderes, aber alles an ihr schimmerte in der stickigen Luft, als brächte sie die Jugend selbst in den Bus. Dies war das weibliche Idealbild von Freiheit und Spaß, das Amerika so feierte, nur eben in schwarzer Gestalt. Barry musste an die doppelten und dreifachen Blicke denken, die Fremde auf Seema warfen, um festzustellen, was sie war, ehe sie sich dann endlich zu erkennen erlaubten, dass sie schön war.

Kaum stieg die Frau ein, hörten die Leute auf, mürrisch miteinander zu plaudern oder hoffnungslos in die Ferne zu starren. Alle wurden aufmerksam. Alle stellten sich die gleiche Frage: Wo würde sie sich hinsetzen? Vier oder fünf Plätze waren noch frei, zwei davon waren halb durch sehr korpulente ältere Herren belegt, zwei weitere waren neben Männern im zeugungsfähigen Alter. Der letzte freie Sitz war neben Barry.

Die junge Frau ließ sich auf den Platz neben ihm sinken, und ihre hellblaue Jeans warf Falten auf dem harten Überzug des Bussitzes. Es war gar nicht unbedingt so, dass sie Barry anlächelte; ihr Lächeln nahm einfach kein Ende. Wer lächelte schon im Greyhound?

Er suchte die ganze Zeit nach einem Wort, um sie zu beschreiben. Ein winziger Streifen Bauch zog sich zwischen Jeans und Tanktop entlang, und er konnte den Abdruck sehen, den ihre Unterhose knapp über dem Hüftknochen hinterlassen hatte. Ihre Zähne waren gebleacht und jeder Finger eine Skulptur. »Fit«, das war das Wort. Beinahe athletisch. Barry versuchte sich an das schwarze Mädchen aus dem Spieltheorie-Kurs in Princeton zu erinnern, von dem er geträumt hatte, als seine Beziehung zu Layla auf Grund lief. Sie hatte einen weißen Namen gehabt, so was wie Brenda oder Wendy. Wenn sie sich im Seminar in den wärmeren Monaten meldete, hatte Barry versucht, einen Blick auf ihre Achselhöhle zu erhaschen. Er hatte in Kreatives Schreiben unbedingt eine Geschichte über einen Banker verfassen wollen, der sich in ein schwarzes Mädchen aus der Sozialsiedlung verliebt, aber Layla hatte eben auch in der Klasse gesessen, daher die weiße Hirtin.

Barry wusste, er musste seinen Wert sofort demonstrieren, wie Jeff Park gesagt hatte. »Wollen Sie meine Steckdose benutzen?«, fragte er.

»Vielen Dank«, sagte sie und stöpselte ihr Handy ein, ein hochwertiges neues iPhone-Modell. »Mein Akku ist ständig leer.« Ihre Stimme klang tief und rauchig, ein uraltes Südstaatentimbre, überlagert von YouTube. Ja, er hatte sie gefunden. Das hier war das Fantasiebild seiner ganzen Reise gewesen. Vergiss die kräftig gebaute Frau, die wie eine Krabbe ging. Vergiss den Teller mit essigsauren Bohnen und Grillfleisch. Das hier war der Straßenrand. Diese Frau würde ihn verstehen. Er musste mit ihr reden. Wie konnte er ihr Freund werden?

Männer rissen hektisch ihre Handys aus den Taschen. »Das glaubst du nicht, Bro«, sagte ein Mann im Hoodie auf der anderen Seite des Ganges in sein Galaxy, »aber gleich neben mir sitzt das coolste Mädchen der Welt.«

Die junge Frau tat so, als hätte sie das Kompliment nicht gehört. Barry stellte sich vor, dass sie ihr halbes Leben so tun musste, als würde sie Komplimente von solchen Männern nicht hören. Sie hatte über ihn hinweggegriffen, um ihr Telefon in seine Steckdose zu stöpseln, und ein kleiner, warmer Teil von ihr hatte sein Knie berührt. Barrys Hirn versuchte diese Sinneswahrnehmung verzweifelt zu verarbeiten. Nichts von alldem hier passierte. »Ich achte drauf, dass der Stecker nicht rausfällt«, flüsterte er.

»Danke«, sagte sie. Wie alt war sie, Mitte zwanzig? »Was dagegen, wenn ich das hier esse?« Sie hatte eine Packung Oscar Mayer Lunchables aus der Handtasche genommen.

»Natürlich nicht«, sagte er. Die Lunchables bestanden aus kleinen bleichen Scheiben Putenschinken, die man zusammenfalten und auf einen Cracker legen konnte, der mitgeliefert wurde. »Ich glaube, die habe ich als Kind gegessen«, log Barry.

»Wollen Sie einen?«

»Nein, danke«, sagte er. »Sieht aber gut aus.«

Die junge Frau aß das Industrieprodukt sehr konzentriert.

»Bro, diese Braut musst du dir angucken«, sagte der Mann gegenüber in sein Handy. »Sie ist echt, oh *Mann*. Jetzt isst sie grad Lunchables.«

Barry fuhr mit dem Finger über den Stecker ihres Ladekabels, um zu prüfen, ob er noch fest in der Steckdose saß. Was sollte er zu ihr sagen? Er hatte das Gefühl, die ganze Busreise hing davon ab, dass er es richtig hinbekam. »Und, besuchen Sie in Birmingham die Universität?«, fragte er. Er fand es furchtbar, wie alt er sich anhörte.

»Hab' Verwandtschaft da«, sagte sie mit vollem Mund. Sie hielt eine Hand vor den Mund, ihr Nagellack war dunkelrot und besternt. »Bin grad fertig mit der Uni.«

»Und was war Ihr Studiengebiet?« Immer schlimmer.

»Freizeitforschung. Hab' meinen Bachelor an der Grambling State gemacht.«

»Ist ja wunderbar. Und sind Sie auf diesem Feld jetzt auch beruflich tätig?«

»Könnte man sagen?«, antwortete die junge Frau in Frageform. »Ich arbeite in Jackson im Marriott. Also, ähm, eher im Büro. Buchhaltung und so.«

Er schwitzte, und jetzt musste er auch noch pinkeln. »Und wie gefällt Ihnen das Metier?«

Endlich begriff Barry, wo das Problem lag. Er hatte vor dem Studium nie mit einem schwarzen Menschen gesprochen, und in seiner Branche waren kaum Afroamerikaner beschäftigt. Seine Unterhaltungen mit dem schwarzen Mädchen im Spieltheorie-Seminar fanden ausschließlich in seinem Kopf oder auf dem Bildschirm seines Macintosh Color Classic II statt. Kein

Wunder, dass er nicht in der Lage gewesen war, ein echtes Band mit Javon zu knüpfen. Er musste lockerer werden. Musste der freundlichste Typ im Bus sein.

Die junge Frau schien positiv auf seine Sorge um ihr Wohlergehen zu reagieren. »Das Problem an Jackson ist«, sagte sie, »es ist echt klein.«

»Mm-hm«, sagte Barry. Er wusste nicht einmal genau, wo Jackson lag, doch zu seinem großen Glück hatte er ein Ticket genau dorthin. Er überlegte, wie er am besten seine Begeisterung für die Rap-Band OutKast ins Gespräch einfließen lassen konnte.

»Ich muss in eine größere Stadt ziehen«, sagte sie. »Dallas wäre super.«

»Ich war schon mal in Dallas«, sagte Barry und meinte damit das Grand Hyatt am Flughafen Dallas/Fort Worth. »Ich fand es auch super.«

»Total«, sagte die junge Frau. »Da sind so viele Leute, und man kann so viele Sachen machen.«

»Toller Flughafen. Jede Menge Flüge. Ein Drehkreuz.«

»Ich bin noch nie geflogen«, sagte die Frau, »aber ich würde echt gern.«

Barry brach das Herz in Stücke. Mitte zwanzig und hatte noch nie in einem Flugzeug gesessen. Er stellte sich dieses Schätzchen in einem NetJets-Flieger nach Antigua oder sonst einer besonderen Destination vor. »Ich bin sehr abenteuerlustig«, sagte sie. »Ich will die ganze Welt sehen. Klar werde ich irgendwann fliegen.«

»Die Kleine will fliegen, Bro«, berichtete der Mann gegenüber seinem Freund.

Jetzt wurde das Bild klarer. Er konnte ihr Mentor sein. Beinahe wäre er Jeff Parks Mentor geworden, und auch bei Javon hatte er es versucht. Allerdings, mal ehrlich, Javon war Drogendealer. Diese junge Frau hier hingegen hatte alles: Sie war charmant und klug und sprach beinahe Standard-Englisch. Man musste sie nur aus ihrem Büro des Marriott in Jackson holen und richtig einsetzen, zum Beispiel im Marketing oder in der Anlegerpflege. Er stellte sich vor, wie diese Honigstimme mit den Pennern von Louisianas staatlichem Pensionsfonds redete. Nie wieder würde irgendjemand aus dem Süden seine Einlagen abziehen.

»Fliegen macht Spaß«, stimmte Barry zu. »Aber Busfahren ist irgendwie auch lustig. Irgendwie schön.«

»Ja, ein Bus versetzt dich in einen anderen Geisteszustand«, sagte sie. »Das ist sehr entspannend. Man schaut einfach aus dem Fenster. Das letzte Mal habe ich mit einer Mexikanerin geredet, deren Sohn in Afghanistan war. Und einmal habe ich mich mit einem Professor unterhalten.«

»Sollen wir Plätze tauschen?«, fragte Barry. »Damit Sie am Fenster sitzen können?« Er wollte sie einhegen. Sie ganz für sich haben. »Dann sitzen Sie auch näher an der Steckdose.«

»Das ist aber süß«, sagte sie. »Aber ich kann von hier auch ganz gut sehen.« Sie fuhren an einem Waffle House vorbei.

»Wir können uns auch duzen. Ich bin Barry.« Er streckte die Hand aus.

Die Frau lächelte. »Meine Hand ist ganz fettig.« Sie griff in ihre Handtasche und zog ein Feuchttuch heraus, während sie einen weiteren Puten-Cracker einwarf. Dann wischte sie sich sorgfältig die Finger ab und schüttelte Barry die Hand. Er hatte das Gefühl, sie hielte die Hand mindestens drei Sekunden länger als nötig. Jeder Quadratzentimeter an ihr war wärmer als die gekühlte Greyhound-Luft um sie herum. »Ich heiße Brooklyn«, sagte sie.

»Heißt Brooklyn«, sagte der Bro gegenüber.

»Was für ein cooler Name«, sagte Barry. »Haben deine Eltern sich in Brooklyn kennengelernt?«

»Um ehrlich zu sein war niemand von uns jemals dort«, sagte Brooklyn. »Aber das steht ganz oben auf meiner Liste. Und du?«

»Na ja«, sagte Barry. »Ich wohne in Manhattan. Bloß über den Fluss.«

»Wow!«, sagte Brooklyn. Ihre Augen hatten eine Farbe, die er noch nie gesehen hatte – ein kupferner Sonnenuntergang über einer grünen Wiese. »Ich hätte nie gedacht, dass ich mal jemanden aus New York treffe.«

Atmen war jetzt wichtig. Einfaches Luftholen. Er drückte bestätigend ihre Hand. »Aber im Gastgewerbe doch sicher«, bekam er heraus.

»Ich bin doch in der Buchhaltung«, erinnerte sie ihn. »Und wie ist Brooklyn so? Crazy?«

Barry dachte an Seemas Freundin, Tina oder Kina. »Es ist *echt* crazy«, sagte er. »Die Leute da fahren so altmodische Fahrräder. Und ich weiß nie, was irgendwas ist. Die machen Donuts aus Spaghetti.«

Brooklyn seufzte. »Ich muss gestehen, Fahrradfahren habe ich nie gelernt«, sagte sie.

»Ist ganz leicht«, sagte Barry. »Könnte ich dir in weniger als zehn Minuten beibringen.«

Brooklyn lächelte. »Ist Brooklyn so wie in dieser Serie auf HBO?«

»Haargenau wie in der Serie«, sagte er.

»Hm«, sagte Brooklyn. »Ich glaube, in Gegenwart solcher Mädels wüsste ich überhaupt nicht, was ich sagen sollte.«

»Diese Leute sind albern«, sagte Barry. »Die sind nicht authentisch. Das bedeutet, sie sind nicht echt. Du aber bist authentisch.«

»Ich weiß, was das heißt«, sagte Brooklyn.

»Jedenfalls würdest du Brooklyn rocken«, sagte Barry. »Da müssen wir mal hin. Ich kann dir eine Menge beibringen. Dinge über die Welt, die du interessant finden könntest. Sogar nützlich. Du erinnerst mich an jemanden, dem ich auf dieser Reise begegnet bin, in Baltimore. Du erinnerst mich an mich selbst, als ich noch jünger war. Du willst dich verbessern – ich habe im Leben schon viel erreicht, Hunderte von Millionen verdient, aber das reicht nicht. Ich habe einen Freund namens Joey Goldblatt, und zu dem habe ich gesagt, wenn nach unserem Tod auf unserem Grabstein steht, dass wir supererfolgreiche Fonds gemanagt haben, dann sind wir gescheitert. Die Welt hat so viel mehr zu bieten als Geld. Aber zuerst muss man natürlich mal jede Menge Geld haben. Dann kann man die ganzen richtig guten Sachen machen. Wie zum Beispiel Mentor für andere sein.«

Brooklyn dachte darüber nach. »Also«, sagte sie, »erfolgreich sein möchte ich schon. Ich möchte es nicht auf unchristliche Art werden, aber ich will schon an die Spitze. So als Wirtschaftsführerin oder so.«

Die Buslautsprecher erwachten kreischend zum Leben. »Tuscaloosa«, seufzte der Fahrer, als wäre ihm dort das Herz gebrochen worden. »Fünfzehn Minuten Aufenthalt, Tuscaloosa.« Toll – gerade als das Gespräch in Gang kam. Gerade, als sie ihm im Grunde sagte, sie hätte nichts dagegen, in der Finanzbranche zu arbeiten. *Fick dich, Greyhound.*

Brooklyn stieg vor ihm aus, ihr Jeanshintern leitete ihn, und Barry musste sich am Bro-Typen vorbeiquetschen, um direkt an ihr dranzubleiben. »Ruhig, Mann«, sagte der.

Sie parkten vor einem RaceWay-Supermarkt, gegenüber einer EasyMoney-Filiale, wo man Schecks einlösen konnte. Brooklyn bog in den Gang mit Chips ein und blieb vor jeder Geschmacksrichtung stehen, den Finger grübelnd ans Kinn gelegt. Er suchte die Regale rasch nach etwas Besonderem ab, was er ihr kaufen konnte, und fand schließlich eine Reihe mit glutenfreien Körnerriegeln der Marke Kind. Komisch, dass es die so weit südlich von New York gab. Die würden ihr gefallen. Er trottete durch den Laden, aber sie war schon wieder draußen. In seinen Nasenlöchern brannte eine schwache Hitze, ein Teenagerschmerz romantischer Verzweiflung. Er griff nach dem Riegel mit dunkler Schokolade und Meersalz, bezahlte rasch und rannte hinaus in die schwüle Abendluft. Und klar, Brooklyn unterhielt sich mit dem Bro, der einen Teller Hühnchen aß und irgendwie gleichzeitig eine Zigarette rauchte. Wie Brooklyn hatte auch Bro blonde Haare, doch seine waren zu kleinen hochstehenden Dreads verzwirbelt, und die Färbung wirkte schlampig und gekünstelt. Landei, dachte Barry gehässig. Er könnte versuchen, sich in ihr Gespräch zu drängen, aber was, wenn ihm nur noch mehr Dummheiten über die Lippen kamen? Ach, es war nicht fair. Inzwischen schmolz der Kind-Riegel für drei Dollar neunundsechzig, ein beträchtlicher Teil seiner Barschaft, beständig in der Hitze. Er beschloss, in den Bus zu steigen und zu hoffen, dass Brooklyn die richtige Entscheidung treffen und sich wieder neben ihn setzen würde.

Durch das Fenster beobachtete er Brooklyn und Bro. Ab und zu lachte sie hemmungslos. Er wünschte, er könnte sie auch so zum Lachen bringen, anstatt so ernst mit ihr über Arbeit und Bildung und Möglichkeiten der Weiterentwicklung zu sprechen. Aber dafür waren Mentoren eben zuständig. Bro machte die witzigen Sachen, zum Beispiel Hühnerknochen an einen vom Geldwechsler herübergeschlichenen Hund zu verfüttern. Er liebte ihr Lachen noch mehr als die Art, wie sie ihre Jeans ausfüllte.

Der Busfahrer rief den Fahrgästen zu, sie sollten wieder einsteigen. Alle sagten ständig »Sir« zu ihm. Brooklyn kam die Stufen herauf, Bro war ihr auf den Fersen. Er legte die Hand auf eine ihrer bloßen Schultern, um sie auf seine Seite des Ganges zu lenken. Wenn Barry sie an diesen Rivalen verlor, dachte er sich, dann würde er einfach verzweifelt aus dem Bus springen und im billigsten Motel von Tuscaloosa absteigen. Aber Brooklyn rutschte wieder neben ihn. »War nett, mit dir zu plaudern«, sagte sie zu Bro.

Er tat Barry leid. Bro sank auf seinem Sitz zusammen und griff sofort zu seinem beschissenen Handy. »Nein, Bro, sie sitzt immer noch neben dem Typen«, sagte er. »Ihre Leute sind aus Jefferson County. Homewood. Klar hab' ich ihr von meinem 4Runner erzählt.«

»Hey, ich habe was für dich!«, sagte Barry und hielt ihr den Riegel hin. »Das essen in Brooklyn *alle*.«

»Sollen wir ihn teilen?«, fragte sie. »Schokolade und Meersalz.«

»Soll sehr gesund sein und schlank machen«, sagte Barry.

Brooklyn öffnete eine Tüte Kartoffelchips mit Hot-Dog-Geschmack von Nathan's, die sie gerade gekauft hatte. »Sind die auch aus Brooklyn?«, fragte sie.

»Nein«, sagte Barry sehr streng. »Die sind überhaupt nicht ...«

»Authentisch«, sagte sie. Sie lächelten beide. Brooklyn biss von dem Riegel ab. »Hui«, sagte sie. »Ist ja supersalzig.«

»Aber das ist gutes Salz«, versicherte Barry. »Wahrscheinlich aus Hawaii oder so.«

»Warst du schon mal in Hawaii?«

Barry nickte bescheiden. »Bloß auf Molokai und der Hauptinsel«, sagte er. »Und Maui natürlich. Kauai. Oahu. Darf ich was fragen? Wo siehst du dich in zehn, zwanzig Jahren?«

»Wahrscheinlich als Hotelmanagerin. Vielleicht im Dallas Marriott City Center. Da arbeitet meine Cousine. Es ist wunderschön.«

»Das ist alles?«, fragte Barry. Er wusste sofort, dass er damit ihre Träume schlechtmachte. »Ich meine bloß, für jemanden wie dich sind die Möglichkeiten grenzenlos.«

Brooklyn schaute auf den Rest ihres Riegels. »Vielleicht was mit Immobilien«, sagte sie sehr leise.

Barry ging die Sache nicht taktisch genug an. Er wollte ihr klarmachen, dass sie ein außergewöhnlicher Mensch war, aber das hatten ihr sicher schon alle gesagt. Aus dem Mund eines Typen im Greyhound bedeutete das nicht viel, auch wenn der behauptete, schon Hunderte Millionen Dollar verdient zu haben. Ihr iPhone klingelte. Sie ging lächelnd ran. Barry machte sich Sorgen. »Hey, Trainer«, sagte sie. »Ja, ich sitze im Bus nach Jackson. Klar, ich ruf' dich an, wenn ich angekommen bin. Nicole hockt viel zu viel mit Mama zu Hause. Sie sollte studieren oder sich einen Job suchen. Es gibt eine Webseite, da wird erklärt, wie man einen Lebenslauf schreibt. Ist total einfach. Oder ich helfe ihr am Sonntag nach der Kirche. Das habe ich doch gar nicht gesagt. Du weißt doch, ich bin echt stolz auf sie. Klar, Trainer, du kannst auf mich zählen!« Sie lachte eine Weile. »Ja, ich liebe dich auch«, sagte sie. Sie beendete das Gespräch und wandte sich an Barry. »Entschuldige, dass ich so laut war.«

»Ich schaue dir gern beim Reden zu«, sagte Barry. »Wer ist denn Trainer?«

»Das ist mein Vater.« Sie lachte. »Ist ein bisschen albern, dass ich ihn so nenne.« Das fand Barry überhaupt nicht. Er würde alles dafür geben, dass Shiva ihn eines Tages Trainer nannte. Dass er ihn überhaupt irgendwie nannte.

Er wurde ganz friedlich und gelassen in seiner Bewunderung für sie. Sie war ein echter Mensch. Keine Spur von dieser New Yorker »Raffinesse«. Kein Wunder, dass Barry aus der Stadt floh. Kein Wunder, dass so viele Frauen in Bars südlich der 57th Street ihn anschauten, als sei er der Feind. Ein Mädchen, dem er in einer Bar an der Bowery nachgeguckt hatte, hatte sogar zu ihm gesagt: »Entschuldige, aber ich habe das Gefühl, du spritzt mit den Augen überall auf mich ab.« Brooklyn hatte keine Vorurteile. Sie wollte Hotelmanagerin werden. Sie wollte in Dallas leben. Sie hatte einen Abschluss in Freizeitforschung. Sie nannte ihren Vater Trainer, und sie lachte mit ihm, während sie Familienangelegenheiten besprachen. Das waren Träume und Taten einer konsistenten Persönlichkeit. Seine Verliebtheit nahm stetig zu.

Brooklyn gähnte und legte ihm den Kopf auf die Schulter. »Meine Güte, bin ich müde«, sagte sie. »Was dagegen, wenn ich den Schokoriegel später aufesse?«

Barry lehnte seine Wange an ihr Haar. Es roch nach Aprikose mit einer leichten Moschusnote. Vielleicht lag es daran, dass sie von Kirche gesprochen hatte, aber ihm fiel eine Broschüre ein, die von zwei Siebenten-Tags-Adventisten in den Briefkasten am Little Neck Parkway gesteckt worden war, ehe sein Vater und Schäferhündin Luna sie äußerst aggressiv vom Grundstück gejagt hatten. Ein Löwe und ein Lamm, die nebeneinanderlagen, die Gesichter zärtlich vereint.

Blitze schreckten ihn aus seinen Tagträumen. Während sie im Dunkeln gekuschelt hatten, war draußen ein schweres Gewitter losgebrochen. Der Highway wurde von entgegenkommendem Fernlicht erhellt. Er rieb sich an ihrem Wangenknochen. Sie lachte ein wenig. Ihre Lippen schmeckten nach Salz und Zucker und dem Staub der Straße. Sie lenkte seine Zunge ab, griff dann nach seinem Kopf und flüsterte ihm ins Ohr: »Mein Mund schmeckt irgendwie eklig.«

»Nein, gar nicht«, sagte er, aber sie ließ sich nur auf die Wange und den geschlossenen Mund küssen, während seine Nase den Rest ihres Gesichtes erkundete. Er konnte ihr Gesicht nicht sehen, wusste aber, dass sie lächelte. Immer mehr Motels wucherten um sie herum, die Waffle-House-Dichte nahm zu, und das bedeutete womöglich, dass sie bald Jackson erreichten.

»Deine Nase sieht ein bisschen aus wie die von Jon Stewart«, sagte Brooklyn. »Deine Augen auch. Allerdings sind seine Haare viel grauer.«

»Oh«, sagte Barry. »Wow. Vielen Dank.«

»Es ist nett von dir, dass du dir Gedanken über meine Arbeit und so machst«, sagte sie. »Mein Vater sagt immer, ich sollte mir Jungs suchen, die auf meinen Geist stehen.«

»Das ist *genau*, worauf ich stehe«, sagte Barry. »Alle Frauen, mit denen ich je was hatte, waren superklug.«

Brooklyn starrte ihm in die Augen. Sie fuhr ihm mit dem Zeigefinger über die Lippen. »Und weißt du, was noch?«, sagte er, nachdem sie ihren Finger wieder weggenommen hatte. »Ich komme auch aus einer Familie, in der Ehrgeiz nicht wertgeschätzt wurde. Aber ich hab' mich da rausgearbeitet.«

»Du hast deine Familie verlassen?«

»Es war nur mein Vater. Und das war keine gesunde Beziehung.«

»Ich glaube, ich suche auch nach einem guten Grund, wegzugehen«, sagte sie. »Aber da ist ja noch meine Schwester und so. Um die muss ich mich kümmern.«

Als sie am Busbahnhof hielten, rannte Bro aus dem Bus, ohne sie eines Blickes zu würdigen. Es war kurz vor zehn. Der Fahrer hatte das Innenlicht angeschaltet. Barry und Brooklyn blinzelten einander verlegen an. Mithilfe ihres Handydisplays machte sie sich ein bisschen zurecht. Er hatte ihren Ladestecker ausgestöpselt und ihr mit der Puma-Reisetasche geholfen. Jetzt warteten sie darauf, dass ihr Gepäck aus dem Frachtraum unten im Bus auftauchte, sein Rollkoffer mit den Uhren und dem Kaninchen für Shiva und zwei weitere sehr große Reisetaschen von ihr, eine von Puma und eine andere mit Leopardenmuster. »Was schlägst du vor, wo ich übernachten sollte?«, fragte Barry.

»Oh, das ist leicht! Im Marriott. Fünf Minuten Fußweg von hier.«

Er hatte sich darauf vorbereitet, was er ihr sagen wollte, und hoffte, es würde seine Chancen nicht zerplatzen lassen. »In Atlanta hat man mir die Brieftasche gestohlen«, sagte er. »Ich habe also bloß Bargeld bei mir. Und ich vermute, um in ein so feines Hotel wie das Marriott einzuchecken, braucht man eine Kreditkarte.« Er wollte ihr zeigen, dass er ihren Arbeitsplatz zu schätzen wusste. »Ich habe das Geld, das schwöre ich.«

Brooklyn legte ihm die Hand an seinen Kopf und küsste ihn auf die Wange. »Ich besorge dir ein Zimmer«, sagte sie. »Hör auf, dir Sorgen zu machen.«

Irgendwie schaffte es Barry, ihre drei Reisetaschen und seinen eigenen Koffer zum Hotel zu schleppen. Für einen Dreiundvierzigjährigen gar nicht so schlecht, auch wenn er ewig nicht mehr trainiert hatte. Früher nächtlicher Nebel zog durch die verlassenen Straßen der Altstadt und erzeugte ein Film-noir-Gefühl, wie auf diesen Hopper-Gemälden, die Seema ihn neulich anzuschauen gezwungen hatte, als sie ein angeblich romantisches Kulturwochenende für zwei miteinander verbrachten. Jackson ergab keinen Sinn, als hätten die Stadtplaner und Architekten einfach bloß immer wieder gewürfelt. Hässliche Bürogebäude stießen an alte Art-déco-Juwelen. Der größte Teil der Bevölkerung hatte sich offenbar in die Vorstädte zurückgezogen oder wo sie sonst lebten, wenn die Sonne unterging, aber hier und da brummten noch kleine belebte Winkel, ein einsamer Nachtclub, Jazzklänge aus einem Hotelfoyer. Weiße Rentner spähten aus den neonhellen Fenstern eines Restaurants und betrachteten Barry und Brooklyn mit einer Neugier, die schon an Sorge grenzte. Wie ungewöhnlich war es für sie, einen älteren, groß gewachsenen Juden und eine hübsche Schwarze nachts zusammen durch die Straßen laufen zu sehen? Auf den Flaggen des Staates Mississippi, die vor den Regierungsgebäuden wehten, war in der linken oberen Ecke das Emblem der Konföderierten zu sehen. Wieder klingelte Brooklyns Handy. »Hey Trainer, ich gehe heute Abend noch mit Freunden aus. Kann sein, dass ich spät nach Hause komme oder vielleicht sogar über Nacht bleibe.«

Barry konnte kaum fassen, wie sich die Sache entwickelte. Er musste nicht mal lange und anstrengend taktieren, wie als Jugendlicher oder wie beim ersten Mal mit Seema. Aber wie konnte er seine beiden Bedürfnisse – Brooklyn anzufassen und sie als Mentor zu betreuen – in Einklang bringen? Und wie viel Erfahrung hatte sie bereits mit Jungs in ihrem Alter gemacht? Konnte er sie befriedigen?

Das Marriott war ein Eispickel, der ins Herz der Stadt gerammt worden war. Im Hotelfoyer bedienten Schwarze in Anzug und Krawatte nachlässig gekleidete Weiße. Brooklyn lief gleich hinter den Empfangstresen, wo eine ältere Dame mit Brille telefonierte, die in Kleidung und Haltung an Laylas Mutter erinnerte. Sie kehrte mit einem Zimmerschlüssel und nur ihrer Leopardentasche zurück. »Du bist unglaublich«, sagte Barry. »Ich zahle das morgen.«

»Ta-daa!«, sagte Brooklyn, als sie die Zimmertür aufstieß. Die Mineralwasserflaschen waren umsonst, merkte er sich sofort, und als er die Vorhänge aufzog, sah er die monumental beleuchteten Umrisse der Kapitolkuppel, ein mächtiges Bauwerk für einen so kleinen und armen Staat. Könnte er hier leben? Könnte er neu anfangen? Er hatte eine Erektion. Er schlang die Arme um Brooklyn und spürte ihre Hitze. »Baby, lass uns was beim Zimmerservice bestellen, ehe der um elf dichtmacht«, sagte sie. Er drückte sie an seine Lenden, doch sie schob ihn lächelnd weg und reichte ihm die Speisekarte vom Nachttisch. »Busfahren macht mich hungrig«, sagte sie. »Bestell die Chicken-Wings mit Blauschimmelkäsesoße und mit Kräuterremoulade, dann können wir beides abwechselnd essen. Und den Krabbencocktail und zwei Bier.« Das Essen kam sofort und kostete sechzig Dollar. Wie zum Teufel sollte Barry das zusätzlich zum Zimmerpreis bezahlen?

Sie saßen im Schneidersitz auf einem der Betten und aßen schweigend und schnell. Brooklyn hatte den Fernseher angeschaltet und sah eine Sendung namens *House Hunters*. Nach jedem Hühnerflügel leckte sie sich die Finger. Sobald sie fertig waren, fing er wieder an, sie zu küssen. »Lass mich mal eben Zähne putzen, Süßer«, sagte sie.

Als sie aus dem Bad zurückkam, zog sie ihr Top aus und zeigte ihm einen sehr einfachen Baumwoll-BH. Ihre Haut zeigte die schwachen Linien beginnender Cellulite, vor allem am Ansatz der Brüste. Er liebte alles an ihr, sogar die tätowierte Rose über dem rechten Hüftknochen und das Wort BLESSED über dem linken. Jetzt war seine letzte Gelegenheit. Noch konnte er kehrtmachen. Die Geschichte unerzählt lassen. Die Möglichkeit von etwas Größerem, Schönerem eröffnen. Man stelle sich vor, er wäre nur Seemas guter Freund geworden statt ihr Geliebter und Ehemann. Wie viel einfacher wäre sein Leben heute.

Aber es hatte keinen Zweck. Er packte sie kraftvoll und presste sich an sie. »Oh Gott«, sagte er.

Er wollte sie lecken, aber sie ließ ihn nicht. »Versuchen wir es doch mal so«, sagte sie. Sie nahm seine Hand und parkte sie sauber in ihrer Feuchtigkeit, während sie ihn ihrerseits sanft in die Hand nahm. In Zeiten des Internets hatte niemand mehr richtigen Sex, aber das war okay. Sie küssten sich ausgiebig, und er versuchte, seine Finger ganz in sie hineingleiten zu lassen. »Langsam, langsam«, sagte sie manchmal und zeigte ihm, wie es ging, als wäre es sein erstes Mal. Sie schmeckte ausschließlich nach Zahnpasta, und nachdem sie sich aufeinander eingestellt hatten, machte sie süße und freundliche Geräusche, als wäre Barry allein für ihr ganzes Glück verantwortlich. Barry kam in langen dramatischen Bögen, Brooklyn jedoch nur zitternd zum Stillstand.

Er war ganz schwindelig vor Liebe. Er wollte den Augenblick noch mehr feiern, indem er sein *ganzes* Selbst mit Brooklyn teilte. Er ging zu seinem Koffer, nahm die Uhrenbeweger und die Uhren mit Handaufzug heraus.

»Du hast mir gar nicht erzählt, dass du Uhrenverkäufer bist!«, sagte Brooklyn.

Barry lächelte. »Nein, nein«, sagte er. »Ich arbeite in der Finanzbranche. Ich liebe einfach Armbanduhren, und ein paar von ihnen habe ich mit auf meine Reise genommen.«

Brooklyn lief zum Koffer. Dass eine atemberaubende junge Frau mit nacktem Geschlecht sich über seine Uhren beugte, war wohl das Beste, was Barry je widerfahren war. Alle Wanduhren der Schweizer Alpen schlugen für ihn. Er wünschte, er könnte dies als Foto auf *WatchSavant* posten, seiner liebsten Uhren-Webseite, aber natürlich hatten sie dort Regeln und Mindeststandards. »Die hier finde ich toll«, sagte Brooklyn und hielt die glänzende F. P. Journe hoch, wahrscheinlich die attraktivste von Barrys Uhren. »Sparst du auf eine Rolex?«, fragte sie.

Barry lachte. Aber irgendwie tat es doch weh. Er konnte sie korrigieren und darauf hinweisen, dass die F. P. Journe und die Patek mindestens dreimal so viel kosteten wie eine durchschnittliche neue Rolex. Er wollte, dass sie ihn schätzte. »Diese Uhr wird wahrscheinlich für dreißigtausend gehandelt«, sagte er.

»In manchen Vierteln von Jackson kann man dafür ein Haus kaufen«, sagte sie. Aber sie klang nicht vorwurfsvoll. »Ach du meine Güte, guck dir das an!« Sie zog Shivas Springhäschen aus dem Koffer und drehte den Aufziehhebel. Das fröhliche Lied von Peter Watteschwanz klang durchs Zimmer. Das Häschen schoss aus seinem Metallhaus und hielt die Möhre vor sich. »Süß!«, rief Brooklyn.

Barry war verwirrt. Als sie das Häschen zurück in die Kiste stopfte und erneut den Hebel drehte, stieg Wut in ihm auf. »Das ist nicht für dich«, sagte er. »Das ist ein Spielzeug.«

Brooklyn schaute sich nach ihm um, Sorge in den Kupferaugen.

»Ich habe nur Angst, dass du es kaputt machst.« Brav verstaute sie das Häschen in seinem Gepäck, zwischen der Patek aus Weißgold und dem Reisepass auf den Namen Bernard Conte. »Entschuldige«, sagte Barry. »Die Sache ist die: Ich bin geschieden, aber ich habe einen Sohn. Und das wollte ich ihm eines Tages schenken. Oder ihm schicken.«

»Du musst ihn doch vermissen, wenn du so unterwegs bist«, sagte Brooklyn. Barry legte sich aufs Bett und winkte ihr, zu ihm zu kommen. Sie legte sich neben ihn und bettete den Kopf auf seine Brust. Er streichelte ihre krausen blonden Haare und malte mit dem Zeigefinger Achten auf ihre glänzende linke Schulter.

Barry erinnerte sich an ihre Worte, dass sie womöglich in der Immobilienbranche arbeiten wollte. Außerdem hatte sie gesagt, sie wolle ihre Familie nicht verlassen. Und wenn er nun, nachdem This Side of Capital implodiert war, einen neuen Fonds auflegte, mit ihr als Büroleiterin? Einen Fonds in Mississippi anzusiedeln war so gegen alle Gewohnheiten, dass allein das Presseecho unglaublich würde. Er stellte sich ein Foto im *Wall Street Journal* vor, vielleicht Brooklyn und er unter einer Magnolie vor einer prachtvollen alten Stadtvilla, und auf dem Geschäftsschild stünde ABSALOM INVESTMENT. Und seinen Urban Watch Fund könnten sie nebenbei laufen lassen.

Aber wie sollte er nach dieser Entwicklung noch ihr Mentor sein? Wie sollte er sich mit ihr an den Tisch setzen und ihr erklären, wie unsere Wirtschaft funktionierte, nachdem sie ihn nackt gesehen hatte? Er wollte in ihr makelloses Gesicht schauen, in dem immer eine unausgesprochene, natürliche Zufriedenheit lag, und sagen: »Ein REIT ist ein Trust für Immobilien. Er handelt mit Grundstücken und Gebäuden, verhält sich aber eher wie Aktienkapital.« Daneben würde *House Hunters* nach Kindergarten aussehen.

Sie schliefen sehr schnell ein.

Die blendende Sonne weckte ihn. Er lag in einem Hotelzimmer der Mittelklasse, neben sich ein Mädchen aus der Gegend – was könnte schöner sein? Er drehte sich zur Seite und wollte ihr einen Morgenkuss geben, doch sie war weg.

Barry fuhr hoch. Er rannte ins Bad. Leer. Er öffnete die Tür zum Korridor und warf einen Blick hinaus. Dort war sie auch nicht. Dann schoss es ihm ins Hirn.

Seine Uhren.

Sein Gepäck stand nicht mehr in der Zimmerecke, wo er es lässig abgestellt hatte. *Weg.*

Seine Uhren. Die Tri-Compax, die er Shiva zugedacht hatte. Das Häschen, das seinen Sohn begeistern sollte. Das Ganze war eine Falle gewesen.

Er griff zum Telefonhörer, ohne zu wissen, wen er anrufen sollte. Sie hatte mit einer Frau an der Rezeption gesprochen, als sie ihn eincheckte. Einer älteren Weißen. Die steckte wahrscheinlich mit Brooklyn unter einer Decke. Er würde die Polizei rufen. Sie verklagen. Das Hotel verklagen. Allerdings hatte Brooklyn sich wahrscheinlich ausgerechnet, dass er auf der Flucht war. Keine Kreditkarten, einen Haufen teure Uhren. *Scheiße!*

Er wollte gerade die Taste für eine Verbindung mit dem Empfang drücken, als er den Brief auf dem Nachttisch sah, auf dem Notizblock des Marriott-Hotels geschrieben. Die sorgfältige Handschrift konnte nur bedeuten, dass er von ihr war.

Lieber Barry,
das hat solchen Spaß gemacht gestern, und ich habe das Gefühl, viel gelernt zu haben. Wenn ich endlich mal in einem Flugzeug sitze, werde ich ganz bestimmt an dich denken! Du hast gesagt, du würdest gern etwas Authentisches probieren, wenn du also noch in Jackson bleibst, solltest du dir das Big

Apple Inn angucken, das liegt in einem alten Viertel namens Farish. Das Schweineohren-Sandwich ist berühmt. Am Empfang zeichnet man dir den Weg auf. Und vielen Dank für den Kind-Riegel. Du bist so freundlich wie ein Kind!

XOXOXOXO Brooklyn

PS: Ich habe deinen Koffer in den Schrank gestellt und deine Uhren in den Safe gelegt. Der Code lautet 7291, was zufällig auch mein Geburtstag ist ☺

Barry wurde schlecht. Er rannte zum Schrank. Sein Rollkoffer stand auf einem Kofferbrett. Er tippte den Code in den Safe. Er nahm seine Uhren heraus und reihte sie auf dem Schreibtisch auf, so wie er Shiva CDs und Spielzeuge aufreihen gesehen hatte. Er sah, wie die Strahlen der hoch stehenden Mississippisonne vom Acrylglas und Saphirglas reflektiert wurden, und beugte sich vor, um das Ticken der Unruhen zu hören, und mit jedem Klick der vergehenden Zeit atmete er ein und aus.

Barry las den Brief noch einmal. Was hatte er zu bedeuten? Beendete sie die Sache? Wieso hatte sie ihm ihr Geburtsdatum genannt? Wollte sie immer noch, dass er ihr half, ins Immobiliengeschäft einzusteigen? Wieder und wieder las er die Zeilen. Es war bescheuert, dass ihm das auffiel, aber ihre Zeichensetzung war fehlerlos, alle Kommas am rechten Ort. Er hatte Portfolio-Manager in seinem Büro, die nicht mal eine beschissene Mail schreiben konnten.

Er roch an seiner Hand, um sich zu überzeugen, dass sie wirklich gewesen war. Dann zog er sich Jeff Parks T-Shirt vom Georgia Aquarium und seine Jeans an und rannte nach unten. Eine Frau mit übergroßer Brille saß am Empfang. Sie hatte helle Haut und Sommersprossen. »Wissen Sie, wo Brooklyn ist?«, fragte er sie.

»An Wochenenden arbeitet sie nie.«

»Aber ich muss sie sehen. Können Sie mir ihre Telefonnummer geben?«

»Solche Informationen geben wir nicht weiter, Sir.«

Wenn sie einmal »Sir« gesagt hatten, war das Spiel gelaufen. Barry griff nach einem Block und einem Stift. »Liebe Brooklyn«, schrieb er, »es tut mir leid, wenn ich gestern irgendwas getan habe, was dir unangenehm war. Ich wollte dich nicht drängen, wenn das ein Problem war. Ich weiß, du bist eine sehr kluge und anständige junge Frau, und das finde ich sehr attraktiv. Ich weiß auch, dass wir aus sehr verschiedenen Welten stammen, aber ich habe das Gefühl, dies ist eine Verbindung, wie sie nur einmal im Leben vorkommt. Du bist keine Frau, mit der ich bloß Spaß haben will. Der Spaß gestern war eher nebensächlich. Es ist nur passiert, weil ich schwach war und du so schön bist. Ich möchte dein Mentor sein. Ich möchte dir alles über Immobilientrusts beibringen. Ich möchte mit dir auf den Vulkan in der Mitte von Hawaiis Big Island steigen. Wir könnten so viel miteinander teilen, auf nichtsexuelle Art. Nichts ist so schön, wie mit dem Boot aus Neapel loszufahren und die Klippen von Capri in der Ferne aufragen zu sehen. Aber am allermeisten hätte ich gern die Ehre, dir bei allem, was du tun möchtest, zum Erfolg zu verhelfen. Viele Grüße, Barry. BCohen@ThisSide.com.«

»Bitte«, sagte er. »Wenn Sie sie sehen, sagen Sie ihr bitte, dass sie mir sofort eine Mail schicken soll. Na ja. Vielleicht kann ich nicht gleich antworten, weil ich mein Telefon verloren habe, aber …« Er klang irre, und er wusste es.

»Natürlich, *Sir*«, sagte die Frau, und es klang endgültig. Er keuchte jämmerlich, das Aquarium-T-Shirt klebte trotz der Klimaanlage an seinem Rücken. »Möchten Sie vielleicht ein Glas Wasser?«, fragte die Empfangsdame.

»Sie ist einfach ein wunderbarer Mensch«, sagte er.

»Wir mögen sie alle sehr gern«, gestand die Frau ihm zu. Barry überlegte, ob er nach ihrer Kirchengemeinde fragen sollte, doch stattdessen erkundigte er sich nach dem Weg zum Big Apple Inn, das sie ihm empfohlen hatte. Vielleicht könnte er dort ein frühes Mittagessen nehmen. Man zeichnete ihm einen Stadtplan auf und erklärte ihm ausführlich den Weg.

Das Viertel Farish war nur wenig von der Innenstadt entfernt. Die Hauptstraße sah verlassen und verfallen aus, wie die Teile von Havanna, die er auf einer Luxusreise durch Kuba gesehen hatte. Schilder wiesen auf frühere Pracht hin; anscheinend hatte Farish für das Leben der Schwarzen in Mississippi die gleiche Bedeutung wie Jackson Ward für Richmond.

Das Big Apple Inn war der einzige offene Laden an der Straße. Eine junge Frau stand am Grill, und eine massige Frau, die aussah wie eine Verwandte von ihr, zählte Geld. »Eine Freundin hat mir empfohlen, Ihr Schweineohren-Sandwich zu probieren«, sagte Barry. Die Tische waren nicht aus echtem Holz, die Stühle orangefarben wie in den Siebzigern, die Wände aus Plastik, und die Verlängerungskabel hingen kreuz und quer wie Bohnenranken. Was brauchte es für eine Hingabe, um an so einem Ort zu bleiben? »Kennen Sie sie?«, fragte er. »Sie heißt Brooklyn.«

Sie kannten sie nicht. »Sie hat mir erzählt, dass sie diesen Laden echt gern mag«, sagte Barry.

»Medgar Evers hatte früher oben ein Büro«, sagte die junge Frau. Das klang wie ein Satz, den sie zu einem Touristen sagen würde. Barry wusste, Evers hatte irgendwas mit Bürgerrechten zu tun; irgendein College der City University of New York war nach ihm benannt. Er setzte sich auf einen der harten Stühle. Juden hatten irgendeine Verbindung zu Mississippi, aber er wusste nicht mehr, was für eine. Das Schweineohr war weich und heiß und gallertartig und steckte in einem kleinen süßen Brötchen. Er hatte das Gefühl, den Schmerz eines anderen zu essen. Brooklyn hatte ihm ein kurzes Schlaglicht darauf gewährt, wer sie war oder zumindest wo sie herkam. Sie hatte gesagt, dass man für den Gegenwert seiner Uhr in Jackson sogar Häuser kaufen konnte, und dies war wahrscheinlich eines von ihnen. Vielleicht hatte ihr Vater ein kleines Geschäft, das er unterstützen könnte. Es hatte ihm nie gefallen, wie Obama die Menschen in der Finanzbranche hasste, aber er hatte kurz Interesse an Ben Carsons Kandidatur entwickelt, bis der Arzt »Hamas« und »Hummus« verwechselt hatte. Er fasste sich ins Gesicht. Die Narben, die Seema und das Kindermädchen ihm zugefügt hatten, waren zu kleinen Graten verheilt.

War es so falsch, einem jungen Menschen helfen zu wollen? Shiva würde er nie auch nur irgendwas beibringen können. Die paar Male, als er den Jungen in den Arm nehmen wollte, ihn beruhigen, ihn belehren wollte, so wie es jedem Tier einprogrammiert ist, seine Nachkommen zu lehren, hatte der ihn gegen die Brust getreten. Sein eigener Vater hätte ihn in Stücke gerissen, wenn er sich so wie Shiva verhalten hätte, Diagnose hin oder her. Er malte sich die glückliche Familienszene aus, die ihn dazu gebracht hatte, sich ohne Kondom und ohne Ehevertrag in Seema zu versenken: drei halb braune Kinder vor drei Duravit-Waschbecken im Haus auf dem Land, die einander freudig bespritzten. Doch niemand brauchte ihn als Vater oder als Liebhaber. Er hatte Brooklyn verschreckt. Und wenn Layla ihn nun auch ablehnte?

Draußen kam er an einer Plakatwand für Big Mamas Kautionsbüro vorbei. Eine Frau mit blondierten Haaren, die wie eine ältere Version von Brooklyn wirkte, hielt ein kleines Kind mit roter Haarschleife auf dem Arm. Darunter eine Rufnummer und der Satz BIN SCHON UNTERWEGS, BABY. Hinter dem Schild kauerte eine große Kirche, ein verwittertes Gebäude mit Dach bis zum Boden. KOMMET ZU MIR stand neben einer Perspektivdarstellung eines großen roten Kreuzes. Barry tat wie geheißen. Und wenn das nun Brooklyns Kirche war? Wenn er ihre Stimme im Gebet hören könnte? Vielleicht mit der eigenen einstimmen? Er warf einen Blick hinein. Ein paar ältere schwarze Frauen in feinem Sonntagsstaat drehten sich verblüfft nach ihm um und blinzelten hinter großen goldenen Brillengestellen. Im Fenster sah er sein Spiegelbild: ein zerknitterter Weißer, unrasiert, auf dessen T-Shirt ein Walhai zu sehen war. Barry winkte ihnen zu und ging auf der Straße wieder zurück. Überall hingen Schilder, die an den Kampf um Bürgerrechte in der Gegend erinnerten. Schwarze Städte in mehrheitlich weißen Bundesstaaten waren von einer ganz eigenen Traurigkeit. Diese ganzen staubigen Wege zur Freiheit. Und wenn unser Land nun niemals geheilt würde?

Er verließ Farish und ging zurück zum Marriott. Dieselbe Frau saß noch am Empfang. Wahrscheinlich fehlten ihm mindestens siebzig Dollar, um die Rechnung zu begleichen. Welche Uhr würde er als Pfand dalassen? »Hier steht, Ihr Zimmer ist übernommen worden«, sagte die Frau.

»Das ist unmöglich«, sagte er. »Es gab auch noch eine Rechnung für den Zimmerservice.«

»Alles frei Haus.«

»Hat Brooklyn das bezahlt? Das sollte sie nicht! Das ist mir so peinlich.«

Die Frau zuckte die Achseln. »Mehr kann ich Ihnen nicht sagen, Sir«, sagte sie. Als sie seine Miene sah, fügte sie hinzu: »Ich werde ihr Ihre Nachricht übermitteln, das verspreche ich.« Er holte seinen Rollkoffer und warf noch einen letzten Blick auf das Zimmer, in dem sie ihn berührt hatte. Jemand war gekommen und hatte es tadellos aufgeräumt.

Wenn man einen schlechten Handel abgeschlossen hatte, dann blickte man nicht zurück, und Jackson war so ein schlechter Handel gewesen. Alle und alles schienen ihm schädlich und verletzend, auch die armen Leute, die sich vor dem Bus nach Dallas versammelt hatten, sogar der bucklige alte Mann in der grünen Weste, der seinen Rollkoffer in den Bus lud. Die Welt um ihn herum war düsterer geworden, als trüge er eine Sonnenbrille. Was hatte er ihr in seinem blöden Brief versprochen? Capri? Hawaii? Er war *selbst* eine Scheißinsel.

Pfff, machte der Bus. *Pfff.* Die Lautsprecher gingen an, und die Fahrgäste wurden gebeten, nicht zu trinken oder zu fluchen. »Im Namen von Greyhound und in meinem eigenen Namen möchte ich Ihnen dafür danken«, sagte die Fahrerin. Eine Frau diesmal. Und dann waren sie auf dem Weg. Ein Falke glitt über die Felder, den Kopf über der Schulter nach hinten gedreht, als hätte er vergessen, nach Beute zu suchen. BIENVENUE EN LOUISIANE sagte ein Schild. Der Fluss Mississippi breitete sich wie ein riesiger brauner See unter ihnen aus, und selbst die schwimmenden Casinos konnten ihn nicht klein machen. Sie kamen an einem Feld mit Zuckerrohr vorbei, das so grün leuchtete, dass Barry den Blick senkte. Er träumte von Brooklyn, dem Druck ihres Atems an seinem Schlüsselbein, als sie schlief.

»Der Leib Josuas, der Leib Abrahams.« Eine laute Stimme weckte ihn. Anders als bei den bisherigen Fahrten war diesmal auch eine Handvoll Weißer an Bord. Manche trugen Uniform, andere waren Fernfahrer, die ihre Sattelschlepper in einer Stadt abgestellt hatten und jetzt quer durchs Land zum nächsten Auftrag unterwegs waren. Der Mann, der von den Leibern Josuas und Abrahams sprach, saß direkt vor Barry. Er unterhielt sich über den Gang mit einem anderen jungen Weißen. Beide trugen kurze Jeans und Socken. »Es heißt, Gott sei seltsam und unheimlich«, sagte der Mann. »Ich persönlich hasse die Unwissenheit, jede Art von Unwissenheit. Was, wenn Jesus allen geglaubt hätte, die ihn für verrückt erklärt hätten? Was, wenn Moses es geglaubt hätte? Oder die Gebrüder Wright? Lesen Sie *Breitbart* und *InfoWars*? Ich überlege, ob ich für die Kirche lernen sollte. Also, um Pastor zu werden. Kann man da einen Ausbildungsplatz bekommen?« »Ich glaube schon«, sagte der andere von gegenüber. »Ich glaube, man kann sich von einem Pastor anlernen lassen, und nach einer Weile lassen sie dich dann selbst predigen.«

»Ich war ein Jahr lang depressiv«, sagte der Möchtegern-Prediger. »Ich wollte sterben. Ich habe Methamphetamin genommen, dann bin ich zur Armee gegangen, und da bin ich auch jetzt noch. Ich werde es so weit treiben, wie ich kann. Ich habe einen Vertrag mit Gott darüber, was ich esse und trinke. Es gibt einen Unterschied zwischen einem Sklaven und einem Diener, und ich bin kein Sklave.« Barry bemerkte ein Tattoo der Marines auf seinem Bizeps. War die Armee etwas anderes als die Marines? Er hatte das Gefühl, dass der Prediger überhaupt nicht beim Militär war. »Sie versuchen, Sklaven zu schaffen, aber ich bin kein Sklave. Sie reden sogar mit dir wie mit einem Sklaven.«

»Ich weiß, wie das geht«, sagte der Mann gegenüber. Zwischen ihm und dem Möchtegern-Prediger saß noch ein kleiner Schwarzer im Hoodie. Er war im Tiefschlaf, während die beiden Weißen über ihn hinwegredeten.

»Lesen Sie *Breitbart* oder *InfoWars*? Die Zeiten ändern sich. Mike Pence ist ein guter Mann. Er weiß, dass große Dinge auf uns zukommen. Darum hat man die Juden ans Kreuz genagelt. Darum wurde auch Mohammed getötet, weil er Jesus nicht als ewig akzeptieren wollte. So war er sein ganzes Leben lang. Halsstarrig, so nennt man das.«

Barry fiel auf, dass der Mann jetzt ihn ansah. Und außerdem, dass er Jude war. Er hatte sich seit dem Studium nicht mehr jüdisch gefühlt. Jetzt schon. Der Prediger hatte ein kurzes Jagdmesser im Gürtel stecken, und die Wellenschliffklinge schaute heraus und glänzte. »Alles arbeitet zum Nutzen des Herrn. Glauben Sie an die Bibel?«

»Ja!«, antwortete der andere.

»Menschen können ihre Ansichten ändern, sogar die Juden.«

Wieder war ein Gewitter losgebrochen, und der Bus schlingerte durch die Regenmassen. Barry starrte aus dem Fenster.

»Wir haben bloß unterschiedliche Ansichten darüber, wer der Messias war«, sagte der Mann ebenso zu Barry wie zu seinem Freund jenseits des Gangs. Eine Gruppe Männer in Sneakersocken und kurzen Hosen in der Reihe direkt davor hörte ebenfalls mit halbem Ohr zu, während sie gleichzeitig über ihre nächsten Lastwagenladungen redeten. »Aber wieso hielt Gott es für nötig, Jesus zurückkehren zu lassen, wenn niemand sich ändern musste? Und dieser Sommer ist auch der Sommer des Wandels. Die Engel beobachten uns. Er kehrt wieder. Er kommt ein letztes Mal. Vielleicht ist er schon hier.«

Sonnenschein löste den Regen ab, und die Autos auf dem Highway wirbelten Regenbögen hinter sich auf. Der Bus war auf einen Parkplatz vor einem Universitätscampus abgebogen. GRAMBLING STATE UNIVERSITY BEGRÜSST SIE IM LAND DER TIGER, stand auf einem Schild. Es war ein schwarzes College. Jetzt im Sommer war der Campus halb leer, aber dennoch eilten attraktive Männer und Frauen durch die Hitze, und der kürzliche Regenschauer breitete einen Hauch von Freude über die staubigen Innenhöfe. Manche der Studierenden trugen witzige T-Shirts: 0% IRISCH stand auf einem. Barry war einsam und sehnte sich nach ihrer Gesellschaft. Und dann wurde ihm klar, wieso.

Grambling State. Hier hatte Brooklyn studiert. Brooklyn war eine dieser Studentinnen gewesen.

Die beiden Weißen betrachteten die Szenerie mit zusammengekniffenen Augen. Auch ihre Gefährten auf der anderen Gangseite waren still geworden. Einer von ihnen pfiff leise, als wollte er etwas zwischen den Zähnen wegblasen.

»Guck dir das an«, sagte der Möchtegern-Prediger. »Guck dir das bloß mal an.«

»Die müssen ihre eigene Polizeiwache hier haben«, sagte der Mann in der anderen Sitzreihe. »Brauchen sie ganz sicher. Und ich wette mit euch, wir stellen die Beamten. Die können sich nicht selbst überwachen.«

Barry merkte, dass er sich aus dem Sitz erhob. Nein, er hatte schon lange nicht mehr trainiert, aber in seinen Schultern und Oberarmen steckte immer noch Kraft. Er hatte kein Messer im Gürtel stecken, aber er konnte dennoch Unheil anrichten. Man kam nicht zu 2,4 Milliarden verwaltetem Vermögen, wenn man die Welt nicht auf den Kopf stellen konnte.

»Das ist in Ordnung«, sagte der Prediger laut genug, dass man ihn bis hinten im Bus hören konnte, aber dennoch mit der Ruhe natürlicher Autorität. »Das ist gut. Sie haben ihre Universitäten, und eines Tages werden wir auch unsere haben.« *Unsere? Weiße Universitäten? Was glaubte er denn, wie es an den meisten Unis aussah?* Barry verharrte in seiner halb stehenden Position. Die Schwarzen im Bus schauten aus den Fenstern und taten so, als sei der Prediger gar nicht da. Sie stellten die Mehrheit der Fahrgäste, waren aber klug genug, nicht aktiv zu werden. Was konnte Barry tun? Wie könnte er sie rächen? Brooklyn rächen? Der Prediger sah so sauber und anständig aus, trotz des Messers im Gürtel.

Er darf nicht gewinnen, dachte Barry. Für Shiva. Für Seema. Für Brooklyn. Er darf nicht.

Barry setzte sich wieder. Er kam aus Manhattan. Er wusste um die Folgen seiner Handlungen. Dass die Polizei ihn aus dem Bus zerrte, konnte er gar nicht gebrauchen. Er musste sich überhaupt gegen jede Art von Konflikt absichern. Es waren ja nicht bloß diese beiden Männer; sie hatten noch mindestens vier weitere Kumpane vor sich sitzen, ein kleiner *Breitbart*-Ableger. Im Busbahnhof von Shreveport verkaufte ihm ein Mann aus Gujarat eine Ausmalversion des Neuen Testaments für vier Dollar neunundneunzig. Sein Magen schmerzte, doch von den rosaroten Hot Dogs, die sich in einer Art Rotationsgrill drehten, wurde ihm übel. Er stieg wieder in den Bus. Irgendwo nahmen Brooklyn und Trainer und der Rest ihrer Familie zu einem richtigen Abendessen an einem Tisch Platz, ein großer, saftig gebratener Vogel wurde serviert, dazu Kohlgemüse und Süßkartoffeln. Und er saß in einem Bus voller Rassisten und hatte nichts zu essen.

»Es wird eine Weltregierung geben«, sagte der Prediger mit dem Messer. »Schaut nach, was ihr über George Soros und Paul Singer findet, dann fangt ihr an zu verstehen.« Barry hatte beide bei Börsendinnern getroffen. Sie waren Juden wie er. Er wusste, der Prediger schaute ihn jetzt direkt an. Einer seiner besten Freunde aus der fünften Klasse hatte mal den Ausdruck »Judenhändler« gebraucht und sich sofort dafür entschuldigt. Das war auch schon alles, was er der Religion seiner Väter wegen hatte erdulden müssen. Er griff nach seinem Ausmalbuch vom Neuen Testament und wandte sich einer Seite zu, bei der es um Matthäus und das Eintreiben von Steuern ging. »Sir«, sagte der Prediger, »darf ich fragen, welcher Abstammung Sie sind? Ohne Ihnen zu nahe treten zu wollen.«

Und wenn Barry die Wahrheit sagte? Der Blick des Predigers glitt über Barrys Schwimmerschultern, seine Kraft einschätzend. Er beugte sich in den Gang, sein Messer voll in Sicht. Barry sah alles vor sich. Den schneidenden Schmerz, das Verhör durch die Polizei im örtlichen Krankenhaus, nachdem die Ärzte sein Gesicht wieder zusammengeflickt hatten.

Sir, warum haben Sie keinerlei Ausweispapiere?

Mir wurde die Brieftasche gestohlen.

Sie müssen mit uns aufs Revier kommen.

Aber ich bin hier doch das Opfer.

»Ich bin Grieche«, hörte Barry sich sagen. »Griechisch-orthodox.« Er hielt sein Ausmalbuch hoch.

»Sind Sie Arbeiter?«, fragte der Prediger. Barry spürte die freudige Erregung des Predigers und wie sehr er die Situation genoss.

»Ich reinige Schwimmbecken«, sagte Barry. »Ich habe einen kleinen Betrieb.«

»Das ist gut«, sagte der Prediger. »Es ist gut, einen Beruf zu haben, ein Handwerk zu beherrschen. Ich sollte eigentlich Schweißer werden, aber das hat nicht geklappt. Wer ein Handwerk beherrscht, kann nie Sklave sein.«

»Amen«, sagte der Mann gegenüber.

»Die Griechen waren die Stammväter der Europäer. Griechen und Weiße sind fast das Gleiche. Wissen Sie, was Stammväter bedeuten soll?« Er predigte jetzt zu ihnen beiden, und sein Blick ging zwischen seinen Gemeindemitgliedern hin und her.

»Nein«, sagte Barry.

»Das bedeutet, dass sie den Anfang gemacht haben. Zeus. Apollo. Der Morgenstern. Jesus. Alles das Gleiche. Man hat ihnen im Lauf der Zeit nur immer andere Namen gegeben. Eins will ich euch jetzt sagen: Ich bin nur an Drogen geraten, weil ich meinen Sohn nicht sehen durfte.«

Vor dem Fenster verkündete ein riesengroßen Schild: WILLKOMMEN IN TEXAS. FAHREN SIE FREUNDLICH – SO MACHT ES TEXAS. Und wenn sie nun irgendwie herausfanden, dass er ein Wall-Street-Jude war? Das Internet war schließlich überall. Wenn Barry hier und jetzt aufgefordert würde, aus dem Bus zu steigen? Es beruhigte ihn, dass er schon im selben Bundesstaat war wie Layla, doch lagen noch tausendzweihundert Kilometer zwischen ihnen.

»In den letzten drei Jahren habe ich einundfünfzigtausend Dollar für Drogen ausgegeben. Ich habe gebettelt, ich habe gestohlen, ich habe es meiner Familie weggenommen, sogar meinem Vater. Wisst ihr, wie viel Drogen kosten?« Barry hatte den Crack-Rock immer noch in der Hosentasche. »Wusste ich auch nicht. Ich habe *Breaking Bad* geguckt und so, aber sie sind noch teurer. Ein Hunderter für zehn Gramm Heroin. Und

Meth gibt es auch nicht umsonst. So ist es eben. Man nennt sie Endorphine. Leben geht in ein anderes Leben über, und dann in noch ein anderes. Und irgendwann verändert es die Welt.« Er schaute sie an, als brauchte er eine Antwort.

»Das stimmt«, sagte der Mann gegenüber. Der Schwarze neben ihm war wieder eingeschlafen, sein Atem ging flach und leicht, als würde er im Traum über irgendeine Oberfläche gleiten.

»Habe ich auch gehört«, sagte Barry. Er versuchte, wieder in sein Neues Testament zu schauen, doch die Stimme dröhnte weiter in seinen Ohren.

»Jedenfalls wurde ich für etwas ins Gefängnis gesteckt, was ich nicht getan habe. Ich habe sie bloß am Arm gepackt und gesagt, sie solle nicht weggehen, und sie hat einen blauen Fleck davon bekommen. Acht Tage war ich im Gefängnis. Mein Vater hat dann Kaution hinterlegt. Ich wurde wegen Suizidgefahr überwacht. So ein N-Punkt-Punkt-Punkt hat mit der Faust nach mir geschlagen.« Barry zuckte zusammen. »Ich habe so laut rumgeschrien, ich habe mich selbst vor mir gefürchtet. Und dann habe ich einen Mann kennengelernt, der war gerade zweiundzwanzig, aber nicht das erste Mal hinter Gittern, und der hat mich überredet, mit ihm in die Kirche zu gehen. Er sagte: ›Du kommst aus diesem Leben raus.‹ Und dann ist die Frau, die ich angeblich geschlagen hatte, vor Gericht nicht aufgetaucht. Wo mein Junge ist, weiß ich nicht mal.«

Barry und der Prediger sahen sich jetzt in die Augen. Barry hatte den Eindruck, der Mann wollte gleichzeitig weinen und ihn schlagen. »Ich habe auch einen Sohn«, sagte Barry. »Und ich darf ihn auch nicht mehr sehen. Meine Frau hat aufgehört, mich zu lieben, und ich habe mein Kind verloren.«

Der Prediger streckte die Hand aus, und Barry schüttelte sie. »Es schmerzt mich, das zu hören, mein Freund«, sagte er. »In dieser Welt sind wir alle Brüder.« Dass Barry von eigenem Leid berichtete, nahm ihm irgendwie den Wind aus den Segeln. Er ließ sich wieder auf seinen Sitz fallen und sagte den Rest der Fahrt nichts mehr.

Barry war erregt. Der Mann vor ihm brauchte Antiaggressionstraining und eine abgeschlossene Berufsausbildung. Er und seine Reisegefährten hatten so wenig, aber selbst davon würden sie etwas aufgeben, nur damit Brooklyn noch weniger bekam.

Die Sonne ging in apokalyptischem Rosa am texanischen Horizont unter, und die Röte des Gestirns sickerte in die dunkler werdenden Wolken. Stunden vergingen, es war schon Nacht, als sie sich der verzweifelt bunten Skyline von Dallas näherten. Am Busbahnhof sah er den Prediger in einen zerbeulten Dodge Ram Pick-up steigen, und auf dem Fahrersitz saß ein grauhaariger Mann, dessen Mütze ihn als Irakkriegsveteranen auswies – vielleicht der Vater, der ihn aus dem Gefängnis geholt hatte. Sie wechselten kein Wort der Begrüßung.

Am Morgen war Barry froh, wieder in den Bus steigen zu können, aber er hatte auch Angst. Er brachte Layla jemanden, aber wer war dieser Jemand? Ein gescheiterter Aktienhändler? Ein Mann, der kein Geschäft mit Jeff Park abschließen konnte? Ein fremdgehender Ehemann? Ein wenig überzeugender Liebhaber? Vor ihm stand eine junge Transfrau, die sich das Ticket nach San Francisco nicht leisten konnte. Sie aß ein Eis und weinte. Aber selbst weinend wusste sie, wer sie war.

Texas ging noch zwölf Stunden weiter, größtenteils nichtssagend. Der Bundesstaat hatte seine eigene Größe erfinden müssen. Vor ihm saßen mexikanische Kinder, die alle Einzelheiten der Aussicht bewunderten. »*Caballos!*«, riefen sie. »*Mira! Caballos!*«

Auf einer fernen Hügelkette drängten sich Windräder, vielleicht tausend. Sie sahen aus wie freundliche Riesen, und die Kinder betrachteten sie eindeutig als solche. Eines von ihnen, ein Mädchen, sang in klagender Eintönigkeit das Lied *Old*

MacDonald Had a Farm. Ein Diorama aus Baumwolle, Öl und Rindern zog vorbei. Über einem KIA-Autohaus schwebte ein riesiger Elvis-Ballon. Sie hielten vor einem Subway, und Barry kaufte sich ein großes Italian Sub, belegt mit vielfältig verführerischem Aufschnitt. Der Boden in den Toilettenräumen lag voller toter Kakerlaken. Er aß sein täglich Brot und hielt dabei die Füße knapp über den Fliesen.

Das Gelände um sie herum veränderte sein Gesicht. Die Hügel wurden ockerfarben. Kühe drängten sich um Hochspannungsleitungen. Das Gebüsch war das Gegenteil von üppig, dafür bescheiden und ehrlich. »Oh Mann, ich liebe den Westen«, sagte ein Mann hinter Barry. »Warum irgendwo anders leben?«

In einem gottverlassenen Ort namens Big Spring stiegen drei hinreißende Mexikanerinnen ein, die mit Mühe riesige Einkaufstüten von The Children's Place voller Wäsche schleppten. Barry hoffte, die dritte, die nicht mit den anderen beiden zusammensitzen konnte, würde neben ihm landen, aber so kam es nicht. Die Sonne knallte herab wie ein Stein. »Wir sind in Odessa«, sagte der Fahrer, »Vorsicht mit den Augen, das Licht geht an.« Er knipste die Innenbeleuchtung an, und alle stöhnten. Sie bremsten scharf in Pecos und hielten dann in einem Ort namens Van Horn. Im Supermarkt dort lief ein Song, der Barry an Jugendzeiten erinnerte, als er gerade die erste Fahrerlaubnis bekommen hatte und mit dem Poolreiniger-Transporter seines Vaters über den Cross Island Parkway fuhr. *Carry a laser down the road that I must travel.* So klang es jedenfalls in seinen Ohren. Die Band könnte Mr. Mister oder so ähnlich geheißen haben. Sein Vater fand es in Ordnung, wenn er beim Fahren laut Musik hörte, schaltete das Radio aber aus, wenn er selbst fuhr. Wenn man älter wurde, polterten Fakten aus der Vergangenheit im Kopf herum wie Salatköpfe in einem Sack.

Draußen fröstelte er im Wüstenwind. Ein neuer Fahrer löste den alten ab. »Kein Tempomat, läuft aber gut«, sagte der alte

Fahrer zum neuen. »Sobald wir Van Horn verlassen, wechseln wir auf Mountain Standard Time«, erklärte der Fahrer über Lautsprecher. Morgen würde er alle seine Uhren umstellen müssen. Das würde ein Vergnügen. Er hatte seit gestern nicht mehr an Shiva gedacht.

Und doch war er glücklich. Er hatte immer noch das Häschen in der Kiste. Und seine Tri-Compax, die er irgendwann seinem Sohn zum Geschenk machen würde. *Uhr. Sag es, Häschen! Uh-wuh-wuh-wuh-wuhr. Uhr. Daddys Uhr.* Vielleicht war er gar nicht so ein schlechter Vater? Es gab in seinem Laden Portfolio-Manager, die so viele Stunden arbeiteten, dass sie ihre Kinder nie zu sehen kriegten. Die Tochter des Leiters des Asiengeschäfts hatte mal gefragt: »Daddy, wo wohnst du eigentlich?«

Jetzt begann tatsächlich sein zweiter Akt. Seine kurze Romanze mit Brooklyn war ein Fehler gewesen, aber ein ehrlicher, von Herzen kommender Fehler.

Und wenn Layla nun ein perfekt kuratiertes Kind hätte, von verschmitztem Witz und großer Klugheit, und ein perfekt kuratiertes Leben hier im Südwesten, und wenn sie beides mit ihm teilen wollte? Wenn es im Bad genug Platz für drei Waschbecken nebeneinander gäbe? Er würde noch zwei Kinder brauchen. Layla war dreiundvierzig, und sein Sperma war mangelhaft, aber man konnte ja auch adoptieren. Und wenn jeder Augenblick beim Abendessen von lernen und lieben und lachen erfüllt war? Wenn er nun ausnahmsweise einmal die Frau, die er liebte, vorangehen ließ? So lange versuchte er jetzt schon, als Mentor andere voranzubringen, aber wenn er nun stattdessen von Layla lernen könnte? Als Professorin war sie doch schon eine professionelle Mentorin.

Plötzliche Müdigkeit übermannte ihn. Im Scheinwerferlicht entgegenkommender Lastwagen sah er die Umrisse von Bergen, doch um ihre Schönheit würde er nie wissen.

10 EIN ABSOLUTER, TOTALER PAVAAM

Am 30. Juli taxierte die Prognosenseite *FiveThirtyEight* Trumps Chancen, die Präsidentschaftswahl zu gewinnen, auf 50,1 Prozent. Seema versank in Verzweiflung und fing beim Frühstück an zu weinen. Shiva kreischte los und pikte sich ins Gesicht, versuchte seine Augen auszustechen, vielleicht aus Mitgefühl. »Alles okay bei Mommy.« Novie begann ihn zu besänftigen. »Sie hat Fliege im Auge.« Sie ertappte die Köchin Mariana dabei, wie sie ihren Sohn von der Kochinsel her in Grund und Boden starrte. In ihrem Land würde man jemanden wie Shiva wahrscheinlich von der Klippe stoßen. Jetzt hätte sie Barry an ihrer Seite gebrauchen können. Wenn er über das Land redete, klang es wahr und endgültig, auch wenn er nach eigener Aussage »moderater, nur an der Finanzpolitik interessierter Republikaner« war. Luis schimpfte immer noch von übergeordneter Warte, dass beide Kandidaten korrupt seien, obwohl ihn das Follower auf Twitter kostete, wie er feststellte.

»Heute muss du nett zu mir sein«, schrieb sie ihm.

»Okay«, antwortete er. »Gramercy?«

Sie rief sich in Erinnerung, dass sie verliebt war, dass Zärtlichkeiten auf sie warteten und dass es dumm wäre, das sausen zu lassen. Doch er musste wissen, was sie angesichts dieser 50,1 Prozent empfand. Sie sah eine Welt voraus, in der Shiva drangsaliert und verspottet würde, in der es kaum noch nette Kinder wie Arturo gäbe, in der selbst Barrys Geld sie nicht mehr schützen würde. Wenn von dem Geld noch etwas übrig blieb.

Sie bezahlte ihr Zimmer wie immer in bar und legte auch die

dreihundert Dollar Pfand für Extraausgaben hin. Beim Barzahlen hatte sie früher so ein gutes Gefühl von Regelbrechen gehabt, nun fühlte sie sich nur wie eine Ehebrecherin. Normalerweise gingen sie direkt ins Schlafzimmer und zogen sich aus, aber heute früh wollte sie es anders. Er setzte sich neben sie auf das grüne Samtsofa und seufzte. »Also«, sagte er.

»Ich mache mir Sorgen um die Zukunft«, sagte sie, »und ich möchte nicht, dass du mir dieses Gefühl absprichst. Du meinst, ich schwebe einfach so auf meiner Geldwolke herum und nichts kann mir etwas anhaben. Nun, da irrst du dich.«

»Wovon reden wir gerade?«, fragte er.

»Von der Wahl.«

»Ah.« Er musterte ihre Brüste, und das gefiel ihr nicht. Sie rutschte von ihm weg. Allmählich verstand sie Shivas Furcht vor anderen. »Es wird ziemlich eng.«

»Dir wird schon nichts passieren«, sagte er.

»Das ist genau das Gegenteil von dem, was ich brauche.«

Er streckte den Arm aus und legte die Hand auf ihren Bauch. Sie trug eine Ethno-Bluse, die sie wegen ihrer aufgesetzten Folklore hasste, die aber ihren kleinen Bauch vollständig verbarg. »Darum machst du dir doch eigentlich Sorgen«, sagte er.

»Nein, darum mache ich mir *nicht* eigentlich Sorgen. Ich mache mir Sorgen, dass der Wichser Donald Trump verfickter Präsident dieses beschissenen Landes wird«, sagte sie.

»Aber uns wird nichts passieren«, sagte er. »Dir, mir, Shiva, dem Baby – uns wird es gut gehen.«

»Und Arturo?«, fragte sie.

»Klar, dem auch«, sagte er. »Warum nicht?«

»Und Julianna?«

»Bestimmt auch.«

Seema sah ihn an.

»Sie hat ihre Arbeit. Im Ernst, mich braucht sie am allerwenigsten.«

»Aber jemand wie ich, ohne Arbeit, ohne Träume – ich bin *genau* richtig für dich.«

»Wo kommt das alles denn so plötzlich her?«

»Hat Julianna dir erzählt, dass sie gestern mit Arturo bei uns war und Shiva kennengelernt hat?«

»Ja, Arturo hat erzählt, Shiva hätte so eine Superbürste aus Pferdehaar. Ihr habt echt ein Leben …«

»Und was hat Julianna gesagt?«

»Weiß ich nicht. Das Protokoll ist noch nicht freigegeben. Warum bist du denn so pissig? Was habe ich denn verbrochen? Willst du, dass ich Trump hasse? Gut, dann hasse ich Trump. Erledigt.«

»Hat sie dir erzählt, wofür die Bürste ist?«

»Zum Haarebürsten?«

Seema hob seine Hand von ihrem Bauch und wandte sich ihm zu. Draußen flogen Stare vorbei, auf dem Weg zum Gramercy Park, in den sie auch ohne den begehrten Schlüssel Einlass bekamen. Selbst während dieses Gesprächs wollte ein Teil von ihr unbedingt Sex. Würde er sie immer noch lieben? Noch entscheidender: Warum liebte sie *ihn*? Weil er ihr altersmäßig näher war als ihr Mann? Weil er sanfte Augen, einen angenehmen Atem und ein lockeres Auftreten hatte? Weil er besser fickte? Weil ihm Konsequenzen weniger ausmachten, als wäre er hier geboren und ihr Ehemann der Einwanderer? Weil die Gesellschaft beharrlich behauptete, er habe Format? Weil er über Menschen mit Einschränkungen schrieb, Migranten, Maya, Mittellose? Seine Güte lag in seinem Werk, und das bedeutete, auch in ihm selbst musste es einen Quell davon geben. Oder? Im Gesellschaftsdiagramm, das ihre Mutter ihr in der Highschool aufgemalt hatte, würde Luis irgendwo ganz oben auftauchen. Barry allerdings würde die absolute Spitze bilden.

»Shiva liegt im Spektrum«, sagte sie. »Er hat Autismus. Er ist Autist.«

Luis zwinkerte und legte eine Hand an die Kehle. »So was wie Asperger?«, fragte er. »Ich hatte nämlich immer den Eindruck, dass ich davon auch ein bisschen habe.«

Jetzt wollte sie ihn schlagen.

»Es ist nicht Asperger«, sagte sie. »Er spricht nicht. Er hat noch nie ein Wort gesprochen.«

Luis stand auf. Traurig sah sie auf den großen Abdruck, den er hinterließ. »Hm«, sagte er. »Also.« Er ging zum Fenster und tippte an das Glas. Er trieb überhaupt keinen Sport, soweit sie wusste, außer wenn er auf ihr lag, und doch sah er immer fit aus. »Weißt du, weshalb ich sauer auf dich bin?«, fragte er.

»Wie bitte?«, fragte sie zurück. »Hast du gerade gesagt, du wärst sauer auf mich? Hast du das etwa gerade gesagt?«

Er drehte sich um. »Ich bin sauer, dass du es mir nicht schon gesagt hast.«

»Was?«

»Ich bin sauer, weil ich deinen Sohn noch nie gesehen habe.« Aus *Shiva* war *dein Sohn* geworden. »Als ob du ihn vor mir versteckst.«

»Okay.« Sie klatschte sich auf die Schenkel, eine Geste ihrer Mutter. »Dann wollen wir mal alle zusammen in den Park gehen. Jetzt gleich. Du und ich und Shiva.«

»Jetzt sei doch nicht so«, sagte er. »Ich werfe dir gar nichts vor. Wir unterhalten uns nur.«

»Und wenn wir schon alles rauslassen«, sie klopfte auf ihren Bauch, »dieses Kind hier wird auch ein Junge. Statistisch stehen die Chancen ziemlich gut, dass er auch Autist wird. Genau wie sein Bruder. Wie mein Sohn. *Shiva.* Den ich liebe.«

»Okay, jetzt wird es lächerlich«, sagte Luis. »Das ist doch eine Hexenjagd. Ich werde wegen Sachen angeklagt, die ich nie gesagt habe. Es tut mir leid, dass Shiva Autist ist.«

»Mir nicht«, sagte Seema. Das klang gelogen, war es aber vielleicht nicht. Sie wusste es nicht. Sie versuchte, sich das Kind hier bei ihnen im Zimmer vorzustellen, den Shiva, der den Buchstaben W liebte, den wahren Jünger des Krümelmonsters, den Jungen, den man mit einem Hüpfball und einer Pferdehaarbürste beruhigen konnte. Wie konnte es irgendwem leidtun, dass er nicht anders war?

»Hat Barry dich deshalb verlassen?«, fragte Luis. »Wenn ja, ist er nämlich ein Arschloch.« Luis setzte alles daran, sich zu rehabilitieren.

»Du hast keine Ahnung, wie es ist«, sagte sie.

»Verteidigst du ihn etwa?«

»Bist du nicht der Typ, der immer auf jedes Schwarz-Weiß-Denken schimpft? Kein Mensch ist ein Heiliger. Alles ist relativ.«

»Dein Mann ist jedenfalls kein Heiliger, das ist mal sicher«, sagte Luis. »Weißt du, was Valupro ist?«

Die Klimaanlage arbeitete nicht richtig. Oder vielleicht schoss die Hitze auch nur durch ihren Körper. »Aha«, sagte sie. »Ja, wo wir schon mal dabei sind, erzähl doch mal, was du über Barry und mich denkst.«

»Von dir habe ich nicht geredet.«

»Ich habe ihn geheiratet.«

»Und jetzt willst du das wieder rückgängig machen. Egal, wo er gerade steckt.«

Seema schaute auf ihre Sneaker, die sie am Eingang der Suite abgestellt hatte. Wie sorgsam sie die beiden Schuhe neben der Tür ausgerichtet hatte. Was für eine brave Tochter, was für eine brave Schülerin, was für ein braver Mensch. »Darf ich mal fragen«, sagte sie, »wenn ich Barry verlasse, wenn du und ich und Arturo und womöglich zwei autistische Söhne zusammen sind, wie funktioniert das? Wessen Geld nehmen wir dann?«

»Ich habe dein Geld nie gewollt!«, schrie Luis. »Das ist Blutgeld! Geld der Patienten, die sich dank deines Mannes ihre lebensrettenden Medikamente nicht mehr leisten können. Ich würde es nicht nehmen. Und das solltest du auch nicht.«

»Was bin ich doch für eine verachtenswerte Frau«, sagte Seema.

»Bitte kein Selbstmitleid«, sagte Luis. »Du maulst über Trump, aber Barry und du seid schon der halbe Grund, warum wir in dieser Scheiße stecken.«

»Ein anspruchsvolles Ungeheuer. Das von der Arbeit anderer lebt. Keine eigenen Interessen. Kann ihren Mann nicht halten und ihrem Sohn keine gute Mutter sein.«

»Hört sich an, als würde diese Unterhaltung dir richtig Spaß machen«, sagte Luis. »Klingt einstudiert.«

Seine Grausamkeit gefiel ihr seltsamerweise. Endlich kam die Abrechnung. All ihre dummen kleinen Sünden. »Erzähl mir mehr«, sagte sie. »Erzähl mir, wie sehr du mich hasst.«

»Ich hasse dich nicht«, sagte er. »Aber ich kann dir nicht trauen. Du hast mich angelogen.«

»Ah.« Sie stand auf und strich über die Falten ihrer Bluse. »Keiner mag eine unglaubwürdige Frau.«

»Oh, jetzt kommt auch noch der Vergleich mit Hillary.«

Nach allem, was er über sie gesagt hatte, war es dieser Satz über Hillary, der sie traf. Sie ging zu ihm, stellte sich dicht vor ihn hin, sodass sie ihn riechen konnte, den Schweißgeruch, der manchmal in den Falten unter seinem Kinn wohnte. »Luis«, sagte sie. »Luis Goodman. Bekannter guatemaltekisch-amerikanischer Autor mit tausend Followern auf Twitter.«

»Du weißt schon, was du brauchst«, sagte Luis. »Es ist ganz einfach. Du brauchst einen Job. Du solltest tun, wozu die Hunderttausende von Dollar Studiengebühren dich befähigt haben. Dann müsstest du nicht am helllichten Tag hierherkommen und den Mann einer anderen ficken.«

Aber sie war schon auf dem Weg nach draußen.

Sie ging an der Abgeschiedenheit des Gramercy Parks vorbei. Ein Leben war gerade abgesagt und noch kein Ersatz bestellt worden. Sie war müde und schläfrig und ungefickt, doch ihre Füße trugen sie in einen vollkommenen New Yorker Sommertag, wo die Luft schwül und zugleich frisch war. Sie überlegte, ob sie Mina anrufen sollte, aber was würde das bringen? Einen verschwendeten Abend, an dem sie sich über Männer auslassen würden. Und sie müsste ihr von Shivas Diagnose erzählen und dass sie und ihr Sohn von noch einem herzlosen Menschen abgelehnt worden waren.

Eine Gruppe Jugendlicher aus der Highschool hatte eine Straßenkreuzung verstopft. Sie drängten an ihr vorbei und riefen einander in Paaren und Dreiergrüppchen Dinge zu, lauter leuchtend neue knöchelhohe Sneaker und wippendes Haar. Wie selbstbewusst sie klangen. Dies war ihre Stadt und ihre Welt. Seema blieb an der Kreuzung stehen und ließ sich von der Menschheit umspülen. Plötzlich sehnte sie sich nach ihrem Vater. Fast dreißig Jahre Leben, und immer noch hatte sie nur einen wahren Freund auf der Welt. Sie hatte versucht, ihn durch Barry zu ersetzen, »zu sich selbst« zu finden, wie es so schön hieß, aber wie toll hatte das bitte geklappt? Sie rief das Kindermädchen an und sagte, sie würde mindestens zwei Tage verreisen, Shiva würde ganz Novie gehören.

Das Land unter ihrem Flugzeug wirkte braun und gesichtslos. Ein Flickenteppich von Landschaft, dessen Flächen sie aber nicht identifizieren konnte. Anonyme Flüsse schlängelten sich glänzend. Sie starrte auf den Eriesee und dachte an Wind. Der schäbige kleine Flughafen rührte sie. Er hätte mal ein Drehkreuz für United werden sollen, das hatte aber nicht geklappt, und jetzt stand das erweiterte Terminal leer. Die unglückselige Stadt ihrer Kindheit.

Seit vier Jahren war sie nicht mehr in Ohio gewesen, beinahe Shivas ganzes Leben. Das Häuschen war noch schneller gealtert als ihre Eltern. Dem Dach mangelte es an Schindeln; der vollgesaugte Putz wandelte sich zu einer Präsentation unbekannter Kontinente. Hatte Seema noch Geld, mit dem sie das Problem bekämpfen konnte? Auch wenn die Börsenaufsicht an die Tür klopfte? Nach der Heirat mit Barry hatte sie mit dem Gedanken gespielt, ihren Eltern ein neues Haus zu kaufen, irgendwo in University Heights, denn ihre Mutter würde ihre geliebte indische Gemeinde niemals verlassen, vielleicht so ein Fertighaus in der Nähe des Einkaufszentrums Legacy Village. Aber ihr gefiel der Gedanke nicht, dass Barrys Geld ihre eigene Kindheit verschwinden lassen könnte, dieses winzige Haus der Leistungen. Arm waren sie nie gewesen. Ihr Viertel war eine dieser seltenen Mittelschichtidyllen im Mittelwesten, Holzhäuser mit Satteldach und hundertachtzig Quadratmetern, vom frühen Herbstwind durchgeschüttelt, an jedem Bordstein zwei Chrysler. Als sie vor ihrem Elternhaus stand, dachte sie an ihre eigene designte Wohnung und an Luis' und Juliannas Wohnung und an all die Townhouses, in denen die Freunde ihres Mannes wohnten, und ihr wurde klar, dass sie Geld nie wirklich verstanden hatte. Irgendwo schoss es wie ein Springteufel heraus, und sie war nicht geschickt genug, es wieder hineinzustopfen.

Ihre Mutter war wütend, dass sie Shiva nicht mitgebracht hatte. »Wo ist denn unser kleines Genie?«, fragte sie, noch während sie ihre Tochter fest umarmte. »Wie kannst du ohne ihn zu Besuch kommen?«

Ihr Vater kam in den brasilianischen Flipflops die Treppe heruntergeschlappt, die sie ihm von einer Reise nach Rio mitgebracht hatte. Er hatte eine Weste von This Side of Capital an. »Zieh das aus!«, schrie ihre Mutter ihn an. »Weißt du nicht, dass mit Barry Schluss ist?«

Ihr Vater wirkte verwirrt, aber zugleich begeistert, dass seine Tochter gekommen war. *»Hut!«*, sagte er. »Wir wissen doch gar nicht Bescheid. Junge Leute streiten sich mal.«

Seema lächelte. »Für dein *›Hut!‹* bin ich hergekommen, Daddy.« Ihr Vater lächelte und wandte sich ab, von seiner Liebe überwältigt.

»Sie hat einen *alten Mann* geheiratet!«, sagte ihre Mutter, die jeden Angriff zu Ende führte. »Immer ein Fehler!« Ihr Vater seufzte und legte die Weste ab. Beim Hinsetzen musste er das Bein wegen einer kürzlich erlittenen Knieverletzung auf eine Fußbank legen. Sie waren beide Anfang sechzig. Ihre Mutter mit ihrem Bauch und ihrer Wut war beängstigend, doch ihr Vater schrumpfte wieder zu dem mageren Neunzehnjährigen, den sie auf alten Schwarz-Weiß-Fotos gesehen hatte, wo er so sanft und etwas vertrottelt grinste in seinem geliebten Oxford-Hemd, das er aus Bombay mitgebracht hatte, während um ihn herum die Siebziger erwachten.

Einen guten Teil des Tages verbrachten sie in der Küche, wo sie Sambar und Idli zubereiteten, traditionelle Frühstücksgerichte, die Seema und ihre Eltern am liebsten am Abend aßen, und ihre Mutter sprach über Scheidung und »die Zukunft«, als könnte man die drüben beim Legacy Village kaufen. Als ihre Mutter mit den Linsen beschäftigt war, schlich Seema sich zu ihrem Vater, der im Wohnzimmer saß, Shlokas summte, den *Economist* und Wissenschaftszeitschriften las. Sie setzte sich ihm gegenüber auf die etwas zu lederne Einwanderercouch. »Ich habe dich vermisst«, sagte sie. »Wieso hast du mir gar nichts von deinem Knie erzählt?«

»Deine Schwester ist die Ärztin«, sagte er. Sein Stolz auf die Töchter war geradezu lachhaft, wie ein sommerlicher Gartenschlauch, der in alle Richtungen sprühte. Seema wusste schon, was er als Nächstes sagen würde. »Eine Ärztin, eine Anwältin. Ich bin lebenslang versorgt.«

»Du hast also mit Shilpa über dein Knie gesprochen.«

Ihr Vater zuckte zusammen und zog eine Grimasse, die sein

rosa Zahnfleisch sehen ließ. »Sie hat da drüben in Nepal so viel zu tun.«

»Dann bist du also gar nicht unbedingt ›lebenslang versorgt‹.«

»Es ist bloß ein einfacher Meniskusanriss. Dr. Pinchas hat gesagt: ›Lassen Sie es eine Weile ruhig angehen‹, und dass ich die Fußbank benutzen soll. Er hat auf der Case Western studiert, fast so gut wie Shilpas Vanderbilt. Ich habe die Ranglisten überprüft. Gehören beide zu den hundert besten, was Grundversorgung angeht, und zu den fünfundzwanzig besten in der Forschung.« An der Case Western hatten ihre Eltern beide studiert, und sie waren unermüdliche Förderer der Universität.

»Ich habe tatsächlich überlegt, ob ich nicht wieder arbeiten könnte«, sagte Seema und schaute auf dem Handy rasch die Seite der Mayo-Klinik zu Meniskusschäden an, die offenbar schmerzhaft und belastend waren und zumeist jüngere, sportlichere Menschen betrafen, worauf sie Shilpa eine wütende Mail schickte, sie solle sich mal bei ihren Eltern melden, »und zwar jetzt gleich, verdammte Scheiße«.

Ihr Vater richtete sich begeistert auf, und sein Knie knirschte. »Als Juristin?«

Seema nickte. Sie dachte an Luis' Abschiedsworte über ihre Arbeitslosigkeit. Sie konnte gar nicht fassen, wie glücklich sie ihren Vater allein durch das Wort »arbeiten« gemacht hatte. Selbst wenn es gelogen war. Sie dachte an all die anderen gut ausgebildeten Hedgefonds-Frauen, die gleichlautend erklärten, wieso sie ihren Beruf aufgegeben hatten: *Ich hatte ein gutes Einkommen, aber bei Larrys/Joes/Barrys/Sung Mins Grenzsteuersatz hätte es sich gar nicht gelohnt. Mein Gehalt würde nicht mal für die Haushälterin reichen.*

»Wunderbar!«, sagte ihr Vater. »Ach, du könntest so viel machen. Du hast bloß eine kleine Pause eingelegt, um deinen

Sohn zu kriegen. Wusstest du, dass ich immer noch das *National Law Journal* und das *New York Law Journal* abonniert habe?«

Seema glaubte, sie müsste weinen. Wahrscheinlich verstand er inzwischen besser als sie, was in diesen Zeitschriften stand. Ihr Vater sah in der übergroßen Sofaschale wie ein zartes kleines Muscheltier aus.

Ihre Mutter kam in ihrer Schürze hereingestürmt, und Ingwerduft hing in ihren dicken Zöpfen. »Wieso hilfst du mir nicht, Seema?«, rief sie. »Du benimmst dich wie ein Gast in deinem eigenen Haus!«

»Ich rede mit Appa«, sagte sie.

»Dazu ist noch genug Zeit. Du solltest ihn mal anrufen. Er hat nichts zu tun, du hast nichts zu tun. Ihr seid wie füreinander gemacht. Hilf mir bei den Idlis!«

»Amma!«

»Ushuru vaangadhey!«, rief ihre Mutter. Eine tamilische Redensart, die sie und Shilpa als Kinder jeden Tag zu hören bekommen hatten. *Stehlt mir nicht das Leben.*

Seema schlenderte in die Küche. Ihre Mutter hatte ihr zugedacht, mit einem Zahnstocher die Löcher im Edelstahleinsatz, in dem die Küchlein gedämpft wurden, von Teigresten zu reinigen. Die Idlis waren perfekt geworden, weich, luftig und leicht säuerlich vom Fermentieren. Wieso konnte ihre Mutter so gut kochen, während Seema kaum über ein Anfänger-Sambar mit Reis hinauskam? Wie konnten ihre Eltern in diesem Haus so schlicht und einfach leben, so zufrieden zwischen Ohio und der Welt, in die sie hineingeboren waren, in der Luft hängen? Sie passten so schlecht zusammen, und doch bekamen sie es hin. Im Alter glichen sich ihre Interessen an wie nie zuvor: gärtnern, jammern, Sachen im Internet nachschlagen. Sicher, Seema hatte es auch mit Barrys Uhren versucht, hatte die ganzen Zeitschriften über geriffelte Lünetten und fliegende Tourbillons abonniert und sich jedes Jahr diesen Messewahnsinn Baselworld angetan, bis zu Shivas Diagnose.

»Du musst mir jeden Tag Bilder von Shiva schicken«, sagte ihre Mutter, während sie eine Reihe Schalotten in Ringe schnitt. »Sonst stichst du mir das Messer ins Herz. Und was sollte das am Telefon mit seinem Kranksein? Wenn du deinen Sohn ins Krankenhaus bringst, bin ich der erste Mensch, den du anrufst. Und dann steige ich in den nächsten Flieger.«

Seema überlegte, ob »in den nächsten Flieger« wohl damals, als ihre Mutter jung war, nach Jetset klang. Jetzt war der richtige Zeitpunkt für das Geständnis, dass ihre Tochter überwältigt und verängstigt war. Doch diese Gefühle verblassten neben dem echten, dem entscheidenden: Sie schämte sich. Schämte sich, dass sie ihnen ein unvollkommenes Enkelkind geschenkt hatte. Und dass womöglich noch ein weiteres unterwegs war. *Trauert nicht um uns* hieß ein Artikel, den ein Autist geschrieben hatte, aber wie sollte sie ihren Eltern erklären – die immer noch juristische Fachzeitschriften abonnierten, obwohl sie gar nicht mehr als Anwältin praktizierte –, dass ihr Enkel vielleicht nicht die große Nummer an der Stanford University werden würde? Dass er vielleicht eher den Rest seines Lebens aus Schnabeltassen trinken und Windeln tragen würde? Wie konnte sie ihnen den ersten echten Schmerz ihres erwachsenen Lebens zufügen?

»Der größte Segen an der ganzen Geschichte ist«, sagte ihre Mutter, »kein Ehevertrag.«

»Ist Shiva nicht der größte Segen an der Geschichte?«

»Shiva ist kein Segen«, sagte ihre Mutter. »Shiva ist der Grund, warum ich lebe und atme.«

Sie duschte lange in einem Badezimmer, das die meisten Menschen aus ihrer Welt – sogar Mina aus Brooklyn – tragisch nennen würden. Die Wandfarbe war fleckig vom Wasserdampf.

Eine Familienflasche »Aromatherapie Stressabbau« stand im Regal. Sie würde ihren Eltern ein neues Haus kaufen. Ja, das war der einzige Ausweg. Sie hatte nicht mehr die Kraft, ihre Erinnerungen zu pflegen. Sie hatte sich immer zu jüdischen Jungen hingezogen gefühlt, weil auch deren Kultur zutiefst sentimental die Vergangenheit zu verehren schien. Vielleicht war das ein Fehler gewesen. Sie stellte sich eine gut aussehende weiße Protestantenfamilie vor, wo alle Siege und Niederlagen des Lebens einfach hingenommen und abgehakt wurden, ohne emotionales Säurebad. Ein autistisches Kind? »Ach je. Gut, wir treffen uns dann im Wintergarten zum Whist.« Vielleicht jagte Barry deshalb seiner Layla nach.

Der Sari, den sie als Studentin getragen hatte, passte ihr immer noch, sogar mit dem kleinen Babybauch. Das war doch ziemlich beeindruckend. Ein kleiner, kaum benutzter Schrein am Fenster rief eine Erinnerung aus der fünften Klasse wach. So ein schmächtiger Junge aus evangelikaler Familie hatte unaufhörlich von der Kirche geredet und dass Gott darin wohne, bis Seema schließlich sagte: »Unser Gott wohnt bei uns zu Hause.« Alle Kinder hatten sie ausgelacht, aber die Lehrerin und ihre Mutter hatten einen Ausflug zu ihnen nach Hause organisiert, um diesen Schrein zu besichtigen. An dem Tag hatte sie ihre erste weiße Freundin gefunden, Sally Perkins mit den fehlenden Backenzähnen. Ach, unschuldige Zeiten.

Sie checkte *FiveThirtyEight* auf dem Handy. Es war ein Kopf-an-Kopf-Rennen.

Ihre Großeltern hatten ihr jedes Jahr zum Geburtstag Biografien und Lebenserinnerungen mächtiger und berühmter Menschen geschenkt, und die standen immer noch im Bücherregal des Zimmers, das sie sich mit Shilpa geteilt hatte. Bill Clinton, Hillary Rodham Clinton, Indira Gandhi, Edward J. Kennedy, Michael J. Fox. Es gab eine anerkennende Urkunde von einem sogenannten Zentrum für Talententwicklung. Seema hatte selbst vergessen, worum es da gegangen war.

Sie zog den Sari zum Abendessen an. Sie wollte für ihre Eltern schön sein.

Unten waren die Teller schon aufgedeckt, dazu eine unbedeutende Flasche Wein, die ihre Mutter für Seema eingekauft hatte, da ihre Eltern beide nicht tranken. Ihre Mutter schrie im Keller liebevoll eine Freundin auf Tamilisch an. Der Keller war eine Art indischer Allzweckfreizeitraum, fünfundvierzig Quadratmeter groß, wo ihre Freunde Pujas abhalten konnten, wo die erste Tamilin aus Ohio, die am MIT studierte, den ersten Jungen aus Kerala treffen konnte, der an die CalTech ging. Eine ganze Tanztruppe aus Madras, oder wie das jetzt hieß, hatte mal einen Monat dort kampiert, als sie noch zur Schule ging, und hatte alle außer ihrer Mutter mit dem Geleier ihrer Tanpuras in den Wahnsinn getrieben.

Wieso antwortete Shilpa nicht auf ihre Mail? Manchmal beneidete sie ihre Schwester, weil sie noch unabhängiger geworden war als sie selbst. Die beiden Mädchen hatten sich ihren Eltern gegenüber nie widersetzt. Ihre Mutter war ein Albtraum gewesen, aber nicht wie bei Immigranteneltern üblich: keine Schläge, kein Haarereißen, nur ständige emotionale Misshandlung auf dem Niveau, das auch die meisten ihrer jüdischen Freunde erdulden mussten. Ihre Eltern waren als Jugendliche hergekommen und höchstens halbe Einwanderer. Ihr Akzent war schwach ausgeprägt, ihre Liebe zu den Cleveland Cavaliers umso stärker. Dass sie tamilische Tanztruppen im Keller beherbergten, musste so eine Art Sühne für diese umfängliche Assimilation gewesen sein.

Ihr Vater humpelte ins Zimmer. »Du siehst ja reizend aus, so schön angezogen«, sagte er. »Lass uns spazieren gehen.«

»Auf keinen Fall«, antwortete sie. »Nicht mit deinem Knie.«

»Für einen kurzen Spaziergang reicht es. Ich kann mich auf deinen Arm stützen. Wir machen keine zwanzig in zwanzig. Bloß acht in acht.«

In ihrer ganzen Kindheit und Jugend war das am Sonntagabend ihre Lieblingsbeschäftigung gewesen, sogar noch im Studium, wenn sie zum Wochenendbesuch aus Ann Arbor kam. »Zwanzig in zwanzig« bedeutete fünf Straßen nach Norden, fünf nach Westen, fünf nach Süden, fünf nach Osten, dann waren sie wieder zu Hause. Idealerweise sollten sie für einen Block eine Minute brauchen, weshalb das Ganze bloß auf zwanzig Minuten Vater-Tochter-Himmel hinauslief, ehe sie ins Haus zurückkehrten und eine wilde Partie Monopoly mit Shilpa und ihrer Mutter spielten, die immer betrog und immer gewann.

Es war ein herrlicher Abend. Kanadagänse stöberten im letzten Abendlicht umher. Sie gingen an den Häusern der Nachbarn vorbei, lauter bescheidene Gebäude, doch keines so feucht und abblätternd wie das ihrer Eltern. Viele orthodoxe Juden zogen in das Viertel. »Rebbe!«, rief eine alte Frau von einer Veranda. »Kommen Sie wieder rein!« Ihr direkter Nachbar war ein schwarzer Handwerker, der mit einer ungarischen Weißnäherin verheiratet war, wenn es diesen Beruf überhaupt noch gab, welche ihren Eltern selbst gemachte Würste schenkte, die sie niemals essen würden. Gastfreundlicher als in University Heights, glaubte Seema, war Amerika nirgends.

Ihr Vater humpelte heftig, doch das Gewicht, mit dem er sich auf sie stützte, war gerade richtig. Sie musste den Drang unterdrücken, die Arme ganz um ihn zu schlingen; täte sie das, würde er spüren, wie elend ihr Leben geworden war. Eine Umarmung wäre ein Hilferuf.

Die Sonne ging unter, ein gelber Mond stieg auf und begrüßte sie, Vater und Tochter: sie im frisch gestärkten beigefarbenen Sari und er, ein älterer Mann in westlicher Kleidung, der in Slippern neben ihr herhumpelte. Sie war so viel größer als er und ihre Mutter. Wie funktionierte das genetisch? Sie berührte das Baby in ihrem Bauch. Jemand musste ihr durch diesen Schlamassel helfen, aber wer sollte das sein? Und wenn die richtige Antwort »niemand« lautete?

»Appa«, sagte sie. »Ich glaube, wir sollten beide wieder anfangen zu arbeiten.«

Ihr Vater lachte. »Aber ich habe aufgehört. Du hast mir gesagt, ich solle aufhören. Ich muss noch so viele Bücher lesen.«

»Nein«, sagte sie. »Du solltest wieder anfangen zu arbeiten. Du warst so ein toller Ingenieur. Du kannst doch Kindern in East Cleveland Mathe beibringen. Du bist so ein guter Lehrer. Du würdest sie inspirieren!«

»Ich glaube, dafür ist es zu spät«, sagte ihr Vater.

»Aber was willst du denn sonst tun? Mit Amma zu Hause sitzen?«

Ihr Vater schaute sie an. Seine Augen wirkten umwölkt und erschöpft. »Wenn es mit Barry *wirklich* vorbei ist«, sagte er, »und ich bin nicht deine Mutter, also kein Druck. Aber wenn deine Ehe zu Ende ist, dann könntest du vielleicht hierher zurückziehen? Das wäre wie in alten Zeiten! Wir lassen wieder Tanztruppen im Keller wohnen. Vielleicht ein Raga-Ensemble. Vielleicht kann Shiva mit ihnen spielen. Er war noch nicht mal bei einer richtigen Puja, seit er auf der Welt ist.« Er musterte Seemas erschrockene Miene. »Das war natürlich bloß ein Scherz. Nein, bleib', wo du bist. Du hast dein eigenes Leben.«

»Gehen wir nach Hause«, sagte sie und legte seinen Arm um ihre Schultern.

»Wir sind schon halb da«, sagte er und schob ihr Hilfsangebot weg. »Noch vier Blocks.« Eine Hirschfamilie stand auf dem Mittelstreifen der Straße. Nach Aussage ihrer Mutter wurde das benachbarte Viertel Shaker Heights von riesigen Hirschherden heimgesucht. Immerhin jemand, der noch in der Metropolregion Cleveland leben wollte. Die Hirsche sahen sie und ihren Appa mit neugieriger Furcht an, rannten jedoch nicht davon, als wären sie stolz darauf, die Stellung zu halten. Vielleicht wollte sie selbst auch ihre Familie wiederhaben. Oder noch besser, vielleicht wollte sie endlich eine Familie gründen. Könnte sie hier eine gute Betreuung für Shiva bekommen? Vielleicht hatte die Cleveland Clinic ein Autismusprogramm. Ihr Vater summte wieder Shlokas und warf ihr heimliche Seitenblicke zu. Bizarr, welche Liebe Eltern für ihre Kinder aufbrachten. Biologisch oder spirituell – keine Erklärung reichte aus.

Sie musste es ihnen sagen.

Zu Hause ließ sie ihre Eltern zuerst essen. Kein Grund, Verdauungsstörungen auszulösen. Das Abendessen war heilig. Sie saßen unter einem Wandbehang mit der Göttin Lakshmi, die auf einem Lotusblatt ruhte, und einem vergrößerten Foto von Seema und Barry, die im Wohnzimmer der Beyoncé-Suite im Lenox Hill einen eingewickelten, rotgesichtigen, gerade geborenen Shiva im Arm hielten. Zu ihrer letzten Mahlzeit auf Erden musste das Sambar ihrer Mutter gehören, dieser irre Eintopf aus Okraschoten und Schalotten und Urdbohnen und allen möglichen Gewürzen von Zimt über Kurkuma bis zu frischer Tamarinde anstelle der Paste. Ihre Mutter trocknete die Chilischoten tatsächlich selbst in der Sonne und weichte sie dann in Buttermilch ein, was dem Sambar eine rauchige Würze verlieh, die Seema selbst nie richtig hinbekam. Sie sagte nie Nein zu reichlichen Mengen Asant, einem stinkenden Wurzelsaft, der ihren Gerichten ein komplexes knoblauchartiges Aroma gab. Das Kochen dauerte Stunden und erforderte anscheinend den Einsatz von sämtlichen jemals erfundenen Küchengeräten, von Blechschüsseln über Schnellkochtöpfe bis zum Hochleistungsmixer. Zwei ganze Schränke dienten allein der Aufbewahrung von Linsen. Wie konnten Familien ohne solches Essen zusammenbleiben? Wie konnte Whitman behaupten, »Massen« zu enthalten, wenn er nie eine südindische Mahlzeit zu sich genommen hatte?

Sie sprachen wenig, konzentrierten sich darauf, die Dosas und Idlis in das Sambar zu tunken. Auch die Dosas und Idlis schmeckten irre gut, genau richtig säuerlich mit einer Prise Bockshornklee im Teig für die besondere Würze. Gelegentlich machte ihre Mutter eine schneidende Bemerkung über Seema oder Shilpa, während ihr Vater die heilsame Wirkung indischer Küche pries, so wie er es auch seinen Arbeitskollegen gegenüber tat. »Wusstet ihr, dass Zimt vor Magengeschwüren schützt, während Kurkuma Alzheimer verhindern kann? Erwiesene Fakten.« Sein sanfter Nationalismus.

»Ich muss euch etwas sagen«, begann Seema, nachdem die letzten Dosas weggeknuspert waren.

»Jetzt kommt's«, sagte ihre Mutter. »Was hat er jetzt angestellt? Wahrscheinlich eine Geliebte, oder er klaut von seinen Anlegern. Ein absoluter, totaler Pavaam«, was ungefähr so viel wie »trauriger Waschlappen« hieß.

»Es geht um Shiva.«

Sein Vater schaute zu ihr hoch. Seine Ohren sahen genauso aus wie auf dem Foto aus den Siebzigern. Die Ohren, die vom Kopf abstanden, als gehörten sie zu einer anderen unschuldigeren Sorte Mensch. Diese weichen, länglichen Ohren. Und die Tiefe seiner wässrigen Augen. Und das Knacken seines Knies. Und der Druck seiner zusammengepressten Lippen. Und Seema begriff.

Ihr Vater wusste es schon.

11 LAKE SUCCESS

Er liebte Layla von dem Augenblick an, da sie die Tür öffnete. Als er vor Augen hatte, wie sie jetzt aussah, wusste er, dass er das Richtige getan hatte. Zum ersten Mal seit ewigen Zeiten triumphierte er. Endlich war seine Gewinn-und-Verlust-Rechnung in den schwarzen Zahlen.

Nachdem das Taxi ihn vor ihrem Haus abgesetzt hatte, einer weitläufigen Ranch in einem anscheinend wohlhabenden Vorort, trödelte er noch bei den Beeten mit vertrocknenden gelben Wüstenpflanzen, überschattet von einem hohen altmodischen Laternenmast, und sammelte seinen Mut, um an ihrer Tür zu klingeln.

Das war es! Jetzt kam der zweite Akt! Zum ersten Mal hatte er Layla im Keller des Tiger Inn gesehen, am 18. September 1991. Alle anderen Mädchen dort hatten sich aufgebrezelt, um Eindruck zu schinden, sie jedoch trug ein übergroßes Sweatshirt von der Virginia Commonwealth University. Später erfuhr er, dass sie es von ihrer jüngeren Schwester übernommen hatte. Layla war alles scheißegal.

Sie kam mit einer bebrillten Freundin, wahrscheinlich Mitglied beim Terrace Club oder sonst einer der künstlerischen Studentenorganisationen. Layla hob sich so sehr von der tumben Trinkspielgesellschaft um sie herum ab, dass sie im Grunde auch eine Brille hätte tragen können, ganz vorn auf der Nasenspitze. Er wusste nicht, ob sie griesgrämig oder weltgewandt war, doch er spürte ihre Einsamkeit. Nichts war schlimmer, als in Princeton einsam zu sein. Sie wusste nicht recht, wie man flirtet, oder vielleicht hielt sie es auch nicht für nötig, was Barry umso mehr schockierte (im zweiten Jahr an der Uni fing er an, sich für attraktiv zu halten). Später betrank sich ihre Freundin (ein jüdisches Mädchen aus Brooklyn) so sehr, dass sie sich direkt vor der Tür des Ivy übergeben musste – der einzige Club, der ihn abgelehnt hatte und den Fitzgerald selbst »atemlos aristokratisch« genannt hatte. Barry stützte ihr den Kopf, und Layla hielt ihr die Haare zurück, während sie spuckte. »Unseren ersten sozialen Protest« hatte Layla die Entleerung ihrer Freundin auf dem Rasen der ehrwürdigen Gesellschaft genannt. Sein ganzes erstes Studienjahr hatte Barry nach etwas anderem gesucht, hatte im Tiger Inn sogar einen Buchclub zu gründen versucht, um seinen Lacrosse spielenden, ringenden, schwimmenden Bros ein bisschen Kultur nahezubringen, und jetzt hatte er es in Form eines dunklen, geheimnisvollen Südstaatenmädchens gefunden.

Barry sog die kühle und aromatische Wüstenluft ein. Er kämmte die Haare mit der Hand nach hinten und zog die Hose hoch. Er drückte auf die Klingel, einmal, zweimal, dreimal, und wartete.

Layla machte die Tür auf.

Sie war eine coole Frau. So ließ sie sich vielleicht am besten beschreiben. Auf eine Art cool, nach der Tina oder Lina aus Brooklyn höchstens streben konnte. Sie trug nur zeitlose Kleidung, staubige Jeans und Cowboy-Stiefel, einfache T-Shirts mit dem Namen eines lokalen Ladens oder einer Sehenswürdigkeit. Sie fuhr keinen Pick-up, aber das musste sie auch nicht. Und ihr Gesicht, ihr porträtwürdiges Virginia-Gesicht, hatte sich in der Wüstenluft wunderbar gehalten, auch wenn um die blauen Augen ein Hauch von Traurigkeit lag. Sie hatte sich verändert und auch wieder nicht, ihr Haar wirkte ein wenig spröder, hatte aber immer noch seine natürlich dunkle Farbe. Ihre Stupsnase sah aus wie die von Elizabeth Taylor. Ein solches Frauengesicht sah er gelegentlich einmal auf Hedgefonds-Partys, wenn er einen Fonds-Manager kennenlernte, der aus irgendeinem Grund nur einmal geheiratet hatte. Ein weises älteres Gesicht voller Geschichten, weshalb diese Frauen sich tatsächlich klug und nicht bloß kokett anhörten. Ein Gesicht, das den Schönheitschirurgen so lange wie nur möglich von sich fernhielt. Und Layla war beinahe *zu* dünn, ihre Jeans rutschte ständig und zeigte den herzerwärmenden Ansatz ihres Hinterns.

Und dies waren die ersten Worte, die sie an ihn richtete: »Ich möchte kein Crack in meinem Haus.«

Sie war vorgewarnt worden. Die Hayes misstrauten offenbar seinem Geisteszustand. »Natürlich nicht«, sagte er. »Ist schon längst weg.« Und mitten in der Nacht schlich er sich nach draußen und vergrub den Rock am Pool. Das Crack war eine Verbindung zu der Reise, auf die er so stolz war und die er für immer feiern wollte. Als Nächstes schlug Layla vor, dass er im Camino Real in der Innenstadt absteigen könne, und Barry musste erklären, dass er völlig mittellos war. Wie erwartet war sie seinem Beruf und der Finanzbranche im Allgemeinen schlecht gesinnt. Dass Barry jetzt bedürftig war, sprach eher für ihn. »Ich habe genau drei Dollar und fünfzehn Cent in der Tasche«, sagte er. Nie hatte er seine Vermögensverhältnisse so stolz offengelegt. Die ganze Zeit in Princeton hatte sie gewollt, dass er mittellos blieb, und jetzt war er es gewissermaßen. Ihr T-Shirt trug Namen und Logo der Chihuahuas, des lokalen Baseballteams in der Minor League. Hier war alles zweisprachig.

»Barry«, sagte sie. »Ich möchte nicht, dass du dir einbildest, es könnte irgendwas zwischen uns anfangen. Ich bin erschöpft. Wirklich. Ich habe zwei harte Jahre hinter mir. Du kannst eine Nacht hierbleiben, oder sagen wir zwei, aber das war's. Du musst dir über Sachen klar werden, und dabei kann ich dir nicht helfen. Wir sind nicht mal mehr befreundet.« Er saß ihr auf einer übergroßen Ottomane gegenüber. Die Möbel waren alle überdimensioniert und traditionell, so wie das Zeug von Stickley. Das Haus hatte früher einem jüdischen Kardiologen gehört, deshalb waren überall Mesusot, was bei der komplett jüdischen Besetzung von Laylas Liebesleben hervorragend passte. Sie zog ihr Kind allein auf, da ihr Mann sich nach Washington abgesetzt hatte, um Politikkommentator zu werden, nachdem er ein erfolgreiches Buch über Alexis de Tocqueville veröffentlicht hatte. Sie schickte ihren Sohn Jonah, einen neunjährigen Nerd, zur Hebräischen Schule, weil sie nicht wollte, dass er von seiner anderen halben Herkunft nichts mitbekam. Der Holocaust, *alle* Holocausts waren ihr Forschungsgebiet.

»Das ist bloß der Anfang«, sagte er. »Das ist bloß die Begrüßung.« Er beugte sich vor. Er war ungeduscht und roch nach Bus. Er wollte, dass sie es spürte, wie tief seine volkskundliche Forschungsreise ging. »Im Herzen«, sagte Barry, »bin ich Verkäufer. Und jetzt im Augenblick willst du nicht kaufen, was ich anzubieten habe. Das verstehe ich. Aber glaub' mir, ich werde noch verdammt überzeugende Argumente für mich liefern. Ich habe auf der ganzen Fahrt hierher darüber nachgedacht. Ich habe meditiert und Pläne geschmiedet. Was ich alles gesehen habe. Da war so ein einäugiger Mexikaner …«

»Du warst immer ein nostalgischer Mensch«, sagte sie, »sogar an der Uni schon. Und irgendwie habe ich dich deswegen geliebt. Aber das jetzt ist etwas anderes.«

»Mein Leben hat in letzter Zeit eine seltsame Wendung genommen«, sagte Barry. »Kompliziert.«

»Und meinst du, mein Leben ist perfekt gelaufen?«

»Siehst du, wir sind füreinander geschaffen!«, sagte Barry und klatschte in die Hände. »Ich lasse mich auch scheiden!«

»Schh«, sagte sie. *»Mein Sohn.«* Sie schlug die Beine untereinander, wie sie es schon in Princeton immer getan hatte. Indianersitz hätten sie es damals vielleicht genannt.

»Willst du wirklich hier leben?«, fragte sie.

»Ja!«

»Warum?«

Er fing an zu handeln. »Weil es echt ist.«

»Du bist doch erst vor einer Stunde angekommen.«

»Aber ich war unterwegs und habe etwas über Amerika gelernt.«

»Da kannst du dich aber glücklich schätzen.«

»Ich will mich bloß ändern.«

»Niemand ändert sich.«

»Du bist natürlich zu gut, um dich zu ändern.«

»Halt den Mund, Barry.«

Schließlich wurde er in ein kleines Kellerzimmer gesteckt. Dort standen zwei Einzelbetten, die kaum groß genug für ihn waren, und jede Nacht rollte er sich in einem anderen zusammen. Es war ein bisschen so, wie mehr als eine Armbanduhr zu besitzen. Jetzt musste er es nur noch hinbekommen, dass sie sich wieder in ihn verliebte. Er hoffte, das würde weder zu schwer noch zu leicht werden, sondern etwas, wovon sie eines Tages ihren Enkeln erzählen könnten.

Das Haus schmiegte sich an die Franklin Mountains. Die Straße hieß Thunderbird, und man konnte tatsächlich einen roten Donnervogel erkennen, der von Indianern in einen der Hügel geritzt war. Das Haus war umgeben von Villen in Pastellrosa mit schmiedeeisernen Sicherheitstoren. Layla erzählte, die Gewalt dort habe Wellen von reichen Leuten aus der mexikanischen Nachbarstadt Ciudad Juárez herübergespült, darunter irgendwann auch den Polizeichef. Hirsche kamen aus den Bergen bis zum Arroyo, dem Bachbett bei Laylas Haus, und Rotschwanzbussarde kreisten am Himmel. Nachts liefen Luchse die Straße entlang, als gehörte sie ihnen. Die Zimmer hatten niedrige Decken und standen voll mit den Ruinen einer gescheiterten Ehe. Das Haus war riesig, fünf Schlafzimmer, gebaut in

Erwartung einer modernen orthodoxen Familie, und in jeder normalen Metropolregion würde es zwei Millionen Dollar kosten, doch in El Paso konnte es sich eine Professorin mit ihrem Einkommen allein leisten, und dazu noch eine Haushälterin/Kinderfrau in Vollzeit, die aus einem südlichen mexikanischen Bundesstaat kam. Layla stellte ihre Hochzeitsfotos noch aus, und Fotos von allen dreien als Familie, damit Jonah auf ein gewisses Maß an Stabilität bauen konnte, auch wenn es ihr wahrscheinlich beschissen wehtat, ständig das kantige Gesicht ihres Mannes zu sehen.

Zwei Tage waren vergangen, und sie hatte Barry nicht rausgeworfen. Und dann noch zwei. Und dann eine Woche. Es hieß, El Paso sei aus Schlamm und Dreck gebaut, und manchmal, nach einem plötzlichen Unwetter, sah es wirklich so aus, als hätte es ein Drittklässler getöpfert, doch die Berge waren seltsam und schön, und die trockene Wüstenhitze bekam ihm gut. Er konnte nicht genug davon kriegen. Er war neugeboren. Er las und schrieb keine Mails. Er ignorierte Bloomberg. Er blieb wegen der Märkte in Asien nicht länger auf. Layla besorgte ihm ein altes Klapphandy, und darauf schrieb er SMS wie zur Jahrtausendwende. Er fuhr einen Toyota Avalon Baujahr 1999, mit Vorderradantrieb und ohne Satellitenradio.

Jeder Morgen war ein Segen. Jeden Morgen stürmte er begeistert in seine neue Wirklichkeit. *Das hier!* Das hier ist das Leben, das er längst hätte leben sollen, hätte Princeton ihn nicht in den Goldman-Kult, in die Sachs-Sekte getrieben. Er musste sich ändern.

Layla ließ ihn immer noch nicht ins Schlafzimmer, doch sein kleines Zimmer im Keller war genau richtig für ihn. Außerdem war gleich den Flur entlang eine voll ausgestattete Bar. Layla war schließlich, das musste er sich in Erinnerung rufen, von Natur aus weiß, angelsächsisch, protestantisch, auch wenn sie einen Juden geheiratet und sich von ihm hatte scheiden lassen.

Dort fand sich sogar eine Kiste fünfzehn Jahre alter Balvenie, falls er sich die ganze Nacht durch zuschütten wollte. Als Lehrstuhlinhaberin an der University of Texas in El Paso konnte man leben wie eine Direktorin der Barclays Bank. Barry hatte sich schon immer gefragt, wieso die Menschen, die in New York bloß zur oberen Mittelschicht gehörten, trotzdem dort blieben, obwohl sie doch im Rest des Landes wie mittlere Diktatoren leben konnten. »Ihr macht negative Arbitrage mit euch selbst«, pflegte er ihnen zu sagen.

Morgens brachte Layla Jonah zu seiner Hebräischen Schule und fuhr dann weiter zur UTEP. Barry stieg in den Avalon, schob eine der CDs in den Player, die im Handschuhfach vor sich hin gammelten – die Smashing Pumpkins! –, und fuhr dann schlingernd und bremsend und hupend durch die ordentliche Wüstenvorstadt. Die Menschen in El Paso hielten sich nicht an Fahrspuren.

Zum Frühstück fuhr er ins El Rincon, wo es an jedem Wochentag was zu sehen gab. Der Parkplatz stand voller Cadillac Escalades und Range Rovers mit Nummernschildern aus Chihuahua, mexikanische Geschäftsleute mit ihren zweisprachigen Kindern, kräftige Kerle mit Tattoos und Hublot-Uhren. Oder vielleicht tauchten auch mal so richtige »Chuco Town«-Typen auf, wie die mexikanischen Einwanderer El Paso nannten, mit lustigen T-Shirts, auf denen englischsprachige Sprüche standen wie DUMMHEIT IST KEIN VERBRECHEN, SIE DÜRFEN WEITERGEHEN.

Die Bohnen waren im El Rincon immer himmlisch, doch die Chilis variierten je nach Lieferung. »Heute *muy caliente* die grüne Soße«, sagte die beleibte Kellnerin dann, und Barry bestellte einen Teller Chilaquiles mit reichlich davon.

Seema hatte ihm ständig von der großartigen südindischen Küche vorgeschwärmt – tja, scheiß drauf. Er würde sich eine eigene Geschichte besorgen, eine so bedeutungsvolle mexikanisch-amerikanische Geschichte, dass ihre daneben verblasste. Er wünschte bloß, er hätte damals in Princeton Spanisch gelernt anstatt Französisch, bloß weil er gerade *Zärtlich ist die Nacht* gelesen hatte. Der Kaffee im El Rincon war schlimm, aber er trank eine Tasse nach der anderen und schaute den Mexikanern zu, wie sie Geschäfte machten oder sich gut um ihre *abuelitas* kümmerten. Ja, er war schon dabei, sich die Sprache anzueignen. Er starrte auf das riesige handgemalte Wandbild eines Aztekengottes, der eine Prinzessin mit heißen, kräftigen Schenkeln und Blumenketten um die Knöchel einen Berg hinauftrug. Oder er meditierte einfach bloß über die Aussicht auf von Serpentinen durchzogene Berge vor dem Fenster, während eine hinreißende Frau mit Riesenarsch auf dem Parkplatz aus ihrem Durango stieg.

Er erledigte gern Aufgaben für Layla. Er hatte so viel Energie und nichts damit anzufangen. Er ging zum Gemüsemarkt namens Sprouts. Die richtig große Neuigkeit in und um EPT (wie er El Paso, Texas immer öfter nannte) war die bevorstehende Eröffnung eines Whole-Foods-Biosupermarkts, aber er liebte Sprouts, was für lange Zeit die nächstbeste Alternative war. Er fand die Preise unfassbar. Man konnte zwei Flaschen ziemlich guten Prosecco für fünfzehn Dollar neunundneunzig kaufen. Er kaufte eine ganze Palette frischer Kräuter im Topf, eine Kiste französische Diabolo-Brause und Delikatess-Aufschnitt. Er belegte unbeholfen, aber mit Herzblut Puten-Sandwiches und brachte sie Layla in die UTEP, um sie mit ihr zusammen im Chihuahua-Wüstengarten auf dem Campus zu essen. Diese Geste wusste sie offenbar zu schätzen, auch wenn er alles mit ihrem Geld bezahlt hatte. Sie hatte ihm einen Überbrückungskredit von tausend Dollar gewährt.

Den Weg zur Universität fand er richtig aufregend. Er fuhr durch einen ziemlich noblen Teil des amerikanischen Südwestens, überall neue Kaffeehäuser mit speziellen Filtermethoden oder lokale »Von der Schnauze bis zum Schwanz«-Restaurants, die jedes Stück Fleisch verwerteten – und plötzlich tauchte auf der Beifahrerseite ein ganz anderes Gebilde auf. Dieses andere Gebilde war Mexiko oder genauer gesagt Ciudad Juárez, früher das Zentrum der dortigen Drogenkriege. Und die Stadt erschien als ein unglaubliches Gewirr aus schäbigen Betonziegelhütten, die in leuchtenden Primärfarben angemalt waren. Colonias nannte man die Viertel, und eines schob sich bis an den Campus der UTEP heran. Dieses Nebeneinander fand Barry toll. Er wollte über die Grenze nach Juárez gehen, aber sehr viele Leute, die er traf, rieten ihm dringend davon ab. Die Gewalt hatte in letzter Zeit eigentlich deutlich nachgelassen, doch jetzt saß El Chapo, der Boss des Sinaloa-Kartells, gleich hinter der Grenze in Haft und wartete auf eine mögliche Auslieferung, und damit war eine kleine Mordwelle zurückgeschwappt, bei der ein Mann direkt hinter der Grenzbrücke erschossen worden war. Dabei war es gerade diese Gefahr, die Barry am meisten reizte. Hemingway war nach Juárez gereist, hatte ein Etablissement namens Kentucky Club besucht, als es dort noch nicht so gefährlich war. Wie es wohl wäre, wenn Barry jetzt hinführe, ins Herz der Gefahr, mit seinen zwanzig Wörtern Spanisch und Layla im Schlepptau.

Die Gebäude der UTEP waren einer Reihe riesiger bhutanesischer Tempel und Klöster nachempfunden, und so hatte der eher proletarische Campus eine gewisse östliche Erhabenheit. Barry überlegte, wie es wohl für die armen Leute in den Colonias sein musste, die jeden Morgen beim Aufwachen von diesen mächtigen buddhistischen Monolithen verwirrt wurden. Die paar Male, als er Layla abends abgeholt hatte, vor allem wenn die Wüstenkälte schon richtig eingesetzt hatte und jeder Gedanke an Sommer verflogen war, fiel Barry ein beißender Geruch nach brennendem Plastik auf, der aus diesem Sammelsurium von Häusern herüberzog. »Sie verbrennen Reifen, um sich warm zu halten«, hatte Layla im selben nüchternen, soziale Gerechtigkeit einfordernden Ton erklärt, den er schon aus Princeton kannte. Barry war fasziniert. Der Geruch kroch aus einer der hoffnungslosesten Gegenden Nordamerikas hinauf zu einem konkurrenzfähigen Bildungszentrum in der Region. Wie El Paso im Allgemeinen bestand auch die Studierendenschaft der UTEP zu weiten Teilen aus Latinos, und tatsächlich pendelten zehn Prozent von ihnen täglich aus Juárez, wenn auch wahrscheinlich aus deutlich wohlhabenderen Vierteln als der Colonia gleich hinter der Grenze. Barry war hier, aber er hätte genauso gut dort sein können. Mit brennender Erregung registrierte er, auf der richtigen Seite geboren zu sein, Glück gehabt zu haben. Er wünschte, der dilettierende Glücksforscher Jeff Park könnte diesen Ort sehen.

In diesen Wochen hatte Barry außerdem unerwartete Sympathien für den mageren und freundlosen Jonah entwickelt, der Mathebücher für zwei Jahrgangsstufen über ihm mit sich herumschleppte wie ein zukünftiger Quant-Trader. Der kleine Kerl brauchte einen Vater.

Eines Nachmittags kauerte Jonah im Garten über einer toten Eidechse, während Barry am Pool saß und der Natur bei ihrem Schauspiel zusah – Regenbögen, die nach Belieben erschienen und den monochromen Buckeln der Franklins Farbe verliehen. Der Junge konnte nicht schwimmen, was Barry auf jeden Fall ändern würde, und mit seinen dünnen Beinen in den trockenen Badeshorts sah er irgendwie viel jünger aus als neun. Er war vollkommen weiß, obwohl er in einer von der Sonne beherrschten Gegend lebte.

»Begrabt ihn im Arroyo, sonst haben wir eine Million Ameisen hier«, sagte Layla. Sie trug Khaki-Shorts zu einem engen schwarzen Badeanzug, der Barry die Formen ihrer kleinen Brüste und die neue Rundung ihres Hinterns ins Bewusstsein rückte. Er erinnerte sich an den Traum bei Jeff Park, worin Layla und er nackt in einer Wells-Fargo-Filiale Kaffee getrunken hatten. Zu gern wollte er den Jungen wegscheuchen, ihr die Shorts ausziehen, den Zwickel ihres Einteilers zur Seite schieben und sie schmecken.

Jonah hatte die tote Eidechse auf den Rücken gedreht und drückte ihr jetzt vorsichtig auf den Bauch. »Sie war eben noch am Leben, Schatz, darum musst du sie mit Respekt behandeln«, sagte Layla. »Sie ist kein Spielzeug.«

»Ich untersuche sie«, sagte der Junge ernst.

»Nun, sie ist auch kein Forschungsobjekt. Begrab sie im Arroyo.«

Jonah schaute mit den dunklen, verschatteten Augen seines Vaters auf. Genau wie die Quant-Trader in seinem Fonds konnte der Junge sich extrem gut konzentrieren. Wurde seine Konzentration gestört, zwinkerte er wie verrückt, als wäre er ganz neu auf dieser Welt. Den größten Teil seiner Freizeit trieb er Gott weiß was in seinem Zimmer. »Was ist das für ein Vogel, Mom?« Jonah zeigte auf ein ärgerlich wirkendes Exemplar im Gebüsch.

»Das ist eine Purpur-Grackel.«

Grackel. Arroyo. Eben noch am Leben. Im Südwesten hörte man überall so herrliche Ausdrücke. Dass Layla ihr Kind nach moralischen Grundsätzen erzog, fand Barry bewegend. Sein Vater hatte diese Aufgabe so gründlich verbockt, nachdem Barrys Mutter gestorben war. Eine Eidechse würdevoll begraben? Er hätte wahrscheinlich versucht, eine Brieftasche daraus zu machen. Layla war nicht so völlig allein, wie sein Vater es gewesen war; sie bekam vielleicht sieben Stunden am Tag Hilfe von einer Mexikanerin, aber trotzdem. Die Mexikanerin war entspannt und machte zum Sterben gute Chilaquiles. Sie und Barry hatten kurz über Busse gequatscht. Damit kannte sie sich aus, denn sie fuhr einmal im Monat dreizehn Stunden mit dem Bus ins Herz Mexikos. Eines Tages kam er nach Hause und sah Jonah und die Mexikanerin auf einer Wasserrutsche herumalbern, die Layla neben dem Pool aufgestellt hatte, und sie kreischten und schrien, als wären sie beide jung. Es war eine so ungeheuerlich amerikanische Szene, dass er sich wünschte, ein iPhone zu haben, um ein Video aufzunehmen. Einmal hatten sie Shiva im Central Park auf eine Rutsche gesetzt, und er hatte verzweifelt zu weinen begonnen, worauf eine ältere israelische Frau, die mit ihrem Enkelkind in der Rutschenschlange stand, ihn ermahnte, mutiger zu sein. Noch am selben Tag hatte Barry seine Spende an das Technion in Haifa um achtzig Prozent reduziert.

»Hey, Kumpel«, sagte Barry zu Jonah. »Soll ich dir Schwimmen beibringen?«

»Barry hat an der Uni die Schwimmmeisterschaften gewonnen«, sagte Layla.

»Nur an der Highschool«, korrigierte Barry großmütig. »Stadtteilmeister von Queens im Jahr 1989. Also, wie wär's, Großer?« Er hatte sofort ein schlechtes Gewissen, weil er den zu klein geratenen Jungen »Großer« genannt hatte.

»Ich muss in mein Zimmer und Kartografie machen«, sagte der Junge.

»Na, da kann ich doch mitkommen«, sagte Barry. *Kartografie?* Der Junge sah seine Mutter verzweifelt an, aber Layla hielt es für eine großartige Idee.

»Ich nenne mein Zimmer das Kartarium«, sagte Jonah. Und dem Namen getreu war das ganze Zimmer voll mit Weltkarten, dazu Poster von den Hochgeschwindigkeitszügen der Welt, vom TGV, dem ICE, Japans Shinkansen. Zuerst hatte Barry die Karten irrtümlich für alte Originale aus den Zwanzigern oder Dreißigern gehalten, doch als er näher herantrat, merkte er, dass sie nicht professionell gefertigt, sondern von einer sorgfältigen Hand gemalt waren, eine Kombination aus Bleistift und Wasserfarben, und die Ortsnamen waren in einer alten Art-déco-Type geschrieben wie auf seiner Tri-Compax. Eine unvollständige Karte der mittleren und nördlichen Ostküste nahm eine ganze Wand ein.

»Hast du das gezeichnet?«, fragte Barry.

»Ma-hem«, sagte der Junge ohne einen Anflug von Stolz in der Stimme. Jonah hatte zwei Standardausdrücke. »Ma-hem« hieß »ja«, und »Wusstest du …?« bedeutete, dass er einem etwas erzählen wollte, was man eigentlich nicht wissen wollte. Der Junge nahm einen Pinsel und widmete sich den oberen Ausläufern von Massachusetts.

»Darf ich fragen, warum?«

»Das ist die Strecke des Acela-Express«, sagte der Junge, als läge die Antwort auf der Hand.

»Okay. Aber warum zeichnest du den?«

»Gefällt mir einfach«, sagte Jonah.

»Was gefällt dir daran?«

»Letztes Jahr hat mein Vater mich im Acela von Washington nach Boston mitgenommen. Er hat am Boston College einen Vortrag gehalten. Wir haben die ganze Fahrt zusammengesessen. Wir haben Hot Dogs gekauft, obwohl sie fünf neunundneunzig das Stück gekostet haben.«

Barry sah sich um. Das Zimmer war makellos sauber. Die Spielsachen, hauptsächlich Modelle von Hochgeschwindigkeitszügen, standen gerade aufgereiht auf glänzenden Regalbrettern, genau wie Barrys Uhren unten im Keller. Die Jalousien waren wegen der blendenden Sonne von El Paso heruntergelassen. Alles fühlte sich geordnet und vertraut an. *Exakt.* Barry hatte gar nicht gemerkt, dass er schon seit einigen Minuten lächelte. Was machte ihn so froh? Im tropisch heißen Keller seines Vaters war sein wertvollster Besitz ein Commodore 64 gewesen, den er Tag und Nacht programmieren konnte. Aber da war doch noch etwas gewesen, oder? Irgendwas mit Karten?

Jonah hatte in der Gegend von Medford einen Fehler gemacht, den er mit dem feuchten Daumen wegwischte, in Konzentration versunken. Barry beschloss, einen anderen Zugang zu versuchen. Er würde mit dem Jungen wie mit einem potenziellen Anleger reden. Er würde nach Gemeinsamkeiten suchen. »Ich mag Züge«, sagte Barry.

Jonah drehte sich um. Zum ersten Mal betrachtete er Barry nicht bloß als eine seltsame, nutzlose Gestalt am Frühstückstisch. »Ich bin vor zwei Jahren mit dem Zug von Schanghai nach Peking gefahren«, sagte Barry.

»Mit dem Jinghu-Hochgeschwindigkeitszug?«, fragte Jonah. Seine Augen waren weit offen und lebendig. Das ganze Zimmer roch wie Shiva. War er mit neun Jahren nicht zu alt, noch diesen süßlichen Kleinkindgeruch zu haben? »Das ist der schnellste fahrplanmäßige Zug der Welt«, sagte Jonah.

»Ich habe in so einer Kapsel gesessen«, sagte Barry. »Das war echt surreal. Wie in *2001: Odyssee im Weltraum.*«

»Wusstest du, dass Acela aus den Worten ›Acceleration‹ und ›Excellence‹ gebildet ist? Beschleunigung und Spitzenklasse.«

»Werbung lügt wohl doch«, sagte Barry. Er bereute es sofort, weil Jonah diesen Zug offensichtlich so liebte, und hoffte nur, dass der Junge seinen Sarkasmus nicht bemerkt hatte.

»Wusstest du, dass der Acela eine Höchstgeschwindigkeit von zweihundertvierzig Stundenkilometern erreichen kann?«, fragte Jonah. »Aber nur in drei kurzen Abschnitten in Rhode Island und Massachusetts, die ich hier rot markiert habe.«

Barry beugte sich über die Karte. Die Einzelheiten waren bemerkenswert. Es war nicht nur die altmodische Schrift, die ganze Karte sah nach frühem zwanzigsten Jahrhundert aus, als wäre Jonah bei einem Meisterkartografen in die Lehre gegangen. In ihren Schattierungen und Abstufungen, im bezaubernden, fast naiven Gebrauch der Farbe leuchtete die Karte vor Gefühl. Manche Menschen verstanden nicht, dass die Sauberkeit eines

Zimmers, die Sorge für unbelebte Gegenstände auch Liebe zur Welt ausdrücken konnte. Ein riesiger gelber Stern war neben Chevy Chase, Maryland, platziert worden, wahrscheinlich der neue Wohnort seines flüchtigen Vaters. Diese Karte zeigte das Innenleben des kleinen Jungen.

Und dann fiel Barry seine eigene Sache mit Karten wieder ein. Wie konnte er das so viele Jahre vergessen haben? »Als ich so alt war wie du, hatte ich eine Karte von Long Island«, sagte Barry, »und die habe ich mir jeden Tag angeguckt.«

»Wirklich?«, fragte Jonah. »Echt?« Wenn er aufgeregt war, fingen seine Hände irgendwie an zu zucken. Sein Daumen wanderte von einem Finger zum anderen und zurück, als wollte er sie zählen oder prüfen, ob sie noch da waren.

»Ja. Ich war ganz besessen von einem Ort auf Long Island namens Lake Success.« Barry kniff die Augen zusammen und versuchte, das Städtchen zu entdecken, irgendwo zwischen Great Neck, Long Island, und seinem eigenen Wohnviertel in Queens, aber vielleicht war es so klein, dass der Junge es nicht eingezeichnet hatte.

»Warum Lake Success?«, fragte Jonah. Die beiden standen so dicht nebeneinander, dass ihre Ellbogen sich berührten.

»Weiß nicht«, sagte Barry. »Mir hat einfach der Name gut gefallen. Ich habe damals nur mit meinem Vater zusammengelebt. Meine Mutter war – weg.«

»Waren sie geschieden?«

»So ähnlich.«

»Und konntest du sie nicht zweimal im Jahr besuchen?«

»Sie war in ein anderes Land gezogen. Das Problem war, dass ich mich mit meinem Vater nicht vertragen habe. Er war nicht so nett wie deine Mutter. Darum wollte ich woanders hinziehen, und in Lake Success gab es ein Einkaufszentrum, und die Häuser hatten alle so tolle Gärten, in denen ein Swimmingpool Platz hatte. Mein Vater hat Pools gereinigt, aber wir selbst hatten keinen. Ich habe die Karte die ganze Zeit unter meinem Bett aufbewahrt. Es war eine Karte von Exxon, von der Tankstelle.«

Die Erinnerung kam so plötzlich und ungebeten, dass Barry sich rasch auf das schmale Bett des Jungen setzen musste. »Ich habe mir vorgestellt, dort einen ganzen Freundeskreis zu haben«, sagte Barry. »Und auch Verwandte. So richtig nette, wie im Fernsehen.«

»Ich mag Freunde nicht«, sagte Jonah.

»Jeder mag Freunde«, sagte Barry. »Du musst nur wissen, wie man welche findet.«

»Weiß ich aber nicht«, sagte Jonah. Er schaute auf seine Karte, als wollte er lieber daran weiterarbeiten. »Ich habe keine gemeinsamen Interessen mit meinen Altersgenossen.«

Barry lachte. Der Junge zitierte offensichtlich Layla. Oder eine Schulpsychologin. »Hatte ich auch nicht«, sagte er. »Weißt du, was direkt oberhalb von Lake Success liegt? Great Neck und Port Washington. Eines Tages, wenn du zur Highschool gehst, wirst du ein Buch namens *Der große Gatsby* lesen. In dem Buch gibt es zwei Orte: East Egg und West Egg – das sind die beiden.«

»Ich werde mir Lake Success mal angucken«, sagte Jonah. »Für diese Woche habe ich schon meine ganze Computerzeit aufgebraucht, aber nächste Woche bestimmt.«

»Whitey Ford ist da aufgewachsen«, sagte Barry. »Das war ein Baseballspieler.«

»Ist es in Ordnung, wenn ich mit meiner Kartografie weitermache, Mister Barry?«, fragte Jonah. »Du kannst mir dabei zugucken.«

»Klar«, sagte Barry. »Aber darf ich dir noch eine Sache erzählen?«

»Ma-hem«, sagte der Junge.

»In dem Buch *Der große Gatsby* geht es um einen Mann, der

besser werden wollte. Und als ich so alt war wie du, wollte ich das auch. Darum habe ich jeden Tag meine Freundschaftssätze geübt. Das ging so: Welche zehn Sachen könnten mich andere Kinder in der Schule fragen, und welche zehn Sachen kann ich darauf antworten? Das ist so ähnlich, wie eine Karte zu zeichnen oder alle Zugfahrpläne der Welt zu kennen. Außer dass man statt Fakten eben Smalltalk auswendig lernen muss. Menschen, die nicht so klug sind wie wir, die *lieben* Smalltalk. ›Hast du davon gehört?‹ ›Ach, was ist denn damit?‹ ›Soundso hat sich beim Sportunterricht verletzt.‹ ›Das ist ja cool.‹ Ich habe also richtig hart an meinen Freundschaftssätzen gearbeitet, und als ich dann mein Studium abgeschlossen hatte, war ich der freundlichste Mann in meiner Branche. Und dadurch habe ich Hunderte von Millionen Dollar verdient.«

Darüber dachte Jonah nach. »Du hast Geld damit verdient, freundlich zu sein?«

Barry schaute den Jungen an. In der Stille des abgedunkelten Raums schlug sein Herz schnell. Hätte er nur einen Freund wie Jonah gehabt, als er neun war. Hätte nur irgendwer seinem jüngeren Ich verraten, dass alles gut werden würde, wenn er erwachsen war, dass sein Vater falschlag, dass er weder ein Schegetz noch ein Schnorrer noch ein Ganeff werden würde.

Layla öffnete die Tür. »Aha«, sagte sie, »du hast dich also mit dem Kartarium vertraut gemacht.«

»Barry mag auch Karten und Züge!«, rief Jonah.

»Ich dachte, Barry würde eher zu teuren Autos neigen«, sagte Layla. Dabei schenkte sie Barry aber das erste echte Lächeln der bisherigen Woche.

»Nein«, sagte er. »Mache mir gar nichts aus Autos. War schon immer ein Zugfan. Töff-töff, wie wir in der Finanzbranche sagen.«

»Hast du dein Aleph-bet geübt?«, fragte Layla ihren Sohn.

»Bitte, Mom«, sagte der Junge. »Nur noch zwanzig Minuten Kartografie mit Barry.«

»Du weißt doch, dass dein Vater dich fragen wird, wie es mit Hebräisch läuft.«

Barry ließ das Gespräch an sich vorbeifließen. Sie standen in einem sauberen, ordentlich aufgeräumten Zimmer, so wie seins am Little Neck Parkway immer ausgesehen hatte. Ein begabter Sohn, ein Vater in Ausbildung, eine Mutter, die noch am Leben war.

In der nächsten Nacht wollte Barry nicht in den Keller gehen und allein schlafen. Er hatte tagsüber tatsächlich versucht, Jonah das Schwimmen beizubringen, doch als er ihm die Hand auf den warmen Bauch gelegt und ihn sanft ins Wasser zu drücken versucht hatte, so als wollte er eine Spontantaufe vornehmen, klangen die Schreie des Jungen ebenso durchdringend wie die von Shiva. »Okay«, hörte Barry sich im selben Tonfall sagen, den er zu Hause seinem Sohn gegenüber angeschlagen hatte. »Nicht jetzt. Verstanden. Nicht jetzt. Wir versuchen es später.«

Er stieg die Treppe hinauf und linste in Laylas Schlafzimmer. Sie saß am Schreibtisch und tippte wütend und heftig auf ihrem Laptop. Es sah aus wie Twitter. Auf dem Bildschirm sah er viele kleine grüne Frösche und womöglich so etwas wie ein Hakenkreuz. Wahrscheinlich irgendwas für ihr Seminar. Sie sah ernst und traurig aus, und als er ihre Schulter antippte, zuckte ihr Körper kerzengerade in die Höhe. »Entschuldige«, sagte er.

»Ist okay, Bar«, sagte sie. Bar hatte sie ihn früher an der Uni genannt, vor allem vor dem Sex. Sie berührte seine Hand und lächelte. Doch ihre Hand zitterte, auf ihrer Haut glitzerte Schweiß, obwohl das Zimmer klimatisiert und kühl war.

»Was ist denn?«, fragte er.

»Nichts. Arbeit.«

»Ich würde gern mal an einem deiner Seminare teilnehmen«, sagte er. »Es ist echt Wahnsinn, dass du Professorin geworden bist. Du wolltest das, und du hast es geschafft.«

Auf Twitter ging ein neuer Tweet ein. Was machte sie da für eine Arbeit? Holocaust-Forschung? Sie klappte den Laptop zu, stand auf und küsste ihn. Ihr Körper war angespannt, aber so hatte er ihn auch in Erinnerung. Sie war ein angespanntes Mädchen. Ihrer beider Lippen waren rissig und trocken, und ihm schoss sofort durch den Kopf, dass ihr letzter Kuss einundzwanzig Jahre her war, als alles an ihnen jung gewesen war. Der Pessimismus der Welt um sie herum ließ für einen Augenblick nach, und Barry begriff, was passieren würde.

Komisch, dass ihre Generation sich nicht mit Präliminarien abgab. Schnell fanden sie heraus, welche Knöpfe man beim anderen drücken musste. Dann beugte sie sich vor, und er wütete eine Weile. Er stöhnte in ihr dunkles sprödes Haar, und sie stöhnte ins Kissen. Als es vorbei war, starrten sie beide eine Ewigkeit an die Decke.

»Ich möchte ein bisschen emotionale Distanz halten, wenn es dir nichts ausmacht«, sagte sie schließlich.

»Ich nicht«, antwortete Barry. »Damit bin ich durch.«

»Ach, wirklich?« Jetzt lagen sie Nase an Nase. Er schaute in die Augen ihrer Mutter im Gesicht ihres Vaters. Sie war genau das, was jeder Mann mittleren Alters ohne Midlife-Crisis sich wünschen würde. Und er war dieser Mann.

»Ich habe so ein Bild vor Augen, aber es ist etwas eigenwillig«, sagte Barry. »Wenn ich es dir erzähle, versprichst du mir, nicht zu lachen?«

»Ich kann es versuchen.«

»Also, ich sehe dich, mich, Jonah und vielleicht noch zwei weitere Kinder. Ich weiß auch nicht. Adoptierte Kinder vielleicht. Ein Junge und ein Mädchen. Vielleicht mexikanische Kinder aus Juárez. Und wir sind dann eine Familie. Und ich baue so ein großes Badezimmer mit drei Waschbecken nebeneinander. Und die Kinder waschen sich alle zusammen das Gesicht, bevor sie ins Bett gehen.«

»Warum brauchen sie drei Waschbecken?«, fragte Layla. »Wieso können sie sich nicht nacheinander waschen?«

»Na ja, der Gedanke ist, dass sie das nicht müssen. Weil das Bad groß genug ist, dass sie sich alle zusammen das Gesicht waschen können. Und sich zusammen amüsieren, einander nass spritzen. Kinderkram eben.«

»Klingt eher so, als wolltest du damit bloß deinen Reichtum demonstrieren«, sagte Layla. Sie las in seiner Miene, dass er verletzt war. »Aber klar, für Jonah wäre es toll, Geschwister zu haben. Das würde ihn aus dem Schneckenhaus seiner beschränkten Interessen herausholen.«

»Okay, also Nein zu den drei Waschbecken, aber vielleicht Ja zur Adoption?«

»Darf ich dich mal was fragen?«, sagte Layla. »Wann redest du mit deinem Sohn? Vormittags? Ich habe dich noch nie mit ihm telefonieren hören.«

»Er ist erst drei.«

»Dreijährige reden. Sogar eine *Menge*. Vermisst er seinen Vater nicht?«

»Ich bin nicht wie dein Ex-Mann, wenn du das meinst«, sagte Barry. »Bei uns ist es anders.«

»Wie anders?«

»Hast du was dagegen, wenn ich das noch ein bisschen für mich behalte?«

»Vielleicht.«

»Ach, und du bist übrigens wunderschön.«

»Okay, Barry«, sagte sie.

»Es war sehr schwierig für uns, schwanger zu werden«, sagte Barry.

»Ich habe okay gesagt.«

Sie fuhr mit der Hand durch sein Brusthaar. Er erinnerte sich, wie er geschäftlich in Bangkok gewesen war, als Seema und er zum ersten Mal ein Kind zu zeugen versuchten und die Fertilitätsmaßnahmen von der NYU nicht griffen. Zwischen seinen Meetings lief er schwitzend durch die Stadt und stieß auf einen Tempel mit einem riesigen goldenen Phallus, um dessen Schaft eine rote Schleife gebunden war, als sei er ein Geschenk. Der Phallus sollte ein Fruchtbarkeitsgott oder so etwas sein. Und lauter junge Frauen, die Schwierigkeiten hatten, schwanger zu werden, beteten sehr eifrig zu ihm, verbeugten sich oder warfen sich sogar vor diesem großen Schwanz in Gold auf den Boden. Dann kamen ein paar europäische Touristinnen herein und wollten sich selbst mit dem Selfie-Stick vor dem Phallus fotografieren. Sie lachten alle in einer nordischen Sprache und taten sehr überheblich, als wäre das Ganze zum Totlachen. Barry war einfach hingerannt und hatte ihnen das Handy aus der Halterung geschlagen.

Barry erzählte Layla die Geschichte. Sie war nicht sonderlich beeindruckt. »Wieso hast du das gemacht?«, fragte sie.

»Weil ich wütend war.«

»Wieso wütend? Weil die Touristinnen die Gefühle der unfruchtbaren Frauen verletzten, oder weil du bei deiner Frau nicht das erwünschte Resultat erzielen konntest?«

Barry zuckte die Achseln. »Ich wollte dir bloß was von mir erzählen«, sagte er.

»Du läufst durch die Welt und machst Sachen und weißt nicht mal, warum du sie machst«, sagte sie. »Das Verhalten deines Geschlechts, wie es im Buche steht.«

Sie griff nach ihrem Handy und durchsuchte *FiveThirty-Eight*. Was war denn jetzt passiert? Wie waren sie von Sex und Familienplanung *hier* gelandet? »Hör mal«, sagte Barry. »Tut mir leid, wenn ich dir zu nahe getreten bin. Ich weiß, ich muss lernen, sensibler zu sein.«

Layla lachte, aber es klang nicht sehr nett. »Du tauschst also deine Frau und dein Kind gegen mich und Jonah aus«, sagte sie. »Und dann? Was kommt als Nächstes auf Barrys unglaublicher Selbstfindungsreise? Woher wissen wir, dass dies das Ziel ist? Woher weiß ich, dass ich nicht bloß die Schäferin in deiner Geschichte bin? Was sagt der Banker noch am Ende zu ihr? ›Ich wünschte, nichts von meinem bisherigen Leben wäre geschehen. Doch es ist zu spät.‹«

Barry konnte nicht fassen, dass sie sich nach zweiundzwanzig Jahren immer noch an die letzten Zeilen seiner Geschichte erinnerte. Er hatte ihr wirklich wehgetan. Aber das hieß auch, dass sie ihn nicht vergessen hatte.

»Egal, wenn Trump gewinnt, ziehen wir sowieso nach British Columbia«, sagte sie. »Ich habe da eine Stelle in Aussicht.«

»Wo auch immer du hingehst, ich begleite dich«, sagte Barry. »Aber er wird nicht gewinnen.«

»Und was ist mit dir?«, fragte sie. »Glaubst du, du wirst je wieder einen festen Job haben?«

Barry hatte keine Ahnung, was er tun wollte. Nachdem er Jonah kennengelernt hatte, wandelte sich sein Urban Watch Fund allmählich in ein Kartografie-Programm für schüchterne Vorstadtkinder. »Als Erstes werde ich mal deinen Kredit zurückzahlen«, sagte er.

»Heißt das Ja?«

»Weiß ich nicht«, sagte Barry. »Im Augenblick will ich bloß Zeit mit Jonah verbringen und zwei Mal am Tag Sex mit dir haben. Was hast du damals an der Uni immer gesagt? ›Ich hab gar keinen Saft mehr!‹«

Sie legte ihr Handy zur Seite, bettete ihren Kopf auf seine Brust und küsste sein Kinn mit studentischer Unschuld. »Einer von uns macht einen Fehler«, sagte sie.

Barry fing wieder an zu schwimmen. Er hatte eine sexy neue Uhr mitgenommen, eine Tudor Heritage Black Bay, ein Zifferblatt von gerade mal sechsunddreißig Millimeter Durchmesser und absolut wasserdicht. Er duschte gern mit der Uhr am Arm, nur nackte Haut und der Zeitmesser. Spätabends schwamm er vor den mondbeschienenen Franklin Mountains, und morgens zum Tschilpen der Purpur-Grackeln in den Pappeln. An einem unfassbar heißen Tag Mitte August, als Layla im Haus Siesta hielt, was sie immer häufiger tat, sah er Jonah schüchtern am Beckenrand sitzen und wollte ihn beeindrucken. Er machte einen Satz ins Wasser und schwamm so rasend Schmetterling, dass er beinahe mit dem Kopf gegen den Rand knallte.

»Wow, du bist ja schnell«, sagte der Junge.

»Ich wette, du könntest noch schneller werden«, sagte Barry. »Komm, wir versuchen es noch mal. Wenn es nicht klappt, dann klappt es eben nicht. Keine Sorge.«

»Ma-hem.« Der Junge zog sein T-Shirt aus. Er hatte einen straffen, aber winzigen Bizeps, genau wie seine Mutter. Seine Badehose sah aus wie die Shorts eines alten Mannes und bauschte sich um seine Beine, als er widerwillig ins Wasser glitt.

»Okay«, sagte Barry. »Wir machen es genau wie beim letzten Mal. Ich werde dich am Bauch festhalten und dann langsam ins Wasser kippen. Und ich werde dich nicht loslassen. Ich lasse nie los. Die Wahrscheinlichkeit, dass du ertrinkst, liegt bei null.«

»Das ist mathematisch unmöglich«, sagte Jonah. Aber er ließ zu, dass Barry ihm die Hand auf den Bauch legte und ihn kippte, bis er horizontal auf dem Wasser lag. »Bitte«, sagte der Junge. »Ich hab' Angst.«

»Ich halte dich«, sagte Barry. »Entspann dich. Entspann alle Muskeln. Du wirst einfach auf dem Wasser treiben. Ganz leicht.« Barrys Vater hatte auf all diese Vorreden verzichtet. Er war mit dem siebenjährigen Barry zum Swimmingpool eines seiner Kunden gefahren und hatte ihn am tiefen Ende hineingeworfen. Aber das Ergebnis konnte sich doch sehen lassen, oder? Schwimmchampion, Princeton, Goldman. Sein ganzes Leben hatte damit angefangen, ins kalte Wasser geworfen zu werden.

Er hielt den Jungen am warmen, furchtsamen Bauch fest und wies ihn an, die Arme gerade nach vorn zu strecken. Er würde mit Brustschwimmen anfangen. Diese Schwimmtechnik verlieh ein Gefühl von Sicherheit. Das regelmäßige Atmen, das Absinken und Auftauchen – dass man eine Körperhälfte benutzte, um sich voranzustoßen, worauf dann die andere übernahm. Er würde nicht zulassen, dass Jonah aufgab. Der Junge wollte so unbedingt einem Vater Freude machen. Schließlich ließ Barry seinen Bauch los, und Jonah trieb sich selbst in raschen, froschartigen Stößen der Länge nach durchs Becken. »Wahnsinn!«, rief Barry.

Der Junge lächelte, wie Barry noch nie ein Mitglied der Familie Hayes hatte lächeln sehen. Normalerweise wirkten ihre blassen Lippen, als würden sie von der Anspannung aufplatzen. Barry schwamm zu ihm, schlang die Arme um ihn und drückte ihn fest. »Autsch«, sagte der Junge. »Lass los!« Aber er war glücklich.

Nachdem Layla endlich aus ihrem Nachmittagsschlaf erwacht war und herauskam, schrie Jonah: »Ich bin einmal durch den ganzen Pool geschwommen!«

»Im Ernst?«, fragte Layla. Sie sah Barry aus warmen, schläfrigen Augen an, und die untergehende Sonne brachte ihr Haar wie einen Heiligenschein zum Leuchten. »Meine Güte, ich muss meine Videokamera holen. Meinst du, das kannst du noch mal machen?«

»Ma-hem!«

»Als Nächstes bringe ich ihm bei, wie man Freunde findet«, sagte Barry.

Die Mexikanerin hatte zum Abendessen Flautas dagelassen, überbackene Tortilla-Röllchen. Layla ließ Jonah zur Feier seiner Leistung in der nassen Badehose am Tisch sitzen. Nichts war tragischer und zugleich rührender als der Körper eines mageren Jungen, der im Küchenneonlicht bibberte. »Mir ist es früher auch schwergefallen, mich mit anderen anzufreunden«, sagte Barry, »aber ich habe mir ein paar Techniken zugelegt, von denen ich Jonah schon erzählt habe. Ich hatte jede Menge Sätze im Kopf. Weißt du, manchmal hilft es auch, sich jemandem anzunähern, über den sich andere lustig machen. Ein armes Kind zum Beispiel. Das kannst du als ›Probefreund‹ betrachten. Welches Kind an der Hebräischen Schule ist sozial am stärksten benachteiligt?«

»Machst du Witze?«, fragte Layla. »Da gibt es überhaupt keins, glaube ich.«

»Vielleicht ist bei irgendwem Vater oder Mutter gestorben, und er ist traurig.«

»Mein Gott, Barry.«

»Denk mal darüber nach. Dann laden wir dieses Kind hierher ein, und ich bringe Jonah meine Freundschaftssätze bei.«

»Hey, können wir heute Abend noch mehr schwimmen?«, fragte Jonah. »Vielleicht kannst du ja mit einer deiner Uhren meine Zeit nehmen?«

Layla musste ein Abendseminar geben. »Kann ich mitkommen?«, fragte Barry sie.

Der Junge senkte den Kopf und starrte auf seine Flauta.

»Keine Sorge«, sagte Barry. »Ich gehe nirgendwohin.«

Auf dem Weg zum Seminar erzählte Layla Barry, dass sie die Studierenden an der UTEP besser und klüger fand als ihre Kommilitonen in Princeton. Sie hatte das Gefühl, sie würden eher erfüllte Leben führen. »Wenn junge Menschen an die Elite-Unis kommen, sind sie schon kaputt«, sagte sie. »Für sie ist das

Studium bloß ein Vier-Jahres-Intervall, in dem ihnen eingehämmert wird, dass sie den Rest der Menschheit turmhoch überragen. Eine arbeitende Mutter in meinem Seminar lernt mit viel mehr Leidenschaft, als wir das je getan haben.«

Barry war anderer Meinung. Princeton war das Beste, was ihm jemals hätte passieren können. Er sagte, ohne Princeton hätte er niemals die Gipfel der Finanzwelt erklimmen können. Wahrscheinlich hätte er auch niemals eine so junge und hübsche und qualifizierte Frau wie Seema heiraten können, aber diesen Teil behielt er für sich.

Als sie ankamen, war der große, leicht heruntergekommene Hörsaal schon fast bis auf den letzten Platz besetzt. Barry schätzte, dass mindestens hundert Leute im Auditorium saßen. Er sah jede Menge JanSport-Rucksäcke und völlig unironisch getragene Nike-Caps. Barry setzte sich in die letzte Reihe des ansteigenden Halbrunds, um Layla von oben beobachten zu können, wie sie ihren Kram machte. Sie trug eine anliegende Bluse mit Blumenmuster und einen nüchternen weißen Blazer. Er glaubte, dass sie sich für ihn schick gemacht hätte. Er fand sie im Augenblick gerade unsagbar scharf.

Laylas Holocaust-Seminar war eindrücklich und total interdisziplinär. Sie ging das Thema mit allen möglichen Mitteln an, von statistischen Modellen über Kurzfilme bis zu einem Philosophen namens Adorno. Sie war jetzt Mentorin, und ihre Studentinnen und Studenten liebten sie und hörten auf sie. Sie hoben schüchtern die Hände, ihre Stimmen zitterten manchmal, ihr akademisches Englisch klang noch tastend und unsicher. Sie unterbrach Teilnehmer, indem sie mit dem Finger auf sie zeigte und »Schön gesagt. Noch jemand?« sagte. Oder wenn sie härtere Saiten aufziehen wollte: »Da kann ich Ihnen nicht zustimmen.«

Die Studierenden setzten zu langen Chicano-Erzählungen über ihr Leben beiderseits der Grenze an. Die Frau neben ihm, nach ihrem Äußeren zu urteilen Anfang dreißig, hatte einen Onkel, der in Juárez eine Reparaturwerkstatt betrieb und von einer Kartell-Gang entführt worden war, weil er kein Schutzgeld, keine *cuota,* bezahlen wollte, und sie hatten ihm einen Fingernagel nach dem anderen ausgerissen, bis Familienmitglieder aus El Paso zahlten. »Die Frau braucht zwei Stunden, um über die Grenze zum Seminar zu kommen«, erzählte Layla ihm hinterher. »Viele von den jungen Leuten hier haben Angehörige verloren.« Layla fand immer wieder zurück zu den Dreißigern und Vierzigern, aber sie ließ den Studierenden auch Raum, aus ihrem eigenen Leben zu berichten. Korruption, moralisch oder materiell, bot sich als naheliegendes Thema an. Ein Ladenbesitzer, der *cuota* zahlte, eine Jüdin, die zur Nazi-Zeit enteignet wurde, ein Kambodschaner, dem von einem Pol-Pot-Schergen die Brille von der Nase geschlagen wurde. Bilder kamen und gingen. Viehwaggons. Der Völkermord in Ruanda. Guatemala. Ein Bild zeigte die Karikatur eines grinsenden Froschs mit breiten Lippen, während eine Bande von Männern eine Frau mit dicker Brille vergewaltigte, die um Gnade flehte. »Das passiert am 9. November mit Rassenverrätern« lautete die Bildunterschrift, gefolgt von »#MAGA«. Das Auditorium schnappte hörbar nach Luft. Barry war schockiert. Mal abgesehen von der groben und brutalen Bildsprache war dies derselbe Frosch, den er auch auf Laylas Laptop gesehen hatte. Hatte sie auch solche Botschaften erhalten?

»Wer weiß, wer das ist?«, fragte Layla und zeigte auf den Frosch.

Vielleicht zwei Dutzend Hände gingen in die Höhe. »Und wer ist regelmäßig auf Twitter?« Ungefähr genauso viele Hände hoben sich.

»Das ist Pepe der Frosch«, erklärte eines von mehreren mexikanischen Emo-Mädchen. »Ein Symbol weißer Rassisten.«

»Und wofür steht MAGA?«, fragte Layla.

»Make America Great Again.«

Sie begannen eine Diskussion über soziale Medien. Das war anstrengend. Ihm fiel auf, dass die Äußerungen der Erstsemester sich von denen der älteren, viel eloquenteren Studierenden grundlegend unterschieden. In Princeton waren die Studierenden vom ersten Tag an auf der Höhe gewesen, doch viele der Anfänger an der UTEP schienen noch gar nicht auf das Studium vorbereitet zu sein. Layla erwartete nichts und erklärte jeden Ausdruck. »›Ästhetik‹ ist eine komplizierte Art, über Schönheit zu sprechen«, sagte sie irgendwann, um dann direkt auf MAGA und Pepe den Frosch zurückzukommen. Barry wünschte, sie würde sich von den sozialen Medien abwenden und noch einen Film über diesen Adorno zeigen, der irgendwas Maßgebliches über die sechs Millionen Toten sagte.

Ganz egal, auf welches Thema Layla sich konzentrierte, die Studierenden waren immer noch von dieser Nazi-Karikatur mit der Vergewaltigung abgelenkt, denn die dominierte die Leinwand über Layla. Einer der Erstsemester, ein Weißer mit raspelkurzen Haaren, versuchte weiterhin die Redefreiheit zu verteidigen. Er verfügte über ein breites popkulturelles Wissen. »Mein Onkel sagt immer, es gibt mehr Lieutenant Dans als Forrest Gumps«, wiederholte er ständig. Barry hatte keinen Schimmer, was das bedeuten sollte. »Vielleicht ist es bloß ein reicher Bengel, der im Keller seiner Eltern Quatsch macht«, sagte er über den Frosch-Cartoon. Barry merkte, wie Laylas Wut zunahm, doch er selbst ärgerte sich auch. Er hatte über diese neuen faschistischen Pro-Trump-Memes gelesen, wie man sie auch in New York schon genannt hatte, bevor er von dort aufgebrochen war, doch jetzt stand ihm und diesen Jugendlichen die ganze Gehässigkeit vor Augen. Was sollte das? Das würde sicher vorbeigehen, sobald Hillary gewählt und alles wieder normal geworden war. Er fand es ungehörig, dass Layla ihren Studierenden etwas zeigte, was sie persönlich betraf. Wie konnte man den Holocaust mit einem krude gezeichneten Frosch gleichsetzen?

Der Junge mit der Kurzhaarfrisur blieb hartnäckig, und schließlich musste Layla ihn unterbrechen.

»Also, ich finde, Sie liegen ganz einfach falsch«, sagte sie. Die Zuhörer schnappten nach Luft. Offenbar hatte Layla noch nie einen Studenten derartig zurechtgewiesen. »Okay, ich finde, bei allem Respekt, dass Sie falschliegen«, hängte sie an. »Und können wir bitte den Rest des Semesters Forrest Gump nicht mehr erwähnen?« Das sollte ein Witz sein, und ihre loyalen Anhänger kicherten. »Wo war ich?«, sagte Layla.

»Professor Hayes«, sagte eine Latina in Barrys Nähe, »könnten Sie das Bild wegnehmen, bitte?« Ja, dachte Barry.

»Verstört es Sie?«, fragte Layla.

»Ja«, sagte das Mädchen.

»Aber wir haben gerade ein Foto von der Befreiung des Todeslagers Sobibór gesehen«, sagte Layla. »Die aufgeschichteten Leichen. Das war mindestens zwanzig Minuten lang zu sehen. Und das hat Sie nicht verstört?« Das Mädchen war kurz verwirrt. »Schon okay«, sagte Layla. »Ich will Sie gar nicht in die Enge treiben. Ich weiß, dieses Seminar kann auf emotionaler Ebene sehr fordernd sein. Was genau verstört Sie denn an dieser Karikatur?« Das Mädchen schwieg. Barry folgte dem Sekundenzeiger der Tudor-Uhr. Immerhin etwas ergab in dieser Welt noch einen Sinn. »Die Vergewaltigungsszene mit Pepe dem Frosch ist abscheulich und widerwärtig, aber es ist nur eine Zeichnung«, sagte Layla. »Die Fotos, die wir gesehen haben, zeigten echte Menschen. Die Nazis haben eineinhalb Millionen Kinder umgebracht. Sie haben sich nicht verhört.«

»Ja, aber so was passiert Leuten, die ich kenne«, sagte das Mädchen und zeigte auf das Froschbild.

»Also kann es auch Ihnen passieren«, sagte Layla. »Das wollen Sie damit sagen.«

»Vielleicht«, sagte das Mädchen. »Ich weiß nicht.«

Barry hoffte, Layla würde Gnade walten lassen, aber die Erfahrung aus drei Jahren rhetorischer Kampfhandlungen in Princeton sagte ihm, das konnte sie nicht. »Ich werde es ausschalten«, sagte Layla, »aber bevor ich das tue, möchte ich Ihnen noch eine letzte Sache zeigen.« Sie scrollte das Bild hoch, vorbei an der Froschzeichnung, um zu zeigen, dass es an den Nutzernamen @Layla_E_Hayes gerichtet war. Wieder schnappte das ganze Seminar nach Luft. »Dieser Cartoon bezieht sich auf mich.«

Barry wollte jemandem die Faust ins Gesicht schlagen, am liebsten einem Nazi, aber im Grunde könnte es jeder sein. Warum hatte sie *ihm* nichts davon erzählt? Wieso teilte sie diese Last nicht mit ihm? Sie nahm ihn nicht ernst. Hatte sie nie. Mit diesem Quatsch, dass Princeton nicht die beste Uni war, wollte sie eigentlich bloß verdeckt ausdrücken, dass *er* nicht der Beste war. Es kam ihm vor, als hätte sie ihn die ganze Zeit angelogen.

»Aber Sie tragen doch gar keine Brille«, sagte das Mädchen.

»Ja, aber Volksfeinde tragen traditionell Brille. Siehe Pol Pot. Übrigens hat dieser nette Kerl, sein Nutzername ist CommanderGoyToy, sich die Mühe gemacht herauszufinden, dass ich mit einem Juden verheiratet war und daher eine ›Rassenverräterin‹ bin. Außerdem hat er herausgefunden, dass ich ein Kind habe, und einige seiner Follower haben persönlichen Kontakt mit ihm aufgenommen. Ich musste ihn vollkommen aus allen sozialen Medien tilgen.«

»Ich würde diesen GoyToy-Typen trotzdem nicht von Twitter ausschließen«, sagte Forrest Gump. »›Ich missbillige, was Sie sagen, aber ich werde bis zum Tod Ihr Recht verteidigen, es zu sagen.‹ Das hat Thomas Jefferson gesagt.«

»Nein«, sagte Layla, »das hat eine Frau namens Evelyn Beatrice Hall gesagt.«

Den größten Teil der Autofahrt schmorte Barry stumm in seinem Schmerz, seinem Schock und seiner Wut. Er öffnete sein

Fenster und sog verzweifelt die kalte Abendluft ein. Auf der anderen Seite, im zollfreien Grenzgebiet, stießen die Schornsteine der Niedriglohnfabriken, der Maquiladoras, ihre Rauchschwaden in die Luft vor dem hektischen städtischen Hinterrund, wie in der Eingangssequenz von *Blade Runner*. El Paso war die Zukunft. Oder vielleicht Juárez.

»Was ist?«, fragte sie schließlich, als sie das angesagte Viertel Mesa erreichten. Sie fuhren an einem Hipster-Café vorbei, das aus Schiffscontainern errichtet worden war und das Layla gern wegen ihres Frühstücksbreis aus alten Getreidesorten aufsuchte.

»Nichts.«

»Es ist in Ordnung, emotional aufgewühlt zu sein. Darum geht es in diesem Seminar.«

»Verdammte Scheiße, warum hast du mir nichts davon erzählt?« Das kam lauter heraus, als beabsichtigt. »Ich bringe Jonah schwimmen bei und wie man Freunde findet, wir reden darüber, mexikanische Kinder zu adoptieren, aber ich bin immer noch ein Fremder in deinem Haus. Ich hätte was unternehmen können.«

»Wirklich? Was denn?«

»Ich habe einen Freund, dessen Fonds ein großer Anteil von Twitter gehört. Er kann dafür sorgen, dass solche Leute verschwinden. Er ist das, was man einen aktivistischen Investor nennt.«

»Ich weiß, was das ist.«

»Ich wollte dich nicht …«

»Ich kann recherchieren. Meinst du, ich weiß nichts von Valupro?«

Barry wurde zugleich taub in den Gliedern und übel. »Oh«, sagte er.

»Oh?«

Die Übelkeit verflog, doch seine Finger oder Füße spürte er

immer noch nicht. Er atmete langsam ein und aus. »Jetzt kommt wohl die Moralpolizei«, sagte er.

»Habe ich irgendwas gesagt? Ich bin ich, und du bist du. Ganz wie früher an der Uni.«

»Gut.«

»Was? Habe ich irgendwas übersehen?«

»Ein Trade wie der mit Valupro ist eine so komplexe Angelegenheit.«

»Oh Gott.«

»Jetzt hasst du mich also?«

»Sitzen wir noch im selben Auto? Lasse ich dich mit meinem Sohn spielen? *Ficke* ich jede Nacht mit dir?« Barry zuckte zusammen, als hätte man ihn geschlagen. Sie war ein viel zornigerer Mensch als Seema, war sie immer schon gewesen. Wie hatte er das all die Jahre so zweckmäßig vergessen können?

»Ich glaube, du solltest wirklich keine Tweets mehr angucken.« Barry versuchte, diplomatisch und vielleicht ein bisschen verletzt zu klingen.

»Weil ich nicht damit fertigwerde?«, fragte Layla. »Weil es so ein *männliches* Medium ist?«

»Nein, du solltest es bloß mal eine Weile ruhen lassen. Um deiner geistigen Gesundheit willen.« Sie antwortete nicht. Jedes Mal, wenn er zu ihr rüberschaute, sah er diesen heißen Blazer und ihren kühlen Nacken. Er gestand es sich nur ungern ein, aber ihre Wut und ihr Ungestüm erregten ihn. Er wollte sie küssen. Er musste sie irgendwie besänftigen.

»Also, ich fand dich als Dozentin großartig«, sagte er, als sie im Bett lagen. »Du hast Trump nicht ein einziges Mal namentlich erwähnt, aber darum ging es doch im Seminar.«

Sie schaute auf ihr Handy. Jetzt verstand Barry die Bewegung ihres Daumens – sie scrollte Tweets durch. Wahrscheinlich noch mehr von dem Nazi-Scheiß. »Danke«, sagte sie. »Aber davon geht es mir auch nicht besser.«

Barry seufzte. »Ich kann nicht gewinnen.«

»Klar, es geht immer ums Gewinnen.«

»Können wir mal darüber reden, dass ich Jonah heute schwimmen beigebracht habe?«

Sie fing an zu weinen. »Ich bin eine furchtbare Mutter«, sagte sie. »Ich habe mein Kind in Gefahr gebracht.«

Er kam ihren Stimmungsschwankungen nicht hinterher. »Das sind doch Psychopathen«, sagte er. »Hast du die Polizei verständigt?«

»Sie beobachten uns«, sagte sie. »Zu jeder Stunde, jeden Tag.«

Barry richtete sich auf. *»Wer?«* Sie wollte nicht antworten.

»Und heute im Seminar habe ich es verbockt. Ich habe von oben herab zu ihnen gesprochen. Sie verstehen das nicht vollständig. Dabei ist es so wichtig, dass sie es verstehen.«

»Du kannst doch nicht dafür verantwortlich gemacht werden, wie dieses Land wählt.«

»Wir sind alle verantwortlich.«

»Vor allem ich, richtig? Mr. Valupro. Der sterbenden Kindern ihre lebensrettende Medizin vorenthält.«

»Du glaubst, das hast du getan?«

»Ach, scheiß drauf, Layla. Wieso können wir uns nicht ändern?«

Sie wandte ihm den Rücken zu. Sie blieben eine Weile schweigend liegen, wie früher in seinem Zimmer im Tiger Inn. Plötzlich streckte sie den Arm nach hinten, nahm seine Hand, führte sie zu ihrem Bauch und dem Hügel voll drahtiger Schamhaare darunter. »Entschuldige«, sagte Barry. »Ich liebe dich so.«

Mit dem Daumen der anderen Hand massierte er sanft ihre untersten Wirbel. Er küsste sie auf den Hals, der immer noch jung schmeckte. Er wollte ihr sagen, wie sehr sie ihn im Seminar sexuell erregt hatte, jedenfalls bevor sie diesen verdammten

Frosch an die Wand geworfen hatte. Die kluge, mächtige Lehrerin im weißen Leinenblazer, der ihre nackten Arme bedeckte.

Als sie sich zu ihm umdrehte, waren ihre Augen so weit aufgerissen, dass er dachte, sie würde ihn anschreien. Doch so kam es nicht. Innerhalb weniger Sekunden saß sie auf ihm und stieß ihn in ihre Matratze, und dann war sie genauso schnell wieder fertig. Nicht ein einziges Mal schaute sie ihn an oder war irgendwie zärtlich zu ihm. Er fand es scharf, aber ihr Verhalten kam ihm vor wie Vergeltung. Aber wofür? Ihre Uni-Jahre? Die Geschichte mit der Schäferin? Goldman? Valupro? Das ganze beschissene Land etwa im Jahr 2016?

Später gingen sie hinaus zum Pool, zu dem Becken, in dem er ihrem Jungen das Schwimmen beigebracht hatte, und versuchten im Halbdunkel den Donnervogel zu entdecken, der in die Franklin Mountains geritzt war.

Irgendetwas heulte im Arroyo, und etwas anderes kreischte. Er fragte sich, ob Layla und er sich näherkamen oder sich voneinander entfernten. »Lass uns nach Juárez fahren«, sagte sie. »Ich weiß, das ist dir wichtig. Du mit deinem Hemingway und deinem Fitzgerald. An der Uni warst du so ein Loser mit deiner literarischen Moderne. Ich trommle ein paar Leute zusammen. Wir machen einen Tagesausflug.«

»Ich liebe dich wirklich«, sagte er. »Dich und Jonah.«

Sie schaute ihn kläglich an. Sie küssten sich, dann zog sie ihr Handy aus der Tasche. Im Dunkeln hörte er ihren Daumen scrollen.

Sie planten den Ausflug nach Mexiko in einer Woche. Vorher hatte Jonah noch eine Verabredung mit einem Jungen namens Menachem, dessen Vater gerade bei der Wells-Fargo-Filiale in der Innenstadt entlassen worden war. Barry sorgte dafür, dass Jonah die Haare geschnitten bekam, eine kurze militärische Frisur, durch die er ein bisschen männlicher wirkte. Dann übten sie das ganze Wochenende seine Freundschaftssätze.

»Möchtest du wie ich sein?«, fragte Barry. »Jede Menge Freunde, schnell im Gespräch mit jedem, den ich treffe?«

»Ma-hem.«

»Sag nicht ›Ma-hem‹, sag ›Klar‹, aber so, als würdest du es nicht so meinen. Und fang nie einen Satz mit ›Wusstest du …?‹ an. Warte immer, bis dein Freund dir erzählt hat, was er gern mag, und sag dann: ›Das ist ja ziemlich cool‹, auch wenn es gar nicht cool ist. Und kein Gerede über Karten und Züge. Ich weiß, ich weiß. Ich würde auch gern einfach auf Leute zugehen und sagen: ›He, ist das eine alte Omega Speedmaster, vor dem Mondflug, mit Alpha-Zeigern?‹ Aber zuerst musst du herausfinden, ob sie deine Leidenschaft teilen. Und die meisten Menschen haben gar keine ausgeprägten Leidenschaften. Nicht so wie wir.«

Zu Barrys Kummer schien Menachem die Entlassung seines Vaters kaum Sorgen zu bereiten. Er war eine Handbreit größer als Jonah, hatte lockige Haare, war witzig und wild. Als er den Basketballkorb über dem Garagentor entdeckte, verlangte er sofort, dass sie Körbe warfen. »Wusstest du, dass ich mich mal beim Basketball verletzt habe?«, sagte Jonah. »Ich musste in die Notaufnahme.« Barry seufzte und holte einen Ball. Menachem und er versuchten ein paar Korbleger, während Jonah hauptsächlich zuguckte. Im Pool lief es besser. Anscheinend hatte Menachems Familie keinen, darum sprang der Junge fröhlich in Shorts und T-Shirt hinein.

»Nicht vom Beckenrand springen!«, tönte Barry.

»Um die Wette!«, rief Menachem. Er kraulte wie ein Wilder durchs Becken und schlug Jonah deutlich, aber das schien dem nichts auszumachen. »Du schwimmst echt cool«, sagte er, was zwar nicht gerade ein toller Spruch war, aber offenbar

Menachem glücklich machte. Barry war erfreut, dass Jonah sich so fair und höflich zeigte. Eines Tages würde er perfekt nach Princeton passen. Layla kam mit Gurken-Sandwiches aus dem Haus, sehr protestantisch-ostküstenmäßig, versicherte Menachem aber, sie seien strikt koscher. Die Jungen schlangen sie so gierig hinunter, dass es Barry einen Stich ins Herz gab. Zwei hungrige Jungs. Das war sein Traum. Diese beiden hätten seine Kinder sein sollen.

Nach dem Essen zogen die Jungen sich ins Kartarium zurück und schlossen die Tür hinter sich. Barry machte sich große Sorgen darüber, ob Jonah sich richtig verhalten würde, und klopfte eine Stunde später an. »Hey, Jungs …« Die beiden hingen über Jonahs Computer und atmeten schwer.

»Wir sind auf einer Kartenseite!«, rief Menachem. Jonahs sämtliche Züge waren auf dem Fußboden verstreut, so ungeordnet hatte Barry sie noch nie gesehen. Er beugte sich über ihre Schultern und schaute auf den Bildschirm. Jonah hatte seine Acela-Karte gepostet, unter der unschuldigen Überschrift: »Dies ist die erste Karte, die ich poste. Kann mir jemand sagen, wie ich sie besser machen kann?«

Die Antworten waren wahnsinnig detailliert. Es gab Hunderte, wenn nicht Tausende Kartenbegeisterter, die den Nordostkorridor von Amtrak auswendig kannten und jede Menge hilfreicher Vorschläge machten. Eine Nachricht jedoch kam von CommanderGoyToy: »Wusstest du das deine Mutter eine Rassenverräterin ist und du ihre Mischlingsbrut?« Barry war empört. Jonah war neun Jahre alt! Aber Jonah meinte, das sei er gewohnt. Menachem zuckte auch nur mit den Achseln. »Er kann nicht mal richtig schreiben«, bemerkte Jonah.

Barry überließ die Jungen ihren Computerabenteuern und schlenderte zu der wandgroßen Acela-Karte. Ihm fiel auf, dass Jonah einen Teil von Long Island ausradiert hatte, um Platz für

Lake Success zu schaffen, das mit Versalien und einem gelben Stern gekennzeichnet war, der ebenso groß war wie der bei Chevy Chase, wo sein Vater wohnte. Noch rührender war die amateurhafte Ausführung von Teilen der Karte. Jonah hatte eindeutig Menachem einen Teil von New Jersey ausmalen lassen. Er war flexibel genug gewesen, Menachem an seinem Hobby teilhaben zu lassen. Vielleicht konnte Menachem sein Freund werden! »Du hast nur noch dreißig Minuten Computerzeit«, sagte Barry, der Wächter über Jonahs Wochenlimit.

»Noch ein bisschen länger, biiitteeeeeeee!«, sagten die Jungs im Chor.

Als Menachem ging, schlief Jonah sofort ein und war sogar zu müde, seine Züge ins Regal zu räumen. Das tat Barry für ihn und überlegte genau, wo jeder gestanden hatte – der Shinkansen neben dem ICE, der Acela neben dem TGV, weil sie beide von Alstom gebaut wurden, dem französischen Weltkonzern. Barry erinnerte sich, wie todmüde er immer nach sozialer Interaktion mit Joey Paramico oder den irischen Zwillingen gewesen war, zu müde, um im Geist noch die üblichen Zahlen und Muster vorbeirattern zu lassen. Er hatte immer das Einmaleins durchgerechnet, um einzuschlafen, oder im Kopf Programme für den Commodore 64 geschrieben. Nachdem er sich selbst gelehrt hatte, freundlich zu sein, fiel ihm alles andere schwerer. Er musste von seinen Nerd-Leidenschaften ablassen. Beides auf einmal schaffte er nicht. Als er vierzig wurde, waren ihm nur noch die Uhren geblieben.

Auf den Straßenschildern stand EL PASO STREET und SIXTH AVENUE, und dann war das Land zu Ende. Die Grenze sah wie ein riesiger von Stacheldraht umzäunter Schuppen aus. Übergroße Flaggen von Texas und den USA begrüßten die einreisenden Mexikaner. Gelbe Busse von Transborde mit Nummernschildern aus Chihuahua spien Großfamilien aus. Die

Neuankömmlinge kreisten bald im sauber regulierten Rausch durch die Läden. Vor wenigen Minuten noch waren sie in Juárez, und jetzt kauften sie Schuhe bei Payless in Texas. Gerüchte besagten, dass manche Unglücklichen in den Drogenkriegen jenseits der Grenze mit der unteren Körperhälfte in Säurebäder getaucht wurden, während Ärzte sie bei Bewusstsein hielten. Barry wusste nicht, warum, aber ein Teil seines Denkens sehnte sich danach, zu diesem Grenzschuppen zu gehen und dann zu akzeptieren, was auch immer ihm auf der anderen Seite in der schlimmsten der Colonias zustoßen würde, egal, was für ein gewaltsames Ende er finden würde. Sich dem Schicksal zu überlassen. Niemals mehr nach irgendetwas zu streben. Endlich die Karte von Long Island mit dem roten Kreis um Lake Success zu verbrennen, die er bis zum Studium unter seinem Bett aufbewahrt hatte. Das beunruhigte ihn: Obwohl es mit Layla und Jonah so gut lief und er Chuco Town inzwischen so gernhatte, war er doch gewillt, sich in die Hände der kruden Justiz eines armen Landes zu begeben. Seema hatte gesagt, er habe keine Fantasie, aber manchmal kam es ihm so vor, als habe er nichts als Fantasie.

»Hey.« Layla pikte ihn in die Rippen. »Wach auf, Hemingway Junior. Wir sind fast da.« Sie saßen in irgendjemandes uraltem Nissan-Van, in dem die lauten Stimmen ihrer UTEP-Kollegen widerhallten. Sie waren alle geistreich und gesellig und hundertprozentig witzig, genau wie jüdische New Yorker, was über die Hälfte von ihnen auch war. Sie wetteiferten darum, wer das beschissenste Auto fuhr. Barry brachte »seinen« Avalon ins Spiel, war damit aber nicht annähernd im Rennen.

Dabei war unter anderem eine Filipina namens Gina, die supersüß aussah und Professorin für Mikrobiologie war. Von ihr hatte Barry schon gehört. Sie war anscheinend Laylas beste Freundin. Ihr Verlobter Jimmy war der Dekan der ingenieurwissenschaftlichen Fakultät. Dann gab es noch Judah, der

Judaistik lehrte und – ganz unglaublich – Barrys Liebe zu Uhren teilte. Er trug eine äußerst zurückhaltende Longines mit dem begehrten 13ZN-Uhrwerk, deren Zifferblatt bis zur Unleserlichkeit patiniert war, perfekt für einen Uhrenfanatiker. Er hatte noch zwei Kollegen von der Judaistik mitgebracht, beide eher klein und mit zu warmen Pullovern bekleidet, deren beider Namen Barry immer wieder vergaß. Judah jedoch war so hochgewachsen wie Barry und hatte das gleiche großspurige Auftreten wie Barry damals in Princeton, nur dass es bei ihm natürlicher wirkte. Er nannte ihn »einen richtigen New Yorker *Macher*«, und dieses jiddische Kompliment bezauberte Barry total. Sein Vater hatte das Wort immer nur mit großer Ehrfurcht verwendet. Dieser Typ beherrschte alle möglichen Freundschaftssätze im Schlaf.

Auf der Fahrt ins Stadtzentrum war Barry auf eine der politisch korrekten Abkürzungen aufmerksam geworden, die sie benutzten: »POCs«, also *people of color.* »Wie ist denn die Rendite bei euren POC-Studenten?«, fragte er. Er glaubte, diese Information könnte für seinen Urban Watch Fund nützlich werden.

Alle fingen an zu lachen. »Was? Die Abkürzung POC darf man nicht benutzen«, sagte Gina, die Filipina. »Dafür muss man selbst POC sein.« Barry erwähnte, dass seine Ex-Frau POC sei, und ebenso die philippinische Kinderfrau seines Sohnes. Die Professorin fragte, wie viel die Kinderfrau denn verdiene, und als er die Summe nannte, starrte sie ihren Verlobten, Dekan Jimmy, mit offenem Mund an. »Das ist *dreimal* so viel, wie sie verdient«, sagte der Dekan.

»Hast du einen Job für mich?«, fragte Gina. »Ich könnte deinem Kind Mikrobiologie beibringen. Vielleicht kann er dann am Hunter College studieren.«

Ehe sie nach Juárez hinüberfuhren, stärkten sie sich mit einer Runde Drinks in einem schmuddeligen Loch im Art-déco-

Teil der Stadt, so einem Laden, wo jederzeit ein Obdachloser mit einer Wassermelone unter dem Arm hereinmarschieren konnte, auf dessen grünem T-Shirt die Legalisierung der Homosexualität gefordert wurde und der dort gleichgestellte Freunde traf. Zuerst hatte Barry den Eindruck, dass Laylas Freunde ihn sorgfältig auscheckten, was er gut fand, denn das hieß, sie wollten sie nach ihrer Scheidung beschützen. Aber irgendwann hatte er ihr Wohlwollen errungen. Ihnen gefiel, dass Barry keinerlei »Kontrollmechanismus« hatte, dass er fast alles sagte, was ihm in den Kopf kam, dass seine Fehler aber eher Unwissenheit als Bosheit entsprangen. Er sagte ihnen nicht, dass er »moderater, nur an der Finanzpolitik interessierter Republikaner« war, hatte aber beinahe das Gefühl, das könnte er tun.

»Wusstet ihr, dass Barry auch auf Karten und Züge steht?«, sagte Layla.

»Mensch, da hat Jonah ja einen Freund fürs Leben gefunden!«, sagte Gina. Alle prosteten Barry zu, als sei er das Beste, was dem Kind jemals passiert war. Als Layla auf die Toilette ging, neigte sich Judaistik-Judah zu ihm und sagte: »Es ist sehr wichtig für Jonah, eine Identifikationsfigur zu haben. Das nimmt Layla eine große Last von den Schultern.« Barry spürte den warmen Glanz von Judahs Unterstützung. Er wollte zu gern in seinen Augen ein Macher sein.

»Ich habe ihm schwimmen beigebracht«, sagte Barry. »Und Freundschaften schließen.«

»Er ist ein netter Junge«, sagte der Dekan, »aber sehr allein.«

»*Du* bist sehr allein«, sagte Gina. Sie tranken auf einsame Sonderlinge, die sie als Kinder wahrscheinlich alle gewesen waren, Barry eingeschlossen.

Ihr Ausflug hatte gerade erst begonnen, aber er wollte schon, dass der Tag niemals zu Ende ginge.

Er dachte, sie würden auf der Puente Internacional Paso del Norte über die Grenze gehen, doch in der El Paso Street fanden sie keinen Parkplatz, weshalb sie zur Stanton Street Bridge ein paar Blocks weiter östlich fuhren. Ein Wirrwarr von Bahnschienen und Ölraffinerien erstreckte sich in der Wüste um sie. Der Wind blies Barry Staub ins Haar. Die Männer prahlten, wie gefährlich und lustig das hier werden würde und wie dringend sie ein bisschen Abenteuer brauchten. Manche fragten sich, ob sie eine Reiseversicherung hätten abschließen sollen. Sie gingen über die Brücke bis zu einem Schild mit der Aufschrift LÍMITE INTERNACIONAL EUA-MÉXICO. Barry schaute nach unten auf den Rio Grande, der wie ein Tier in einer Betonwanne gefangen war.

Am Ende der Brücke stand auf einem Schild in chiliroten Lettern MÉXICO. Barry bemerkte ein paar amtliche Fahrzeuge, winzige orangefarbene Volkswagen mit der Aufschrift GRUPOS BETA, die auf einem Grundstück unter ihnen abgestellt waren. »Was sind das denn für welche?«, fragte er Layla.

»Die leisten den Migranten medizinische Hilfe, die heimlich über die Grenze zu kommen versuchen«, sagte sie. »Vor allem Menschen aus El Salvador und Guatemala.« Barry dachte an den falschen Guatemalteken Luis Goodman, der sicher in seinem 4,1-Millionen-Apartment am Madison Park saß, während er, Barry Cohen, die Schwelle zu diesem Inferno überquerte. Ein Bild des einäugigen Mexikaners, der im Bus nach Baltimore den Kopf auf seine Schulter gelegt hatte, tauchte vor seinen Augen auf. Gina und Layla trugen Shorts und T-Shirts, sahen sonnensatt und wunderschön aus. Barry war stolz auf die Gesellschaft, in der er sich befand. Sein Leben könnte nicht besser sein. Er beugte sich vor und gab Layla einen Kuss auf die Wange.

Niemand kontrollierte ihre Papiere, und im Handumdrehen waren sie in Mexiko.

Sicher, es gab Bürgersteige und Parkplätze und Grünflächen, aber in Barrys Augen wirkte alles angeschwollen und rissig. Schilder nannten die Stadt HEROICA CIUDAD JUÁREZ, vielleicht in Bezug auf den jüngsten Drogenkrieg und die Opfer, die er gefordert hatte. Jeder zog das Handy aus der Tasche, und sie versuchten herauszufinden, wo die Hauptverkehrsstraße, die Avenida Benito Juárez, lag. Barry zeigte auf einen Straßenhändler, der gegrillte Maiskolben feilbot. Er trug einen Cowboy-Hut aus Stroh und hatte eine Narbe quer über einer Wange. Der Mann schaute die Clique sehr lange an, Barry in seinem T-Shirt vom Georgia Aquarium mit dem Walhai darauf, hinter ihm Dekan Jimmy, der sich mit Layla laut über Hermeneutik unterhielt, während Judah im schicken Jackett, gekleidet wie für die Fakultätsratssitzung, mit seinen Kollegen ein Kampflied des alten jüdischen Arbeiterbundes sang, die in ihren Strickpullovern wie frisch geschorene Schafe aussahen.

»Gringos, seid vorsichtig«, sagte der Maismann.

Gina trat zu ihm und fragte ihn in erstaunlich flüssigem Spanisch nach dem Weg. Der Mann winkte in westlicher Richtung und ließ den Blick weiterhin über die nordamerikanische Truppe wandern. »Gringos, seid vorsichtig«, wiederholte er.

Die Warnung machte die Männer bloß kühner. »Kommt, wir gewinnen das fürs Schtetl«, sagte Judah zu seinen Leuten.

Gina erinnerte sie an die jüngsten Morde in Juárez, fünf Männer waren bei einem Herrenfriseur erschossen worden, gleich hinter der Santa Fe Bridge, und so weiter. Barry jedoch fühlte sich unbesiegbar. »Die Sicherheit der großen Zahl«, sagte er. »Ich habe früher beruflich gewettet. Los, wir machen das jetzt!«

Sie gingen hinüber zur Avenida Benito Juárez. Die Straße, die nach Judahs Aussage Generationen von betrunkenen, geilen US-Amerikanern versorgt hatte, war so gut wie leer. Die wenigen Menschen, die an ihnen vorbeischlenderten, sahen sie verwundert und besorgt an. Ein Rudel streunender Hunde rannte den Bürgersteig entlang und streifte ihre Beine, als suchten die Tiere verzweifelt nach Wärme. Ein gerade aus El Paso abgefahrener Güterzug ratterte parallel zur Avenida Richtung Süden. Weiterer Lärm drang aus den zahlreichen *farmacias*, die große Lautsprecher an die Avenida gestellt hatten und lautstark schlechte internationale Dance-Music spielten. Die Melodien hallten von den Fassaden der stillen Bars und Zahnarztpraxen wider. In den Apotheken bekam man Viagra umsonst, wenn man Schmerzmittel ohne Rezept kaufte. Gina und der Dekan gingen in eine Apotheke, um für ihre bevorstehende Ehe Oxycodon zu kaufen, und brachten für jeden eine Gratispackung Viagra mit heraus.

»Da ist er!«, rief Barry. »Der Kentucky Club! Wo Hemingway hingegangen ist.« Die Bar lag in einem unauffälligen einstöckigen Gebäude, über dessen Eingang die englischen Worte WORLD FAMOUS und SINCE 1921 prangten. Barry wünschte, es würde wenigstens auf Spanisch dort stehen. Sie gingen hinein, und er zeigte auf die Rinne rund um die Theke. »Wusstet ihr, dass die Männer sich früher einfach vom Barhocker aus erleichterten?«, fragte er.

»Du klingst immer mehr wie Jonah«, sagte Gina. »*Wusstet ihr … ?*«

Die Gruppe lachte, und sogar Layla schien es in Ordnung zu finden. »Jonah ist so eine Art Vorbild für mich«, sagte Barry stolz. »Vielleicht können wir ihm einen mexikanischen Modellzug kaufen.«

Alle bestellten etwas zu trinken. Die Bar war dunkel, grünlich beleuchtet und auf düstere Art festlich, wie nach dem Drogenkrieg eben. Gut gekleidete Einheimische saßen an der Theke, sprachen über Geschäfte und tranken langsam; die Drinks waren nicht billig. Barry aß zwei randvolle Teller Garnelen *al ajillo* und merkte, wie sein Atem immer schlimmer roch, aber es war ihm egal. Sie kippten mehr und mehr rauchigen Tequila in sich hinein. »Das ist so toll hier!«, rief er. »Abgesehen von diesen Flachbildschirmen. Hemingway war hier! Die Bar sollte ein Heiligtum sein.«

»Okay, Süßer«, sagte Layla zu ihm. »Beruhige dich.«

»Süßer?«, sagte Gina. »Ich habe noch nie gehört, dass Layla *irgendwen* so genannt hat.«

»Ich habe großes Glück«, sagte Barry. Ein kollektives Aaaach folgte. Das war für Barry die Genehmigung, laut zu erzählen, dass er mit dem Greyhound quer durchs Land gefahren sei, um Layla zu finden. Er betonte besonders die Passagen, wo ihm das Geld ausging und er nicht genug zu essen hatte, denn er wollte seine Referenzen als mittelloser Romantiker aufpolieren. »Mein Traum ist, dass Layla und Jonah und ich die Reise eines Tages als Familie beenden können. Wir könnten mit dem Bus nach San Diego fahren und das Grab meines Vaters besuchen. Er hatte Layla wirklich gern.«

»Er hat mich immer *Lay-lo* genannt«, sagte Layla. »Und dann hat er gesagt, ich sei zwar zu blass, hätte aber tolle Sabra-Haare.«

»Auf die jüdische Rassenhygiene!«, rief Judah.

»L'chaim!«, lallten seine Kollegen. Sie stießen mit ihren Drinks an und verschütteten reichlich davon. Konnte es auf der Welt etwas Geselligeres geben als eine Judaistik-Fakultät? Wieso gaben *sie* nicht anstelle von Layla das Holocaust-Seminar?

Zwei Stunden später, nachdem sie hundert gelehrte Themen angerissen hatten, darunter auch den Abstieg der japanischen Liberaldemokraten (»Ich habe letztes Jahr hundert Millionen Dollar beim Handel mit Yen verloren«, vertraute Barry seinen neuen Freunden an), verließen sie die Bar schließlich johlend und grölend. Barry und die Dozenten gingen die Avenida hinunter, und jeder Schritt entfernte sie weiter von der Grenze und ihrem herrlichen Leben. Ein knackig aussehender Opa im weißen Fedora flüsterte Layla im Vorbeigehen zu: »*Oye, señorita, un joven?*«

»Ach du Scheiße, er hat dir gerade einen Jungen verkaufen wollen!«, sagte Gina.

»Kriegt man zu dem *joven* auch Viagra für Frauen dazu?«, fragte Judah.

Layla fand das nicht witzig. »Das war echt mies«, sagte sie. »Wir dürfen nicht vergessen, dass es hier um einen echten Menschen geht, mit dem gehandelt wird.« Die Männer wirkten leicht beschämt.

Die Musik aus den *farmacias* dröhnte weiter vom oberen Ende der Straße zu ihnen, doch die Avenida wurde allmählich düsterer. Eine Reihe von Pick-ups der Policía Municipal, umringt von Polizisten mit halb automatischen Gewehren, nahm fast einen ganzen Block ein. Sie fingen laut an zu rufen, als ein junger Mann im T-Shirt der Texas Spurs und zerrissener Trainingshose auf sie zukam, dessen Blick unstet hin und her sprang und der leise vor sich hin murmelte. »Kommt, wir gehen hier rein«, sagte Gina und schob Barry und ihre Freunde in eine Bar namens Don Beto. Die Kundschaft war nicht so gepflegt wie im Kentucky Club. Weiße Plastikstühle und -tische standen herum, dazu ein verlassen wirkendes Schlagzeug und überall knutschende ältere Menschen, die Sol aus großen Bierkrügen tranken.

»Meinst du, sie schießen?«, fragte Judah und versuchte in Richtung Straße zu spähen.

»*Das* wäre doch mal ein Kracher«, stimmte Barry zu.

»Wisst ihr, wie korrupt die Policía Municipal ist?«, fragte Layla. »Während des Kriegs zwischen dem Sinaloa- und dem Juárez-Kartell musste man die Bundespolizei herschicken, um aufzuräumen.«

Barry war stolz darauf, wie viel sie wusste. »Wenn es eine

Schießerei gibt, können sie uns ja als Zeugen befragen, und wir sagen gegen die Polizei aus«, sagte er.

Layla verdrehte die Augen. »Oh mein Gott«, sagte sie, und als sie dann über seine Schulter schaute: »Das ist José! Das ist mein Gärtner, José Luis.«

»Moment mal«, sagte Gina. »Er unterhält sich mit *meinem* Gärtner.«

»Macht ihr Witze?«, fragte der Dekan. »Wie viele *Yanqui*-Privilegien wollen wir heute denn noch abhaken?«

Wegen dieses unglaublichen Zufalls winkten die beiden Gringas schon bald ihren Gärtnern, die gleichermaßen geschockt waren, sie zu sehen. Da sie kaum eine andere Wahl hatten, kamen José Luis und sein Freund mürrisch an ihren Tisch. Beide trugen Rückenstützen und waren eher älter, hatten Walrossschnauzer und überall Schwielen, als würden sie nicht nur mit den Händen, sondern auch mit den Stirnen arbeiten. »Hola, José!«, rief Layla. Sie setzte ihr schönstes Hayes-Lächeln auf und redete dann rasch in gebrochenem Spanisch auf die beiden ein.

José Luis beugte sich vor und sagte: »Seien Sie vorsichtig in Juárez, Señora.«

»Bleiben Sie auf dieser Straße«, sagte der andere Gärtner. »Nicht weggehen von dieser Straße. Und auch auf dieser Straße vorsichtig sein.«

»Kommen Sie, trinken Sie mit uns!«, sagte Layla. *»¡Siéntate! ¡Siéntate! Por favor.«*

»Ich weiß nicht recht«, sagte Dekan Jimmy, und auch Gina wirkte unsicher, doch Layla zwang die beiden Arbeiter, sich zu ihnen zu setzen. Lautstark bestellte sie bei der Barfrau neue Krüge Sol.

»Jetzt sind Sie in meinem Land«, wollte Laylas Gärtner ihr erklären, »darum zahl ich.« Aber natürlich ließ sie ihn nicht. Der Gärtner seufzte und starrte auf seine Füße.

»Ich glaube, das findet er nicht in Ordnung«, flüsterte Gina. »In seiner Kultur ...«

»Er hat fünf Kinder«, erwiderte Layla ebenso leise. Nachdem die Gärtner unter ihnen Platz genommen hatten, konnten sie über absolut nichts mehr reden, in keiner Sprache. Sie saßen sich an den Enden des Tisches gegenüber und schauten einander an. Jemand drehte die Musik lauter, ein trauriger Corrido, und ein Mann und eine Frau, beide in Cowboy-Stiefeln, standen auf und tanzten, als sei dies ihr letzter Augenblick auf Erden. »Ihr versucht es ja nicht mal«, zischte Layla ihren Universitätsfreunden zu.

»Ich spreche eigentlich kein Spanisch«, sagte Barry, und die anderen drückten sich ähnlich aus. Gina, die Spanisch beherrschte, versuchte, sich zu unterhalten, offenbar über El Chapo und das Sinaloa-Kartell, doch damit kam sie nicht weit. Barry tat Layla leid. Das schmerzhafte Schweigen der Gärtner dauerte an. Er bemerkte die Erde unter ihren Fingernägeln, als sie ihre von Amerikanern gekauften Biere hoben. Sie holten ihre Handys aus den Taschen, und Barry stellte sich vor, wie sie verzweifelt ihre Familien benachrichtigten, dass sie von ihren Arbeitgeberinnen entführt worden waren. Layla tat es ihnen nach, zerrte ebenfalls ihr Telefon heraus und fing an, ihren Twitter-Feed durchzuscrollen. »Süße, mach das doch jetzt nicht«, sagte Gina. »Allein schon wegen der Roaminggebühren.«

»Guck dir an, was die Wichser schreiben.«

»Nicht wieder dieser GoyToy?«

»Doch, wieder dieser GoyToy.«

»Du bist betrunken. Vielleicht solltest du nächstes Semester mal freinehmen.«

»Die Arbeit ist das Einzige, was mich auf andere Gedanken bringt.«

»Vielleicht solltest du kein Holocaust-Seminar mehr geben, bis die Wahl gelaufen ist, hm?«

Layla schlug mit den Händen auf den billigen Plastiktisch. Erschrocken blickten die Gärtner von ihren Handys auf. »Diese Wahl wird *nie* vorbei sein!«, schrie Layla. »Seht ihr das nicht?«

Sie stand auf und ging aus der Bar. »Was soll denn der Scheiß?«, sagten mindestens drei Leute.

»Draußen sehr gefährlich«, sagte José Luis.

»Ich kümmere mich darum«, sagte Barry. Er sprang auf und lief ihr hinterher, in das glühende Sonnenlicht, auf die fremde Straße. Da war Layla, sie rannte, *rannte* weg von der Grenze. Die Pick-ups der Polizei waren nirgendwo zu sehen. »Layla!«, rief Barry. Aber sie drehte sich nicht um. Er beeilte sich, vorbei an den letzten trostlosen Blocks der Avenida auf einen großen Platz zu. Da gab es eine Scotiabank, was ihn eigenartig beruhigte, und eine große rote Skulptur, die aus den drei Großbuchstaben JRZ bestand, hatte wahrscheinlich irgendwas mit Stolz auf die eigene Stadt zu tun. Layla bog nach links ab und lief durch einen Bücherflohmarkt voller Studierender, die auf Barry wie etwas schäbigere Versionen ihrer UTEP-Kommilitonen wirkten. »Layla!«, rief er noch einmal. Die Studierenden starrten ihn an. Er war ein rasender Gringo, der durch ihre Welt sprintete.

Layla rannte in einen kleinen städtischen Park und verschwand darin. Barry drängte sich durch die Männer mit Sombreros und Baseball-Caps und die müden Rentner, die sich um einen einsamen Brunnen drängten. Mariachi-Musik wurde gespielt, laute Stimmen sangen ein fades Lied mit einer politischen Botschaft, glaubte er zu spüren. Layla umrundete die Kathedrale, ein gewaltiger franziskanischer Klotz, die den Park zu einer Seite begrenzte. Barry hielt Schritt mit ihr, doch bald darauf fand er sich auf einer leeren Seitenstraße wieder, und seine Schultern hoben und senkten sich in der Hitze der Chihuahua-Wüste vom schweren Keuchen. Er war umgeben von Autos, die absichtlich zerstört aussahen, und bröckelnden

Gebäuden. Ein Schwellenland, wie Seema es nannte. Aber im Gegensatz zu Thailand oder Indien oder Baltimore oder den zahllosen anderen armen Gegenden, in denen er gewesen war, hatte Barry hier Angst.

»Layla!«, rief er. »Layla, jetzt komm endlich!«

Einige der jammervollen Häuser hatten kleine ungepflegte Vorgärten hinter schmiedeeisernen Toren. Barry kannte die Namen dieser Wüstenpflanzen nicht, konnte keine Bewunderung für ihren Durchhaltewillen aufbringen. Wieso folgte Laylas Gärtner ihm nicht? Und die anderen? Sie hatten ihn mit dem Auftrag allein gelassen, seine frühere und jetzige Freundin aus den Eingeweiden einer Stadt zurückzuholen, in der Leuten die Fingernägel einzeln herausgerissen wurden, während ihre Familien jenseits der Grenze die *cuota* zusammenkratzten. Dies war eine Straße des Todes. Das spürte er. Könnte doch nur die Policía Municipal mit ihren Pick-ups um die Ecke gerauscht kommen. Könnte er ihnen doch nur Geld für sein Leben anbieten.

Barry ging um eine Ecke, hinter der sich die Armut des vorigen Blocks wiederholte. Ein gelber Maquiladora-Bus voller junger Frauen fuhr vorbei. Er sah aus wie ein gebrauchter US-Schulbus. In den Neunzigern wurden Frauen, die in den Maquiladora-Fabriken arbeiteten, häufig entführt und ermordet. Das hatte er von einem Mädchen in Laylas Seminar erfahren. War er deshalb hergekommen? Nicht um Hemingways Schritte nachzuvollziehen, sondern seine letzten eigenen zu tun?

»Hey!«, rief er dem Bus nach. »Halt! Stopp! *Arrêtez!*« Der Bus brummte weiter und spuckte schwarzen Rauch aus dem klappernden Auspuff.

Nein. Das stimmte nicht. Barry wollte nicht sterben. Er wollte nach Hause. Aber zu welchem Zuhause? Vor ihm lag eine wirklich beängstigende *ginecológica cirugía*, deren Fenster sämtlich mit rostigen Eisenstäben vergittert waren. Frauen wurden in diesem Teil der Welt nicht gut behandelt. Ein Schuss fiel, und

Barry kauerte sich vor die Frauenarztpraxis. Vielleicht war es nur die Fehlzündung eines Autos gewesen. Eines großen Autos. Vielleicht der gelbe Bus. »Hallo, irgendwer!«, rief Barry. »Bitte! Hallo? *Aidez-moi!*« Die bröckelnden Fassaden verschluckten seine Stimme. Nicht ein Fenster ging auf. Wenn dieser Ort nicht der Tod war, dann vielleicht eine andere Art Ewigkeit: eine in Furcht erstarrte Ewigkeit.

Die Welt fing an, sich um Barry zu drehen, und seine Beine wurden wackelig. »Schau auf deine Uhr«, befahl er sich. »Schau drauf.« Er trug heute die Universal Tri-Compax. Er hielt sein Gesicht dicht an den langsam gleitenden Sekundenzeiger, der um das Hilfszifferblatt kreiste. Die Zeit verging immer noch. Die Uhr sprach die gleiche Sprache wie Barry. Sie sagte ihm, dass die Welt sich unermüdlich um ihre schwermütige Achse drehte.

Die Tri-Compax hatte er Shiva zugedacht. Sie hatte ein herrliches cremefarbenes Zifferblatt, das noch aus den Vierzigern stammte, unglaubliche Zeiger, die wie schmale Blätter geformt waren, und dicke, gekerbte Anstöße. Der Mond in der Mondphasenanzeige war zu einem groben Cheddar-Gelb patiniert, so wie die Uridee des Mondes, die Kinder anscheinend schon von Geburt an im Kopf haben. Barry hatte noch nie eine Uhr oder sonst irgendetwas so elegant altern sehen, so als wollte das Gerät die Idee der Sterblichkeit selbst negieren. Er hatte Shiva die Uhr gezeigt, und Shiva hatte mit seinen ruhelosen, dunkel umrandeten Augen auf die Mondphase und dann nach draußen geschaut. Es war heller Tag gewesen, doch Shiva hatte gewusst, dass dieser Gegenstand auf dem Zifferblatt das Ding darstellte, das er nachts vor dem Fenster sah. Die Uhr war der Beweis dafür, dass Shiva komplex denken konnte. Er hatte sie zu einem Uhrmacher im Einkaufszentrum des Armeestützpunkts Fort Bliss außerhalb von El Paso gebracht. Es könnte tausend Dollar oder mehr kosten, sie reparieren zu lassen, und das Geld hatte er im Augenblick nicht, aber die Tri-Compax musste überleben.

Und das hieß, auch Barry musste überleben. Er stand auf und stellte sich der unsichtbaren Bedrohung der Straße. Er zitterte jetzt am ganzen Leib wie vor Hunger. Er wusste nicht, welche Richtung die richtige war. Vielleicht waren alle falsch. Er ging eine Straße weiter. Dann noch eine. Dann noch eine.

Er bog um irgendeine Ecke und stand vor einem Pollo Feliz, der himmlisch nach gebratenem Fett roch. Laut einem festlichen Schild kosteten zwei *pollos* nur hundertneunundfünfzig Pesos, und das *todos los días*. Eine Hühnerkarikatur zeigte Barry einen hochgereckten Daumen. Der Imbiss war offen. Drinnen waren Leute, die nicht anders aussahen als die Leute auf der anderen Seite der Grenze. Eine Familie. Drei Kinder, wie in Barrys Träumen. Hinter dem Huhn erkannte er die vertrauten Gipfelketten der Franklin Mountains. Dort also war Zuhause. Dort lag Amerika. Dort war Jonah mit seinen Karten. Dort war Lake Success. Es war so nah. Eine Frau saß auf einem alten Stuhl neben einem Haufen Scheiß, den sie verkaufte, und eine schwarze Rüschenbluse, wie man sie im Casa Blanca an der letzten Straßenecke auf der El-Paso-Seite kaufen konnte, hing an einer Schaufensterpuppe, der ein halbes Bein fehlte. Außerdem bot sie viele fürchterliche Babypuppen an, die aussahen, als streckten sie die Arme aus, um zum Aufstoßen hochgenommen zu werden, und irgendwelche US-amerikanischen Packungen eines Produkts namens Flavor Boost. Dazu ein Babybett und Damenschuhe, aber nicht paarweise.

»*Donde* die Brücke?«, fragte Barry sie. »*Où se trouve le pont? Donde* Amerika?« Die Frau winkte ihn in Richtung seines Heimatlandes. Ein paar Straßen weiter stieß er wieder auf die Kathedrale, die umstehenden Bänke waren alle mit Zeichnungen von Papst Franziskus verziert, neben ihm eine Taube. Dann kam die Avenida Benito Juárez mit ihren Zahnärzten und

Potenzpillen. Seine Gruppe wartete vor der Bar, und da stand auch Layla, die kurz in seine Richtung nickte.

»Was sollte denn der Scheiß?«, schrie er sie an. »Wir könnten tot sein!«

»Oh ja, es ist echt *gefährlich* in Mexiko«, entgegnete sie.

»Dein Gärtner hat uns gesagt, wir sollten von den Straßen wegbleiben. Weißt du, wo ich gewesen bin?«

»Nein, wo warst du denn?«

Aber er konnte es nicht richtig beschreiben. Es war bloß eine leere Straße gewesen. »Ich hätte ermordet werden können«, rief er. Sie lachte ganz offen und laut. Ihre Freunde bildeten rasch zwei Gruppen, um sie zu trennen: Gina und der Dekan flüsterten auf Layla ein, Judah und die Leute von der Judaistik versuchten, Barry zu beruhigen.

»Das ist doch nicht okay«, sagte er zu Judah. Er hyperventilierte. »Was ist bloß los mit ihr? Wieso ist sie so weggerannt? Es kommt mir fast vor, als wollte sie, dass mir was passiert.«

»Sie steht unter Riesendruck. Die Wahl. Dieser Kram im Internet.«

»Und stehe ich etwa nicht unter Druck? Mein Unternehmen geht den Bach runter. Mein Sohn ...« Wieder einmal unterbrach er sich. Wieder einmal musste er sich im Zaum halten, um nicht die Wahrheit zu sagen. »Ich habe ihrem Jungen beigebracht, wie man Freunde findet«, sagte er. »Das habe ich für sie getan.«

Barry konnte es kaum erwarten, Mexiko zu verlassen. Die Puente Internacional Paso del Norte war voll mit verdunkelten Autos und, so stellte Barry sich vor, geduldigen Insassen, die ihre Verwandten oder ein Abendseminar an der UTEP besuchen wollten. Der Rio Grande unter ihnen war so gut wie unsichtbar, ein flaches Flussgrab. Vor ihnen lag die mondbeschienene Skyline von El Paso, und der Turm von Wells Fargo vergoldete sich vor den dunklen Wellen der Franklins.

Als Barry an der Reihe war, lächelte er zurückhaltend und

reichte dem Grenzbeamten seinen falschen Pass. Und wenn der nun nicht funktionierte? Joey Goldblatt hatte gesagt, es sei die beste Fälscherwerkstatt der Welt. Sie waren in Brighton Beach in einen Keller gestiegen, waren von irgendeinem Slawen akribisch fotografiert worden, der ihn ständig als »Miiister Mann« anredete. Die ganze Nummer mit dem Fluchtpass sollte eigentlich witzig sein, ein Scherz, auch wenn Joey schon drei Mal mit elektronischen Fußfesseln überwacht worden war und inzwischen oft von seinem Zufluchtsort in Belize redete, wo er komplett unter dem Radar lebte. »Willkommen daheim, Mr. Conte«, sagte der Mann von der Einwanderungsbehörde.

Als sie weiter in die USA hineingingen, packte Layla ihn am Arm. »Wieso hat er dich ›Mr. Conte‹ genannt? Was war das denn bitte?«

»Nicht so laut. Ich habe mehrere Geschäftsnamen. Rein berufliche Sache.«

Sie blickte ihn aus ihren undurchdringlichen Augen an. Barry kam sich vor, als wäre er wieder Student. Jeder einzelne ihrer um die hundert Streite hatte so angefangen. »Verstehe«, sagte sie.

»Nein, ehrlich. Es ist kompliziert.«

»Ich habe gesagt, ich verstehe.«

Sie fuhren mit dem Taxi nach Hause. Als sie am El Rincon vorbeikamen, wollte er hineinschauen, die vertraute Atmosphäre genießen, vielleicht einen widerlichen Kaffee trinken, aber sie fuhren weiter.

Jonah schlief schon, und Layla ging ohne ein Wort an der Mexikanerin vorbei, obwohl die wissen wollte, wie es ihnen in ihrem Land gefallen habe. Warum hatte er diesen Pass mitgenommen? *Warum?* Der war nur für den Notfall, falls er wirklich mal das Land verlassen musste, um mit Joey Goldblatt und dem Rest des »Fußfesselclubs« in Belize unterzutauchen. Er würde nicht ins Gefängnis gehen.

Sie lag auf dem Bett und wischte mit dem Daumen auf ihrem

Handy herum. *Gut*, dachte er. Soll sie doch im Nazi-Twitterland verschwinden. Doch sie legte das Handy weg und sah ihn an. »Barry«, sagte sie.

»Die Sache mit dem Pass war ein Scherz«, sagte er.

»Darum geht es nicht.«

»Lass uns schlafen, ja? Wir reden morgen darüber. Es war ein anstrengender Tag.«

»Weißt du, was für eine Last das ist, wenn man das Objekt der Fantasien eines anderen Menschen ist?«

»Was?«

»Wie schwer das ist, jeden Tag *dieser* Mensch zu sein? Du wachst auf und denkst: Oh, dieser Mann hier sagt, er liebt mich, aber eigentlich stimmt das nicht. Er baut sich bloß im Kopf eine Version von mir zusammen. Malt sich alles schön aus. Hier ein paar Einzelheiten, da ein bisschen Handlung. Jeden Morgen der gleiche Gedanke: Wer soll ich heute sein? Seine verlorene Studentenliebe? Seine Partnerin bei Auslandsabenteuern? Seine persönliche Assistenzprofessorin? Die Mutter seiner in Zukunft zu adoptierenden Kinder?«

»Mein Freund Joey hat mir diesen Pass besorgt. Er ist so ein Libertärer. Wir wollten bloß das System testen.«

»Willst du mal was richtig Seltsames hören?« Sie sprach ganz leise. Er wusste, das war kein gutes Zeichen. Mit ihrem Sarkasmus kam er besser klar. Sie sollte ihn lieber mit ihrer Intelligenz sezieren. »Erinnerst du dich an diese Geschichte, die du in Princeton über mich geschrieben hast? Die Schäferin von Vermont?«

»Werden diese sieben Seiten Prosa mich mein ganzes Scheißleben lang verfolgen?«

»Nein. In letzter Zeit bin ich zu dem Schluss gekommen, dass die Geschichte gar nicht so schlecht ist. Vielleicht hattest du die ganze Zeit recht. Vielleicht bin ich genau das. Vielleicht *bin* ich die Schäferin. Vielleicht darf ich für mich bleiben und mein Ding machen. Vielleicht komme ich weg von dir.«

Barry wollte etwas sagen, doch die Worte erstarben ihm auf den Lippen. »Ich weiß«, sagte sie. »Du läufst vor sehr vielen Sachen weg. Deine Geschäfte, deine Ex-Frau. Dein Sohn.« Sie seufzte. »Ach, dieser arme Junge. Ich kann mir überhaupt nicht vorstellen, was er getan haben muss, um dir das Herz zu brechen. Wie nur kann ein Kind einem erwachsenen Mann so das Herz brechen?«

»Es ist …«

»Kompliziert. Oder vielleicht auch nicht. Vielleicht bist du bloß ein Feigling. Aber jetzt ist nicht die Zeit für Feiglinge. Nicht gerade jetzt.«

»Du kannst mich so viel beleidigen, wie du willst«, sagte Barry, »aber ich liebe dich. Ich liebe Jonah.«

Sie stützte sich auf das Kissen und schaute ihn mit müder, trüber Traurigkeit an. »Dass du Jonah liebst, glaube ich dir«, sagte sie. »Oh Gott, es macht mich so fertig, euch beide auseinanderzureißen.«

»Du musst niemanden auseinanderreißen. Entschuldige, aber das ist doch *Quatsch!* Du bist keine Schäferin. Du bist eine gute Lehrerin. Eine gute Frau. Eine gute Mutter.«

»Ich bin mir bei nichts davon sicher.«

»Dann lass es dir von mir versichern. Lass es mich beweisen. Lass es mich Jonah beweisen, verdammte Scheiße!«

»Tut mir leid, Barry. Das kann ich nicht. Wie sehr du dich auch bemühst, es wird nicht funktionieren. Der Junge ist meiner.«

Sie wandte sich ab und rollte sich zusammen. Er sah ihre Schultern zittern und hörte ihr gedämpftes Weinen. »Layla«, sagte er. Er setzte sich aufs Bett und legte ihr die Hand auf die Schulter. »Bitte«, flüsterte er. »Bitte tu das nicht. Diesmal bin ich so dicht dran. So dicht.«

Er hatte das Gefühl, wieder auf dieser Nebenstraße in Juárez zu stehen. Er wusste nicht, wohin. Er sah den Laptop auf seinem Nachttisch, griff danach und ging ins Bad.

Er setzte sich auf die Toilette und öffnete zum ersten Mal seit Monaten sein Mailkonto. Achthundert neue Nachrichten. Er scannte sie rasch durch. Keine einzige war von Seema, aber eine war von Armen Kassabian und an all ihre Anleger gerichtet. Er klickte sie an. »Wie Sie alle nur zu gut wissen ...«, fing sie an. »Verluste in dieser Größenordnung ... Kapitalabflüsse ... Schwankungsanfälligkeiten ... Korrektur unserer Bilanzen ... Veränderungen in der Geschäftsführung ...« Er scrollte die Betreffzeilen der Mails durch.

»Singapore Central Providence Fund: vollständiger Abzug«
»Brunei Investment Agency: Abzug«
»Maryland State Retirement and Pension System:
vollständiger Abzug«
»Australian National Superannuation Scheme: Abzug«
»Louisiana Sheriffs Pension and Relief Fund:
vollständiger Abzug«
»Kansas City Public Schools Retirement Systems: Abzug«
»Stichting Pensioenfonds Zorg en Welzijn: Abzug«
»Fund for Mutual Assistance of the Employees
of Ioniki Bank and Other Banks: Abzug«
»Qatar Investment Authority: vollständiger Abzug«

So viel also zu This Side of Capital. Von Brunei bis Baton Rouge wollten alle raus. Dann war da noch eine Mail von seinen Anwälten. Barry wurde von seiner Büroleiterin wegen sexueller Belästigung verklagt. Der Gerichtszusteller konnte ihn nicht erreichen. »Gut für Sandy«, flüsterte Barry. Der letzte Schwung Mails kam ausschließlich von seinen Anwälten. »Beschlagnahme aller Telefon- und Maildaten«, lautete ein Betreff.

Er stellte den Laptop auf die kalten Fliesen. Er spritzte sich Wasser ins Gesicht. Das hatte Layla ihm nicht erzählt: Sie wusste, dass er ein Betrüger war.

Sie wusste es, und sie war nicht die Einzige. Auch Javon und Mr. und Mrs. Hayes wussten es und Jeff Park und Brooklyn und alle anderen, die er auf der Reise getroffen hatte. Und jetzt waren ihm die Behörden offiziell auf den Fersen. Der einzige Mensch auf der Welt, der ihn respektierte, war der kleine Kartograf am Ende des Flurs.

Wo konnte er hin? Was blieb ihm?

Er holte eine Taschenlampe aus dem Werkzeugschrank, dazu eine Spielzeugschaufel des Jungen. Er ging zum Pool, ließ sich auf ein Knie sinken und grub den Klumpen Crack aus.

Gerade als er zum Busbahnhof kam, fuhr ein Greyhound nach Phoenix ab. Er stieg noch schnell die Stufen hinauf und stellte seinen Rollkoffer neben sich auf den leeren Sitz. Er war wieder hier. Hier gehörte er hin. Er musste das Land bis zum Ende durchqueren. Er musste seinen toten Vater ein letztes Mal sehen. Er musste es bis nach San Diego schaffen, bis zum brausenden Pazifik. Und nach Kalifornien, was dann? Er sah auf die sterbende Tri-Compax an seinem Handgelenk. Vielleicht wäre seine Mission endlich vorbei, wenn er einmal den Pazifik hätte hören dürfen.

Die Sonne ging erschöpft über den Vereinigten Staaten und Mexiko auf. Die Fahrgäste ächzten vom Frühstück, aber Barry war noch hungrig. Hinter ihm heulte ein Baby. »*Yo, Bro*, iss ruhig die Käse-Cracker«, sagte ein Mann. »Bist schon dreckig genug. Ich mach dich dann sauber!«

Texas ging zu Ende, und sie fuhren in das »verzauberte Land«, wie New Mexico sich selbst nannte. Lehmiger Boden und Industrie verschwanden und wurden abgelöst von Pekannussbäumen in regelmäßigen Reihen, dahinter Bergketten. »Im nächsten Monat jährt es sich, dass deine Mutter und ich uns getrennt haben«, sagte der Typ hinter ihm zu seinem Kind. »Moment, Moment, Holmes«, sagte der Mann. »Lass mich das erst mal einwickeln.« Barry hatte noch nie eine Windel gewechselt, aber jetzt wünschte er sich, er hätte. »Wie das riecht, ist total fies«, sagte der Vater liebevoll. »Hey, *guck mich nicht an* dabei! Du bist doch ein richtig schmutziger kleiner Bursche.«

Güterzüge zogen sich wie Ameisenkolonnen durch die Berge, rostige Lokomotiven von Union Pacific vor frischen blauen Hanjin-Containern aus Korea. So etwas hatte Barry schon mal gesehen, auf dem Titelbild einer Science-Fiction-Zeitschrift seiner Jugend. Stämmige Gewächse, womöglich junge Kakteen, tauchten vor der Gebirgslandschaft auf. Sie hielten an einem McDonald's in New Mexico, und Barry holte sich einen Double-Burger mit grünen Chilis aus der Gegend, den er mit Laylas Bankkarte bezahlte.

Der Bus rollte wieder. Jetzt waren sie kurz vor Lordsburg, New Mexico, und die Brieftasche in Barrys Hosentasche drückte ihm in die Seite. Er nahm sie heraus und steckte sie in den Rollkoffer.

Die Berge waren von grünem Samt überzogen. Dahinter waren weitere Berge zu sehen, manche rostrot, andere eher fleckig braun. Und davor bildeten Felsen verfallene Burgen und die Silhouetten mittelgroßer Städte nach. Arizona hieß sie als »Grand Canyon State« willkommen. Die Schönheit rund um den Bus blieb ungebrochen. Es dämmerte Barry, dass unser Land so viel mehr war als die Menschen, die es bewohnten. Die Berge würden weiter geduldig warten, egal, was passierte.

Barry glitt in einen satten, himmlischen, kontinentalen Schlaf. Manchmal klappten seine Augen plötzlich auf, und er sah endlose Vorstädte mit nachgemachten Hacienda-Häusern. Er glaubte, der Fahrer hätte ihre Ankunft in Tucson verkündet, denn eine Weile stand der Bus still. Er konnte sich selbst beinahe schnarchen hören. Er träumte von Brooklyn, der sanfte Druck ihrer perfekten Lippen und wie ihre seidig-glatten Handflächen ihn berührten. Sie saßen in einem NetJets-Flugzeug nach Anguilla, zum Four Season Resort, wo er einmal mit Seema gewesen war. »Wow«, sagte Brooklyn, »so ist das Fliegen also.« Seine Hand lag auf ihrem von Jeansstoff bedeckten Knie, und er versprach ihr, sie um die ganze Welt mitzunehmen.

Der Bus fuhr wieder an. Er versuchte, in den Traum von Anguilla mit Brooklyn zurückzufinden, seine Erektion spannte immer noch seine Jeans. »So was nennt man einen Infinity Pool«, erklärte er ihr. Doch jetzt im Halbschlaf konnte er sich nicht mehr erinnern, wie sie aussah. Ihr Bild verblasste. Sie war bloß eine fremde Schwarze, die er einmal geliebt hatte. Bei seinen Gedanken fühlte er sich unbehaglich. Und wenn er nun wirklich versucht hätte, Brooklyn kennenzulernen, anstatt sie ein paar Stunden nach ihrer ersten Begegnung mit dem Finger zu vögeln? Wenn er Layla von Anfang an seine Verbrechen gestanden hätte, die wahren und die hypothetischen? War er ein Feigling, wie sie gesagt hatte? Was geschah mit ihm? Träumte er oder nicht? Irgendwas fehlte.

Der Bus holperte in einen Busbahnhof. »Phoenix«, verkündete der Fahrer. Barry streckte sich und gähnte. Zeit, aus dem Bus zu steigen und sich um ein Anschlussticket nach Westen zu kümmern. Barry schaute auf den leeren Sitz neben sich. Hatte da nicht jemand neben ihm gesessen? Er hatte von Brooklyn geträumt, aber sie war nicht im Bus, oder doch? Er wusste, da war jemand gewesen. Nein. Nicht jemand. Etwas. Sein Rollkoffer.

Sein Rollkoffer mit den Uhren.

Sein Rollkoffer mit den Uhren war weg.

»Entschuldigung!«, sagte Barry mit zittriger Stimme. »Entschuldigung!«

Rotäugige schwarze, braune und weiße Gesichter drehten sich zu ihm um. Alle bewegten sich in Zeitlupe zum Ausstieg. »Entschuldigung!«, rief Barry. »Mein Gepäck ist weg!«

Das erregte bei den anderen Fahrgästen eine gewisse Aufmerksamkeit. »Mein Koffer ist weg!«, schrie Barry sie an. Er quetschte sich durch bis zum Ausgang und dem Fahrer, der hier die Autoritätsperson war und ihm vielleicht helfen konnte. Barry rief das Wort »Sir!« und dann noch eine Reihe anderer Wörter, und dann stürzte er die Busstufen hinunter, und dann lag er auf Händen und Knien auf dem Asphalt, und seine Lunge übermittelte ihm die Nachricht des grauenhaften Verlustes. Und dann war alles still und dunkel.

Er saß an einem riesigen Busreifen, der nach der Hitze der Straße roch. Mitarbeiter von Greyhound in ihren grünen Netzwesten hatten sich um ihn versammelt, einige der aktiveren Fahrgäste redeten, und seine Hand drückte einen feuchten Lappen an seine Stirn. Eine Schwarze mittleren Alters, die ihn an jemand Bekannten erinnerte, eine Haushälterin vielleicht, sagte laut: »Dieser Mann hier, sein Sohn is' *Autist*, und er sagt was von Uhr verloren.«

Barry schaute zu den Menschen hoch, die ihm zu helfen versuchten. Er hatte das Gefühl, irgendwem danken zu müssen, vielleicht allen. Woher wusste sie, dass Shiva Autist war? Er versuchte sich zu erinnern, was er zu ihr gesagt oder eher geschrien hatte, doch sein Hirn war ein Labyrinth mit verschlossenen Eingängen.

»Mein Sohn auch Autist«, krächzte eine Mexikanerin hinter ihm.

»Danke«, sagte Barry. Freundlichkeit und Sorge schlugen wie Wellen über ihm zusammen. Sein Sohn war Autist. Jetzt wussten es alle. Ja und? Scheiße, *ja und?* Das Geheimnis in seinem Inneren hatte ihn nicht zu einem guten Menschen gemacht. »Meine Uhren«, sagte Barry. »Die waren einzigartig. Ich habe sie für meinen Sohn aufbewahrt.«

Ein Angestellter von Greyhound ließ sich auf ein Knie herab. »Sir«, sagte er. »Haben Sie eine Vermutung, wer Ihren Koffer genommen haben könnte?«

»Er sollte zu Polizei gehen«, sagte die Mexikanerin.

»Ja sicher, als würde das helfen«, sagte die Schwarze.

»Manchmal«, sagte die Mexikanerin.

Die Polizei. In einem anderen Leben würde er sich direkt an sie wenden. Doch dann fiel ihm das Crack in seiner Hosentasche ein und dass er die Fahrkarte mit Laylas Bankkarte bezahlt hatte, die er streng genommen gestohlen hatte. Layla, die von seinem falschen Pass wusste, der, wie ihm jetzt einfiel, auch im Rollkoffer war. Er konnte nicht zur Polizei gehen. Was konnte er tun? »Ich liebe meinen Sohn«, sagte er. Jetzt strömten die Tränen, und die Nachmittagshitze von Phoenix nahm zu.

»Sir«, sagte der Mann von Greyhound.

»Ist schon okay.« Er spürte die Hand der schwarzen Frau an seinem Arm. »Sie haben einen Schock erlitten, mein Lieber«, sagte sie. »Aber Sie okay. Ganz okay.«

Barry weinte wunderschön. Er fühlte nichts als Gnade, die Katharsis des verrotzten Schniefens. Die Frau nahm ihn am Arm und führte ihn in den wie ein Hangar wirkenden Busbahnhof. Die Passagiere machten ihm Platz, als wäre er Jesus. Hinten im Terminal war das Cactus Café, ein Imbiss und Souvenirladen. Eine übergewichtige Frau namens Flores stand hinterm Tresen. »Dieser Mann, sein Gepäck gestohlen«, sagte Barrys neue Freundin. »Er hat keinen Cent.«

»Ach, nicht weinen«, sagte Flores. Sie bot ihm ein Papiertaschentuch an.

»Entschuldigung«, sagte Barry.

»Wofür denn?«, sagte Flores. »Nichts davon Ihre Schuld.« Nichts davon war seine Schuld. Seema, Shiva, Brooklyn, Layla. Nichts davon. Er stellte sich vor, mit Flores und zahlreichen Mitgliedern ihrer Familie in einem kleinen Vorstadthäuschen zu leben. Das Glück Kokuras. Hatte ihre Familie es auch? Er hätte niemals auf Valupro setzen sollen. Irgendwie war nach diesem Trade sein ganzes Leben aus den Fugen geraten. Seine

Seele war gewogen und zu leicht befunden worden. Das Gute auf einer Seite der Waage, das Barry angehäuft zu haben glaubte – als Halbwaise, als Sohn eines gestörten Vaters, als pflichtbewusster Student und Arbeiter –, war vollständig abgeflossen. »Was für Essen mögen Sie?«, fragte Flores. »Ich berechne Ihnen nichts.« Barry nahm das Frühstücksgedeck. Eier, Kartoffelpuffer, Würstchen, Gebäck und Kaffee. Er nahm so viele Päckchen Süßstoff, wie er fassen konnte, und zwei Mal Kaffeesahne.

Die schwarze Frau griff in ihre Brieftasche. »Ich muss weiter, mein Lieber«, sagte sie.

»Sie müssen mir nichts geben«, sagte Barry, doch er nahm die angebotenen fünf Dollar. »Kann ich Ihren Namen aufschreiben, dann schicke ich Ihnen das Geld zurück.«

Die Frau gab ihm einen Kuss auf die Wange. »Ich werde auch für Ihren Sohn beten.«

»Was ist denn mit Ihrem Sohn?«, fragte Flores, während sein spätes Frühstück auf dem Grill brutzelte.

»Er ist Autist«, sagte Barry. »Haben wir letztes Jahr im September erfahren.« Er hatte aufgehört zu weinen.

»Hier ist Ihr leckeres Frühstück«, sagte Flores.

Er setzte sich mit seinem Essen und verspürte den Drang, ein Tischgebet zu sprechen. Dann sah er das stumpfe Glänzen an seinem Handgelenk, die bläulichen Zeiger, die vor Stunden stehen geblieben waren.

Die Tri-Compax.

Die Uhr, die er Shiva geben würde. Sie war immer noch an seinem Handgelenk. Niemand hatte sie gestohlen. Seine schönen Uhren waren weg, doch die Tri-Compax war ihm geblieben. »Häschen«, sagte er laut. Er betrachtete das glanzlose Panorama des Busbahnhofs, diesen Ort zu dieser Zeit, all diese Mütter, all diese Kinder, all diese vereinzelten Männer, die sich durchs Unterholz eines Landes kämpften, das sie nicht wollte oder brauchte. Die Tri-Compax war stumm, sie hatte während der

Busfahrt aufgehört zu ticken. Die Uhr maß seinen Gang durchs Universum nicht mehr, doch er musste sie seinem Sohn geben.

Nachdem er das Greyhound-Frühstück gegessen hatte, verschwand er sehr lange auf der Toilette, und als er herauskam, war er wieder hungrig. Ein älterer weißer Mann, dessen Zähne wahrscheinlich vom Meth-Konsum zerstört waren, aß die Reste seines Kartoffelpuffers und das Gebäck. »'tschuldigung«, sagte der Mann. »Dachte, Sie sind fertig.«

Barry sagte ihm, er solle ruhig aufessen. Es gab Bananen und Brotpudding, dessen Haltbarkeitsdatum noch nicht abgelaufen war. Barry brauchte Geld, um all diese Sachen zu kaufen, und dazu eine Fahrkarte nach San Diego. Er brauchte Anleger. Ein kaputter Karton von Lay's Kartoffelchips lag hinter Flores' Tresen. Er fragte sie, ob er den haben und den Filzstift leihen könne, der aus ihrer Hemdtasche baumelte, gleich neben dem vertrauten Greyhound-Anstecker mit dem Slogan YES, I CAN.

Barry setzte sich dem Meth-Mann gegenüber, der noch immer aß. Er erinnerte sich an all die Obdachlosen, die er in den vergangenen zwei Monaten unterwegs gesehen hatte, und an ihre Schilder, mit denen sie den Zustand ihres Lebens beschrieben. Er schrieb so ordentlich er konnte auf die Rückseite der Pappe:

MAN HAT MIR <u>ALL</u> MEIN GELD GESTOHLEN.
ICH HABE EINEN AUTISTISCHEN SOHN.
ICH BETE UM EIN WUNDER.
JEDE KLEINE SPENDE HILFT!
☺ GOTT SEGNE SIE ☺

Er bat Flores um einen leeren Plastikbecher. Er strich seine Haare ein wenig glatt, um nicht irre auszusehen. Er setzte versuchsweise verschiedene Gesichtsausdrücke auf. Grundsätzlich musste er reuig, aber nicht traurig wirken, und so fühlte er sich auch. Er musste zeigen, dass er zu den Abgestürzten gehörte, sich seiner Lage aber nicht schämte. Er ließ sich am Haupteingang des Busbahnhofs nieder, neben einem Schild, das die geriffelten Kartoffelchips von Greyhounds Hausmarke bewarb: KNUSPRIG UND LECKER, HOLEN SIE SICH EINE TÜTE FÜR DIE FAHRT. Sofort kam ein Mann mit grüner Weste, auf der SECURITY stand, auf ihn zu.

»Sir«, sagte er.

»Mein Sohn ist Autist«, sagte Barry.

»Sind Sie derjenige, der beklaut wurde?« Barry nickte. Der Mann war jung und sah mit seiner Drahtbrille aus wie ein spleeniger Doktorand der Arizona State University. »Also, Sie dürfen im Busbahnhof nicht betteln«, sagte er. »Tut mir sehr leid, was Ihnen zugestoßen ist, aber könnten Sie es vielleicht an der Straße versuchen?«

Barry ging mit seinem Schild nach draußen, wo die trockene Hitze seine Waden und sein Genick verbrannte. Ein Highway mündete in einen anderen, und dahinter lag der endlose Archipel des Flughafens von Phoenix.

Er hielt mit einer Hand das Schild, mit der anderen streckte er den Plastikbecher aus. Seine kahle Stelle wurde feuerrot.

Sattelschlepper fuhren vorbei. Auch Pontiacs. Er hatte keine Ahnung, dass es überhaupt noch Pontiacs gab. Leute schauten ihn gelangweilt an, während sie auf das Grün der Ampel warteten. SUVs gaben nie etwas, aber aus einem Mitsubishi bekam er drei Dollar. Eine Frau gemischter Herkunft in einem Taurus reichte ihm zwei Dollar. Ihr Mann saß hinten und gab einem Kleinkind Brause zu trinken. Ein Landschaftsgärtner, »Freddy's Landscaping«, steuerte einen Dollar bei. Die Leute sahen ledrig und hart aus, Arbeiter eben. Eine Frau mittleren bis fortgeschrittenen Alters in einem Pontiac erzählte, ihr Sohn sei ebenfalls Autist. »Den letzten Cent müssen wir für seine Therapien ausgeben«, sagte sie.

»Das kenne ich gut«, sagte Barry. »Gott segne Sie, dass Sie angehalten haben.« Sie schauten einander freundlich an. Barry sah sein Spiegelbild in ihrer Sonnenbrille, ein müder alter Mann in einem roten T-Shirt der El Paso Chihuahuas. Seine Ein-Tages-Stoppeln waren grau. Im Augenblick war er ganz sein Vater, abgesehen vom Aufflackern menschlichen Mitgefühls in seinen müden Augen. Nach sechs Stunden in der Sonne hatte er vierundzwanzig Dollar zusammen, etwas mehr als die Hälfte des Fahrpreises nach San Diego. Er hatte in seinem ganzen Leben noch nie so hart gearbeitet. Er brauchte dringend eine Flasche Dasani.

Er ging zurück in den Busbahnhof. Die Kühle linderte die Verbrennungen an seinem Körper, lenkte jedoch zugleich seine Aufmerksamkeit auf die Schmerzen. Er setzte sich ein Limit von vier Dollar, kaufte einen Eispudding und eine Flasche Wasser und nahm an einem Tisch Platz. Nichts auf der Welt konnte besser schmecken als der Eispudding von Greyhound.

Am Tresen unterhielt sich ein großer muskulöser Typ im Netzhemd mit einer älteren Frau in einer verspiegelten Oakley. Beide verlängerten ihre Kaffees mit reichlich Gratis-Kaffeesahne. »Ich bin am Montag in Kentucky losgefahren«, sagte der Mann. »Bin auf dem Weg rauf nach Vegas.«

Die Haare des Muskelprotzes waren blond und kurz geschnitten, und sein müdes Gesicht verriet ein Alter irgendwo zwischen zwanzig und vierzig. Auf einen seiner enormen Oberarme hatte er das Logo von Bentley tätowiert, ein B im Kreis mit Flügeln. Wenn Barry sich an Jeff Parks Bentley korrekt erinnerte, sollte das B weiß auf schwarzem Hintergrund leuchten, doch dieser nach Höherem strebende junge Mann hatte es blutrot gefärbt. »Ich war noch nie in Kentucky«, sagte die Frau. »Ist es nett da?«

»Eigentlich nicht so«, sagte Bentley. »Aber die Leute sind nett.«

»Ich fahre nach Dallas«, sagte die Frau. »Ich habe noch zehn Dollar auf meiner Bankkarte.« Ihre Oakley musste ein Fake sein, dachte Barry. »Na, dann viel Spaß, was auch immer Sie vorhaben«, sagte sie. »Es geht mich ja *überhaupt* nichts an.«

»Ich fahre bloß nach Hause«, sagte Bentley, den der drohende Tonfall der älteren Frau verwirrte.

Barry ging auf die Toilette, um sich zu waschen. Er sah sich im Spiegel an. Seine Haut war kein bisschen olivfarben mehr. Er war jetzt ein richtiger Redneck. Er zog das T-Shirt aus und wusch sich die Achselhöhlen. Bentley kam herein und nickte ihm zu. »Und wohin geht's?«, fragte er. Auch seine Stimme war muskelbepackt.

»San Diego«, sagte Barry, »aber ich bin knapp bei Kasse.« Er griff in die Hosentasche, um zu prüfen, ob sein ganzes Geld noch da war, und der Crack-Rock fiel auf den Boden. Barry tastete hinterher.

»Ist es das, was ich glaube?«, fragte Bentley.

»Habe ich aus Versehen in Baltimore gekriegt.«

»Keine Sorge. Stört mich nicht.«

Barry schlug sich Wasser ins Gesicht.

»Sieht aus, als hätten Sie ein bisschen viel Sonne abgekriegt«, sagte Bentley.

»Ich habe draußen am Sky Harbor Circle versucht, Geld aufzutreiben«, sagte Barry. Er stand halb nackt in einer Greyhound-Toilette und erzählte vom Betteln, aber er schämte sich nicht. Die Wahrheit war mächtig. Seine Tri-Compax leuchtete golden und cremefarben im Spiegel.

»Ich würde Ihnen gern helfen«, sagte Bentley, »und vielleicht können Sie auch mir helfen. Ich brauche noch sieben Stunden, bis ich in Vegas bin, wenn Sie verstehen, was ich meine.«

»Entschuldigung?«, fragte Barry.

»Was Sie da in der Tasche haben.« Barry konnte immer noch nicht folgen. »Wie viel wollen Sie dafür?«

»Ach so«, sagte Barry. »Das wollte ich eigentlich aufheben. Für eine besondere Gelegenheit.«

»Nichts für ungut, aber Sie sehen nicht so aus, als gäbe es für Sie öfter besondere Gelegenheiten«, sagte Bentley. »Ich gebe Ihnen zwanzig Dollar dafür. Viel mehr, als es wert ist. Mein Bus nach Vegas fährt noch *lange* nicht. Sie können selbst auch einen Hieb haben.«

Barry glaubte, der gar nicht kleine Brocken müsste viel mehr als zwanzig Dollar bringen, aber zwanzig würden für den Rest der Strecke und eine Banane reichen. Sie gingen nach draußen in das milde Ende eines Spätnachmittags in Phoenix, vorbei am Angestelltenparkplatz eines Autovermieters zu einem Maschendrahtzaun, hinter dem ein Dutzend Sattelschlepper von FedEx kauerte. Verkümmerte Bäume schirmten sie vom Highway ab. Die Straße war beinahe völlig autofrei; schwer zu sagen, welche Teile von Phoenix sie verbinden sollte. »Hier ist gut«, sagte Bentley. Sie ließen sich am Maschendrahtzaun nieder. »Setz das auf, sonst wirst du totgebraten.« Bentley nahm eine Sonnenmütze mit Nackenschutz aus seiner Reisetasche und reichte sie Barry.

»Was dagegen, mir jetzt die zwanzig Dollar zu geben?«, fragte Barry. Bentley lachte. Er hatte gar nichts dagegen. Er nahm einen winzigen Schraubenzieher aus seiner Tasche und zermalmte den Rock, der wie Parmesan aussah, in handhabbare Stückchen. Barry fand es traurig, ihn zerstört zu sehen. Bentleys Hände waren übersät mit Brandnarben und Schnitten, die nicht ganz verheilen wollten. Er holte eine Pyrex-Pfeife aus der Tasche, drückte mit dem Daumen ein Stück Metallsieb hinein und stopfte dann eine kleine Kugel Crack hinterher. Er zündete sie mit einem billigen Bic-Feuerzeug an, drehte die Pfeife in den Fingern, ließ den Brocken weich werden. Er war so geübt darin, so organisiert, so ein netter amerikanischer Junge unterwegs. Das Crack roch wie die brennenden Reifen aus den Colonias von Juárez, doch dazu kam ein süßlicher Duft wie von Marshmallows. Schließlich hielt Bentley die Pfeife an die Lippen und atmete tief ein. Dampf füllte das Glasröhrchen. Er reichte Barry die Pfeife, der mit seiner unmöglichen Sonnenmütze unbequem am Drahtzaun lehnte.

»Bloß einmal ziehen«, sagte Barry. Er verbrannte sich die Finger an der Pfeife. »Autsch!«, rief er. Bentley lachte wieder. Er nahm einen Stift Lippenbalsam aus der Tasche und gab ihn Barry.

»Schmier dir das auf die Lippen«, sagte Bentley. »Das Zeug trocknet dich total aus.« Seine Augen waren so blau wie ein Infinity Pool auf Anguilla. Die Muskeln unter seinem Netzhemd tanzten. Barry atmete ein und hustete. »Du solltest die Pfeife so zwischen den Fingern drehen«, sagte Bentley. »Und saug weiter dran.«

Das Crack schmeckte nach Krankenhauszimmer, und plötzlich war Barry wieder im Krankenhaus, während Shiva geboren wurde – das Grauen von Seemas Schreien, die Ärztin, freundlich, aber knallhart, die sie lautstark aufforderte, stärker zu pressen (»Richtig wütend werden, Seema, richtig wütend!«), irgendeine Junge-Frauen-Hymne schallte aus der Tivoli-Box, die Seema gekauft hatte, um sich anregen zu lassen, und dann das Keuchen und Quieken des kleinen Aliens, der zwischen ihren Beinen herausploppte. Die Szene spielte sich noch einmal vor Barrys Augen ab, doch anstatt Angst zu haben und sich auf die Toilette zu schleichen, wo er Zehntausend-Dollar-Schlucke japanischen Single Malts nahm, wurde er jetzt in vollem Umfang Zeuge der befremdlichen Freude einer Mutter, die weiß, dass ihr Kind am Leben ist.

Barrys Körper und Geist summten vor Energie. Er wollte Bentley alles über sein Leben erzählen, doch im Augenblick hatte er seine Sprache verloren. Ein Flugzeug von Southwest Airlines, eines von vielen, setzte silbern und hell im spitzen Winkel zur Landung auf dem Phoenix Sky Harbor an, doch statt des Düsenlärms hörte Barry das Rattern eines Zuges der Long Island Rail Road, der aus New York herangefahren kam, als der Tag sich dem Ende zuneigte, und das dumpfe Grummeln der Selbstgespräche seines Vaters, der in der Küche Thunfischdosen öffnete, die Abwesenheit seiner Mutter, die Einsamkeit eines scharfen Geistes in einem winzigen Zimmer, ein vereinzeltes Plakat der staatlichen Universität Binghamton, das einen Haufen Jugendlicher von Long Island zeigte, die sich in der Frühlingswärme die Arme um die Schultern gelegt hatten. Endlich fand Barry seine Stimme wieder. »Ich bin aus Queens«, sagte er zu Bentley. »Und du?«

Bentley redete, aber Barry verstand nur wenig von dem, was er sagte, als wäre es eine fremde Sprache, doch im Großen und Ganzen ging es darum, dass Bentley nicht bloß ein Elternteil, sondern beide fehlten und dass seine Großmutter, die er liebte und die seine Liebe erwiderte, über einen langen Zeitraum hinweg gestorben war, wobei ihr Abschied von dieser Welt mit dem allmählichen Verlust sämtlicher Gliedmaßen einherging. Sie hatte in Kentucky gelebt, während der Rest seines Lebens sich in Nevada und dem ärmeren Inneren von Kalifornien abspielte. Es war nicht leicht nachzuvollziehen, wie diese weit voneinander entfernten Bundesstaaten zusammenfanden oder in welchem Bentley seinen Anfang genommen hatte. Bei jedem Wort, das er sagte, zuckte seine Brust nach vorn wie in Ekstase oder unter Schmerzen.

»Ich wähle Trump nicht«, sagte Barry.

»Ich wähle niemanden«, sagte Bentley. Er bot Barry einen Zug von der neu entzündeten Pfeife an, und der konnte nicht Nein sagen. Die Pfeife war heiß und fettig und versehrte ihm die Fingerspitzen. Wieder spürte Barry einen Energieschub. Das sanfte Surren gelöschter Erinnerungen. Wenn er die ganze Nacht durchrauchte, würde er dann am Ende wiedergeboren werden?

Barry setzte die Sonnenmütze ab und versuchte die angetrockneten Strähnen seiner Haare zu ordnen. Die Sonne ging jetzt unter, und er plapperte von seinem Club damals an der Universität und wie schwer es seinem Vater gefallen war, die Gebühren dafür zu bezahlen. »Du hast also studiert und so?«, fragte Bentley. Barry wollte eigentlich nicht verraten, dass er in Princeton studiert hatte, um keine Kluft zwischen ihnen entstehen zu lassen, doch seine nervöse Energie fühlte sich auch wie Stolz an, und er sagte die Wahrheit. »Na klar, Princeton«, sagte Bentley. »Du willst mich doch verarschen, Kumpel.«

Barry lachte. Wirklich, wie konnte er in Princeton gewesen sein? Es konnte sich nur um eine Verwechslung handeln. Genau wie Goldman Sachs und This Side of Capital. Nur seine Liebe zu den Frauen auf der Reise und zu Jonah und seinem Sohn, die war echt. »Früher hatte ich so ein schlechtes Gewissen«, sagte er, »weil meine Mutter meinetwegen zum Einkaufszentrum gefahren ist, um einen Han Solo zu kaufen, und dann ist sie bei einem Autounfall ums Leben gekommen. Aber jetzt habe ich kein schlechtes Gewissen mehr. Nach heute werde ich kein schlechtes Gewissen mehr haben. Denn wo sie auch sein mag, sie hat mir vergeben. Wenn ich doch nur ihre Augen noch einmal sehen könnte. Sie hatte wunderschöne Augen. Findest du, dass ich auch schöne Augen habe?«

»Ja, finde ich«, sagte Bentley.

Barry wollte seine Kleider ausziehen und mit seinen Schwimmerschultern angeben. Sie waren beide weiße Amerikaner, die ihr Land genossen, ungefähr wie in *Unterwegs*. »Ein einäugiger Mexikaner ist an meiner Schulter eingeschlafen!«, rief er. Mit einem Stück Draht, das aussah wie von einem Regenschirm, stocherte Bentley in der Pfeife nach weiteren saftigen Crackkrümeln. Sie wollten jeden landenden Southwest-Flieger feiern, aber sie wussten nicht, wie, und als hinter dem Zaun der Motor eines der FedEx-Sattelschlepper ansprang, war es ihnen beiden scheißegal. Die Temperatur fiel ein bisschen, und als die Sonne ganz verschwand und ein weißer Wüstenmond wie im Film schräg nach oben schwebte, knöpfte Bentley seine Hose auf. »Wir haben kein Crack mehr«, sagte er. »Willst du mir einen blasen?«

»Okay«, sagte Barry.

»Aber schmier dir erst Lippenbalsam drauf.«

In der herankriechenden Dunkelheit war Bentley mehr oder weniger formlos, und Barry ließ sich hauptsächlich von seinem Moschusgeruch leiten. Was er im Mund hatte, war so weich und menschlich. Es war verschwitzt und stank und schmeckte nach Pisse, doch er wollte es so weit, wie er es ertragen konnte, in den Mund schieben. Barrys Denken schwindelte noch von diesem Widerspruch, als er Bentleys Hand auf dem Kopf spürte, die ihn auf und ab bewegte. So war es richtig. So sollte es sein. So machte es Seema zweimal im Jahr, an seinem Geburtstag und am ersten Chanukka-Abend. Seine Nase wurde in das stahlwollharte Gewirr von Bentleys ungewaschenem Schamhaar gedrückt, und das war dann doch ein bisschen viel. Er würgte, und seine Zähne schabten am kaum erigierten Schaft.

»Mann, du hast echt keine Ahnung, wie man das macht«, sagte Bentley und schob ihn weg. Barry lehnte sich an den Maschendraht. Er war beschämt und zugleich beschwingt. Bentley richtete sich auf und fing an, sich zu befriedigen, was Barry anregte, es ihm gleichzutun. Zum ersten Mal im Leben fiel ihm nicht ein, was er sich dazu vorstellen könnte, und so blieb nur die stetig massierende Bewegung, über ihm der Tri-Compax-Mond, auf der Straße gelegentlich ein vorbeifahrender Hyundai mit Fernlicht. Irgendwann fing Bentley an zu schnarchen, sein Kopf sackte in die Halsmuskulatur. Alle Energie war aus Barry gewichen, und das einzig Echte war der Geschmack eines anderen Menschen in seinem Mund. »Hey, wach auf«, flüsterte er Bentley zu. »Du wirst deinen Bus nach Vegas verpassen. Wach auf.« Aber Bentley wollte nicht.

»Keine Einnahme von Alkohol oder illegalen Drogen in diesem Bus«, sagte der Fahrer. Barry durchfuhr ein Strahl Paranoia. »Wenn Sie Alkohol zu kaufen versuchen, ist Ihre Fahrt zu Ende. Wenn Sie Thunfisch oder Sardinen zum Essen dabeihaben, öffnen Sie die Packung nur draußen.« Der kahlköpfige schwarze Fahrer sah gut aus, wie der Star einer guten Fernsehserie eines kleinen Kabelsenders. Barry wusste, den Greyhound würde er vermissen. Er sah die Skyline von Phoenix hinter ihnen verschwinden. Saguaro-Kakteen tauchten wie einarmige Männer im Gebüsch auf. Er fragte sich, ob er irgendwie keine richtige Verbindung zu Bentley hatte herstellen können, trotz des Blowjobs. Er hätte Jim Park und *dessen* Bentley erwähnen können, und vielleicht hatte er das in seinem Rausch auch getan. Der Geschmack von Sex brannte immer noch auf seinen Lippen. Seine Finger waren versengt und mit Crackstaub überzogen. Berge reckten sich in die Höhe wie die Umrisse toskanischer Städte.

Sie überquerten den Colorado River und fuhren nach Kalifornien hinein. »Juu-huu!«, schrien einige Fahrgäste vor Freude darüber, Arizona hinter sich gelassen zu haben. Irgendwo mitten in der Mojave-Wüste stieg ein übergewichtiger, geistig behinderter Mann Mitte sechzig ein, und niemand wollte neben ihm sitzen, doch Barry hieß ihn willkommen. Eine Frau in der letzten Reihe fing an zu klatschen und für ihr Kind im Gospelstil *Happy Birthday* zu singen. Was für eine Vorstellung, hinten im Greyhound seinen Geburtstag zu feiern. Barry fing an, heiße Tränen zu weinen, die nach Crack rochen. Der Dicke legte ihm die Hand auf die kahle Stelle am Hinterkopf und rieb sie etwas. »Ich sauge Ihre Hirnenergie auf«, sagte er freundlich.

»Ich weine nur, weil ich zum Grab meines Vaters fahre«, sagte Barry sehr laut.

Das ließ die Leute aufhorchen. Andere Fahrgäste trösteten ihn und munterten ihn auf, doch sie fingen auch an, laut über ihr eigenes Leben zu reden. Eine schöne junge Mexikanerin mit lilafarbenen Haaren und Skateboard erzählte ein paar kräftigen weißen Typen von einem Armeestützpunkt, dass sie mit fünf Jahren auf der Straße gelebt hatte. »Du bist stark«, sagte einer der Männer. »Du wirst deinen Weg machen. Mein Vater war Alkoholiker. Nicht immer. Es war nicht alles schlimm.«

Auch Barrys Sitznachbar fing laut an zu reden. Er war in Louisiana aufgewachsen. Seine Mama hatte ihn immer geschlagen, weil er Äpfel geklaut hatte. Er hieß Kenneth Long. Die Atmosphäre im Bus änderte sich, und jetzt waren alle froh, Kenneth dabeizuhaben, er war einer von ihnen, genau wie Barry. »Du bist in Ordnung, Kenneth«, sagte das mexikanische Goth-Girl.

»Ich bin den ganzen Weg aus Manhattan hergekommen!«, heulte Barry.

»Wenn man auf der Straße lebt, sieht man eine Menge Ratten«, sagte die Mexikanerin. Auch andere hatten Erfahrungen mit Ratten und prügelnden Müttern und trinkenden Vätern. Der ganze Bus war ein Beichtstuhl geworden, und manchmal, wenn sie etwas Ungehöriges sagten, schrie der Fahrer durch die Lautsprecheranlage »Nicht fluchen!«, doch das hielt sie nicht auf, nicht eine Minute lang. Die Leute erzählten sich, wo sie im Gefängnis gesessen hatten, so wie die Leute im Acela sich erzählten, wo sie Jura studiert hatten. Sie gaben sich gegenseitig ihre Mailadressen, und Barry stellte fest, dass er nicht in der Lage war, den ihm gereichten Stift zu benutzen. Hatte das Crack sein Hirn verschmort? »Sagen Sie's mir einfach, dann schreibe ich es auf«, sagte Kenneth.

Sie hielten an einem Sandwich-Imbiss, Barry weinte, dass er keinen Cent Geld habe, und ein mexikanisches Mädchen mit

Brille und bauchfreiem Top kaufte ihm *carne asada torta* und eine Jarritos-Brause, Geschmacksrichtung Tamarinde. Der Boden um das Schnellrestaurant herum war trocken und rissig. Der Himmel war von rosa Streifen durchzogen. Wüstenhimmel. Kalifornischer Himmel. Die Sonne ging hinter einer freien Tankstelle unter. Der Dicke neben ihm furzte den Rest der Fahrt, doch ihm wurde vergeben. Er wurde außerdem reisekrank, und viele Hände halfen ihm rechtzeitig auf die Toilette, wo er sich übergab. »Halt die Fresse, verdammt!«, brüllte eine Mutter ihre kleine Tochter an. »Ich hab' es dir jetzt sechs Mal gesagt.« Das Mädchen fing zu weinen an. »Komm' mir bloß nich' so!« Doch all die benachteiligten und misshandelten Fahrgäste um Barry herum wollten das nicht einfach zulassen, und sie schrien die Frau an, schrien so heftig, als könnten sie damit ihr eigenes Leben zurückdrehen, sich gegen ihre Mütter und Väter behaupten, sie bluten lassen. Schwarze Stimmen, weiße Stimmen, Latinostimmen. Der ganze Bus schrie die Frau an, und der Busfahrer rief immer und immer wieder »Nicht fluchen!« in sein Mikrofon.

In der Dämmerung näherten sie sich San Diego. Sie fuhren an einem Hinweisschild für Schnellkredite vorbei, das rot und grün leuchtete wie ein Werbebanner für ein Weihnachtsfest, das niemals kommen würde, und Barry hatte dieses kalifornische Gefühl, dass das Meer direkt vor ihm läge, dass es sich jeden Augenblick in seiner blaudunklen Unendlichkeit zeigen würde. Und da lag es. Und da zeigte es sich.

12 SEGELN MIT DEM NEBBICH

Seema, ihr Vater und Shiva gingen über einen hügeligen Waldweg durch den Ramble im Central Park, was Seema äußerst anstrengend fand. Doch Shiva und sein Großvater meisterten ihn täglich, seit ihre Eltern vor drei Wochen, fast unmittelbar nachdem sie ihnen die Diagnose offenbart hatte, zu ihr in die Wohnung gezogen waren. Shiva musste durch die normale Welt des Lärms und – für ihn womöglich – des Schreckens zu diesem friedvollen Ort gelangen, doch sein Großvater war entschlossen und verarbeitete die äußere Welt für ihn, erklärte ihm die plötzliche Attacke von Rettungswagen oder die sensorische Erschütterung durch die Park Avenue zur Rushhour. Wer wusste schon, was Shiva verstand (was verstand *irgendein* Dreijähriger überhaupt?), doch kaum deutete ihr Vater auf etwas und erklärte es Schritt für Schritt, wie ein früherer Ingenieur eben, beruhigte sich der Junge. Hier draußen in der Wildnis des Ramble, ohne beengende Wände, ohne künstliches Licht und hohe Töne, war ihr Sohn ein Athlet. Er kannte das Labyrinth des Ramble auswendig, seine Kurven, seine Treppen und gewundenen Pfade. Er hüpfte auf Felsen, erklomm sie, wobei er sich an knorrigen Wurzeln und trockenen Blättern der Stadtpflanzen festhielt, jeder Sprung perfekt, jeder Halt gut platziert. »Everesting« nannte es sein Großvater.

»Pass auf«, schrie eine weiße Hippiefrau einem etwa siebenjährigen schwarzen Mädchen zu, das hinter einem kleinen blinden asiatischen Jungen mit einem Stock herrannte. Sie liefen über einen schroffen Weg auf Shivas Lieblingspavillon zu. »Bleibt vor der Kante stehen! Rachel!« Seema stellte sich vor, die beiden seien Geschwister, die das weiße Hippiepaar adoptiert hatte. Die Eltern hatten wildes, früh ergrautes Haar und trugen T-Shirts mit kleinen Catskill-Orten darauf. Seema fragte sich, was es wohl bedeutete, zwei Kinder mit einem normalen Gehalt großzuziehen – ein Gedanke, der ihr nie in den Sinn gekommen wäre, ehe sie ihren Mann geheiratet hatte –, doch hier schrien die vier sich im Central Park Dinge zu, als wäre es ganz normal, als wären sie die mythische glückliche Familie mit dem Badezimmer mit den drei Waschbecken, von dem Barry ihr schon beim zweiten Date erzählt hatte.

»Mama, wie weit ist es bis zum Pavillon?«, rief das Mädchen zurück.

Alle paar Schritte nahm sie ihren Bruder an die Hand und führte ihn auf den richtigen Kurs, während er mit seinem Stock den Weg vor sich abtastete. »Rachel, pass auf, die Abhänge!«

»Ich weiß schon, Mama!«

»Was ist mit den Felsen?«, fragte der Junge.

»An denen sind wir schon vorbei, Sander. Auf dem Rückweg darfst du sie überall anfassen.«

»Dad, ich glaube nicht, dass Shiva den Pavillon mit anderen teilen will«, sagte Seema. »Er ist es nicht gewohnt, dass hier auch andere Leute sind.« Die beiden Kinder kletterten ins Innere und riefen sich etwas zu. Deren Vater nahm seine riesige billige Drillichtasche von der Schulter, und zusammen mit der Mutter zog er lautstark Brote und Thermosflaschen daraus hervor.

Kaum hatte Shiva die Eindringlinge im Pavillon entdeckt, blieb er abrupt stehen, schloss die Augen, hielt sich die Ohren zu und stürzte zu Boden. Der Junge begann, in die Erde zu treten, und drehte sich auf dem Rücken wie ein umgefallener Käfer. »Es ist alles okay«, sagte ihr Vater und scheuchte Seema mit einer Hand beiseite, als er sich niederkniete und die Knöchel seines Enkels mit der anderen Hand rieb.

Seema bückte sich, um den Schmutz von Shivas Loro-Piana-Samthose abzuklopfen, und beobachtete dabei die Reaktion der anderen Familie, doch sie fühlte sich überflüssig. Sie wusste nicht, warum sie sich an das tägliche Ritual ihres Vaters und Sohnes angehängt hatte. Doch welche andere Option hatte sie? Zu Hause bleiben und ihrer Mutter zuhören, die zeterte, wie einsam sie in New York sei, wie sehr sie sich ihrer Gemeinschaft entrissen fühle (sie hatte doppelt so viele Facebook-Freunde wie ihre beiden Töchter zusammen), während sie manisch alle herausragenden Autisten recherchierte, die je gelebt hatten, von Nikola Tesla (wahrscheinlich) über Albert Einstein (möglich) bis zu Wolfgang Amadeus (denkbar). Die übrige Zeit verbrachte sie damit herauszufinden, wem sie die Schuld für »das hier« geben konnte: der fahrlässigen Seema, der nicht antwortenden Shilpa, dem Universum oder jenem Mann, dessen Gene doch wohl für die Probleme ihres Enkels verantwortlich waren – Barry. »Gilt im Staat New York das Schuld- oder das Zerrüttungsprinzip, wenn es zur Scheidung kommt?«, zischte sie morgens Seema als Erstes zu. »Ach, hoffentlich das Schuldprinzip. Es ist alles seine Schuld. Du brauchst einen Anwalt, einen richtig guten.«

Ihr Vater hob Shiva hoch und wirbelte ihn durch die Luft, sodass er kicherte und seine braunen Augen glänzten. »Daddy«, sagte Seema. »Dein Knie.«

In Gegenwart von Shiva hörte er ihr nie richtig zu. Vielleicht war das ein Grund gewesen, dass sie so gezögert hatte, ein Kind zu bekommen, dieser Gedanke, ihr Vater könnte jemand anderes mehr lieben als sie. Verdammt, sie musste erwachsen werden. »Lass uns nach Hause gehen«, sagte sie. »Wir können ja diese Leute nicht aus dem Pavillon werfen.« Ihr Sohn konnte eine sechs Meter hohe Felswand erklimmen, aber musste er seinen Pavillon mit einer anderen Familie teilen, führte das zu einem totalen Zusammenbruch.

»Ich habe da so meine Strategien.« Ihr Vater setzte Shiva auf den Boden. Trotz der Hitze an diesem Tag Anfang September trug er eine Khaki-Hose und ein Oxford-Hemd, als hätte er ein Bewerbungsgespräch für einen Buchhalterjob in einem kleinen Industrieunternehmen. »Zuerst singen wir ein Lied.« Er hockte sich zu Shiva und begann zu singen. *K wie Keks*. Shiva nahm auf der Stelle die Hände von den Ohren, auch wenn er die Augen noch geschlossen hielt. Nach vier Versen sagte sein Großvater: »Und jetzt machen wir das Geflimmer.« Shiva riss die Augen auf. Und sein Großvater ließ die Finger vor dem Gesicht flattern. Shiva machte es ihm sofort nach. Beide saßen da und ließen das Sommerlicht durch ihre flirrenden Finger strömen, beide in entrückter Konzentration und voll Freude.

»Vater«, sagte Seema.

»Ich weiß«, entgegnete er.

»Du verstärkst nur stereotype Verhaltensweisen.«

»Schhh«, machte ihr Vater. »Sieh ihn dir an.«

»Okay, aber seine Therapeutinnen haben was dagegen. Ich meine ja nur: Wir verwenden eine Menge Zeit und Gedanken darauf. Und er muss irgendwann draußen in der Welt leben. Zu Hause ist das in Ordnung, aber wie wirkt das auf andere?«

Ihr Vater hob das Kind hoch, und es schmiegte sich gefügig und glücklich in seine Arme. »Ich habe dir nie erzählt, wie viel ich von mir aufgeben musste, als ich in dieses Land kam«, sagte ihr Vater.

»Das ist etwas anderes«, erwiderte Seema. »Inder zu sein ist keine Behinderung.«

»Ich bin froh, dass du 1987 geboren bist und das so sagen kannst.«

Langsam und bedächtig trug er das Kind in den Pavillon, wo die Eltern der anderen Familie ihre Sandwiches kauten. Der blinde Junge schrieb seinen Namen, Sander, in den Staub. Seine Schwester hänselte ihn wegen des S, es sehe »saublöd« aus, doch gleichzeitig hielt sie ihn am Ellbogen. Die Eltern mussten sich nicht um den Jungen kümmern, weil es seine Schwester tat. Die Mutter trug ein etliche Nummern zu großes T-Shirt der Freiwilligen Feuerwehr von Phoenicia. Das Mädchen hatte gelbe Clogs an. Alles war herrlich unperfekt, wie eine Szene aus einem modernen Bilderbuch.

»Meine beiden Kinder haben oft Wutanfälle bekommen, als sie so alt waren wie er«, sagte die Mutter und deutete auf Shiva.

»Na ja, er ist Autist«, erklärte Seema. Das war etwas Neues, woran sie arbeitete. Es Fremden gegenüber auszusprechen. Zu verkünden, wer er war. Dafür einzustehen.

»Oh, das tut mir leid«, sagte die Mutter.

»Du solltest kein Mitleid ausdrücken«, sagte der Vater.

»Ich meine, es tut mir leid, dass ich …« Sie lachte nervös. »Darf ich Ihnen ein Sandwich anbieten?« Sie kamen ganz eindeutig nicht aus der Stadt, wenn sie Fremden etwas zu essen anboten.

Einige Tage zuvor hatte Shiva einen Zusammenbruch im Whole Foods gehabt, und Seema hatte der Kassiererin seinen Zustand erklärt, und danach hatte ihre Mutter sie angeschrien, weil sie es »der ganzen Welt« erzähle, aber die Kassiererin hatte nur mit den Schultern gezuckt. Sie waren in New York, da hatte jeder *irgendwas*. Jeder. Jedes Mal, wenn Seema eine Schar Teenager im Schneidersitz dasitzen sah, alle in ihre Handys vertieft und ohne Gefühl für die Körperlichkeit der anderen, fragte sie sich, ob die zukünftige Welt für Shivas Situation nicht etwas empfänglicher sein würde. Wenn sie ihn doch nur dazu bringen könnte zu sprechen. Das war die einzige Mission ihres Lebens geworden.

Ihr Sohn und sein Großvater ließen nun beide ihre Finger vor Shivas Augen tanzen und schufen ihr ganz eigenes Königreich aus Licht. Aus der Ferne sahen sie wahrscheinlich aus wie zwei Zauberer, die nichts Gutes taten. »Mir gefällt, was er anhat«, versuchte es die Mutter der beiden anderen Kinder noch einmal. Sie hatte Shivas Kleidung in Augenschein genommen. »Warum ist er so fein angezogen?«

»Er hat so überempfindliche Haut. Es gibt nur wenige Sachen, die er nicht kratzig findet«, antwortete Seema.

»Brenda!«, sagte der Ehemann. »Lass doch bitte die arme Frau in Ruhe.«

»Ist schon okay«, sagte Seema. Sie rang sich ein Lachen ab. Sie war ein bisschen geneigt, mit Brenda ins Behinderten-Duell zu gehen und sie im Gegenzug etwas Dummes über ihren blinden Sohn zu fragen. Die Tochter zog nun den Jungen weg, um ihn zu einem besonders lauten Vogel mit orangefarbener Brust hinter dem Pavillon zu führen. Wie sie an seinem Arm zerrte und wie er sich von ihr ziehen ließ, wirkte so natürlich, als könnte es so das ganze zukünftige Leben lang bleiben. Sie würden, wie vorherbestimmt, heranwachsen, doch diese frühen Erinnerungen würden stets zu ihrem Wesen gehören: Als hätten sie füreinander eine Karte im Kopf entworfen. Wenn Shiva doch nur ein Geschwisterkind hätte, das für ihn so etwas tun könnte. Doch ihre Gebärmutter war jetzt leer.

Sie hatte es eine Woche vor der Ankunft ihrer Eltern getan. Der Eingriff wurde in einer Praxis gleich um die Ecke vom Lenox Hill vorgenommen, wo Shiva zur Welt gekommen und dann in der Beyoncé-Suite untergebracht worden war, wo sie, kaum dass sie sich erholt hatte, ein Filet Mignon hereingeschoben bekam und Barrys Büroleiterin das Zimmer mit Allergien auslösenden Blumen und exquisiten Pralinen bombardierte. Schon vor Barrys Verschwinden hatte sie über eine Abtreibung nachgedacht. Doch als sie auf dem Stuhl lag, dachte Seema: Was wäre wenn? Wenn das Kind in ihrem Bauch nicht autistisch wäre? Wenn es ein Junge mit Barrys Sportlichkeit oder dem Charme ihres Vaters würde? Ein Kind, das man nicht sein ganzes Leben lang anleiten, betreuen und »koordinieren« müsste?

Und wenn das die letzte Schwangerschaft ihres Leben wäre? Wenn all die anderen Männer, die sie in dieser gottverdammten Stadt noch kennenlernen würde, nur Varianten von Barry oder Luis wären? Sie hatte ausreichend Geld, um ein weiteres Kind großzuziehen. Die Abtreibung war genau genommen keine Sünde, in diesen Begriffen dachte Seema nicht, aber was wäre, wenn es eine »verpasste Chance« war, wie ihr Vater ihr sanft klargemacht hatte, als sie zögerte, am Ende des vorletzten Highschool-Jahrs die Aufnahmeprüfung für das Jurastudium zu machen, oder es nicht schaffte, frühzeitig all ihre Praktikumsbewerbungen einzureichen?

Nein, sie wollte diese Chance nicht wahrnehmen. Ihr Körper würde nur noch einige wenige Minuten eine Zellproduktionsfabrik sein, dann wäre er für immer frei vom Genpool der Cohens. Sie wollte es nicht sagen, aber in ihrem Kopf war »das hier«, wie ihre Mutter den Autismus nannte, *tatsächlich* Barrys Schuld. Barry mit seinen alten Spermien. Barry, der ein Uhren-Logbuch führte. Und ja, solche Gedanken waren unproduktiv, wie die Therapeutinnen sagen würden, bla bla bla.

Shiva und Arturo waren jetzt öfter zum Spielen verabredet, manchmal auch in der kleineren Wohnung der Goodmans. Neben ihrem Vater, den Seema als den »großen Regulator« bezeichnete, war Arturo der einzige Mensch, der Shiva beruhigen konnte, und darum nannte sie ihn den »kleinen Regulator«, aber natürlich nicht in seiner Gegenwart. Manche Leute hatten einfach ein Händchen für Shiva und andere wie ihre Mutter eben nicht. Arturo las mit großer Leidenschaft die Bücher von Elefant und Schweinchen vor, während Shiva auf seinem Ball hüpfte, und beide bekamen, was sie brauchten: der eine einen ergebenen Zuhörer und der andere einen unvoreingenommenen Freund. Bei ihrer zweiten Spielverabredung tauchte plötzlich Luis aus seinem »Schreibzimmer« auf, einer umgebauten Vorratskammer, die kürzlich von einer Immobilienseite als

»0,5 Schlafzimmer« bewertet wurde, um sich über den Lärm zu beschweren, und dann sah er Seema. »Hältst du das wirklich für so eine gute Idee?«, flüsterte er ihr im Flur zu.

»Ich halte es sogar für eine sehr gute Idee«, entgegnete sie. Sie zog einen Schmollmund wie die indische TV-Komödiantin aus der ersten Phase ihrer Beziehung. »Was? Können wir denn keine Freunde sein, Louie?« Hier in dieser Stadt war alles ein Akt, selbst das Ende einer Liebe war eine Performance. Und es überraschte sie, wie rasch sie sich »entlieben« konnte, wie wenig von Barrys ausgedachter, geprobter Romantik auf sie abgefärbt hatte.

Das Mädchen und der Junge stellten dem Vogel hinter dem Pavillon nicht mehr nach und kamen nun leicht gelangweilt zurück, um Shiva und seinen Großvater näher zu betrachten, die noch immer mit flatternden Fingern die Lichtstrahlen des Central Park filterten. »Was macht ihr da?«, fragte das Mädchen Seemas Vater sehr laut. »Sie bewegen irgendwie so die Hände vor den Gesichtern«, erklärte sie ihrem Bruder.

»Warum?«, fragte der Junge.

»Ich glaube, sie möchten in Ruhe gelassen werden«, sagte ihre Mutter.

»Das entscheidest du doch nicht!«, widersprach ihr Ehemann. Doch sie hatte recht. Die Nähe der beiden Kinder war nicht hilfreich. Außer Arturo lösten Altersgenossen in Shiva das Schlimmste aus, denn anders als Erwachsene konnten Kinder vollkommen unberechenbar sein, sie konnten losstürzen und schreien und stoßen und unerwartet umarmen, was seinen Sinn für Gleichgewicht und Kontrolle zunichtemachte.

»Wir sollten besser gehen«, sagte Seema, als Shiva die Augen schloss und zu zittern anfing.

»Wisst ihr, was diesem Jungen gefällt?«, fragte Seemas Vater. »Der Buchstabe W. Bisher mochte er nur den Buchstaben K wegen *K wie Keks*, aber inzwischen liebt er das W, denn das steht für ›Wow!‹. Kommt, wir machen es.« Er spreizte beide Hände zum Vulkanischen Gruß, »Lebe lang und in Frieden«, sodass sich daraus ein W ergab. Das Mädchen machte es gleich nach und half dem Bruder, es ebenfalls zu tun. Kaum hörte Shiva W, schlug er auf der Stelle die Augen auf. Und dann spreizte Seemas Vater Shivas Finger sanft zum W und berührte damit die Finger der anderen Kinder. »Weh, Weh, Weh, Weh, Weh«, sang ihr Vater. Und so ging es weiter, das Mädchen und Seemas Vater patschten zart ihre Ws an die ihres Sohnes und des Bruders des Mädchens, wobei sie die Länge ihrer Finger mit Blicken oder durch Berührung verglichen.

»Hat er je auf irgendetwas gezeigt?«, hatte ihr Vater Seema am Tag seiner Ankunft gefragt. Ja, auf eine einzige Sache: auf das W-Hotel jenseits des Hudson in New Jersey. Nachdem er dies erfahren hatte, machte er sich an die Arbeit. Jetzt stiegen sie nur noch in ein Taxi, wenn es ein W auf dem Nummernschild hatte, und sie bahnten sich ihren Weg durch Manhattan, indem sie einer endlosen Reihe von Schildern mit Ws folgten. Walgreens war das ultimative Leuchtfeuer, das Shiva navigieren half, auch wenn die Bögen von McDonald's dem jungen Buchstabenfreund als umgedrehtes W erschienen. Seema war hin- und hergerissen. Ihr Vater normalisierte gewissermaßen Shivas Zustand. Klar, in New York war alles Theater, aber wenn alles Theater war, müsste Shiva dann nicht auch den Text lernen?

Andererseits, andererseits. Nachdem ihr Vater ein riesiges W aus Klebeband am Kühlschrank angebracht hatte, lief Shiva hin und zeigte darauf, wenn er etwas essen wollte. »Er zeigt auf was! Er zeigt auf was!«, hatte Novie gerufen. Dies war seine erste wirklich sinnvolle Geste gewesen – bisher hatte er sich vor dem Brummen des Kühlschranks, vor allem wenn die Eiswürfel ins Fach purzelten, zu Tode gefürchtet –, und bald ging er hin und zeigte auf die Nahrungsmittel, die er mochte. Nun ja, auf das *eine* Nahrungsmittel, auf die Wassermelone (die, ja, mit einem W begann). Und als sie durch den Ramble zurück zur Central Park West gingen und ein Glückstaxi mit einem W auf dem Nummernschild entdeckten, fühlte sie mit dem Jungen, dessen Hand in der des Großvaters lag und dessen steifer, aber schneller Schritt ihn über die kleinen Hügel trug, die in die Betonstadt hineingebaut worden waren. Zum ersten Mal seit dem Termin im Weill Cornell im vorigen September erlaubte sie sich, ihn sich als Teenager vorzustellen, groß und hübsch, wenn auch distanzierter und natürlich stiller als seine Altersgenossen, und dann als einen etwas spröden, aber lebensfähigen Erwachsenen, der vor einem Computer saß, dessen Bildschirm zeigte, was er gerade brauchte, eine Reihe von Ws vielleicht. Was, wenn er möglicherweise doch eine Zukunft hätte?

Früher hatte sie sich immer gefragt: Wer ist mein Sohn? Was geht in seinem Kopf vor? Jetzt wusste sie es. Das W war in seinem Kopf. Und die Liebe zu seinem Großvater. Und die Liebe zu Novie. Und ersteigbare sechs Meter hohe Felsen im Ramble. Und Verabredungen zum Spielen mit Arturo. Sie war überzeugt, wenn er nachts die Augen schloss, wie kurz auch immer, dann träumte er von all dem. Und sie fragte sich: Träumte er von seinem Vater?

Als sie ins Apartment zurückkamen, beendete ihre Mutter gerade ein Skype-Gespräch mit Shilpa, und die Proteste ihrer anderen Tochter, es gebe keine »Autismus-Epidemie«, wie manche pseudo-medizinischen Scharlatane behaupteten, nur bessere Methoden zur Diagnose, liefen ins Leere. Laut Seemas Mutter gab es »selbstverständlich eine Epidemie«. Eine Epidemie von alten Barrys, die schönen jungen Seemas nachstellten. Sie sah Shilpas breite Nase in der Bildschirmmitte des Laptops ihrer Mutter, hinter ihr eine leere feuchte Wohnung in Kathmandu, das krasse Gegenteil ihrer eigenen. Da ihre Mutter von der einen Tochter nichts Befriedigendes erfahren hatte, begann sie nun auf die andere einzureden. Thema heute könnte sein, wie unnötig teuer Seemas Lebensstil sei, wie sinnlos eine angestellte Köchin, die verdammt noch mal nicht mal wisse, wie man Urad Dal zubereite, dass Seema selbst keinen richtigen Job habe, was für eine Verschwendung, drei doppelseitige Kamine zu haben, in denen nie ein Feuer brannte, und welch eine Vergeudung, Novie ganztags zu beschäftigen, während ihre Eltern doch hier seien, als wäre Novie nicht in den vergangenen drei Jahren die rechtmäßige zweite Mutter des Kindes gewesen. »Du!«, hatte Seema ihre Mutter angebrüllt. »Du wolltest dieses Geld! Du warst das! Die Liste! Erinnerst du dich an die Liste?« »An welche Liste?« »Die, auf der alle Ethnien standen, Juden und weiße amerikanische Protestanten ganz oben, wir ganz unten. Tja, und jetzt haben wir es geschafft. Willkommen ganz oben. Ist es nicht herrlich?« »Ich weiß nicht, wovon du sprichst.« »Im Ernst?« »Keine Ahnung.« Das war das Unglaublichste: das völlige Abstreiten ihrer Mutter. Sie war wie gemacht für diese Zeiten.

»Stellen Sie sich mal vor, wie es für sie ist«, hatte eine von Shivas Therapeutinnen zu Seema gesagt. »Erinnern Sie sich, wie ihre Trauerzeit war? Und Ihre Mutter stammt aus einer vortherapeutischen Gesellschaft.«

»Sie ist mit achtzehn hergekommen.«

»Geben Sie ihr einfach Zeit.«

Aber wie viel Zeit? Jeder Tag war ein Hindernislauf. Alles, was ihr Vater für Shiva tat, wurde mit dem Kummer und Schmerz aufgewogen, den ihre Mutter ihr zufügte, weil sie über Shivas Pflege zeterte oder über »den Flüchtigen«, wie sie Barry nannte. Seema erträumte sich, dass Shiva sie am Morgen begrüßen würde, wenn schon nicht mit den Worten »Guten Morgen«, dann doch zumindest mit einem kleinen Stoß des Handgelenks, der »Hi« bedeutete, dem die Andeutung einer Umarmung folgte. Warum konnte sie nicht dasselbe von ihrer Mutter erwarten?

»Seema«, rief ihre Mutter. Sie kleidete sich absichtlich höchst lächerlich, so ganz und gar nicht New York – ein ausgebeultes Sweatshirt der Ohio State University und rosafarbene Jogginghosen. »Ich glaube, die Toilette im Gästebad spült nicht.«

»Du *glaubst*, oder spült sie tatsächlich nicht?«

»Sei nicht unverschämt. Würde ich Gäste behandeln wie du, wäre ich immer allein.«

»Ich gehe zu Walgreens und kaufe so einen Pümpel.«

»Ich hätte gedacht, dass du jemanden hast, der das in Ordnung bringt.«

»Spare in der Zeit, dann hast du in der Not.«

»Können wir mitkommen?«, fragte ihr Vater. »Hier ist jemand, der Walgreens liebt.«

Doch die Vorstellung, wie ihr Sohn minutenlang auf das riesige schräge weiße W auf rotem Grund starren und mit den Fingern flattern würde, entsprach nicht gerade ihrem gewünschten Tagesverlauf. Und wenn sie ganz allein in dieses Lokal ginge, wo Luis und sie den Hot Dog gegessen hatten? Oder wenn sie zu einem Wellness-Tag im Park Hyatt eincheckte? Oder einen NetJets-Flug nach El Paso nähme, in irgendeine beschissene Vorstadtstraße ginge und Barry in sein bestimmt sonnenverbranntes Idiotengesicht schlüge? Unproduktive Gedanken!, sagte sie sich. Bla bla bla! Der Lift fuhr so schnell, dass er Luis' und Juliannas Apartment nicht einmal anzeigte. Doch dass es Arturo gab, beruhigte sie. Wenn sie die Welt unter dem Blickwinkel betrachten musste, ob sie hilfreich für ihren Sohn war oder nicht, dann würde sie es eben tun. Sie sollte gleich eine Anzeige im Internet posten: »Noch nicht geschiedene Frau mit vermisstem Ehemann sucht Mann, der die zweite Geige hinter ihrem behinderten Sohn spielt. Muss mindestens einen Meter achtzig groß sein.«

Inmitten des Trubels nach Arbeitsschluss auf der 23rd Street konnte sie zumindest anerkennen, dass es ein perfekter

Septembertag war, ein »9/11-Tag«, wie Mina das nannte. Sie atmete die überraschende Kühle ein, es war, als wollte der brodelnde Planet sich selbst an bessere Zeiten erinnern.

Dann lag eine Hand auf ihrer Schulter. Zuerst dachte sie, die Hand habe vielleicht schon einmal dort gelegen, sie gehöre vielleicht Luis oder einem anderen abgelegten Geliebten, aber nein. Diese Hand gehörte einem Mann in einem schlecht sitzenden schwarzen Anzug, einem Sargträger aus einem Außenbezirk, dessen schicke Pilotenbrille über eine allgemeine Verschwitztheit hinwegtäuschte. »Mrs. Cohen«, sagte der Mann. »Mein Name ist Anthony Perelli. Ich bin vom FBI.«

Sie ging so rasch davon, dass die Hand einen Augenblick verunsichert in der Luft schwebte, ein großes rosafarbenes Etwas, an dem ein rubinroter Jahrgangsring steckte. »Entschuldigen Sie, Ma'am, ich wollte Sie nicht so überfallen, so blindlings.« Bei der Silbe »blind« musste sie an den Jungen von vorhin denken und dass sie womöglich, wenn das Universum sich auf bestimmte Weise neigte, seine Mutter aus Phoenicia sein könnte, die einfache Lunchtüten packte.

Sie zitterte nun sichtlich, sie war so unreguliert wie Shiva in seinen schlimmsten Momenten. All ihre tierischen Fluchtinstinkte schlugen Alarm, doch sie musste eine menschliche Stimme hervorbringen. »Es tut mir leid«, sagte sie. »Ich …«

»Sie haben meine Anrufe ignoriert.«

»Sie müssen über meinen Anwalt mit mir Kontakt aufnehmen. Mehr habe ich nicht zu sagen.« Sie drehte sich um und ging zurück zu ihrem Gebäude, an einem Granitvorbau der Credit Suisse vorbei und an dem Schnippers, was auch immer das war, an der Filiale von Charles Schwab (»Die Zukunft gehört dir«) und an Shivas geliebter MetLife-Tower-Uhr. Doch der FBI-Mann folgte ihr, ein schwebender Schatten mit Bauch.

»Mrs. Cohen«, sagte er. »Kennen Sie den Aufenthaltsort Ihres Mannes?«

»Anwalt«, entgegnete sie.

»Mrs. Cohen«, rief er hinter ihrem Rücken. »Können wir uns nicht rasch für einen Kaffee hinsetzen oder auf eine Parkbank. Mrs. Cohen!« Nun rannte er neben ihr. Nur nach seinem Akzent zu urteilen, stellte sie sich das Leben in New Jersey vor, enger Zusammenhalt der ethnischen Gemeinschaften, ein Fußmarsch durch Fordham, vielleicht ein zweitklassiges Juradiplom, die Sorte Mann, der man nur einen leichten Appetit auf Macht einpflanzte, aber nicht zu verderblich. Die FBI-Typen, die sie in ihrem früheren Leben kennengelernt hatte, waren cool und clever gewesen. Man hielt es also nicht mal für nötig, ihr die Besten auf den Hals zu hetzen.

»Ich habe wirklich den Eindruck, dass wir gar keine Gegenspieler sind«, sagte der Agent. »Unsere Interessen sind dieselben.«

»Anwalt«, sagte sie. »Ich kann mich nur wiederholen.«

Er zog sein Handy hervor. »Ist Ihnen dieses Video bekannt?« Er drückte auf Play. Ja, sie kannte das Video. In- und auswendig. Sie lief weiter. Der Agent beeilte sich, hinter ihr herzukommen, und versuchte, ihr das Handy vors Gesicht zu halten. Da war es. Das schmerzliche Blau des Mittelmeers, weit hinten die ockerfarbenen Häuser von Cagliari und die Berge, die so perfekt mit dem Himmel verschmolzen, dass man die Augen zusammenkneifen musste, um zu erkennen, wo das eine endete und das andere begann. Links auf dem Display hatten zwei Männer ohne Hemd ein ausgelassenes trunkenes Gespräch begonnen, und einer der beiden war Barry, dieser jungenhafte, etwas dämliche, vorprogrammierte, plump vertrauliche Princeton-Barry, der von »Lass uns Freunde sein« und »Kerle wie wir« schwadronierende Barry. Oder es war vielleicht der verzweifelt kämpfende Barry, der Angst hatte, etwas falsch zu machen, immer mit Verletzungen rechnete. Oder vielleicht waren sie auch ein und derselbe. Barry sprach auf dem Vordeck der Jacht mit einem dicken Mann, beide hatten Proseccogläser zwischen

Bauch und Brust geklemmt, und dann schwenkte Seemas iPhone auf die langsam näherkommende Hauptstadt Sardiniens. Ein lautes angeregtes Gespräch, das Getöse von Jungen, die Männer zu sein versuchten. Hier gab es nichts zu sehen, nur dass alle paar Sekunden einer der Männer gierig das Wort »GastroLux!« aussprach, als würde er Gas ausstoßen, und der andere es wiederholte.

»Sie haben uns dieses Video geschickt«, sagte der FBI-Agent. »Das stimmt doch?« Ja, so redeten sie. Eine Feststellung, gefolgt von »Das stimmt doch« oder »Ist das richtig?«. Seema wartete darauf, dass die Ampel umsprang. Hässliche Nahverkehrsbusse schoben sich die Madison entlang. Sie wollte, die ganze Welt würde mit der Ampel umspringen, würde vielleicht spektakulär zu Ende gehen. Sie wollte Licht überall und dann eine weiche weiße Hitze. Barry hatte immer davon gesprochen, wie sehr seine Generation die Atombombe fürchtete. In diesem Augenblick wäre sie ihr sehr willkommen. Der Agent stieß wie so ein Asperger-Automat immer wieder Worte aus. »Wir können nicht ermitteln, wer sonst an Bord dieser Jacht war, außer Samuel Yontif oder dem ›Nebbich‹, wie er in verschiedenen abgehörten Telefonaten genannt wurde, seiner Begleiterin Slavenka Babic, der Crew, Ihrem Mann und Ihnen. Das stimmt doch, oder?«

»Das klingt nach vielen Leuten«, erwiderte Seema. »Sind Sie sicher, dass Sie die richtige Jacht meinen?« Das war die falsche Taktik. Das einzige Wort, das sie in diesem Augenblick brauchte, war »Anwalt«.

»Wir haben die E-Mail mit dem angehängten Video bis zu einem Cybercafé in Davao City zurückverfolgt. Ihre Kinderfrau Novie Bontuyan ist drei Tage, ehe das Video an uns geschickt wurde, über Dubai und Manila nach Davao City gereist. Ist das richtig?«

Da hatte sie es. Warum war sie so nachlässig gewesen? Da hätte sie das verdammte Video auch selbst schicken können. Was für eine Scheißtarnung. Endlich sprang die Ampel zu Seemas Gunsten um. »Anwalt!«, schrie sie und stürmte los.

»Mrs. Cohen! Warum haben Sie veranlasst, dass Ihre Kinderfrau uns das Video schickt? Mrs. Cohen!« Sie erreichte die andere Straßenseite und eilte direkt zum Dienstboteneingang ihres Gebäudes. »Mrs. Cohen! Das fällt zwar nicht in meinen Zuständigkeitsbereich, aber das berührt den rechtlichen Status Ihrer Kinderfrau.«

Sie wollte gerade ihre Karte am Eingang durchziehen, doch stattdessen drehte sie sich um. »Bitte, lassen Sie Novie da raus«, sagte Seema.

»Das will ich ja gern. Sie müssen mir nur sagen, warum Sie uns dieses Video geschickt haben. Sie sind selbst in der Rechtspflege gewesen.«

»Bitte«, sagte Seema noch einmal. »Mein Sohn ist Autist.«

»Das tut mir leid«, sagte der Agent.

»Scheiße, das *soll* Ihnen nicht leidtun!«, schrie sie. »Ich habe so die Schnauze voll von Ihnen. Sie ist sein Kindermädchen. Er liebt sie. Sie liebt ihn. Lassen Sie uns in Ruhe!«

»Ich will doch niemanden bestrafen«, sagte der Mann. »Ihr rechtlicher Status fällt gar nicht in meinen Bereich. Ich finde, Sie haben etwas Mutiges und Ehrenwertes getan. Und was Sie angestoßen haben, wollen wir vollenden.«

Seema dachte an ihren Sohn, der unter all dem Geschrei und den Anfällen nur eine Welt der Ordnung und Logik wollte, eine Welt, in der alles vollendet war, eine Welt mit Anfängen und Enden. »Anwalt«, sagte sie. Eher ein Flüstern. Und dann rannte sie hinein.

13 DIE DIAGNOSE

Einige Wochen später saß Barry in Downtown in einem kargen, trostlosen Behördenraum. Das Neonlicht und die abgehängte Decke drückten ihn nieder, verursachten ihm Übelkeit. Kurz nach dem Abschluss in Princeton hatte er einmal versucht, den Test für ein Masterstudium in Betriebswirtschaft in einem Raum mit ähnlichem Licht zu absolvieren, da war er mittendrin hinausgerannt, um sich auf der Toilette zu übergeben. Letztendlich hatte er keinen Business-Abschluss gebraucht; sein Charme und sein Glück hatten ihn getragen. Und nun ging sein Leben in einem tristen Amtszimmer zu Ende.

Vorbei die Schönheit von La Jolla, die indischen Weißdornblüten in Netas Garten, das Heulen der Seehunde im Morgenlicht. Vorbei das unscheinbare Grab seines Vaters mitten in San Diego auf dem jüdischen Friedhof »Haus des Friedens«, wo die Inschrift auf dem Grabstein MAURICE COHEN, RIVKAS GELIEBTER EHEMANN lautete. Der Name des Sohns war nicht einmal erwähnt. »Er wollte es schlicht«, hatte Neta schulterzuckend erklärt.

Die Typen von der Börsenaufsicht waren nicht so schlampig, wie er sie sich vorgestellt hatte. Alle trugen anständige Anzüge. Vielleicht hatten sie für Anwaltskanzleien gearbeitet, ehe sie die Seite wechselten. Irgendwo hinter ihnen, im äußeren Kreis der billigen schwarzen Stühle, sah er im Geiste seinen sonnensatinierten Vater in einem seiner frischen pastellfarbenen Hemden sitzen, die er kurz vor seinem Tod in La Jolla so gern angezogen hatte. Er sah weder erfreut noch verärgert aus, er nickte einfach bei all den Anschuldigungen, die gegen seinen

Sohn vorgebracht wurden. *Das stimmt. Er war vielversprechend. Er konnte dieses Commodore-Dings programmieren. Gewinner bei den Schwimmmeisterschaften von Queens. Princeton. Aber diesen Job bei Goldman hätte er nie annehmen dürfen. Er hätte in einer Anwaltskanzlei arbeiten sollen.*

»Mr. Cohen, stimmt es, dass Ihr Fonds im Jahr 2013 Geld verloren hat …«

»Auf der Grundlage des Fünften Zusatzartikels …«, setzte Barry an.

Der Typ von der Börsenaufsicht spuckte noch mehr Daten über die miese Performance von This Side of Capital aus. Am Schluss sei Barrys Fonds so erbärmlich schlecht bewertet worden, dass er beim GastroLux-Trade entscheidende Insider-Informationen für sich genutzt habe, weil er damit seinen Fonds habe retten wollen.

»Auf der Grundlage des Fünften Zusatzartikels …«, fing Barry erneut an. Sein Anwalt zupfte an seinen Manschetten mit Monogramm. Vom Auskunftsverweigerungsrecht Gebrauch zu machen war nicht unbedingt elegant, aber hatten sie eine Wahl?

»Stimmt es, dass der Leiter Ihrer Compliance-Abteilung keine relevante Erfahrung im Finanzwesen hatte? Dass sein einziger Uni-Abschluss ein Bachelor in Russisch am Middlebury College ist? Dass Sie ihn auf einer Party kennengelernt haben, die Ihr Freund Joseph Moses Goldblatt im FlashDancers Gentlemen's Club gegeben hat?«

»Auf der Grundlage des Fünften Zusatzartikels …«

So schleppte es sich dahin. Unterschiedliche Fragen, dieselbe Antwort. Er wollte, er hätte noch immer seine weißgoldene Patek 570 und könnte sie zum Trost anschauen. »Für Barry Cohen – ein echter Anführer.« Schließlich wurde das Video präsentiert. *Seemas Video.* Sammy Yontif auf dem Vordeck, Sardinien in der Ferne, eine Steilvorlage für die Beamten im Amtszimmer.

Er erinnerte sich an seine ersten Empfindungen, als er das Video in der Kanzlei seines Anwalts gesehen hatte. Auf die völlige Klarheit des ersten morgendlichen Espressos war die gleiche Verheerung gefolgt wie nach Shivas Diagnose, wenn man zum ersten Mal schockiert erfährt, dass der Mensch, den man liebt, einen nicht zurückliebt. Genau das vermittelte ihm Seema durch die Weitergabe des Videos. Doch unmittelbar nach Klarheit und Verlust war in ihm der soziale Selbsterhaltungswille aufgestiegen. Barry war von seiner eigenen Frau verpfiffen worden.

Das Video lieferte den eindeutigen Beweis, dass Barry mit Sammy Yontif über GastroLux gesprochen hatte, der wiederum gewusst hatte, dass die Sodbrennen-Medikamente des Unternehmens scheitern würden und dass dieses Gespräch wahrscheinlich Einfluss auf Barrys sehr profitable Leerverkäufe der GastroLux-Aktien gehabt hatte. Wie würden seine Freunde über Seemas Handeln denken? Vermutlich würden sie die Reihen um ihn schließen. Alle hatten mindestens zwei Scheidungen durchgestanden; sie wussten, dass Hedgefonds-Frauen zu allem fähig waren. Nun ja, außer vielleicht zu so etwas. Schließlich würde auch Seema Geld verlieren. Warum also hatte sie es getan? Sie hatte das Video an die Behörden geschickt, noch ehe Barry quer durchs Land geflohen war. Hatte sie ihn von Anfang an gehasst? Aber warum dann heiraten? Warum ein Kind bekommen? Warum über den Frühstückstisch lächeln, als sie so wohlgefällig über Paul Krugmans neuesten Angriff auf die freien Märkte diskutiert hatten?

Barry spürte den Ellbogen seines Anwalts. Es musste eine Frage gestellt worden sein. »Auf der Grundlage des Fünften Zusatzartikels …« Die Befragung zog sich schon über mehr als drei Stunden hin, Barry war erschöpft und unreguliert, und irgendwie war er gedanklich bei den Anfängen mit Seema gelandet.

Sechs Monate nach ihrem ersten Date hatte sie für ihn eine Überraschungsparty zu seinem Geburtstag gegeben. Sie waren noch nicht zusammengezogen, auch die Wohnung am Madison Park war noch nicht gekauft. Er lebte in dem unsanierten, möbelfreien Loft in Tribeca, das Seema »den Hangar« genannt hatte. Als er zu später Stunde von der Arbeit heimkehrte, fand er all seine Freunde vor – seine Geschäftspartner, ein paar Bros aus den Tiger-Inn-Tagen in Princeton, ihre glitzernden Ehefrauen, insgesamt etwa hundert Leute –, die wie im Film »Überraschung!« brüllten.

Barry hatte sofort eine Panikattacke. Er hasste Überraschungen und verbrachte tatsächlich fünf Minuten im Bad, wo er seine Freundschaftssätze für diese nicht vertraute Situation frisch kalibrierte und neue Sprüche und Dialoge einübte. Doch als er sich allmählich an die Party gewöhnt hatte, empfand er Dankbarkeit. Nie zuvor hatte jemand für ihn eine Überraschungsparty zu seinem Geburtstag organisiert. Layla hätte schon über die bloße Idee gespottet, über die unnötige Heimlichkeit und Verschwendung. Aber Seema hatte es allein für ihn getan. Da sie es sich von ihrem Gehalt nicht leisten konnte, Cateringpersonal anzuheuern, hatte sie eigenhändig zweihundert taiwanesische Bao-Burger von einem Lokal im East Village herangeschleppt und dann die kleinen Brötchen, vegetarisch und mit Schweinefleisch, zusammen mit Wannen voller Hühnchen-Tikka und leicht feuchtem Paratha aus einem Laden auf der Lexington serviert. Sie hatte Stunden, wenn nicht gar Tage damit zugebracht, all das ohne jede Hilfe auf die Beine zu stellen, obwohl sie gleichzeitig achtzig Stunden in der Woche arbeitete. Alle Gäste sahen die Mühe, die das gekostet hatte, und betrachteten Barry mit neuem Respekt. Klar, er hatte viele Freunde, doch Seemas sichtliches Engagement überschritt die Grenze zum Unerwarteten. Barry wurde geliebt. Zwischen einigen Paaren im »Hangar« gab es noch kleine Glutnester von

Restliebe, doch die meisten Beziehungen standen im Dienste der Pflicht und des dynastischen Reichtums. »Du musst dieses Mädchen heiraten«, schrie ihm Akash Singh ins Ohr. »Weißt du noch, wie du dem ganzen Team gesagt hast, wir sollten keine Schlampen mehr treffen, sondern heiraten? Jetzt mach du das Richtige!«

Im Verhörsaal hatte Barry mit einem Mal das Gefühl, alle würden ihn ansehen. Er merkte, dass seine Finger wie die von Jonah zuckten, der Daumen tippte in rascher Folge an die anderen vier Finger, vor und zurück, vor und zurück.

Zwei Wochen nach der Aussage traf er Seema. Er hatte sich im Mandarin Oriental einquartiert und versuchte, alles Grün des Central Park draußen vor dem Fenster in sich aufzusaugen für den Fall, dass er die nächsten zehn Jahre im Gefängnis verbringen musste. Vielleicht hätte er mit seinem falschen Pass nach Belize fliehen sollen. Sie wollten ihn kriegen. Wie könnten sie auch nicht? Princeton, Goldman, Hedgefonds. Welches Gericht in wenigstens vier der fünf Bezirke würde ihn da nicht schuldig sprechen? Vor Kurzem war ein kleiner Portfolio-Manager wegen Insider-Handel, ebenfalls im Segment Pharmaindustrie, zu einer neunjährigen Gefängnisstrafe verurteilt worden. Und Barry leitete den gesamten Fonds.

Doch zu seiner Überraschung, nein, es war ein *Schock*, begnügte sich die Börsenaufsicht mit 4,5 Millionen Dollar, und die Bundesanwaltschaft beschloss, keine Klage zu erheben.

Er hatte nicht einmal die Kraft zu lachen, als man es ihm mitteilte. In der Anwaltskanzlei Paul, Weiss hätte er am liebsten alle umarmt. Viereinhalb Mille, das war nichts, selbst wenn This Side of Capital kurz vor der Pleite stand und Klagen von Investoren am Horizont drohten. Und die Börsenaufsicht hatte ihm nicht untersagt, zukünftig mit den Leuten aus seinen Fonds zusammenzuarbeiten, nicht einmal für ein, zwei Jahre. Er musste nicht einmal irgendein Fehlverhalten eingestehen; er musste lediglich das Geld auf den Tisch legen. Was hatte ihn gerettet? Sein Ruf? Die Tatsache, dass er in diesem Amtszimmer wie ein besonders erbärmlicher Basset ausgesehen hatte? Die Tatsache, dass seine Anwälte wieder und wieder betont hatten, er habe ein »Kind mit besonderen Bedürfnissen«? Er würde nicht ins Gefängnis gehen. Er würde nicht in ein Scheißgefängnis gehen! Barry Cohen war frei. Er lief zurück ins Mandarin Oriental und klappte auf einer Bettcouch zusammen. Sie konnten ihn nicht belangen. Er war ein respektables Mitglied der Gesellschaft, und wer anders dachte, begriff nicht, wie dieses Land funktionierte. In derselben Nacht, als er sich mithilfe des Zimmerservices betrank, schickte er Seema eine E-Mail mit dem Betreff: »Lass uns reden.«

Sie trafen sich auf der Schafswiese im Central Park. Barry hatte sich an eine Szene auf dieser Wiese aus dem Film *Wall Street* erinnert, den er als Kind öfter angeschaut hatte. Er hatte seinen Vater angefleht, mit ihm ins Kino zu gehen, denn Jugendliche durften den Film nur in Begleitung Erwachsener sehen. »Eine gute Lektion für das, was passiert, wenn man sich nicht richtig an die Regeln hält«, hatte sein Vater gesagt, nachdem die von Charlie Sheen gespielte Figur verhaftet worden war. Das war damals, als sein Vater noch Demokrat war. Im Film treffen sich die beiden Hauptpersonen bei schwindendem Tageslicht auf der Schafswiese. Sie geraten aneinander. Michael Douglas schlägt Charlie Sheen, es fließt Blut. Barry erinnerte sich, dass er jedes Mal atemlos zugesehen hatte, wenn der Hieb landete.

Barry stand mitten auf der leeren Wiese und betrachtete die neuen bleistiftschlanken, neunzig Etagen hohen Wohntürme, die an der Billionaires' Row hochgezogen worden waren, um Russen und Malaysiern bei der Geldwäsche zu helfen. Nach einem kurzen Schauer schien jetzt wieder die Sonne, und Dunst stieg von der Wiese auf.

Seema lief durch das Gras. Sie trug einen neuen Burberry, den Gürtel eng um die Taille gezurrt. Sie hatte eindeutig abgenommen. Barry erkannte sofort, dass ihr zweites Kind nicht mehr in ihr war, und spürte plötzlich und unerwartet einen tiefen Verlust.

Sie war wunderschön. So rundum wirkungsvoll in ihren hellen Regenmantel gehüllt. Ihre erschütternd strahlende Haut, das Schimmern ihrer dunkelbraunen Augen, der wabernde Nebel zu ihren Füßen, das Ende der langen heißen Jahreszeit. Sie waren in einem Film, und sie war der Star.

Schweigend sahen sie einander an. »Hey, Barry«, sagte sie schließlich. »Wie geht's dir?«

»Hast du das Häschen in der Springschachtel bekommen?«, fragte er. Nachdem ihm der Koffer mit dem Geschenk für Shiva geklaut worden war, hatte er ein neues Häschen gekauft.

»Ja. Danke.« Ihre Stimme klang rau, als hätte sie in der Nacht zuvor getrunken. War sie wegen ihres Treffens womöglich ebenso nervös wie er?

»Das Häschen springt zu schnell aus der Schachtel«, sagte sie. »Das macht ihm Angst.« Ihre Stimme bebte leicht. Nun war er sich sicher: Sie *war* seinetwegen nervös. Er wollte ihr hundert Millionen Dinge sagen, wusste aber nicht, wo er anfangen sollte.

»Du musst den Deckel festhalten und den Hasen nur langsam raushüpfen lassen«, sagte er schließlich. »Entschuldige. Ich sollte dir keine Erziehungstipps erteilen.«

»Der Hase ist süß«, sagte Seema. »Shiva gefällt die orangefarbene Karotte. Wenn du ihm das nächste Mal etwas schenken willst, dann vielleicht ein Spielzeug, das ein W drauf hat.«

Wieder Schweigen. Der Wind blies ihnen kleine feuchte Nadelstiche ins Gesicht. »Wenn unsere Therapeutin hier wäre«, sagte Barry, »würde sie fragen: ›Wo führt das hin?‹«

»Wo führt es hin?«, wiederholte Seema.

»Warum hast du das getan? Das Video.«

Seema zuckte mit den Schultern. »Weiß nicht. Zum ersten Mal im Leben habe ich etwas gemacht, ohne abzuwägen. Menschen wie ich und du denken immer nur an die Konsequenzen. Praktisch vom Tag unserer Geburt an. Und guck dir doch unser Scheißleben an.«

»Diese viereinhalb Millionen hätten Shiva zugutekommen können. Es hätte viel schlimmer ausgehen können. Ich hätte im Gefängnis landen können.«

»Ich hatte das im Gefühl, dass du mit einer Verwarnung davonkommst.«

»Bist du jetzt Expertin für Kapitalmarktrecht?«

»Ich bin Expertin dafür, wie diese Welt mit Barry Cohen umgeht.«

»Er hätte einen Vater im Gefängnis haben können.«

»Wie oft siehst du ihn, wenn du nicht im Gefängnis bist?«

Barry setzte sich ins feuchte Gras. »Punkt für dich«, sagte er.

»Du wirst Grasflecken bekommen«, sagte sie wegen seiner teuren Hose. Er hatte sich für sie fein angezogen.

Barry erwärmte sich an ihrem freundlichen, beinahe mütterlichen Hinweis auf mögliche Grasflecken. »Erinnerst du dich«, sagte er und schaute zu ihr hoch, »als du damals in der Franklin Street die Überraschungsparty für mich gegeben hast? Das war das Netteste, was irgendwer je für mich getan hat. Du musst damals etwas an mir geliebt haben. Du musst gedacht haben, dass ich *Fantasie* habe. Humor. Irgendwas.«

Sie setzte sich neben ihn und schlang den Regenmantel so um ihre spitzen nackten Knie, dass er sie begehrte. Alles, was sie tat, hatte ein Echo in den vergangenen fünf gemeinsamen Jahren. »Meine Therapeutin meinte, ich solle mich nicht in so ein Gespräch mit dir hineinziehen lassen«, sagte sie. »Aber ja, ich habe damals so manches an dir geliebt.«

»Was zum Beispiel?«

»Mir gefiel, dass du allein sein wolltest. Du warst immer gesellig, aber du wolltest lieber für dich sein oder vielleicht mit deinen Uhren. Ich dachte, du wolltest dich vielleicht mit mir in eine stille Welt zurückziehen. Weil ich ja auch so etwas wie eine Einzelgängerin bin.«

Barry gefiel, wohin dies führte. Auch sie war eine Einzelgängerin. Er hatte diesen Gedanken nie geäußert, aber ja, er stimmte. Sie hatte, hm, vielleicht *eine* gute Freundin? Alle anderen waren eher Facebook- und Instagram-Kontakte. Sie sprachen so ruhig miteinander, so friedlich. Es war schwer zu glauben, dass eine von ihnen den anderen beinahe verraten und verkauft hatte.

»Ich bin mit dem Bus durchs Land gefahren und habe jemanden kennengelernt«, sagte Barry. Die Art, wie sie ihn mit zusammengekniffenen Augen ansah, zeigte ihm, dass es ihr noch etwas ausmachte. »Einen Jungen«, erklärte er.

»Aha?«

»Einen neun Jahre alten Jungen. Er hat mich so sehr an mich erinnert. Er liebt Züge und Landkarten. Habe ich dir je von Lake Success erzählt?«

»Meine Eltern sind bei uns eingezogen«, sagte Seema.

»Das ist okay.«

»Meine Mutter hasst dich.«

»Hasst du mich?«

»Ja«, entgegnete sie. Plötzlich berührte sie seine rote, zu scharf rasierte Wange, als versuchte sie, das Ausmaß seiner Dummheit und Aufrichtigkeit zu verstehen. »Das stimmt aber nur zum Teil«, sagte sie und zog die Hand wieder weg. »Ich meine, ich empfinde noch anderes für dich. Und außerdem musst du mich doch auch hassen.«

Barry spürte der Wärme ihrer kurzen Berührung nach. »Ich hasse, was du getan hast«, sagte er. »Warum hast du es mir nicht gesagt? Warum musstest du dich an das FBI wenden?«

»Ich wollte, dass du dich zu etwas bekennst. Zu jemandem.«

»Zu dir?«

»Nein, zu jemand anderem.«

»Wir waren doch in Therapie.«

»Das ist nur eine Methode, sich zu trennen.«

»Und du wolltest nicht, dass wir uns trennen.«

»Ich wollte, dass du für Shiva ein Vater bist.«

»Ich glaube, heute kann ich das. Ich glaube, diese Reise hat mich zum Vater gemacht.«

Seema lachte. »Mann fährt mit dem Bus durchs Land und entdeckt, er ist Vater. Du bist so ein verdammter Psycho.« Eine der ersten Sachen fiel ihm ein, die sie je zu ihm gesagt hatte, als sie ihn auf dieser Bloomberg-Party dabei ertappte, wie er sie anstarrte. »Alles klar, Psycho.«

»Weißt du, was verrückt ist?«, fragte er. »Ich finde das hier gerade irgendwie nett.«

»Tja, besser nicht. Wir müssen einen Weg finden, die Sachen aufzuteilen.« Sie sah seinen Gesichtsausdruck. »Nein, Barry, es ging nicht immer um dein Geld. Ihr Leute seid so empfindlich, was das angeht.«

»Ihr Leute?«

»Du hast Fantasie, Barry. Es tut mir leid, dass ich das gesagt habe.«

»Warum gehst du nicht mit mir was trinken?«

»Ganz schlechte Idee.« Wie sie das gesagt hatte, ohne jeden Groll oder Ekel, wie ihre schimmernden Knie immer wieder unter dem Regenmantel hervorspitzten, wie sie nebeneinander im feuchten Gras saßen und sich beinahe berührten – Barry war von Hoffnung durchströmt. Er würde nicht ins Gefängnis gehen. Und nun würde er sich seine Familie zurückholen.

»Nur auf einen Drink«, sagte er. »Wir gehen in die Center Bar oben am Columbus Circle. War das nicht eines unserer Stammlokale?«

»*Stammlokal?* Wir hatten Stammlokale?«

»Nur auf einen Drink. Ich weiß, dass du nach einem aufhören kannst.«

Sie lachte. Er meinte, einen Rotweinfleck auf einem ihrer Schneidezähne zu erkennen. War sie schon ein bisschen beschwipst?

Oben in der Center Bar tranken sie jeder drei Blood and Tears, um das Ende des Sommers zu feiern, Zitrone und Gewürze spülten ihre Gaumen. Unten auf dem Platz stand Christoph Kolumbus auf seinem hohen Sockel, in Augenhöhe mit ihnen, doch er blickte hinunter auf die Hedgefonds-Büros im Süden, als suchte er außer einer schnelleren Passage nach Indien auch nach dem Alpha-Faktor. Sie lachten und versuchten, einander nicht allzu lange anzusehen, doch allmählich wurden sie betrunken. Er erzählte von seiner Reise, verschwieg dabei Layla; sie erzählte über ihre Zeit in New York, verschwieg dabei Luis. Als die Sonne hinter Kolumbus unterging, als größere Romantik in greifbare Nähe rückte, behauptete sie, sie müsse Shiva zur Ergotherapie bringen, zu dieser Tageszeit eine Lüge, wie er wusste. Sie gab ihm ein Abschiedsküsschen auf die Wange. Es war wieder der 16. November 1987, als er zum ersten Mal überhaupt geküsst wurde. Rosalie Lupo in der Zwanzig-Uhr-fünfzehn-Vorstellung von *Noch drei Männer, noch ein Baby* in der Douglaston Mall, während sein Vater auf der Veranda mit Schäferhündin Luna wütend auf ihn wartete und sich wahrscheinlich fragte, wie es wäre, wenn sein Sohn ihn für immer verließe.

Sie fingen an zu daten. Er wusste, es geschah unter Vorbehalt, und der Vorbehalt war, dass er sich für Shiva als Vater erweisen musste. Eine Weile ließen sie es langsam angehen, nur starke, bittere Macchiati morgens um sieben unter den Medien- und Start-up-Leuten bei Irving Farm Coffee Roasters am Irving

Place, Barry war mit Abstand der Älteste im Café, oder Spaziergänge am herbstlich rauschenden Hudson, oder einen Hot Dog in diesem neuen Lokal, das Seema entdeckt hatte, Old Town Bar hieß es und war schummrig und romantisch. Er verließ das Mandarin und quartierte sich im Gramercy Hotel ein, um in ihrer Nähe zu sein, allerdings musste er weiterhin ihrer Mutter aus dem Weg gehen, was dem Ganzen eine Art sexuellen Reiz verlieh. *Sie hatten Heimlichkeiten.* Außer dass Seema ihm keinen Sex mit ihr erlaubte. Wieder hatte er das Gefühl, er müsse erst unter Beweis stellen, dass er für Shiva wahrhaftig ein Vater sein könnte. Andererseits brachte sie Shiva nie mit. »Ich möchte meinen Sohn sehen«, hatte er einmal leidenschaftlich gesagt, obwohl er eigentlich zu ängstlich war, sich mit dem Jungen zu treffen und ihn mit all seinen Schwächen zu erleben. »Bald«, hatte sie ihm versprochen. Und wieder ein Abschiedsküsschen auf die Wange. Wenigstens ließ sie zu, dass er ihre Hände hielt. Als sie in dieser Old Town Bar saßen, die Hände verschränkt, leere Biergläser vor sich, waren sie so glücklich, wie sie es jahrelang gewesen waren. Barry erzählte wie ein Wasserfall von den nichtsexuellen Erlebnissen seiner Greyhound-Tour, sie erzählte von Galerien, Restaurants und Politik, um nicht den ganzen Abend über Shivas zahlreiche Therapien oder das erniedrigende Zusammenleben mit ihrer Mutter zu reden. Manchmal ertappte er sie dabei, wie sie sich mit verträumtem, jungem Gesicht im wandhohen Spiegel hinter dem Tresen betrachtete.

Im Oktober wurde ein altes Video bekannt, auf dem Trump, noch immer Präsidentschaftskandidat, sagt, er greife attraktiven Frauen gern zwischen die Beine. Allgemein herrschte die Auffassung, dies müsse das Ende seiner Kandidatur bedeuten. Seema und Barry gingen in ihren Lieblingsitaliener, der sich zufällig auch im Gramercy befand, wo sie zur Feier des Tages Spanferkel und drei Flaschen Barolo bestellten. Sie fühlten sich mutig genug, an einem Fenstertisch zu sitzen, obwohl Barry einmal Seemas Mutter in ihrer Jogginghose durch den Gramercy Park hatte laufen sehen, wobei sie gleichzeitig etwas in ihr Handy schrie.

»Fass mich an die Muschi«, flüsterte Seema, als er die Rechnung beglich, und beide lachten sich tot, doch irgendwie war es auch gefährlich und sexy, ihre Augen waren feucht und geil; also beschloss er, ihr zu Willen zu sein, und schob die Hand unter den Tisch, doch sie bremste ihn im letzten Augenblick. »Bitte«, sagte er. »Komm doch eine Minute mit auf mein Zimmer. Wir müssen ja keinen richtigen Sex haben. Lass mich dich einfach lecken.« Seema sah nachdenklich aus, als ziehe sie es in Betracht, hielt aber noch immer seine Hand unter dem Tisch in Schach. »Ich möchte wirklich Shiva sehen«, flüsterte Barry, um sein Anliegen voranzutreiben; was er *wirklich* sehen wollte, war ihr in die Luft gereckter Arsch, doch am Ende ließ sie nur zu, dass er sie für gut zehn Sekunden auf den Mund küsste (er zählte mit). Nach all seinen sexuellen Abenteuern in diesem Sommer fand Barry nichts schärfer, als seine Ehefrau auf den Mund zu küssen.

Schließlich arrangierte sie ein Wiedersehen mit seinem Sohn. Sie trafen sich im Gramercy Park. Barry hielt einen riesigen silbernen Ballon in der Hand, der auf beiden Seiten ein großes W aufgedruckt hatte. Sein Sohn sah absolut genauso aus wie vor seiner Abreise, sein Blick leer, jenseitig, verständnislos. *Häschen*, versuchte Barry in das Denken des Junges zu projizieren, als der auf ihn zulief. *Ich liebe dich, mein Häschen. Komm zu mir.*

Doch Shiva achtete überhaupt nicht auf seinen Vater, vielmehr folgte sein Blick dem riesigen schwebenden W über ihm. »Hier, für dich«, sagte Barry, als er sich zu ihm hinunterbeugte. »Daddy ist wieder da. Daddy ist wieder da und hat dir ein W mitgebracht.« Shiva griff nach der Schnur des Ballons, doch der

Herbstwind trieb ihn davon, sodass der Junge ihm im kleinen Park hinterherjagte. Barry hatte keine Umarmung erwartet, doch dass Shiva ihn nach fast vier Monaten Abwesenheit nicht einmal wahrnahm, war schwer zu ertragen.

»Sieh mal, wie gut er jetzt rennen kann«, sagte Seema, als sie dem Jungen um die gepflegten Sträucher, uralten Eichen und überdimensionierten Vogelhäuschen in dem Privatpark folgten. »Ja, das ist schon toll«, sagte Barry, der seine Verletztheit verbarg. Sie schob ihre Hand in seine und sah lächelnd zu ihm auf. Plötzlich waren sie eine Einheit. Der Sommer war hart gewesen, doch nach Trumps Pussy-Affäre zeigte *FiveThirtyEight*, dass Hillarys Chancen deutlich besser standen. Für das Land und die Cohens würde alles gut ausgehen. Barry rannte voraus und fing den Ballon für Shiva ein. Sein Sohn lächelte das W an und fuhr mit dem Finger über den Buchstaben. Barry stellte sich vor, das Lächeln gelte auch ihm.

In der nächsten Woche war er in seine eigene Wohnung eingeladen. Zu diesem Anlass zog er seinen besten Anzug an, den mit feinem Karomuster und doppelt belüftetem Rücken, falls er vor lauter Nervosität zu schwitzen anfing, und brachte eine halbe Stunde damit zu, seine Haare über eine kleine, aber wachsende kahle Stelle zu drapieren. Er hatte es satt, im Hotel zu wohnen, und wollte sich sein Zuhause zurückerobern. Er wusste, was er tun musste. Er würde dem Häschen das Schwimmen beibringen.

Er kaufte für Seemas Vater die teuerste Flasche Talisker, die er finden konnte, dreißig Jahre alt aus einer limitierten Ausgabe. Er ging zu Kalustyan's auf der Lexington Avenue, wo er einen Geschenkkorb mit irgendwie indischen Gewürzen für Seemas Mutter besorgte.

Seine eigene Wohnung zu betreten war seltsam. Wie üblich waren die Lampen gedimmt, wegen Shivas Empfindlichkeit, doch etwas Neues hing in der Luft, die enge Verbindung dreier

Generationen, der scharfe Geruch indischer Gerichte. Er ahnte, dass ihre Köchin Mariana gefeuert worden war.

Seemas Vater umarmte ihn und schien hocherfreut über den mitgebrachten Whiskey. Ihre Mutter hob wortlos den Korb mit den indischen Gewürzen hoch, als sollte man sie besser wiegen als tatsächlich zum Kochen verwenden. Seemas Vater trug seine alte Weste mit dem Aufdruck THIS SIDE OF CAPITAL; die Mutter hatte einen Pullover aus dem letzten Jahrtausend angezogen. »Hallo, Mr. Barry«, sagte Novie, ohne ihm in die Augen zu sehen. »Ich hole jetzt Shiva für Sie.« Das »Mr.« war neu und deprimierend. Er war bloß noch ein Staatsgast.

Seine Schwiegermutter saß auf einem kleinen Hocker vor dem Kamin und sah starr hinunter auf eine Stelle des Fischgrätenparketts, als hätte man sie selbst mit Autismus diagnostiziert. Ihr Hass auf Barry war geradezu komisch. Er hatte noch nie irgendwen so sehr gehasst wie sie ihn. Wahrscheinlich konnte er nicht einmal so viel Abneigung aufbieten. Sein ganzes Leben war darauf ausgerichtet, Freundschaften zu schließen.

»Weißt du was?«, sagte Barry zu Seemas Mutter. »Der Lavendel, den ich dir mitgebracht habe, soll entspannend wirken.«

Seemas Mutter hob den Kopf und sah geradewegs über Barrys linke Schulter hinweg. Er war überzeugt davon, dass gleich eine unschuldige Vase in ihrer Blickachse zerspringen würde.

»Du hast eine lange Reise gemacht, haben wir gehört!«, sagte Seemas Vater.

»Ich musste einfach ein paar Pensionsfonds persönlich treffen«, entgegnete Barry. Seemas Mutter schnaubte bei dieser Lüge. Seemas Gesichtsausdruck konnte er nicht richtig deuten. Bestenfalls war er wolkig. »Jetzt bin ich wieder da. Für immer. Ich habe meine Familie vermisst. Die Familie ist alles.«

Wie aufs Stichwort führte Novie Shiva ins Wohnzimmer. Der Junge lief auf der Stelle zu seinem Großvater, und die beiden spreizten ihre aneinandergelegten Finger zu Ws. Barry war verblüfft, wie sehr der Junge mit Seemas Vater verbunden war, und zugleich traurig, dass ihm nicht Ähnliches gelang. »Wisst ihr was?«, verkündete er allen, hauptsächlich jedoch Seemas Mutter. »Ich werde Shiva das Schwimmen beibringen! Ich habe im Internet gelesen, dass schwimmen Kindern mit seinem Profil wirklich helfen kann.« Shiva und der Großvater hatten nun ihre Ws voneinander gelöst und ließen das Licht durch die flatternden Finger strömen. »Oh«, sagte Barry. »Ich wusste gar nicht, dass wir so was tun dürfen. Wie heißt das noch? Verstärken stereotypen Verhaltens?«

»Shiva«, sagte Novie. »Warum spielst du nicht mit deinem Vater?«

»Ja. Auch ich kann mit den Fingern ein W machen!«, sagte Barry.

Doch der Junge wollte dem Großvater nicht von der Seite weichen. »Guck mal, Shiva«, sagte Barry. »Guck mal, was ich mitgebracht habe!« Und er nahm die Tri-Compax vom Handgelenk. »Uhr! Daddys Uhr. Uh-wuh-wuh-wuh-wuhr.«

Endlich ging Shiva zu seinem Vater. Er hatte noch den süßen Ahornsirupgeruch der Kindheit an sich, vielleicht hatte der sich sogar verstärkt. Dunkles Haar fiel ihm über die hohe Stirn. Seine Zähne waren perfekt weiß und standen gerade. *Scheiße, was für ein hübsches Kind.* Seine Diagnose war einfach nicht fair. »Uh-wuh-wuh-wuhr!«, sagte Barry immer wieder und baute ein »W« in das Wort ein.

Das Kind nahm die Uhr und schüttelte sie, als wollte es den Sekundenzeiger in Bewegung setzen, und begann zu weinen. »Sie ist kaputt«, sagte Barry. »Aber Daddy bringt das in Ordnung. Daddy bringt sie in einen Laden.« Doch Shiva, todunglücklich, weinte weiter. Er ließ die Uhr fallen und rannte an

Novie vorbei in einen der höhlenähnlichen Flure, als wollte er dem Licht, den Geräuschen und Barry entkommen. »Tja. Sieht so aus, als könnte ich eine Menge vom Opa lernen«, sagte Barry.

»Ich würde meine Erkenntnisse gern weitergeben«, sagte Seemas Vater in seiner üblichen formellen Art. Währenddessen wanderte Seemas Blick von ihrem Vater zu ihrem Mann und zurück. Als sie lächelte, kräuselte sich ihr Kinn auf eine nicht besonders attraktive Weise, doch das war hoffnungslos echt, wie ein Tor zu ihrem zukünftigen älteren Ich. Sie lächelte ihn an, als sie ihn nun zur Wohnungstür begleitete. »Ich weiß, das war nicht leicht für dich mit meiner Mutter«, sagte sie. »Aber du hast dich tapfer geschlagen.« Somit waren sie jetzt beide gegen ihre Mutter vereint. Barry hätte sich keine bessere Entwicklung vorstellen können. An der Tür ließ sie ihn ihren Hintern in der knappen Jeans drücken, als sie ihn küsste, und je mehr er drückte, umso leerer und verliebter fühlte er sich. Mein Leben beginnt wieder, dachte Barry. Ich komme nicht ins Gefängnis. Wiedergeboren. Wiedergeboren.

Am Wahltag gab Joey Goldblatt vom Icarus Capital Management eine Party in seiner zweistöckigen Wohnung am Central Park West Nummer 15. Es gab zwei Tresen an den entgegengesetzten Enden der Tausendfünfhundert-Quadratmeter-Fläche, an dem einen wurde Nasty Woman ausgeschenkt, eine Lemon-Wodka-Mischung, und am anderen Bad Hombre, ein Drink auf Tequila-Basis. »Es gefällt mir nicht, dass beide Drinks auf Trump-Zitate anspielen«, schrie Seema, um den Lärm der Partygäste und die Stimmen der Sprecher der Kabelsender zu übertönen, die aus den Lautsprechern dröhnten. »Als ob bei dieser Wahl nur zählt, was er sagt.«

»Wenn das Ergebnis aus Florida kommt, wird er gar nichts mehr zählen«, schrie Barry zurück, und sie küssten sich leidenschaftlich. Hillarys Sieg schien den Deal nicht nur für ihr Land, sondern auch für ihre Beziehung zu besiegeln. Er baute darauf, heute Nacht mit seiner Frau Sex zu haben.

»Nehmt euch ein Hotelzimmer, wenn ihr so geil seid!«, rief Joey Goldblatt.

»Genau das ist der Plan!«, rief Barry zurück. Joeys letzte Scheidung war gerade durch, und er war besonders gut gelaunt. Immer wieder erzählte er den Leuten, er habe für Gary Johnson gestimmt, weil er Hillary ebenso verabscheue wie Trump, auch wenn ihm gefiele, dass Letzterer »das Steuersystem vereinfachen« wolle.

Später am Abend sah Barry Seema mit den anderen Hedgefonds-Frauen reden. Sie mussten die Gerüchte gehört haben, dass sie ihn verraten hatte, aber Seemas gute Stimmung und ihre Tapferkeit ließen vermuten, die Ehe sei in bester Ordnung. Er hörte sie sogar sagen, sie überlege, einen Job in einer Anwaltskanzlei anzunehmen, was ihm völlig neu war. Ihm gefiel der Gedanke, dass sie für Shiva da war, aber sollte sie wieder arbeiten wollen, würde er sie auch dabei unterstützen. Wenn Hillary es schaffte, warum nicht auch sie? Sie lebten in einer neuen Welt. Die meisten jungen Frauen auf dieser Party waren die zweite oder dritte Ehefrau ihres Mannes, und Barry war stolz darauf, dass er mit der Heirat beinahe bis zu seinem vierzigsten Geburtstag gewartet hatte, er würde bis an sein Lebensende nur eine einzige Ehefrau haben.

Er traf auf einen ehemaligen Investor von This Side of Capital, der keine rechtlichen Schritte gegen ihn unternommen hatte, und mit der Hand auf dem Herz erzählte Barry ihm von seiner Fahrt quer durch Amerika im Greyhound und wie sehr ihn diese Reise »geläutert« habe. Der Investor war ein betrunkener junger Chinese, ein Typ wie Jeff Park, und er war sehr empfänglich für Barrys neues Narrativ, auch wenn Barry ihm am Ende des Gesprächs fünfzig Riesen für eine neue Organisation versprechen musste, die mehr asiatischen Amerikanern in Regierungsämter helfen wollte.

Er ging durch den Raum, berichtete von seiner Greyhound-Reise und davon, dass ihm dabei die Augen geöffnet wurden, er verpflichtete sich, Geld für verschiedene gute Zwecke zu spenden, und bei jedem Menschen, mit dem er sprach, hörte er seine Präsentation perfekter werden. »Ein einäugiger Mexikaner ist an meiner Schulter eingeschlafen, und der Bus wäre beinahe in einem Graben gelandet.«

»Ist nicht wahr!«

»Und so ein *wunderschönes* schwarzes Mädchen in Mississippi, na, sagen wir, ich musste sie bremsen, ehe die Sache außer Kontrolle geriet. Aber sie war sehr süß. Ich habe mich geläutert gefühlt.«

»Du bist echt verrückt, weißt du das? Hey, Glückwunsch übrigens, dass du dem FBI entkommen bist!«

»Ja, wir dachten schon, du müsstest Joeys Fußfesselclub beitreten!«

»Ihr seid einfach die Härte!«, sagte Barry und prostete ihnen mit seinem Bad Hombre zu. Bei der achten Person hatte er diesen Geistesblitz, einen neuen multistrategischen Fonds aufzulegen. Vielleicht sollte er ihn Last Tycoon Capital oder so ähnlich nennen. Lustig, wenn es ein weiterer Fitzgerald-Titel wäre.

Als die ersten Ergebnisse eintrudelten, entdeckte er, dass Seema von einem großen Emerging-Markets-Typen angemacht wurde, der eine glänzende neue Rolex GMT in Weißgold am Arm trug, und zog sie nicht ganz so sanft weg. Der Typ stöhnte tatsächlich auf, als er Seema davongehen sah, und das machte Barry scharf. Sie standen an einem Fenster; der Park unter ihnen war ein dunkler geheimnisvoller Ort, umgeben von den Lichtern der wichtigsten oder zweitwichtigsten Stadt der Welt, je nachdem, wie man die Auswirkungen des Brexit auf London einschätzte. Die historische Bedeutung dieses Augenblicks erwies sich als überwältigend. »Weißt du«, sagte Barry zu seiner Frau. »Ich gehe sehr gern mit dir aus, aber Shiva fehlt mir, selbst wenn ich ihn nur einen einzigen Tag nicht sehe.« Irgendwie glaubte Barry seine eigenen Worte. Sie küssten sich. In Seemas Mundwinkel hatte sich ein klein wenig Spucke gesammelt. Das störte ihn ein bisschen. »Ich finde deine Idee toll, wieder zu arbeiten«, sagte er. »Am Anfang unserer Beziehung habe ich dich sehr gern im Hosenanzug gesehen.«

»Du bist ein bisschen bezecht«, sagte Seema. *Bezecht.* Das sagte ihre Freundin Tina oder Lina aus Brooklyn immer. Die hätten sie einladen sollen, doch sie war sicher auf so einer Hipster-Party in Brooklyn. Sie küssten sich feucht.

»Ich möchte nicht allzu lange von Shiva weg sein«, sagte sie. »Jede Minute zählt.«

»Du bist so eine gute Mutter.« Jetzt war Barry wirklich betrunken. »Ich weiß, du magst es nicht, wenn ich darüber rede, aber ich habe auf meiner Greyhound-Tour so viele schlechte Eltern gesehen.«

»Halt die Klappe, Barry. Nicht schon wieder der Bus. Küss lieber weiter.«

Es ging ganz schnell. Die Energie im Raum schwand. Hauptsächlich die weibliche Energie. Etwa die Hälfte der männlichen Gäste waren insgeheim Trump-Anhänger – viele hofften auf Steuererleichterungen –, aber die Frauen standen alle auf derselben Seite. Die Leute drängten sich um die Bildschirme, auf denen CNN und MSNBC lief. Der südlichste Staat des Landes wurde mit zunehmender Dringlichkeit genannt. »Florida.« »Florida?« »Florida!«

»Nein, ist schon okay, wenn wir Florida verlieren!«, rief Barry. »Die Firewall, auf die müssen wir achten. Pennsylvania! Michigan!« Er hatte seine Hausaufgaben gemacht, aber alle anderen auch. Der Barkeeper konnte die Nasty Women gar nicht schnell genug mixen, als ob das helfen könnte. Seema lächelte, doch er bemerkte, dass sie schwer atmete. Ihre Reaktion – Kampf oder Flucht – war nicht gerade ideal. Er rieb immerzu ihre Hand und küsste sie auf die Wange. Er war sich nicht sicher, wen von beiden er zu beruhigen versuchte.

Gegen zehn Uhr am Abend schob sich der Zeiger der *New York Times* von »wahrscheinlich« Clinton auf »Tendenz« Clinton auf »ungewiss« auf »wahrscheinlich« Trump auf »sehr wahrscheinlich« Trump.

Die Börsenkurse stürzten ab. »Gott sei Dank haben wir eine Menge Short Options, eine Menge Sicherungsgeschäfte«, schrie ihm Joey Goldblatt entgegen. Barry wollte, er hätte noch einen Fonds, um den er sich Sorgen machen könnte – This Side of Capital war so gut wie aufgelöst –, zumindest würde ihn das ablenken von dem, was gerade geschah, und er müsste sich ein Maßnahmenpaket für den nächsten Morgen überlegen. Er dachte an Trump, der sich über einen Behinderten lustig gemacht hatte, diese nachgeahmten Zuckungen. Nein, das durfte nicht geschehen. Er hatte den Liberalen immer einen Schuss vor den Bug geben wollen, weil sie alle, die nicht ihrer Meinung waren, »Faschisten« nannten – selbst Liberale wie seine Frau. Aber jetzt?

»Ich will nach Hause«, sagte Seema, auf wundersame Weise wieder nüchtern. Sie drückte fest seine Hand, um ihm klarzumachen, dass sie es ernst meinte. Andere schienen den gleichen Gedanken zu haben. Eine Massenflucht war im Gange. Joey Goldblatt und seine neue Freundin, die aussah wie neunzehn, wollten den Ansturm auf die Aufzüge bremsen, doch in diesem Augenblick brauchten die Leute etwas Vertrautes, ihre Familien, ihre Bediensteten, ihr Zuhause. Barry hatte es schon immer geliebt, in der Nacht mit dem Taxi durch den Central Park zu fahren. Ihm war, als führe man durch einen abgedunkelten Canyon mit gelegentlichen Ausblicken auf die Wolkenkratzer von Midtown – das Leuchten der Zivilisation zum Greifen nah. Aber heute Nacht wirkte die Skyline hohl und leer, in den dunklen Apartments fehlten die russischen und saudischen Besitzer.

»Warum kommst du nicht über Nacht mit zu mir?«, fragte er.

»Nein, ich glaube nicht«, erwiderte sie. »Ich glaube, ich möchte allein sein.«

»Gerade jetzt möchtest du *nicht* allein sein. Wir müssen das gemeinsam durchstehen.«

Es ging hin und her und kam so weit, dass er sie anflehte, bei ihm zu bleiben, dass er sich ihr an den Hals warf wie ein trauriger, notgeiler jugendlicher Verehrer. Sie behauptete, sie müsse am nächsten Morgen ganz in der Früh Shiva zu einer Therapiestunde bringen.

»Du behandelst mich, als wäre es meine Schuld«, sagte Barry. »Wie kann das meine Schuld sein?«

»Es geht nicht immer nur um dich«, sagte sie. »Glaub' mir.«

Er versuchte zu schlafen, aber Sirenen von Rettungswagen heulten und Hubschrauber flapp-flappten, als wäre direkt vor seinem Fenster ein nationaler Notstand ausgebrochen. Barry hatte seine Suite mit Rosen und Pralinen dekorieren lassen, das war kitschig, aber sie sollte merken, dass er ihren Sex nicht für selbstverständlich hielt. Es war heiß im Zimmer, aber Barry rollte sich zusammen, als begänne eine neue Eiszeit. Er wollte das Wahlergebnis nicht auf dem Handy checken. »Hey«, textete er, »sorry, wenn ich zu viel Druck gemacht habe.« Seema schrieb nicht zurück.

Am nächsten Morgen erfuhren sie, dass es stimmte. Donald J. Trump, der zutiefst gestörte New Yorker Geschäftsmann, würde ihr Präsident werden. Barry wollte nicht den ganzen Tag in seiner Suite mit den Kabelnachrichten eingepfercht sein. Er beschloss, durch die Straßen der Stadt zu spazieren, in der

Hoffnung, dass Seema bald auf seine Textnachricht antworten würde. Der Tag war angemessen regnerisch und trübe, und eine Gruppe namens Auburn Seminary verteilte im Washington Square Park Sonnenblumen an traurige New Yorker. Barry stellte sich vor, Paris habe sich womöglich so gefühlt, nachdem die Deutschen in die Stadt einmarschiert waren. NYU-Studenten sangen und weinten gemeinsam. Barry fiel auf, dass ein selbstgefälliges Arschloch ein T-Shirt mit der Aufschrift BERNIE COULD HAVE WON trug. Ein Grüppchen lächelnder Polizisten schien unempfindlich für die Trostlosigkeit um sie herum.

Der Bauernmarkt am Mittwoch auf dem Union Square war in Nebel gehüllt. Lauter Protest formierte sich, und er hörte ratternde Hubschrauber über sich. Junge Leute trugen bunt gemischte Schilder, darauf LOVE TRUMPS HATE, FREE HUGS, POC AND LGBTQPOC LIVES MATTER. Barry erinnerte sich an die Filipina von der Uni in El Paso, die ihn ausgelacht hatte, als er den Begriff »POC«, *person of color*, für Nicht-Weiße benutzte. Er fühlte sich mit den Demonstranten vereint und zugleich weit weg von ihnen. Er erinnerte sich an die Viehwaggons vom Overhead-Projektor in Laylas Holocaust-Kurs. Er fing an, Seema zwanghaft mit Textnachrichten zu überschütten.

»Wir stehen das gemeinsam durch.«

»Wir haben die Mittel dazu und wir haben uns.«

»Shiva wird es gut gehen. Er wird eine bessere Welt kennenlernen.«

»Was habe ich falsch gemacht?«

»Warum lässt du es an mir aus?«

»Manchmal bist du wie deine Mutter.«

»Grundlos gemein und kalt.«

»Tyrannisch und verschlossen.«

»Tut mir leid, habe ich nicht so gemeint.«

»Ehrlich, die Gefühle haben mich übermannt. Du fehlst mir.«

»Letzte Nacht wollte ich unbedingt mit dir schlafen.«

»Ich weiß nicht, wie man das Herz-Symbol macht, aber HERZ HERZ HERZ HERZ HERZ HERZ.«

»Hallo?«

Er saß im Union Square Park auf einer Bank neben schwarz gekleideten Teenagern, die Burritos aßen. Sie stanken nach Hormonen, Zwiebeln und Pot. Es waren Weiße und Asiaten, und sie wirkten ein bisschen alternativ, vielleicht Goths. Alle hatten Knöpfe in den Ohren, waren da und doch nicht da, was für den 9. November 2016 ganz klug schien. Barry stellte sich vor, sie wüchsen wie Geschwister auf, immer füreinander da. Wer könnte so etwas für Shiva tun? Barry?

Diese Kinder unterschiedlicher Herkunft würden bereits auf dem College sein, wenn Trump sein Amt niederlegte. *Falls* er es niederlegte. Ganz egal, was sie machten oder wen sie liebten oder wer sie werden würden, Donald Trump würde zumindest einen Teil ihres Lebens dominieren. Er würde versuchen, sie auf sein Niveau herunterzuziehen. Das war doch sein Ding. Barrys Handy machte *Ping*. Er zerrte es zu rasch aus der Tasche, sodass es auf den Asphalt fiel. Die Kinder sahen ihn an und lachten, gutmütig natürlich, denn es waren reizende Kids, die wahrscheinlich Dungeons & Dragons spielten oder wie die heutige Version davon hieß. Die Nachricht war von Seema.

»Komm um 5 zum Sportstudio. Bring dein Schwimmzeug mit.«

Für Barrys Sportstudio waren zwei unscheinbare Stadthäuser zusammengelegt worden, und im Untergeschoss gab es ein Fünfzig-Meter-Becken, das sie ziemlich für sich hatten. Hier konnte man Schwimmunterricht für Kinder buchen, aber an diesem Nachmittag sah er keinen Lehrer. Barry wusste, was er zu tun hatte. Er musste seiner Frau seinen Wert beweisen. Er musste Shiva das Schwimmen beibringen.

Niemand füllte einen Badeanzug so gut aus wie Seema. Sie war nicht der magere Typ, mit dem die jungen Trader in seinem Büro immer prahlten, die auf Fotos ihrer Freundinnen die Rippen zählten oder irgendwas an den Oberschenkeln hervorhoben, das *Thigh Gap* hieß. Seema hatte kleine Fettröllchen unter den Armen und ebenso am Hintern, und ihre Oberschenkel *berührten* sich, doch ihr türkiser Einteiler kündete von jugendlicher Wärme, der tiefe dunkle Schatten zwischen ihren Brüsten war ehrlich und echt, und er sah die Konturen ihrer großen Brustwarzen. Wenn sie doch nur zu zweit allein im Pool sein könnten, in irgendeinem Pool, in irgendeinem Gewässer.

Aber sie waren nicht allein. Da war der Latino-Bademeister, der kurz vorm Einnicken ins Unbestimmte starrte (wie konnte er es wagen, Seemas Schönheit zu ignorieren?), und sie hatte Shiva mitgebracht, der voll Staunen, das an Schrecken grenzte – sein üblicher Zustand –, auf die steten Kräuselwellen des Wassers schaute. Sein Sohn trug einen albernen Schwimmanzug, der mit rosafarbenen Krabbenschalen übersät war und unter dem eine Schwimmwindel hervorlugte. Seema hielt ihn etwas vor sich, da man ihn nicht folgenlos umarmen konnte, oder zumindest musste man sich den Weg dorthin mit Pferdehaarbürste und unendlicher Geduld erkämpfen. Doch Barry sah, dass der Junge das Wasser ganz grundlegend mochte: Seine braunen Beinchen strampelten an der Oberfläche, er freute sich über die relative Schwerelosigkeit im Wasser, in dem die Grausamkeiten der sensorischen Welt gedämpft waren. »Ab jetzt nenne ich dich Wasserhäschen«, sagte Barry, als er näher an den Jungen in Seemas Arm heranrückte, bis sie so eng nebeneinanderstanden, als posierten sie für ein linkisches Familienfoto.

Seema tauchte ihren Sohn in den Pool und zog ihn rasch wieder heraus. Ein ums andere Mal, bis sein anfängliches Schaudern sich in ein glückliches Kreischen verwandelte. Die Bewegung regulierte ihn. Das würde ein freudiges Ereignis, das Seema niemals vergessen würde. »Shiva, Häschen«, sagte er. »Jetzt bringe ich dir ein bisschen schwimmen bei. Daddy war in der Highschool und im College Schwimmer, und vielleicht wirst du eines Tages auch einer. Guck mal zu.« Er hechtete ins Wasser und schwamm forsch in Sekundenschnelle zum anderen Ende des Pools, machte eine Rollwende und kam zurück zu seiner Familie. Er hoffte, Seema habe seine gute Form beachtet, die anmutigen Fußschläge, die nur minimale Spritzer erzeugten, das Drehmoment seiner Schultern, die kraftvolle halbe Drehung des Halses, wenn er rasch Luft holte. Doch als er auftauchte, wurde ihm klar, dass ihm niemand zugeschaut hatte. Seema tunkte noch immer Shiva ins Wasser, worauf der Junge jedes Mal freudig kreischte.

»Okay«, sagte Barry. »Daddy ist dran.«

Er wollte seinen Sohn nehmen. »Sachte«, mahnte Seema.

»Ich weiß, was ich tue«, entgegnete Barry. »Ich habe erst vor Kurzem einem anderen Jungen das Schwimmen beigebracht.«

»Er ist aber nicht ›ein anderer Junge‹«, sagte sie. Was stimmte. Kaum hatte Barry seine Arme unter Shivas Achseln geschoben, trat der Junge nach hinten aus und schlug mit den Armen nach vorn wie ein verrückt gewordener Delfin. Barry schaute schnell zum Bademeister, ob der gemerkt hatte, dass sein Sohn anders war. Seema ließ ihre Hände unter Shivas Arme gleiten, woraufhin er sich etwas beruhigte.

»Okay«, sagte Barry. »Bleiben wir bei dem, was wir gerade machen. Rauf und runter, rauf und runter, aber jetzt halten dich Mama und Papa *gemeinsam* fest.« Sie nahmen den alten Rhythmus wieder auf, hoben das Kind aus dem Wasser und ließen es hineinsinken, und Barry freute sich, Seemas Hand auf seiner zu spüren, bis das Gleichgewicht erneut hergestellt war und das Kind mit einem Lächeln im Gesicht zur Decke schaute.

Barry hatte zu der Sache nichts an Wert beizutragen. In dieser Familie fühlte er sich genauso einsam wie in der, aus der er stammte, nach dem Tod seiner Mutter. Niemand wollte oder brauchte ihn, nicht die schöne Frau gegenüber, deren Brüste schwer wie Honigmelonen ins Wasser sanken, nicht das Kind ohne Sprache im lächerlichen Krabbenschwimmanzug mit Windel. »Okay«, sagte Barry zu Seema. »Du kannst ihn loslassen.«

»Sicher?«

»Ja!« Er hatte laut genug gesprochen, um den Bademeister aus seinen Träumen zu reißen. »Ja«, wiederholte Barry leise, als Seema das Kind seinem Zugriff überließ. »Guck, das macht Spaß. Spaß mit Daddy. Daddy, der Schwimmer.« Er fing an zu singen: *»We'll have fun, fun, fun, until someone takes something away-yay.«* Er tauchte Shiva immer wieder ins Wasser, wie ein Täufer, und ihm fiel auf, dass der Junge für einen fast Vierjährigen eigentlich recht groß und schwer war. In Barrys Schulter bahnte sich ein Krampf an. Wie konnten Seema und Novie sich nur den ganzen Tag lang um diesen großen Jungen kümmern? Mit jedem Eintauchen wurde ihm bewusst, wie fern er dem ganzen spezialisierten Universum stand, das um Shiva Cohen herum errichtet worden war. Im Schwimmbad roch es nach Salzwasser, sauber und rein, und wenn er sich zu Seema beugte, auch nach ihrem honigsüßen Aroma. Es war an der Zeit, die Dinge in Ordnung zu bringen.

»Okay, Shiva«, sagte er. »Rom wurde auch nicht an einem einzigen Tag erbaut. Du wirst nicht in einer Stunde zu Mark Spitz, aber ich will dir die Grundlagen erklären. Mehr machen wir heute nicht. Keine Sorge. Ich lasse also meine Hände hinunter zu deinem Bauch gleiten und kippe dich sacht auf etwa dreihundertdreißig Grad.«

»Ich möchte nur klarstellen«, sagte Seema, »dass er dich nicht versteht. Ich bin nicht mal sicher, ob *ich* dich verstehe.«

»Ich werde ihn nur etwas anders halten und ihn sanft ins Wasser tauchen«, sagte Barry. »Was ist schon dabei?«

Er zog eine Hand unter Shivas Achsel hervor und legte sie an seine Hüfte. Seine andere Hand schob er auf Shivas warmen Bauch. Der Junge stieß einen kleinen Laut aus, der irgendwie auf dem Buchstaben I basierte, aber anders klang als alles, was Barry je gehört hatte. »*Iiiiiii*«, atmete Shiva aus.

»Keine Sorge, Schatz«, sagte Seema. »Daddy hält dich.« Sie trat näher und streichelte seinen Arm mit ihrer weichen Hand. Barry kippte das Kind weiter, Grad für Grad, und versuchte es in die Position eines Schwimmers zu versetzen, mit dem Kopf voraus, die Arme bereit zum Paddeln und die Füße bereit zum Strampeln. »*Iiiiiiii.*« Zu dem Laut begann die innere Mechanik des Kindes zu pochen wie ein überhitztes Autoteil. »Vielleicht sollten wir ihn herausziehen«, sagte Seema. »Vielleicht ist das genug für heute.«

»So lernt man.« Barry hörte durch den eigenen Mund seinen Vater reden. »Nur noch ein kleines bisschen. Man muss sich was trauen.« Als Shivas Kopf dem Wasser näher kam, strampelten seine Beine verzweifelt. »Genau so«, sagte Barry. »Genau so musst du mit den Beinen schlagen.«

Und Shiva strampelte, sodass sein Körper durchs Wasser schoss, er entwand sich Barrys Griff, und der Laut *Iiiiii* schwebte wie ein vergessener geheimnisvoller Vokal in der Luft. Dann sauste das Kind gegen die unversöhnliche Fliesenkante des Beckens, dessen Marmorschriftzug verkündete: WASSERTIEFE 1 M 50.

Der unnatürlich hohle Klang, als Shivas Kopf gegen die Fliesen knallte, ging Seema und Barry durch und durch, doch nur einer von beiden bewegte sich. Barry stand da mit ausgestreckten Armen, als würden sie Shiva noch immer halten, als Seema ihr Kind zu packen bekam und der Bademeister zu ihnen rannte, durch die Luft sprang, Barry beiseiteschob.

Der klingende Vokal war verstummt. Nur Seema schrie. Sein Sohn lag reglos in ihren Armen, seine sonst üblichen Zuckungen und Ungereimtheiten waren nun eine ferne, willkommene Erinnerung.

Zwei Tage später trafen sie sich am Stuyvesant Square zum letzten Mal. Shiva lag zur Beobachtung im Beth Israel, dem nächstgelegenen Krankenhaus. Barry hatte alles dafür getan, ihn in ein besseres Krankenhaus bringen zu lassen, egal, was es kostete, doch das Problem stellte sich als weniger folgenreich heraus, als sie befürchtet hatten. Shiva war mit viel Glück einer Gehirnerschütterung entgangen. Die Hauptschwierigkeit war die neue Umgebung des Krankenhauses und dass er Angst einflößende Tests durchlaufen musste und mit unbekannten Menschen zu tun hatte. Seema bat so ruhig wie möglich, Barry möge die Krankenhauspflichten ihr, ihrem Vater und Novie überlassen.

Ihre Augen waren verdunkelt wie so oft, aber jetzt lagen sie tief in den Höhlen, und sie wirkte erschöpft. »Egal, was du gerade sagen willst, ich glaube, du solltest dich ausruhen und ein wenig Zeit vergehen lassen«, sagte Barry. Eine Prozession von philippinischen Krankenschwestern des Beth Israel – jede von ihnen sah genau so müde aus wie seine Frau – verließ das Krankenhaus und lief durch den Park.

Aber sie wollte nicht warten. Sie sagte schreckliche Dinge, aber sie sagte sie sanft. Sie sprach nicht von Shiva, eigentlich nicht. Sie sagte im Wesentlichen, sie möge nicht, *was* Barry sei. Nicht *wer*, sondern was. Dass wir in einem Land lebten, das seine schlimmsten Menschen belohne. Dass wir in einer Gesellschaft lebten, in der Schurken die besten Siegchancen hätten. Dass es eine direkte Verbindung gebe zwischen Barry, der mit einem Denkzettel davonkomme, und Trumps Wahlsieg. Vielleicht habe sie auf ihre Weise versucht, Zünglein an der Waage zu spielen, als sie das Sardinien-Video an die Behörden geschickt habe. Doch was habe das bewirkt? Das System sei kaputt. Sie habe es in der Wahlnacht gespürt. Wie könnten Leute, die *nicht* in einem Penthouse an der Central Park West lebten, überhaupt noch an *irgendetwas* glauben? Warum sollten sie sich überhaupt noch die Mühe machen, für Hillary zu stimmen?

Er konnte nicht fassen, wie sie argumentierte und wie persönlich sie das alles nahm. *Seema* war doch die Demokratin. Er hatte sogar mal für Hillary spenden wollen, um einen Job für Seema herauszuschlagen. Wie konnte ihn Donald Trump jetzt die Ehe kosten?

Sie sah ihn traurig an. Dieser Blick aus müden Juristenaugen war unmissverständlich. Würdest du uns bitte in Ruhe lassen, sagte er.

»Ich weiß, es geht hier nicht um Trumps Wahlsieg«, sagte Barry. »Sondern darum, was im Schwimmbecken passiert ist. Ich habe mich schon eine Million Mal entschuldigt, und ich werde mich noch eine Million Mal entschuldigen. Die Sache ist die. Im Kern. Ich bin Shiva ähnlicher, als du glaubst. Ja, ich habe diese entsetzlichen Gene an ihn weitergegeben, und das tut mir sehr leid. Aber ich bin in vielem genau wie er. Auch ich will meistens nicht mit anderen reden. Aber ich zwinge mich dazu. Ich übe es.«

»Er kann nicht reden«, warf Seema ein.

»Weil er es nicht will«, sagte Barry. »Weil er wie ich ist.«

»Nein, Barry«, widersprach Seema. »Er kann nicht sprechen, weil er seine Feinmotorik nicht koordinieren kann, um das hervorzubringen, was wir als Sprache erkennen. Darum kann er nicht reden. Nicht, *weil er es nicht will*. Begreifst du nicht den Unterschied?« Sie sah ihm ins verwirrte Gesicht. »Ach, Schatz«, sagte sie. »Siehst du gar nicht, was hier los ist? Du bist nicht Shiva. Seine Entschuldigungen sind nicht deine. Du scheffelst Unmengen Geld, während die Welt um dich herum den Bach runtergeht. Du scheffelst Geld, *weil* die Welt um dich herum den Bach runtergeht. Ganz genau so bist du nämlich. Und wenn du dich ändern willst, dann ändere dich. Wenn du dich aber nicht ändern kannst, dann nimm mir bitte nicht die letzten Chancen, aufrichtig geliebt zu werden. Zum Beispiel von meinem Vater. Und von meinem Sohn.«

Die Scheidung war brutal. Sie kannte jeden Vermögenswert auswendig. Ihre Anwälte hackten ihn in Stücke, während seine rein defensiv spielten. »Heirate nie eine Anwältin, wenn du dich scheiden lassen willst«, hatte Joey Goldblatt ihn vor Jahren gewarnt, und er hatte recht behalten. Die Vereinbarung war ziemlich ungeheuerlich. Nach der Scheidung und nach allen Verfahren gegen This Side of Capital blieben Barry etwa dreißig Millionen, das entsprach ungefähr dem Preis von Joey Goldblatts Wohnung am Central Park West. Er wusste, er musste sich neu aufstellen, doch er war über den Verlust seiner Familie und des Großteils seines Vermögens so fassungslos, dass er monatelang bloß zusah, wie sein Land zerfiel, und auf dem Laptop verfolgte, wie die Märkte stiegen.

Er brauchte eine Wohnung, und das Gramercy war zu nah am Schmerz, den Seema seinem Herzen bereitet hatte. Joey Goldblatt lud ihn in die Troubadour Society ein, die ihm ein kleines, aber feines Apartment direkt über dem Club vermietete. Die Idee hinter den Troubadouren war, dass man mitten in der Stadt, nah bei seinem Fonds wohnen konnte und die übrige Welt von Brooklyn oder Berlin oder sonst woher zu einem kam. Diese Troubadoure waren Künstler und Köche, Schreiber und Denker, und deren Anwesenheit führte zu vielen sehr sorgfältig kuratierten kulturellen Events, fast so, als hätte man eine Hedgefonds-Frau zur Verfügung. Hier hatte Joey Goldblatt nach seiner brutalen Scheidung seine Freundin kennengelernt, und er hoffte, auch Barry würde hier jemanden finden, der sein blutendes Herz heilen würde.

Und genau das geschah in seiner ersten Woche.

Ihr Name war Lyuba, und sie war »israelischer und russischer Herkunft«, was ein bisschen verwirrend war. Aufgewachsen war sie jedenfalls in Miami, sie sprach akzentfreies Englisch, ihre Haare fühlten sich an wie ein ästhetischer Topfkratzer oder wie die perfekte Version eines »jüdischen Afros« (obwohl sie manchmal andeutete, sie sei gar nicht jüdisch), und darunter lag ein engelhaftes Gesicht mit ausgeprägten Wangenknochen, das Barry nie als slawisch einordnen würde.

Er entdeckte sie auf einem Barhocker nach dem Vortrag eines imposanten Oxford-Professors, der ihnen erklärt hatte, die westliche Zivilisation sei »im Grunde am Ende«. Normalerweise baggerten ihn an der Bar supergebräunte Frauen in roten Kleidern an, aber diesmal gab es keine interessante Auswahl, weshalb er sich auf das cool wirkende Mädchen mit dem Schafshaar konzentrierte. Sie stritt sich mit einem Mann, der mindestens vier Mal so alt war wie sie und eine hohe trockene Stirn, aber eine überraschend feuchte Nase hatte. Als der Knacker sich davonmachte, sah Lyuba mit gelangweiltem Schlafzimmerblick zu Barry hinüber, und bald schon saßen sie in den rissigen Ledersesseln der alkoholschwangeren »Bibliothek«. »Ich brauche ihn nicht«, erklärte Lyuba in Bezug auf den älteren Herrn, mit dem sie zusammen gewesen war. »Ich arbeite in der Immobilienbranche.«

»Er ist sowieso viel zu alt für Sie«, sagte Barry.

»Sie müssen sich keine Sorgen machen, ich mag ältere Männer«, sagte die junge Frau aus Florida. »Wollen Sie mein Haar anfassen? Sie starren es die ganze Zeit schon an.«

Barry erfuhr interessante Dinge über Lyuba, nachdem er sie in sein kleines Zwei-Zimmer-Apartment ein Stockwerk höher mitgenommen hatte, zum Beispiel, dass sie Kokain am liebsten als Freebase nahm. Dabei wurde der Stoff auf ein Stück Metallfolie gepudert, von unten erhitzt und dann der Rauch durch eine Pyrex-Pfeife eingeatmet – so eine, wie Bentley in Phoenix sie benutzt hatte. »Ich mache keinen Sex beim ersten Date«, sagte sie spröde, als sie mit übereinandergeschlagenen Beinen auf der seltsamen Mohaircouch in seinem Wohnzimmer saß. »Du kannst mich lecken oder ich blase dir einen.«

Barry war erregt, aber auch ein bisschen traurig. War das die Sorte Frau, die er von nun an daten konnte? Die Sorte, die auf Barry stand, weil er viel Geld scheffelte, während die Welt rundherum den Bach runterging, um mit Seemas Worten zu sprechen? Und dann waren da diese praktischen Aspekte. Als er das letzte Mal unter Einfluss eines Rauschmittels aus Kokablättern jemanden oral zu befriedigen versucht hatte, war es für keinen der Beteiligten gut ausgegangen. Aber was, wenn er keinen hochkriegte, während sie ihm einen blies? Was wäre schlimmer?

Nach wenigen Minuten Arbeit fanden sie darauf eine Antwort. Trotz des schönen Schafshaars, das Lyuba auf dem Kopf hatte, war sie unten vollkommen kahl, hatte jedoch eine Menge Tattoos auf Russisch und Hebräisch. Vielleicht war sie irgendwas mit alternativ oder wie das hieß. Wie auch immer, sie schmeckte jung und wunderbar. Barry war irgendwie begeistert von ihren politischen Ansichten. Er hatte das Gefühl, von Seema und ihren politischen Ansichten unterdrückt worden zu sein, und Lyuba war eine Art Rache.

Sie verabredeten sich für die folgende Woche, wo einer der Troubadoure, *Sopranos*-Autor David Chase, einen Vortrag vor vollem Haus hielt. Es war nicht ganz klar, ob Lyuba Clubmitglied war oder nicht, aber den männlichen Besuchern schien ihre Gegenwart sehr willkommen zu sein. Barry war total scharf darauf, sie nach oben zu kriegen, obwohl unten im Club ein Abend mit gehobeltem weißem Trüffel angesagt war, doch er erfuhr wieder etwas Interessantes: Lyuba war Trump-Anhängerin. Nicht so sehr seiner gesellschaftlichen Haltung, sondern seiner Steuerpolitik wegen. »Weil ich Immobilien vertickeǃ«, sagte sie.

Unterdessen spürte Barry das volle Gewicht seiner Verlassenheit. Er sah Shiva nur alle zwei, drei Monate, obwohl er und Seema angeblich gemeinsames Sorgerecht hatten. Seine Anwälte hatten darum gekämpft, auch wenn er es nicht unbedingt wollte. Was hätte er auch sagen sollen? Dass er das gemeinsame Sorgerecht *nicht* wolle? Da es ausgeschlossen war, dass er sich allein um Shiva kümmerte, traf er ihn bei seinem sensorischen Training mit Novie, wo er ihn in einer Art Autisten-Schaukel herumschwang und dabei versuchte, den Blickkontakt aufrecht zu halten. »Astronautentraining« nannten sie das. Barry wollte seinem Sohn erzählen, dass er einsam war, doch er hatte keine Ahnung, wie er das irgendwem klarmachen sollte, ganz zu schweigen einem Menschen ohne Sprache. Letztendlich hatte Barry auch keine Ahnung, wer sein Sohn war, außer dass er die Augen seiner Mutter hatte, in die zu schauen Barry nicht ertrug.

Im folgenden Monat trafen Lyuba und Barry sich unverbindlich. Einmal nahm sie ihn sogar mit nach Brooklyn, allerdings verwirrte dieser Stadtteil sie mindestens so sehr wie ihn. Er hoffte halbherzig, sie würden dort zufällig Seemas beste Freundin Tina treffen, sodass er vor ihr mit seiner neuen coolen Freundin hätte angeben können. Nicht, dass es ihn gerade sehr interessierte, aber die Börse lief nach Trumps Sieg bestens. »Die Märkte sind im Grunde ein weißer Mann mittleren Alters«, erklärte Barry Fachfremden gern. Zu Anfang des nächsten Sommers jedenfalls servierte Lyuba Barry ab. Sie war zu dem Knacker zurückgekehrt. Vielleicht hatte Barry sich nicht genügend um sie bemüht, vielleicht hatte sie herausgefunden, dass er nur noch dreißig Millionen schwer war, vielleicht hatte sie ihn aber auch nur benutzt, um den alten Herrn unter besseren Bedingungen zurückzulocken. Es stellte sich heraus, dass auch der Alte Immobilien verkaufte.

Weil das Haus oben in Rhinebeck so gut wie fertig war, zog Barry dorthin, wegen der Abgeschiedenheit und der Aussicht auf den Hudson, und das Rattern der Züge am Flussufer entlang war sein größter nächtlicher Trost.

Seema ging es nicht besser. All ihre Freunde sagten, nach dem Wahlergebnis hätten sie sich gefühlt, als wäre ein ihnen nahestehender Mensch gestorben. Sie wachte mitten in der Nacht auf und sorgte sich um die Zukunft des Pariser Klimaabkommens. Doch wenn sie auf ihren Instagram-Account guckte und die weltläufigen Leben ihrer sogenannten Freunde verfolgte, die Wochenendtrips in die Karibik unternahmen und sich für einen ganzen Monat nach Marrakesch oder Rangun verpissten, hatte sie ein schlechtes Gewissen gegenüber den Menschen, die niemals die Früchte der globalen Ordnung ernten würden. Sie versuchte, sich den Hass der Trump-Wähler auf sich und ihresgleichen bildlich vorzustellen, auf all diese braunen und gelben Gesichter auf Instagram, die zur spätesten Stunde aus dem coolsten Café in der hipsten Stadt schauten, ein einst hart erkämpftes Leben, das sie nun locker und leicht genossen. Aber war es tatsächlich ihre Schuld, dass sie sozial aufstiegen, während weiße Trump-Anhänger abstiegen? Sie erinnerte sich an die Geschichte, die Barry erzählt hatte, als im Greyhound weiße Rassisten gegen die jüdischen Banker der ganzen Welt hetzten. Das war schrecklich, klar, doch alle Leute, die sie kannte, Juden, Inder, Koreaner, alle nährten sich am Trog, und keiner gieriger als ihr Ex-Mann, während viele der von Hass erfüllten Leute nichts hatten. Wer also war im Recht?

Da ihr Land zugrunde ging, wollte sie ein bisschen weniger amerikanisch und ein bisschen indischer sein, wollte nach ihren Wurzeln suchen, so wie es ihre Mutter ihr Leben lang schon tat. Sie musste endlich herausfinden, wer sie war. Darauf hatte Barry nicht allein das Privileg. Zum millionsten Mal versuchte sie, Sanskrit zu lernen und sich die liebsten Shlokas ihres Vaters einzuprägen, und ein Mal in der Woche fuhr sie mit einem Taxidienst raus nach Flushing, um in der Kantine des Ganesh-Tempels Upma zu essen. Eines Tages ging sie zu einem Vortrag in der Asien-Gesellschaft über indosarazenische und Mogul-Architektur. Der Redner war Dozent an der Columbia University, hieß Zameer Jarwar, stammte aus Bombay und hatte soeben ein recht erfolgreiches Buch über die Stadt veröffentlicht. Er war ein kleiner, aber irgendwie süßer Typ mit großen Ohren (in seiner Jugend hatte man ihn bestimmt »halbe Portion« genannt, dachte Seema), der sein Publikum zu fesseln wusste. Der Vortrag handelte hauptsächlich vom Bombayer Hauptbahnhof, einst bekannt als Victoria Terminus – davon, wie sich in diesem Bahnhof die Postkolonialzeit spiegelte, der Aufstieg des Nationalismus in Maharashtra und der Niedergang der Kongresspartei, im Grunde die ganze Geschichte der größten Stadt Indiens. Seema glaubte, in den vierzig Minuten, die sie dem kleinen Mann zugehört hatte, mehr über Bombay gelernt zu haben als in der ganzen Zeit, die sie als junge Frau dort verbracht hatte.

Danach war Zameer von topmodisch gekleideten Pakistanerinnen und einigen indischen Muslimen umlagert. Aus seinem Namen hatte Seema geschlossen, dass er natürlich kein Hindu war, und darüber war sie albernerweise fast traurig, falls sie ihn eines Tages ihren Eltern vorstellen müsste. Ihren Eltern? *Was zum Teufel spukte ihr da durch den Kopf?* Vielleicht sollte sie einfach aus dem Saal rennen und zu ihrem gewohnten Leben zurückkehren, zur Fürsorge für Shiva, den Drinks mit Mina, den Streitigkeiten mit ihrer Mutter. Sie durchquerte die Parfümwolke der älteren Bewunderinnen, die den jungen Professor umringten, und merkte, dass sein Bühnenblick ihr durch den Raum folgte, während die Menschenmenge sich wegen des indischen Desserts, das die Veranstalter servierten, ausdünnte. »Hi, ich bin Seema«, sagte sie.

»Hallo«, sagte er. Mit diesem formlosen »Hallo« begann er womöglich jedes Gespräch mit Studierenden. Er trug eine Rag&Bone-Jeans und ein A.P.C.-Hemd, als wollte er seine soziale Schicht zur Schau stellen. Er war nur wenige Zentimeter größer als sie, doch er surrte geradezu vor Energie und Intelligenz. Von Anfang an hatte sie einen seltsamen Gedanken: Bitte, lieber Gott, lass ihn nicht aus einer reichen Familie stammen. Was sollte das eigentlich? Wollte sie etwa, dass er sein Geld auf ehrliche Art erworben hatte?

Sie stellte sich vor, der Professor lebte in einer kleinen Zwei-Zimmer-Wohnung auf dem Campus der Columbia, an den Wänden unverständliches gerahmtes Zeug, vielleicht ein altes indisches Poster zur Familienplanung, das Frauen riet, nicht ständig schwanger zu werden. »Mutter muss sich zwischen zwei Schwangerschaften vollkommen erholen.« Zum Glück trug er keinen Ring. Zum Glück war sie schön wie immer.

Und dann sprach Seema mit Zameer Jarwar. Nicht in der Art der indischen Fernsehkomödiantin, der sie laut ihren weißen Freunden so ähnlich sah, denn das würde er sofort durchschauen, sondern in natürlicherem Ton. Sie sprach über den Bahnhof. Davon, dass zu jeder Indienreise seit Kindertagen endlose Fahrten vom Victoria Terminus im Süden Bombays zum Shivaji Park gehörten. Im Kopf hatte sie einen Plan von jedem Vada-Pav-Händler in der Nähe des Bahnhofs, von der Reihung der Züge, den Wagen für Frauen, dem Wagen für Kranke und Behinderte, der geschmackloserweise mit einem Krebs für die Krebskrankheit kenntlich gemacht war. Sie erzählte, dass ihr Onkel Nad sie überredet hatte, mit ihm vom quietschend in den Bahnhof einfahrenden Zug abzuspringen, wie es üblich war, und dass sie sich dabei das Knie aufgeschlagen hatte, wirklich lachhaft. Und da Zameer ein vollendeter Erzähler war, ergänzte er jede ihrer Geschichten mit einer passenden eigenen, bis sie in ihrer langen Litanei all ihre Onkel im

Großraum Bombay durchhatten und ganz allein im Vortragssaal waren, denn die älteren Bewunderinnen hatten sich schon längst mit einem traurigen Winken von ihrem Helden verabschiedet, der von dieser redseligen Tamilin in Beschlag genommen wurde.

Sie beklagten zwar die mangelnde Authentizität von Curry Hill, landeten aber dennoch dort an der Lexington Avenue, in einer pakistanischen Kneipe voller Taxifahrer und kleiner Händler. »Würde es Sie stören, wenn ich Wachtel bestelle?«, fragte er. Innerhalb einer Viertelstunde hatten sie ihre Herkunft geklärt, indem sie nur über die Essgewohnheiten sprachen, mit denen sie aufgewachsen waren. Sie aß manchmal Fleisch. Er trank immer, aß aber kein Schwein. Nicht, dass er religiös war. Nicht, dass *sie* religiös war. Okay, also war keiner von beiden religiös. Es war unglaublich. Zameer verstand sie am Ende des Abends besser als Barry nach fünf Jahren. Das also meinten ihre wenigen indischen Freunde, wenn sie von der Freude erzählten, mit ihresgleichen zusammen zu sein. Ihre Familien gehörten zwar eindeutig verschiedenen Religionen an. Aber sie stammten vom selben Ort: vom Victoria Terminus.

Er bat sie in der Nacht, mit zu ihm nach Uptown zu kommen. Bevor sie das zu grelle pakistanische Restaurant mit seinem herrlich fettigen Essen verließen und nachdem sie eingewilligt hatte, sagte sie: »Jetzt gleich eine wichtige Info: Ich habe einen autistischen Sohn.«

»Ich weiß schon«, entgegnete er, »dass ich nicht ›Das tut mir aber leid‹ sagen darf oder ›Manchmal komme ich mir auch ein bisschen autistisch vor‹. Aber ehrlich, es ist keine große Sache. Und ich mag Kinder. Ich bin für ungefähr tausend Kinder Onkel Nummer eins.«

Ja, er wohnte tatsächlich in einer Columbia-Wohnung, die aber ziemlich beeindruckend war, mit ebenso hohen Decken wie in ihrem Apartment, auch wenn ihr die Taxifahrt so lang schien, als wären sie bis Westchester gefahren. Kurz nach ihrem Ankommen küsste sie schon im professoralen Bett seine großen Ohren, und keiner von beiden hatte ein Kondom, aber sie mussten es trotzdem tun.

Sie war schockiert, dass drei Monate später ausgerechnet ihr Vater aus religiösen Gründen Einwände erhob, als sie ihre bevorstehende Heirat ankündigte, aber womöglich sprach er auch für ihre Mutter. »Ich bin besorgt wegen der Kluft zwischen eurer jeweiligen Herkunft«, hatte er gesagt und dabei auf seine neuen orthopädischen Schuhe geschaut. Sie fragte ihn, warum das kein Thema gewesen sei, als sie Barry geheiratet habe. Als er darauf keine passende Antwort geben konnte, schärfte sie ihm ein, über die Religionszugehörigkeit ihres zukünftigen Ehemanns nie wieder zu sprechen.

Und er tat es nie wieder.

EPILOG: DER VOGEL-VATER

Barrys neu aufgelegter Fonds war von Anfang an ein Erfolg, er war euphorisch und fühlte sich bestätigt. Seit der Auflösung von This Side of Capital waren drei Jahre vergangen, und viele Leute waren bereit, ihr Geld bei Last Tycoon Capital anzulegen, insbesondere nachdem bei Bloomberg ein lobender Artikel über ihn erschienen war. Barry wusste, die Leute wussten, dass er aus seinen Fehlern gelernt hatte. Seinen Investoren waren die Jacht vor Sardinien, Sammy Yontif und der ganze Scheiß egal. Schließlich hatten sie an seinem Insider-Handel viel Geld verdient. Sie wollten einfach bessere Renditen, und Barry konnte sie liefern. Er mietete ein neues Büro, diesmal in Midtown, und heuerte viele Typen aus Princeton an, alles Ringer, die ihre Gegenspieler so richtig an den Hörnern packen konnten. Fast die gleichen Leute wie seine Bros aus den Tiger-Inn-Zeiten. Sie kumpelten herum und machten jede Menge verrückte Sachen, kauften alle fallenden Aktien, überlebten Makro-Events, einmal bauten sie sogar eine Short-Position in Dell-Aktien auf. Wieder wurde Barry ihr Anführer und moralischer Kompass. Er versuchte, einen neuen Buchclub zu gründen, dieses Mal wollte er nur über Sachbücher diskutieren und verwies ständig auf die Lehren aus seiner Busreise quer durchs Land, ganz besonders auf die verborgene Würde der Leute aus der Unter- und Mittelschicht, der Javons, Brooklyns und aller Gärtner mit Namen José dieser Welt.

Schließlich stellte sich heraus, dass er und seine neuen Freunde sich zu stark mit Kryptowährung fremdfinanziert hatten, und Last Tycoon Capital ging unter, aber dieses Mal konnte

Barry die Gerichtsverfahren auf ein Minimum begrenzen und kam mit zusätzlichen vierzig Millionen aus der Sache heraus, sodass sich sein Nettovermögen mit der Abfindung knapp über fünfundsiebzig belief.

Barry wusste, er hatte Talent, Geld zu verdienen und zu verlieren, und wurde für beides gut bezahlt. Doch diese Erkenntnis machte ihn ein wenig traurig. Er wollte nicht der Schurke sein, als den Seema ihn in ihrem letzten Gespräch bezeichnet hatte. Er wollte von seinesgleichen respektiert und geliebt werden, aber konnte er diese Anerkennung nur durch das Managen eines Fonds bekommen? Sollte er sich auszahlen lassen und eine Stiftung gründen? Doch Hedgefonds waren, soweit er wusste, die einzige Möglichkeit, beständig unerschöpflichen Reichtum zu generieren. Ganz zu schweigen vom unfassbaren Unterhalt für Seema. Darum beschloss er nach einer Weile, wieder einen Fonds zu gründen. Es war nicht allzu schwer, Geldgeber zu finden. Nach allgemeiner Einschätzung hatte er diesmal *wirklich* seine Lektion gelernt. Der Name Balance Wheel Capital bezog sich auf die Unruh in einer Uhr, so in etwa das Pendant zum Pendel einer Wanduhr. Das sollte auf eine Vorwärtsbewegung hinweisen und auch darauf, dass dieser Fonds grundlegend ausbalanciert, in höchstem Maße abgesichert und fast ausnahmslos mit Quant-Tradern in Dockers besetzt war. Es wurde Zeit, nicht mehr »der freundlichste Typ der Wall Street« zu sein, sondern stattdessen seinen inneren Jonah-ähnlichen Nerd rauszulassen. Selbst sein alter Freund-Feind Akash Singh wurde Mitglied des Vorstands. Balance Wheel scheiterte nach circa zwei Jahren, aber nicht ehe Barry weitere dreißig Millionen herausgezogen hatte, sodass er nun insgesamt auf hundert kam. Niemand in seiner Branche hatte ihm je geraten: »Steig zum richtigen Zeitpunkt aus.« Also riet Barry es sich selbst. Er wollte es locker angehen lassen, vielleicht mal das eine oder andere Wohltätigkeitsprojekt ausprobieren, wovon er immer geträumt hatte.

Er hatte nun hundert Millionen Dollar. In seiner Welt war das weder wenig noch viel. Nur wenige Leute würden mit dem Geldverdienen aufhören, wenn sie die hundert Mille erreicht hatten, es sei denn, ihnen fehlte wie Jeff Park grundsätzlich jeder Ehrgeiz. Barry lebte in seinem Haus in Rhinebeck und hatte keine Liebesbeziehungen. Internationale Start-ups waren gerade das große Ding, also reiste er um die Welt und versuchte, in Ruanda und Myanmar zu helfen, weil er glaubte, die Leute dort seien besonders unternehmerisch aktiv. Doch in arme Länder zu reisen war noch anstrengender, als er es in Erinnerung hatte. Er saß lediglich in irgendwelchen Konferenzräumen herum, redete im Finanzministerium mit mittleren Beamten und fuhr dann mit einem Nissan-Geländewagen ins Hinterland, um die Bauern zu treffen. So lebte er etwa neun Monate lang.

Einmal landet er in JFK, bis in die Knochen erschöpft, und verbrachte einen ganzen Tag im Flughafengebäude, er stand da mit seinem Kaffeebecher und betrachtete die neuen Reiseziele, wenn sie auf dem Monitor aufpoppten. Bei Einbruch der Dunkelheit kam ein Sicherheitsmann auf ihn zu und fragte, ob alles okay sei. »Ich glaube, ich habe einen Schlaganfall«, antwortete Barry sehr verzögert. Ein Rettungswagen wurde gerufen, und man brachte ihn in ein verschwitztes öffentliches Krankenhaus in Jamaica, Queens, doch es war nichts. Wirklich nichts. Ihm war nichts passiert. Ihm würde einfach nie was passieren.

Der Nicht-Schlaganfall war eine Offenbarung. Er kam zu dem Schluss, er mache nicht genug aus seinem Leben. Er musste der Welt irgendwie seine Geschichte erzählen. Er musste den Literaten wiederfinden, der er damals in Princeton gewesen war. Layla war eine Sackgasse gewesen. Familie hatte auch nicht hingehauen. Keiner seiner wenigen verbliebenen Freunde wollte in seinen Buchclub eintreten. Und nie wieder würde er den Fehler machen, sich auf eine Beziehung einzulassen. Was blieb ihm also? Schreiben. Inspiration. Wenn er nun seine Erinnerungen an seine Greyhound-Erfahrung niederschriebe?

Etwa zehn Minuten nördlich führte ein malerischer Wanderweg namens Poets' Walk an seinem Anwesen vorbei, wo Barry sich in ein Wärterhäuschen neben den Amtrak-Gleisen setzte und die Züge vorbeirauschen sah, während er wieder und wieder *Fiesta* las, so wie damals als Teenager in Queens. Einfache Sätze, das war der Schlüssel. Eine Figur konnte sich »mies« oder so fühlen, aber als Autor tauchte man nie wirklich in die Komplexität des Gefühls ein. Stattdessen ließ man die Handlung für sich sprechen. Barry schrieb:

> *Ein breitschultriger Mann betrat die Port Authority. Er war betrunken und reich und schritt durch die Haupthalle, als gehörte sie ihm. Die Kinderfrau seines autistischen Kindes hatte ihn gerade geschlagen, und er blutete an der Stirn.*

Er las es durch. Ganz gut, doch er löschte »autistischen«. Dann löschte er »Kinderfrau« und »Kindes«. Er starrte auf den Computerbildschirm und überlegte, wie er die Geschichte erzählen könnte, ohne zu erwähnen, dass er ein schwerbehindertes Kind verlassen hatte. Immer nur vorwärts. Der einäugige Mexikaner. Javon und das Crack. Die Leiden der Familie Hayes. Jeff Park und das Glück von Kokura. Das schwarze Mädchen, das mich liebte. Geschichten aus dem Kartarium.

Nach einigen Wochen gab Barry das Projekt auf. Jetzt begriff er, warum er Luis Goodman und andere Autoren so sehr hasste. Er war zwar angeschlagen, aber nicht so beschädigt, dass er das Schreiben zum Lebensinhalt machen könnte.

Doch er musste etwas tun. Die Zeit verging. Ihm fehlte die Ruhe in Jonahs Zimmer in El Paso. Er müsste ein friedliches Hobby für sich finden, das seine ganze Zeit in Anspruch nähme. Schreiben war ein netter Versuch in diese Richtung, doch als er eines Morgens in einem Diner im Ort saß, fiel ihm eine scharfe Studentin des Bard College auf, die eine kultige Cartier Tank Arrondie aus den Siebzigern am schmalen, gebräunten Handgelenk trug. Drei Bissen von den Kartoffelpuffern später tippte er »Tank Arrondie Preise« in die Suchmaschine seines Handys. Uhren. Er hatte nicht mehr zwanghaft an sie gedacht, seit ihm das Gepäck aus dem Greyhound geklaut worden war. Die Uhren, die ihm geblieben waren, waren prosaisch und banal. Er brauchte eindeutig mehr.

Barry fing an, zu Auktionen zu gehen. Das war der einzige Weg, die besten Exemplare zu erstehen. Er ließ sich von einem Fahrdienst in die Stadt bringen und huschte unauffällig bei Christie's rein und wieder raus, aus Furcht, er könnte zufällig einen Investor treffen, den er in seinem früheren Leben abgezockt hatte – recht viele von ihnen waren Uhrenfreaks. Barry war nicht gut gealtert. In seinem Pool schwamm er schon lange nicht mehr, er war zwar keineswegs fett, doch er hatte Hängebacken und einen schlaffen Muskeltonus und sah aus, als wohnte er im eigenen Körper zur Miete. Sein Haar war grau geworden, aber nicht distinguiert grau, sondern schmuddelig und stumpf, verblasst wie ein Stück Holz im Regen. Nur wenn er das Bieterschild bei Christie's hob, machte er Eindruck.

Sein liebster Auktionator bei Christie's war halb Schweizer, halb Italiener, ein durch und durch gepflegter Mann. Barry hörte die Stimme des Europäers im Schlaf, wie er anstachelte, schmeichelte, eiferte, reizte, ermutigte, übertrieb und mit der Finesse eines venezianischen Gondoliere durch alle Wasserstraßen des internationalen Reichtums steuerte. »Noch immer sind einhundertvierzigtausend geboten. Täuschen Sie sich nicht. Sie geht weg, meine Damen und Herren. Sir, ich mache Sie darauf aufmerksam, Sie sind überboten. Täuschen Sie sich nicht. Ich habe einhundertfünfzigtausend. Hongkong, melden Sie sich. Einhundertsechzigtausend aus Tschechien. Danke, Tschechien, für Ihre Begeisterung. Asien, sind wir an dieser Patek interessiert? Letzte Chance. Der Hammer schwebt bereits. Florida, hören wir noch was von Ihnen? Sind wir alle fertig? Täuschen Sie sich nicht. Tut mir leid, Dänemark, Sie müssen schneller sein. *Verkauft* an den Herrn hier im Raum.«

Und oft genug war Barry dieser »Herr im Raum«, der jedes Mal stöhnte, wenn er das Bieterschild hob, als drängte ihn eine schreckliche Naturgewalt, sein Geld dem Auktionshaus auszuhändigen, als raubte ihm das Universum die Kontrolle, es war ein Gefühl von Euphorie und Grauen, ohne das er nicht mehr leben konnte.

Seine Sammlung wuchs und auch sein Ruf. Der Raum im Haus, den er für seine Hudson River View Library vorgesehen hatte, wurde zur Ausstellungsfläche für seine Uhren – das Uhrarium. Er war etwa neunzig Quadratmeter groß, wie ein Ballsaal, und rustikal mit Zedernholz getäfelt. Barry hatte alle Möbel entfernt und Glasvitrinen einbauen lassen, in denen seine neue Sammlung präsentiert wurde – für einen einzigen Betrachter. Es war still im Raum, nur der Putzfrau war erlaubt, den Frieden zu stören. Das tat sie exakt um drei Uhr am Nachmittag und exakt eine Stunde lang. Den Rest des Tages verbrachte Barry hier und lauschte der Stille, während er mit einem imaginären Jonah sprach. »So. Du fragst dich, was das ist? Gut, ich sage es dir. Das ist eine Patek 2438 in Gelbgold. Was sie so außergewöhnlich macht? Sie ist wasserdicht! Eine wasserdichte Uhr mit ewigem Kalender, die Mitte des vergangenen Jahrhunderts gebaut wurde. Wusstest du das? *Wusstest du?*« Das war Jonahs Lieblingssatz gewesen. »Und diese hier? Oh, die wird dir gefallen, Jonah. Eine 3448 in Weißgold. Hier. Nimm mal. Vorsichtig. Oh, sieh nur diese dicken kräftigen Anstöße. Ist nie poliert worden. Und dieses cremefarbene Zifferblatt. Aah.«

Er hatte versucht, Jonah in den Landkarten-Foren zu folgen, aber der Junge hatte ein paar Jahre nach Barrys Besuch offenbar das Interesse an Kartografie verloren, was Barry enttäuschte. Weitere Internetrecherchen ergaben, dass Jonah an der University of El Paso studierte, was entweder bedeutete, dass seine Mutter pleite war oder an ihrem Ideal festhielt, ihren Sohn zu einer öffentlichen Uni vor Ort zu schicken. Barry war überzeugt, Jonah hätte es nach Princeton schaffen können.

Doch wenn die Lichter in seiner Uhren-Ausstellung gedimmt waren, wenn er sich mit der Lupe über ein Modell beugte und leise in seinen Bart summte, während fast fünfhundert Uhren im Gleichtakt tickten, konnte Barry sich einreden, sein geheimer Sohn säße neben ihm, lernte, tickte, teilte ihre kleine gemeinsame Welt. Barrys größte Freude war, all seine Uhren mit einem ewigen Kalender kurz vor dem Monatsanfang um Mitternacht nebeneinanderzulegen und zu beobachten, wie die Plättchen mit den Angaben zu Wochentag, Datum und Monat mit einem universellen Klick weiterrückten. Er verspürte eine anbrandende Aufregung, wenn die Bewegungen für den Wechsel sich ankündigten, und nach diesem befriedigenden Geräusch entspannte er sich, wandte sich an seinen imaginären Sohn und sagte: »Jetzt ist alles erledigt, Jonah, für einen weiteren Monat erledigt, und wir sind noch am Leben.«

In den zehn Jahren seit seinem Greyhound-Trip hatte er über sechzig Millionen Dollar für Uhren ausgegeben, hauptsächlich für Pateks, und den Großteil seines Nettovermögens verpulvert. Obwohl er kein Rolex-Fan war, hatte er die berühmte Bao Dai Rolex gekauft, einst im Besitz des letzten Kaisers von Vietnam, für 7,2 Millionen Dollar – eine der teuersten Uhren, die je versteigert wurden. Nach seinem Siegergebot kotzte Barry auf der Toilette von Christie's, mitten in die Kohler-Schüssel, die ihn an etwas anderes erinnerte, an eine Toilette in Phoenix, Arizona, an einen Busbahnhof, eine Reise, eine sorglose Nacht, an einen winzigen Glücksausbruch, alles schon so lange her.

Barry legte seine Lupe beiseite. Er saß am Schreibtisch in seinem Uhrarium, den das schwache Sonnenlicht eines ländlichen Frühlings sprenkelte. Es gab ein Problem mit der Bao Dai. Das Problem dieser 7,2 Millionen teuren Rolex war, dass sie eine der hässlichsten Uhren war, die er je gesehen hatte. Sie war aus glänzendem, großspurigem Gelbgold – *Floridagold*, wenn man sich einen Namen dafür ausdenken sollte. Das Zifferblatt war mit fünf lächerlichen Skalendiamanten bestückt. Der letzte vietnamesische Kaiser war, wie man hörte, ein dummer Mann gewesen, ein »unmoralischer Opportunist«, um eine Publikation zu zitieren, der das Vermögen seines Landes zum Teil für solche Dinge wie diese sinnlose Uhr verschleudert hatte. Barry hatte während seiner Finanzkarriere auch schon 7,2 Millionen verballert, sogar ein Vielfaches davon, aber das war nie sein Geld gewesen. *Dieses* hier war sein Geld. Und wenn man darüber nachdachte, auch das seines Sohns.

Sein Sohn. Hin und wieder gab es Nachrichten von Seema, die nicht allein für ihn gedacht waren, sondern für den weiten Kreis von Shivas großer Familie von University Heights in Ohio bis nach Chennai in Tamil Nadu. Meistens löschte Barry die E-Mails, doch manches Mal warf er einen zögerlichen Blick auf die Fotos eines jungen Mannes, der überraschend »normal« aussah, kaum zu unterscheiden von anderen linkischen Jugendlichen, die gerade durch die Pubertät stolperten. Ein großer Junge, der – nein, er konnte nicht länger als eine Sekunde hinschauen. Und er nahm an, er konnte noch immer nicht sprechen. Wahrscheinlich besuchte er eine besondere Schule, wo nur wenige sprachen. Was also sollte zwischen ihnen passieren?

Drei Wochen nach der Ersteigerung der Bao Dai erhielt er einen Anruf, er solle bei *The Consummate Collector* auftreten, ein Webcast, in dem ein freundlicher junger Moderator in altmodischer Professorenkleidung vor etwa einer halben Million spezialisierter Zuschauer auf höchstem Niveau über die Uhren eines Sammlers sprach. Die meisten Uhrenfreaks, die Barry kannte, warteten ihr ganzes Leben auf diesen Anruf. Die Leute von *The Consummate Collector* wollten seine gesamte Sammlung sehen, der große Knüller aber war die scheußliche Rolex. Einen Monat lang konnte Barry nicht schlafen. Er probte seine Freundschaftssätze, eignete sich jedes noch so kleine Detail der Uhrenwissenschaft an und hatte dabei stets den imaginären Jonah an seiner Seite. Als der Tag näher rückte, überwogen die praktischen Sorgen. Er wusste nicht, was er anziehen sollte. Viele Typen in der Show, insbesondere die reichen Sammler aus dem Silicon Valley, trugen T-Shirt und Jeans, und er überlegte, sich etwas lässiger zu kleiden, vielleicht im Brooklyn-Style, um jünger zu wirken. Doch letztendlich hüllte er sich in das Vikunja-Kaschmir-Zeug von Kiton, weil er annahm, sie würden ohnehin erwähnen, dass er in der Finanzbranche gearbeitet habe. Doch als die Filmcrew und der junge Moderator mit seinem prächtigen Bart schon auf dem Weg nach Rhinebeck waren, fühlte Barry sich schlecht. Erst dachte er, dieses Mal habe er einen *echten* Schlaganfall, doch dann wurde ihm klar, was es war.

Würde er sich bei *The Consummate Collector* präsentieren, wäre dies der letzte Schritt seines Lebens. Seine letzte Großtat. Was sollte für Uhrenfanatiker darauf noch folgen? *The Consummate Collector* stand am Endpunkt. Seine Geschichte würde vor einer halben Million spezialisierter Zuschauer erzählt werden, darauf würden zweihundert abfällige Kommentare folgen – »7,2 Millionen für den Haufen Scheiße? Kein Wunder, dass es unserem Land so schlecht geht. Hat dieser Typ nicht drei Fonds versenkt?« –, und bald bliebe von Barrys Sammlung nichts als eine Reihe giftiger Fußnoten. Barry griff zum Telefon. Die Bao Dai glänzte in ihrem grässlichen Gelbgold. Die Welt drehte sich um ihn. Er wählte die Nummer des Produzenten der Sendung und sagte ihm, er müsse absagen, er habe einen

Schlaganfall. »Oh Gott«, sagte der Produzent. »Nein, mir passiert schon nichts«, antwortete Barry und legte auf.

Und sechs Monate später bot Barry seine gesamte Sammlung bei Christie's zum Kauf an. Als er die eingebauten Schubladen des Uhrariums durchsuchte, stieß er auf etwas ganz und gar Unerwartetes: die Universal Tri-Compax, mit der er vor zehn Jahren durch Amerika gereist war. Sie war glanzlos in einen Frischhaltebeutel für Sandwiches verpackt. Die Uhr war kaputt, doch als er sie an seinem Schreibtisch genauer betrachtete, erkannte er, welche Zeit sie zeigte. Knapp zehn Jahre waren seit dieser Reise durchs Land vergangen. Shiva war drei Jahre alt gewesen, als er in den Greyhound nach Baltimore stieg. Zehn plus drei.

Sein Sohn würde bald ein Mann sein.

Shiva beschloss, er wolle eine Bar-Mizwa. Er war nicht sonderlich jüdisch erzogen worden, doch vielleicht war es einfach der Einfluss eines Lebens in New York, wo offenbar *jeder* eine Bar- oder Bat-Mizwa hatte. Jedenfalls bestand er darauf, und Seema und Zameer willigten ein. Irgendwie hatte Joey Goldblatt durch die Buschtrommeln der Hamptons Wind davon bekommen und meldete es brav an Barry weiter. Und so rief Barry Seema an. Sein erster Anruf bei ihr seit fast einem Jahrzehnt.

Mit zittriger Stimme schwafelte er Zeug, das sie nicht verstand. Auktionen. Kaiser. Eine »Universal-Uhr«, was immer das bedeuten mochte. Schließlich begriff sie. Barry wusste von der Bar-Mizwa und wollte dabei sein. Er wollte es für seinen Sohn. Zitat Barry: Dies würde die »verrückteste Bar-Mizwa aller Zeiten!« werden. Der Gottesdienst solle im Emanu-El-Tempel stattfinden, solange Shiva den Lärm der Gebete aushalten könne (wenn sie sich überhaupt die Mühe machten, an einem agnostischen Ort wie dem Emanu-El zu beten), dann würden die autistischen Kinder aus Shivas Schule mit einer

Kutsche durch den Central Park fahren (weil Autisten und Pferde gut zusammenpassten, sagten Temple Grandin und der Eventplaner mit Spektrumserfahrung, den Barry engagiert hatte), und enden würde das Fest im Mandarin Oriental, wo besondere Räume für die Kinder eingerichtet würden, die mit einem Übermaß an Geräuschen oder anderen Reizen nicht umgehen konnten. Nachdem er Seema am Telefon seinen Plan dargelegt hatte, herrschte langes Schweigen. »Ich will niemandem zu nahe treten«, sagte er. »Vor allem nicht deinem Mann.«

»Nein«, sagte Seema. »Es ist eigentlich …« Sie hielt inne. Sie wollte Barry erklären, dass der Shiva seiner Vorstellung überhaupt nicht dem tatsächlichen Shiva entsprach. Aber vielleicht wäre es besser, wenn Barry das selbst sah.

»Es ist eigentlich eine großartige Idee.«

»Nun ja, noch kann ich es mir leisten«, sagte Barry. »Kleiner Scherz.«

»Ich weiß«, sagte sie. »Ich kann gar nicht fassen, dass du so viel über Räume für autistische Kinder nachgelesen hast.«

»Muss schließlich dreizehn Jahre beschissener Vaterschaft wiedergutmachen«, sagte Barry. »Oder vielmehr Nicht-Vaterschaft.«

»Danke, Barry. Das wird Shiva wirklich sehr gefallen. Meine Güte!«

Kaum hatte er aufgelegt, war Barrys Körper wieder da. Er wollte sich den Bart rasieren. Er wollte fünf Kilometer in einer Stunde schwimmen. Er wollte mitten auf der Schafswiese auf Seema zugehen und sie im Sturm erobern. Er wusste natürlich, Letzteres konnte nicht passieren, aber es gab ihm Energie, von etwas anderem als von Uhren zu träumen.

Shivas Schwester hieß Sally. Seema und Zameer hatten jeweils eine Namensliste für ihr zukünftiges Kind aufgestellt, aber die tamilischen und indisch-muslimischen Namen überschnitten sich im Großen und Ganzen nicht, mit Ausnahme von einigen wenigen wie Ayesha (Hindu) und Aisha (muslimisch), und so entschieden sie sich für etwas Neutrales und Amerikanisches. Sally Perkins war Seemas erste weiße Freundin damals in Ohio gewesen, und sie hatte diesen klaren, einheimischen, zweisilbigen Namen immer geliebt. Von Zameer hatte Sally die zierliche Statur und die aufmerksamen Bühnenaugen, und obwohl sie fünf Jahre jünger war als Shiva, kümmerte sie sich um ihn, leitete und beschützte ihn. Seema hatte befürchtet, Sally könnte durch einen Bruder mit besonderen Bedürfnissen ein Stück Kindheit verlieren, aber Sally und Shiva hingen zusammen wie Pech und Schwefel, jeder war abwechselnd das Anhängsel des anderen. Sally lebte ihm Sozialverhalten vor, Shiva nahm sie mit in sein Reich aus Zahlen, Buchstaben, tickenden Uhren und all den anderen Ritualen, die seine Welt in Ordnung hielten. Er liebte sie offensichtlicher als seine Eltern. Als Sally zwei und Shiva sieben gewesen war, hatte er sie an der Hand zu seinem Hüpfball geführt und das Lied *Häschen in der Grube* gesummt, sogar einige Worte ausgesprochen, vor allem das »Häschen, hüpf, Häschen, hüpf«. Seema beobachtete die beiden erstaunt und dachte: Verdammt, habe ich ein Glück.

Sally war es, die Shiva hinauf zur Bima führte. Shiva konnte ein paar Worte sagen, doch da es ihn große Anstrengung kostete, nutzte er meist ein neues Tablet mit einem Sprachprogramm. Statt die hebräischen Worte anzustimmen, summte er wunderbar die Haftara; Musik, vor allem Klavier, gehörte zu seinen Talenten. Er folgte den Noten auf seinem Bildschirm und sandte die eigenartige, aber korrekte Melodie hinaus in die schwere, reformierte Luft der Synagoge, und Seemas Eltern weinten, während Shivas autistische Klassenkameraden sich wanden und mit den Armen flatterten.

Barry war so aufgeregt über das Wiedersehen mit seinem Sohn, dass er es schaffte, zu spät zum Gottesdienst zu kommen.

Er rannte so schnell in die Synagoge, dass er zu Anfang die große mit Schmuck behängte Menschenmenge und die kollektive Ehrfurcht nicht wahrnahm, ebenso wenig, dass er und der Junge auf der Bima große Ähnlichkeit hatten: der markante Nasenrücken, die leicht aufwärtsgerichtete weibliche Hüfte. Shiva war bereits fast so groß wie sein Vater und würde ihn sicher bald überragen. Er trug so ziemlich den gleichen Anzug wie Barry, einen dunklen mit vielen Lüftungsschlitzen aus butterweicher Vikunja-Wolle, wegen ihrer beider Empfindlichkeiten. Shiva sah seinen Vater an, lächelte, sah wieder weg. Barry spürte sogleich die Sanftheit des Jungen, die daher rührte, dass er mit netteren Eltern aufgewachsen war. Da waren sie also, er und Seema und Zameer und Novie und Sally und Shivas Großeltern, alle umringten ihn am Lesepult: drei Hindus, ein Jude, ein Muslim, eine Katholikin und zwei wunderbare Kinder, großgezogen von allen außer von ihm. Was für eine echt New Yorker Szene, dachte er mit unerwartetem Stolz. So war jetzt das Land. Inselgruppen der Normalität inmitten von trockener, wütender Hitze.

Das Internet hatte nur Gutes über Seemas Ehemann zu berichten, und Barry nahm an, dass Zameer Shiva ein besserer Vater war, als er es je gewesen wäre, aber er war nicht eifersüchtig. Er hatte zu Recht vermutet, dass die Unterhaltszahlungen, die Seema ihm abgepresst hatte, ihrem Sohn die beste Pflege und Ausbildung finanzierten, andererseits hatten sie jedoch seine Ex-Frau an ein Leben gefesselt, das nicht ganz das ihre war. Manchmal suchte er im Netz nach ihr, in der Hoffnung, sie arbeite als »Rechtsberaterin« bei einer gemeinnützigen Organisation, doch abgesehen von einem knappen Hinweis auf ein Projekt zur Gefängnisreform schien sich der Lebenslauf seiner Ex-Frau nicht gefüllt zu haben. Barry bereute, sie verletzt und belastet zu haben, doch er war froh, dass sie jemand anderen in ihrem Leben hatte, der ihr viel mehr Stabilität bieten konnte als er. Wahrhaftiger lieben würde er wahrscheinlich nie.

Nach der gesummten Haftara sprach Shiva den traditionellen Bar-Mizwa-Segensspruch, oder vielmehr kam er mit einer Stimme wie von William Shatner aus seinem Tablet, während Shiva synchron die Lippen dazu bewegte. Barry hatte schon immer geglaubt, dass sein Sohn Gedanken und Gefühle hatte, meinte aber, dass sie eine Art abstrakte Reaktion auf Impulse seien: ein verletztes kleines Wesen, das versuchte, eine unerklärliche Welt zu begreifen. Ein *Häschen*, wie er ihn immer genannt hatte. Doch als Shiva zu »sprechen« begann, war es unverkennbar, dass er ein höchst intelligenter, vielleicht sogar ein glücklicher, privilegierter, in Manhattan aufwachsender dreizehn Jahre alter Junge war.

Nachdem Barry den anfänglichen Schock über die flüssige Computerstimme überwunden hatte, nahm er an, dass Shiva in seiner Ansprache sein Schicksal ansprechen würde und den Versuch, es zu meistern. Aber er erwähnte den Autismus gar nicht direkt. Er sprach davon, wie sehr er seine Familie liebe. Seine Schwester sei seine beste Freundin, und vielleicht sei das »lahm«, aber er kenne eine Menge Leute, die überhaupt keine besten Freunde hätten. (Alle drehten sich möglichst leise um und wollten die Reaktionen seiner autistischen Klassenkameraden sehen.) Seine Mutter habe ihn so sehr gepusht, dass er oft ungehalten geworden sei und Wutanfälle bekommen habe, doch wo wäre er heute ohne sie? Gewiss nicht auf dieser Bima, und gewiss dächte er nicht über ein Studium in fünf Jahren nach. *Studium!*, dachte Barry. Wirklich? Konnte das sein? Er nahm sich vor, sofort einen großen Batzen Geld nach Princeton zu überweisen. Und Novie habe die Last mit seiner Mutter gemeinsam getragen. Sie gehöre zu seiner Familie, mehr als irgendwer sich vorstellen könne. »Es tut mir leid, dass ich dich als Kind geschlagen habe«, tönte William Shatners Computerstimme durch das Gotteshaus, und Novie weinte. Er erzählte von Zameer, der ihm beizubringen versucht habe, witzig zu sein und nicht alles wörtlich zu nehmen, und wie sie bei einem Vater-Sohn-Ausflug mit dem Kajak beinahe im Hudson ertrunken seien. Das Timing seiner Pointen war großartig, und die Leute lachten, als wäre das eine der besten selbstironischen Bar-Mizwa-Ansprachen aller Zeiten, und das war sie auch. Er genießt es, dachte Barry. Mein Sohn genießt es, zum Mann zu werden.

Barry wusste, dass er es nicht verdient hatte, in der Reihe von Shivas Liebsten erwähnt zu werden, doch sein Sohn hatte sich ihn bis zum Schluss aufgehoben. »Viele Leute können sich nicht daran erinnern, wie sie drei gewesen sind, aber ich kann das«, sagte er. »Und damals habe ich an meinen Vater immer als ›der Vogel-Vater‹ gedacht, weil er der Arbeit wegen dauernd weggeflogen ist. Und jedes Mal, wenn er wegflog, wurde ich wütend und bin ausgerastet. Und jedes Mal, wenn er heimkehrte, wollte ich ihn umarmen, doch das konnte ich nicht, weil ich bin, wie ich bin. Und als ich ein bisschen älter war, jagten Arturo und ich im Madison Park den Tauben hinterher, und ich habe immer gedacht, eine davon sei mein Vater in Gestalt einer Taube.« Alle drehten sich zu Arturo um, der zwischen seinen Eltern saß, wie dreizehn aussah – mit dunklem Flaum auf der Oberlippe – und von seinem Freund endlos in Verlegenheit gebracht war. »Und heute ist mein Vater zurückgeflogen. Und er hat mir den besten Tag meines Lebens geschenkt.«

Den Rest des Tages war Barry am Boden zerstört und begeistert zugleich. Er wusste, Shivas Worte waren liebevoll gemeint und wollten die Kluft in ihrer Beziehung überbrücken, doch er kam nicht darüber hinweg, dass er seinen Sohn verlassen hatte. Aber die Worte waren gesagt, und wenn Barry es zuließe, würden sie sein Leben lang in ihm nachklingen.

Wie vorhergesagt, waren Shiva und seine Klassenkameraden ganz wild auf die Kutschfahrt durch den Central Park. Anschließend tummelten sie sich mit farbcodierten Ansteckern in den parfümfreien, spektrum-freundlichen Räumen des Mandarin; Grün zeigte an, dass sie mit anderen etwas machen wollten, Gelb, dass sie nur mit ihren Freunden zusammen, und Rot, dass sie ganz allein sein wollten. Shiva, mit seiner Schwester an seiner Seite, hatte seinen Anstecker die ganze Zeit auf Grün eingestellt, selbst als Zameer in regelmäßigen Abständen zu ihm kam und sagte: »Hey, Shiv, wenn du mal 'ne Pause brauchst, sag' mir einfach Bescheid.«

In dem lauten Saal, in dem alle Neurotypischen versammelt waren, hörte Barry, dass ein Mädchen in Shivas Alter zu seiner Freundin sagte: »Meine Sexualkundelehrerin sagt, wenn du gestresst bist, willst du einfach Sex haben. Wahrscheinlich tun wir es deshalb *ständig*.« Und er wollte zurück in die Räume, wo sich die stillen, scheuen, mit den Händen flatternden, jungfräulichen Freunde seines Sohns aufhielten, nicht weil deren Welt besser oder unschuldiger war, sondern weil er nicht mehr wusste, was er in dieser anderen sollte.

Er schüttelte allen Gästen die Hand, ließ sich von Seemas noch immer vitalem, wenn auch gebeugtem Vater für das unglaubliche Fest danken, wurde noch mal der früher so abgedrehten Tina oder Lina aus Brooklyn vorgestellt sowie ihrem Mann, Vorstand bei Goldman, und bemühte sich, nicht unter dem bohrenden Halbmastblick seiner Ex-Schwiegermutter zu zerkrümeln, die mit ausladender Geste auf den Central Park vor ihnen sagte: »Zumindest eine Sache im Leben hast du richtig gemacht.« Und dann entdeckte ihn Seema und schlang ihre Arme um seine Taille. Sie war ein bisschen älter geworden, aber nicht sehr, dieselbe glatte Haut, dieselben drei Grübchen, derselbe verschleierte Blick. Er fing an zu weinen. »Ich wusste nicht, dass ich der Vogel-Vater bin«, flüsterte er ihr ins Ohr. »Er hat die ganze Zeit alles gewusst. Du wusstest es auch. Ich habe es als Einziger nicht gewusst. Und du hast dieses wundervolle Kind geschaffen. Ohne mich.«

»Machst du Witze?«, fragte Seema. »Er ist *genau* wie du. Das freundlichste scheißautistische Kind der ganzen Straße. Die totale Rampensau. Die totale halbjüdische Rampensau. Du hast ihn ja heute da oben gesehen.«

»Ist das ernst gemeint mit dem College? Soll ich in Princeton anrufen? Wofür interessiert er sich?«

»Für Computer und Musik.«

»Computer! Genau wie ich in seinem Alter!«

»Ich habe Oberlin angeschaut.«

»Ist das die Musik-Uni?«

»Ist direkt bei meinen Eltern. Und wir haben herausgefunden, dass es dort bereits ein anderes Kind im Spektrum und ohne Sprache gibt. Und buchstäblich jeder auf diesem Campus ist ein Spinner. Obwohl manche ganz offensichtlich nur so tun. Ich glaube, es wäre gut für ihn, den Mittleren Westen kennenzulernen. Okay, Barry, du musst aufhören zu weinen.« Sie wandten sich von den anderen ab, hin zum Blick auf den Central Park, demselben Blick, den sie an einem ihrer letzten gemeinsamen Tage als Paar genossen hatten, am Wahltag 2016.

»Meinst du, er wird mich wieder in sein Leben lassen?«, fragte Barry.

»Bin ich seine Sprecherin?«

»Du bist so fies«, sagte er und lächelte durch seine Tränen. »Bin ich froh, dass du dich nicht verändert hast.«

»Gibt es eine neue fiese Frau in deinem Leben?«, fragte sie.

»Nein. Damit bin ich durch.«

»Wirklich?«

»Nicht für die Liebe gemacht.«

Sie strich ihm über die Wange. Er roch Hautcreme und Thunfisch an ihren Fingern. »Tut mir leid, das zu hören.«

»Muss es nicht. Weißt du, was mir gerade auffällt? Ich habe Shiva kein Geschenk mitgebracht.«

»Dieses Fest kostet – was? Eine halbe Million?«

»Nein, ich meine, ein richtiges Geschenk. Etwas, das er behält. Ich habe eine Idee! Mein Gott, die ist gut.« Er umarmte sie und sah seinen Sohn auf sie zukommen, lächelnd, aber ohne Blickkontakt. Womöglich erfreute ihn der Gedanke, dass seine Eltern sich noch immer körperlich nahe sein konnten.

»Gut, mein Lieber«, sagte sie. »Fang bitte nicht wieder an zu weinen. Du verwirrst ihn sonst.«

Doch er konnte nicht anders. Shivas Anstecker stand noch immer auf Grün. Wenn Barry seine Gesellschaft wollte, konnte er sie haben.

Es war kurz nach Mitternacht. Die autistischen Kinder waren erschöpft, und Barry wollte nicht mit den Neurotypischen zusammenhocken. Die Limousine sauste über den Taconic State Parkway, Barry saß hinten. Aber schlafen konnte er auch nicht. Überhaupt nicht. Seine Finger übten Bewegungen, lauter feine, nuancierte Abläufe, die er den Rest der Nacht brauchen würde. Das Armageddon der Stadt wich dem Schwefelglanz der Vororte und ergab sich dann vollends der ländlichen Nacht.

Schließlich knipste er das Licht in seinem früheren Uhrarium an, wo er die Universal Tri-Compax aus dem Frischhaltebeutel hervorholte und sie auf seinen Schreibtisch legte. Er schaltete das Neonlicht an der Decke ein, rollte dann die Fingerlinge wie Kondome über seine Finger und öffnete den hinteren Deckel der Uhr mit einem Käsemesser.

Eine Stadt lag vor ihm. Eine Stadt aus silbernen und goldenen Federn und Rädchen. Nur dass diese spezielle Stadt in der Zeit eingefroren war. Die Unruh schwang nicht hin und her. Die Tri-Compax musste auseinandermontiert, gereinigt, geölt werden und brauchte mindestens einen neuen Stein. Eine ungeheure Aufgabe angesichts der Kompliziertheit dieser besonderen Uhr mit ihrer Chronografen-Stoppfunktion, mit ihrer Anzeige von Wochentag, Datum, Monat und Mondphase. Wenn man bedachte, dass 1948 ein so kompliziertes und elegantes Uhrwerk ohne die Hilfe auch nur eines einzigen Computers entworfen wurde und dann nicht von Robotern in einer riesigen asiatischen Fabrik zusammengefügt wurde, sondern von echten Schweizern und Schweizerinnen mit echten Schweizer Problemen.

Und dann kamen Barry neue Ideen.

Dinge konnten repariert werden.

Barry konnte sie reparieren.

Barry konnte die Uhr seines Sohns reparieren.

Er machte sich mit der Maschine aus dem Weltraumzeitalter in einer der Küchen einen Espresso lungo. Die Reparatur würde die ganze Nacht in Anspruch nehmen. Oder länger. Ehe er sich von seiner Uhrensammlung getrennt hatte, hatte er den besten Uhrmacher der Stadt angeheuert, damit der ihm das Reparieren von Uhren beibrachte. Leo war ein über fünfzigjähriger Intellektueller aus Athen, der versucht hatte, Barry davon zu überzeugen, dass die griechischen Götter besser seien – oder zumindest eigenwilliger und interessanter – als der eine jüdisch-christliche Gott, den Leo auch als eine Art Sammler betrachtete, nie zufrieden mit seiner neusten Erwerbung, immer zu beschäftigt, die Modelle zu pflegen, die er bereits besaß. Leo hatte ihm recht viel beigebracht, aber Barry war zu ängstlich gewesen, an eine seiner eine halbe Million teuren Uhren selbst Hand anzulegen.

Er atmete tief durch und machte sich an die Arbeit. Mit wachsendem Zutrauen nahm er die Stadt in der Tri-Compax auseinander. Er entfernte den Unruhkloben und zerlegte den Chronografen. Er teilte das Basiswerk in zwei Hälften. Überall war Schmutz, den er mit der Rodico-Reinigungsmasse beseitigte, wobei er jedes Teilchen mit der gleichen Sorgfalt behandelte wie damals den neugeborenen Shiva, als er Angst hatte, selbst ein zu kräftiges Aufstoßen könnte innere Schäden anrichten. Die Uhr war fast achtzig Jahre alt, beinahe eine Zeitgenossin seines toten Vaters. Der Schmutz ließ das Räderwerk an den Steinen haften. Als Barry sanft ausatmete, dachte er an all die Menschen, die wie er waren, wie Jonah, wie Shiva, die in ihre Landkarten- und Uhrenwelten abtauchten, die vor ihrem Commodore 64 hockten und sich am sanften, aber unnachgiebigen Mahlen ihrer Fähigkeiten und Neugierde erfreuten. Heillose Freude überfiel ihn, und seine Hände fingen an zu zittern. Er legte die Pinzette nieder.

Einige Wochen vor Shivas Bar-Mizwa war er hinaus in die Hamptons gefahren, um Joey Goldblatt zu besuchen, seinen letzten verbliebenen Kontakt aus seinen Hedgefonds-Zeiten, der nach seinem jüngsten Missverständnis mit der Regierung nun Freigänger war.

Als Barry den Long Island Expressway entlangbrauste, entdeckte er das Hinweisschild nach Lake Success und lenkte seinen SUV quer über zwei Fahrbahnen, um die Ausfahrt noch zu bekommen.

Da war es also. Das Objekt seiner Kinderträume. Da war das Lake Success Center mit einem Casual-Male-XL-, einem Red-Mango- und einem Victoria's-Secret-Laden. Das Einkaufszentrum sah schäbig aus, der eigenartige Arizona-Wüstenstil altmodisch, der Parkplatz stand voller müder Honda CR-Vs. Nur das neue Shake Shack, in dem sich koreanische Familien drängten, gab einen Hinweis auf das einundzwanzigste Jahrhundert. Er fuhr an dem riesigen jüdischen Klinikzentrum vorbei, das ihn an seinen verstorbenen Vater erinnerte, und dann durch die ruhigen Wohnstraßen, deren Immobilienwert er auf seinem Handy checkte. Die Häuser waren hübsch, aber kaum die herrschaftlichen Anwesen, nach denen er sich früher gesehnt hatte. Viele Basketballkörbe und Fußballnetze, Hortensien und Hängegewächse. Doch vielleicht hatte er genau das immer gewollt. Bloß unterschiedliche, gartentaugliche Schattierungen von Glück und Langeweile der Mittelschicht, der Stoff, aus dem halb vergessene amerikanische Träume waren. Er hielt vor einem Terrassenhaus, das für knapp 1,7 Millionen gelistet war, der Preis einer kleinen Wohnung in Manhattan. Das bescheidene Haus hatte ein neues Dach, eine frische Verkleidung und einen Beton-Pool im Garten, dazu einen Stapel Gartenstühle. Kinder spielten auf dem Rasen und wichen einem unberechenbaren Rasensprenger aus. Das waren nicht seine mythischen Kinder vor den dreifachen Duravit-Waschbecken, sondern bloß zwei, ein Junge und ein Mädchen, genau wie Shiva und seine süße Schwester, die er auf Fotos in Seemas E-Mails gesehen hatte, außer dass beide nicht im Spektrum zu sein schienen. Barry war bezaubert von diesen Kindern, die von ihren einfachen Spielen nicht genug bekommen konnten – Fangenspielen und Beinstellen, wobei sie sich einen merkwürdigen Insider-Ausdruck zuriefen (»Goober Town«?) –, bis eine ältere, jüdisch aussehende Nachbarin in Jogginghosen an die Scheibe der Beifahrertür klopfte. Sie riss ihn aus seiner Träumerei, er lächelte ihr zu, ließ den Motor an und Lake Success hinter sich.

Alle Teile der Tri-Compax lagen nun in Plastikbehältern, wo sie darauf warteten, in genau der Reihenfolge und Ordnung wieder zusammengefügt zu werden, die sie vor dem Auseinanderbauen hatten. Es waren sicher einige Hundert. Erst hatte er Angst, er könnte es falsch machen, doch dann stellte er sich der Herausforderung. Das würde ein Test für sein Gedächtnis werden und für seine Fähigkeit, mit zarten kleinen Gegenständen umzugehen, von denen manche kaum dicker waren als ein menschliches Haar. Er arbeitete drei weitere Stunden. Als alle Teilchen funkelnd sauber und geölt waren, machte er sich an den Zusammenbau. Uhrmachern wird oft geraten, vor einem Fenster mit Ausblick auf die Natur zu sitzen oder ein Musikinstrument zu spielen oder zu reiten. Da Barry die letzten beiden Ratschläge nicht beherzigen konnte, sah er in regelmäßigen Abständen nach draußen.

Der Amtrak auf seiner Seite und die Güterzüge am anderen Flussufer gaben nicht mehr ihr beruhigendes Tuten von sich, denn die Böschungen waren wie oft in den vergangenen Jahren überflutet. Das steigende Wasser hatte auch die New Yorker U-Bahn stillgelegt. Doch noch immer waren Frachtschiffe auf dem Weg in die Stadt. Manchmal blickte Barry von seiner Arbeit auf und sah direkt vor seiner Nase diese Giganten, fast in Rufnähe einen Kapitän auf der Brücke seines Schleppers. Das war das Schöne am Hudson: Er war ein Arbeitsfluss. Und Barry war nun ein arbeitender Mann. In seiner Zeit als Trader hatte er gern die Öltanker der Welt mit der BMAP-Funktion auf seinem Bloomberg-Bildschirm verfolgt. Doch jetzt sah er echte Schiffe in Echtzeit. Mit müdem Blick schaute er auf den gewaltigen Frachter, seine rosafarbenen Fingerlinge waren ölverschmiert.

Barry setzte das Kronenrad wieder unter die Wechselradbrücke, seine Finger zitterten, und die Augen waren von der Anstrengung seiner nächtlichen Arbeit trocken geworden. Um Punkt sechs Uhr fuhren im Licht der aufgehenden Sonne zwei ältere Leute in weißen T-Shirts und Jeans auf ihren John-Deere-Traktoren vorbei. Sie hatten Kopfhörer auf und schienen ihre einsame Aufgabe zu mögen. Das waren die Nachbarn, die ihn wegen seiner Kyoto-Pergola am Pool hassten, weil die ihnen den Blick auf den Hudson nahm. Vielleicht wurde es Zeit, dieses Haus aufzugeben, die Pergola niederzureißen und zurück in die Stadt zu ziehen. Vielleicht wurde es Zeit, so viel wie möglich von Shiva mitzubekommen, bevor der zu studieren anfing.

Das Basiswerk der Tri-Compax war wieder zusammengebaut. Nun musste der Unruhkloben an der richtigen Stelle eingefügt werden, um zu sehen, ob die Unruh hin- und herschwingen würde, dem Uhrwerk Leben einhauchte, ob sie die vergessene Stadt wieder aus dem Schlummer weckte. Barry hielt die Luft an. Vorsichtig setzte er den Unruhkloben in seinen vorgesehenen Schlitz. Kaum saß er richtig, schwang die

Unruh hin und her, hin und her, in einem lächerlich schnellen Tempo, wie von einer ungeduldigen Seele gelenkt. Der Sekundenzeiger setzte sich in seinem Unterzifferblatt in Bewegung. Dann begannen die Minuten zu laufen, wie auch bald die Stunden, die Tage, die Monate, das zunehmende erste Viertel der Mondphase, der zunehmende Dreiviertelmond, der Vollmond.

Barry lehnte sich zurück und betrachtete sein Werk. Er hatte etwas mit eigenen Händen geschaffen. Er hatte etwas Schönes wieder ganz gemacht. Er war dafür verantwortlich. Und er hatte es nicht mit Gefühlen oder Gedanken getan. Er hatte mit seinen Fingern und seinem Gedächtnis Leben geschenkt.

Er würde auf den hinteren Deckel FÜR SHIVA COHEN VON SEINEM VOGEL-VATER eingravieren lassen.

Und so hob sich der große Schatten. Und die Sonne stieg über die Hudson genannte Mündung mit den überfluteten Ufern und den knapp darüber liegenden gefährdeten Grundstücken.

Und der Vogel-Vater ließ über alles seinen Blick schweifen, zufrieden mit dem Rest der Welt, ehe auch er sich erhob, das Öl und den Schmutz von seinen ruhigen Händen wusch, sein lichterfülltes Mausoleum hinter sich verschloss und für immer nach Hause flog.

6. Juni – 21. Dezember 2016
New York – Baltimore – Richmond – Atlanta – Jackson –
El Paso – Ciudad Juárez – Phoenix – La Jolla – New York

DANK

Ich möchte so vielen Menschen für ihre Zeit und ihre Arbeit an *Willkommen in Lake Success* danken, dass ich eigentlich ein Begleitbuch schreiben müsste, das sich den Bemühungen dieser freundlichen Menschen widmet. Beginnen möchte ich mit Susan Kamil, meiner Lektorin, die endlose Stunden mit mir am Telefon verbracht hat, um Kommata zu streichen, Begriffe einzukringeln und im Grunde dafür zu sorgen, dass ich den vielen verrückten Charakteren in diesem Buch Leben einhauchte. Clio Seraphim war auch eine großartige Lektorin, ganz zu schweigen davon, dass sie den Preis für den »fantastischsten Namen in der Verlagsbranche« gewonnen hat. Andere Leute bei Random House waren hervorragend, darunter Gina Centrello, Avideh Bashirrad, Denise Cronin, Barbara Fillon, Ruth Liebmann und Leigh Marchant. Und riesigen Dank an Nicole Counts.

Denise Shannon ist seit sechzehn Jahren meine Agentin und eine Ewigkeit in der Buchbranche. Sie ist so gut, wie es eine Agentin nur sein kann, sie hat mich mit Kleidung, Essen und Obdach versorgt und überwacht mich nun mit weisem Rat und minimalem Gewese.

Ungeheuren Dank schulde ich meinen langjährigen Lesern sowie Menschen aus Journalisten-, Juristen-, Uhren-, Gastronomie- und Finanzkreisen (manche der Letzteren haben mich klugerweise gebeten, nicht ihren Namen zu nennen, aber ihre Beiträge sind hochgeschätzt). Eine unvollständige Liste umfasste Ezra Cappell, Mary Childs, Doug Choi, Neil Chriss, Ben Clymer, Tishani Doshi, Joshua Ferris, Jack Forster, Rebecca

Godfrey, David Grand, Cathy Park Hong, Binnie Kirshenbaum, Paul LaFarge, Matt Levine, Suketu Mehta, Carlo Pizzati, Shilpa Prasad, Prateek Sarkar, Jonathan Shapiro, Anjali Vasudevan, Dario Villani und Eric Wind.

Abschließend gilt mein Dank dem Greyhound – dafür, dass es ihn gibt und dass er mich mit eigenartiger, nahezu melancholischer Kompetenz von einer Küste unseres unruhigen Landes zur anderen getragen hat.